Pierre Ambroise François
Choderlos de Laclos

Gefährliche Liebschaften

Übersetzt von Franz Blei

Pierre Ambroise François Choderlos de Laclos: Gefährliche Liebschaften

Übersetzt von Franz Blei.

Les Liaisons dangereuses. Erstdruck 1782. Hier in der Übersetzung von Franz Blei, Hyperion-Verlag Hans von Weber, München 1909.

Neuausgabe
Herausgegeben von Karl-Maria Guth
Berlin 2016

Umschlaggestaltung von Thomas Schultz-Overhage unter Verwendung des Bildes: Jacques-Louis David, Madame Recamier, 1800

Gesetzt aus der Minion Pro, 11 pt

Verlag: Henricus - Edition Deutsche Klassik GmbH
Mörchinger Str. 33, 14169 Berlin, info@henricus-verlag.de
Druck: Libri Plureos GmbH, Friedensallee 273, 22763 Hamburg

ISBN 978-3-8430-9225-8

Bibliografische Information der Deutschen Nationalbibliothek

Die Deutsche Nationalbibliothek verzeichnet diese Publikation in der Deutschen Nationalbibliografie; detaillierte bibliografische Daten sind im Internet über www.dnb.de abrufbar.

Vorbemerkung des Herausgebers

Wir glauben den Leser aufmerksam machen zu müssen, daß wir ungeachtet des Titels des Buches und dem, was der Sammler dieser Briefe in seiner Vorrede darüber versichert, für die Echtheit dieser Sammlung nicht gut stehen, und daß wir selbst gewichtige Gründe haben, anzunehmen, daß das Ganze nur ein Roman ist.

Überdies kommt uns vor, als ob der Verfasser, der doch nach Wahrscheinlichkeit gesucht zu haben scheint, diese recht ungeschickt durch die Zeit zerstört hat, in die er die erzählten Ereignisse setzt. Einige der handelnden Personen sind in der Tat so sittenlos und verderbt, daß sie unmöglich in unserm Jahrhundert gelebt haben können, in diesem unsern Jahrhundert der Philosophie und Aufklärung, die alle Männer, wie man weiß, so ehrenhaft und alle Frauen so bescheiden und sittsam gemacht hat. Beruhen die in diesem Buche erzählten Begebenheiten wirklich auf Wahrheit, so ist es unsere Meinung, daß sie nur anderswo oder anderswann sich begeben haben können, und wir tadeln sehr den Autor, der sichtlich von der Hoffnung, mehr zu interessieren, verlockt, sie in seine Zeit und sein Land zu verlegen, und unter unserer Tracht und in unsern Gebräuchen Sittenbilder zu zeichnen wagte, die uns durchaus fremd sind.

Wenigstens wollen wir, soweit es in unserer Macht liegt, den allzu leichtgläubigen Leser vor jeder Überraschung bewahren und werden uns dabei auf eine Logik stützen, die wir dem Leser als sehr überzeugend und einwandfrei vortragen, denn zweifellos würden gleiche Ursachen gleiche Wirkungen hervorzubringen nicht verfehlen: wir sehen nämlich in unsern Tagen kein Fräulein mit 60000 Francs Rente Nonne werden, und erleben es in unserer Zeit nicht, daß eine junge und schöne Frau sich zu Tode grämt.

C. D. L.

Vorwort des Sammlers dieser Briefe

Dieses Werk oder vielmehr diese Zusammenstellung, die der Leser vielleicht noch zu umfangreich finden wird, enthält doch nur die kleinere Anzahl der Briefe, welche die gesamte Korrespondenz bilden.

Von den Personen, an die diese Briefe gerichtet waren, mit deren Ordnung beauftragt, habe ich als Lohn für meine Mühe nur die Erlaubnis verlangt, alles, was mir unwichtig erschien, weglassen zu dürfen, und ich habe mich bemüht, nur jene Briefe zu geben, die mir zum Verständnis der Handlung oder der Charaktere wichtig erschienen. Dazu noch einige Daten und einige kurze Anmerkungen, die zumeist keinen andern Zweck haben, als die Quellen einiger Zitate anzugeben oder einige Kürzungen zu motivieren, die ich mir vorzunehmen erlaubt habe – dies ist mein ganzer Anteil an dieser Arbeit. Alle Namen der Personen, von denen in den Briefen die Rede ist, habe ich unterdrückt oder geändert.

Ich hatte größere Änderungen beabsichtigt, die sich meist auf Sprache oder Stil bezogen hätten, in welch beiden man manche Fehler finden wird. Ich hätte auch gewünscht, die Vollmacht zu haben, einige allzu lange Briefe zu kürzen, von denen mehrere weder unter sich noch mit dem Ganzen in rechtem Zusammenhange stehen. Diese Arbeit wurde mir jedoch nicht gestattet; sie hätte gewiß dem Buche keinen neuen Wert hinzugefügt, aber sie hätte zum mindesten einige seiner Mängel beseitigt.

Es wurde mir erklärt, die Beteiligten wollten die Briefe, wie sie sind, veröffentlicht haben, nicht aber ein Werk, das auf Grund dieser Briefe verfaßt sei; daß es ebenso gegen die Wahrscheinlichkeit wie gegen die Wahrheit selbst verstoßen würde, daß die acht bis zehn Personen, die diese Briefe schrieben, den gleichen korrekten Stil hätten. Und auf den Einwand, daß unter den Briefen kein einziger sei, der nicht grobe Fehler enthalte, und daß die Kritik nicht ausbleiben würde, bekam ich die Antwort, daß jeder verständige und wohlgesinnte Leser erwarten werde, Fehler in einer Sammlung von Briefen zu finden, die Privatpersonen einander schrieben, und daß sämtliche bisher veröffentlichten Briefe – selbst jene geschätzter Autoren und Mitglieder der Akademie nicht ausgenommen – in dieser Beziehung nicht einwandfrei wären. Diese Gründe haben mich nun keineswegs überzeugt; ich finde sie leichter vorgebracht, als sie gebilligt werden können; aber ich war nicht Herr dieser Angelegenheit und gab nach. Ich habe mir nur vorbehalten, dagegen Einspruch zu tun und zu erklären, daß ich die Ansicht meiner Auftraggeber nicht teile, was hiermit geschieht.

Was den Wert betrifft, den dieses Buch haben kann, so kommt es mir vielleicht nicht zu, mit meiner Ansicht die anderer zu beeinflussen. Die vor Beginn einer Lektüre wissen wollen, was sie von ihr erwarten können, mögen hier weiterlesen; die andern tun besser, an die Briefe selbst zu gehen, von denen sie nun ja genug wissen.

Dies muß ich noch sagen: Wenn ich auch diese Briefe herausgab, so bin ich doch weit entfernt, ihren Erfolg zu hoffen, und ist diese meine Aufrichtigkeit keine falsche Bescheidenheit des Autors; denn ebenso aufrichtig erkläre ich: hielte ich diese Arbeit nicht der Veröffentlichung wert, hätte ich mich nicht mit ihr abgegeben. Das scheint ein Widerspruch; ich will ihn zu lösen versuchen.

Ein Brief ist nützlich oder unterhaltend oder er vereint beides. Aber der Erfolg, der nicht immer den Wert beweist, ist oft mehr abhängig vom Gegenständlichen als von dessen Gestaltung, mehr vom Inhalt als von dessen Form. Diese Sammlung enthält Briefe verschiedener Personen mit verschiedenen Interessen, welche Verschiedenheit vielleicht das eine Interesse des Lesers nicht erhöht. Dann sind auch die Gefühle und Empfindungen, die diese Briefe aussprechen, gefälscht, geheuchelt oder verstellt, und können sie so wohl die Neugier reizen, aber das Herz nicht fesseln und rühren. Und das Bedürfnis des Herzens steht über der Neugierde, und das Herz ist ein nachsichtiger Richter als die Neugierde, die leichter die Fehler bemerkt, die sie in ihrer Befriedigung stören.

Die Fehler werden vielleicht von einer Eigenschaft des Buches aufgewogen, die in seiner Natur liegt: ich meine die Wahrheit seines Ausdrucks, ein Verdienst, das sich hier von selbst einstellte und das die Langweile der Einförmigkeit nicht aufkommen lassen wird. Der eine und andere Leser wird auch durch die neuen oder wenig bekannten Beobachtungen, die dort und da in den Briefen sind, auf seine Kosten kommen, – das ist aber auch alles Vergnügen, das man von dem Buch erwarten darf, auch dann, wenn man es mit größter Gunst hinnimmt.

Den Nutzen des Buches wird man vielleicht noch stärker in Zweifel ziehen als dessen Annehmlichkeit, aber er scheint mir doch leichter zu beweisen. Mich dünkt, man erweist der Sittlichkeit einen Dienst, wenn man die Mittel bekannt gibt, deren sich die Sittenlosen bedienen, um die Sittlichen zu verderben; diese Briefe können sich Wohl in diesen Dienst stellen. Man wird in ihnen auch den Beweis zweier wichtiger Wahrheiten finden, die man verkannt glauben möchte, so wenig werden sie geübt: die eine ist, daß jede Frau, die einen schlechten Menschen in ihrer Gesellschaft duldet, sicher früher oder später dessen Opfer wird. Die andere ist: daß es zum mindesten eine Unvorsichtigkeit der Mutter bedeutet, wenn sie duldet, daß eine andere als sie selber das Vertrauen ihrer Tochter besitzt. Auch können die jungen Männer und Mädchen hier lernen, daß die Freundschaft, die ihnen schlechte Individuen gern und reichlich zu schenken scheinen, immer nur eine gefährliche Falle ist, gleich verhängnisvoll für ihr Glück wie für ihre Tugend.

Jedoch: der Mißbrauch des Guten ist dem Guten sehr nahe und er scheint mir hier zu befürchten. Weit davon, dieses Buch der Jugend zu empfehlen, scheint, es mir vielmehr nötig, es von ihr fernzuhalten. Der Zeitpunkt, da dieses und ähnliche Bücher aufhören, gefährlich zu sein und nützlich werden, scheint mir von einer vortrefflichen Mutter, die Geist und rechten Geist hatte, sehr richtig bestimmt worden zu sein. Sie hatte das Manuskript dieses Buches gelesen und sagte: »Ich würde meiner Tochter einen großen Dienst damit zu erweisen glauben, daß ich ihr dieses Buch an ihrem Hochzeitstag gebe.« Dächten alle Mütter so, würde ich mich immer glücklich schätzen, diese Briefe veröffentlicht zu haben.

Doch alle diese günstigen Voraussetzungen angenommen, dürfte das Buch doch wenigen gefallen. Die depravierte Gesellschaft wird ein Interesse daran haben, ein Buch zu verlästern, das ihr schaden kann; und da es ihnen in diesem Stücke an Geschicklichkeit nicht fehlt, so bekommen sie am Ende auch die rigorosen Leute in ihr Lager, deren Eifer darüber aufgebracht ist, daß man solche Dinge darzustellen sich nicht scheute.

Was aber die angeblichen starken Geister betrifft, so werden sie sich kaum für eine fromme Frau interessieren, die ihnen eben deshalb höchst albern vorkommen wird, während die Frommen sich daran stoßen werden, die Tugend unterliegen zu sehen; und sie werden sich auch darüber aufhalten, daß die Religion sich mit zu wenig Macht zeige.

Die Leute von feinem Geschmack werden den Stil mancher Briefe zu simpel und fehlerhaft finden, und die Mehrzahl der Leser wird, von dem Gedanken verführt, daß alles Gedruckte Erfindung sei, in andern Briefen wieder eine Maniriertheit des Verfassers zu erkennen meinen, der sich hinter den Personen, die er sprechen läßt, verberge.

Schließlich ist es vielleicht das allgemeine Urteil, jede Sache gelte nur an ihrer rechten Stelle was; und wenn auch der allzu gefeilte Stil der Autoren privaten Briefen ihren Reiz raube, dieser Briefe Nachlässigkeiten doch zu wirklichen Fehlern würden, die sie im Drucke unerträglich machten.

Ich gebe ehrlich zu, daß alle diese Vorwürfe ihr Recht haben mögen, wenn ich auch glaube, ihnen antworten zu können, auch ohne die gewöhnliche Länge eines Vorwortes zu überschreiten. Aber man wird meine Meinung teilen, daß ein Buch, das allen gerecht würde, keinem taugen könne. Hätte ich allen nach Gefallen schreiben wollen, hätte ich so Buch als Vorrede nicht geschrieben.

Erster Teil

1. Brief

Cécile Volanges an Sophie Carnay, bei den Ursulinerinnen zu …

Du siehst, liebe Freundin, daß ich Wort halte und daß der Toiletten-
tisch mir nicht meine ganze Zeit raubt, – er wird mir immer welche
für Dich übrig lassen. Ich habe an diesem einzigen Tag mehr Schmuck
gesehen, als in den vier Jahren, die wir zusammen verlebt haben, und
ich hoffe, daß die eingebildete Tanville, meine Mitpensionärin, sich
bei meinem nächsten ersten Besuche mehr ärgern wird als sie annahm,
daß wir uns ärgern, jedesmal wenn sie uns in ihrem vollen Staat besuchte. Mama spricht jetzt über alles mit mir: ich werde gar nicht
mehr wie ein Schulmädchen behandelt. Ich habe meine eigene Kammerzofe, meine zwei eigenen Räume und einen sehr hübschen
Schreibtisch, an dem ich Dir schreibe, und dessen Schlüssel ich habe,
und alles darin einsperren kann, was mir beliebt. Mama sagt mir, daß
ich sie jeden Tag am Morgen sehen werde, daß es genügt, wenn ich
bis zum Diner frisiert bin, weil wir beide immer allein sein werden,
und dann wird sie mir die Stunde jedesmal angeben, zu der ich am
Nachmittag mit ihr ausgehe. Die übrige Zeit gehört mir allein. Ich
habe meine Harfe, meine Zeichensachen und die Bücher ganz wie im
Kloster, nur ist Mutter Perpetua nicht hier, um mich auszuzanken,
und ich kann faulenzen so viel ich will: aber da meine Sophie nicht
bei mir ist, um mit mir zu lachen und zu schwatzen, so ist's mir lieber,
mich zu beschäftigen.

Es ist noch nicht fünf Uhr und ich soll erst um sieben Uhr mit
Mama zusammensein, hab also Zeit genug, wenn ich Dir etwas zu
erzählen hätte. Aber man hat noch über gar nichts mit mir gesprochen;
und wenn ich nicht all die Vorbereitungen sehen würde und das
Massenaufgebot von Schneiderinnen, die meinetwegen bestellt sind,
ich würde nicht glauben, daß man mich verheiraten will, sondern daß
das ganze nur so ein Geschwätz von unserer guten Pförtnerin Josephine
war. Aber meine Mama sagte oft, daß ein junges Mädchen bis zu ihrer

Verheiratung im Kloster bleiben soll; da sie mich herausgenommen hat, so muß doch Schwester Josephine Recht gehabt haben.

Soeben hält ein Wagen unten am Tor, und Mama läßt mich bitten zu ihr zu kommen. Ich bin nicht angezogen, – wenn es dieser Herr wäre!? Mein Herz klopft stark, und meine Hand zittert! Als ich meine Zofe fragte, wer bei Mama wäre, lachte sie und sagte: Herr G...

O! ganz bestimmt, er ist es. Ich werde Dir dann alles erzählen, – jetzt kennst Du immerhin schon seinen Namen, und ich will nicht länger auf mich warten lassen. Adieu, bis nachher!

Wie wirst Du Dich über die arme Cécile lustig machen! O wie war ich auch dumm! Aber sicher wäre es Dir genau so gegangen. Also wie ich bei Mama eintrat, stand dicht neben ihr ein Herr ganz in Schwarz. Ich begrüßte ihn so artig wie ich konnte und blieb, ohne mich vom Platz zu rühren, stehen. Du kannst Dir denken, wie ich ihn mir anschaute! »Gnädige Frau«, sagte er zu meiner Mutter und grüßte mich, »sie ist entzückend, und ich fühle vollauf den Wert Ihrer Güte.« Das klang so bestimmt, und ich begann zu zittern, daß ich mich nicht mehr aufrecht halten konnte; ich fand einen Stuhl in meiner Nähe, auf den ich mich verwirrt und ganz rot geworden niederließ. Kaum saß ich, so lag dieser Mann auch schon zu meinen Füßen. Ich verlor nun völlig den Kopf und war, wie Mama behauptete, ganz verwirrt. Ich stand auf mit einem Schrei, ganz so einem Schrei, wie damals, weißt Du, als das starke Donnerwetter anhub. Mama lachte laut und sagte: »Was hast du denn? setz dich nieder und reiche dem Herrn deinen Fuß.« Und wirklich, meine liebe Freundin, – der Herr war ein Schuster! Es ist mir nicht möglich, Dir zu beschreiben, wie beschämt ich mich fühlte, – glücklicherweise war nur Mama anwesend. Wenn ich verheiratet bin, werde ich gewiß nicht mehr bei diesem Schuster arbeiten lassen.

Jetzt sind wir, ich und Du, nicht klüger als zuvor! Lebe wohl, – meine Kammerzofe sagt, ich müsse mich jetzt anziehen, es ist bald sechs Uhr. Adieu, ich liebe Dich noch gleich stark wie im Kloster, meine liebe, liebe Sophie.

P. S. Da ich nicht weiß, durch wen ich meinen Brief schicken soll, werde ich warten bis Josephine kommt.

Paris, den 3. August 17..

2. Brief

Die Marquise von Merteuil an den Vicomte von Valmont im Schlosse zu ...

Kommen Sie, mein lieber Vicomte, kommen Sie zurück! Was machen Sie, was können Sie denn bei einer alten Tante machen, deren Vermögen Ihnen doch schon sicher ist? Ich brauche Sie, reisen Sie also unverzüglich. Ich habe eine vortreffliche Idee, mit deren Ausführung ich Sie betrauen will. Diese wenigen Worte sollten Ihnen genügen, und Sie sollten sich von meiner Wahl so sehr geehrt fühlen, daß Sie herbeieilen müßten und kniend meine Befehle entgegen nehmen. Aber Sie mißbrauchen meine Güte, selbst seitdem Sie sie nicht mehr brauchen. Zwischen einem ewigen Haß und einer übergroßen Güte trägt zu Ihrem Glücke doch wieder meine Güte den Sieg davon. Ich will Sie nun von meinem Projekte unterrichten. Aber schwören Sie mir zum voraus, daß Sie als mein treuer Kavalier sich in kein anderes Abenteuer einlassen, ehe dieses nicht zu Ende geführt ist, – es ist eines Helden würdig: Sie werden dabei der Liebe und der Rache dienen, und Sie werden sich seiner in Ihren Memoiren rühmen können, in diesen Memoiren, von denen ich möchte, daß sie einst gedruckt werden – ich will es auf mich nehmen, sie zu schreiben. Aber zu unserer Sache!

Frau von Volanges verheiratet ihre Tochter: es ist noch ein Geheimnis, das ich aber gestern von ihr selbst erfuhr. Wen glauben Sie wohl, daß sie sich zum Schwiegersohne aussuchte? Den Grafen Gercourt! Wer hätte mir gesagt, daß ich die Cousine von Gercourt werden würde! Ich bin wütend darüber – und – aber erraten Sie denn immer noch nicht? Was sind Sie schwerfällig! Haben Sie ihm das Abenteuer mit der Intendantin verziehen? Und vergessen, wie ich mich über ihn zu beklagen habe? Ich muß sagen, die Hoffnung, mich nun endlich rächen zu können, beruhigt und erheitert mich sehr.

Wie oft hat uns Gercourt mit der Wichtigtuerei gelangweilt, mit der er von der Wahl seiner künftigen Frau sprach, und mit seiner lächerlichen Einbildung, er würde dem unvermeidlichen Schicksal, düpiert zu werden, entgehen. Erinnern Sie sich seiner albernen Vorliebe für die klösterliche Erziehung der Mädchen und seines lächerlichen Vorurteils, daß die Blondinen sittsamer wären? Ich wette, er würde die Ehe mit Fräulein Volanges niemals eingehen, trotz ihrer sechzigtausend Francs Rente, wenn sie nicht blond und nicht im Kloster erzogen worden wäre. Beweisen wir ihm, daß er nur ein Idiot ist, und daß er es sicher eines Tages sein wird, dafür stehe ich. Aber ich möchte, daß er als Idiot debütiert. Wie würde er am Tage nach der Hochzeit prahlen, und wie würden wir lachen! Denn prahlen wird er! Und es müßte wunderbar zugehen, sollte Gercourt nicht Tagesgespräch in Paris werden, nachdem die Kleine erst einmal in Ihrer Schule war.

Die Heldin dieses Romanes verdient übrigens Ihre größte Aufmerksamkeit, denn sie ist wirklich hübsch; erst fünfzehn Jahre alt und wie eine Rosenknospe; gar nicht geziert, aber dumm und lächerlich naiv, wovor ihr Männer ja keine Angst habt. Im übrigen noch einen vielversprechenden Ausdruck in den Augen. Kurz und gut: ich empfehle sie Ihnen, und so brauchen Sie sich nur noch bei mir zu bedanken und zu gehorchen.

Dieser Brief ist morgen früh in Ihren Händen. Ich erwarte, daß Sie morgen Abend um sieben Uhr bei mir sind. Bis acht Uhr empfange ich niemand, nicht einmal den zur Zeit regierenden Chevalier – er hat nicht genug Verstand für eine so wichtige und große Sache.

Wie Sie sehen, macht mich die Liebe nicht blind. Um acht Uhr haben Sie Ihre Freiheit – um zehn Uhr kommen Sie wieder, um zusammen mit der Schönen bei mir zu soupieren, denn Mama und Tochter werden bei mir zu Tisch sein.

Adieu, es ist über zwölf Uhr: bald werde ich mich nicht mehr mit Ihnen beschäftigen.

Paris, den 4. August 17..

3. Brief

Cécile Volanges an Sophie Carnay.

Ich kann Dir immer noch nichts mitteilen. Bei Mama waren gestern viele Gäste zum Abendessen. Trotzdem ich mit großem Interesse die anwesenden Herren beobachtete, so habe ich mich doch gelangweilt. Herren und Damen, alle schauten mich an, dann sprachen sie sich leise in die Ohren, und ich merkte, daß von mir die Rede war: gegen meinen Willen wurde ich ganz rot. Ich wollte es nicht, denn ich bemerkte, daß die andern Frauen, wenn man sie ansah, nicht rot wurden. Vielleicht auch sieht man es unter der Schminke nicht; denn es muß doch sehr schwer sein, nicht zu erröten, wenn einen ein Mann so fest ansieht.

Was mich am meisten beunruhigte, war, was man wohl über mich dachte. Mir war, als wenn ich zwei- oder dreimal das Wort »hübsch« verstanden hätte; das Wort »ungeschickt« hörte ich ganz deutlich, und es muß wahr sein, denn die Frau, die das sagte, war eine Verwandte und Freundin meiner Mutter; sie schien sogar sofort Freundschaft für mich zu empfinden. Das war auch die einzige Person, die am ganzen Abend ein wenig mit mir sprach. Morgen werden wir bei ihr zu Abend essen.

Außerdem hörte ich noch nach dem Diner einen Herrn zu einem andern sagen – und ich bin überzeugt, es ging auf mich: »Das muß man erst reif werden lassen, wir werden ja in diesem Winter sehen.« Vielleicht war es sogar der, der mich heiraten soll, das wäre aber dann ja erst in vier Monaten! Ach, ich möchte so gerne wissen, was wahres an all dem ist!

Gerade kommt Josephine und sie sagt, daß sie sehr in Eile wäre. Ich will Dir aber doch noch eine große Ungeschicklichkeit von mir erzählen. Die Dame, die das sagte, hat doch wohl recht, glaub ich. Also nach Tisch wurde gespielt. Ich setzte mich neben Mama und war sofort eingeschlafen, ohne daß ich merkte, wie das geschah.

Eine Lachsalve weckte mich auf. Gewiß hat man über mich gelacht, aber ich bin dessen nicht ganz sicher. Mama erlaubte mir, mich zurückzuziehen, was mir sehr recht war. Denke, es war schon nach elf Uhr! Adieu, meine liebe Sophie, und hab Deine Cécile immer recht lieb. Ich versichere Dir, daß die große Welt nicht halb so amüsant ist, wie wir uns das immer vorstellten.

Paris, den 4. August 17..

4. Brief

Der Vicomte von Valmont an die Marquise von Merteuil in Paris.

Ihre Befehle entzücken mich, die Art und Weise, wie Sie sie geben, noch mehr: Sie machen einen das unbedingte Gehorchen lieben. Sie wissen, es ist nicht das erstemal, daß ich bedaure, nicht mehr Ihr Sklave zu sein. Und wenn Sie mich auch ein Ungeheuer nennen, so erinnere ich mich doch immer mit großem Vergnügen der Zeiten, da Sie mich mit süßeren Kosenamen bedachten. Oft wünsche ich mir, ich könnte sie wieder verdienen und der Welt mit Ihnen zusammen ein Beispiel ewiger Treue geben.

Aber größere Dinge erwarten uns. Erobern, das ist unsere Bestimmung, und man muß ihr folgen: vielleicht treffen wir uns am Ende dieser Carriere wieder. Denn, ohne Sie kränken zu wollen, meine schöne Marquise, muß man zugeben, daß Sie mit mir Schritt halten. Seitdem wir uns für das Glück der Mitmenschen trennten, predigen wir jeder seinerseits die Treue und den Glauben, und mir scheint, daß Sie in dieser Liebesmission mehr Proselyten machten als ich. Ich kenne ja Ihren Eifer, Ihre hingebende Inbrunst; und wenn jener Gott uns nach unsern Werken beurteilen würde, müßten Sie die Schutzpatronin einer großen Stadt werden, während Ihr Freund nur der Heilige eines Dorfes würde. Diese Sprache erstaunt Sie, nicht wahr? Aber seit acht Tagen höre und spreche ich keine andere; nur um mich darin noch zu vervollkommnen, muß ich Ihnen ungehorsam sein.

Aber werden Sie nicht böse und hören Sie mich an. Als Mitwisserin meiner Herzensgeheimnisse will ich Ihnen den größten Plan anvertrauen, den ich je gehabt habe. Was schlagen Sie mir vor? Ein junges Mädchen zu verführen, das weder was kennt, noch irgend etwas gesehen hat, das mir gewissermaßen ohne Gegenwehr preisgegeben ist, das einem ersten verliebten Sturm erliegen wird und das dabei mehr von der Neugierde geleitet ist als von der Liebe. Zwanzig andere können dasselbe ausrichten. Nein – mein Plan ist ein andrer: sein Erfolg wird mir ebensoviel Ruhm wie Vergnügen bereiten. Die Liebe, die mir meinen Kranz windet, schwankt noch zwischen Myrte und Lorbeer, oder sie wird vielmehr beides vereinigen. Sie werden, meine schöne Freundin, von heiligem Respekt vor mir erfüllt werden und mit Enthusiasmus ausrufen: »Das ist der Mann meines Herzens.«

Sie kennen doch die Präsidentin von Tourvel, ihre Frömmigkeit, ihre eheliche Treue und ihre strengen Grundsätze. Das ist mein Gegner und ein Feind meiner würdig, und das ist das Ziel, das ich erreichen will.

»Bleibt auch in diesem Kampf der Siegespreis nicht mein,
Daß ich den Kampf gewagt, wird Ruhm genug mir sein.«

Man darf schlechte Verse zitieren, sie müssen nur von einem großen Dichter sein.

Sie müssen also wissen, daß sich der Präsident in Burgund aufhält, eines Prozesses wegen – ich hoffe ihn aber einen wichtigeren verlieren zu lassen – seine untröstliche andere Hälfte aber soll ihre betrübende Zeit der Witwenschaft hier verbringen. Jeden Tag eine Messe, einige Besuche bei den Bezirkskranken, Gebete des Morgens und des Abends, fromme Unterhaltungen mit meiner alten Tante, und manchesmal einen trübseligen Whist, das sollen ihre einzigen Zerstreuungen sein. Mein guter Genius hat mich hierher geführt, zu ihrem und zu meinem Glück. Vierundzwanzig Stunden habe ich zu bereuen, die ich konventionellem Gerede opferte. Welche Strafe, zwänge man mich nach Paris zurückzukehren! Glücklicherweise spielt man Whist zu viert, und weil hier nur ein Dorfgeistlicher existiert, so hat meine gottesfürchtige Tante in mich gedrängt, ihr einige Tage zu opfern. Sie können sich denken, wie ich bereit war! Aber Sie können sich keinen Begriff davon machen, wie meine Tante mich seitdem verhätschelt, wie sie darüber erbaut ist, mich so regelmäßig beim Beten und in der Messe zu sehen! Sie hat keine Ahnung von der Gottheit, die ich in der Kirche anbete.

Seit vier Tagen bin ich also an eine heftige Leidenschaft gebunden. Sie kennen mein Temperament und wie ich Hindernisse nehme, aber Sie wissen nicht, wie köstlich die Einsamkeit meine Begierde steigert. Ich kenne nur noch dieses eine, ich denke daran am Tage und träume davon des Nachts: Ich muß diese Frau haben, um nicht der Lächerlichkeit zu verfallen, verliebt zu sein. Verliebt – wohin führt uns nicht ein ungestilltes Verlangen! Köstliches Verlangen – ich beschwöre dich um meines Glückes und besonders um meiner Ruhe willen! Wie glücklich sind wir, daß sich die Frauen so schlecht verteidigen, – wir wären sonst schüchterne Sklaven neben ihnen. Ich verspüre jetzt eine Art Dankbarkeit für die gefälligen, leichten Frauen, ein Gefühl, das mich natürlich vor Ihre Füße führt. Da knie ich nieder, bitte um Verzeihung und endige dort meinen allzu langen Brief. Adieu, meine sehr schöne Freundin und – keinen Groll.

Auf Schloß …, den 5. August 17..

5. Brief

Die Marquise von Merteuil an den Vicomte von Valmont.

Wissen Sie, Vicomte, daß Ihr Brief unverschämt ist, und daß ich ihn Ihnen sehr übel nehmen könnte, gäbe er mir nicht zugleich den Beweis, daß Sie ganz und gar den Kopf verloren haben? Und das bewahrt Sie vor meiner Ungnade. Als Ihre gefühlvolle und großmütige Freundin vergesse ich Ihre Beleidigung und kümmere mich um die Gefahr, in der Sie schweben; mag es auch dumm sein, darüber zu räsonieren, so will ich Ihnen doch in diesem Augenblick beistehen. Sie wollen die Präsidentin von Tourvel haben? Was für eine lächerliche Laune! Ich erkenne daran ganz Ihren Eigensinn, der nur das wünscht, was er glaubt, nicht erreichen zu können. Was hat denn diese Frau? Vielleicht sehr regelmäßige Züge, aber sie sind ohne Ausdruck; sie ist recht gut gebaut, aber ohne Grazie, und angezogen ist sie, zum Lachen! Ganze Pakete Stoff hat sie bis zum Hals hinauf, daß ihr der Leib bis zum Kinn reicht. Als Freundin sage ich Ihnen: zwei solche Frauen genügen, Sie um Ihr ganzes Ansehen zu bringen. Erinnern Sie sich noch des Tages in Saint-Roche, wo sie für die Armen sammelte, was Sie veranlaßte, mir für das Schauspiel zu danken, das ich Ihnen damit bereitete? Ich sehe sie noch, wie sie diesem einer Hopfenstange ähnlichen Herrn mit den langen Haaren die Hand gab, der bei jedem Schritte umzufallen drohte, und wie sie ihren vier Ellen langen Reifrock immer jemandem an den Kopf schwang bei jeder Verbeugung und errötete. Wenn man Ihnen damals gesagt hätte, daß Sie diese Frau verlangten! Nun, Vicomte, erröten Sie Ihrerseits und besinnen Sie sich auf sich selber. Ich verspreche Ihnen Diskretion.

Bedenken Sie doch auch alle die Unannehmlichkeiten, die Sie dabei erwarten. Und was für Rivalen haben Sie? Einen Gatten! Sind Sie bei diesem einen Wort nicht schon ganz klein? Welche Schande, wenn es mißlingt! Und wie wenig Ruhm beim Erfolg! Ich sage noch mehr: versprechen Sie sich kein Vergnügen. Gibt es denn eines mit prüden Frauen? Ich meine mit den ehrlichen Prüden, die selbst auf dem Höhepunkt des Vergnügens noch zurückhaltend sind und so nur halben Genuß geben. Dieses völlige Sichselbstvergessen, diesen Rausch der Wollust, der das Vergnügen durch sein Übermaß läutert, diese

Wohltaten der Liebe kennen sie nicht. Ich prophezeie Ihnen, daß im günstigsten Fall Ihre Präsidentin glauben wird, alles für Sie getan zu haben, indem sie Sie wie ihren Ehegemahl behandelt, und im engsten und zärtlichsten ehelichen Zusammensein bleibt man immer – zu zweit. In Ihrem Falle steht es noch schlimmer. Ihre keusche Dame ist fromm und von jener Frömmigkeit, welche die gute Frau zu einer ewigen Kindlichkeit verurteilt. Vielleicht überwinden Sie dieses Hindernis, schmeicheln Sie sich aber nicht, es zu zerstören; wenn auch Sieger, über die Liebe Gottes, so sind Sie es doch nicht über die Furcht vor dem Teufel; wenn Sie Ihre Geliebte in Ihren Armen erschauern fühlen, so ist das nicht Liebe, sondern Angst. Wenn Sie diese Frau früher gekannt hätten, vielleicht hätten Sie etwas aus ihr machen können; aber sie ist jetzt zweiundzwanzig Jahre alt und bald zwei Jahre verheiratet. Glauben Sie mir, Vicomte, wenn eine Frau schon so in diese tugendsamen Vorurteile hineingewachsen ist, soll man sie ihrem Schicksale überlassen, – sie wird immer nur ein Gattungswesen sein.

Und um dieses schönen Gegenstandes willen wollen Sie mir nicht folgen, wollen Sie sich in das Grab Ihrer Tante vergraben und dem schönsten und köstlichsten Abenteuer entsagen, das Ihnen Ehre gebracht hätte. Durch welches Schicksal muß denn Gercourt immer und überall vor Ihnen etwas voraus haben? Ich spreche ganz ohne Ironie, aber jetzt glaube ich wirklich, daß Sie Ihren Ruf nicht verdienen; und daß ich mich versucht fühle, Ihnen mein Vertrauen zu entziehen. Ich würde mich nie dazu verstehen, meine Geheimnisse dem Geliebten einer Frau von Tourvel anzuvertrauen.

Ich will Ihnen dennoch erzählen, daß die kleine Volanges schon einen Kopf verdreht hat. Der junge Danceny liebt sie. Er hat mit ihr gesungen, und sie singt wirklich besser, als man von einem Pensionskind erwartet. Sie werden Duette miteinander üben, und ich glaube, sie würde nichts gegen ein Unisono haben. Aber dieser Danceny ist noch ein Kind, der seine Zeit mit Hofmachen verliert und zu keinem Ende kommt. Die kleine Person ist ihrerseits auch sehr kindisch. Aber wie es auch kommen mag, Sie hätten die Sache jedenfalls viel lustiger gestaltet. Ich bin übler Laune und werde mich mit dem Chevalier zanken, wenn er kommt. Ich werde ihm raten recht artig zu sein, denn es würde mich momentan nichts kosten, mit ihm zu brechen. Ich bin überzeugt, er würde verzweifeln, wenn ich vernünftig genug wäre, ihn

jetzt aufzugeben, und nichts amüsiert mich so sehr, wie ein verzweifelter Liebhaber. Er würde mich perfid nennen, und dieses Wort hat mir
immer Spaß gemacht; nach dem Worte »Grausame« ist es das süßeste
Wort für das Ohr einer Frau, und weniger schwierig, es sich zu verdienen. Ich will mich ganz ernsthaft mit diesem Bruche beschäftigen;
und daran werden Sie Schuld sein; ich lege es ihrem Gewissen zur
Last. Adieu. Empfehlen Sie mich dem Gebete Ihrer Präsidentin.

Paris, den 7. August 17..

6. Brief

Der Vicomte von Valmont an die Marquise von Merteuil.

Gibt es also wirklich keine Frau, welche die Macht nicht mißbraucht,
die sie über uns hat? Selbst Sie, die ich so oft meine nachsichtige
Freundin nannte, sind es nicht mehr, denn Sie scheuen sich nicht,
mich in dem Gegenstand meiner Zuneigung anzugreifen! Mit welchen
Zügen wagen Sie es, Frau von Tourvel zu zeichnen! Welcher Mann
hätte eine solche Vermessenheit nicht mit dem Leben büßen müssen!
Keine andere Frau außer Ihnen hätte sich das ungestraft erlauben
dürfen. Setzen Sie mich, ich bitte, nicht wieder einer so harten Probe
aus; ich könnte nicht mehr dafür gut stehen. Im Namen der Freundschaft: warten Sie, bis ich diese Frau besessen habe, wenn Sie sie
schmähen wollen. Wissen Sie denn nicht, daß bloß die Wollust das
Recht hat, die Liebe sehend zu machen?

Aber was rede ich da. Hat denn Frau von Tourvel nötig, daß man
sich um sie Illusionen macht? Ihr genügt es, sie selbst zu sein, daß
man sie anbetet. Sie werfen ihr vor, daß sie sich schlecht kleidet und
mit Recht, denn die Pracht steht ihr nicht; alles, was sie verhüllt, ver-
unstaltet sie. Nur in der Ungebundenheit des Hauskleides ist sie
wirklich entzückend. Dank der jetzt herrschenden schwülen Hitze läßt
ein einfaches Leinennegligé die runde und weiche Linie ihres Körpers
erkennen. Ein dünner Musseline bedeckt den Hals, und meine heimlichen aber durchdringenden Blicke sahen schon die entzückendsten
Formen. Sie sagen, ihr Gesicht habe keinen Ausdruck. Was soll es
ausdrücken in Momenten, wo nichts zu ihrem Herzen spricht? Nein,
ohne Zweifel hat sie nicht jenen lügenhaften Blick unserer koketten

Frauen, der uns manchmal verführt, aber immer betrügt. Sie versteht es nicht, die Leere einer Phrase durch ein einstudiertes Lächeln zu verbergen, und gleichviel sie die schönsten Zähne von der Welt hat, so lacht sie doch nur, wenn sie etwas darüber zu lachen findet. Sie sollten sehen, wie sie in mutwilligen Spielen offen und naiv heiter ist! Wie ihr Blick reine Freude und teilnehmende Güte ausdrückt, wenn sie einem Unglücklichen hilft! Ja, man muß sehen, wie beim kleinsten Wort des Lobes oder der Schmeichelei sich auf ihrem himmlischen Gesicht eine rührende Verlegenheit der Bescheidenheit malt, die so ganz echt ist! … Sie ist spröde und fromm, und deshalb Ihr Urteil, sie wäre kalt und seelenlos und ohne Liebe. Ich denke ganz anders. Welch erstaunliche Sensibilität muß sie doch haben, daß sie sich bis auf ihren Mann erstreckt, und den zu lieben, der immer abwesend ist? Was für stärkere Beweise verlangen Sie noch? Ich wußte mir aber auch noch einen andern zu verschaffen.

Ich richtete es auf einem Spaziergang so ein, daß wir einen Graben zu überspringen hatten, und obschon sie sehr flink ist, so ist sie doch noch schüchterner. Sie können sich denken, daß eine prüde Frau sich scheut, über einen Graben zu springen. Sie mußte sich mir anvertrauen, und ich hielt diese bescheidene Frau in meinen Armen. Die Vorbereitungen und das Hinüberbefördern meiner alten Tante hatten die mutwillige fromme Tourvel laut lachen machen; nun hielt ich sie, und infolge einer absichtlichen Ungeschicklichkeit mußten wir uns umarmen.

Ich preßte ihre Brust an die meine, und ich fühlte ihr Herz schneller schlagen. Eine süße Röte färbte ihr Gesicht, und ihre bescheidene Verlegenheit lehrte mich, daß ihr Herz aus Liebe zitterte und nicht aus Furcht. Meine Tante irrte sich natürlich – so wie Sie, – als sie sagte: »Das Kind hat Angst bekommen.« Aber die reizende Offenheit des »Kindes« erlaubte ihr nicht die Lüge, und sie antwortete ganz naiv: »O nein, aber …« Dies eine Wort machte mir alles klar. In dem Augenblick hat die süße Hoffnung die grausame Ungewißheit verdrängt. Ich werde diese Frau besitzen. Ich werde sie dem Manne wegnehmen, der sie profaniert, ja selbst dem Gotte, den sie anbetet, werde ich sie rauben. Welche Lust, abwechselnd Gegenstand und Besieger ihrer Gewissensbisse zu sein! Es sei fern von mir, ihre Vorurteile zu zerstören; sie werden mein Glück und meinen Ruhm erhöhen. Sie soll nur und an nichts als an die Tugend glauben, sie mir aber opfern; ihr

Fehltritt soll sie entsetzen, aber sie soll ihm auch keinen Einhalt gebieten können, und von tausend Ängsten geplagt soll sie ihn nur in meinen Armen vergessen und unterdrücken. Dann muß sie mir sagen: »Ich bete dich an«, und sie allein unter allen Frauen wird würdig sein, dies Wort auszusprechen. Ich werde der Gott sein, den sie dem andern vorgezogen hat.

Seien wir aufrichtig: in unseren Arrangements, die ebenso kalt wie frivol sind, ist das was wir Glück nennen kaum ein Vergnügen. Soll ich es Ihnen sagen? Ich glaubte mein Herz wäre abgewelkt; und da ich nur noch meine Sinnlichkeit fühlte, beklagte ich mich über ein vorzeitiges Alter. Frau von Tourvel hat mir die schönen Illusionen der Jugend wiedergegeben. Neben dieser Frau habe ich nicht den Genuß nötig, um glücklich zu sein. Das einzige, was mich dabei etwas erschreckt, ist die Zeit, die mich dieses Abenteuer kosten wird; denn ich wage nichts dem Zufall zu überlassen. Ich mag mich immer all meiner glückgefolgten Frechheiten erinnern, – ich kann mich nicht entschließen, sie hier zu brauchen. Damit ich wahrhaft glücklich bin, muß sie sich mir geben; und das ist keine Kleinigkeit.

Sie würden meine Vorsicht bewundern. Ich habe das Wort Liebe noch nicht ausgesprochen, aber wir sind schon bei jenen gewissen Worten des Vertrauens und Interesses. Um sie so wenig als möglich zu betrügen, und um dem Gerede zuvorzukommen, das ihr zugebracht werden könnte, habe ich selbst, und wie in Reue, ihr meine bekanntesten Geschichten erzählt. Sie würden darüber lachen, wenn Sie sähen, mit welcher Unschuld sie mir Besserung predigt. Sie sagte, sie wollte mich bekehren. Noch weiß sie nicht, wieviel sie diese versuchte Bekehrung kosten wird. Sie denkt nicht daran, daß sie, während sie »für die Unglücklichen, die ich zu Fall brachte«, redet, im voraus ihre eigene Angelegenheit plaidiert. Das fiel mir gestern inmitten einer ihrer Predigten ein, und ich konnte mir das Vergnügen nicht entsagen, sie zu unterbrechen, um ihr zu versichern, daß sie wie ein Prophet spräche. Adieu, meine sehr schöne Freundin. Sie sehen, ich bin noch nicht rettungslos verloren.

P. S. Hat sich übrigens der arme Chevalier aus Verzweiflung schon umgebracht? Sie sind doch tausendmal schlechter als ich, und Sie würden mich ganz klein machen, wenn ich eigensüchtig wäre.

Auf Schloß …, den 9. August 17..

7. Brief

Cécile Volanges an Sophie Carnay.

Ich konnte Dir über meine Heirat nichts schreiben, denn ich bin noch immer nicht klüger als am ersten Tag. Ich gewöhne mich daran, nicht mehr daran zu denken und befinde mich, wie ich jetzt lebe, sehr wohl dabei. Ich treibe viel Gesang und Harfe, und mir scheint, daß ich beides mehr liebe, seitdem ich keinen Lehrer mehr habe oder vielmehr seitdem ich einen bessern gefunden.

Der Chevalier Danceny, dieser Herr, weißt Du, von dem ich Dir erzählte, daß ich mit ihm bei Frau von Merteuil gesungen habe, hat die Güte, jeden Tag zu mir zu kommen und stundenlang mit mir zu singen. Er ist sehr nett. Er singt wie ein Engel und komponiert Lieder, zu denen er die Worte selbst macht. Es ist wirklich schade, daß er Malteserritter ist! Es scheint mir, seine Frau könnte sehr glücklich sein, wenn er heiratete … Er ist von einer entzückenden Aufmerksamkeit. Es sieht nie aus, als ob er Komplimente machte und trotzdem schmeichelt alles was er sagt. Er korrigiert mich immer, sei es über die Musik oder über andere Dinge; seine Kritik ist aber so interessant und lustig, daß man ihm unmöglich böse sein kann. Wenn er einen ansieht, scheint er immer etwas Hübsches zu sagen. Und dabei ist er so gefällig. Gestern abend zum Beispiel war er zu einem großen Konzert eingeladen; aber er hat es vorgezogen, den ganzen Abend bei Mama zu bleiben. Das hat mir viel Freude gemacht; denn wenn er nicht da ist, spricht niemand mit mir und ich langweile mich; wenn er aber da ist, plaudern und singen wir zusammen. Und er weiß mir immer etwas zu erzählen. Er und Frau von Merteuil sind die einzigen Personen, die ich lieb und nett finde. Nun adieu, meine liebe Freundin. Ich versprach, daß ich heute eine Arie geläufig können würde, deren Begleitung sehr schwer ist, und ich will mein Wort halten. Ich will mich ans Lernen machen, bis er kommt.

Paris, den 7. August 17..

8. Brief

Die Präsidentin von Tourvel an Frau von Volanges.

Ich danke Ihnen, gnädige Frau, sehr für das Vertrauen, das Sie mir bewiesen haben; niemand kann mehr Interesse an der Verheiratung von Fräulein von Volanges nehmen als ich. Von ganzer Seele wünsche ich ihr ein Glück, dessen sie einzig und zweifellos würdig ist, und ich vertraue dabei ganz Ihrer Klugheit. Ich kenne den Grafen Gercourt nicht, da Sie ihn jedoch mit Ihrer Wahl beehren, kann ich nicht anders als eine vorteilhafte Meinung von ihm haben. Ich beschränke mich darauf, gnädige Frau, dieser Ehe ebensoviel Erfolg zu wünschen wie ihn die meine hat, die ja ebenfalls Ihr Werk ist, für das ich Ihnen täglich dankbarer bin. Das Glück Ihrer Tochter möge die Belohnung für das Glück sein, das Sie mir gegeben haben, und möge die beste der Freundinnen auch die glücklichste Mutter werden!

Es tut mir wirklich leid, Ihnen nicht mündlich meine aufrichtigsten Wünsche darbringen zu können und so auch, wie ich es wünschte, Fräulein von Volanges persönlich kennen zu lernen. Wie ich Ihre wahrhaft mütterliche Liebe erfuhr, glaube ich berechtigt zu sein, von Cécile die zärtliche Freundschaft einer Schwester zu erhoffen. Ich bitte, gnädige Frau, diese Freundschaft gütigst für mich verlangen zu wollen, in der Erwartung, sie zu verdienen.

Ich gedenke die ganze Zeit, da Herr von Tourvel abwesend ist, auf dem Lande zu bleiben. Ich benütze die Zeit, mir die Gesellschaft der vortrefflichen Frau von Rosemonde zunutze zu machen. Diese Frau ist immer noch gleich liebenswürdig und verliert nichts durch ihr hohes Alter; sie hat ihr volles Gedächtnis und ihre jugendliche Heiterkeit bewahrt. Nur ihr Körper ist vierundachtzig Jahre alt.

Unsere Einsamkeit erheitert ihr Neffe, der Vicomte von Valmont, der uns einige Tage opfern wollte. Ich kannte ihn nur dem Rufe nach, und dieser ließ nicht den Wunsch aufkommen, den Herrn persönlich kennen zu wollen; aber mir scheint, er ist besser als sein Ruf. Hier, wo ihn der Welttrubel nicht mit fortreißt, spricht er erstaunlich vernünftig und klagt sich selbst seiner Verirrungen mit einer seltenen Aufrichtigkeit an. Er spricht voller Vertrauen mit mir, und ich predige ihm mit viel Strenge. Sie, die Sie ihn kennen, werden zugeben, daß das wirklich eine schöne Bekehrung wäre; aber ich zweifle doch nicht daran, daß acht Tage Paris genügten, ihn trotz all seiner Versprechungen alle meine Predigten vergessen zu lassen. Sein Aufenthalt hier wird ihm wohl einige Änderungen seiner gewöhnlichen Lebensweise bedeuten, aber ich glaube, daß das Beste, was er tun kann, ist, zu leben wie er gewohnt ist: Nichts tun. Er weiß, daß ich Ihnen schreibe und beauftragte mich, Ihnen seine ergebensten Empfehlungen zu vermitteln. Nehmen Sie auch die meinen entgegen mit jener Güte, die ich an Ihnen kenne, und bezweifeln Sie niemals meine aufrichtigsten Gefühle, mit denen ich die Ehre habe zu sein usw.

Schloß …, den 9. August 17..

9. Brief

Frau von Volanges an die Präsidentin von Tourvel.

Ich habe nie an der Freundschaft gezweifelt, die Sie für mich haben, meine junge und schöne Freundin, ebensowenig an dem Interesse, das Sie an allem nehmen, was mich betrifft. Nicht um feststehende Tatsachen unter uns zu diskutieren, antworte ich auf Ihren Brief; aber ich glaube, mich nicht enthalten zu können, mit Ihnen in der Angelegenheit des Vicomte von Valmont zu plaudern.

Ich gestehe offen, ich hatte nie erwartet, jemals diesen Namen in Ihren Briefen zu lesen. Was kann es auch Gemeinsames geben zwischen ihm und Ihnen? Sie kennen diesen Mann nicht, und wo hätten Sie sich je die Seele eines Wüstlings vorstellen können? Sie erzählen mir von seiner merkwürdigen Aufrichtigkeit; allerdings, die Aufrichtigkeit eines Valmont muß in Wirklichkeit merkwürdig sein. Er ist noch falscher und gefährlicher als liebenswürdig und verführerisch – seit seiner frühesten Kindheit tat er weder einen Schritt noch sprach er ein Wort ohne ganz bestimmte Absichten, und niemals hatte er eine Absicht, die nicht unanständig oder verbrecherisch gewesen wäre. Liebe Freundin, Sie kennen mich, und Sie wissen, wie gerade die Nachsicht unter den Tugenden, die ich mir aneignen möchte, jene ist, die ich am meisten schätze. Ja, wenn Valmont von ungestümer Leidenschaft mit fortgerissen würde! Wenn er wie tausend andere durch die Irrungen seines Alters verleitet würde, ich würde sein Betragen bedauern und ein gutes Wort für ihn einlegen und stillschweigend die Zeit erwarten, wo die glückliche Umkehr ihm die Achtung der ehrlichen Leute wieder einbrächte. Aber Valmont ist nicht so; sein Betragen ist das Resultat seiner Prinzipien. Er versteht genau auszurechnen, was sich ein Mensch erlauben darf, ohne sich zu kompromittieren; und um ohne Gefahr grausam und böse zu sein, suchte er sich die Frauen zum Opfer. Ich halte mich nicht damit auf, diejenigen zu zählen, die er verführte; aber wie viele sind es, die er verdorben hat!

In das zurückgezogene und beschauliche Leben, das Sie führen, sind seine skandalösen Abenteuer nicht gedrungen. Ich könnte Ihnen welche erzählen, die Sie erschauern machten, aber Ihr Blick, so rein wie Ihre Seele, würde durch solche Bilder besudelt. Gewiß wird Valmont niemals gefährlich für Sie werden und Sie brauchen keine Waffen seiner Art zu Ihrer Verteidigung. Das einzige, was ich Ihnen zu sagen habe, ist, daß unter allen Frauen, um die er sich gekümmert hat, sei es mit oder ohne Erfolg, daß keine darunter ist, die sich nicht um ihn zu beklagen hätte.

Die Marquise von Merteuil ist die einzige Ausnahme von dieser Regel: sie allein verstand es, ihm und seiner Schlechtigkeit zu widerstehen. Ich muß bekennen, daß ihr dies in meinen Augen zur größten Ehre gereicht; und es genügte, sie in den Augen aller von einigen zweifelhaften Geschichten zu reinigen, die man im Anfang ihrer Witwenschaft ihr vorwarf.

Wie dem auch sei, meine schöne Freundin, es ermächtigt mich mein Alter, die Erfahrung und besonders die Freundschaft dazu, Ihnen vorzustellen, daß man in der Gesellschaft Valmonts Abwesenheit bemerkt; und sobald man erfahren haben wird, daß er einige Zeit in Gesellschaft seiner Tante und der Ihren verbrachte, ist Ihr Ruf in seinen Händen, und das ist das größte Unglück, das einer Frau begegnen kann. Ich rate Ihnen deshalb, seine Tante zu veranlassen, ihn nicht länger bei sich zu behalten; wenn er sich darauf kapriziert, zu bleiben, so glaube ich, dürfen Sie nicht länger zögern, ihm den Platz zu räumen. Aber warum sollte er denn bleiben? Was macht er denn auf dem Lande? Wenn Sie seine Schritte verfolgen ließen, so bin ich überzeugt, Sie würden entdecken, daß er nur ein bequemes Versteck gesucht hat für irgendeine tolle Sache, die er in der Umgebung vorhat. Aber in der Unmöglichkeit, dem Übel abzuhelfen, begnügen wir uns, uns selber davor zu schützen. Adieu, meine schöne Freundin. Nun hat sich die

Heirat meiner Tochter doch etwas hinausgeschoben. Graf Gercourt, den wir jeden Tag erwarteten, schickt mir Nachricht, daß sein Regiment nach Korsika geht, weil noch Kriegsunruhen dort unten sind, und daß es ihm unmöglich wäre, da vor dem Winter wegzukommen. Das ist mir nicht recht; aber gleichzeitig hege ich die Hoffnung, daß wir Sie so sicher zur Hochzeit hier sehen werden, denn es wäre mir leid gewesen, wenn sie ohne Sie hätte stattfinden müssen. Adieu, und ehrlich und aufrichtig ganz die Ihre.

P. S. Bitte mich Frau von Rosemonde in Erinnerung zu bringen, die ich liebe, wie sie es verdient.

Paris, II, August 17..

10. Brief

Die Marquise von Merteuil an den Vicomte von Valmont.

Sind Sie mir böse, Vicomte? Oder gar gestorben? Oder – was beinah dasselbe ist – leben Sie nur noch für Ihre Präsidentin? Diese Frau, die Ihnen die Illusionen Ihrer Jugend wiedergegeben hat, wird Ihnen auch bald deren lächerliche Vorurteile geben. Schüchtern und unterwürfig sind Sie bereits – gerade so gut könnten Sie verliebt sein. Sie verzichten auf Ihre glücklichen Frechheiten, das heißt, Sie handeln ohne Prinzipien, überlassen alles dem Zufall oder vielmehr der Laune. Haben Sie vergessen, daß die Liebe, wie die Medizin, nichts als eine Kunst ist, die der Natur nachhilft? Sie sehen, ich schlage Sie mit Ihren eigenen Waffen. Das macht mich aber nicht eitel, denn ich schlage einen Wehrlosen. Sie sagen mir: »sie muß sich mir geben« – aber gewiß muß sie das, gerade so wie die andern, nur mit dem Unterschied, daß sie es nicht gern tun wird. Aber damit sie sich endlich ergibt, wäre doch das beste Mittel dieses, damit anzufangen, sie zu nehmen. Diese lächerliche Unterscheidung ist doch nichts als Unverstand der Liebe. Ich sage Liebe; denn Sie sind verliebt. Anders mit Ihnen zu reden wäre lügen und Ihnen Ihre Krankheit verheimlichen.

Sagen Sie mir doch, Sie schmachtender Liebhaber, glauben Sie denn, jene Frauen, die Sie besaßen, genotzüchtigt zu haben? Wie groß die Lust sich hinzugeben auch immer sein mag, so sehr es uns auch damit eilt, – man muß doch immer noch einen Vorwand haben, und gibt es denn einen bequemeren für uns als den, so zu tun, als ob man der Gewalt wiche? Ich bekenne, daß ein schnell und geschickt ausgeführter Angriff das ist, was mir am meisten schmeichelt; ein Angriff, wo alles der Reihe nach kommt, aber auch mit jener Schnelligkeit, die uns nie in diese peinliche Verlegenheit setzt, eine Ungeschicklichkeit wieder gut machen zu müssen, von der wir im Gegenteil profitieren sollen; ein Angriff, der auch bis in die Dinge hinein, die wir gewähren, den Anschein der brutalen Überwältigung behält und so geschickt unsern zwei Hauptpassionen schmeichelt –: dem Ruhm der Verteidigung und dem Vergnügen des Unterliegens. Ich gebe zu, daß dieses Talent der Attacke bei den Männern seltener ist, als man denken sollte, und daß es mir immer Freude machte, auch da, wo es mich nicht verführt hat; es ist mir passiert, daß ich mich ergab nur aus dem Gefühl der Belohnung heraus. So gab bei unsern alten Turnieren die Schönheit der Tapferkeit und Geschicklichkeit den Preis.

Sie sind nicht mehr derselbe. Sie benehmen sich, als ob Sie Angst hätten vor dem Erfolg. Seit wann reisen Sie mit der Schneckenpost? Aber lassen wir diese Sache, die mich in ebenso schlechte Laune bringt, als sie mir das Vergnügen raubt, Sie zu sehen. Schreiben Sie mir wenigstens öfter als bisher und halten Sie mich mit Ihren Fortschritten auf dem Laufenden. Wissen

Sie, daß es jetzt schon über vierzehn Tage her ist, seitdem Sie dieses lächerliche Abenteuer beschäftigt, und daß Sie darüber jedermann vernachlässigen?

Übrigens: Vernachlässigung. Sie kommen mir vor wie Leute, welche regelmäßig Nachrichten über ihre kranken Freunde einholen, aber nie auf die Antwort warten. Sie schließen Ihren letzten Brief mit der Frage, ob der Chevalier tot wäre. Haben Sie vergessen, daß mein Geliebter Ihr intimster Freund ist? Seien Sie unbesorgt, er ist nicht tot; und wenn er es wäre, so durch allzuviel des Glückes. Dieser arme Chevalier ist so lieb und so geschaffen für die Liebe! Und wie lebhaft seine Zärtlichkeit ist – es verdreht mir ganz den Kopf. Aber im Ernst: das unerhörte Glück, das er empfindet, von mir geliebt zu sein, bindet mich an ihn.

Denselben Tag, an dem ich Ihnen schrieb, daß ich mich mit dem Gedanken an unsern Bruch trage, habe ich ihn doch so ganz glücklich gemacht! Und ich hatte mir schon alle Mittel zurechtgelegt, ihn zur Verzweiflung zu bringen, als er mir gemeldet wurde. War es nur

Laune oder war es Wahrheit, nie war er mir so schön vorgekommen, und trotzdem habe ich ihn doch recht launenhaft empfangen. Er dachte, zwei Stunden mit mir allein zu verbringen, ehe sich die Türen für jedermann öffneten. Aber ich sagte ihm, daß ich ausgehen würde; er wollte wissen wohin, und ich wollte es ihm nicht sagen. Als er darauf drang, sagte ich etwas scharf: »Dahin, wo Sie nicht sein werden.« Zum Glück für ihn machte ihn diese Antwort stumm; hätte er nur ein Wort darauf gesagt, wäre es unabweislich zu einer Auseinandersetzung gekommen und zum beabsichtigten Bruch. Erstaunt über sein Schweigen schaute ich nach ihm, aus keinem anderen Grunde, als um das Gesicht zu sehen, das er machte. Und ich sah auf diesem hübschen Gesichte jene zärtliche und tiefe Traurigkeit, von der Sie selbst sagten, daß sie unwiderstehlich wäre. Gleiche Ursache, gleiche Wirkung: ich war ein zweitesmal entwaffnet. Und so tat ich denn alles, um ihn nichts Schlechtes von mir glauben zu lassen. Ich gehe in Geschäften aus, sagte ich ihm schon etwas sanfter, und diese Geschäfte gehen Sie an; fragen Sie aber nichts weiter. Ich werde zu Hause zu Abend essen; kommen Sie zurück, und ich werde Ihnen alles erklären.

Dann erst fand er wieder Worte. Ich erlaubte ihm aber nicht, daß er Gebrauch davon machte und sagte schnell: »Ich habe große Eile.« Und: »Bis heute Abend.« Er küßte meine Hand und ging.

Gleich darauf, um ihn – und vielleicht auch mich – zu entschädigen, kam mir der Einfall, ihm mein kleines Haus zu zeigen, von dessen Existenz er keine Ahnung hat. Ich rufe also meine treue Viktoria.

Ich habe meine Migräne und lege mich – für meine Leute – zu Bett; und allein mit meiner Vertrauten, ziehe ich mich als Kammerzofe an, während sie sich als Lakai verkleidet. Darauf läßt sie einen Wagen an die hintere Gartentür kommen und fort geht es. Nach der Ankunft in meinem heimlichen Liebestempel zog ich das galanteste Negligé an, das man sich denken kann, und das wirklich entzückend ist und ganz meine Erfindung: es läßt nichts sehen und doch alles erraten. Ich verspreche Ihnen das Modell für Ihre Präsidentin, sobald Sie sie würdig gefunden haben werden, es zu tragen.

Nach all diesen Vorbereitungen und während Viktoria sich um die andern Details kümmert, lese ich ein Kapitel aus dem »Sopha« unseres Crébillon, einen Brief der Heloise und zwei Erzählungen von La Fontaine, um mich in Stimmung zu bringen. Da erscheint auch schon der Chevalier mit der ihm gewohnten Zuvorkommenheit. Mein Schweizer sagt ihm, ich wäre krank, läßt ihn nicht ein und übergibt ihm gleichzeitig ein Billett von mir, aber nicht mit meiner Handschrift. Er öffnet es und findet von der Hand Viktorias geschrieben: »Punkt 9 Uhr auf dem Boulevard vor den Cafés.« Er begibt sich dorthin und findet da einen kleinen Lakai, den er nicht zu kennen scheint, – natürlich wieder Viktoria, die ihm sagte, er möge nur seinen Wagen fortschicken und ihr folgen. Die ganze romantische Geschichte macht ihm einen heißen Kopf, und ein heißer Kopf ist immer gut. Endlich kommt er an: Liebe und Überraschung machen ihn ganz trunken, und er ist entzückend. Die Zeit, die ihn wieder ein wenig restaurieren soll, gehen wir im Garten spazieren, und dann bringe ich ihn ins Haus zurück, wo er zwei Gedecke und das offene Bett sieht. Im Boudoir, das in all seinem Glanze strahlte, schlinge ich halb bedacht und halb gedrängt meine Arme um seinen Hals und lasse mich zu seinen Füßen niedersinken: »Um dir, mein Lieber, die Überraschung dieses Augenblickes zu bereiten, habe ich die schlechte Laune geheuchelt und dich damit betrübt; verzeih mir, ich will alles durch die Macht meiner Liebe wieder gut machen.« Sie können sich die Wirkung dieser zärtlichen Rede wohl vorstellen. Der glückliche Chevalier hob mich auf, und wir besiegelten unsere Versöhnung auf derselben Ottomane, auf der wir beide, Sie und ich, in der gleichen Weise unsere ewige Trennung beschlossen haben.

Sechs Stunden hatten wir vor uns; ich hatte mir vorgenommen, daß diese Zeit ihm immer gleich entzückend bleiben sollte, und mäßigte daher seine Stürme mit liebenswürdiger Koketterie. Niemals, glaube ich, habe ich so viel Sorge darauf verwandt, zu gefallen, und ich war wirklich sehr zufrieden mit mir. Nach dem Souper spielte ich abwechselnd das Kind und die vernünftige Frau, war bald übermütig, bald empfindsam, manchmal sogar ausschweifend – es machte mir Spaß, ihn wie einen Sultan in seinem Harem zu nehmen, in dem ich die verschiedenen Favoritinnen spielte. Alles kam von einer und derselben Frau und mußte ihm doch scheinen, als käme jedes Vergnügen von einer neuen Geliebten. Der Tag brach an und wir mußten uns trennen; und was er auch tat und sagte, um mich vom Gegenteil zu überzeugen, er bedurfte doch der Ruhe ebenso stark, als ihm die Lust dazu fehlte. Wir gingen, und zum Abschied übergab ich ihm den Schlüssel zu diesem glücklichen Ort der Liebe und sagte ihm noch: »Ich hatte ihn allein für Sie, und es ist nur gerecht, daß Sie Herr darüber sind: der

Opferpriester gebietet über den Tempel.« Dadurch kam ich geschickt seinen Nachgedanken zuvor, wie ich wohl in den verdächtigen Besitz eines solchen kleinen Hauses komme. Ich kenne ihn zur Genüge, um dessen sicher zu sein, daß er nur für mich von dem Schlüssel Gebrauch macht; und wenn meine Laune mir gebieten sollte, ohne den Chevalier hinzugehen, habe ich immer noch einen zweiten Schlüssel. Er wollte gleich wieder einen bestimmten Tag für das nächste mal haben, aber ich liebe ihn noch zu sehr, um ihn so rasch abzunützen. Man soll sich ein Übermaß nur mit jenen Männern erlauben, die man rasch wieder aufgeben will. Er weiß das nicht, aber zum Glück für ihn weiß ich das für uns beide.

Eben bemerke ich, daß es drei Uhr in der Früh ist, und ich einen Band schreibe, wo ich nur ein paar Worte schreiben wollte. Das ist der Reiz der mitteilsamen Freundschaft; und die macht es, daß Sie immer derjenige sind, den ich am meisten liebe; in Wirklichkeit aber ist es der Chevalier, der mir besser gefällt.

Paris, den 12. August 17..

11. Brief

Die Präsidentin von Tourvel an Frau von Volanges.

Ihr ernster mahnender Brief hätte mich erschreckt, gnädige Frau, wenn ich nicht zum Glück hier mehr Gründe für meine Sicherheit fände, als Sie mir für die Angst gaben. Dieser gefürchtete Herr von Valmont, der der Schrecken der ganzen Frauenwelt sein soll, scheint seine mörderischen Waffen abgelegt zu haben, ehe er dieses Schloß betrat. Weit entfernt davon, mit Pretensionen hierher gekommen zu sein, hat er nicht einmal die Absicht dazu mitgebracht; und selbst seine Eigenschaft, ein liebenswürdiger Mann zu sein, was ihm selbst seine Feinde zugestehen, verschwindet hier fast, um ihn nur als einen guten Jungen zu zeigen. Vielleicht hat die Landluft dieses Wunder an ihm bewirkt. Wessen ich Sie versichern kann, – und er ist fast immer mit mir zusammen, und es scheint ihm meine Gesellschaft zu gefallen – ist, daß ihm niemals ein Wort entschlüpft ist, das auch nur entfernt der Liebe ähnlich sähe, nicht eine jener Phrasen, die sich doch alle Männer erlauben, und Männer, die nicht, wie er, das besitzen, was sie dazu berechtigen könnte. Niemals fühlte ich mich bei ihm zu jener Zurückhaltung genötigt, zu der jede Frau sich gezwungen fühlt, die sich respektiert, um die Männer, die sie umgeben, in den gebührenden Schranken zu halten. Er mißbraucht auch die Lustigkeit nicht, die er zu erwecken versteht. Er ist vielleicht ein bißchen Schmeichler, aber er sagt das mit so viel Delikatesse, daß sich sogar die Bescheidenheit selber an sein Lob gewöhnen kann. Hätte ich einen Bruder, ich wünschte ihn mir so, wie Herr von Valmont sich hier zeigt. Vielleicht würden sich viele Frauen eine deutlichere Galanterie von ihm wünschen, ich gestehe, daß ich ihm dafür sehr dankbar bin, daß er mich so gut beurteilen lernte, mich mit jenen Frauen nicht zu verwechseln.

Dieses Bild weicht sichtlich sehr von jenem ab, das Sie mir von Valmont entwarfen, und trotzdem können beide richtig sein, jedes für seine Zeit. Er selbst gibt zu, sehr viel Schlechtigkeiten begangen zu haben, einige wird man ihm auch noch andichten, aber ich bin wenigen Männern begegnet, die mit solchem Respekt, fast möchte ich sagen Begeisterung von den anständigen Frauen sprachen wie er. Sie sagen mir, daß er wenigstens in diesem einen Punkte nicht betrügt. Sein Verhältnis zu Madame von Merteuil ist ein Beweis dafür. Er erzählt viel von ihr, und in so hohen Ausdrücken des Lobes und treuer Anhänglichkeit, daß ich, bevor Ihr Brief ankam, glaubte, was er Freundschaft zwischen ihnen nannte, in Wirklichkeit Liebe wäre. Ich muß mich dieser verwegenen Meinung anklagen, die um so unrechter von mir war, als er sie selbst oft zu widerlegen suchte. Ich gestehe, lange glaubte ich, es geschähe das nur aus Klugheit, was, wie ich nun weiß, ehrlichste Aufrichtigkeit seinerseits war. Ich weiß es ja nicht genau, aber mir scheint, daß, wenn ein Mann einer andauernden Freundschaft für eine schätzenswerte Frau fähig ist, dieser Mann kein unverbesserlicher Wüstling sein kann. Im übrigen weiß ich nicht, ob er seinen Aufenthalt hier einer Liebesgeschichte in der Umgebung wegen genommen hat, wie Sie glauben. Es gibt wohl einige liebenswürdige Frauen in der Nachbarschaft, aber er geht wenig aus, höchstens des Morgens in der Früh', und da sagt er, daß er auf die Jagd geht. Es ist wahr, er bringt selten Wild heim; aber er versichert, daß er ein ungeschickter Jäger sei. Im übrigen kümmert mich wenig, was er außerhalb des Schlosses macht; und wenn ich es wissen möchte, so wäre es nur, um einen Grund mehr zu haben, mich entweder Ihrer Meinung zu nähern oder Sie zu der meinen zu bekehren.

Dieser Vorschlag, den Sie mir machen, darauf hinzuarbeiten, daß Herr von Valmont seinen Aufenthalt hier abkürzt, das scheint mir etwas schwierig bei seiner Tante durchzusetzen, die ihren Neffen sehr liebt. Ich verspreche Ihnen aber, es zu versuchen, nicht aus meinem Bedürfnis heraus, sondern um Ihnen zu dienen; ich werde also die Gelegenheit wahrnehmen, sei es bei der Tante, oder bei ihm selbst. Was mich betrifft, so nimmt Herr von Tourvel an, daß ich bis zu seiner Rückkunft hier bleibe, und er würde, und mit Recht, anders sehr erstaunt darüber sein, wie leicht ich meine Pläne ändere.

Das sind lange Auseinandersetzungen, gnädige Frau, aber ich glaubte um der Wahrheit wegen, Herrn von Valmont ein besseres Zeugnis geben zu müssen, dessen er, wie mir scheint, bei Ihnen sehr bedarf. Ich schätze darum die Freundschaft nicht geringer, die Sie ja allein veranlaßte, mir die guten Ratschläge zu geben. Ihrer Freundschaft verdanke ich ja auch alles Verbindliche, das Sie mir betreffs des Aufschubes der Hochzeit sagen, und ich danke Ihnen aufrichtig dafür. So groß auch das Vergnügen, diese festliche Zeit mit Ihnen zu verbringen, sein wird, ich würde es gerne dem Wunsche von Fräulein von Volanges opfern, schon früher glücklich zu sein, – wenn Sie es je mehr sein kann als in der Nähe einer Mutter, die wie Sie ihrer Zärtlichkeit und ihrer Achtung so würdig ist.

Ich teile mit ihr diese beiden Empfindungen, die mich an Sie fesseln, und bitte diese Versicherung mit Güte entgegenzunehmen. Ich bin in Ehrfurcht …

Schloß …, den 13. August 17..

12. Brief

Cécile Volanges an die Marquise von Merteuil.

Mama ist unwohl, gnädige Frau, sie kann nicht ausgehen und ich muß ihr Gesellschaft leisten, weshalb ich nicht die Ehre haben kann, Sie in die Oper zu begleiten. Ich versichere Ihnen, ich bedaure es mehr, nicht bei Ihnen sein zu können, als die Vorstellung zu versäumen, und ich bitte Sie, davon überzeugt zu sein. Ich liebe Sie sehr. Wollen Sie gefälligst dem Herrn Chevalier von Danceny sagen, daß ich diese Lieder nicht habe, von denen er mit mir sprach, und wenn er sie mir morgen bringen könnte, würde es mich sehr freuen. Käme er heute, so würde man ihm sagen, daß wir nicht zu Hause sind, weil Mama niemanden empfangen will. Ich hoffe, sie wird sich morgen wieder wohl fühlen.

Paris, den 13. August 17..

13. Brief

Die Marquise von Merteuil an Cécile Volanges.

Ich bin sehr betrübt, mein schönes Fräulein, des Vergnügens beraubt zu sein, Sie zu sehen, und um dessen Ursache wegen. Ich hoffe, diese Gelegenheit wird sich sehr bald wiederfinden. Ich werde dem Chevalier Danceny Ihren Auftrag bestimmt ausrichten; er wird gewiß über die Erkrankung Ihrer Mama sehr betrübt sein. Wenn sie mich morgen empfangen will, werde ich ihr gern Gesellschaft leisten. Wir wollen dann zusammen den Chevalier von Belleroche im Piquet attakieren, und wir würden außer dem Vergnügen, ihm sein Geld abzugewinnen, auch noch dieses haben, Sie mit Ihrem liebenswürdigen Meister singen zu hören, dem ich das vorschlagen werde. Wenn das Ihrer Mama und Ihnen paßt, so stehe ich für mich und meine beiden Chevaliers. Adieu, meine Schöne, und meine Empfehlungen der lieben Frau von Volanges. Ich küsse Sie zärtlichst.

Paris, 13. August 17..

14. Brief

Cécile Volanges an Sophie Carnay.

Ich habe Dir gestern nicht geschrieben, meine liebe Sophie, aber ich versichere Dir, das Vergnügen war nicht Schuld daran. Mama war krank, und ich verließ sie den ganzen Tag über nicht. Als ich mich abends zurückzog, hatte ich zu nichts mehr Lust und ich legte mich sehr schnell zu Bett, um die Überzeugung zu bekommen, daß der Tag wirklich zu Ende sei; niemals erschien mir ein Tag so lang. Nicht daß ich Mama nicht liebte, aber ich weiß nicht was es war. Ich sollte mit Frau von Merteuil in die Oper gehen und der Chevalier Danceny sollte mit dabei sein. Du weißt wohl, daß die beiden meine liebsten Menschen sind. Als die Stunde kam, zu der ich da sein sollte, zog sich mir das Herz zusammen, ganz wider Willen. Da ärgerte ich mich über alles und weinte und weinte ohne Aufhören. Glücklicherweise lag Mama zu Bett und konnte mich nicht hören. Ich bin sicher, der Chevalier Danceny war auch traurig; aber er wird sich im Theater und an den vielen Leuten da zerstreut haben, und das ist schon etwas anderes.

Zum Glück geht es Mama heute wieder besser, und Frau von Merteuil wird kommen mit einem Herrn und dem Chevalier Danceny; aber sie kommt immer erst so spät, und es ist so langweilig, wenn man allein ist und wartet. Es ist erst elf Uhr. Es ist wahr, ich muß noch etwas Harfe spielen und meine Toilette wird mich noch etwas Zeit kosten, denn ich will heute schön sein. Ich glaube, Mutter Perpetua hat Recht, daß man kokett wird, sobald man in die Welt tritt. Ich habe noch niemals solche Lust gehabt, hübsch auszusehen, als seit einigen Tagen, und ich finde, daß ich nicht so hübsch bin, wie ich zu sein glaubte; dann verliert man auch an Farbe neben allen den Frauen, die sich schminken. Bei Frau von Merteuil zum Beispiel bemerke ich ganz gut, daß sie sie alle schöner finden als mich, aber das betrübt mich nicht sehr, denn sie hat mich sehr gern. Auch versichert sie mir, daß der Chevalier von Danceny mich schöner findet als sie. Das ist doch ehrlich von ihr, mir das zu sagen, nicht? Es schien ihr sogar Vergnügen zu machen. Das zum Beispiel verstehe ich aber nicht. Sie muß mich doch sehr lieb haben! Und er! ... o! Du ahnst nicht, wie mir das Freude macht! Dann scheint es mir immer, daß ihn anzusehen schon allein genügt, um schöner zu werden. Ich würde ihn immer ansehen, wenn ich nicht fürchtete, seinen Blicken zu begegnen; denn jedesmal, wenn mir das passiert, verliere ich ganz meine Fassung und das tut mir weh; aber das macht nichts. Adieu, meine liebe Freundin; ich will Toilette machen. Ich liebe Dich wie immer.

Paris, den 14. August 17..

15. Brief

Der Vicomte von Valmont an die Marquise von Merteuil.

Das ist wirklich hübsch von Ihnen, daß Sie mich in meinem traurigen Schicksal nicht verlassen. Das Leben, das ich hier führe, ist wirklich ermüdend, – nichts als stille Ruhe und eine tödliche Einförmigkeit. Während ich in Ihrem Briefe die Details Ihres reizenden Tages las, war ich zwanzigmal versucht, irgendein Geschäft vorzugeben und vor Ihre Füße zu fliegen, um da die Gunst der Untreue an Ihrem Chevalier zu erbitten, der trotz allem und allem soviel Glück nicht verdient. Wissen Sie, daß Sie mich eifersüchtig auf ihn machten? Was erzählen Sie mir da von einer ewigen Trennung! Ich verleugne diesen Schwur, den ich in Sinnlosigkeit tat; wir wären ja nicht würdig gewesen ihn zu schwören, wenn wir ihn hätten halten müssen. Ach, daß ich mich eines Tages in Ihren Armen an dem unbehaglichen Gefühl, das mir das Glück des Chevaliers bereitet, rächen könnte! Ich gestehe, ich bin wütend, wenn ich an diesen Menschen denke, der ohne zu denken und mühelos, nur blöd und dumm dem Instinkt seines Herzens folgend, ein Glück findet, das ich nicht erreichen kann. Aber ich werde es ihm nehmen. Versprechen Sie mir, daß ich es ihm nehmen werde. Und Sie selbst, fühlen Sie sich gar nicht erniedrigt? Sie geben sich die Mühe ihn zu betrügen und er ist glücklicher als Sie. Sie glauben ihn in Ihren Ketten zu haben, und Sie sind es, die in den seinen liegt. Er schläft ruhig, während Sie über sein Vergnügen wachen. Was mehr würde sein letzter, Bedienter für ihn tun? Sehen Sie, meine schöne Freundin, wenn Sie sich unter viele teilen, bin ich nicht eine Spur eifersüchtig; denn da sehe ich in Ihren Liebhabern nur die Nachfolger Alexanders, denen es allen nicht möglich ist, das Reich zu halten, das ich allein regierte. Aber daß Sie sich einem von ihnen vollständig ergeben, daß noch ein Mann existieren soll so glücklich wie ich, – das dulde ich nicht, und glauben Sie nicht, daß ich es dulden werde. Entweder nehmen Sie mich wieder, oder Sie nehmen einen anderen und verraten nicht wegen einer Laune die unwandelbare Freundschaft, die wir uns geschworen haben.

Bei Gott, ich habe mich gerade genug über die Liebe zu beklagen: woraus Sie sehen, daß ich mich Ihren Anordnungen füge und meinen

Irrtum bekenne. Ja, wenn das wirklich verliebt sein heißt: nicht ohne den Besitz dessen, was man wünscht, leben können, seine Zeit dafür opfert, sein Vergnügen, sein Leben, ja, dann bin ich wirklich und wahrhaftig verliebt. Ich bin nicht um einen Schritt weiter gekommen. Ich hätte Ihnen in dieser Hinsicht gar nichts Neues mitzuteilen, wäre nicht etwas eingetreten, das mir viel zu denken gibt und von dem ich noch nicht weiß, ob ich etwas befürchten oder etwas hoffen soll.

Sie kennen meinen Jäger, ein Juwel der Intrige, ein wahrhafter Kammerdiener der Komödie. Sie können sich denken, daß seine Aufgabe diese war, sich in die Kammerjungfer zu verlieben und die Dienerschaft betrunken zu machen. Der Spitzbube ist glücklicher als ich, denn ihm gelang es. Und er hat herausgebracht, daß Frau von Tourvel einen ihrer Leute damit beauftragte, Erkundigungen über mein Leben hier einzuziehen und mir sogar auf meinen morgendlichen Spaziergängen, soweit wie möglich, unmerklich zu folgen. Welches Recht nimmt sich diese Frau? Sie, die Bescheidenste unter allen, wagt Dinge, die wir uns kaum erlauben! … Was sagen Sie dazu? … Bevor ich aber die Rache an dieser Weibeslist bedenke, suche ich nach dem Mittel, mir diese List nützlich zu machen. Bisher hatten diese meine verdächtigen Spaziergänge keine besonderen Ursachen, geben wir ihnen also welche. Das verlangt jetzt meine ganze Aufmerksamkeit und ich verlasse Sie, um darüber nachzudenken. Adieu, meine schöne Freundin,

Immer noch Schloß …, den 15. August 17..

16. Brief

Cécile Volanges an Sophie Carnay.

Ach, meine Sophie, ich habe Neuigkeiten! Eigentlich darf ich sie nicht sagen, aber ich muß mit jemandem darüber sprechen, es ist stärker als ich. Dieser Danceny … ich bin so aufgeregt, daß ich gar nicht schreiben kann. Ich weiß nicht womit beginnen. Also seitdem ich Dir von jenem reizenden Abend erzählte, den ich bei Mama mit ihm und Frau von Merteuil verbrachte, habe ich Dir nichts mehr von ihm erzählt; ich wollte mit niemand mehr darüber sprechen, aber gedacht hab ich immer daran. Seit der Zeit also ist er so traurig geworden, so traurig, aber so traurig, daß es mir sehr weh tat. Als ich ihn fragte warum, antwortete er immer, nein, er sei nicht; aber ich sah es doch ganz deutlich. Endlich gestern war es noch schlimmer als sonst; und jedesmal, wenn er mich ansah, schnürte es mir die Kehle zusammen; er hatte aber trotzdem die Gefälligkeit, mit mir zu singen ganz wie gewöhnlich. Wir hatten gesungen, er schloß meine Harfe in ihr Etui, und indem er mir den Schlüssel gab, bat er mich, sobald ich allein wäre den Abend, noch einmal zu spielen. Ich dachte an nichts weiter und hatte auch gar nicht einmal Lust dazu; er bat mich aber so lange, bis ich ja sagte. Er mußte aber seinen Grund dafür haben. Und wirklich, als ich am Abend allein und mein Kammermädchen hinausgegangen war, holte ich meine Harfe hervor, und – fand in den Saiten einen unversiegelten, nur zusammengelegten Brief von ihm! Ach! wenn Du wüßtest was er mir alles schreibt! Seitdem ich diesen Brief gelesen habe, bin ich so … so voller Freude, daß ich an nichts anderes mehr denken kann. Viermal habe ich ihn immer wieder durchgelesen, und dann habe ich ihn in meinen Schreibtisch gesperrt. Ich kann ihn auswendig. Und im Bett wiederholte ich mir ihn Wort für Wort, so daß ich nicht einschlafen konnte. Sobald ich die Augen schloß, stand er vor mir und sagte mir selber alles, was ich soeben gelesen hatte. Ich schlief so erst sehr spät ein. Wie ich aufwachte – es war ganz früh am Morgen – holte ich gleich den Brief hervor, um ihn nochmals nach Herzenslust zu lesen. Ich nahm ihn mit ins Bett und küßte ihn, als wenn … Es ist vielleicht unrecht von mir, einen Brief so zu küssen, aber ich konnte nicht anders.

Jetzt, meine liebe Freundin, so sehr glücklich ich mich auch fühle, so sehr bin ich auch in Verlegenheit. Soll ich auf diesen Brief antworten? Ich weiß, daß sich das nicht schickt, und doch verlangt er es von mir; und wenn ich es nicht tue, so weiß ich, wird er traurig sein. Es ist ja auch so betrübend für ihn! Was rätst Du mir? Aber Du wirst auch nicht mehr wissen als ich. Ich habe Lust, Frau von Merteuil darüber zu fragen, ich weiß, wie sehr sie mich liebt. Ich möchte ihn trösten und doch auch nichts tun, was Unrecht wäre. Man sagt uns immer, wir sollen ein gutes Herz haben, und dann verbietet man uns wieder, dem guten Herzen zu folgen, sowie es einen Mann betrifft – das ist doch nicht ganz gerecht. Ist denn ein Mann nicht auch unser Mitmensch ganz so wie eine Frau und vielleicht noch mehr? Denn man hat doch einen Vater und eine Mutter, einen Bruder und eine Schwester. Und dann ist doch auch noch der Gatte. Und doch, wenn ich etwas tun würde, was nicht ganz recht wäre, vielleicht würde Herr von Danceny selbst seine gute Meinung von mir verlieren? Da wäre es mir doch noch lieber, daß er traurig bleibt; und vielleicht bringt es die Zeit. Wenn er gestern geschrieben hat, deshalb brauche ich doch heute nicht gleich antworten. Dann sehe ich Frau von Merteuil noch heute abend, und wenn ich dann den Mut dazu habe, so werde ich ihr alles erzählen. Wenn ich das tue, was sie mir rät, so werde ich mir nichts vorzuwerfen haben. Vielleicht rät sie mir, ihm etwas zu schreiben, damit er nicht mehr gar so traurig ist! Ich bin recht unglücklich.

Adieu, meine liebe Freundin. Sage mir jedenfalls, wie Du darüber denkst.

Paris, den 19. August 17..

17. Brief

Der Chevalier Danceny an Cécile Volanges.

Mein Fräulein! Ehe ich dem Vergnügen oder dem Bedürfnisse, Ihnen zu schreiben, nachgebe, bitte ich Sie, mich gnädig anhören zu wollen. Ich fühle, ich bedarf der Nachsicht, wenn ich es wage, Ihnen meine Gefühle auszudrücken – der Brief wäre unnötig, wenn ich sie nur rechtfertigen wollte. Was kann ich Ihnen anderes zeigen als das, was Sie aus mir gemacht haben? Was habe ich Ihnen noch zu sagen, als das, was meine Blicke, meine Erregung, mein Benehmen und selbst mein Stillschweigen Ihnen noch nicht gesagt hätten? Warum sollten Sie sich über ein Gefühl betrüben, das Sie selbst heraufbeschworen haben? Von Ihnen ist es ausgegangen, und würdig, Ihnen dargebracht zu werden; und wenn es brennend ist wie meine Seele, so ist es auch ebenso rein wie die Ihre. Ist es ein Verbrechen, Ihre entzückende Gestalt zu lieben, Ihre verführerischen Talente, Ihre bezaubernde Anmut, und jene rührende Unschuld, die allen diesen schon so wertvollen Eigenschaften noch das Wertvollste gibt? Nein, sicher nicht. Aber ohne schuldig zu sein, kann man doch unglücklich sein, und dieses ist mein Los, wenn Sie sich meine Huldigung verbieten. Sie sind die erste, der mein Herz sie darbringt. Ohne Sie wäre ich, wenn auch nicht glücklich, so doch ruhig. Ich sah Sie, und von der Stunde floh die Ruhe von mir und schwankt mein Geschick. Und doch wundern

Sie sich über meine Traurigkeit und fragen nach der Ursache, ja manchmal glaubte ich, daß Sie sich darüber betrübten. Ach! sagen Sie ein Wort, und meine Seligkeit wird Ihr Werk sein. Aber, bevor Sie es aussprechen, bedenken Sie, daß ein Wort mich unglücklich machen kann. Sie halten mein Schicksal. Durch Sie werde ich auf ewig glücklich oder ewig unglücklich sein, und – in welch liebere Hände könnte ich diese große Entscheidung legen?

Ich schließe den Brief, wie ich ihn angefangen habe: Ich bat um Nachsicht, und daß Sie mich anhören möchten; ich wage noch mehr: ich bitte Sie, mir zu antworten. Wenn Sie das nicht tun, so nehme ich an, daß Sie sich beleidigt fühlen, mein Herz aber bürgt mir dafür, daß meine Achtung meiner Liebe gleichkommt.

P. S. Sie können mir auf dieselbe Art antworten, derer ich mich bediene, Ihnen den Brief zukommen zu lassen; sie scheint mir ebenso sicher wie bequem.

den 18. August 17..

18. Brief

Cécile Volanges an Sophie Carnay.

Wie, Sophie, Du mißbilligst schon im voraus was ich tun werde? Ich hatte mir schon so genug Sorgen gemacht und nun vermehrst Du sie noch. Du sagst, es wäre ganz klar, daß ich nicht antworten dürfe. Du hast leicht reden, denn Du weißt nicht genau, worum es sich handelt; Du bist nicht da, um das alles zu sehen. Ich bin überzeugt, daß Du es genau so machen würdest wie ich, wenn Du an meiner Stelle wärst. Gewiß, für gewöhnlich soll man nicht antworten, und Du siehst aus meinem gestrigen Brief, daß ich es auch nicht wollte; aber ich glaube nicht, daß sich je irgend jemand in einer solchen Lage befunden hat wie ich.

Dazu noch verurteilt zu sein, ganz allein einen Entschluß zu fassen! Frau von Merteuil sollte gestern abend kommen und kam nicht. Alles kehrt sich gegen mich. Sie ist die Ursache, daß ich ihn kennen lernte, ich habe ihn beinahe immer mit ihr gesehen, und in ihrer Gegenwart habe ich mit ihm gesprochen. Ich nehme ihr das ja nicht übel; aber daß sie mich jetzt in meiner Verlegenheit im Stiche läßt ... O! wie bin ich zu bedauern! Stelle Dir vor, er kam gestern wie gewöhnlich. Ich traute mich kaum ihn anzusehen, so sehr verwirrt war ich. Er konnte nicht mit mir sprechen, weil Mama dabei war. Ich bezweifelte nicht, daß er sehr böse sein würde, wenn er die Entdeckung machen wird, daß ich nicht geschrieben hatte. Ich wußte gar nicht, wie ich mich benehmen sollte. Bald nachher fragte er mich, ob er mir meine Harfe bringen dürfte. Mein Herz klopfte so heftig, daß ich nichts anderes sagen konnte als ja. Als er zurückkam, war es noch schlimmer. Ich sah nur ganz schnell zu ihm hinüber. Er sah mich nicht an, aber er sah aus, als wenn er krank wäre. Das tat mir furchtbar leid. Jetzt stimmte er meine Harfe, und als er sie mir brachte, sagte er: O, mein Fräulein … – Nur diese zwei Worte, aber mit einem Ton, daß ich ganz weg war. Ich spielte ohne zu wissen was ich tat. Mama fragte, ob wir denn nicht singen würden. Er entschuldigte sich mit etwas Unwohlsein, und ich, mir fiel keine Ausrede ein, und ich mußte singen. Lieber hätte ich keine Stimme gehabt! Ich suchte ein Lied aus das ich nicht konnte; denn ich war überzeugt, daß ich nicht singen könnte, und bei einem andern Lied hätte man etwas gemerkt. Glücklicherweise kam ein Besuch; sobald ich hörte, daß ein Wagen vorgefahren war, hörte ich auf und bat den Chevalier, die Harfe wieder zurückzutragen. Ich hatte Angst, daß er bei der Gelegenheit fortgehen würde, aber er kam wieder zurück.

Während Mama sich mit dieser Dame unterhielt, wollte ich ihn ein wenig ansehen. Ich begegnete seinem Blick, und ich konnte die meinen nicht davon wegbringen. Bald darauf sah ich, daß er Tränen in den Augen hatte, und er mußte sich umdrehen, damit man es nicht sah. Da konnte ich nicht mehr an mir halten, ich fühlte, daß ich auch zu weinen anfing. Ich ging hinaus und schrieb schnell mit Bleistift auf ein Stück Papier: »Seien Sie doch nicht so traurig, ich bitte darum; ich verspreche zu antworten.« Da kannst Du doch nicht sagen, daß da ein Unrecht dabei ist; es war eben stärker als ich. Ich steckte mein Papier in die Saiten meiner Harfe, genau so, wie sein Brief gesteckt hat und kam in den Salon zurück. Ich fühlte mich ruhiger. Ich wünschte, daß die Dame schon fortginge – glücklicherweise war sie nur so eine Visite, und sie ging auch bald. Kaum war sie fort, sagte ich, daß ich meine Harfe wieder haben möchte und bat ihn, sie wieder zu holen. Ich sah ihm wohl an, daß er an nichts dachte. Aber als er zurückkam, – wie war er froh! Indem er die Harfe vor mich hinsetzte, stellte er sich so, daß Mama ihn nicht sehen konnte, und drückte meine Hand … aber wie er sie drückte! … Es war nur ein Augenblick, doch was ich dabei empfand, kann ich Dir nicht beschreiben. Ich zog aber meine Hand zurück und habe mir so nichts vorzuwerfen.

Jetzt siehst Du, meine liebe Freundin, daß ich doch nicht anders kann, als ihm schreiben, da ich es ja versprochen habe; und ich will ihm auch keinen Kummer mehr machen, weil ich mehr darunter leide als er. Wenn es etwas Schlimmes wäre, würde ich es gewiß nicht tun. Worin kann das Unrecht bestehen, zu schreiben, wenn es jemanden verhindert unglücklich zu sein? Was mich etwas in Verlegenheit bringt ist nur, daß ich nicht recht weiß, wie den Brief schreiben; aber er wird schon fühlen, daß das nicht meine Schuld ist; dann glaube ich auch sicher, daß es genügt, daß er von mir kommt, und es wird ihm Freude machen.

Adieu, meine liebe Freundin. Wenn Du findest, daß ich im Unrecht bin, so sage es mir; aber ich glaube es nicht. Mit jeder Minute meinem Brief an ihn näher, schlägt mein Herz stärker. Aber ich muß es; denn ich habe es versprochen. Adieu.

Paris, den 20. August 17..

19. Brief

Cécile Volanges an den Chevalier Danceny.

Sie waren gestern so traurig, und das tut mir so leid, daß ich mich hinreißen ließ, Ihnen zu versprechen, den Brief zu beantworten, den Sie mir geschrieben haben. Ich fühle heute nicht weniger, daß ich es eigentlich nicht tun sollte. Da ich es jedoch versprochen habe, so will ich mein Wort halten, und das soll Ihnen die Freundschaft beweisen, die ich für Sie empfinde. Jetzt, da Sie dies wissen, hoffe ich, daß Sie von mir nicht verlangen werden, daß ich mehr schreibe. Auch hoffe ich, daß Sie niemandem sagen werden, daß ich Ihnen geschrieben habe, denn das würde man mir sicher übelnehmen, was mir viel Kummer bereiten könnte. Besonders hoffe ich, daß Sie selbst deshalb nicht schlecht über mich denken werden, was mir von allem das Ärgste wäre. Ich will Ihnen noch versichern, daß ich keinem andern als Ihnen diese Gefälligkeit erwiesen hätte. Ich wollte, Sie erwiesen mir jene, nicht mehr traurig zu sein, so wie Sie es die Zeit über waren, was mir jede Freude Sie zu sehen nimmt. Sie sehen, daß ich aufrichtig mit Ihnen bin. Ich wünsche nichts sehnlichster, als daß unsere Freundschaft ewig wäre; aber ich bitte Sie, schreiben Sie mir nicht mehr. Cécile Volanges.

den 20. August 17..

20. Brief

Die Marquise von Merteuil an den Vicomte von Valmont.

Sie Schelm! Sie schmeicheln mir aus Angst, daß ich Sie auslache! Nun – ich will gnädig sein. Sie schreiben mir so viel Verrücktes, daß ich Ihnen um der Sittsamkeit willen verzeihen muß, in der Sie Ihre Präsidentin erzieht. Ich glaube nicht, daß mein Chevalier so viel Rücksicht nehmen würde wie ich; er wäre Mannes genug, unsern erneuerten Vertrag nicht zu billigen und auch nicht viel Spaßhaftes in Ihrer verrückten Idee zu finden. Ich habe aber doch sehr darüber gelacht, und es tat mir leid, daß ich allein darüber lachen mußte. Wenn Sie dagewesen wären, weiß ich nicht, wohin diese Lustigkeit geführt hätte; aber so habe ich Zeit zum Überlegen gehabt und habe mich mit Strenge gepanzert. Nicht daß ich mich für immer verweigere, aber ich mache Schwierigkeiten und habe Recht. Vielleicht ist das Eitelkeit, und man weiß, einmal an das Spiel gewohnt, nicht mehr, wo man damit aufhören soll. Ich traue mir zu, Sie wieder in meine Fesseln zu schlagen, und Sie Ihre Präsidentin vergessen zu machen; wenn ich Unwürdige Sie aber vom Weg der Tugend ablenkte, was wäre das für ein Skandal! Um also diese Gefahr zu vermeiden, hören Sie meine Bedingungen.

Sobald Sie Ihre schöne Betschwester gehabt haben werden, und Sie mir einen Beweis dafür erbringen können, dann kommen Sie, und ich gehöre Ihnen. Vergessen Sie aber nicht, daß in wichtigen Dingen nur schriftliche Beweise wirkliche Beweise sind. Auf diese Art werde ich statt Trostmittel Belohnung, was mir sehr gefällt, und auf der andern Seite wird Ihr Erfolg um so pikanter sein, da er selbst das Mittel zur Untreue wird. Kommen Sie also so schnell als möglich und mit allen Zeichen Ihres Triumphes, unseren fahrenden Rittern von ehemals ähnlich, die ihren Damen die glänzenden Früchte ihrer Siege zu Füßen legten. Ganz ernsthaft: ich bin wirklich neugierig zu erfahren, was eine so fromme Frau nach einem solchen Augenblick schreiben kann, und was für Schleier sie über ihre Rede legt, nachdem sie keinen mehr auf ihrem Körper gelassen hat. Bei Ihnen steht die Entscheidung, ob ich mich zu hoch einschätze, aber das sage ich Ihnen gleich, daß es nichts daran zu handeln gibt. Bis dahin werden Sie, mein lieber Vicomte, sich damit abfinden müssen, daß ich dem Chevalier treu bleibe und daß ich ihn glücklich mache, trotz des kleinen Kummers, den Ihnen das bereitet.

Hätte ich jedoch weniger Moral, so glaubte ich, er hätte jetzt einen gefährlichen Rivalen in der kleinen Volanges. Ich bin ganz vernarrt in das Kind; es ist eine wirkliche Leidenschaft. Ich kann mich ja irren, aber ich glaube, sie wird eine unserer gesuchtesten Frauen werden. Ich sehe, wie ihr kleines Herz sich entwickelt, und das ist ein entzückendes Schauspiel. Schon liebt sie ihren Danceny höchst ungestüm, aber sie weiß noch nichts davon. Und er, obschon sehr verliebt, besitzt noch ganz die Schüchternheit seines Alters, und wagt noch nichts. Alle beide beten mich an, und besonders die Kleine hat große Lust, mir alles anzuvertrauen; seit einigen Tagen ist sie ganz davon bedrückt, und ich hätte ihr einen großen Dienst erwiesen, wenn ich ihr dabei geholfen hätte; aber ich vergesse nicht, daß sie ein Kind ist, und ich will mich nicht kompromittieren. Danceny dagegen hat etwas klarer mit mir gesprochen, aber für ihn bin ich fest: ich will ihn nicht anhören. Was die Kleine betrifft, so fühle ich mich oft versucht, meine Schülerin aus ihr zu machen, – ein Dienst, den ich Gercourt gern erweisen möchte. Er läßt mir, ja auch Zeit dazu, denn er bleibt auf Korsika bis Oktober, und ich will diese Zeit ausnutzen und hoffe, ihm eine fertige Frau geben zu können, statt seines erträumten unschuldigen Mädchens aus der Pension. Es ist doch wirklich eine unverschämte Sicherheit, mit der dieser Mensch ruhig zu schlafen wagt, während sich eine Frau noch nicht gerächt hat, die allen Grund hat, sich über ihn zu beklagen. Sehen Sie, wäre die Kleine jetzt im Augenblick bei mir, ich weiß nicht, was ich ihr nicht alles sagen würde.

Adieu, Vicomte. Gute Nacht und guten Erfolg; aber um Gottes willen kommen Sie endlich vorwärts. Bedenken Sie, wenn Sie diese Frau nicht erobern, müßten alle andern erröten, die Sie besessen haben.

Paris, den 20. August 17..

21. Brief

Der Vicomte von Valmont an die Marquise von Merteuil.

Endlich, meine schöne Freundin, komme ich einen Schritt vorwärts, und einen großen Schritt, der, wenn er mich auch nicht ans Ziel, so doch auf den richtigen Weg führte, und die Angst zerstörte, daß ich mich auf einem falschen verirrt hätte. Ich habe endlich meine Liebe gestanden, und obschon man das eigensinnigste Stillschweigen bewahrte, so bekam ich doch die unerwartetste und schmeichelhafteste Antwort. Aber ich will den Ereignissen nicht vorgreifen, und beim Anfang anfangen.

Sie erinnern sich, daß man alle meine Schritte überwachte. Nun, ich wollte, daß sich dieses skandalöse Mittel in eine allgemeine öffentliche Erbauung wende und habe das so angestellt. Ich beauftragte meinen Vertrauten, daß er mir in der Nachbarschaft irgendeinen Unglücklichen ausfindig machte, der der Hilfe bedürftig ist. Der Auftrag war nicht schwer auszuführen. Gestern nachmittag teilte er mir mit, daß heute Morgen der Hausrat einer ganzen Familie beschlagnahmt werden soll, weil sie die Steuern nicht bezahlen könnte. Ich erkundigte mich erst, ob in diesem Hause keine Frau oder junges Mädchen wäre, dessen Alter oder Gesicht meine Tat verdächtig machen konnte, und als ich darüber wohl unterrichtet war, sprach ich beim Abendessen von meiner Absicht, den nächsten Morgen auf die Jagd zu gehen. Hier muß ich gerecht gegen meine Präsidentin sein: Zweifellos empfand sie einige Gewissensbisse über die Spionage-Aufträge, die sie gegeben hatte, und da sie nicht die Kraft hatte, ihre Neugierde zu bezähmen, so hatte sie mindestens die, sich gegen meine Absicht zu wenden. Es würde eine entsetzliche Hitze sein, meinte sie, und ich würde dabei meine Gesundheit riskieren, und ich würde doch nichts schießen und mich deshalb nur umsonst ermüden und so weiter. Und während dem sprachen ihre Augen besser als sie selbst es wollte, und ließen mich erkennen, daß sie wünschte, ich sollte ihre schlechten Gründe gut finden. Ich hütete mich wohl, darauf einzugehen, wie Sie sich wohl denken können, und hielt selbst einem kleinen Angriff auf die Jagd und die Jäger überhaupt stand, und gab selbst dann nicht nach, als ich auf diesem himmlischen Gesicht den ganzen Abend über eine kleine Wolke schlechter Laune liegen sah. Ich fürchtete sogar einen Augenblick, daß sie ihre Anordnungen widerrufen hätte, und mich dieser Anfall von Ehrgefühl um meinen Plan bringen könnte. Ich rechnete nicht mit der Neugierde der Frauen, und ich irrte mich auch. Mein Jäger beruhigte mich noch am selben Abend, und ich legte mich zufrieden schlafen.

Mit Tagesanbruch stehe ich auf und gehe. Kaum fünfzig Schritte vom Schlosse entfernt sehe ich auch schon meinen Spion, der mir folgt. Ich gehe querfeldein, auf das Dorf zu, zu dem ich wollte, ohne anderes Vergnügen auf dem Wege, als den armen Kerl, der mir folgte, zum Laufen zu veranlassen, der, da er die Straße nicht verlassen durfte, oft springend einen Weg dreimal so lang wie der meine machen mußte. Wie ich so den Burschen trieb, wurde mir selber so warm, daß ich mich unter einen Baum setzte. Hatte der Kerl nicht die Frechheit, sich keine zwanzig Schritte von mir unter ein Gebüsch zu legen? Einen Augenblick hatte ich Lust, ihm einen Schuß aus meiner Flinte zu schicken, der, wenn es auch nur eine Schrotladung war, ihm doch eine Lektion über die Gefahren der Spionage erteilt hätte. Zum Glück für ihn fiel mir ein, daß er für meinen Plan nötig, ja höchst nötig sei, und das hat den Burschen gerettet.

Ich komme ins Dorf und bemerke einen Aufruhr, trete näher, und man erzählt mir den Vorfall. Ich lasse den Steuereinnehmer kommen und zahle mit meinem großmütigsten Mitleid und nobel fünfundsechzig Livres, um deretwillen man fünf Personen auf Stroh und Verzweiflung legen wollte. Nach dieser so einfachen Sache hätten Sie den Chor von Segenswünschen hören sollen, den alle Umstehenden anstimmten! Tränen der Dankbarkeit liefen dem alten Familienoberhaupte aus den Augen, und machten das Gesicht dieses Patriarchen schön, das vorher in der Verzweiflung fast häßlich war. Ich betrachtete noch das Schauspiel, als ein anderer etwas jüngerer Bauer mit einer Frau und zwei Kindern hervortrat, zu denen der Alte sagte: »Fallen wir vor diesem Ebenbild Gottes zu Füßen«, und im selben Augenblick lag diese Familie anbetend zu meinen Füßen. Ich wurde wirklich schwach, und meine Augen wurden naß: ich fühlte eine unwillkürliche aber angenehme Rührung. Ich war ganz erstaunt über das hübsche Gefühl, das man empfindet, wenn man wohltut, und ich möchte glauben, daß diese Leute, die wir nächstenliebende Leute nennen, nicht halb so viel Verdienst bei ihrer Tugend haben, als man uns glauben machen will.

Sei das wie immer, ich fand es nur recht und billig, diesen Leuten das Vergnügen zu zahlen, das sie mir soeben bereitet hatten. Ich hatte gerade noch zehn Louis bei mir und gab sie ihnen. Jetzt fingen die Dankeshymnen von neuem an, aber sie hatten schon nicht mehr die gleiche pathetische Höhe: das Nötige hatte den starken echten Effekt verursacht, das übrige war nur einfacher Ausdruck der Dankbarkeit und des Erstaunens über ein Geschenk, das aus dem Überfluß kam.

Ich sah inmitten dieser Segnungen der redseligen Familie wohl recht einem Theaterhelden ähnlich in der entscheidenden Szene. Natürlich war der treue Spion auch inmitten der Menge, und mein Zweck war erfüllt. Ich riß mich los und ging aufs Schloß zurück. Alles in allem gratuliere ich mir zu meinem Einfall. Und die Frau ist die viele Mühe wirklich wert, die ich mir ihretwegen mache – diese Mühe wird einmal mein Anspruch sein. Und indem ich sie auf diese Weise sozusagen im voraus bezahlt habe, werde ich das Recht haben, nach meiner Laune über diese Frau zu verfügen, ohne mir Vorwürfe machen zu müssen.

Ich vergaß Ihnen zu sagen, daß ich, um allen Vorteil daraus zu ziehen, die guten Leute noch bat, Gott um den Erfolg meines Vorhabens zu bitten. Sie werden gleich sehen, wie ihre Gebete schon zum Teil erhört wurden … Ich werde soeben zum Abendessen gerufen, und es würde zu spät für die Post werden, wenn ich den Schluß bis nachher aufheben wollte. Also den Rest am nächsten Posttag. Es tut mir leid, denn dieser Rest ist das Beste: Adieu, meine schöne Freundin. Sie stahlen mir eine Minute »ihres« Anblicks!

Schloß …, den 20. August 17..

22. Brief

Die Präsidentin von Tourvel an Frau von Volanges.

Sie werden sich gewiß freuen, gnädige Frau, von einem Zug des Herrn von Valmont zu hören, der, wie mir scheint, um vieles verschieden von der Art ist, wie man ihn Ihnen dargestellt hat. Es ist so unangenehm, unvorteilhaft von irgend jemandem zu denken, so betrübend, nur Laster bei jenen zu finden, die alle nötigen Eigenschaften besitzen, die Tugend zu lieben. Sie üben doch so gerne Nachsicht, und Ihnen

Grund zu geben, von einem zu strengen Urteil zurückzukommen, heißt doch Sie verbinden. Herr von Valmont scheint mir wie geschaffen dazu, diese Gunst, – ich möchte fast sagen diese Gerechtigkeit – von Ihnen zu erhoffen, und worauf ich das gründe, ist dies:

Er machte heute früh einen jener Spaziergänge, die bestimmte Pläne seinerseits in der Umgebung vermuten ließen, so wie Sie einmal voraussetzten, und ich muß mich anklagen, diese Ihre Vermutung mit allzu vieler Lebhaftigkeit geteilt zu haben. Zum Glück für ihn und auch für uns, – weil es uns davor bewahrt, ungerecht zu sein, – mußte einer meiner Leute denselben Weg wie er gehen, und auf diese Weise wurde meine sträfliche aber glückliche Neugierde befriedigt. Er brachte uns die Nachricht, daß Herr von Valmont im Dorfe S. eine unglückliche Familie angetroffen habe, deren Möbel verkauft werden sollten, weil sie die Steuer nicht bezahlen konnte; und daß er den Leuten nicht nur den Betrag der Steuern, sondern auch noch eine ansehnliche Summe geschenkt hatte. Mein Diener war Zeuge dieser tugendhaften Handlungsweise und erzählte weiter, daß die Bauern unter sich und zu ihm davon sprachen, daß gestern ein Diener ins Dorf gekommen wäre, um Erkundigungen über jene Bauern einzuziehen, ein Diener, den sie näher beschrieben, und den der meinige als den des Herrn von Valmont erkannte. Wenn dem so ist, so ist das kein gewöhnliches, durch die zufällige Gelegenheit veranlaßtes und vorübergehendes Mitleid, und ist vielmehr die vorgefaßte Absicht, Gutes zu tun; und das ist die schönste Tugend der schönsten Seelen. Aber, sei es nun Zufall oder Absicht, es bleibt immer eine lobenswerte und ehrliche Tat, deren Beschreibung mich schon zu Tränen rührte. Ich füge noch hinzu, und das immer noch aus dem Gefühl der Gerechtigkeit, daß, als ich mit ihm darüber sprach, er selbst kein Wort davon erwähnte, anfangs sogar leugnete und dann, als er es eingestand, so wenig Wert darauf legte, daß seine Bescheidenheit sein Verdienst verdoppelte. Jetzt sagen Sie mir, meine ehrwürdige Freundin, ob Herr von Valmont wirklich ein unverbesserlicher Wüstling ist, und wenn er das ist und sich so benimmt, was für die anständigen Menschen noch zu tun bliebe? Können denn die Bösen mit den Guten die heilige Freude des Wohltuns teilen? Gott würde erlauben, daß eine tugendhafte Familie die Hilfe, deren Dank sie der ewigen Vorsehung schuldet, aus den Händen eines Verbrechers empfängt? Und könnte es ihm gefallen, aus reinem Munde die Segnungen eines Verworfenen zu hören? Ich glaube nein. Ich will lieber glauben, daß seine Verirrungen langdauernde, aber nicht ewige sind, und ich kann mir nicht denken, daß derjenige, der Gutes tut, ein Feind der Tugend ist. Herr von Valmont ist vielleicht nur ein Beispiel mehr für die Gefahren, die in diesen verwerflichen Liaisons liegen. Ich bleibe bei diesem Gedanken, der mir gefällt, und wenn er dazu beitragen kann, Herrn von Valmont in Ihren Augen zu rechtfertigen, so dient er mir auch anderseits dazu, die Freundschaft mehr und mehr kostbar machen, die mich fürs Leben an Sie bindet.

In Ehrerbietung Ihre usw.

P.S. Frau von Rosemonde geht jetzt mit mir diese ehrliche und unglückliche Familie besuchen, um etwas verspätet unsere Hilfe derjenigen des Herrn von Valmont beizufügen. Wir nehmen ihn mit uns und werden den guten Leuten wenigstens die Freude machen, ihren Wohltäter wiederzusehen, was, glaube ich, alles ist, das er uns zu tun übrig ließ.

Schloß …, den 20. August 17..

23. Brief

Der Vicomte von Valmont an die Marquise von Merteuil.

Wir blieben bei meiner Rückkehr ins Schloß unterwegs stehen; ich nehme meinen Bericht wieder auf.

Ich hatte gerade noch Zeit, Toilette zu machen und begab mich in den Salon, wo meine Schöne an einer Stickerei saß, während der Pfarrer des Ortes meiner alten Tante die Zeitung vorlas. Ich setzte mich neben den Stickrahmen. Noch sanftere Blicke als gewöhnlich, ja fast zärtliche Blicke ließen mich bald erraten, daß der Diener schon seinen Bericht erstattet hatte. Und wirklich konnte meine süße Neugier nicht länger das Geheimnis halten; und unbekümmert, einen ehrwürdigen Priester zu unterbrechen, dessen Vorlesen mehr eine Predigt war, sagte sie: »Ich habe auch meine Neuigkeit«, und erzählte mein Abenteuer, und mit einer Genauigkeit, die der Intelligenz ihres Berichterstatters alle Ehre macht. Sie können sich denken, wie ich alle meine Bescheidenheit paradieren ließ, – aber kann man eine Frau hindern, die ohne es zu wissen, das Lob dessen singt, den sie liebt? Ich ließ sie also erzählen. Man hätte meinen können, sie trüge das Loblied eines Kirchenheiligen vor. Währenddem beobachtete ich nicht ohne Hoffnung alles, was ihr beredter Blick, ihre bereits freiere Bewegung der Liebe versprachen, und besonders den Tonfall der Stimme, deren leichtes Zittern die Bewegung ihrer Seele verriet. Kaum war sie zu Ende, als Frau von Rosemonde zu mir sagte: »Kommen Sie, mein lieber Neffe, kommen Sie, daß ich Sie umarme.« Ich fühlte gleich, daß die schöne Lobpreiserin sich nicht würde erwehren können, ebenfalls umarmt zu werden. Sie wollte entfliehen, aber bald hatte ich sie in meinen Armen, und sie nicht die Kraft zu widerstehen, – kaum konnte sie sich aufrecht halten. Je mehr ich diese Frau beobachte, desto begehrenswerter erscheint sie mir. Sie beeilte sich wieder an ihren Rahmen zu kommen, und es schien für jedermann, daß sie wieder sticke; ich merkte aber wohl, daß ihre zitternde Hand ihr es nicht möglich machte, die Nadel zu führen.

Nach dem Essen wollten die Damen die Unglücklichen aufsuchen, denen ich in so höchst tugendhafter Weise beigestanden hatte, und ich begleitete sie. Ich erspare Ihnen die Langeweile der Schilderung dieser neuen Szene des Dankes und des Lobes. Ich beschleunigte die Rückkehr ins Schloß, denn mein Herz war von einer entzückenden Erinnerung voll. Unterwegs war meine schöne Präsidentin träumerischer als gewöhnlich und sprach kein Wort. Ganz damit beschäftigt, den Nutzen der Wirkungen aus diesem Ereignis des Tages zu finden, war ich ebenso schweigsam. Nur Frau von Rosemonde sprach und bekam von uns nur seltene und kurze Antworten. Wir dürften sie gelangweilt haben, ich hatte wenigstens diese Absicht, und sie gelang. Denn als wir vom Wagen stiegen, ging sie gleich in ihre Zimmer und ließ uns miteinander allein, meine Schöne und mich, im schwach erleuchteten Salon, einem süßen Dämmerlicht, das schüchterne Liebe kühner macht.

Es wurde mir nicht schwer, das Gespräch dahin zu lenken, wo ich es haben wollte. Der Eifer der liebenswürdigen Tugendreichen half mehr dabei als es meine Geschicklichkeit hätte tun können.

»Wenn man so bereit ist, Gutes zu tun«, sagte sie mit einem sanften Blick auf mich, »wie kommt es, daß man sein Leben in Schlechtigkeit verbringt?« »Ich verdiene«, antwortete ich, »weder dieses Lob noch diesen Tadel, und ich begreife nicht, daß Sie mit all ihrem Geist mich immer noch nicht erkannt haben. Sollte mein Vertrauen zu Ihnen mir auch schaden, Sie sind dessen zu würdig, als daß es mir möglich wäre, es Ihnen zu entziehen. Sie finden den Schlüssel zu meinem Benehmen in meinem unglücklicherweise zu leichtfertigen Charakter. Von sittenlosen Menschen umgeben, habe ich deren Lasterleben nachgeahmt, vielleicht noch mit dem Ehrgeiz, sie darin zu übertreffen. Hier aber verleitete mich wieder das Beispiel der Tugend, und ich habe ohne Hoffnung wenigstens versucht, Ihnen zu folgen. Aber vielleicht würde die Tat, deren Sie mich loben, in Ihren Augen allen Wert verlieren, wenn Sie deren wirkliche Motive kennten. (Sie sehen, meine schöne Freundin, wie nahe ich der Wahrheit war!) Nicht mir verdanken diese Unglücklichen die Hilfe. Wo Sie eine lobenswerte Tat sehen, suchte ich nichts sonst als ein Mittel zu gefallen. Ich war, da ich es schon sagen muß, nur das schwache Werkzeug einer Göttin, die ich anbete. (Hier wollte sie mich unterbrechen, aber ich ließ ihr keine Zeit dazu.) In diesem selben Augenblick sogar entkommt mir mein Geheimnis – aus Schwäche. Ich hatte mir vorgenommen es vor Ihnen zu verschweigen, und ich machte mir mein Glück daraus Ihrer Tugend wie Ihrer Schönheit eine reine Huldigung darzubringen, von der Sie niemals erfahren sollten. Aber, unfähig zu betrügen, wenn ich unter meinen Augen das Beispiel der Unschuld habe, will ich mir auch keine sträfliche Verheimlichung vorzuwerfen haben. Glauben Sie ja nicht, daß ich Sie durch eine sträfliche Hoffnung beleidige. Ich weiß, ich werde unglücklich sein, aber meine Leiden werden mir teuer sein und mir die Stärke meiner Liebe zeigen; vor Ihre Füße, in Ihre Brust werde ich meine Qual legen und werde da neue Kraft zu neuem Leiden schöpfen. Da werde ich barmherzige Güte finden und werde mich getröstet fühlen, weil Sie mich bedauern. Angebetete! Hören Sie mich an, bedauern Sie mich und helfen Sie mir.« Und da lag ich ihr schon zu Füßen und drückte ihre Hände, aber sie riß sich los und rief verzweifelt und in Tränen: Ach, ich Unglückliche! ... Glücklicherweise hatte auch ich mich so weit fortreißen lassen, daß ich ebenfalls weinte und ihre Hände, die ich wieder hielt, mit meinen Tränen netzte – eine sehr nötige Sache; denn sie war so sehr mit ihrem eigenen Schmerz beschäftigt, daß sie den meinen ohne dieses Mittel meiner Tränen nicht bemerkt hätte. Die Tränen standen ihrem Gesichte herrlich, was mich so mehr noch erregte, daß ich kaum mehr Herr meiner selbst und versucht war, den Augenblick zu nützen.

Ach über unsere Schwäche! Und wie groß die Macht der Umstände, wenn selbst ich meine Pläne vergessend, in die Gefahr komme, durch einen verfrühten Sieg den Reiz eines langen Kampfes und die Details einer mühsamen Eroberung zu verlieren, wenn ich wie ein von der Sehnsucht genarrter Jüngling dem Sieger über Frau von Tourvel als Preis seiner Arbeit nichts sonst als diese Banalität gegeben hätte, eine Frau mehr besessen zu haben! Ja, sie soll sich ergeben, aber sie soll dagegen kämpfen; ohne die Kraft des Siegens zu besitzen, muß sie doch die des Widerstandes haben; sie soll reichlich das Gefühl ihrer Schwäche genießen und selbst ihre Niederlage gestehen. Der gemeine Wilddieb soll den überraschten Hirsch aus der Sicherheit des Hinterhaltes töten, aber der wahre Jäger muß ihn forcieren. Der Plan ist groß gedacht, nicht wahr? Aber ich würde jetzt vielleicht bedauern können, ihm nicht gefolgt zu sein, ohne den Zufall, der meiner Vorsicht zu Hilfe kam. Wir hörten ein Geräusch. Jemand trat in den Salon. Erschreckt erhob sich Frau von Tourvel, nahm einen Leuchter und ging hinaus. Ich mußte es geschehen lassen. Es war nur ein Diener gewesen. Sobald ich dessen gewiß war, folgte ich ihr. Kaum hatte ich einige Schritte gemacht, als sie, weil sie mich erkannte oder aus einem unbestimmten Gefühl des Schreckens, ihre Schritte beschleunigte und mehr laufend als gehend in ihr Zimmer stürzte, dessen Türe sie ins Schloß fallen ließ. Der Schlüssel steckte von innen. Ich hütete mich wohl zu klopfen, womit ich ihr die Gelegenheit eines allzu leichten Widerstandes gegeben hätte. Es kam mir die ebenso einfache als glückliche Idee, durchs Schlüsselloch zu schauen, und ich sah tatsächlich diese entzückende Frau auf den Knien liegen, in Tränen aufgelöst inbrünstig beten. Zu welchem Gott wohl? Gibt es einen stark genug gegen die Liebe? Umsonst suchte sie fremde Hilfe; denn ich bin es jetzt, der ihr Schicksal bestimmt.

Ich glaubte, es sei genug für einen Tag und zog mich in meine Zimmer zurück, um Ihnen zu schreiben. Ich hoffte, Frau von Tourvel beim Abendessen zu treffen, aber sie ließ sagen, daß sie sich nicht wohl fühle und daß sie zu Bett gegangen sei.

Frau von Rosemonde wollte zu ihr hinauf, aber die maliziöse Kranke schützte Kopfschmerzen vor, die ihr nicht erlaubten, jemanden zu sehen. Sie können sich denken, daß der Abend kurz war, und daß ich auch meine Kopfschmerzen vorgab. Ich schrieb ihr einen langen Brief, in dem ich mich über ihre Grausamkeit beklagte, und legte mich schlafen mit dem Vorsatz, ihr den Brief morgen früh zu geben. Ich habe schlecht geschlafen, wie Sie aus dem Datum des Briefes sehen. Früh las ich den Brief noch einmal durch und fand ihn schlecht: mehr Leidenschaft darin als Liebe, mehr üble Laune als Traurigkeit. Ich werde ihn noch einmal schreiben müssen, aber mit mehr Ruhe.

Ich merke, daß es Tag wird, ich hoffe von der Frische des Morgens den Schlaf. Ich will wieder zu Bett gehen, und wie groß auch immer die Macht, die diese Frau über mich hat, sein möge, ich verspreche Ihnen, mich nicht so ganz mit ihr zu beschäftigen, als daß mir nicht Zeit übrig bliebe, viel an Sie zu denken.

Adieu, meine schöne Freundin.

Schloß …, den 21. August 17.., 4 Uhr früh.

24. Brief

Der Vicomte von Valmont an die Frau von Tourvel.

Ach, gnädige Frau, aus Barmherzigkeit besänftigen Sie den Aufruhr meines Herzens; seien Sie gnädig, und sagen Sie mir, was ich zu hoffen oder zu fürchten habe. Die Ungewißheit ist ein grausames Los, so zwischen Glück und Unglück gestellt. Warum habe ich es Ihnen auch gesagt! Warum konnte ich dem zwingenden Zauber nicht widerstehen, der Ihnen meine Gedanken preisgab! Zufrieden damit, Sie schweigend anzubeten, freute ich mich wenigstens an meiner Liebe, und dieses glücklich reine Gefühl, das noch nicht das Bild Ihres Schmerzes verwirrte, war Glücks genug. Aber nun ist diese Quelle des Glückes eine der Verzweiflung geworden, seitdem ich Ihre Tränen fließen sah, seit ich dieses grausame »Ach! ich Unglückliche« gehört habe. Gnädige Frau, diese Worte werden noch lange in meinem Herzen sein! Durch welches Verhängnis kann Ihnen das zarteste aller Gefühle nur Entsetzen einflößen? Und worin besteht denn diese Furcht? Ach, es ist nicht jene, die man teilt, denn Ihr Herz, das ich schlecht kannte, ist nicht für die Liebe geschaffen, und nur das meine, das Sie immer verleumdeten, ist es allein, das empfinden kann – das Ihre kennt selbst das Mitleid nicht.

Wäre das nicht so, Sie hätten dem Unglücklichen, der Ihnen sein Leid klagte, nicht das Wort des Trostes versagt, sich nicht seinen

Blicken entzogen, der keine andere Freude kennt als die, Sie zu sehen. Sie hätten nicht ein so grausames Spiel mit seinem Kummer gespielt, indem Sie ihm sagen ließen, Sie wären krank, ohne ihm zu erlauben, sich über Ihr Befinden zu erkundigen. Sie hätten in derselben Nacht, die für Sie nur zwölf Ruhestunden bedeuteten, gefühlt, daß sie für mich eine Ewigkeit der Schmerzen sein müßte. Wodurch, sagen Sie, habe ich diese trostlose Strenge verdient? Ich fürchte mich nicht davor, Sie zum Richter anzurufen – was habe ich getan? Was anderes als dem stärkeren Gefühle nachgegeben, das Ihre Schönheit entflammt hat und das Ihre Tugend rechtfertigt, das immer die Hochachtung zurückgehalten hat, und dessen unschuldiges Geständnis aus dem Vertrauen und nicht aus der Hoffnung kam? Werden Sie nun dieses Vertrauen mißbrauchen, das Sie selbst zu erlauben schienen und dem ich mich ohne Rückhalt hingab? Nein, ich kann es nicht glauben; denn das hieße Unrechtes an Ihnen entdecken, und der bloße Gedanke, an Ihnen Unrechtes zu suchen, widerstrebt meinem Herzen – ich nehme alle meine Vorwürfe zurück, die ich wohl schreiben, aber nicht denken konnte. Lassen Sie mich daran glauben, daß Sie vollkommen sind – es ist die einzige Freude, die mir bleibt. Und beweisen Sie es mir, indem Sie mir Ihre großmütige Gnade schenken. Welchem Unglücklichen haben Sie je geholfen, der Ihrer Hilfe bedürftiger gewesen wäre als ich? Verlassen Sie mich nicht in dieser Verzweiflung, in die Sie mich gebracht haben. Leihen Sie mir Ihre Vernunft, da Sie mich um die meine gebracht haben. Sie haben mich besser gemacht, nun vollenden Sie Ihr Werk, indem Sie mir Klarheit geben in meiner Verwirrung.

Ich will Sie nicht täuschen. Es wird Ihnen nicht gelingen, mich von meiner Liebe abzubringen. Aber Sie werden mich lehren, sie zu mäßigen, indem Sie meine Schritte lenken, meine Worte leiten, und mich damit wenigstens vor diesem Unglück bewahren sollen, Ihnen zu mißfallen. Nehmen Sie mir wenigstens diese verzweifelte Angst, sagen Sie mir, daß Sie mir verzeihen, daß Sie mich bedauern, versichern Sie mich Ihrer Nachsicht. Sie werden ja nie diese Nachsicht haben, die ich ersehne, aber ich verlange die, derer ich bedarf – werden Sie sie mir versagen?

Adieu, gnädige Frau, empfangen Sie mit Güte die Huldigung meiner Gefühle, die denen meiner Hochachtung nicht im Wege sind.

den 20. August 17..

25. Brief

Der Vicomte von Valmont an die Marquise von Merteuil.

Hier der Kriegsbericht von gestern.

Um elf Uhr trat ich bei Frau von Rosemonde ein, und in ihrer Begleitung wurde ich bei der Scheinkranken eingelassen, die noch zu Bette lag. Sie hatte blaue Ränder unter den Augen, – ich hoffe, daß sie ebenso schlecht geschlafen hat wie ich. Ich benutzte einen Augenblick, da sich Frau von Rosemonde entfernt hatte, um meinen Brief zu übergeben; sie weigerte sich ihn anzunehmen, ich ließ ihn aber auf dem Bette liegen und rückte ganz artig den Fauteuil meiner alten Tante heran, die so nah wie möglich bei ihrem lieben Kinde sein wollte. Der Brief mußte wohl oder übel versteckt werden, um einen Skandal zu vermeiden. Die Kranke sagte sehr ungeschickt, daß sie glaube, etwas Fieber zu haben. Frau von Rosemonde veranlaßte mich, den Puls zu fühlen, indem sie meine medizinischen Kenntnisse sehr lobte. Meine Schöne hatte nun den doppelten Verdruß: sie mußte mir ihren Arm überlassen und dabei fühlen, daß ich ihre kleine Lüge entdecken würde. Und ich nahm also ihre Hand und drückte sie heftig in die meine, während ich mit der andern ihren frischen, vollen Arm befühlte; die schlechte Person antwortete auf nichts, weshalb ich, als ich mich zurückzog, sagte: es sei nicht die leiseste Spur auch nur der geringsten Erregung vorhanden. Ich war ihres strafenden Blickes so sicher, daß ich ihn, um sie zu strafen, gar nicht suchte. Einen Augenblick später sagte sie, sie wolle aufstehen, und wir ließen sie allein. Sie erschien beim Diner, das recht traurig war; sie kündete uns an, daß sie keinen Spaziergang machen werde, was mir zu verstehen geben sollte, daß ich keine Gelegenheit zur Aussprache haben würde. Ich fühlte, daß hier ein ganz leiser Seufzer und schmerzvoller Blick am Platze war, worauf sie zweifellos wartete; denn das war der einzige Moment am ganzen Tage, wo es mir gelang, ihren Augen zu begegnen. So klug sie auch ist, so hat sie doch ihre kleinen Schwächen wie jede andere. Ich fand einen günstigen Augenblick, in dem ich sie fragte, ob sie wohl die Güte gehabt hätte, mich über mein Schicksal zu beruhigen, und ich war etwas erstaunt über die Antwort: »Ja, ich habe Ihnen geschrieben.« Ich brannte danach, diesen Brief zu haben; aber aus

Absicht oder Ungeschicklichkeit oder Schüchternheit – sie gab ihn mir erst am Abend, gerade als sie sich zurückzog. Ich schicke ihn Ihnen mit dem Konzept des meinen: Lesen und urteilen Sie. Beachten Sie, mit welcher vortrefflich gemachten Falschheit sie erklärt, daß sie keine Liebe fühlt, während ich doch das Gegenteil genau weiß, – und dann wird sie sich später beklagen, daß ich sie betrüge, während sie mich schon jetzt betrügt! Meine schöne Freundin, der geschickteste Mann kann sich kaum auf der Höhe der aufrichtigsten Frau halten. Man wird wohl noch so tun müssen, als ob man an all diese Worte glaubte, und sich in Verzweiflung ermüden, weil es der Gnädigen gefällt, die Spröde zu spielen! Das Mittel, sich an all dieser Bosheit zu rächen … Aber Geduld … Und Adieu, ich habe noch viel zu schreiben.

Ja, noch etwas: Sie müssen mir den Brief der grausamen Dame zurückschicken, es könnte sein, daß sie später auf diese Kleinigkeiten Wert legte, und man muß immer korrekt sein.

Ich spreche heute nicht über die kleine Volanges, aber nächstens davon.

Schloß …, den 21. August 17..

26. Brief

Die Frau von Tourvel an den Vicomte von Valmont.

Sie hätten nie einen Brief von mir bekommen, wenn mich mein dummes Benehmen von gestern abend nicht zu einer Erklärung zwänge. Ja, ich habe geweint, ich gestehe es und vielleicht sind mir auch jene zwei Worte entschlüpft, die Sie mir mit so vieler Sorgfalt zitieren. Tränen und Worte – Sie haben alles bemerkt, so muß ich Ihnen alles erklären.

Gewöhnt, nur ehrbare Gefühle zu erwecken und nur Gespräche zu hören, die ich ohne zu erröten auch anhören kann, gebe ich mich einer Sicherheit hin, die ich wohl verdiene, und verstehe ich die Eindrücke, die ich empfange, weder zu verbergen noch zu bekämpfen. Die Überraschung, Verwirrung und ich weiß nicht welche Furcht, die die Situation in mir hervorrief, in die ich nie hätte geraten sollen, und dann dieser empörende Gedanke, mich mit den Frauen verwechselt zu sehen, die Sie verachten, und mich ebenso leichtfertig wie diese behandelt zu sehen – alles das verursachte meine Tränen und ließ mich mit Recht, wie ich glaube, sagen, daß ich unglücklich bin. Sie finden dieses Wort stark – es wäre noch viel zu schwach, wenn meine Tränen und Worte einen anderen Grund gehabt hätten, wenn ich, statt Gefühle, die mich beleidigen mußten, zu mißbilligen, sie zu teilen hätte befürchten müssen.

Nein, mein Herr, ich habe diese Furcht nicht, denn wenn ich sie hätte, würde ich hundert Meilen weit von Ihnen gehen, würde ich in einer Wüste das Unglück beweinen, Sie jemals gekannt zu haben. Vielleicht hätte ich, trotz der Gewißheit, daß ich Sie nicht liebe, daß ich Sie nie lieben werde, besser daran getan, die Ratschläge meiner Freunde zu befolgen, Sie nicht in meine Nähe zu lassen.

Ich glaubte, und das ist mein einziger Fehler, ich glaubte, Sie würden eine anständige Frau respektieren, die nichts sehnlicher verlangte, als auch Sie so zu finden, um Ihnen Gerechtigkeit widerfahren zu lassen, eine Frau, die Sie bereits verteidigte, während Sie sie mit Ihren verbrecherischen Wünschen beschimpften. Sie kennen mich nicht, nein, Sie kennen mich nicht. Sonst hätten Sie nicht geglaubt, ein Recht auf Ihr Unrecht zu haben, weil Sie mit mir von Dingen sprachen, die ich nicht hätte anhören sollen; hätten Sie sich nicht für berechtigt gehalten, mir einen Brief zu schreiben, den ich nicht hätte lesen sollen. Und Sie verlangen von mir, daß ich Ihre Schritte lenken, Ihre Gespräche leiten soll! Nun gut: Stillschweigen und Vergessen, das sind die Ratschläge, die mir Ihnen zu geben geziemt, so wie Ihnen, dieselben zu befolgen; dann werden Sie allein das Recht auf meine Nachsicht haben, und es steht nur bei Ihnen, sogar das der Dankbarkeit zu gewinnen. Aber nein, ich richte an den keine Bitte, der mir die Achtung verweigerte, ich will dem kein Zeichen des Vertrauens geben, der meine Sorglosigkeit mißbraucht hat. Sie zwingen mich, Sie zu fürchten, vielleicht sogar Sie zu hassen, und das war nicht meine Absicht, denn ich wollte in Ihnen nichts sonst sehen, als den Neffen meiner besten Freundin, und ich widersprach mit der Stimme der Freundschaft der Stimme der öffentlichen Meinung, die Sie anklagte. Sie haben alles zerstört, und ich sehe voraus, Sie werden nichts wieder gut machen wollen.

Ich erkläre Ihnen daher, daß Ihre Gefühle mich beleidigen, daß deren Geständnis mich beschimpft, und daß, weit entfernt davon sie jemals zu teilen, Sie mich zwingen werden, Sie nie wiederzusehen, wenn Sie sich über diese Sache nicht das Stillschweigen auferlegen, das ich von Ihnen zu erwarten, ja selbst zu fordern das Recht habe.

Ich lege diesem Briefe denjenigen bei, den Sie mir geschrieben haben und hoffe, daß Sie mir den meinen wiedergeben werden; ich wäre betrübt, bliebe auch nur eine Spur dieses Vorfalles zurück, der nie hätte stattfinden sollen.

den 21. August 17..

27. Brief

Cécile Volanges an die Marquise von Merteuil.

Mein Gott, wie Sie gut sind, gnädige Frau! Wie richtig haben Sie gefühlt, daß es mir leichter werden wird, Ihnen zu schreiben, als mit Ihnen zu sprechen! Auch ist das, was ich Ihnen zu sagen habe, sehr schwer zu sagen; aber Sie sind meine Freundin, nicht wahr, meine sehr gute Freundin, und ich will versuchen, keine Angst zu haben, und dann habe ich Sie und Ihre Ratschläge so nötig! Ich habe viel Kummer; es scheint mir, als ob jedermann erraten würde, was ich denke, und ganz besonders wenn er da ist, werde ich immer rot sobald man mich ansieht. Gestern, als Sie mich weinen sahen, wollte ich mit Ihnen sprechen und ich weiß nicht, was mich davon zurückhielt; und als Sie mich dann fragten, was mir fehle, kamen mir die Tranen ohne daß ich's wollte. Ich hätte kein Wort herausgebracht. Ohne Sie hätte es Mama bemerkt, und ich weiß nicht, was aus mir geworden wäre. Sehen Sie, so verbringe ich seit vier Tagen mein Leben.

An jenem Tag, gnädige Frau, ja ich will es Ihnen sagen, gerade an jenem Tage hat mir der Chevalier von Danceny geschrieben. O! ich schwöre Ihnen, als ich den Brief fand, wußte ich gar nicht was das war; aber ich will nicht lügen und muß sagen, daß ich viel Vergnügen empfand als ich ihn las. Sehen Sie, ich möchte lieber mein ganzes Leben lang leiden, als daß er mir den Brief nicht geschrieben hätte. Ich wußte wohl, ich dürfe ihm das nicht sagen, und ich kann Ihnen versichern, daß ich erklärte, ich zürne ihm darüber, er aber sagte, es wäre stärker als er gewesen, und ich glaube es auch, denn ich hatte mir vorgenommen, ihm nicht zu antworten, und doch konnte ich mich nicht enthalten, es doch zu tun.

Ich habe ihm nur ein allereinzigesmal geschrieben, und das eigentlich nur, um ihm zu sagen, er dürfe mir nicht mehr wieder schreiben – und trotzdem schreibt er mir wieder und wieder; und da ich ihm nicht antworte, sehe ich, daß er traurig ist, und das betrübt mich immer mehr; so daß ich gar nicht mehr weiß, was tun, und ich bin sehr zu bedauern.

Sagen Sie mir bitte, gnädige Frau, wäre es wirklich schlecht, wenn ich ihm von Zeit zu Zeit antwortete? Nur so lange, bis er es über sich bringt, mir nicht mehr zu schreiben und mit mir zu verkehren wie früher, denn wenn das so fort geht, weiß ich nicht, was aus mir werden soll. Sehen Sie, als ich seinen letzten Brief las, mußte ich ohne Aufhören weinen, und wenn ich ihm jetzt wieder nicht antworte, wird es uns viele Schmerzen machen.

Ich will Ihnen auch seinen Brief schicken, oder besser eine Abschrift davon und Sie können selbst urteilen. Sie werden gleich sehen, daß er nichts Unrechtes verlangt. Wenn Sie aber finden sollten, daß sich das nicht schickt, so verspreche ich Ihnen, nicht zu antworten; aber ich glaube, Sie denken wie ich und werden nichts Schlechtes darin finden.

Weil ich doch schon schreibe, erlauben Sie mir, gnädige Frau, noch eine Frage an Sie zu stellen. Man hat mir gesagt, daß es schlecht sei, jemanden zu lieben, aber warum denn? Was mir die Frage aufdrängt, ist, daß der Chevalier von Danceny gesagt hat, daß es gar nicht schlecht wäre, und daß fast alle Menschen lieben. Wenn das so ist, so sehe ich gar nicht ein, warum ich die einzige Ausnahme machen sollte. Oder ist das nur etwas Schlechtes für die Fräuleins? Denn ich hörte Mama selbst einmal sagen, daß Frau von D... Herrn M... liebe, und sie sprach darüber nicht, als ob das etwas Schlechtes wäre und doch bin ich überzeugt, daß sie über mich böse würde, wenn sie nur ahnte, daß ich für Herrn Danceny Freundschaft empfinde. Mama behandelt mich noch immer wie ein Kind und sagt mir gar nichts. Ich glaubte, sie wolle mich verheiraten, als sie mich aus dem Kloster nahm, jetzt scheint mir aber das nicht; doch ich versichere Ihnen, daß mich das gar nicht bekümmert. Aber Sie, die Sie Mamas Freundin sind, Sie wissen gewiß, was daran ist, und wenn Sie es wissen, hoffe ich, werden Sie es mir sagen, nicht wahr? Jetzt habe ich einen sehr langen Brief geschrieben; aber da Sie mir erlaubten, Ihnen zu schreiben, benutzte ich die Gelegenheit, Ihnen alles zu sagen und rechne dabei auf Ihre Freundschaft.

Paris, den 23. August 17..

28. Brief

Der Chevalier Danceny an Cécile Volanges.

Wie, mein Fräulein, Sie wollen mir immer noch nicht antworten? Kann Sie denn gar nichts milder stimmen? Und jeder Tag nimmt die Hoffnung, die er brachte, wieder mit sich fort. Was für eine Freundschaft, die Sie zugeben, besteht denn zwischen uns, wenn die Ihre nicht einmal stark genug ist, sich meiner Leiden zu erbarmen? Wenn Sie kalt und ruhig zusehen, wie in mir ein Feuer brennt, das ich nicht zu löschen vermag? Wenn diese Freundschaft, weit davon Ihnen Vertrauen einzuflößen, nicht einmal so groß ist, Ihr Mitleid zu wecken? Ihr Freund leidet und Sie tun nichts, um ihm zu helfen. Er verlangt bloß ein Wort von Ihnen und Sie versagen es ihm und wollen, daß er sich mit einem so schwachen Gefühle begnügt, dessen Versicherung Sie sich zu wiederholen fürchten!

Sie wollen nicht undankbar sein, sagten Sie gestern. Glauben Sie mir, mein Fräulein, mit Freundschaft die Liebe erwidern wollen, das heißt nicht die Undankbarkeit fürchten, das heißt nur Angst haben, undankbar zu scheinen. Doch nichts mehr von meinen Gefühlen, die Ihnen ja nur lästig sind, weil sie Sie nicht interessieren; ich muß sie in mich verschließen, bis ich sie unterdrücken lerne. Ich weiß, wie schwer mir das werden wird, und ich täusche mich darüber nicht, daß ich alle meine Kräfte dazu brauchen werde; aber ich will alle Mittel versuchen, von denen mir eines ganz besonders schwer wird, und das ist, Ihnen immer wieder zu sagen, wie fühllos Ihr Herz ist. Ich will sogar versuchen, Sie seltener zu sehen, und ich beschäftige mich schon damit, einen plausiblen Grund dafür zu finden.

Ach, ich soll die süße Gewöhnung aufgeben, Sie jeden Tag zu sehen! Ein ewiges Unglücklichsein wird meine zärtliche Liebe lohnen und Sie werden es so gewollt haben, und es wird Ihr Werk sein! Niemals, das fühle ich, werde ich das Glück wiederfinden, das ich heute verliere. Sie allein waren für mich geschaffen, und wie gerne würde ich das

Gelübde tun, nur für Sie zu leben! Sie aber wollen es nicht annehmen, und Ihr Stillschweigen lehrt mich zur Genüge, daß Ihr Herz nichts für mich empfindet. Das ist der sicherste Beweis Ihrer Gleichgültigkeit, und die grausamste Art, es mich wissen zu lassen. Leben Sie wohl, mein Fräulein.

Ich darf nicht mehr auf eine Antwort hoffen; die Liebe hätte sie eilig geschrieben, die Freundschaft mit Vergnügen und selbst das Mitleid mit Gefälligkeit. Aber Mitleid, Freundschaft und Liebe sind Ihrem Herzen gleich fremd.

Paris, den 23. August 17..

29. Brief

Cécile Volanges an Sophie Carnay.

Ich habe Dir zwar selbst gesagt, Sophie, daß es Fälle gibt, in denen man schreiben darf, und doch versichere ich Dir, daß ich mir Vorwürfe mache, Deinem Rat gefolgt zu sein, der dem Chevalier Danceny und mir viel Kummer bereitet hat. Die Probe, daß ich recht hatte, ist, daß Frau von Merteuil, die das gewiß gut versteht, schließlich auch gedacht hat wie ich. Ich habe ihr alles gestanden. Erst sprach sie gerade so wie Du, aber nachdem ich ihr alles erzählt hatte, gab sie zu, daß da doch ein Unterschied wäre; sie verlangt nur, daß sie alle meine Briefe zu sehen bekommt, ebenso diejenigen des Chevaliers, um sicher zu sein, daß ich nichts als das Notwendigste sage. Jetzt fühle ich mich ruhig. Gott, wie ich diese Frau von Merteuil liebe! Sie ist so gut und eine so achtbare Dame. Und so ist alles in Ordnung.

Nun will ich gleich an Herrn Danceny schreiben, und wie froh wird er sein! Mehr noch als er erwartet; denn bis jetzt sprach ich nur von meiner Freundschaft für ihn, und er wollte immer, ich sollte von meiner Liebe sprechen. Ich glaubte eben, das wäre dasselbe, aber ich traute mich nicht, er aber wollte es. Ich sagte es Frau von Merteuil und sie sagte, ich hätte recht getan, und daß man nur von Liebe sprechen soll, wenn man nicht mehr anders könne. Jetzt bin ich aber überzeugt, daß ich es nicht mehr länger verbergen kann, und im übrigen ist es ja dasselbe und es wird ihm um so mehr Freude machen. Frau von Merteuil sagte mir, sie würde mir auch Bücher leihen, die von all dem handeln und die mich lehren würden, mich richtig darin zu betragen, und auch besser zu schreiben als ich es tue. Denn siehst Du, sie macht mich auf alle meine Fehler aufmerksam, und das ist doch ein Beweis, daß sie mich sehr liebt. Sie hat mir nur empfohlen, Mama nichts von den Büchern zu sagen, weil das aussehen könnte, als hätte Mama meine Erziehung vernachlässigt und das könnte sie ärgern. Ich werde ihr auch nichts davon sagen.

Es ist doch eigentlich sonderbar, daß eine Frau, die kaum mit mir verwandt ist, sich mehr um mich kümmert als meine Mutter. Es ist wirklich ein Glück für mich, mit ihr bekannt zu sein. Sie hat Mama gebeten, daß sie mich übermorgen in die Oper mitnehmen dürfe in ihre Loge und sie sagte mir, daß wir ganz allein sein werden und daß wir uns die ganze Zeit dabei unterhalten können ohne zu fürchten, daß man uns dort hört. Und das ist mir noch lieber als die Oper. Wir werden uns auch über meine Heirat unterhalten; denn sie sagte mir auch, daß das wahr wäre mit dem Verheiraten, aber mehr wüßte sie auch nicht darüber. Ist das nicht sehr wunderlich, daß Mama mir nichts darüber sagt?

Adieu, meine Sophie, ich schreibe jetzt an den Chevalier Danceny. O, ich bin so glücklich!

Paris, den 24. August 17..

30. Brief

Cécile Volanges an den Chevalier Danceny.

Endlich, mein Herr, willige ich darein, Ihnen zu schreiben, um Sie meiner Freundschaft zu versichern, meiner Liebe, weil Sie ohne die unglücklich wären. Sie sagen, ich hätte kein gutes Herz, aber ich versichere Ihnen, daß Sie sich irren und hoffe, daß Sie jetzt nicht mehr daran zweifeln werden. Wenn Sie Kummer darüber hatten, daß ich Ihnen nicht schrieb, so glauben Sie mir, daß es auch mir leid tat. Aber ich möchte um alles nichts tun, was unrecht wäre, und ich hätte ganz sicher meine Liebe nicht zugegeben, wenn ich es hätte anders machen können, aber Ihre Traurigkeit tat mir so leid. Ich hoffe, daß sie jetzt vorüber ist, und daß wir sehr glücklich sein werden.

Ich rechne bestimmt darauf, Sie heute abend zu sehen und daß Sie früh kommen werden – es wird doch nie so früh sein als ich es mir wünsche. Mama wird zu Hause speisen und ich glaube, sie wird Ihnen vorschlagen zu bleiben – ich hoffe, Sie sind nicht vergeben wie vorgestern abend. War es denn so amüsant, das Souper, zu dem Sie gingen? Denn Sie sind schon sehr früh hingegangen. Aber, sprechen wir nicht davon. Jetzt, da Sie wissen, daß ich Sie liebe, hoffe ich, daß Sie so lange bleiben wie Sie können, denn ich bin nur zufrieden, wenn ich mit Ihnen bin und möchte, daß es bei Ihnen auch so ist.

Es ärgert mich, daß Sie jetzt noch traurig sind, aber es ist nicht meine Schuld. Ich werde um meine Harfe bitten, sobald Sie da sind, damit Sie den Brief gleich haben. Ich weiß es nicht besser einzurichten.

Adieu! Ich liebe Sie sehr und von ganzem Herzen – je mehr ich Ihnen das sage, desto zufriedener bin ich und hoffe, daß Sie es auch werden.

Paris, den 24. August 17..

31. Brief

Der Chevalier Danceny an Cécile Volanges.

Ja, ja, wir werden glücklich sein! Mein Glück ist gesichert, weil ich von Ihnen geliebt bin und das Ihre wird kein Ende nehmen, wenn es so lange dauern wird, als die Liebe, die Sie in mir erweckten. Sie lieben mich! Sie fürchten sich nicht mehr, mir Ihre Liebe zu gestehen! Und je öfter Sie es mir sagen, desto zufriedener sind Sie! Als ich dieses entzückende »Ich liebe Sie« las, glaubte ich das Geständnis aus Ihrem süßen Munde zu hören. Ich sah diese Augen auf mich gerichtet, die die Zärtlichkeit noch schöner macht. Ich bekam Ihr Wort, immer für mich leben zu wollen. Ach! mein ganzes Leben will ich Ihrem Glücke weihen! Nehmen Sie es hin und seien Sie versichert, daß ich es nie verraten werde.

Was für einen glücklichen Tag hatten wir gestern! Warum hat Frau von Merteuil nicht immer wichtige Dinge mit Ihrer Mama allein zu besprechen, und warum muß sich der Gedanke an den Zwang, der uns erwartet, in meine süßen Erinnerungen mischen? Warum kann ich nicht immer diese reizende kleine Hand, die mir das »Ich liebe

Sie« geschrieben hat, zwischen meinen Fingern halten und sie mit Küssen bedecken, um mich so dafür zu rächen, daß Sie mir eine größere Gunst verweigert haben!

Sagen Sie mir, süße Cécile, als Ihre Mama eintrat und wir durch ihre Gegenwart gezwungen waren, füreinander bloß gleichgültige Blicke zu haben, als Sie mich nicht mehr mit der Versicherung Ihrer Liebe trösten konnten – haben Sie es da nicht bedauert, mir die Beweise verweigert zu haben? Haben Sie sich nicht gesagt: Ein Kuß hätte ihn glücklicher gemacht, und ich habe ihm dieses Glück versagt? Versprechen Sie es mir, daß Sie bei der nächsten Gelegenheit weniger streng mit mir sein werden, und mit der Hilfe dieses Versprechens werde ich den Mut finden, all das Unannehmliche zu ertragen, das die Umstände mit sich bringen, und die grausamen Entbehrungen wird mir die Gewißheit mildern, daß Sie das Bedauern mit mir teilen. Adieu, meine reizende Cécile, die Stunde ist da, wo ich zu Ihnen darf. Ich könnte Sie nicht verlassen, wäre es nicht, um Sie wiederzusehen. Adieu, Geliebte, die ich immer mehr liebe!

Paris, den 25. August 17..

32. Brief

Frau von Volanges an Frau von Tourvel.

Sie wollen also durchaus, gnädige Frau, daß ich an die Tugendhaftigkeit des Herrn von Valmont glaube. Ich muß sagen, daß ich mich nicht dazu entschließen kann, und daß ich ebensoviel Mühe hätte, nach der einzigen guten Tat, die Sie mir von Valmont erzählen, ihn für anständig zu halten und einen durchaus guten Menschen deshalb für lasterhaft, weil man mir von ihm einen Fehler hinterbringt. Die Menschen sind nach keiner Richtung hin vollkommen, nicht nach dem Guten hin und nicht nach dem Bösen. Der Verbrecher hat seine guten Seiten wie der Anständige seine Schwächen. Diese Wahrheit scheint mir um so glaubensnötiger, weil aus ihr die Notwendigkeit der Nachsicht für die Bösen wie für die Guten kommt und die einen vor Stolz bewahrt, wie sie die anderen vor der Verzweiflung rettet. Sie werden in diesem Augenblick sicher denken, daß ich von der Nachsicht, die ich predige, für mich selber einen schlechten Gebrauch mache; ich sehe aber darin nichts als eine gefährliche Schwäche, wenn sie uns dazu bringt, den Schlechten wie den Guten gleich zu behandeln.

Ich will mir die Motive der Handlungsweise des Herrn von Valmont zu untersuchen nicht erlauben und will glauben, daß sie ebenso lobenswert sind wie die Tat selber. Aber hat er deshalb weniger sein Leben damit hingebracht, Unehre, Zwietracht und Skandal in die Familien zu bringen? Hören Sie, wenn Sie wollen, die Stimme des Unglücklichen, dem er geholfen hat, aber es soll Sie das nicht hindern, die Stimmen der hundert Opfer, die er betrogen hat, zu hören. Wenn er auch, wie Sie meinen, nur ein Beispiel für die Gefahren der leichten Liaisons wäre, ist er selbst deshalb weniger eine gefährliche Liaison? Sie halten ihn einer Umkehr zum Besseren für fähig, ja, sagen wir mehr, nehmen wir dieses Wunder als wirklich geschehen an – würde nicht gegen ihn die öffentliche Meinung bestehen bleiben und müßte das nicht genügen, Ihr Verhältnis zu ihm danach einzurichten? Gott allein kann im Augenblick der Reue verzeihen, denn er liest in den Herzen – die Menschen aber können die Gedanken nur nach den Worten beurteilen, und keiner, der einmal die Achtung der anderen verloren hat, hat ein Recht, sich über das natürliche Mißtrauen zu beklagen, das es diesem Verlust der Achtung so schwer macht, wieder zum Guten zu kommen. Bedenken Sie, meine junge Freundin, daß es oft genügt, diese Achtung dadurch zu verlieren, daß man so tut als mache man sich nichts aus ihr, und nennen Sie diese Strenge nicht Ungerechtigkeit. Wer da glaubt, daß man auf dieses kostbare Gut, auf das man alles Anrecht hat, verzichten kann, der ist in Wirklichkeit sehr nahe daran, Unrechtes zu tun, da er sich durch dieses mächtige Band nicht mehr gehalten fühlt. So würde man es ansehen, wenn Sie eine intime Verbindung mit Herrn von Valmont zeigten, so unschuldig diese auch immer sein möchte.

Die Wärme, mit der Sie ihn verteidigen, erschreckt mich und ich beeile mich, den Einwänden, die ich voraussehe, zuvorzukommen. Sie werden mir Frau von Merteuil nennen, der man diese Liaison verziehen hat; Sie werden mich fragen, weshalb ich ihn bei mir empfange; Sie werden sagen, daß er, weit davon entfernt, von anständigen Leuten abgewiesen zu werden, er in dem was man die gute Gesellschaft nennt empfangen, ja sogar gesucht ist. Ich kann, glaube ich, auf alles das erwidern.

Was Frau von Merteuil betrifft, die wirklich eine durchaus achtenswerte Frau ist, so hat sie vielleicht keinen andern Fehler als zu viel Vertrauen in ihre eigene Kraft. Sie ist ein geschickter Lenker, der sich darin gefällt, einen Wagen zwischen Felsen und Abgrund zu lenken, und den der Erfolg allein rechtfertigt: es ist recht und billig, sie zu loben, aber töricht, ihr zu folgen, und sie selbst gibt das zu und klagt sich dessen an. Je mehr sie gesehen hat, desto strenger wurden ihre Grundsätze, und ich glaube Ihnen versichern zu können, daß sie wie ich denken würde.

Was mich betrifft, werde ich mich nicht mehr rechtfertigen als die andern. Gewiß empfange ich Herrn von Valmont, und er wird überall empfangen, das ist nur eine der tausend Inkonsequenzen, welche die Gesellschaft regieren: Sie wissen so gut wie ich, daß man sein Leben damit verbringt, sie zu bemerken, sich darüber zu beklagen und sich ihnen zu unterwerfen. Herr von Valmont mit seinem guten Namen, seinem großen Vermögen, seinen vielen liebenswürdigen Eigenschaften hat bald erkannt, daß es, um die Herrschaft in der Gesellschaft zu behaupten, genüge, mit gleicher Geschicklichkeit das ernste Lob wie den Spott der Lächerlichkeit zu handhaben. Keiner besitzt wie er dieses zweifache Talent: er bezaubert mit dem einen und macht sich mit dem anderen gefürchtet. Man achtet ihn nicht, aber man schmeichelt ihm. Das ist seine Existenz inmitten einer Welt, die mehr vorsichtig als mutig es vorzieht, ihn behutsam zu umgehen als zu bekämpfen.

Aber weder Frau von Merteuil noch irgendeine andere Frau dürfte es wagen, sich auf dem Lande mit einem solchen Mann, fast im tête-à-tête einzuschließen. Es war der Vernünftigsten, der Bescheidensten unter allen vorbehalten geblieben, dieses Beispiel der Inkonsequenz zu geben – verzeihen Sie mir dieses Wort, es entspringt der Freundschaft.

Meine schöne Freundin, Ihre Ehrenhaftigkeit selbst betrügt Sie durch die Sicherheit, die sie Ihnen einflößt. Bedenken Sie, wen Sie zum Richter haben werden: auf der einen Seite frivole Leute, die an keine Tugend glauben, weil sie davon bei sich kein Beispiel finden, auf der andern aber böse Menschen, die so tun werden, als ob sie nicht an Ihre Tugend glaubten, um Sie dafür zu strafen, Tugend gehabt zu haben. Bedenken Sie, daß Sie in diesem Augenblick etwas tun, was selbst manche Männer zu tun nicht wagen würden. Es gibt tatsächlich unter den jungen Leuten, für die Herr von Valmont nur zu sehr zum

Muster wurde, einige ganz Vorsichtige, die es befürchten, zu eng mit ihm befreundet zu scheinen – und Sie, Sie fürchten das nicht! Kommen Sie zurück, kommen Sie zurück, ich beschwöre Sie ... Genügen meine Gründe nicht, Sie zu überzeugen, so geben Sie meiner Freundschaft Gehör; sie läßt mich meine dringende Bitte erneuern, sie muß mich rechtfertigen. Sie werden meine Freundschaft streng finden und ich wünschte, die Strenge wäre überflüssig. Aber ich will lieber, daß Sie sich über meine zu große Fürsorge als über Vernachlässigung zu beklagen haben mögen.

Paris, den 24. August 17..

33. Brief

Die Marquise von Merteuil an den Vicomte von Valmont.

Seitdem Sie sich vor dem Erfolg fürchten, mein lieber Vicomte, seitdem Ihr Plan darin besteht, Waffen gegen sich selbst zu schmieden und Sie weniger zu siegen als zu kämpfen wünschen, habe ich Ihnen nichts mehr zu sagen. Ihr Manöver ist ein Meisterwerk kluger Vorsicht – anders wäre es eins der Dummheit, ich meine, wenn man den gegenteiligen Standpunkt einnimmt – und um Ihnen die Wahrheit zu sagen, ich fürchte, Sie machen sich Illusionen.

Was ich Ihnen vorwerfe, ist nicht, daß Sie den rechten Moment nicht ausgenutzt haben, denn einmal sehe ich nicht ganz deutlich, ob er da war, und dann weiß ich ganz gut, daß eine einmal verfehlte Gelegenheit wiederkommt, während man einen übereilten Schritt niemals gutmachen kann.

Aber die wahre gute Schule war es, daß Sie sich zum Schreiben entschlossen haben. Ich kann mir denken, daß Sie jetzt nicht wissen, wohin Sie das führen wird. Glauben Sie vielleicht, dieser Frau zu beweisen, daß sie sich ergeben muß? Mir scheint, daß das nur eine Gefühlswahrheit ist, die nicht bewiesen werden kann, und um mit ihr etwas auszurichten, muß man rühren und nicht nur räsonnieren. Aber was nützt es Ihnen, mit Briefen zu rühren und weich zu machen, wenn Sie nicht dabei sind, um von dieser Wirkung zu profitieren? Wenn Ihre schönen Sätze die verliebte Ekstase wirklich hervorbringen sollten, glauben Sie, daß diese Ekstase so lange anhalten wird, um der Überlegung nicht Zeit zu geben und das Geständnis zu verhindern? Denken Sie doch an die Zeit, die es braucht, einen Brief zu schreiben, ihn zuzustellen und bedenken Sie, ob eine Frau mit Prinzipien, Ihre Nonne, so lange das wollen kann, was sie nie zu wollen sich bemüht! Mit Kindern geht das, die wenn sie schreiben: »ich liebe Sie« nicht wissen, daß sie sagen: »ich gebe mich hin«. Aber die wohlbedachte Tugend der Frau von Tourvel scheint mir Wert und Sinn der Worte genau zu kennen. So schlägt sie Sie trotz des Vorteils, den Sie im Gespräche über sie gewannen, schlägt sie Sie doch mit ihrem Briefe. Und dann – wissen Sie, was dann geschieht? Durch Reden allein will man sich nicht überwältigen lassen. Wenn man mit Gewalt nach guten Gründen sucht, findet man sie auch und spielt sie aus; und hält daran fest, nicht weil sie so gut sind, sondern um sich nicht zu widersprechen.

Noch etwas! Eine Beobachtung haben Sie merkwürdigerweise nicht gemacht: in der Liebe gibt es nichts, das schwieriger wäre, als Unempfundenes zu schreiben. Nicht daß man sich nicht der richtigen Worte bedient, aber man ordnet sie nicht in der rechten Weise, oder man ordnet sie eben, und das genügt. Lesen Sie doch Ihren Brief noch einmal: es ist ein Arrangement darin, das sich bei jedem Satz verrät. Ich will hoffen, daß Ihre keusche Dame nicht geübt genug ist, das zu bemerken, aber darauf kommt es gar nicht an: der Effekt bleibt derselbe und deshalb nicht weniger verfehlt. Das ist der Fehler in den Romanen: der Autor schlägt sich krumm und klein, um sich warm zu machen, und der Leser bleibt kalt. »Héloise« ist die einzige Ausnahme, und trotz allem Talent des Autors hat mich diese Beobachtung immer glauben lassen, daß das Buch aus dem Leben ist. Schreiben und Sprechen ist nicht dasselbe. Die Gewohnheit, an der Modulation seiner Stimme zu arbeiten, gibt ihr den Gefühlston; und dazu kommt noch die Leichtigkeit der Tränen; und der Ausdruck des Verlangens mischt sich in den Augen leicht und wirksam mit jenen der Zärtlichkeit; und dann macht das ungeordnete Reden leicht den guten Eindruck des Betäubt- und Verwirrtseins – was die wahre Eloquenz der Liebe ist. Schließlich und endlich hindert die Gegenwart der geliebten Person die Überlegung und läßt uns danach verlangen, besiegt zu werden.

Glauben Sie mir, Vicomte: man wird von Ihnen verlangen, daß Sie nicht mehr schreiben. Nützen Sie das, um Ihren Fehler wieder gut zu machen, und warten Sie auf eine Gelegenheit zu sprechen. Wissen Sie, daß diese Frau mehr Kraft hat, als ich ihr zutraute? Sie verteidigt sich geschickt. Und ohne die verdächtige Länge ihres Briefes und ohne diesen Vorwand der Dankbarkeit – um Ihnen zu schreiben – hätte sie sich gar nicht verraten.

Was mich noch veranlassen könnte, Sie über Ihren Sieg zu beruhigen, ist, daß sie zu viel Kraft auf einmal aufwendet: sie wird sich in der Verteidigung des Wortes ausgeben, so daß ihr für die Verteidigung der Sache selbst nichts mehr bleibt.

Ich schicke Ihnen Ihre beiden Briefe zurück, die wohl, wenn Sie klug sind, die letzten bleiben werden bis zum kritischen Moment. Wenn es nicht so spät wäre, erzählte ich Ihnen noch von der kleinen Volanges, die prächtige Fortschritte macht und mit der ich sehr zufrieden bin. Ich glaube, ich werde vor Ihnen fertig sein und Sie sollten sich dessen schämen. Adieu für heute.

Paris, den 24. August 17..

34. Brief

Der Vicomte von Valmont an die Marquise von Merteuil.

Sie sagen ja ganz entzückende Sachen, meine schöne Freundin, aber warum geben Sie sich so viel Mühe, etwas zu beweisen, was niemandem unbekannt ist? Ich glaube, Ihr ganzer Brief lautet: um rascher in der Liebe vorwärts zu kommen, ist es besser zu reden als zu schreiben. Aber das ist ja das ABC der Verführungskunst! Ich möchte jedoch bemerken, daß Sie nur eine Ausnahme von dieser Regel machen und daß es deren zwei gibt. Zu den Kindern, die den Weg aus Schüchternheit gehen und sich aus Unwissenheit hingeben, muß man noch die schöngeistigen Frauen rechnen, die aus Eitelkeit darauf eingehen und die die Eitelkeit in die Falle führt. Zum Beispiel bin ich fest davon überzeugt, daß die Gräfin B..., die damals ohne Umstände auf meinen Brief antwortete, mich ebenso wenig liebte wie ich sie, und daß sie da nichts weiter als eine Gelegenheit sah, ein Opfer zu haben, das ihr Ehre machen sollte – ein Renommierverhältnis.

Sei das wie es sei, ein Jurist würde Ihnen sagen, daß sich das Prinzip nicht auf meinen Fall anwenden läßt. Sie glauben tatsächlich, ich hätte die Wahl zwischen Schreiben und Sprechen, was aber nicht der Fall ist. Seit der Geschichte vom 19. letzten Monats hat meine Keusche, die sich in der Defensive hält, mit einer solchen Geschicklichkeit jede Begegnung mit mir zu vermeiden verstanden, daß meine Geschicklichkeit daran zuschanden wurde. Wenn das so weiter geht, wird sie mich zwingen, daß ich mich ganz ernstlich mit den Mitteln beschäftige, wieder meinen Vorteil zu erlangen denn ich will durch sie auf keine Weise besiegt sein. Selbst meine Briefe sind die Ursache eines kleinen Krieges: nicht genug daran, daß sie sie nicht beantwortet, refüsiert sie sie sogar. Jeder Brief verlangt eine neue List und die gelingt nicht immer.

Sie erinnern sich, durch welches einfache Mittel ich ihr den ersten Brief zustellte und auch der zweite machte keine Schwierigkeiten. Sie hatte verlangt, daß ich ihr ihren Brief zurückgebe, und ich gab ihr statt dessen den meinen, ohne daß sie den geringsten Verdacht hatte. Sei es nun Ärger, von mir überlistet worden zu sein, oder Eigensinn, oder endlich diese Tugend – sie bringt es noch so weit, daß ich daran glaube –, den dritten Brief nahm sie nicht an. Ich hoffe aber, daß die Verlegenheit, in die sie sich infolge der Nichtannahme des Briefes brachte, ihr in Zukunft eine Warnung sein wird.

Ich war gar nicht sehr erstaunt, daß sie diesen Brief nicht annehmen wollte, den ich ihr ganz einfach hinhielt; denn das wäre schon ein Entgegenkommen gewesen, und ich mache mich auf einen längeren Widerstand gefaßt. Nach diesem Versuch, der nichts als eine Probe war, legte ich meinen Brief in ein Kuvert und benutzte die Zeit ihrer Toilette, da Frau von Rosemonde und ihre Kammerjungfer anwesend waren, ihn ihr durch meinen Jäger zuzuschicken mit dem Auftrag: es sei das jenes Papier, das sie von mir verlangt hätte. Ich riet ganz richtig, daß sie die etwas skandalöse Auseinandersetzung fürchten mußte, die ein Refus mit sich bringen würde: – sie nahm also den Brief, und mein Bote, der ihr Gesicht genau zu beobachten hatte – und er sieht nicht schlecht – bemerkte nur eine leichte Röte und mehr Verlegenheit als Zorn.

Ich war meiner Sache nun sicher. Denn entweder mußte sie den Brief behalten oder wenn sie ihn mir zurückgeben wollte, mußte sie einen Moment des Alleinseins mit mir wählen, was eine Gelegenheit mit ihr zu sprechen war. Nach ungefähr einer Stunde kommt einer ihrer Leute zu mir und überreicht mir ein Kuvert ganz anderer Form als jenes, das meinen Brief enthielt, und ich erkenne darauf die ersehnte Handschrift. Ich öffne schnell … es war mein eigener Brief, der gar nicht geöffnet, sondern nur gefaltet worden war – ein diabolischer Streich.

Sie kennen mich. Ich brauche Ihnen meine Wut nicht zu beschreiben. Aber kaltes Blut war nötig und ein neues Mittel. Ich fand dieses einzige.

Man holt von hier jeden Morgen die Briefe von der Post, die ungefähr dreiviertel Stunden von hier entfernt ist, und braucht dazu eine Art Büchse, zu der der Postmeister einen Schlüssel hat und Frau von Rosemonde den anderen. Jeder tut tagsüber seine Briefe da hinein, abends werden sie auf die Post getragen und des Morgens holt man die angekommenen. Die Leute besorgen abwechselnd den Dienst. Es war nicht die Reihe an meinem Diener, aber er übernahm ihn, da er ohnedies in der Gegend zu tun hätte.

Ich schrieb also meinen Brief, verstellte auch die Adresse, verstellte meine Handschrift und machte ziemlich geschickt den Stempel von Dijon nach. Ich wählte Dijon, weil es mir Spaß machte, aus derselben Stadt zu schreiben wie ihr Mann, da ich dieselben Rechte bei ihr beanspruchte wie er, und weil meine Schöne den ganzen Tag von dem Wunsch gesprochen hatte, Nachrichten aus Dijon zu bekommen. Es war doch nur recht, daß ich ihr diese Freude verschaffte.

Nun war es leicht, diesen Brief zu den anderen zu geben. Ich gewann bei diesem Arrangement noch, daß ich Zeuge des Empfanges sein konnte, denn es ist hier der Brauch, daß alle zum Frühstück beisammen sind und die Ankunft der Post erwarten, ehe jedes seine Wege geht. Die Post kam endlich.

Frau von Rosemonde öffnet die Büchse. – »Von Dijon!« und sie gab Frau von Tourvel den Brief. »Das ist nicht die Handschrift meines Mannes«, sagte sie in etwas besorgtem Tone und brach schnell das Siegel auf. Der erste Blick sagte ihr alles und gleichzeitig kam eine solche Veränderung über ihr Gesicht, daß Frau von Rosemonde es bemerkte und sagte: »Was haben Sie denn?« Ich trat ebenfalls näher und meinte: »Dieser Brief ist wohl sehr schlimm?« Die schüchterne Nonne wagte nicht die Augen aufzuschlagen, sprach kein Wort und suchte sich damit über ihre Verlegenheit zu helfen, daß sie so tat, als durchflöge sie den Brief, den sie zu lesen nicht fähig war. Ich genoß ihre Verlegenheit und sagte nicht ohne Vergnügen: »Ihr etwas ruhigeres Aussehen läßt mich hoffen, daß der Brief Ihnen doch nur mehr Erstaunen als Schmerz bereitet hat.« Der Zorn beriet sie in diesem Moment besser als es die Klugheit hätte tun können. »Er enthält Dinge«, antwortete sie, »die mich beleidigen und über die ich erstaunt bin, daß man sie mir zu schreiben gewagt hat.« »Ja, wer denn?« fragte Frau von Rosemonde. »Er ist nicht unterzeichnet«, antwortete die schöne Stolze, »aber der Brief verursacht mir die gleiche Verachtung wie sein Schreiber. Sie würden mich verbinden, wenn Sie nicht weiter davon sprächen.« Und da zerriß sie das verwegene Schriftstück, steckte die Fetzchen in die Tasche, stand auf und ging.

Bei allem Zorn – sie hat doch meinen Brief gehabt, und ich halte etwas auf diese Neugierde, die ihr riet, den ganzen Brief zu lesen.

Die Einzelheiten des Tages zu schildern, würde mich zu weit führen. Ich füge diesem die Konzepte meiner beiden anderen Briefe bei, die Sie genau von allem unterrichten werden. Wenn Sie in dieser Korrespondenz auf dem Laufenden bleiben wollen, müssen Sie sich schon die Mühe geben, meine Minuten zu entziffern, denn um nichts in der Welt könnte ich die Langeweile hinunterwürgen, sie abzuschreiben. Adieu, meine schöne Freundin.

Schloß …, den 25. August 17..

35. Brief

Der Vicomte von Valmont an die Frau von Tourvel.

Man muß Ihnen gehorchen, gnädige Frau. Man muß Ihnen beweisen, daß bei allem Üblen, das Sie in mir zu glauben sich gefallen, mir doch genug Zartgefühl übrig bleibt, daß ich mir keinen Vorwurf erlaube, und genug Mut, daß ich mir die schmerzlichsten Opfer auferlege. Sie befehlen mir Schweigen und Vergessen – gut. Ich werde meine Liebe zum Schweigen zwingen, und werde, wenn es möglich ist, die grausame Art, mit der Sie meine Liebe aufnahmen, vergessen. Ohne Zweifel gab mir das Verlangen, Ihnen zu gefallen, nicht auch das Recht dazu, und ich bekenne auch, daß meine bedürftige Bitte um Ihre Nachsicht kein Recht bedeutete, diese Nachsicht zu beanspruchen. Aber Sie betrachten meine Liebe als eine Beleidigung und vergessen, daß, wenn meine Liebe ein Unrecht wäre, Sie zugleich ihre Ursache und Entschuldigung sind. Sie vergessen auch, daß ich, gewöhnt, Ihnen mein Inneres zu vertrauen, auch da, wo mir dieses Vertrauen hätte schaden können,

Ihnen die Gefühle, von denen ich voll war, nicht verbergen konnte – und was das Werk meines guten ehrlichen Glaubens war, betrachten Sie als ein Werk der Verwegenheit. Zum Lohn für meine aufrichtigste, zärtlichste und ehrerbietigste Liebe halten Sie mich von sich fern. Und sprechen sogar von Ihrem Haß … Wer würde sich über eine solche Behandlung nicht beklagen? Aber ich unterwerfe mich; ich leide und beklage mich nicht; Sie schlagen und ich bete an. Durch eine unbegreifliche Macht, die Sie über mich haben, sind Sie die unumschränkte Herrin meiner Gefühle; und wenn Ihnen meine Liebe allen Widerstand leistet, wenn Sie sie nicht zerstören können, so ist es, weil sie Ihr Werk ist und nicht das meine.

Ich verlange keine Gegenliebe, mit der ich mir nie schmeichelte. Ich erwarte nicht einmal dieses Mitleid, das mich das Interesse, das Sie mir manchesmal zeigten, hoffen ließ. Aber Ihre Gerechtigkeit darf ich fordern.

Ich erfahre von Ihnen, gnädige Frau, daß man versucht hat, mir in Ihrer Meinung über mich zu schaden. Wenn Sie den Ratschlägen Ihrer Freunde gefolgt wären, hätten Sie mich nicht einmal in Ihre Nähe kommen lassen, – das sind Ihre eigenen Worte. Wer sind denn diese geschäftigen Freunde? Ohne Zweifel haben diese strengen und unbeugsamen und so tugendhaften Menschen nichts dagegen, genannt zu werden und werden sich nicht in ein Dunkel verstecken, das sie mit den gewöhnlichen Verleumdern zusammenbrächte; dann blieben mir allerdings ihre Namen wie ihre Vorwürfe unbekannt. Bedenken Sie aber, gnädige Frau, daß ich ein Recht darauf habe, sowohl das eine wie das andere zu wissen, da Sie mich danach beurteilen. Man verurteilt nie einen Beschuldigten, ohne ihm sein Verbrechen zu nennen, ohne ihm seine Ankläger zu bezeichnen. Ich verlange keine andere Gnade und verpflichte mich zum voraus, mich zu rechtfertigen und meine Verleumder zu zwingen, zu widerrufen.

Wenn ich vielleicht aus dem nichtigen Klatsch der Menge, an der mir wenig liegt, mir zu wenig gemacht habe, so halte ich das nicht auch so mit Ihrer Achtung; und wenn ich mein Leben daran setze, sie zu verdienen, so werde ich sie mir nicht ungestraft rauben lassen. Und diese Achtung wird mir um so wertvoller, als ich ihr ohne Zweifel diese Bitte, die Sie an mich zu stellen fürchten, verdanken werde, und die mir, wie Sie sagen, ein »Recht auf Ihre Dankbarkeit« gäbe. Ah! weit davon entfernt, Dank zu verlangen, werde ich glauben,

Ihnen welchen schuldig zu sein, wenn Sie mir Gelegenheit geben, Ihnen zu dienen. Beginnen Sie doch damit, mir Gerechtigkeit widerfahren zu lassen, indem Sie mir sagen, was Sie von mir wünschen. Wenn ich es erraten könnte, würde ich Ihnen die Mühe ersparen, es mir zu sagen. Fügen Sie doch dem Vergnügen, Sie zu sehen, noch dieses Glück hinzu, Ihnen dienen zu dürfen, und ich würde stolz auf Ihre Nachsicht sein. Wer kann Sie daran hindern? Ich hoffe, nicht die Furcht vor meinem Nein? Das könnte ich Ihnen nie verzeihen. Und das ist's doch nicht, daß ich Ihnen Ihren Brief nicht wiedergebe? Ich wünschte mehr als Sie, daß ich seiner nicht mehr bedürfte. Aber daran gewöhnt, Sie sanft und gütig zu glauben, finde ich Sie nur in diesem Briefe so wie Sie scheinen wollen. Wenn ich den Wunsch aussprach, Sie nachgiebig zu stimmen, so sehe ich aus dem Brief, daß Sie eher hundert Meilen zwischen sich und mich legen wollten; und wenn alles an Ihnen meine Liebe rechtfertigt und steigert, so sagt mir Ihr Brief wieder, daß Sie sich dadurch beleidigt fühlen; und wenn ich Sie sehe, scheint mir diese meine Liebe das Höchste, und ich muß Ihren Brief lesen, um zu fühlen, daß sie nur eine schreckliche Qual ist. Sie verstehen jetzt, daß es mein größtes Glück wäre, Ihnen diesen Brief zurückzugeben, aber ihn von mir zurückverlangen, hieße mich berechtigen, das nicht mehr zu glauben, was darin steht. So hoffe ich, Sie zweifeln nicht an meiner Bereitwilligkeit, ihn Ihnen zurückzuschicken.

Auf Schloß …, den 21. August 17..

36. Brief

Der Vicomte von Valmont an die Frau von Tourvel.

(Von Dijon datiert.)

Jeden Tag nimmt Ihre Strenge zu, gnädige Frau, und wenn ich es sagen darf, so scheinen Sie weniger das Unrecht als die Nachsicht zu fürchten. Nachdem Sie mich verurteilten, ohne mich zu hören, fühlten Sie wohl, daß es Ihnen leichter sein dürfte, meine Gründe nicht zu lesen, als darauf zu antworten. Sie nehmen meine Briefe mit Hartnäckigkeit nicht an, Sie schicken sie mir voll Verachtung zurück, Sie zwingen mich, schließlich zur List meine Zuflucht zu nehmen, und das in einem

Augenblick, wo ich kein anderes Ziel kenne, als Sie von meiner ehrlichen Aufrichtigkeit zu überzeugen. Die Notwendigkeit meiner Verteidigung muß aber wohl genügen, mein Mittel zu entschuldigen; von der Aufrichtigkeit meiner Gefühle überzeugt, glaubte ich mir diese kleine List erlauben zu dürfen. Ich wage auch zu glauben, daß Sie mir das verzeihen und nicht darüber erstaunt sein werden, daß die Liebe erfinderischer ist, sich zu zeigen, als die Gleichgültigkeit, sich zu verbergen. Erlauben Sie mir also, gnädige Frau, daß ich Ihnen mein Herz völlig enthülle. Es gehört Ihnen, und es ist nur billig, daß Sie es kennen.

Als ich hier ankam, war ich weit davon, das Schicksal zu ahnen, das mich erwartete. Ich wußte nicht, daß Sie hier wären, und aufrichtig, wie ich bin, bemerke ich noch, daß, wenn ich es auch gewußt hätte, davon meine Ruhe nicht verwirrt worden wäre. Nicht, daß ich mich nicht vor Ihrer Schönheit wie natürlich gebeugt hätte; aber gewohnt, nur Begierden zu empfinden und mich denjenigen nur zu überlassen, die die Hoffnung ermutigt, kannte ich die Qualen der Liebe nicht.

Sie waren Zeuge, wie Frau von Rosemonde mich bat, zu bleiben. Ich hatte schon einen Tag mit Ihnen verbracht, und gab mich – oder glaubte es wenigstens – nur diesem doch so natürlichen und so legitimen Vergnügen hin, aufmerksam zu einer liebenswürdigen und verehrten Verwandten zu sein. Die Art, wie man hier lebt, weicht sehr von der mir gewohnten ab, aber es kostete mich keine Mühe, mich hineinzufinden, und ohne mich viel um die Ursache zu kümmern, die diese Veränderung in mir hervorrief, meinte ich, es läge das nur in der leichten Beweglichkeit meines Charakters, von der ich, wie ich glaube, schon einmal mit Ihnen sprach. – Als ich Sie unglücklicherweise – und warum muß es denn ein Unglück sein? – besser kennen lernte, sah ich bald, daß dieses entzückende Gesicht, das mir zuerst auffiel, der geringste Ihrer Vorzüge ist. Ihre himmlische Seele überraschte und bezauberte die meine. Ich bewunderte die Schönheit, und ich betete die Tugend an. Ohne den Gedanken, Sie zu besitzen, beschäftigte ich mich damit, Sie zu verdienen. Ich bat um Ihre Nachsicht für meine Vergangenheit und bemühte mich um Ihren Beifall für meine Zukunft. Ich suchte ihn in Ihren Worten, spähte nach ihm in Ihren Blicken, in denen ein so schlimmes Gift ist und ein um so schlimmeres Gift, als es sich ohne Absicht mitteilte und ohne Argwohn aufgenommen wurde. Da erkannte ich die Liebe. Aber wie war ich weit davon, mich darüber zu beklagen! Entschlossen, sie in einem ewigen Schweigen zu begraben, gab ich mich ohne Angst und ohne Zurückhaltung diesem köstlichen Gefühle hin. Jeder Tag vergrößerte ihr Reich. Bald wurde das Vergnügen, Sie zu sehen, zum Bedürfnis. Gingen Sie einen Augenblick fort, so wurde mein Herz traurig, hörte ich Sie kommen, so zitterte es vor Freude. Ich lebte nur noch durch Sie und für Sie. Aber ich rufe Sie zum Zeugen: entkam mir je im Scherz oder im ernsthaften Gespräch ein Wort, das das Geheimnis meines Herzens verraten hätte?

Da kam ein Tag, der mein Unglück beginnen sollte, und durch einen unbegreiflichen Zufall gab eine nichts als anständige Handlung dazu den Anlaß. Ja, gnädige Frau, bei jenen armen Leuten, denen ich geholfen hatte, gaben Sie sich diesem edlen Mitgefühle hin, das selbst die Schönheit noch verschönert und die Tugend noch erhöht, und verwirrten Sie mein Herz, das schon zu viel Liebe berauschte. Sie erinnern sich vielleicht, wie mit mir selbst beschäftigt ich auf unserem Rückweg war. Ah, ich versuchte ein Gefühl zu unterdrücken, das schon stärker war als ich selbst!

Nachdem ich in diesem ungleichen Kampfe meine Kräfte erschöpft hatte, war es ein Zufall, den ich nicht voraussehen konnte, der mich mit Ihnen allein ließ. Und da unterlag ich … Mein allzu volles Herz konnte weder seine Worte noch seine Tränen zurückhalten. Aber ist das denn ein Verbrechen? Und wenn es eines ist, bin ich nicht schon bestraft genug durch die Qualen, die ich leide?

Von einer hoffnungslosen Liebe verzehrt, rufe ich Ihr Mitleid an und finde nur Ihren Haß. Ohne anderes Glück, als das, Sie zu sehen, suchen Sie meine Augen gegen meinen Willen, und ich zittere davor, Ihren Blicken zu begegnen. In dem schrecklichen Zustand, in den Sie mich gebracht haben, lebe ich die Tage damit hin, meinen Schmerz zu verbergen, und die Nächte, mich ihm hinzugeben – während Sie ruhig und friedlich von diesen Qualen nur wissen, um ihnen die Ursache zu sein und sich darüber zu freuen. Und doch sind Sie es, die sich beklagt, und ich bin der, der sich entschuldigt.

Hier ist, gnädige Frau, der getreue Bericht von dem, was Sie mein Unrecht nennen, und den Sie besser den Bericht meines Unglückes nennen sollten. Eine reine und aufrichtige Liebe, eine Ehrerbietung, die sich nie verleugnete, eine vollständige Ergebenheit – das sind die Gefühle, die Sie mir gaben. Ich hätte mich nicht gescheut, sie der

Gottheit selbst darzubringen. Sie, die Sie ihr schönstes Ebenbild sind, folgen Sie ihrem Beispiel der gütigen Nachsicht. Denken Sie an meine Leiden und denken Sie, daß ich zwischen Verzweiflung und höchster Glückseligkeit stehe und daß das erste Wort, das Sie sprechen werden, mein Schicksal auf ewig entscheiden wird.

Auf Schloß …, den 23. August 17..

37. Brief

Frau von Tourvel an Frau von Volanges.

Ich füge mich den Ratschlägen Ihrer Freundschaft, gnädige Frau, weil ich gewohnt in allem Ihre Meinungen zu billigen glaube, daß sie immer der besten Überlegung entspringen. Ich gebe selbst zu, daß Herr von Valmont wirklich sehr gefährlich sein muß, wenn er gleichzeitig das scheinen kann, was er hier ist und das sein, als was Sie ihn schildern. Aber sei das wie immer, ich werde ihn von mir fernhalten, weil Sie es wünschen, oder ich werde wenigstens mein möglichstes dazu tun, denn oft werden die im Grunde einfachsten Dinge verfänglich durch die Form.

Seine Tante um die Beschleunigung seiner Abreise zu bitten, scheint mir immer noch untunlich; es wäre das für sie wie für ihn in gleicher Weise unhöflich.

Ich könnte mich auch nicht ohne Widerstreben zur Abreise entschließen, denn abgesehen von den Gründen, die meinen Mann betreffen und die ich Ihnen schon mitgeteilt habe, würde ich voraussichtlich mit meiner Abreise Herrn von Valmont nur die Möglichkeit geben, mir nach Paris zu folgen; und seine plötzliche Rückkehr nach Paris, für die man den Grund doch sicher bei mir suchte, wäre mir doch noch unangenehmer als dieses zufällige Zusammentreffen auf dem Lande und bei einer Dame, von der man weiß, daß sie seine Verwandte und meine Freundin ist.

Es bleibt mir so kein anderer Ausweg, als von ihm selbst zu verlangen, daß er abreist. Ich fühle, daß das schwer zu machen ist; da ihm aber, wie mir scheint, etwas daran liegt, mir zu beweisen, daß er in Wirklichkeit mehr Ehrenhaftigkeit besitzt, als man in ihm vermutet, so gebe ich die Hoffnung nicht auf, daß es mir gelingt. Es ist mir sogar ganz recht, ihm das selbst zu sagen und so eine Gelegenheit zu haben, zu sehen, ob die anständigen Frauen, wie er immer behauptete, sich wirklich nie über ihn zu beklagen Grund hatten und haben werden.

Wenn er, wie ich es wünsche, geht, so wird das auch wirklich nur Rücksicht für mich sein; denn ich weiß, daß er die bestimmte Absicht hatte, den größten Teil des Herbstes hier zu verbringen. Lehnt er ab und bleibt er, so ist es für mich immer noch Zeit, selbst abzureisen, und ich verspreche Ihnen das.

Das ist, glaube ich, alles, gnädige Frau, was Ihre Freundschaft von mir verlangt hat, und ich beeile mich, dem zu entsprechen und Ihnen zu beweisen, daß ich trotz der »Wärme«, mit der ich Herrn von Valmont verteidigt habe, doch nicht weniger geneigt bin, die Ratschläge meiner Freundin nicht nur anzuhören, sondern auch zu befolgen.

Auf Schloß …, den 25. August 17..

38. Brief

Die Marquise von Merteuil an den Vicomte von Valmont.

Gerade bekomme ich Ihr großes Briefpaket, mein lieber Vicomte. Wenn das Datum stimmt, hätte ich es vierundzwanzig Stunden früher erhalten müssen, aber so oder so – nähme ich mir die Zeit, es zu lesen, so bliebe mir keine, darauf zu antworten. Ich bestätige Ihnen daher bloß den Empfang und sprechen wir von was anderem. Nicht als ob ich Ihnen von mir nichts zu erzählen hätte. Der schöne Herbst läßt fast keine Menschenseele in Paris, und so bin ich seit einem Monate von einer Solidität – zum Umkommen: jeder andere als mein Chevalier wäre meiner Beständigkeit schon müde. Da ich also untätig sein muß, amüsiere ich mich mit der kleinen Volanges – und von ihr will ich Ihnen erzählen.

Sie haben mehr verloren als Sie ahnen, daß Sie sich dieses Kindes nicht annehmen wollen! Die Kleine ist nämlich wirklich entzückend, hat weder Charakter noch »Grundsätze« – danach können Sie sich denken, wie angenehm und nett ihre Gesellschaft ist. Gefühl? Nein, das wird nie ihr Fall sein, aber Sinne, ja, die hat sie und wie lebhafte! Ohne Geist und ohne Raffinement hat sie doch so eine Art natürlicher Falschheit, wenn man so sagen kann, die mich manchmal erstaunt, und mit der sie um so mehr Erfolg haben wird, als ihr Gesicht das Bild der Unerfahrenheit und Naivität ist. Sie ist sehr verliebter Natur, und ich amüsiere mich manches Mal darüber; ihr kleines Köpfchen erhitzt sich mit einer unglaublichen Leichtigkeit und sie ist dann um so reizender, weil sie nichts, aber gar nichts von all dem weiß, was sie so gern wissen möchte. Es überkommt sie da eine Ungeduld, die sehr amüsant ist; sie lacht, sie ärgert sich, sie weint und dann bittet sie mich mit einer wirklich verführerischen Aufrichtigkeit um meine Belehrung. Ich bin wirklich beinahe eifersüchtig auf den, dem dieses Vergnügen aufbehalten ist.

Habe ich Ihnen schon gesagt, daß ich seit vier oder fünf Tagen die Ehre ihres Vertrauens genieße? Sie erraten wohl, daß ich zuerst die strenge Frau markierte, aber als ich bemerkte, daß sie mich mit ihren unvernünftigen Gründen überzeugt zu haben glaubte, tat ich, als nähme ich sie für vernünftige, und sie ist natürlich überzeugt, daß sie diesen Erfolg ihrer Beredsamkeit verdankt. – Diese Vorsicht war nötig, um mich nicht zu kompromittieren. Ich erlaubte ihr also zu schreiben und zu sagen »ich liebe«, und verschaffte ihr am selben Tage ein natürlich »zufälliges« Tête-à-Tête mit ihrem Danceny. Aber der ist noch so blöde, daß er nicht einmal einen Kuß bekam. Doch macht er schöne Verse! Mein Gott, wie sind doch die geistreichen Leute dumm! Und der da ist es in einer Weise, die mich noch in Verlegenheit bringen wird; denn ihn kann ich doch nicht führen, schon seinetwegen nicht!

Jetzt wären Sie mir sehr von Nutzen. Sie sind mit Danceny gut genug befreundet, um sein Vertrauen zu gewinnen, und wenn Sie dieses einmal haben, könnten Sie ihn etwas auf die Beine bringen. Treiben Sie doch Ihre Nonne ein bißchen zur Eile; denn ich will nicht, daß Gercourt davon verschont bleibt; übrigens sprach ich gestern von ihm zu der Kleinen, und habe ihn ihr so gut beschrieben, daß sie ihn nicht mehr hassen könnte, wenn sie schon zehn Jahre seine Frau wäre. Ich habe ihr aber doch auch sehr viel von der ehelichen Treue gepredigt; nichts kommt meiner Strenge in diesem Punkte gleich. So sorge ich auf einer Seite um den guten Ruf meiner Tugend, den ein zu viel Eingehen auf die Liebesangelegenheiten der Kleinen zerstören könnte, und mehre auf der anderen Seite den Haß, mit dem ich ihren künftigen Mann beglücken will. Und dann hoffe ich ihr damit begreiflich zu machen, daß es ihr nur während ihrer kurzen Mädchenzeit erlaubt ist, von der Liebe Gebrauch zu machen, und so wird sie sich schneller entschließen, nichts von dieser kostbaren Zeit zu verlieren.

Adieu, Vicomte. Ich will jetzt Toilette machen und dabei Ihren Briefband lesen.

Paris, den 27. August 17..

39. Brief

Cécile Volanges an Sophie Carnay.

Ich bin traurig und unruhig, meine liebe Sophie. Und ich habe fast die ganze Nacht geweint. Nicht als ob ich im Augenblick nicht sehr glücklich wäre, aber ich seh' es voraus, es wird nicht dauern.

Gestern war ich mit Frau von Merteuil in der Oper. Wir sprachen viel von meiner Heirat, und ich hörte nichts Gutes darüber. Es ist der Graf von Gercourt, den ich heiraten soll, und zwar im Oktober. Er ist reich, vornehm und Oberst in einem Husarenregiment. – Bis dahin ist alles ganz gut. Aber zuerst einmal ist er alt. Denk Dir, er ist mindestens sechsunddreißig! Und dann, sagt Frau von Merteuil, ist er ein Sauertopf und streng, und daß sie fürchtet, ich würde nicht glücklich mit ihm sein. Ich habe es ganz deutlich gemerkt, daß sie das ganz sicher weiß und daß sie es mir nur nicht sagen wollte, um mich nicht zu betrüben. Sie hat mich fast den ganzen Abend darüber unterhalten, was für Pflichten die Frauen gegenüber ihren Männern hätten, und dann gibt sie zu, daß Herr von Gercourt gar nicht liebenswürdig ist und sagt, ich müßte ihn dennoch lieben. Hat sie mir aber nicht auch gesagt, daß ich, einmal verheiratet, den Chevalier von Danceny nicht mehr lieben dürfte? Als ob das möglich wäre! Aber ich versichere Dir, ich werde ihn immer lieben. Siehst Du, eher würde ich mich gar nicht verheiraten. Soll sich dieser Herr von Gercourt einrichten wie er will, ich habe ihn nicht gerufen. Er ist jetzt in Korsika, und das ist sehr weit weg von hier, und ich möchte, er soll zehn Jahre dort bleiben. Wenn ich nicht Angst hätte, ins Kloster zurück zu müssen, so würde ich Mama sagen, daß ich diesen Mann nicht mag; aber das Kloster wäre doch noch schlimmer. Du siehst, ich bin in einer schrecklichen Verlegenheit. Ich fühle, daß ich Herrn von Danceny noch nie so geliebt habe wie jetzt, und wenn ich bedenke, daß mir nur noch ein Monat bleibt, das zu sein, was ich jetzt bin, so kommen mir immer gleich die Tränen in die Augen. Mein einziger Trost ist die Freundschaft mit Frau von Merteuil. Sie hat so ein gutes Herz, und sie fühlt all meinen Kummer mit mir, und sie ist so lieb, daß, wenn ich bei ihr bin, ich fast gar nicht mehr an die schreckliche Sache denke. Dann ist sie mir auch sehr nützlich, denn das wenige, das ich weiß, verdanke ich nur ihr und sie ist so gut, daß ich ihr alles sage, was ich denke, ohne mich zu schämen. Wenn sie findet, daß etwas nicht recht ist, zankt sie mich auch mal, aber das tut sie so lieb, und dann küsse ich sie so von Herzen, bis sie nicht mehr bös ist. Sie kann ich wenigstens lieben soviel ich Lust habe, ohne daß dabei was Schlimmes ist und das macht mir viel Freude. Wir sind jedoch übereingekommen, daß wir vor den Leuten uns nicht so zeigen, wie wir uns lieben, besonders nicht vor Mama, damit sie wegen Danceny nichts denkt. Ich versichere Dir, wenn ich immer so leben könnte wie jetzt, würde ich sehr glücklich sein. Nur dieser ekelhafte Herr von Gercourt …

Aber ich mag Dir nicht mehr darüber schreiben, denn ich würde wieder traurig werden. Statt dessen werde ich lieber an den Chevalier Danceny schreiben und ihm nur von meiner Liebe erzählen und nichts von meinem Kummer sagen, denn ich will ihn nicht traurig machen.

Adieu, meine liebe Freundin. Du siehst wohl, daß Du Unrecht hattest, Dich zu beklagen, und daß ich, auch noch so beschäftigt, wie Du sagst, doch immer so viel Zeit übrig habe, Dich zu lieben und Dir zu schreiben.

Paris, den 27. August 17..

[Wir unterdrücken in der Folge Briefe von Cécile Volanges und Danceny, da sie weder interessant sind noch Begebenheiten mitteilen. C. D. L.]

40. Brief

Der Vicomte von Valmont an die Marquise von Merteuil.

Das ist für meine grausame Schöne noch zu wenig, nicht auf meine Briefe zu antworten und sie nicht anzunehmen – sie will mir ihren Anblick entziehen, sie verlangt, daß ich abreise. Worüber Sie aber staunen werden: ich unterwerfe mich und reise. Sie werden mir Unrecht geben. Doch ich habe geglaubt, die Gelegenheit, mir etwas befehlen zu lassen, nicht besser nützen zu können, denn ich bin davon überzeugt, daß der, der befiehlt, sich verpflichtet; und dann ist diese scheinbare Macht, die wir den Frauen so gerne geben, eine der Fallen, denen sie am schwersten entgehen. Und noch eins: die Geschicklichkeit, mit der sie ein Alleinsein mit mir vermied, brachte mich in eine ganz gefährliche Situation, aus der ich um jeden Preis herausmußte: ich war immer um sie ohne die Möglichkeit, sie mit meiner Liebe zu beschäftigen, und so war die Gefahr nahe, daß sie sich schließlich daran gewöhnte, mich zu sehen und ohne Erregung zu sehen. Und das ist, wie Sie gut wissen, eine Situation, aus der herauszukommen sehr schwer ist.

Übrigens können Sie sich denken, daß ich mich nicht bedingungslos gefügt habe. Ich hatte sogar die Vorsicht, eine Bedingung zu stellen, die unmöglich zu erfüllen ist, um einerseits immer Herr zu bleiben, mein Wort zu halten oder zu brechen, und dann auch, um einen Verkehr – mündlich oder schriftlich – in dem Augenblick einleiten zu können, wo meine Schöne zufriedener mit mir ist und das Bedürfnis hat, daß ich zufriedener mit ihr wäre. Zu all dem noch dies, daß ich sehr ungeschickt wäre, wenn ich keine Mittel fände, eine Entschädigung für das Aufgeben dieser meiner Bedingung zu bekommen, so unhaltbar sie auch ist.

Nachdem ich Ihnen in dieser langen Einleitung meine Gründe auseinandergesetzt habe, erzähle ich Ihnen die Geschichte dieser zwei letzten Tage. Als Belege dienen die Briefe meiner Dame und meine Antwort darauf. Es wird wenige Historiker geben, die so exakt sind wie ich, nicht wahr?

Sie erinnern sich der Wirkung meines Briefes aus Dijon. Der Rest des Tages war recht bewegt. Die schöne Frau erschien erst zum Diner wieder und kündigte eine schwere Migräne an, – ein Vorwand, um eine dieser heftigen Stimmungskrisen zu maskieren, die Frauen haben können. Ihr Gesicht war wirklich merkwürdig verändert; der sanfte Ausdruck, den Sie an ihr kennen, bekam eine Nuance Trotz, was eine ganz neue Schönheit aus ihr machte. Ich will mir diese Entdeckung für den späteren Gebrauch merken und manchmal die sanfte Geliebte von dieser seltsam trotzigen ablösen lassen.

Ich sah einen trüben Nachmittag voraus, vor dessen Langeweile ich mich damit rettete, daß ich Briefe schreiben zu müssen vorgab und mich auf mein Zimmer zurückzog. Ich kam gegen sechs Uhr in den Salon zurück. Frau von Rosemonde schlug eine Spazierfahrt vor, was angenommen wurde. Aber gerade da wir in den Wagen steigen wollten, bekam meine angebliche Kranke höchst boshaft einen neuen Kopfschmerzanfall – vielleicht auch um sich an meinem »Briefschreiben« zu rächen – und ließ mich erbarmungslos ein Tête-à-Tête mit meiner alten Tante genießen. Ich weiß nicht, ob die Verwünschungen, die ich gegen diesen weiblichen Satan ausstieß, erhört wurden, aber bei unserer Rückkehr fanden wir ihn zu Bett.

Am nächsten Tage war ihre natürliche Sanftmut wieder da, und ich glaubte, mir wäre verziehen. Das Frühstück war kaum zu Ende, als diese nun wieder so sanfte Frau sich ruhig-gleichgültig erhob und in den Park ging; ich folgte natürlich, wie Sie sich denken können. »Woher diese Lust spazieren zu gehen?« fragte ich. – »Ich habe heute morgen viel geschrieben.« sagte sie, »und mein Kopf ist etwas müde.« – »Bin ich nicht so glücklich«, erwiderte ich, »mir die Ursache dieser Müdigkeit geben zu dürfen?« – »Ich habe Ihnen wohl geschrieben, aber ich weiß noch nicht, ob ich Ihnen den Brief geben soll. Er enthält eine Bitte, und Sie haben mich nicht daran gewöhnt, von einer Bitte Erfüllung zu hoffen.« – »Ich schwöre, wenn es mir möglich ist »... – »Nichts ist leichter« – unterbricht sie mich – »und trotzdem Sie sie aus Gerechtigkeit erfüllen sollten, werde ich es als eine Gnade ansehen.« Sie gab mir ihren Brief; ich nahm ihn, und nahm auch ihre Hand, die sie ohne Unwillen und mit mehr Verlegenheit als Eile zurückzog. »Die Hitze ist doch stärker als ich dachte«, sagte sie, »wir müssen ins Haus zurück.« – Und sie nahm den Weg zum Schloß. Umsonst waren alle Versuche, sie zur Verlängerung des Spazierganges zu bewegen, und ich mußte mich daran erinnern, daß man uns sehen könnte, um nicht mehr als Worte aufzuwenden. Sie kehrte um und sprach kein Wort; und mir war klar, daß sie mit diesem Spaziergang keinen anderen Zweck hatte, als mir ihren Brief zu geben. Sie ging in ihre Zimmer und ich in die meinen, um die Epistel zu lesen, die ich Ihnen ebenfalls zu lesen rate, wie auch meine Antwort, bevor ich weiter erzähle.

Auf Schloß ..., den 25. August 17..

41. Brief

Frau von Tourvel an den Vicomte von Valmont.

Es kommt mir vor, Vicomte, als ob Sie mit Ihrem Benehmen Tag für Tag nur die Gründe meiner Klagen über Sie vermehren wollten. Hartnäckig sind Sie darauf aus, mir von Ihrer Liebe zu sprechen, was ich weder hören will noch darf. Sie treiben Mißbrauch mit meinem Vertrauen oder meiner Schüchternheit und scheuen sich nicht, mir Ihre Briefe zukommen zu lassen und das auf eine wenig delikate Weise, wie ich wohl sagen kann. Den letzten Brief schickten Sie mir, ohne im mindesten die Wirkung einer Überraschung zu befürchten, die mich hätte arg bloßstellen können. Alles das gäbe mir wohl Anlaß genug, Ihnen die stärksten und verdientesten Vorwürfe zu machen. Doch ich will statt all dem nur eine Bitte an Sie stellen, und wenn Sie mir ihre Erfüllung zusagen, dann soll alles vergessen sein.

Sie selbst haben mir gesagt, daß ich für alles, was ich Sie bitte, keinen abschlägigen Bescheid zu fürchten brauche, und trotzdem dieser Zusage mit der Ihnen eigenen Inkonsequenz die einzige Ablehnung folgte, die Sie mir geben konnten, so will ich doch glauben, daß Sie heute ebenso formell Ihr Wort halten werden, wie Sie es mir vor einigen Tagen gegeben haben.

Ich wünsche also, daß Sie die Güte haben, abzureisen, den Ort zu verlassen, wo Ihr längeres Verweilen mich nur noch mehr dem Gerede der Welt aussetzen könnte, die ja immer schnell dabei ist, von anderen schlecht zu denken, und die Sie nur allzu sehr daran gewöhnt haben, sich jene Frauen ganz besonders anzusehen, die Sie mit Ihrer Gesellschaft auszeichnen.

Meine Freunde haben mich schon lange vor der Gefahr gewarnt, aber ich habe diese Warnung ignoriert, ja sogar die schlimme Meinung bekämpft, solange Ihr Betragen mir gegenüber mich in dem Glauben ließ, daß Sie mich nicht in die große Zahl jener Frauen einschließen, die alle Ursache hatten, sich über Sie zu beklagen. Heute, wo Sie mich so wie jene behandeln und wo ich das nicht länger ignorieren kann, heute bin ich es der Welt, meinen Freunden und mir selbst schuldig, einem notwendigen Entschluß zu folgen. Ich könnte noch dies bemerken, daß Sie durch eine Weigerung nichts gewinnen würden, da ich entschlossen bin, selbst zu reisen, wenn Sie darauf bestehen, zu bleiben. Aber ich will die Verpflichtung, die ich Ihnen für Ihre Gefälligkeit schuldig sein werde, nicht verkleinern, und so sage ich Ihnen, daß es mir momentan nicht angenehm wäre, abzureisen. Beweisen Sie mir also, wessen Sie mich so oft versicherten: daß anständige Frauen sich nie über Sie zu beklagen haben, oder beweisen Sie mir wenigstens, daß Sie es wieder gut zu machen wissen, wenn Sie ihnen Unrecht getan haben.

Habe ich es noch nötig, meine Bitte zu rechtfertigen? Es würde dazu genügen, Ihnen zu sagen, daß Sie eben Ihr Leben so verbrachten, daß diese meine Bitte nötig ist, und daß es nicht meine Schuld ist, wenn ich sie stelle. Aber wir wollen uns nicht an Dinge erinnern, die ich vergessen will und die mich zur Strenge zwingen würden und dies in einem Augenblick, wo ich Ihnen Gelegenheit gebe, sich meine Dankbarkeit zu verdienen. Adieu. Und was Sie tun, wird mir sagen, mit welchen Gefühlen ich für das Leben sein werde Ihre ergebene von T.

Schloß …, 25. August 17..

42. Brief

Vicomte von Valmont an die Frau von Tourvel.

So schwer auch Ihre Bedingungen sind, gnädige Frau, – ich will sie erfüllen. Ich fühle, daß es mir unmöglich wäre, irgendeinem Ihrer Wünsche entgegen zu sein. Nun, da wir darüber einig sind, darf ich wohl hoffen, daß Sie auch mir um etwas zu bitten erlauben, das leichter zu gewähren ist, als um was Sie mich baten, und das ich doch nur durch meine völlige Unterwerfung unter Ihren Willen erlangen will.

Das eine, das mir hoffentlich Ihr Gerechtigkeitssinn zugestehen wird, ist, daß Sie mir die Namen jener meiner Ankläger nennen; sie tun mir doch, scheint es, Schlimmes genug, als daß ich nicht das Recht beanspruchen könnte, zu wissen, wer sie sind. Das andere, um das ich Sie bitte, ist, daß Sie mir auch in Zukunft erlauben, Ihnen manchmal die Huldigung einer Liebe zu Füßen zu legen, die mehr denn je Ihres Mitleids bedarf.

Bedenken Sie, gnädige Frau, daß ich mich beeile, Ihnen zu gehorchen – selbst auf Kosten meines Glückes, ja trotz meiner festen Überzeugung, daß Sie meine Abreise nur wünschen, um nicht mehr das Opfer Ihrer Herzlosigkeit zu sehen, was immer ein peinlicher Anblick ist.

Gestehen Sie doch, gnädige Frau, daß Sie das Gerede der Gesellschaft nicht fürchten, die, daran gewöhnt, Sie zu respektieren, nie eine schlechte Meinung über Sie haben wird, – daß Sie doch nur die Gegenwart eines Mannes lästig empfinden, den Sie wohl leicht bestrafen, aber schwer verurteilen können. Sie verbannen mich, – wie man den Blick von einem Unglücklichen abwendet, dem man nicht helfen will. Aber wenn nun die Trennung meine Qualen, verdoppelt, an wen anders als an Sie kann ich meine Klagen richten? Von wem sonst kann ich den Trost erwarten, der mir so nötig sein wird? Werden Sie ihn mir verweigern, wo Sie doch allein meiner Leiden Ursache sind?

So werden Sie wohl auch nicht darüber erstaunt sein, daß mir viel und alles daran liegt, vor meiner Abreise die Gefühle zu rechtfertigen, die Sie mir einflößten, so wie ich auch den Mut zu reisen nicht fände, bevor ich nicht den Befehl aus Ihrem Munde habe.

Das beides läßt mich um einen Augenblick der Aussprache bitten. Vergeblich würden wir uns darüber Briefe schreiben – man schreibt Bände und sagt schlecht, wozu eine Viertelstunde miteinander Sprechens genügt, um sich zu verstehen. Sie werden leicht eine Zeit für diese Unterredung finden. Ich will mich ja beeilen, Ihnen zu gehorchen, aber Sie wissen, daß Frau von Rosemonde meine Absicht kennt, den Herbst bei ihr zu verbringen, und ich müßte wenigstens einen Brief von Paris abwarten, der mir den Vorwand zu einer plötzlichen Abreise gäbe.

Leben Sie wohl, gnädige Frau. Nie noch ist mir dieses Wort so schwer geworden als hier, wo es mich an unsere Trennung erinnert. Wenn Sie ahnten, was ich davon leide, wüßten Sie mir wohl einen Dank für meine Folgsamkeit.

Empfangen Sie wenigstens mit einiger Nachsicht die Versicherung meiner zärtlichsten und ehrfurchtsvollsten Liebe. V.

Schloß …, 26. August 17..

43. Brief

Frau von Tourvel an den Vicomte von Valmont.

Weshalb wollen Sie meine Erkenntlichkeit kleiner machen, Vicomte? Warum wollen Sie nur halb folgen und bei einem doch so ehrlichen Handel feilschen? Ist es Ihnen nicht genug, daß ich den Preis voll schätze? Sie verlangen von mir nicht nur viel, Sie verlangen Unmögliches! Wenn mir wirklich meine Freunde von Ihnen erzählt haben, so haben sie das doch nur aus Freundschaft für mich getan, und selbst wenn sie sich irrten, so wäre ihre Absicht deshalb nicht weniger gut gewesen. Und nun verlangen Sie, daß ich diese Beweise guter Freundschaft damit belohne, daß ich Ihnen meine Freunde preisgebe! Es war schon nicht recht, daß ich Ihnen davon etwas sagte, und Sie lassen mich das jetzt genug fühlen. Was für jeden andern bloß Aufrichtigkeit gewesen wäre, wird Ihnen gegenüber zum Leichtsinn, und würde gemeine Verleumdung, wenn ich Ihrem Verlangen nachgäbe. Ich appelliere an Sie selbst, an Ihre Ehrenhaftigkeit – halten Sie mich wirklich einer solchen Handlung für fähig? Durften Sie mir das zumuten? Doch sicher nicht; und ich bin fest davon überzeugt, Sie werden nicht mehr darauf zurückkommen, wenn Sie darüber nachdenken.

Der andere Wunsch, daß Sie mir schreiben wollen, ist kaum leichter zu gewähren. Ich will Sie nicht beleidigen – aber welche Frau könnte bei dem schlimmen Ruf, den Sie haben und den Sie nach Ihrem eigenen Geständnis wenigstens zum Teil verdienen, welche Frau könnte da ruhig sagen, daß sie mit Ihnen Briefe wechsle, und welche anständige Frau könnte etwas tun, was sie zu verheimlichen genötigt wäre? Ja, wenn Ihre Briefe so wären, daß ich niemals mich darüber zu beklagen Ursache hätte und ich es immer vor mir selber rechtfertigen könnte, sie empfangen zu haben, dann würde mich vielleicht der Wunsch, Ihnen zu beweisen, daß mich Vernunft und nicht Haß leitet, über die starken Bedenken wegkommen und mich mehr tun lassen als ich dürfte, indem ich Ihnen erlaube, mir manchmal zu schreiben. Wenn Sie das wirklich so sehr wünschen, wie Sie sagen, werden Sie sich gern der einzigen Bedingung fügen, unter der ich darein willige. Und wenn Sie nur etwas Dankbarkeit für das haben, was ich jetzt für Sie tue, werden Sie Ihre Abreise sofort ins Werk setzen. Sie bekamen doch heute morgen einen Brief und haben diese Gelegenheit doch nicht, wie Sie mir versprachen, benutzt, Frau von Rosemonde Ihre dringend nötige Abreise mitzuteilen. Hoffentlich hält Sie nun nichts mehr davon ab, Ihr Wort zu halten, und ich erwarte bestimmt, daß Sie nicht erst auf die von Ihnen verlangte mündliche Unterredung warten, zu der ich mich unter keiner Bedingung bestimmen lassen werde. Statt des Befehles, den Sie angeblich nötig haben, werden Sie sich wohl nun mit der wiederholten Bitte zufrieden geben. Und so Adieu. von T.

Schloß …, den 27. August 17..

44. Brief

Der Vicomte von Valmont an die Marquise von Merteuil.

Nun wollen wir überlegen, meine schöne Freundin. Sie wissen wie ich, daß die höchst gewissenhafte und sehr anständige Frau von Tourvel die erste meiner zwei Forderungen einfach nicht gewähren kann – sie wird das Vertrauen ihrer Freunde nicht verraten, indem sie mir die Namen meiner guten Feinde nennt. Da ich aber alles nur auf die Erfüllung dieser Bedingung hin verspreche, verspreche ich gar nichts. Nun wird aber die abschlägige Antwort, die sie mir sicher geben wird, für mich ein Anrecht auf alles übrige, wobei ich nur gewinne: ich reise ab und korrespondiere mit ihr. Denn auf das verlangte Rendezvous lege ich keinen Wert und hatte das keinen andern Zweck, als sie so allmählich daran hinzuführen, mir spätere wichtigere und nötigere Zusammenkünfte nicht abzuschlagen.

Eines bleibt mir vor meiner Abreise noch zu tun: ich muß herausbekommen, wer die Leute sind, die sich bei ihr mit meiner Person so liebenswürdig beschäftigen. Vielleicht ihr Idiot von Mann, und das wäre mir nicht unangenehm. Abgesehen davon, daß die eheliche Notwehr dem Verlangen eine Lust mehr ist, bin ich sicher, daß ich von dem Augenblick an, da mein Schatz in die Korrespondenz einwilligt, nichts mehr von ihrem Manne zu fürchten habe, denn da betrügt sie ihn schon.

Sollte es aber eine intime Freundin von ihr sein, die bei ihr gegen mich hetzt, so muß ich die beiden natürlich auseinanderbringen, und das werde ich schon fertig bekommen. Aber wissen muß ich es vor allem. Gestern dachte ich schon, daß mir die nötige Aufklärung würde, aber diese sonderbare Frau tut alles anders als andere Frauen. Wir waren bei ihr, als man zum Diner ruft. Sie war gerade mit der Toilette fertig, beeilt sich, entschuldigt sich und läßt darüber, wie ich bemerkte, den Schlüssel zu ihrem Schreibtisch stecken; den zu ihren Räumen zieht sie nie ab. Während der Mahlzeit höre ich ihre Kammerjungfer herunterkommen, ich schütze Nasenbluten vor und gehe hinaus. Stürme an den Schreibtisch, dessen Schubladen alle offen sind – und finde nicht ein einziges beschriebenes Blatt. Und jetzt heizt man doch nicht! Aber was macht sie denn mit den vielen Briefen, die sie bekommt? Ich habe alles durchsucht und nichts dabei gewonnen als die Überzeugung, daß die kostbaren Briefe in ihrer Tasche bleiben. Aber wie sie da herausbekommen? Seit gestern denke ich über ein Mittel nach, und ich muß die Briefe haben! Man kann so viel und hat kein Talent zum Taschendieb. Die Liebe und ihre Künste sollten wirklich in den Erziehungsplan des Menschen aufgenommen werden. Aber unsere Eltern und Lehrer denken an gar nichts, und ich muß es tun und komme nur darauf, daß ich ungeschickt bin und das nicht ändern kann.

Ich setze mich also wieder und sehr verstimmt zu Tisch. Meine Dame besserte etwas meine schlechte Laune, da sie mich teilnahmsvoll nach meinem gar nicht vorhandenen Unwohlsein fragte, und ich versäumte es natürlich nicht, ihr zu gestehen, daß ich in letzter Zeit viel an heftigen Aufregungen litte, die meine Gesundheit zugrunde richteten. Sie ist doch davon überzeugt, daß sie davon die Ursache sein muß, aber ihre Frömmigkeit kennt die Barmherzigkeit nicht – sie verweigert die kleinste Liebesgabe, und das gibt doch ein Recht auf den Raub, nicht? Aber Adieu! Während ich Ihnen schreibe, denke ich an nichts sonst als an diese verfluchten Briefe.

Auf Schloß …, den 27. August 17..

V.

45. Brief

Der Vicomte von Valmont an die Marquise von Merteuil.

Freuen Sie sich mit mir, schöne Freundin – ich werde geliebt! Ich habe dieses widerspenstige Herz gezähmt und besiegt. Umsonst verstellt sie sich noch und tut anders – meine Geschicklichkeit hat ihr das Geheimnis entlockt, und ich weiß nun alles, was ich zu wissen brauche. Seit der Nacht, seit der glücklichen gestrigen Nacht, bin ich wieder in meinem Element und lebe ich wieder mein Leben. Zwei Geheimnisse habe ich entdeckt: das der Liebe und das der Gemeinheit, das eine werde ich voll genießen und an dem andern mich rächen, und so ist mein Weg von Vergnügen zu Vergnügen. Der bloße Gedanke daran gibt mir solche Wonnen, daß ich mich zusammennehmen muß, um mit einiger Ordnung zu erzählen, wie alles das kam.

Also: Kaum hatte ich Ihnen gestern geschrieben, als ich von Frau von T. einen Brief bekam, den ich Ihnen beilege; Sie finden darin, wie sie mir so wenig ungeschickt als sie kann die Erlaubnis gibt, ihr zu schreiben. Sie drängt auf meine Abreise, und ich weiß wohl, daß ich sie nicht zu lange hinausschieben kann, ohne mir zu schaden. Aber mich plagte es noch immer, zu erfahren, wer gegen mich intrigiert haben konnte, und so wußte ich nicht was tun. Ich versuchte es bei der Kammerjungfer, sie sollte mir die Taschen ihrer Herrin ausliefern. Ich bot ihr zehn Louis für die kleine ganz gefahrlose Gefälligkeit, aber das Mädel ist eine ängstliche oder eine gewissenhafte Gans, die sich weder von meiner Beredsamkeit noch von meinem Geld gewinnen ließ. Ich rede noch in sie hinein, da läutet es zum Souper. Ich muß sie stehen lassen, froh genug, daß sie mir wenigstens versprach, reinen Mund zu halten, denn ich erwartete nicht einmal das. Ich war in einer miserablen Laune und machte mir den ganzen Abend Vorwürfe wegen meiner Unvorsichtigkeit.

Etwas beunruhigt zog ich mich zurück und sprach mit meinem Diener, der als glücklicher Liebhaber doch einigen Einfluß auf das Frauenzimmer haben mußte. Er sollte von dem Mädel verlangen, was ich gewollt hatte oder sich wenigstens ihrer absoluten Verschwiegenheit versichern. Aber diesem Menschen, dem sonst nichts unmöglich vorkommt, schien der Erfolg dieses Handels unsicher, und er machte darüber eine Bemerkung, deren tiefer Sinn mich verblüffte.

»Der gnädige Herr wissen gewiß besser als ich, daß mit einem Mädchen ins Bett liegen nichts weiter bedeutet als das zu tun, was ihr Spaß macht. Aber von da bis dahin, daß sie macht was wir wollen, ist's oft noch sehr weit. Für dieses Frauenzimmer steh ich um so weniger, weil ich, und mit Grund, glaube, daß sie einen seriösen Liebhaber hat, und ich ihre Gunst nur dem etwas regellosen Leben auf dem Lande verdanke – ich stellvertrete nur.« Der Junge ist doch ein Juwel, nicht? »Und was nun das Stillschweigen anlangt, was würde uns ihr Versprechen nützen, da sie doch gar nichts dabei riskiert, wenn sie nicht schweigt und uns anlügt? Mit ihr darüber reden, das würde ihr nur noch mehr zeigen, wie wichtig uns das ist, und da bekäme sie nur noch größere Lust, sich bei ihrer Herrin als treue Dienerin zu inszenieren.«

Das war alles nur zu wahr, und meine Situation wurde nicht besser. Glücklicherweise war der Schlingel im besten Zug und ich ließ ihn reden. Er erzählt mir also von seinem Verhältnis mit dem Mädchen und kommt dabei auch darauf, daß ihr Zimmer nur durch eine Art Verschlag von dem ihrer Herrin getrennt ist, und weil man da jedes Geräusch hindurch hören könne, kämen sie jede Nacht in seinem Zimmer zusammen. Darauf baute ich meinen Plan, zusammen mit meinem Diener, und führten ihn mit bestem Erfolg aus.

Ich wartete, bis es zwei Uhr morgens war und begab mich dann wie verabredet in das Zimmer, in dem die beiden ihre Zusammenkünfte pflegten. Mit einem Licht in der Hand trat ich ein: ich hätte wiederholt umsonst geklingelt. Mein Diener war vollendet in seiner Rolle, spielte sehr geschickt eine kleine Überraschungsszene mit Verzweiflung und tausend Entschuldigungen, die ich damit zum Schluß brachte, daß ich ihn wegschickte, mir Wasser wärmen zu lassen. Die treue Kammerjungfer wußte vor Scham nicht wohin; mein Junge hatte nämlich noch ein Übriges getan und die Kleine zu einer Toilette veranlaßt, wie sie die Jahreszeit wohl mit sich brachte, aber nicht ganz entschuldigte. Ich gestattete ihr natürlich weder die Position noch die Toilette zu ändern, denn je größer die Scham, desto leichter bekam ich das Geschöpf in meine Hand. Mein Diener erwartete mich auf meinem Zimmer, und so setzte ich mich ruhig neben die Kleine aufs Bett, das etwas sehr in Unordnung war, und fing an. Ich durfte die

Macht, die mir die Situation über das Mädchen gab, nicht riskieren und blieb kalt, kalt … ich erlaubte mir nicht den geringsten Scherz mit ihr, was zu erwarten ihr die Situation und ihr hübsches Gesicht wohl das Recht gaben, und sprach mit ihr, nüchtern und sachlich wie ein Magistratsbeamter. Ich würde ihr verliebtes Geheimnis bewahren, wenn sie mir nächsten Tages zur selben Stunde ausliefert, was ihre Herrin in den Taschen hat. Und bei den zehn Louis bliebe es außerdem. Wie Sie sich denken können, versprach das Mädchen alles; ich zog mich zurück und gestattete dem glücklichen Paar, die verlorene Zeit wieder einzubringen; die meine benutzte ich zum Schlafen.

Des Morgens dachte ich an einen Vorwand, den Brief meiner Widerspenstigen nicht zu beantworten, bevor ich nicht ihre Papiere durchgesehen hatte, ging also auf die Jagd und blieb fast den ganzen Tag aus. Bei meiner Rückkehr war es ein etwas kühler Empfang – man war sicher pikiert, daß ich so wenig Eifer zeigte, die kurze Zeit meines Bleibens auszunützen, besonders nach dem liebenswürdigen Brief, den sie mir geschrieben hatte.

Ich schließe das aus ihrer Antwort auf Vorwürfe, die mir Frau von Rosemonde über meine lange Abwesenheit machte; meine Dame sagte darauf nämlich etwas spitz: »Ach, machen wir Herrn von Valmont doch nicht Vorwürfe darüber, daß er sich dem einzigen Vergnügen hingibt, das er hier finden kann.« Ich beklagte mich natürlich über diese falsche Meinung und benutzte die Gelegenheit, zu versichern, daß ich mich in der Gesellschaft der Damen so wohl fühle, daß ich ihr zu Liebe einen sehr wichtigen Brief, den ich zu schreiben hätte, versäume. Und fügte noch hinzu, daß ich seit manchen Nächten den Schlaf nicht fände und versucht hätte, ob ihn mir vielleicht die Ermüdung bringen würde – und mein Blick erklärte genügend Brief und Schlaflosigkeit. Ich war den ganzen Abend sehr um eine melancholische Zärtlichkeit bemüht, was mir gut zu gelingen schien, und unter der ich die Ungeduld verbarg, mit der ich die Stunde herbeisehnte, die mir die Entdeckung des ängstlich gewahrten Geheimnisses bringen sollte. Endlich trennten wir uns, und bald darauf brachte mir die treue Kammerjungfer den bedungenen Preis meines Stillschweigens.

Ich war also endlich der Herr des Schatzes und ging mit aller Vorsicht an seinen Inhalt; denn es war wichtig, das alles wieder richtig auf seinen Platz kam. Zuerst fand ich zwei Briefe des Gatten, ein unverdauliches Gemisch von Prozeßdetails und ehelichen Liebestiraden, was ich mit Geduld zu Ende las und worin ich kein Wort fand, das mich betraf. Verstimmt legte ich dieses Geschreibsel wieder zurück, aber meine Laune wurde besser, als ich die Stücke meines hübschen Briefes aus Dijon fand, sorgfältig zusammengelegt. Ich hatte den guten Einfall, ihn durchzulesen und können Sie sich meine Freude vorstellen, als ich darin deutliche Spuren von Tränen meiner angebeteten Frau sah? Ich benahm mich wie ein Jüngling und küßte den Brief mit einer Leidenschaft, die ich mir gar nicht mehr zutraute. Ich suchte weiter und fand alle meine Briefe, einen um den andern nach dem Datum geordnet. Was mich höchst angenehm überraschte, war, meinen ersten, den ich mir schnöde zurückgegeben glaubte, von ihrer Hand sorgfältig abgeschrieben zu finden, mit einer zitternden bewegten Hand, dem Zeugen der süßen Erregtheit ihres Herzens.

Bis dahin war alles Liebe, nun kam die Wut. Wer, glauben Sie, ist es, der mich bei dieser angebeteten Frau verleumdet? Welche Kanaille halten Sie für niederträchtig genug, so etwas auszuhecken? Sie kennen sie, es ist Ihre Freundin, Ihre Verwandte – Frau von Volanges! Sie glauben nicht, was für Scheußlichkeiten diese Megäre über mich geschrieben hat. Sie, nur sie allein, hat die Ruhe dieser engelgleichen Frau gestört, und auf ihre Ratschläge, auf ihre Befehle hin bin ich gezwungen, von hier weg zu gehen; diesem Weibe opfert man mich. Ja wahrhaftig, man muß ihr ihre Tochter verführen, und nicht genug daran, sie soll sie verlieren! Da das Alter diese verdammte Frau in seinen Schutz nimmt, muß man sie in ihrer Tochter treffen.

Diese Frau will also, daß ich nach Paris zurückkehre! Sie zwingt mich dazu! Gut, ich kehre zurück; aber sie wird über meine Rückkunft jammern. Dumm ist, daß Danceny der Held dieses Abenteuers werden soll; er besitzt solche bedeutende Hintergründe von Ehrlichkeit, was uns die Sache erschweren wird. Aber er ist verliebt, und ich sehe ihn oft; man muß daraus profitieren. Mein Zorn macht mich ganz vergessen, daß ich Ihnen ja noch erzählen muß, was heute geschehen ist. Also weiter.

Heute morgen sah ich meine empfindsame Nonne wieder – nie noch habe ich sie so schön gefunden! Und das mußte wohl so sein: der schönste Augenblick im Leben einer Frau, der einzige, der diesen Rausch der Seele hervorbringen kann, von dem man immer spricht, den man aber so selten erlebt, ist der, wo wir die Gewißheit ihrer Liebe, aber noch nicht deren Gnaden haben. Und das war mein Fall.

Vielleicht war es auch der Gedanke, daß ich bald nicht mehr die Lust ihres Anblicks genießen würde, was zu ihrer Verschönerung half. Endlich kam die Post und ich erhielt Ihren Brief vom 27.; und während ich ihn las, zögerte ich noch, ob ich mein Wort halten sollte; als ich den Blick meiner Schönen traf, da war es mir unmöglich, ihr nicht zu gehorchen.

Ich habe also meine Abreise angekündigt. Einen Moment darauf ließ uns Frau von Rosemonde allein – aber ich machte kaum vier Schritte auf meine scheue Freundin hin, als sie aufsprang und wie entsetzt rief: »Lassen Sie mich! lassen Sie mich! Um Gotteswillen. lassen Sie mich!« – Was mich nur noch mehr erregte. Schon war ich bei ihr und hielt ihre Hände, die sie mit einer rührenden Gebärde ineinander legte, und begann sehr zärtlich von meinen Qualen zu reden, als ein feindlicher Dämon Frau von Rosemonde zurückführte, was die fromme Schöne, die schon einigen Anlaß zur Furcht hatte, benutzte, sich zurückzuziehen.

Ich reichte ihr noch einmal die Hand und sie nahm sie, und ich drückte die ihre. Erst wollte sie sie wieder zurückziehen, aber ich bat, daß sie sie mir ließe. Doch sie antwortete auf das, was ich sagte, mit keiner Gebärde, mit keinem Wort. An ihrer Türe angekommen, wollte ich ihre Hand küssen und sie sträubte sich wieder sehr ernsthaft; aber ein sehr zärtliches »Bedenken Sie doch, daß ich fortgehe!« machte ihre Verteidigung zögernd und ungeschickt. Doch kaum fühlte die Hand den Kuß, als sie auch schon die Kraft fand, mir zu entschlüpfen, und sie trat in ihr Zimmer, vor dem meine Geschichte endet.

Wie ich vermute, sind Sie morgen bei der Marschallin von **, wo ich Sie sicher nicht aufsuchen werde. Wir dürften, glaube ich, sehr vieles zu besprechen haben, besonders auch die Geschichte mit der kleinen Volanges, die ich nicht aus den Augen verliere, und so lasse ich diesen Brief, so lang er auch ist, mir vorausgehen und will ihn erst schließen, wenn die Post abgeht: denn wie die Dinge jetzt stehen, kann ein Zufall alles wieder ändern, und diesen möglichen Zufall will ich noch abwarten.

P. S. Abends acht Uhr.

Nichts Neues; keinen Augenblick für die kleinste Freiheit, »Sie« zeigt aber so viel Traurigkeit, als es der Anstand mindestens erlaubt. Etwas vielleicht nicht ganz Unbedeutendes ist eine Einladung, mit der mich Frau von Rosemonde an Frau von Volanges beauftragt hat, einige Zeit bei ihr auf dem Lande zu verbringen.

Adieu, meine schöne Freundin – auf morgen oder spätestens übermorgen!

Schloß …, den 28. August 17..

46. Brief

Frau von Tourvel an Frau von Volanges.

Gnädige Frau! Herr von Valmont ist diesen Morgen abgereist; es schien Ihnen an dieser Abreise so viel gelegen, daß ich glaube, Sie davon benachrichtigen zu müssen. Frau von Rosemonde bedauert sie sehr, denn die Gesellschaft ihres Neffen ist, wie man zugeben muß, sehr angenehm. So brachte sie den ganzen Vormittag damit zu, mir von ihm zu erzählen, mit jener Zärtlichkeit, die Sie an ihr ja kennen, und ließ nichts über ihn kommen. Ich glaubte ihr die Höflichkeit schuldig zu sein, zuzuhören ohne ihr zu widersprechen, und dies um so mehr, als man zugeben muß, daß sie in Manchem wirklich recht hat. Und ich fühlte um so stärker, daß ich mir die Ursache dieser Trennung vorzuwerfen habe und weiß, daß ich sie dafür nicht entschädigen kann. Sie wissen ja, daß meine Natur nur wenig heiter ist, und das Leben, das wir hier führen, ist nicht dazu angetan, meine geringe Heiterkeit zu vermehren. Wenn ich nicht nach Ihrem Befehl gehandelt hätte, würde ich fürchten, etwas zu leichtsinnig gewesen zu sein; denn ich war wirklich betrübt über den Schmerz meiner würdigen Freundin, der mich in einer Weise rührte, daß ich gerne meine Tränen mit den ihrigen vereint hätte.

Wir leben jetzt in der Hoffnung, daß Sie die Einladung annehmen werden, die Herr von Valmont Ihnen von Frau von Rosemonde zu überbringen hat, und einige Zeit bei uns weilen. Sie zweifeln wohl nicht an der Freude, die ich darüber haben werde, Sie hier zu sehen; und wirklich sind Sie uns auch diese Entschädigung schuldig. Ich würde mich freuen, bei dieser Gelegenheit die schnellere Bekanntschaft von Fräulein von Volanges zu machen und Ihnen mündlich die Versicherung meiner ehrfurchtsvollen Gefühle zu geben.

Schloß …, den 29. August 17..

47. Brief

Chevalier Danceny an Cécile von Volanges.

Was ist denn passiert, meine anbetungswürdige Cécile? Was konnte denn eine so schnelle und ach so grausame Änderung in Ihnen hervorrufen? Was wurde aus Ihren Schwüren der ewigen Gefühle für mich? Gestern noch wiederholten Sie sie mir – was konnte Sie sie heute vergessen machen? Ich mag mich fragen wie ich will, in mir kann ich keine Ursache finden, und doch ist mir schrecklich, sie bei Ihnen zu suchen. Ach, ich weiß! Sie sind weder leichtsinnig noch kokett, und selbst in diesem Augenblick der Verzweiflung kann ein kränkender Zweifel meiner Seele nichts anhaben. Durch welchen unseligen Zufall sind Sie nicht mehr dieselbe? Nein, Grausame, Sie sind es nicht mehr! Die zärtliche Cécile, die Cécile, die ich anbete, und von der ich diese Schwüre bekam, hätte meinen Blick nicht gemieden, wäre nicht dem glücklichen Zufall ausgewichen, der mich in ihre Nähe führte; oder, wenn irgendein mir unbegreiflicher Grund sie dazu veranlaßt hätte, mich so streng zu behandeln, hätte sie es nicht verschmäht, mich davon zu unterrichten.

Ah! Sie wissen nicht, Sie werden nie wissen, meine Cécile, was Sie mich heute leiden ließen, was ich jetzt noch leide. Glauben Sie denn, daß ich ohne Ihre Liebe leben kann? Als ich ein Wort von Ihnen verlangte, ein einziges Wort, das meine Furcht zerstreuen sollte, da haben Sie statt mir zu antworten getan, als ob Sie fürchteten, von Unberufenen gehört zu werden; und dieses Hindernis, das nicht einmal existierte, ließen Sie durch den Platz, den Sie sich im Kreise wählten, wachsen. Als ich gezwungen war, Sie zu verlassen, und ich Sie nach der Stunde fragte, zu welcher ich Sie morgen wieder sehen könnte, da taten Sie, als wüßten Sie es nicht, und es mußte Frau von Volanges sein, die mich davon unterrichtete! So wird der so sehr ersehnte Moment, mich Ihnen zu nähern, mich morgen unruhig finden, und das Vergnügen, Sie zu sehen, das bis jetzt meinem Herzen so teuer war, wird nun von der Furcht ersetzt werden, Ihnen lästig zu sein.

Schon jetzt fühle ich diese Furcht, die mich zurückhält, Ihnen von meiner Liebe zu sprechen. Das »ich liebe Sie«, das ich so gerne wiederholte, wenn ich es wieder hören könnte, dieses selige Wort, das meinem Glück genügte, gibt mir, wenn Sie sich geändert haben, nur noch ewige Verzweiflung. Ich kann es nicht glauben, daß dieser Talisman der Liebe seine ganze Macht verloren hat, und ich versuche noch ihn zu benutzen. Ja, meine Cécile, ich liebe Sie! Wiederholen Sie mit mir dieses Wort meines Glücks! Bedenken Sie, daß Sie mich daran gewöhnt haben, es zu hören, und daß mir es rauben heißt, mich zu einer Qual verdammen, die so wie meine Liebe nur mit meinem Leben endigt.

Paris, den 29. August 17..

48. Brief

Der Vicomte von Valmont an die Marquise von Merteuil.

Ich werde Sie heute noch nicht sehen, meine schöne Freundin, und davon sind das meine Gründe, die ich Sie in Gnade hinzunehmen bitte.

Statt gestern direkt zurückzukehren, habe ich mich bei der Komtesse ** aufgehalten, deren Schloß beinahe auf meinem Weg liegt, und wo ich mich zum Diner einlud. So kam ich erst gegen 7 Uhr in Paris an und ging in die Oper, wo ich Sie zu sehen hoffte.

Als die Oper aus war, ging ich zu meinen Freunden hinter der Bühne und fand da meine alte Emilie, umgeben von einem zahlreichen Hof von Herren und Damen, denen sie am selben Abend noch ein Souper bei P... gab. Ich war kaum hinzugetreten, als mich auch schon alles bat, mit von der Partie zu sein. Ein kleines, dickes und kurzes Gesicht war darunter, das mich in einem schrecklichen Holländisch-Französisch einlud und dessen Besitzer sich später als der wirkliche Held des Abends herausstellte. Ich nahm an.

Unterwegs erfuhr ich denn, daß das Haus unseres Rendezvous' der bedungene Preis für Emiliens Güte für das groteske kurze Gesicht und daß das Souper in aller Form ein Hochzeitsmahl wäre. Der kleine Mann kannte sich nicht mehr vor Freude und in Erwartung des Glückes, das ihm bevorstand; er schien mir so über die Maßen glücklich, daß mich die Lust ankam, ihn darin ein bißchen zu stören – was ich denn auch tat.

Die einzige Schwierigkeit kam von Emilie, die der Reichtum dieses holländischen Bürgermeisters etwas nachdenklich machte. Nach einigem Hin und Her ging sie aber doch auf meinen Plan ein, dieses kleine Bierfaß mit Wein voll zu gießen und für den Rest der Nacht unschädlich zu machen.

Die großartige Idee, die wir uns von einem holländischen Trinker gemacht hatten, ließ uns alle Mittel anwenden. Und die Absicht gelang so gut, daß der Kleine beim Dessert schon nicht mehr die Kraft hatte, das Glas zu halten: die gütige Emilie half aber bereitwilligst zum Letzten, so daß er endlich unter den Tisch fiel, in einer Betrunkenheit, die wohl ihre acht Tage brauchen wird. Wir beschlossen also, ihn nach Paris zurückzubefördern, und da er seinen Wagen weggeschickt hatte, so luden wir ihn in den meinen, und ich vertrat seine Stelle. Ich erhielt die Komplimente und Gratulationen der ganzen Gesellschaft, die bald darauf verschwand und mich Herrn des Feldes ließ. Die lustige Stimmung und vielleicht auch die lange Enthaltsamkeit ließen mich Emilie so wünschenswert erscheinen, daß ich ihr versprach, bis zur Wiederauferstehung des Holländers bei ihr zu bleiben.

Meine Belohnung ist unter anderem auch dies, daß mir Emilie als Schreibpult dient, während ich an meine schöne fromme Liebe schreibe; es macht mir Spaß, ihr eine Epistel in dem Bette und beinahe in den Armen eines Mädchens zu schreiben, unterbrochen von vollkommenster Untreue, und ihr in dem Brief eine genaue Schilderung meiner Situation und meines Verhaltens zu geben. Emilie, die las, was ich schrieb, lachte darüber wie eine Verrückte, und ich glaube, Sie werden es nicht anders machen.

Da mein Brief von Paris aus gestempelt sein muß, schicke ich ihn Ihnen und ich lasse ihn offen. Wollen Sie ihn gütigst lesen, ihn schließen und zur Post befördern.

Bitte benutzen Sie aber nicht Ihr Siegel, auch sonst keines mit einem Liebesemblem, und Adieu, meine schöne Freundin.

P. S. Ich öffne noch einmal den Brief; ich habe Emilie ins Theater geschickt und will die Zeit benutzen, Sie zu sehen. Ich werde spätestens um sechs Uhr bei Ihnen sein, und wenn es Ihnen recht ist, gehen wir zusammen um sieben Uhr zu Frau von Volanges. Ich darf anständigerweise mit der Einladung, die ich ihr von Frau von Rosemonde zu überbringen habe, nicht mehr länger verziehen. Und dann wäre es mir auch lieb, die kleine Volanges zu sehen.

Adieu, meine schöne Dame. Ich werde ein solches Vergnügen haben, Sie zu umarmen, daß der Chevalier darüber eifersüchtig sein kann.

P..., den 30. August 17..

49. Brief

Der Vicomte von Valmont an Frau von Tourvel (mit dem Poststempel Paris).

Nach einer stürmischen Nacht, während welcher ich kein Auge schloß, und die ich in einer verzehrenden Glut der Erregung zubrachte, oder in der völligen Niedergeschlagenheit aller Kräfte meiner Seele, komme ich zu Ihnen, gnädige Frau, um die Ruhe zu suchen, deren ich bedarf, und die zu erlangen ich noch kaum zu hoffen wage. Die Situation, in der ich mich befinde und aus der ich Ihnen schreibe, läßt mich wahrhaftig mehr denn je die unwiderstehliche Gewalt der Liebe erkennen, und es wird mir schwer, so viel Gewalt über mich zu gewinnen, nur einige Ordnung in meine Gedanken zu bringen; und jetzt sehe ich schon, daß ich diesen Brief ohne Unterbrechung nicht beendigen werde. Könnte ich hoffen, daß Sie einmal diese Erregung teilen, die ich in diesem Augenblicke empfinde? Doch wage ich zu glauben, Sie könnten nicht unempfindlich dagegen sein, würden Sie meinen Zustand ganz kennen. Glauben Sie mir, gnädige Frau, die kühle Ruhe, der friedliche Schlaf der Seele, das Bild des Todes – das führt nicht zum Glück, dies können nur die tätigen, wirkenden Leidenschaften; und trotz der Schmerzen, die Sie mich jetzt erdulden lassen, glaube ich Ihnen mit gutem Gewissen versichern zu können, daß ich in diesem Augenblicke glücklicher bin als Sie. Umsonst überschütten Sie mich mit Ihrer verzweifelnden Unerbittlichkeit; sie hindert mich nicht, mich ganz meiner Liebe hinzugeben und in dem Rausch, den sie mir gibt, die Verzweiflung zu vergessen, der Sie mich ausliefern. So räche ich mich für die Verbannung, zu der Sie mich verurteilen. Niemals machte mir das Schreiben an Sie so viel Freude; niemals empfand ich während dieser Beschäftigung eine so wunderbare weiche und doch intensive Erregtheit. Alles scheint meine Ekstase zu vermehren: die Luft, die ich atme, ist voll Wollust, der Tisch, auf dem ich Ihnen schreibe, ist zum erstenmal diesem Zwecke geweiht und wird zum geheiligten Liebesaltar für mich werden, und ich werde darauf den Schwur schreiben, Sie ewig zu lieben! … Verzeihen Sie, ich bitte Sie, die Verwirrtheit meiner Sinne. Ich sollte mich vielleicht weniger einer Leidenschaft ergeben, die Sie nicht teilen … und ich muß Sie für einen Augenblick verlassen, um eines tollen Rausches Herr zu werden, der mit jedem Augenblick wächst und stärker ist als ich …

Ich kehre zu Ihnen zurück, gnädige Frau, und nicht anders als in der gleichen Ergebenheit. Doch ist das Gefühl des Glückes weit von mir geflohen, und hat dem der grausamsten Entbehrung Platz gemacht. Was nützt es, Ihnen von meinen Gefühlen zu sprechen, wenn ich umsonst nach den Mitteln suche, Sie davon zu überzeugen? So vieles habe ich versucht und nun verläßt mich das Vertrauen und die Kraft zugleich. Wenn ich mir noch die Freuden der Liebe zurückrufe, so nur um desto stärker deren Entbehrnis zu empfinden. Ich sehe nirgends sonst Trost als in Ihrer nachsichtigen Güte und ich fühle in diesem Augenblicke nur zu sehr, wie ich sie nötig habe. Niemals war meine Liebe ehrfurchtsvoller, niemals weiter von aller Kränkung, und ich darf es wohl sagen: sie ist so, daß die strengste Tugend sie nicht zu fürchten brauchte. Aber ich selbst fürchte, Ihnen allzulange von den Qualen zu erzählen, die ich empfinde. Da ich sicher bin, daß Sie, die Sie die Ursache meiner Schmerzen sind, diese nicht teilen, darf ich auch Ihre Güte nicht mißbrauchen, und das wäre es, wollte ich Ihnen noch länger meinen trostlosen Zustand beschreiben. Nur dieses noch: Ich beschwöre Sie, mir zu antworten, und niemals an der Wahrheit meiner Gefühle zu zweifeln.

Paris, den 30. August 17..

50. Brief

Cécile Volanges an den Chevalier Danceny.

Ohne falsch noch kokett zu sein, genügt es mir, Herr Chevalier, über mein Betragen aufgeklärt, die Notwendigkeit von dessen Änderung zu fühlen; ich habe Gott dieses Opfer versprochen, bis ich ihm auch dieses meiner Gefühle für Sie bringen kann. Ich fühle ganz gut, was mir das für Schmerzen bereiten wird, und ich verhehle Ihnen nicht, daß ich seit vorgestern jedesmal weinte, wenn ich an Sie dachte. Ich hoffe aber, daß Gott mir die Gnade der nötigen Kraft schenken wird, Sie zu vergessen, – ich bitte ihn jeden Morgen und jeden Abend darum. Ich erwarte sogar von Ihrer Freundschaft und Ihrer Anständigkeit, daß Sie mich in dem guten Vorsatz, den man mir eingeflößt hat, nicht irre machen werden. Ich bitte Sie deshalb, die Güte zu haben, mir nicht mehr zu schreiben, so wie ich Ihnen jetzt schon sage, daß ich Ihnen nicht mehr antworten werde, und daß Sie mich anders zwingen würden, Mama all das Vorgefallene zu beichten, was mir das Vergnügen, Sie zu sehen, ja ganz rauben würde.

Ich werde trotzdem alle erlaubte Anhänglichkeit für Sie bewahren, ohne daß darin ein Unrecht ist, und wünsche ich Ihnen aus ganzer Seele alles Glück. Ich fühle, Sie werden mich bald nicht mehr so lieben, und daß Sie bald eine andere mehr als mich lieben werden. Und das wird dann eine weitere Strafe für den Fehltritt sein, den ich begangen habe, indem ich Ihnen mein Herz gab, das nur Gott gehören sollte und meinem Gemahl, wenn ich einen bekommen werde. Ich hoffe, daß die göttliche Barmherzigkeit Mitleid mit meiner Schwäche haben wird und mich nicht stärker dafür bestrafen wird als ich ertragen kann.

Leben Sie wohl. Ich kann Ihnen versichern, daß, wenn mir erlaubt wäre, jemanden zu lieben, es niemand anders als Sie wären, den ich lieben würde. Aber das ist auch alles, was ich Ihnen sagen kann, und das ist vielleicht mehr, als ich darf.

den 31. August 17..

51. Brief

Frau von Tourvel an den Vicomte von Valmont.

So erfüllen Sie die Bedingungen, unter denen ich Ihnen erlaubte, mir hin und wieder zu schreiben? Und sollte ich mich nicht darüber beklagen, wenn Sie mir nur von einem Gefühl sprechen, dem mich hinzugeben ich mich auch dann noch fürchtete, wenn ich es selbst ohne Verletzung all meiner Pflichten tun dürfte.

Übrigens: wenn ich noch neue Gründe nötig hätte, mir diese heilsame Furcht zu bewahren, hätte ich sie, wie mir scheint, in Ihrem letzten Briefe gefunden. Denn in dem Augenblick, wo Sie glauben, der Liebe eine Verteidigung zu schreiben, was machen Sie da? – Sie zeigen mir nur ihre schlimmsten Leidenschaften. Wer wird aber ein Glück um den Preis der Vernunft kaufen, ein Glück, dessen Freuden von kurzer Dauer sind und dem langes Bedauern wenn nicht gar Reue nachfolgt?

Selbst Sie, bei dem die Gewöhnung an diese gefährlichen Ekstasen deren Effekt abschwächen sollte, müssen Sie nicht selbst zugeben, daß die Leidenschaft oft stärker wird als Sie selber, und sind Sie es nicht auch, der sich über die ungewollte Verwirrung, die sie hervorruft, beklagt? Welche schreckliche Verwüstung brächte das nicht über ein unerfahrenes und empfängliches Herz, eine Verwüstung, deren Macht das Opfer, das dieses Herz bringen müßte, noch vergrößerte?

Sie glauben, oder Sie wollen mich glauben machen, daß die Liebe zum Glück führt; und ich bin so fest überzeugt, daß sie mich so unglücklich machen würde, daß ich nie mehr das Wort Liebe hören möchte. Bloß davon reden stört mir die Ruhe, und es ist ebenso Geschmack wie Pflicht, daß ich Sie bitte, darüber zu schweigen.

Und nach allem muß Ihnen diese Bitte zu gewähren leicht fallen. In Paris werden Sie Gelegenheit genug finden, ein Gefühl zu vergessen, das seinen Ursprung vielleicht nur in Ihres Lebens Gewohnheit hat und seine Stärke nur in dem Nichtstun auf dem Lande. Sind Sie denn nun nicht an demselben Ort, wo Sie mich so oft ganz gleichgültig angesehen haben? Können Sie denn da einen Schritt tun, ohne einem Beispiel Ihrer Flatterhaftigkeit zu begegnen? Und sind Sie da nicht von Frauen umgeben, die viel liebenswerter sind als ich und mehr Recht auf Ihre Gunst haben? Ich besitze nicht diese Eitelkeit, die man meinem Geschlecht vorwirft, und noch weniger jene falsche Bescheidenheit, die nichts als ein raffinierter Stolz ist. Und mit ehrlicher Überzeugung kann ich es Ihnen hier sagen, daß ich wenige Mittel zu gefallen an mir kenne; aber wenn ich auch alle hätte, würde ich sie nicht für stark genug halten, Sie festzuhalten. Von Ihnen zu verlangen, sich nicht mehr um mich kümmern zu wollen, wäre nur Sie zu bitten, heute wieder zu tun, was Sie schon einmal taten und was Sie ganz bestimmt in einiger Zeit wieder tun würden, auch wenn ich Sie um das Gegenteil bäte.

Diese Tatsache, die ich nicht außer Augen lasse, wäre allein schon ein Grund, stark genug, Sie nicht mehr anhören zu wollen. Ich habe noch tausend andere: aber ohne mich darüber weiter auszulassen, halte ich mich an dieses, Sie zu bitten – zum wievielten Male! – mir nicht mehr von einem Gefühl zu sprechen, auf das ich nicht hören, und das ich noch weniger beantworten darf.

Den 1. September 17..

52. Brief

Die Marquise von Merteuil an den Vicomte von Valmont.

Wirklich, Vicomte, Sie sind unausstehlich. Sie behandeln mich, als ob ich Ihre Maitresse wäre. Wissen Sie, daß ich sehr böse bin, daß ich wütend bin? Was soll das: Sie wollen morgen früh zu Danceny, und Sie wissen ganz gut, wie sehr notwendig es ist, daß ich mit Ihnen vor dieser Zusammenkunft spreche. Aber ohne sich um alles das zu kümmern, lassen Sie mich den ganzen Tag warten, um ich weiß nicht wo herumzulaufen. Sie sind Ursache, daß ich unentschuldbar spät zu Frau von Volanges gekommen bin, und daß alle alte Damen mich »köstlich« fanden. Ich mußte ihnen den ganzen Abend hindurch den Hof machen, um sie zu beruhigen; denn man darf alte Damen nicht ärgern, da sie die Reputation der jungen machen.

Jetzt ist es ein Uhr früh, und statt ins Bett zu gehen, wozu ich die größte Lust habe, muß ich Ihnen diesen langen Brief schreiben, der meine Schläfrigkeit verdoppeln wird durch die Langeweile, die er mir verursacht. Sie haben Glück, daß mir die Zeit fehlt, Sie länger auszuzanken. Aber glauben Sie deshalb nicht, daß ich Ihnen verzeihe – es ist nur, weil ich in Eile bin. Also:

Wenn Sie auch nur ganz wenig geschickt sind, so haben Sie morgen Dancenys volles Vertrauen; der Moment dazu ist günstig; denn der Herr ist unglücklich. Das kleine Mädchen war in der Beichte gewesen und sagte da alles, einfach alles, wie ein kleines Kind; und seit der Zeit quält sie die Angst vor dem Teufel, und sie will alles aufgeben. Sie erzählte mir all ihre kleinen Gewissensnöte mit einer Lebhaftigkeit, die mir genügend zeigte, wie sehr voll sie von allem ist. Sie zeigte mir ihren Abschiedsbrief, eine wahre Kapuzinade. Sie plauderte eine ganze Stunde mit mir, ohne ein Wort zu sagen, das einen Sinn gehabt hätte. Doch brachte sie mich deshalb in nicht geringere Verlegenheit, denn Sie können sich denken, daß ich mich einem so schlecht funktionierenden Gehirn zu eröffnen nicht riskieren kann. In all dem Geschwätz sah ich das eine deutlich, daß sie ihren Danceny liebt wie zuvor; ich bemerkte sogar eines jener Hilfsmittel, die der Liebe nie fehlen, und die das kleine Mädchen ganz reizend düpiert. Von dem Wunsch, sich mit ihrem Geliebten zu beschäftigen, gequält und in Angst vor der ewigen Verdammnis, wenn sie es tut, erfand sie sich: zu Gott zu beten, daß er sie ihren Geliebten vergessen mache, und da sie dieses Gebet zu jeder Tageszeit betet, findet sie so das Mittel, ununterbrochen an ihren Geliebten zu denken.

Bei einem, der erfahrener ist als Danceny, würde dieser kleine Zwischenfall eher ihm günstig sein als umgekehrt; aber der junge Mann ist so sehr schmachtender Seladon, daß wenn wir ihm nicht dabei helfen, er eine schön lange Zeit brauchen würde, auch das allerkleinste Hindernis zu überwinden, eine Zeit, die wir für die Ausführung unserer Pläne nicht haben.

Ja, Sie haben ganz recht, es ist schade, und ich bin so geärgert darüber wie Sie, daß er der Held dieses Abenteuers sein soll. Aber was wollen Sie – was geschehen ist, ist geschehen, und es ist Ihre Schuld. Ich verlangte von der Kleinen seine Antwort zu sehen und die ist zum Mitleid haben. Er beweist ihr mit Gründen, darüber den Atem zu verlieren, daß ein unwillkürliches Gefühl kein Verbrechen sei; als wenn es nicht aufhörte unwillkürlich zu sein von dem Moment an, da man aufhört, es zu bekämpfen! Ein Gedanke, so einfach, daß er selbst der Kleinen kam. Er jammert über sein Unglück auf eine ganz rührende Weise; aber sein Schmerz ist so süß und äußert sich so stark und aufrichtig, daß es mir unmöglich scheint, daß eine Frau, die einen Mann bis zu solcher Verzweiflung brachte und noch dazu mit so wenig Gefahr und Mühe, nicht Lust bekommen sollte, das noch weiter zu treiben.

Aber wie dem auch sei – statt meine Zeit mit Erklärungen zu verlieren, die mich kompromittiert und vielleicht gar nicht überzeugt hätten, hieß ich den Bruch gut, sagte aber, daß es in solchen Fällen anständiger wäre, seine Gründe zu sagen und nicht zu schreiben, und daß es auch Brauch wäre, Briefe und kleine Geschenke einander zurückzugeben; damit schien ich den Lieblingsgedanken der Kleinen nahzukommen und konnte sie leicht überreden, Danceny ein Rendezvous zu gewähren. Wir besprachen sofort alles dazu nötige, und ich nahm es auf mich, die Mutter zu bewegen, einmal ohne die Tochter auszugehen, und das wird morgen nachmittag sein. Danceny ist schon unterrichtet, aber, ich beschwöre Sie! wenn Sie Gelegenheit finden, bringen Sie doch diesem Schläfer bei, etwas weniger platonisch zu sein, und lehren Sie ihn, da man ihm doch alles sagen muß, daß die wahre Art, Bedenken zu besiegen, darin besteht, diejenigen, die welche haben, dahin zu bringen, daß sie nichts mehr verlieren können.

Im übrigen habe ich, damit diese lächerliche Szene sich nicht erneuert, nicht versäumt, in der Kleinen einige Zweifel über die Diskretion der Beichtväter aufkommen zu lassen, und sie bezahlt jetzt die Angst, die sie mir machte, mit der eignen, ihr Beichtvater möchte vielleicht alles ihrer Mama sagen. Hat sie erst noch ein oder zweimal mit mir gesprochen, wird sie hoffentlich nicht mehr dem Erstbesten ihre Dummheiten erzählen.

Adieu, Vicomte, und machen Sie sich an Danceny und seien Sie ihm ein Führer! Es wäre eine Schande, wenn wir nicht täten, was wir wollen, mit zwei Kindern! Wenn es uns etwas mehr Mühe macht, als wir anfangs glaubten, so wollen wir unseren Eifer damit anfeuern, daß es sich für Sie um die Tochter der Frau von Volanges handelt und für mich, daß sie Gercourts Frau werden soll. Adieu.

Den 2. September 17..

53. Brief

Der Vicomte von Valmont an Frau von Tourvel.

Sie verbieten mir, gnädige Frau, Ihnen von meiner Liebe zu sprechen – wo aber soll ich den Mut finden, Ihnen zu gehorchen? Nur diesem Gefühle hingegeben, das so süß sein sollte, und das Sie mir so grausam erwidern, mich langweilend in der Verbannung, zu der Sie mich verurteilten, lebe ich nur von Entbehrungen und Klagen, eine Beute um so schmerzlicherer Qualen, da sie mich an Ihre fühllose Gleichgültigkeit erinnern. Soll ich da noch den einzigen Trost verlieren, der mir blieb? Und kann ich einen andern finden, als Ihnen manchmal mein Herz zu öffnen, das Sie mit Unruhe und Bitterkeit erfüllen? Werden Sie Ihre Augen abwenden, um die Tränen nicht zu sehen, die Sie vergießen machen? Wollen Sie die Opfer zurückweisen, die Sie so verlangen? Wäre es Ihrer und Ihres gütigen und vornehmen Herzens nicht würdiger, einen Unglücklichen zu bedauern, der es nur durch Sie ist, als seine Qualen noch durch eine ebenso ungerechte wie strenge Abwehr zu vermehren?

Sie tun, als ob Sie die Liebe fürchteten, und Sie wollen nicht sehen, daß Sie allein die Leiden verursachen, die Sie der Liebe vorwerfen. Ach wohl: sie ist ein schlimmes Gefühl, wenn der Gegenstand, der sie einflößt, sie nicht teilt. Wo aber das Glück finden, das ohne gegenseitige Liebe wäre? Die zärtliche Freundschaft, das volle hingebende Vertrauen, die versüßten Schmerzen, die erhöhten Freuden, die entzückende Hoffnung, die köstlichen Erinnerungen – wo sie anders finden als in der Liebe? Sie verleumden die Liebe, Sie, die Sie, um alles Glück, das sie bietet, zu genießen, nichts brauchten, als sich ihr nicht mehr zu verweigern – und ich vergesse die Schmerzen, die ich empfinde, da ich die Liebe verteidige. Aber Sie zwingen mich auch, mich selbst zu verteidigen; denn während ich mein Leben Ihrer Anbetung weihe, verwenden Sie das Ihre dazu, mir weh zu tun. Schon nennen Sie mich leichtsinnig und flatterhaft, indem Sie Irrungen, die ich Ihnen selbst gestand, gegen mich mißbrauchen und sich darin gefallen, mich heute noch so sein zu lassen, wie ich einmal war. Sie sind nicht zufrieden damit, mich aus Ihrer Nähe verbannt zu haben, Sie fügen zu all dem noch diese grausame Persiflage, da sie von meinen Pariser Amüsements sprechen, wo Sie doch genau wissen, wie unempfindlich Sie mich gegen diese Amüsements gemacht haben. Sie glauben weder an meine Versprechungen noch an meine Schwüre – gut; es bleibt mir so nur eines übrig, das Sie nicht verdächtigen können: Sie selbst. Ich verlange nur, daß Sie sich ehrlich selbst befragen. Wenn Sie an meine Liebe nicht glauben, wenn Sie einen Moment daran zweifeln, daß Sie allem über mich herrschen, wenn Sie nicht davon überzeugt sind, dieses Herz festzuhalten, das bis jetzt nur allzu leicht war – dann willige ich ein, den Schmerz dieses Irrtums zu tragen; ich werde darunter stöhnen, aber ich werde mich fügen. Wenn wir aber gerecht gegeneinander sind, dann sind Sie von sich selber aus zu der Überzeugung gezwungen, daß Sie keine Rivalin haben und nie eine haben werden, und dann lassen Sie mich nicht mehr, ich bitte Sie, gegen Phantome kämpfen, und lassen Sie mir wenigstens diesen Trost, daß Sie nicht mehr an meiner Liebe zweifeln, die nur mit meinem Leben enden kann. Erlauben Sie mir, gnädige Frau, Sie um bestimmteste Antwort auf dieses Entweder-Oder meines Briefes zu bitten.

Wenn ich jedoch dieses mein leichtsinniges Leben aufgebe, das mir so sehr bei Ihnen zu schaden scheint, so ist es nicht deshalb, weil mir es zu erklären die Gründe fehlen.

Was tat ich denn mehr, als daß ich dem Strudel, in den ich geworfen worden war, nicht widerstand? Ich bin jung und ohne Erfahrung in die Welt getreten, bin da sozusagen von Hand zu Hand gegangen, durch die Hände einer Menge von Frauen, die sich alle beeilen, durch die Leichtigkeit, mit der sie zu haben sind, einer Überlegung zuvorzukommen, von der sie fühlen, daß sie ihnen nicht günstig sein möchte. Wäre es denn da an mir gewesen, das Beispiel des Widerstandes zu geben, den man mir nicht entgegenbrachte? Oder sollte ich mich für den Augenblick eines Irrtums bestrafen, den man oft provoziert hatte, bestrafen mit einer Beständigkeit und Treue, die so sicher unnötig war, und die man nur lächerlich gefunden hätte? Was für ein anderes Mittel aber als rascher Bruch konnte den Irrtum einer schändlichen Wahl wieder gut machen?

Das aber kann ich sagen: diese Trunkenheit der Sinne, meinetwegen sogar dieses Delirium einer lächerlichen Eitelkeit, hat mein Herz nie erreicht. Zur Liebe geboren konnten mich Liebschaften wohl zerstreuen, aber ich konnte nie völlig darin aufgehen; umgeben von den tollsten und gemeinsten Liebesintriguen kam doch nichts davon bis an meine Seele. Man gab mir Vergnügungen, wo ich Tugend suchte, und ich selbst hielt mich für unbeständig, weil ich reinlich und empfindlich war.

Erst als ich Sie sah, wurde ich mir völlig klar. Ich erkannte, daß der Reiz der Liebe mit der Seele verbunden ist, ja daß die Seele die Liebe erst zum Höchsten steigert und rechtfertigt. Da fühlte ich, daß es mir ebenso unmöglich wäre, Sie nicht zu lieben, als eine andere als Sie zu lieben.

Hier, gnädige Frau, ist das Herz, dem sich hinzugeben Sie so Angst haben, und über dessen Schicksal Sie den Spruch sagen sollen. Aber wie der auch immer ausfallen möge, er wird nichts an den Gefühlen ändern, die mich an Sie binden; denn sie sind unänderbar wie die Tugenden, durch die sie zum Leben kamen.

Paris, den 3. September 17..

54. Brief

Der Vicomte von Valmont an die Marquise von Merteuil.

Ich habe Danceny gesehen, er schenkte mir aber nur sein halbes Vertrauen. Er ist so obstinat, daß er mir sogar den Namen der kleinen Volanges durchaus nicht nennen wollte, von der er mir übrigens wie von einer höchst klugen und sogar ein wenig frommen Frau sprach. Nach dieser Versicherung erzählte er mir ziemlich aufrichtig sein Abenteuer, und besonders dessen letzte Phase. Ich habe ihm so heiß gemacht als möglich, habe ihn über seine Gewissensängste und seinen Platonismus ausgelacht, aber es scheint, daß er an beidem festhalten will, und somit stehe ich nicht für ihn. Übrigens kann ich Ihnen übermorgen mehr darüber sagen, denn ich nehme ihn morgen nach Versailles mit und werde unterwegs meine Zeit mit ihm schon nicht verlieren.

Ihr heutiges Rendezvous mit der Kleinen gibt mir auch noch einige Hoffnung: vielleicht ist dabei alles gegangen wie wir es wünschen, und bleibt uns nur noch übrig, das Geständnis zu entreißen und die Beweise zu sammeln, was Ihnen leichter fallen wird als mir; denn dieses kleine Mädel ist vertrauensseliger, oder was auf dasselbe herauskommt, gesprächiger als ihr diskreter Liebhaber. Aber ich werde mein Möglichstes tun.

Adieu, meine schöne Freundin. Ich bin sehr in Eile und kann Sie weder heute abend noch morgen sehen. Wenn Sie Ihrerseits etwas herausbekommen haben, schreiben Sie mir ein Wort; zur Nacht bin ich sicher wieder in Paris.

Den 3. September 17..

55. Brief

Die Marquise von Merteuil an den Vicomte von Valmont.

Aus Danceny etwas herauszubekommen! Wenn er etwas gesagt hat, war das einfach Großtuerei. Ich kenne niemanden, der in der Liebe so dumm ist wie er, und ich fange an, mir meine Güte für ihn vorzuwerfen.

Wissen Sie, daß ich schon fürchtete, durch meine Beziehungen zu ihm kompromittiert zu sein? Und noch dazu ohne den geringsten Vorteil! Aber ich werde mich rächen, das verspreche ich ihm.

Als ich gestern Frau von Volanges abzuholen kam, wollte sie nicht mehr ausgehen: sie fühlte sich nicht ganz wohl. Es bedurfte meiner ganzen Kunst, sie zu überreden, und ich sah schon den Moment kommen, Danceny zu sehen, ehe wir weg waren; was um so blöder gewesen wäre, als Frau von Volanges ihm am Tage vorher gesagt hatte, daß sie nicht zu Hause sein würde. Die Kleine und ich, wir standen auf Kohlen. Endlich! Die Kleine drückte mir so zärtlich-glücklich die Hand, als sie mir adieu sagte, daß ich trotz ihrer Absicht, Schluß zu machen, auf einen wunderreichen Abend riet.

Aber meine Angst sollte noch kein Ende haben. Kaum waren wir eine halbe Stunde bei Frau von L***, da wird Frau von Volanges plötzlich unwohl, ganz ernstlich unwohl und will natürlich nach Hause zurück. Das wollte ich um so weniger, als ich Angst hatte, daß wir da ja nicht nur sicher die jungen Leute überraschten, als daß ich selbst mit meiner Überredung zu dem Spaziergang in einen schlimmen Verdacht kommen würde. So übertrieb ich der guten Dame schlechtes Aussehen, was glücklicherweise wirklich keine Übertreibung war, und hielt sie so anderthalb Stunden hin, erlaubte ihr nicht, heimzugehen, was ihr nur noch schlimmer bekommen würde usw. Als wir dann endlich zur festgesetzten Stunde zurückkamen, glaubte ich aus der gewissen verschämten Art, die ich bemerkte, hoffen zu können, daß meine große Mühe nicht umsonst war.

Ich wollte natürlich alles wissen und blieb bei Frau von Volanges, die sich sofort zu Bett legte; und nachdem wir bei ihr zu Abend gegessen hatten, verließen wir sie rasch und unter dem Vorwand, daß sie der Ruhe bedürfe, und gingen auf das Zimmer der Tochter. Diese hat ihrerseits alles getan, was ich erwartet hatte: das Gewissen betäubt, erneute Schwüre ewiger Liebe – mit einem Wort: sie hat sich mit dem besten Willen ausgeliefert. Aber dieser Esel von Danceny ist nicht einen Schritt weiter gegangen! Er steht dort, wo er vorher war! Man kann sich wahrhaftig mit diesem Menschen zerstreiten; denn die Versöhnung ist so ungefährlich!

Die Kleine versichert zwar, daß er mehr wollte, daß sie sich aber zu verteidigen verstanden hätte. Ich möchte wetten, daß sie aufschneidet, oder daß sie ihn entschuldigen will, und davon habe ich mich beinahe überzeugt. Es lag mir nämlich wirklich daran zu wissen, worin die Verteidigung besteht, deren sie fähig ist. Und ich einfache Frau habe – ein Wort gibt das andere – sie dahin gebracht, wo … Nun – Sie können es mir glauben: nie war ein Mädchen empfänglicher für eine Überrumpelung durch die Sinne. Das Mädel ist wirklich entzückend und verdiente einen besseren Liebhaber. Aber sie wird wenigstens an mir eine gute Freundin haben. Ich versprach ihr, sie zu bilden, und ich werde mein Wort halten. Ich habe oft das Bedürfnis empfunden, eine vertraute Freundin zu haben, und die kleine Volanges wäre mir lieber als irgendeine – aber ich kann nichts mit ihr machen, solange sie nicht … und das muß sie sein. Und das ist ein Grund mehr, sie dem Danceny endlich zu geben.

Adieu, Vicomte. Kommen Sie morgen nicht zu mir, oder wenn, dann nur des Morgens. Ich gab dem Chevalier nach zu einer Abendunterhaltung in seinem Pavillon.

Paris, den 4. September 17..

56. Brief

Cécile Volanges an Sophie Carnay.

Du hattest recht, meine liebe Sophie, – mit Deinen Prophezeiungen hast Du mehr Glück als mit Deinen Ratschlägen. Danceny war, wie Du voraussahst, stärker als der Beichtvater, stärker als Du und als ich selber – und somit stehen wir wieder genau da, wo wir vorher waren. Ach! Es tut mir nicht leid darum; und Du, wenn Du mich zankst, tust es nur, weil Du nicht weißt, wie schön es ist, Danceny zu lieben. Du hast leicht reden, was man tun darf und was nicht. Wenn Du aber selbst erfahren hättest, wie sehr einem der Kummer eines, den man liebt, weh tut, wie seine Freude die unsere wird, und wie schwer es ist, nein zu sagen, wenn man ja sagen möchte, da würdest Du Dich über nichts mehr wundern. Ich hab's gefühlt und sehr lebhaft gefühlt und versteh es doch nicht. Glaubst Du, daß ich Danceny weinen sehen kann, ohne selbst mitzuweinen? Ich versichere Dir, es ist mir ganz unmöglich. Und wenn er zufrieden ist, bin ich so glücklich wie er selbst. Du hast leicht sagen: das was man spricht, ändert nicht das was ist, und ich bin sicher, daß es doch ist.

Ich möchte Dich an meiner Stelle sehen – nein, das ist's nicht, was ich sagen will; denn ich möchte meinen Platz wahrhaftig mit niemandem tauschen, aber ich möchte, daß Du auch einen liebst – nicht nur, weil damit Du mich dann verstündest, und mich weniger zanktest, als darum, weil Du dann auch glücklicher wärest, oder um es besser auszudrücken: Du würdest erst dann anfangen, glücklich zu werden.

Unsere Amüsements, siehst Du, unser Lachen und so, das ist nichts als Kinderspiel, es bleibt nichts davon zurück, wenn's vorüber ist. Aber die Liebe …! die Liebe …! ein Wort, ein Blick, ihn nur da zu wissen – das ist das Glück! Wenn ich Danceny sehe, wünsche ich mir gar nichts mehr; wenn ich ihn nicht sehe, wünsche ich nur ihn. Ich weiß nicht, wie das ist, aber man möchte fast sagen, daß alles, was mir gefällt, ihm ähnlich sieht. Wenn er nicht bei mir ist, denke ich an ihn, und wenn ich ohne Ablenkung ganz an ihn und nur an ihn denken kann, bin ich auch glücklich; ich mache die Augen zu, und gleich sehe ich ihn; ich rufe mir seine Worte zurück, und ich höre ihn; das macht mich so atmen und dann fühle ich alles wie Feuer und Bewegung und kann kaum ruhig bleiben. Es ist wie eine Marter und doch ist diese Marter ein unaussprechlicher Genuß. Ich glaube, wenn man einmal Liebe fühlt, gibt man davon selbst auf die Freundschaft weiter. Meine Freundschaft für Dich hat sich nicht geändert und ist immer noch gerade so wie im Kloster, aber was ich Dir da sage, bezieht sich auf Frau von Merteuil. Es kommt mir vor, als liebe ich sie mehr als Danceny und als Dich, und manchmal möchte ich, sie wäre er. Das kommt vielleicht daher, daß das keine Freundschaft aus der Kinderzeit ist wie die unsere; oder daher, weil ich sie so oft mit Danceny zusammen sehe, daß ich mich so irre. Sicher ist, daß sie beide mich sehr glücklich machen; und nach allem glaube ich nicht, daß es ein großes Unrecht ist was ich tue. Ich verlange auch nur zu bleiben wie ich bin, und es ist auch nur der Gedanke an meine Heirat, der mir Kummer macht. Denn ist Herr von Gercourt so, wie man mir sagt, und ich zweifle gar nicht daran, was wird dann aus mir werden!? Adieu, meine Sophie, ich habe Dich immer gleich lieb.

Paris, den 4. September 17..

57. Brief

Frau von Tourvel an den Vicomte von Valmont.

Was hätten Sie von der Antwort, die Sie von mir verlangen? Ihren Gefühlen glauben, – ist das nicht ein Grund mehr, diese Gefühle zu fürchten? Und ohne deren Aufrichtigkeit zu bezweifeln noch zuzugeben, genügt es denn nicht, soll es Ihnen denn nicht genügen, zu wissen, daß ich weder darauf antworten will noch darf?

Angenommen, daß Sie mich wirklich liebten – um nun nicht mehr auf diese Sache zurückzukommen, machen wir diese Annahme –, wären die Hindernisse, die uns trennten, nicht unübersteiglich? Und bliebe mir etwas anderes zu tun übrig, als nur innig zu wünschen, Sie möchten diese Leidenschaft bekämpfen, wobei ich Ihnen nach Kräften helfen würde, indem ich Ihnen jede Hoffnung nehme. Sie geben selbst zu, daß dieses Gefühl schmerzlich ist, wenn der Gegenstand, der es einflößt, es nicht teilt. Nun wissen Sie doch zur Genüge, daß es mir unmöglich ist, Ihre Liebe zu teilen. Und wenn selbst dieses Unglück passieren sollte, wäre ich mehr darum zu bedauern, als daß Sie darüber glücklicher wären. Ich hoffe, Sie schätzen mich genug, um keinen Moment daran zu zweifeln. Hören Sie also auf, ich beschwöre Sie, hören Sie damit auf, ein Herz zu beunruhigen, dem die Ruhe so sehr nötig ist! Zwingen Sie mich nicht, es zu bedauern, Sie je kennen gelernt zu haben.

Geliebt und geachtet von einem Manne, den ich liebe und achte, habe ich alle meine Pflichten und Freuden in diesem Manne. Ich bin glücklich und habe ein Recht darauf. Gibt es lebhaftere Freuden, so verlange ich sie mir nicht, und ich will sie nicht kennen lernen. Gibt es denn etwas Besseres, als in Frieden mit sich selbst zu leben, nur heiter-ruhige Tage zu haben, ohne Unruhe einzuschlafen und ohne Reue aufzuwachen? Was Sie Glück nennen, ist nur Sinnenrausch, ein Sturm der Leidenschaften, dessen Schauspiel erschreckend ist, selbst wenn man es vom anderen Ufer aus betrachtet. Und wie diesen Stürmen denn begegnen? Wie sich auf ein Meer hinauswagen, das mit tausend und abertausend Schiffbrüchigen bedeckt ist? Und – mit wem? Nein, mein Herr Vicomte, ich bleibe an Land; ich liebe die Bande, die mich daran festhalten; ich könnte sie brechen, wenn ich sie nicht wollte; wenn ich sie nicht hätte, würde ich mich beeilen, sie zu nehmen.

Warum heften Sie sich an meinen Schritt? Warum bestehen Sie darauf, mir zu folgen? Ihre Briefe, die selten kommen sollten, folgen einander Tag auf Tag. Sie sollten vernünftig sein, und Sie sprechen darin nur von Ihrer verrückten Liebe. Sie umgeben mich mit Ihrer fixen Idee mehr als Sie es mit Ihrer Person taten. Man bittet Sie, von gewissen Dingen nicht mehr zu sprechen, und Sie kommen wieder damit, bloß in einer anderen Form. Es macht Ihnen Vergnügen, mich mit zwingenden Raisonnements in Verlegenheit zu setzen – dem, was ich sage, weichen Sie aus. Ich will Ihnen nicht mehr antworten, ich werde Ihnen nicht mehr antworten … Wie Sie die Frauen behandeln, die Sie verführt haben! Wie verächtlich Sie über sie sprechen! Ich will glauben, daß es einige verdienen, aber alle? Ach ja, doch wohl, da sie ihre Pflicht verließen, um sich einer verbrecherischen Liebe hinzugeben. In dem Augenblick haben sie wohl alles verloren, bis auf die Achtung desjenigen sogar, dem sie alles geopfert haben. Diese Strafe ist gerecht, aber der bloße Gedanke daran macht erzittern. Aber was geht mich das alles an? Weshalb kümmere ich mich um diese Frauen und um Sie? Mit welchem Recht kommen Sie meine Ruhe stören? Lassen Sie mich, schreiben Sie mir nicht mehr, ich bitte Sie darum, ich fordere es. Dies ist der letzte Brief, den Sie von mir erhalten.

Schloß …, den 5. September 17..

58. Brief

Der Vicomte von Valmont an die Marquise von Merteuil.

Ich fand Ihren Brief gestern bei meiner Rückkunft. Ihr Zorn hat mir Spaß gemacht. Sie würden Dancenys Dummheit nicht intensiver empfinden können, wenn er sie sich gegen Sie selbst hätte zuschulden kommen lassen. Aus Rache bringen Sie sicher seiner Maitresse bei, ihm Hörner aufzusetzen. Ach ja, Sie sind, was man ein Luder nennt, aber was für ein entzückendes! Und ich wundere mich gar nicht darüber, daß man Ihnen weniger widersteht als Danceny.

Jetzt kenne ich ihn auswendig, diesen schönen Helden aus dem Roman! Er hat kein Geheimnis mehr vor mir. Ich erzählte ihm, so oft er es hören wollte, daß die reine Liebe das kostbarste Gut wäre, daß ein schönes Gefühl mehr wert wäre als zehn Liebesverhältnisse, daß ich in dem Augenblick selber schon ganz Gefühl und reine Liebe war. Daraufhin fand er natürlich meine Anschauungen den seinen so verwandt, daß er vor Entzücken darüber einfach alles sagte und mir unverbrüchliche Freundschaft schwor. Dabei sind wir nun unseren Absichten allerdings nicht näher gekommen.

Erst schien mir dieses sein System zu sein, daß ein Mädchen viel mehr Vorsicht in der Behandlung verdiene als eine Frau, weil ein Mädchen nur zu verlieren habe. Er findet weiters und insbesondere, daß nichts einen Mann rechtfertigen könne, der ein Mädchen in die Notwendigkeit versetzt, ihn zu heiraten oder ohne ihn entehrt zu leben, wenn die Frau viel mehr Geld hat als der Mann, was sein eigener Fall ist. Die absolute Sorglosigkeit der Mutter, die reine Unschuld der Tochter, alles das macht ihn schüchtern und hält ihn zurück. Die Schwierigkeit besteht nun nicht darin, diese seine Bedenken zu bekämpfen, wie wahr sie auch sein mögen. Mit ein bißchen Geschicklichkeit und Leidenschaftlichkeit hätte man sie bald zerstört, einmal schon, weil sie ans Lächerliche grenzen, und dann, weil man doch die Autorität des alten Brauches für sich hat. Aber was es verhindert, daß man ihm beikommt, ist: er fühlt sich in diesem Zustand ganz glücklich! Und daran ist etwas. Wenn die erste Liebe im allgemeinen aufrichtiger, inniger scheint, »reiner«, wie man sagt, – wenn sie weniger schnell vorwärts geht zum Ziel, so ist das nicht, wie man meint, Schüchternheit oder besondere Delikatesse, als vielmehr das Staunen des Herzens über dieses unbekannte Gefühl, worüber es sozusagen bei jedem Schritt stehen bleibt, um das Entzücken, das es empfindet, zu genießen. Und dieser Zauber ist so mächtig über ein junges Herz und beschäftigt es so sehr, daß es darüber alle andern Freuden und Genüsse vergißt. Das ist so war, daß selbst ein verliebter Wüstling, wenn anders ein Wüstling so lieben kann, in diesem Zustand viel weniger Eile, zum Genuß zu kommen, verspürt – so daß zwischen dem, wie es Danceny mit der kleinen Volanges hat, wie es ich mit der spröden Frau von Tourvel habe, der Unterschied nur mehr minder ist.

Es wären, um unseren jungen Mann in Hitze zu bringen, mehr Hindernisse nötig gewesen als er vorfand. Besonders hätte mehr Geheimnisvolles dabei sein müssen, denn das Geheimnisvolle macht kühn. Ich glaube fast, daß Sie uns geschadet haben, indem Sie die zwei so gut bedienten. Ihr Arrangement wäre bei einem Manne, der sich auskennt, vorzüglich gewesen, bei einem Manne, der nur die Begierde gehabt hätte. Aber Sie hätten voraussehen müssen, daß für einen jungen, honetten und verliebten Menschen die größte Gunstbezeigung die ist, seine Liebe auf die Probe gestellt zu sehen; und daß er, je sicherer er geliebt zu sein ist, auch desto weniger unternehmend ist. Was jetzt tun? Ich weiß nichts. Ich habe aber keine Hoffnung, daß die Kleine vor der Heirat genommen wird, und wir haben nichts für unsere Mühe. Es tut mir leid, aber ich sehe kein Mittel.

Während ich schreibe, tun Sie etwas Besseres mit Ihrem Chevalier. Das erinnert mich daran, daß Sie mir eine Untreue zu meinen Gunsten versprochen haben, und ich habe Ihr Versprechen schriftlich. Ich gebe zu, daß der Wechsel noch nicht präsentiert würde, aber es wäre generös von Ihnen, nicht darauf zu warten, die Zinsen zahle ich. Was meinen Sie, meine schöne Freundin? Sind Sie von Ihrer Treue noch nicht müde? Ist dieser Chevalier denn wirklich so über alle Maßen? Aber lassen Sie mich nur machen, und ich will Sie zuzugeben zwingen, daß Sie an ihm einiges Verdienst nur entdeckten, weil Sie mich vergessen hatten.

Adieu, meine schöne Freundin; ich küsse Sie, wie ich nach Ihnen verlange, und spreche den Küssen des Chevaliers diese meine Glut durchaus ab.

..., den 5. September 17...

59. Brief

Der Vicomte von Valmont an Frau von Tourvel.

Wodurch, gnädige Frau, habe ich Ihre Vorwürfe und Ihren Unwillen verdient? Meine leidenschaftliche und doch verehrende Liebe, meine Ergebung in den geringsten Ihrer Wünsche – das ist in zwei Worten, was ich fühle und tue. Von den Leiden einer unglücklichen Liebe übermannt, wußte ich mir keinen anderen Trost als den, Sie zu sehen –Sie haben befohlen, daß ich mich dieses Trostes beraube, und ich gehorchte ohne Widerrede. Als Belohnung für dieses mein Opfer haben Sie mir erlaubt, Ihnen zu schreiben, und heute wollen Sie mir diese einzige Freude nehmen. Soll ich mir das entreißen lassen, ohne eine

Verteidigung zu versuchen? Es ist das einzige, was mir bleibt, und ich habe es von Ihnen.

Sie sagen, ich schriebe Ihnen zu oft. Ich bitte Sie, zehn Tage dauert meine Verbannung, kein Augenblick war ohne Gedanken an Sie, und doch haben Sie nur zwei Briefe von mir bekommen. Sie sagen, ich spräche zu Ihnen von nichts sonst als von meiner Liebe! Ach, was sonst soll ich sagen als das, woran ich immer denke? Alles, was ich da tun könnte, wäre, meine Worte zu mäßigen – aber Sie können es mir glauben, ich habe Sie nur sehen lassen, was zu verbergen über meine Kraft ging. Sie drohen, mir nicht mehr zu antworten. So streng behandeln Sie also den Mann, der Sie über alles liebt und der Sie noch höher schätzt als er Sie liebt. Und so streng zu sein ist Ihnen nicht genug –Sie wollen mich auch noch verachten! Und warum denn diese Drohungen, diesen Zorn? Wozu brauchen Sie denn das? Sind Sie denn nicht sicher, daß ich selbst Ihren ungerechtesten Befehlen gehorche? Ist es mir denn möglich, einem einzigen Ihrer Wünsche nicht zu folgen? Habe ich das nicht schon bewiesen? Aber Sie wollen diese Herrschaft, die Sie über mich haben, mißbrauchen. Sie haben mich unglücklich gemacht, Sie behandeln mich ungerecht, kann es Ihnen denn da leicht werden, diese Ruhe zu genießen, die Ihnen, wie Sie sagen, so nötig ist? Sagen Sie es sich doch einmal: dieser Mann macht aus mir die Herrin über sein Geschick, und ich mache ihn unglücklich, dieser Mann bittet mich um meine Hilfe, und ich sehe ihn ohne Mitleid leiden. Aber Sie wissen nicht, wohin mich meine Verzweiflung führen kann!

Daß Sie meinen Schmerz kennten, dazu müßten Sie wissen, wie sehr ich Sie liebe; und Sie kennen mein Herz nicht.

Wem opfern Sie mich? Eingebildeten Ängsten. Und wer gibt die Ihnen? Ein Mann, der Sie anbetet, ein Mann, über den Sie eine ewige Herrschaft haben werden. Was befürchten Sie also, was können Sie von einem Gefühl befürchten, dessen Herrin Sie sind und das Sie nach Gutdünken und Laune lenken können? Aber Ihre Phantasie hat sich da Ungeheuer geschaffen, und die Angst, die sie Ihnen machen, sagen Sie, käme von der Liebe. Haben Sie nur ein wenig Vertrauen, und diese Phantome verschwinden.

Ein Weiser sagte, um die Furcht zu vertreiben, genüge es fast immer, ihre Ursache zu ergründen. Nirgends ist diese Wahrheit wahrer als in der Liebe. Lieben Sie, und was Ihnen Angst macht, wird verschwinden.

Wo Sie etwas erschreckte, dort werden Sie ein berauschendes Gefühl finden, einen zärtlichen und ergebenen Geliebten, und alle Ihre Tage, die das Glück zeichnet, werden Ihnen keine andere Reue hinterlassen als die um jene Tage, die Sie ohne dieses Glück verloren haben. Ich selbst lebe seit der Stunde, da ich aus meinen Irrungen und Wirrungen erwachte, für nichts sonst als für die Liebe und bedaure eine Zeit, von der ich glaubte, daß ich sie dem Vergnügen hingegeben. Nun fühle ich, daß Sie allein mich glücklich machen können. Aber ich bitte Sie um dieses eine: daß Sie mir die Freude, Ihnen zu schreiben, nicht mit der Furcht, Ihnen damit zu mißfallen, trüben möchten. Ich will Ihnen gehorchen – aber ich bitte Sie auf den Knien, lassen Sie mir dieses mein einziges Glück, hören Sie, ich schreie es laut, mein einziges Glück …! Und sehen Sie meine Tränen … Stoßen Sie mich nicht von sich!

Den 7. September 17...

60. Brief

Der Vicomte von Valmont an die Marquise von Merteuil.

Wenn Sie es wissen, schreiben Sie mir doch, was alles das mit Danceny bedeutet. Was ist denn geschehen und was hat er verloren? Hat sich seine Geliebte vielleicht über seinen Respekt ohne Ende geärgert? Was soll ich ihm heute abend bei unserer Zusammenkunft, um die er mich bat, sagen? Ich werde meine Zeit gewiß nicht damit verlieren, seine Klagegesänge anzuhören, wenn uns das zu nichts führen soll. Liebesklagen sind nur als obligates Rezitativ oder als große Arie anzuhören. Unterrichten Sie mich also darüber, was los ist und was ich tun soll, oder ich reiße aus vor der Langweile, die ich voraussehe. Kann ich diesen Vormittag mit Ihnen sprechen? Wenn Sie beschäftigt sind, so schreiben Sie mir wenigstens ein Wort, mein Stichwort.

Wo waren Sie denn gestern? Es gelingt mir nicht mehr, Sie zu sehen. Es lohnt sich wahrhaftig nicht, deshalb den September in Paris zu bleiben. Entschließen Sie sich rasch, denn ich habe eine sehr dringende Einladung von der Komtesse B***, sie auf dem Lande zu besuchen, was sie mir sehr hübsch damit empfiehlt, »daß ihr Gemahl die schönste Jagd der Welt hat, die er sorgfältig für das Vergnügen seiner Freunde reserviert«. Sie wissen ja, daß ich einiges Recht auf diese Jagd habe, auf die ich mich begebe, wenn ich Ihnen nicht dienlich sein kann. Adieu! Vergessen Sie nicht, daß Danceny gegen vier Uhr bei mir sein wird.

Paris, den 8. September 17..

61. Brief

Der Chevalier Danceny an den Vicomte von Valmont.

(Beilage zu Vorhergehendem.)

Verehrter Herr! Ich bin verzweifelt, ich habe alles verloren. Ich wage es nicht, dem Papier das Geheimnis meiner Schmerzen anzuvertrauen: ich habe das Bedürfnis, es an dem Busen eines treuen und sicheren Freundes auszuweinen. Wann kann ich Sie sehen und bei Ihnen Trost und Rat holen? Ich war an dem Tage, an dem ich Ihnen mein Innerstes eröffnete, so glücklich! Und jetzt – welch ein Unterschied! Alles hat sich geändert! Was ich erdulde, ist noch der kleinste Teil meiner Qualen, aber meine Angst, meine Sorge um ein mir teures Wesen ist es, was ich nicht ertragen kann. Sie sind glücklicher als ich, Sie können sie sehen, und ich erwarte von Ihrer Freundschaft, daß Sie mir eine Zusammenkunft mit Ihnen nicht abschlagen. Ich muß Sie sprechen, muß Sie von allem unterrichten. Sie werden mich bedauern und mir beistehen; Sie sind meine letzte Hoffnung. Sie kennen die Liebe und Sie sind der einzige, dem ich mich anvertrauen kann; entziehen Sie mir nicht Ihre Hilfe.

Die einzige Erleichterung, die ich in meinem Schmerz empfinde, ist zu denken, daß mir ein Freund bleibt wie Sie. Lassen Sie mich bitte wissen, zu welcher Zeit ich Sie treffen kann. Wenn es diesen Vormittag nicht möglich ist, dann vielleicht früh am Nachmittag. Auf Wiedersehen!

Den 8. September 17..

62. Brief

Cécile Volanges an Sophie Carney.

Meine liebe Sophie, bedaure Deine Cécile, Deine arme Cécile – sie ist sehr unglücklich! Mama weiß alles. Ich begreife nicht, wie sie das alles nur hat erraten können und doch weiß sie alles. Gestern abend kam's mir so vor, als ob Mama etwas schlechter Laune wäre, aber ich gab nicht weiter acht darauf; währenddem sie sich Patience legte, unterhielt ich mich noch mit Frau von Merteuil, die bei uns zu Abend gegessen hatte, viel über Danceny. Ich glaube aber nicht, daß man uns hören konnte. Sie ging fort und ich auf mein Zimmer.

Ich war gerade beim Ausziehen, als Mama eintrat und meine Kammerjungfer hinausschickte; sie verlangte den Schlüssel zu meinem Schreibtisch! Der Ton, mit dem sie mir das sagte, machte mich so zittern, daß ich mich nur mit Mühe aufrecht erhalten konnte. Ich tat, als wenn ich den Schlüssel nicht finden könnte; aber endlich mußte ich ihn ja doch hergeben. Und gleich im ersten Schubfach, das sie öffnete, waren die Briefe von Danceny. Ich war so bestürzt, daß ich auf ihre Frage, was das wäre, nichts anderes sagen konnte als daß es nichts wäre: ich sah noch, wie sie den ersten, den sie fand, zu lesen anfing, wankte zu einem Stuhl und fiel in Ohnmacht. Sobald ich wieder bei Besinnung war, hatte meine Mutter das Zimmermädchen hereingerufen und sagte, ich solle sofort zu Bett gehen. Sie ging und nahm alle Briefe von Danceny mit. Ich zittere, wenn ich daran denke, ihr wieder unter die Augen zu treten. Ich habe die ganze Nacht hindurch geweint.

Ich schreibe jetzt bei Tagesgrauen, in der Hoffnung, daß Josephine bald kommt. Wenn ich allein mit ihr sprechen kann, werde ich sie bitten, Frau von Merteuil ein kurzes Billet zu überbringen, das ich ihr schreiben will; geht es nicht, so lege ich es Deinem Briefe bei und Du wirst so gut sein, es ihr zu geben so als ob es von Dir käme. Nur von ihr kann ich einigen Trost erwarten. Wenigstens werden wir von ihm sprechen, denn ich kann nicht hoffen, ihn je wiederzusehen. Ich bin so unglücklich! Vielleicht ist sie so gut und bestellt einen Brief an Danceny. Ich darf mich dafür nicht Josephine anvertrauen und noch weniger meiner Kammerfrau; die hat es vielleicht gerade meiner Mutter gesagt, daß ich Briefe in meinem Schreibtische habe.

Ich kann Dir nicht länger schreiben, denn ich muß noch an Frau von Merteuil und an Danceny schreiben. Dann lege ich mich wieder ins Bett, damit man nichts merkt, wenn jemand ins Zimmer kommt. Ich werde sagen, daß ich krank bin, um der Zusammenkunft mit Mama zu entgehen. Und lüge dabei nicht einmal viel, denn ich leide wirklich mehr als wenn ich das Fieber hätte. Meine Augen tun mir weh vor lauter Weinen; und auf dem Magen liegt es mir wie ein Gewicht, das mich nicht atmen läßt. Wenn ich nur daran denke, daß ich Danceny nicht mehr sehen soll, möchte ich am liebsten gleich tot sein.

Adieu, meine liebe Sophie. Ich kann nicht mehr, meine Tränen ersticken mich.

den 7. September 17..

[Nota: Der Brief Cécile Volanges an die Marquise von Merteuil enthält, was diese an Sophie Carnay meldet, mit noch weniger Details. Der Brief an den Chevalier Danceny hat sich nicht wiedergefunden – der Grund dafür findet sich im 64. Briefe der Frau von Merteuil an den Vicomte.]

63. Brief

Frau von Volanges an den Chevalier Danceny.

Nachdem Sie, mein Herr, das Vertrauen einer Mutter ebenso mißbraucht haben wie die Unschuld eines Kindes, werden Sie wohl nicht erstaunt sein, in einem Hause nicht mehr empfangen zu werden, wo Sie die aufrichtigste Freundschaft, die man Ihnen entgegenbrachte, mit völligem Vergessen jeder Lebensart erwidert haben.

Ich ziehe es vor, Sie zu bitten, nicht mehr zu mir zu kommen, als der Dienerschaft Order zu geben, was uns beide kompromittieren würde, und hoffe, daß Sie mich nicht zu diesem äußersten Mittel zwingen werden. Ich mache Sie darauf aufmerksam, daß, wenn Sie den geringsten Versuch machen sollten, meine Tochter weiter zu belästigen, eine dauernde und sichere Abschließung mein Kind vor Ihren Verfolgungen schützen wird. Es steht also bei Ihnen, mein Herr, ob

Sie ebensowenig davor zurückschrecken, ihr Unglück zu veranlassen, als Sie sich fürchteten, ihre Ehre zu vernichten. Was mich betrifft, so ist mein Entschluß gefaßt und ich habe Cécile davon Mitteilung gemacht.

Beiliegend Ihre Briefe; ich rechne darauf, daß Sie mir dagegen alle Briefe meiner Tochter zurückschicken, und daß Sie sich bemühen werden, keine Spuren dieses Ereignisses zurückzulassen, an das wir uns nur, ich mit Abscheu, meine Tochter mit Schande und Sie mit Reue erinnern würden.

den 7. September 17..

64. Brief

Die Marquise von Merteuil an den Vicomte von Valmont.

Ich will Ihnen Dancenys Billett erklären. Was ihn den Brief zu schreiben veranlaßte, ist mein Werk, und ist, wie ich glaube, mein Meisterstück. Ich habe seit Ihrem letzten Brief meine Zeit nicht verloren.

Er braucht Hindernisse, dieser schöne Romanheld, wenn er nicht im Glück einschlafen soll. Ich machte ihm, wenn ich nicht irre, seinen Schlaf ein bißchen unruhig. Man mußte ihm den Wert der Zeit beibringen, und es ist mein Verdienst, daß er jetzt schon diejenige bedauert, die er verloren hat. Er brauchte, wie Sie sagen, auch etwas mehr Heimliches, Geheimnishaftes – es wird ihm nicht mehr fehlen. Sie sehen, man braucht mich nur auf meine Fehler aufmerksam zu machen und ich lasse mir keine Ruhe, bis ich nicht alles wieder in gute Ordnung gebracht habe.

Als ich vorgestern morgen nach Hause kam, las ich Ihren Brief, der mir alles klar machte. Sie haben ganz richtig die Ursache des Übels gefunden, und ich beschäftige mich mit nichts sonst, als das Mittel für die Kur zu finden. An fing ich aber damit, daß ich mich zu Bett legte, denn der unermüdliche Chevalier hat mich kein Auge zumachen lassen, und es kam mir vor, als hätte ich Schlaf. Aber es war nicht. Ganz mit diesem Danceny beschäftigt, ihn aus seiner Indolenz herauszureißen, oder ihn dafür zu strafen, ging aller Schlaf zuschanden. Erst als ich mit meinem Plan völlig im Klaren war, fand ich für ein paar Stunden die ach so nötige Ruhe.

Abends ging ich zu Frau von Volanges und sagte ihr ganz im Vertrauen, daß ich fast sicher wäre, zwischen ihrer Tochter und Danceny bestünde ein gefährliches Verhältnis. Diese Frau, die Sie doch so gut durchschaut, war in dieser Hinsicht so blind, daß sie zuerst bestimmt meinte, ich täuschte mich, ihre Tochter wäre ein Kind usw. Ich sagte ihr natürlich nicht alles, was ich darüber weiß und erzählte nur von Blicken, Worten, die meine Tugendhaftigkeit und meine Freundschaft alarmiert hätten. Kurz und gut, ich redete wie eine fromme Betschwester und um endlich den sicheren Schlag zu führen, sagte ich, daß ich gesehen zu haben glaube, wie Briefe ausgetauscht wurden und ließ mir ganz zufällig einfallen, daß Cécile eines Tages, die Schublade ihres Schreibtisches vor mir öffnete, in dem ich viele Briefschaften sah, die sie da aufbewahrt. Aber vielleicht führt sie mit sonst jemandem eine rege Korrespondenz, wenn ich auch nicht wüßte usw. Hier wurde das Gesicht der guten Frau von Volanges etwas merklich anders, und ich sah Tränen in ihre Augen kommen. – Ich danke Ihnen, meine teure Freundin, sagte sie und drückte mir die Hand – ich werde Licht in die Sache bringen. Ich bat sie noch, mich ihrer Tochter gegenüber nicht zu verraten, was sie mir um so leichter versprach, als ich sie darauf aufmerksam machte, daß es ja nur um so besser wäre, wenn das Kind Vertrauen zu mir habe, mir ihr Herz zu eröffnen, und es mir so möglich mache, ihr meinen guten Rat zu geben. Daß sie mir dieses ihr Versprechen halten wird, ist sicher, denn sie wird sich bei ihrer Tochter etwas mit ihrem Scharfblick inszenieren wollen. Und ich kann des jungen Mädchens Freundin markieren, ohne daß mich deshalb die Mutter für falsch und unredlich hält. Und ich profitierte in der Folge auch noch dies, daß ich so oft und so lang es mir paßt mit der Kleinen zusammen sein kann, ohne daß es der Mutter verdächtig auffällt.

Noch an demselben Abend machte ich Gebrauch davon; nachdem wir unseren Whist gespielt hatten, zog ich die Kleine in eine Ecke und sprach mit ihr über Danceny, ein Thema, zu dem sie immer Lust hat. Ich amüsierte mich damit, sie ein bißchen aufzuregen, indem ich ihr das Vergnügen, ihn am nächsten Tage zu sehen, gehörig ausmalte – keine Torheit, die ich sie nicht sagen ließ. Ich mußte ihr wohl in der Hoffnung das wiedergeben, was ich ihr in Wirklichkeit genommen hatte, und dann wohl auch, um sie gegen den Schlag, der kommen sollte, empfindlicher zu machen; denn ich bin überzeugt, je mehr sie davon gelitten haben wird, um so eiliger wird sie es haben, sich bei der nächsten Gelegenheit dafür zu entschädigen. Es ist übrigens ganz gut, denjenigen an große Ereignisse zu gewöhnen, den man zu großen Abenteuern bestimmt.

Übrigens kann sie wohl das Vergnügen, ihren Danceny wiederzuhaben, mit einigen Tränen bezahlen. Sie ist ja ganz verrückt auf ihn. Ich werde ihr also versprechen, daß sie ihn haben soll, und schneller als sie ihn ohne dieses Gewitter gehabt hätte. Ein böser Traum, aus dem zu erwachen um so entzückender sein wird – wofür sie mir alles in allem nur dankbar sein sollte. Und dann – wenn auch etwas Malice dabei ist, man will sich doch amüsieren!

Ich ging sehr zufrieden mit mir. Denn ich sagte mir, entweder wird Danceny nach all diesen Schwierigkeiten seine Liebe verdoppeln, und dann werde ich ihm mit aller Macht helfen, oder, wenn er ein Dummkopf ist, wie ich manchmal glaube, wird er verzweifelt sein und alles für verloren halten – und in diesem Falle habe ich mich wenigstens an ihm gerächt, so viel es in meiner Kraft stand. Jedenfalls habe ich dann die Achtung der Mutter gegen mich vermehrt wie die Freundschaft der Tochter und das Vertrauen beider. Und was Gercourt betrifft, meine Hauptsorge, so müßte ich schon sehr viel Pech haben oder sehr ungeschickt sein, wenn ich in meiner Macht über seine künftige Frau nicht tausend Mittel fände, ihn das werden zu lassen, was ich ihn werden lassen will. Mit diesen angenehmen Gedanken schlief ich ein und schlief ich gut und erwachte sehr spät.

Da fand ich zwei kleine Briefe – einen von der Mutter, den andern von der Tochter. Ich mußte lachen, als ich in beiden Briefen wörtlich denselben Satz las: »Von Ihnen allein erwarte ich einigen Trost.« Es ist wirklich amüsant, für und gegen zu trösten und der einzige Vertreter zweier Interessen zu sein, die sich direkt gegenüberstehen. Ich komme mir wie Gott vor, da ich die entgegengesetzten Wünsche der blinden Sterblichen empfange und nichts in meinen unbeweglichen Ratschlüssen ändere. Ich gab jedoch diese göttliche Rolle auf, um die des tröstenden Engels zu spielen und machte, wie man wünschte, bei meinen trostlosen Freundinnen Besuch.

Ich fing bei der Mutter an und fand sie in einer Traurigkeit, die Sie schon einigermaßen für alle Widerwärtigkeiten, die sie Ihnen in Sachen der schönen Präsidentin bereitet hat, entschädigen könnte. Alles ging vortrefflich. Meine einzige Sorge war, Frau von Volanges zu verhindern, das Vertrauen ihrer Tochter zu gewinnen, was nicht schwer gewesen wäre, denn sie brauchte zu dem Mädel nur sanft und freundlich zu reden, die Vernunftgründe in gütige und zärtliche Worte einzuwickeln. Glücklicherweise war sie streng und unerbittlich bis dort hinaus und benahm sich überhaupt so ungeschickt als möglich, daß ich uns dazu nur gratulieren konnte. Erst war sie fest entschlossen, alle unsere hübschen Pläne zu zerstören: ihre Tochter in ein Kloster zu stecken. Davon brachte ich sie nun glücklich ab, indem ich ihr riet, nur damit zu drohen für den Fall, daß Danceny seine Geschichten fortsetzen würde, womit ich das Liebespaar zu einer Vorsicht zwinge, die mir für den Erfolg nötig scheint.

Von der Mutter ging ich zur Tochter. Sie glauben nicht, wie gut ihr der Schmerz steht! Wenn sie sich einmal auf die Koketterie verstehen wird, weint sie sicher öfter. Diesmal weinte sie aber noch ganz gewöhnlich ehrlich. Erst war ich von dieser mir ganz neuen Sache so frappiert, daß ich sie mit nicht geringem Vergnügen genoß und nur so ganz dürftig tröstete, was ihren Schmerz eher vermehrte als erleichterte; und damit brachte ich sie an den kritischen Punkt: Sie weinte nicht mehr, und ich fürchtete schon einen Augenblick das Schlimmste. Ich riet ihr sich schlafen zu legen, was sie auch tat. Ich war ihre Kammerfrau, und bald fiel ihr das Haar offen über die Schultern und die entblößte Brust. Ich küßte sie, nahm sie in die Arme und sie ließ mich gewähren; und nun kamen ihre Tränen wieder, leise, zwanglos. Gott, wie war sie schön! War Magdalena so, dann war sie als Büßerin gefährlicher denn als Sünderin.

Als die schöne Untröstliche im Bette lag, tröstete ich sie mit wirklichem Trost. Ich beruhigte sie erst einmal über ihre Furcht vor dem Kloster. Ich gab ihr die Hoffnung, Danceny im Geheimen wiedersehen zu können. Ich setzte mich zu ihr auf's Bett und sagte: »Nicht wahr, wenn er jetzt hier wäre«; ich blieb bei Danceny, ich führte sie von einem zum andern in der Lust vorgenossener Freuden, bis sie gar nicht mehr daran dachte, daß sie traurig war. Wir hätten uns sehr zufrieden miteinander getrennt, wäre sie mir nicht mit einem Briefe an Danceny gekommen, den ich bestellen sollte, worauf ich nicht einging. Die Gründe werden Sie mir billigen, lieber Vicomte.

Erst der, daß es mich vor Danceny kompromittieren könnte. Und wenn das der einzige Grund der Kleinen gegenüber war, so gibt es noch andere mehr, die mich und Sie angehen.

Wäre die Mühe meiner Arbeit nicht verscherzt, wenn wir dem Paar ein so leichtes Mittel gäben, sich ihre Schmerzen zu mindern? Dann täte es mir gar nicht leid, wenn auch einige Dienstboten in diese Liebesgeschichte eingeweiht werden müßten; denn benimmt sich, wie ich hoffe, die Kleine nach unserem Wunsch, so muß die Geschichte gleich nach der Hochzeit herauskommen, und dafür sind die Dienstboten das beste Mittel. Und halten die, was ein Wunder wäre, den Mund, so sagten wir es eben und könnten es bequem auf die Dienstboten schieben.

Darauf müssen Sie heute Danceny bringen. Da ich der Kammerfrau der kleinen Volanges nicht ganz sicher bin – sie selbst scheint ihr nicht zu trauen – raten Sie ihm die meinige, meine durchaus treue Viktoria. Ich werde schon dafür sorgen, daß die Sache geht. Dieses Arrangement gefällt mir um so mehr, als es nur uns nützen wird und ihnen gar nicht. Aber ich bin mit meinem Bericht noch nicht zu Ende.

Während ich also gegen die Überbringung des Briefes der Kleinen protestiere, fürchtete ich immer, sie müsse darauf kommen, daß ich ihn der Post übergebe, was ich ihr nicht hätte abschlagen können. Glücklicherweise sprach sie nicht davon, vielleicht weil sie es nicht wußte, oder weil sie weniger an den Brief als an die Antwort darauf dachte, die sie durch die Post doch nicht hätte haben können; und um zu vermeiden, daß ihr diese Idee doch noch käme, machte ich sofort meine Pläne. Ich überredete die Mama, ihre Tochter für einige Zeit aufs Land zu schicken – raten Sie wohin? Und schlägt Ihnen nicht das Herz vor Freude? Zu Ihrer Tante! Zur alten Rosemonde! Was für Sie so viel bedeutet, als daß Sie zu Ihrer frommen Dame zurückkehren können, die Ihnen nun nicht mehr mit dem Skandal, den das Zusammensein zu zweien mache, kommen kann. So wird durch mich Frau von Volanges das Unrecht wieder gutmachen, das sie an Ihnen begangen hat.

Aber passen Sie auf und beschäftigen Sie sich nicht gar zu sehr mit Ihren eigenen Angelegenheiten, daß Sie diese andere darüber versäumen. Ich will also, daß Sie die Korrespondenz der jungen Leute vermitteln. Machen Sie Danceny Mitteilung von Ihrer Reise und bieten Sie ihm Ihre Dienste an. Finden Sie – angeblich – nur darin eine

Schwierigkeit, den ersten Brief, das Beglaubigungsschreiben, in die Hände der Kleinen zu bringen, und heben Sie diese Schwierigkeit damit, daß Sie ihm meine Kammerfrau empfehlen. Zweifellos wird er's annehmen, und als Lohn für Ihre Mühe werden Sie das Vertrauen eines naiven unschuldigen Kindes genießen, was immer interessant ist. Die arme Kleine! Wie wird sie rot werden, wenn sie Ihnen den ersten Brief übergibt! Diese Rolle des Vertrauten ist zu Unrecht zu einer dummen Rolle gemacht worden – ich finde, sie ist eine angenehme Entlastung, wenn man anderweitig stark beschäftigt ist – und das werden Sie ja sein!

Bei Ihnen steht nun die ganze Entwicklung dieser Sache. Sie haben alle Fäden in der Hand. Das Leben auf dem Lande gibt ja tausend Gelegenheiten, und Danceny kommt auf das erste Zeichen von Ihnen. Eine Nacht, eine Verkleidung, ein Fenster – was weiß ich? Wenn aber das kleine Mädchen so zurückkommt wie sie jetzt fortgeht, dann halte ich mich an Sie. Wenn Sie glauben, daß sie von meiner Seite irgendwelches Encouragement braucht, so schreiben Sie es mir. Ich glaube, ich gab ihr eine genügende Lektion über die Gefahr aufbewahrter Briefe, daß ich es jetzt wohl wagen kann, ihr zu schreiben – und ich will doch meine Schülerin aus ihr machen!

Vielleicht vergaß ich noch Ihnen zu sagen, daß sie zuerst Ihre Kammerjungfer wegen der Briefsache im Verdacht hatte, – ich habe ihn auf ihren Beichtvater gelenkt. So trifft man zwei Fliegen mit einem Schlag.

Adieu Vicomte! Jetzt habe ich Ihnen einen langen Brief geschrieben und habe darüber mein Diner verspätet. Aber Eitelkeit und Freundschaft, die ihn diktierten, sind schwatzhaft.

Jetzt beklagen Sie sich über mich, wenn Sie sich trauen; und gehen Sie, wenn Sie jetzt noch Lust haben, in das Revier des Grafen B**, das er, wie Sie sagen, dem Vergnügen seiner Freunde reserviert. Ist denn dieser Mann jedermanns Freund? Aber Adieu, ich bin hungrig.

Paris, den 9. September 17..

65. Brief

Der Chevalier Danceny an Frau von Volanges.

(Dem Briefe des Vicomte an die Marquise beigelegt.)

Gnädige Frau! Ohne mein Betragen rechtfertigen zu wollen, noch mich über das Ihrige zu beklagen, kann ich nur tief das Ereignis bedauern, das Unglück über drei Menschen gebracht hat, die eines glücklicheren Loses würdig wären. Empfindlicher davon getroffen, die Ursache dieses Kummers zu sein als dessen Opfer, habe ich gestern öfter versucht, Ihnen zu schreiben und fand die Kraft nicht dazu. Ich habe Ihnen jedoch so vieles zu sagen, daß ich meine Schwäche zwingen muß; und wenn dieser Brief wenig Ordnung und Folge hat, müssen Sie das aus der schmerzlichen Situation erklären, in der ich mich befinde, und nachsichtig entschuldigen.

Erlauben Sie, daß ich zuerst ein Wort gegen den ersten Satz Ihres Briefes sage. Denn dies darf ich aussprechen: ich habe weder mit Ihrem Vertrauen noch mit der Unschuld von Fräulein von Volanges sträflich gespielt und habe beides in dem, was ich tat, durchaus respektiert. Und allein das, was ich tue, habe ich in meiner Gewalt, und wenn Sie mich für ein Gefühl verantwortlich machen, über das wir keine Macht haben, so muß ich sagen, daß das Gefühl, das mir Ihr Fräulein Tochter einflößte, Ihnen vielleicht mißfallen, nie Sie aber beleidigen kann. Über diese Sache, die mir näher geht, als ich Ihnen sagen kann, sollen Sie allein richten und meine Briefe sollen Zeugen sein.

Sie verbieten mir, mich in Zukunft bei Ihnen zu zeigen, und ich werde nicht verfehlen, mich in dieser Angelegenheit ganz Ihren Befehlen unterzuordnen; aber dieses völlige und plötzliche Fernbleiben wird ebensoviel Anlaß zu Bemerkungen geben wie der Befehl, den Sie aus diesem Grunde Ihrer Dienerschaft nicht erteilen wollten. Ich lege um so mehr Wert auf dieses Detail, weil es für Fräulein von Volanges wichtiger ist als für mich. Und deshalb bitte ich Sie inständig, alle Ihre Vorkehrungen genau zu überlegen und Ihre Vorsicht nicht von Ihrer Strenge Schaden leiden zu lassen. Überzeugt, daß allein das Interesse Ihres Fräulein Tochter Ihre Maßnahmen bestimmt, erwarte ich von Ihnen neue Befehle, was ich tun soll und was nicht.

Für den Fall jedoch, daß Sie mir erlaubten, von Zeit zu Zeit meine Aufwartung zu machen, verpflichte ich mich, gnädige Frau (und Sie können sich an mein Versprechen halten), keine dieser Gelegenheiten zu mißbrauchen; ich werde nie den Versuch machen, Fräulein von Volanges allein zu sprechen oder ihr einen Brief zukommen zu lassen. Die Furcht, daß das ihrem guten Ruf schaden könnte, zwingt mich zu diesem Opfer, und das Glück, sie doch wenigstens manchmal zu sehen, wird mich entschädigen.

Das ist alles, was ich Ihnen auf Ihre mir mitgeteilte Absicht mit Fräulein von Volanges antworten kann, deren wirkliche Tatwerdung Sie von meinem Betragen abhängig machen wollen. Es wäre Betrug, verspräche ich Ihnen mehr. Ein gemeiner Verführer kann seine Pläne nach den Umständen richten und mit den Umständen rechnen – die Liebe aber, die mich beseelt, kennt nur zwei Gefühle: den Mut und die Beständigkeit.

Wie? Ich sollte darein willigen, von Fräulein von Volanges vergessen zu werden, sollte selbst sie vergessen? Nein, niemals! Ich werde ihr treu bleiben. Sie hat meinen Schwur und ich wiederhole ihn zu dieser Stunde. Verzeihen Sie, gnädige Frau, daß ich mich hinreißen lasse – ich will wieder auf Ihren Brief kommen.

Es ist noch etwas, worüber ich mit Ihnen sprechen muß; es betrifft die Briefe, die Sie von mir verlangen. Es tut mir sehr weh, zu all dem Unrecht, das Sie schon an mir finden, auch noch dieses fügen zu müssen: ich kann die Briefe nicht zurückgeben. Aber hören Sie meine Gründe, ich bitte Sie darum. Habe ich auch schon Ihre Freundschaft verloren, so ist die Hoffnung, mir Ihre Achtung zu erhalten, mein einziger Trost.

Die Briefe von Fräulein von Volanges sind mir in diesem Augenblick noch kostbarer als sie es schon waren. Sie sind das einzige, was mir von ihr bleibt, und Zeugen einer Liebe, die das Glück meines Lebens ausmacht. Doch dürfen Sie mir glauben, daß ich keinen Augenblick zögern würde, Ihnen das Opfer zu bringen; der Schmerz, mich von den Briefen trennen zu müssen, würde dem Wunsche weichen, Ihnen einen Beweis meiner Ergebenheit zu geben: und doch kann ich die Briefe nicht zurückgeben und bin überzeugt, Sie werden die Gründe, die mich dazu bestimmen, nicht mißbilligen.

Es ist wahr, Sie wissen nun das Geheimnis durch Fräulein von Volanges; aber ich fühle mich zu dem Glauben berechtigt, daß Sie Ihr

Wissen um diese Angelegenheit der Überraschung verdanken und nicht dem Vertrauen. Ich kann ein Vorgehen nicht tadeln, zu dem vielleicht die mütterliche Autorität ein Recht gibt, und dieses Ihr Recht respektiere ich. Es reicht aber nicht so weit, mich von meinen Pflichten zu entbinden, deren heiligste die ist, nie ein bewiesenes Vertrauen zu verraten. Und ein solcher Verrat wäre es, die Geheimnisse eines Herzens vor einem anderen zu enthüllen, für den sie nicht bestimmt waren. Wenn Ihr Fräulein Tochter wünscht, daß ich Ihnen die Briefe übergebe, so möge sie es sagen; will sie aber selbst ihr Geheimnis bewahren, so werden Sie doch nicht von mir erwarten, daß ich es Ihnen anvertraue.

Was Ihren Wunsch betrifft, daß diese Angelegenheit im Schweigen begraben bleiben möge, so können Sie, gnädige Frau, darüber beruhigt sein. Über alles, was Fräulein von Volanges angeht, kann ich selbst das Herz einer Mutter beruhigen. Um Ihnen jede Unruhe zu nehmen, habe ich alles getan. Das kleine Paket der kostbaren Briefe, das zur Aufschrift hatte »Zu verbrennen«, zeigt jetzt: »Eigentum der Frau von Volanges« – was Ihnen noch beweisen kann, daß Sie in diesen Briefen nichts finden würden, worüber Sie sich persönlich beklagen könnten.

Dieser lange Brief, gnädige Frau, wäre noch nicht lang genug, ließe er in Ihnen auch nur einen einzigen Zweifel über die Ehrlichkeit meiner Gefühle übrig, über das aufrichtige Bedauern, Ihr Mißfallen erregt zu haben und der tiefsten Hochachtung Ihres sehr ergebenen Danceny.

Paris, den 9. September 17..

66. Brief

Der Chevalier Danceny an Cécile Volanges.

(Der Marquise von Merteuil offen im 67. Brief durch den Vicomte geschickt.)

Ach, meine Cécile, was soll aus uns werden? Welcher Gott wird uns aus dem Unglück retten, das uns verfolgt? Die Liebe möge wenigstens die Kraft geben, es zu ertragen! Wie soll ich Ihnen meinen Schrecken ausdrücken, meine Verzweiflung, als ich das Billett Ihrer Mama las! Wer hat uns verraten können? Auf wen haben Sie Verdacht? Sollten

Sie eine Unvorsichtigkeit begangen haben? Was machen Sie jetzt? Was hat man Ihnen gesagt? Alles möchte ich wissen und weiß nichts. Aber vielleicht wissen Sie selbst nicht mehr als ich.

Ich schicke Ihnen hier das Billett Ihrer Mama und eine Abschrift meiner Antwort. Ich hoffe, Sie bestätigen, was ich darin sage. Ich muß auch wissen, ob Sie gutheißen, was ich seit jenem unseligen Ereignis unternommen habe, um Nachricht von Ihnen zu bekommen und von mir zu geben, und Sie vielleicht – wer kann's wissen – wiederzusehen und das besser, günstiger als bisher.

Ach, meine Cécile, wieder beisammen sein, und aufs neue ewige Liebe schwören, in die Augen sehen, in unsern Herzen fühlen, daß diese Schwüre treu und wahr und ewig sind, – was für Schmerzen würde ein solch süßer Moment nicht vergessen machen! Und ich hoffe, nein, ich weiß, dieser Moment wird sein, ich habe alles getan, um ihn möglich zu machen, und was ich tat, bedarf nur Ihrer Zustimmung. Die Hoffnung verdanke ich der tröstenden Sorge eines lieben Freundes, und meine einzige Bitte ist, Sie möchten erlauben, daß dieser Freund auch der Ihrige werde.

Vielleicht hätte ich mich ihm ohne Ihre Erlaubnis nicht anvertrauen sollen, aber mich entschuldigt das Unglück und die Notwendigkeit. Die Liebe hat mich dabei geleitet, und die Liebe verlangt Ihre Nachsicht, bittet um Verzeihung dafür, daß ich unser Geheimnis einem Dritten preisgab, ohne welchen notwendigen Schritt wir vielleicht auf ewig getrennt blieben. Sie kennen den Freund, von dem ich Ihnen spreche, er ist auch der der Frau, die Sie am meisten lieben, der Vicomte von Valmont.

Als ich mich an ihn wandte, war meine Absicht vor allem diese, ihn dafür zu gewinnen, daß er Frau von Merteuil bitte, einen für Sie bestimmten Brief zu übernehmen. Er meinte, daß das nicht gelingen würde, aber empfahl mir für die Herrin deren Kammerjungfer, die ihm verpflichtet ist. Sie wird Ihnen also den Brief überbringen und ihr können Sie die Antwort geben.

Diese Aushilfe wird uns nun allerdings gar nichts nützen, wenn Sie, wie Herr von Valmont glaubt, sofort abreisen müssen. In dem Falle aber will er uns selbst dienen. Die Dame, zu der Sie gehen, ist seine Verwandte. Er wird diesen Umstand benutzen, um zur selben Zeit wie Sie dahin abzureisen, und durch ihn wird dann unsere gegenseitige Korrespondenz gehen. Er gab mir sogar die Versicherung, daß er es uns, wenn Sie sich ihm anvertrauten, möglich machen würde, uns dort wiederzusehen, ohne zu riskieren, daß Sie sich irgendwie kompromittieren.

Wenn Sie mich lieben, Cécile, wenn Sie Mitleid mit meinem Unglück haben und mit mir leiden, dann werden Sie einem Manne, der unser Schutzgeist sein will, Ihr Vertrauen nicht versagen können. Ohne ihn bin ich der Verzweiflung verfallen und außerstande, den Schmerz, den ich Ihnen bereite, zu lindern. Ich hoffe, er wird enden, aber versprechen Sie mir, Cécile, sich ihm nicht allzusehr hinzugeben, sich nicht ganz von ihm niederdrücken zu lassen. Der Gedanke, daß Sie leiden, ist mir unerträglich. Ich würde mein Leben darum geben, Sie glücklich zu machen! Sie wissen es. Möge die Gewißheit, daß ich Sie anbete, einigen Trost in Ihr Herz bringen! Das meine hat die Versicherung nötig, daß Sie der Liebe die Schmerzen verzeihen, die sie Ihnen zu leiden gibt.

Adieu, meine Cécile, meine Geliebte!

den 9. September 17..

67. Brief

Der Vicomte von Valmont an die Marquise von Merteuil.

Meine schöne Freundin! Aus den beiden beiliegenden Briefen werden Sie ersehen, daß ich Ihre Pläne gewissenhaft ausgeführt habe. Obschon beide Briefe von heute datiert sind, wurden sie doch gestern geschrieben, und zwar unter meinen Augen: der an das kleine Mädchen sagt alles, was wir gesagt haben wollten. Man kann nicht anders als vor Ihrer genialen Strategie eine Verbeugung machen, wenn man nach deren Erfolg urteilt. Danceny ist ganz Feuer und Brand, und werden Sie bei der nächsten Gelegenheit keine Vorwürfe mehr zu machen haben, sicher nicht. Wenn seine schöne Naive gelehrig ist, ist kurze Zeit nach seiner Ankunft hier die Sache gemacht und geschehen – ich habe hundert Mittel bereit.

Er ist wirklich noch sehr jung, dieser Danceny! Werden Sie es glauben, daß ich von ihm nicht erreichen konnte, der Mutter zu erklären, daß er die Liebe zu ihrer Tochter aufgebe? Als ob es irgendwie lästig wäre, etwas zu versprechen, wenn man entschlossen ist, es nicht zu halten! Das wäre ja Betrug, erwidert er mir jedesmal – ist diese Gewissenhaftigkeit nicht erbaulich, besonders wenn man die Tochter verführen will? Aber so sind wir Männer! Alle ganz gleich Verbrecher in unseren Absichten, und wo wir uns zu schwach zur Tat finden, nennen wir diese Schwäche Anständigkeit.

Es ist Ihre Sache, dafür zu sorgen, daß Frau von Volanges nicht wild wird über die kleinen Eskapaden, die sich der junge Mann in seinem Briefe erlaubt hat. Schützen Sie uns vorm Kloster und sehen Sie zu, daß man auf der Herausgabe der Briefe nicht weiter besteht. Danceny will sie nicht zurückgeben, und ich gebe ihm darin ganz recht: Liebe und Verstand sind hier gleicher Meinung. Ich habe übrigens diese höchst langweiligen Briefe gelesen. Sie können uns nützlich sein. Nämlich: Trotz der Vorsicht, mit der wir die Sache inszenieren, kann es doch dabei zu einem Eklat kommen, der die Heirat und damit alle unsere Absichten mit Gercourt unmöglich machen könnte. Da ich nun aber an der Mutter meine kleine Privatrache haben muß, so reserviere ich für diesen Fall das Recht, die Tochter zu entehren. Man kann aus der Korrespondenz ganz hübsche Stücke wählen; und wenn man nur die vorzeigt, ist es die kleine Volanges, die angefangen und sich einem an den Hals geworfen hat. Ein paar von den Briefen könnten sogar die Mama kompromittieren, oder mindestens in den Verdacht unverzeihlicher Nachlässigkeit bringen. Ich fühle wohl, der sehr gewissenhafte Danceny wäre anfangs ja gegen eine solche Verwertung der Briefe; aber da er persönlich angegriffen wäre, meine ich, käme man schon ans Ziel mit ihm. Man kann übrigens tausend gegen eins wetten, daß die Sache diese Wendung nicht bekommt, aber man muß schließlich auf alles vorbereitet sein.

Adieu, meine schöne Freundin. Es wäre sehr lieb von Ihnen, wenn Sie morgen bei der Marschallin von ** soupieren wollten; ich konnte nicht abschlagen.

Ich brauche Ihnen wohl nicht zu sagen: Kein Wort zu Frau von Volanges über meine Abreise. Sie wäre imstande, die Kleine in der Stadt zu behalten oder gleich nach ihrer Ankunft wieder zurückzuholen. Habe ich sie nur acht Tage, stehe ich für alles.

Paris, den 9. September 17..

Ihr Valmont.

68. Brief

Frau von Tourvel an den Vicomte von Valmont.

Mein Herr! Ich wollte Ihnen nicht mehr antworten, und die Verlegenheit, die ich in diesem Augenblick empfinde, ist wohl ein Beweis, daß ich es nicht tun sollte; aber ich will Ihnen keinen Grund zur Klage über mich geben und will Sie überzeugen, daß ich für Sie tat, was ich konnte.

Ich habe Ihnen erlaubt, mir zu schreiben, sagen Sie. Ich gebe das zu. Wenn Sie mich aber daran erinnern, glauben Sie, daß ich die Bedingungen vergessen habe, unter denen ich Ihnen diese Erlaubnis gab? Hätte ich diese Bedingungen nicht so genau erfüllt wie Sie schlecht, hätten Sie eine einzige Antwort von mir bekommen? Und jetzt ist dies schon die dritte. Und wenn Sie alles tun, um mich zu zwingen, diese Korrespondenz abzubrechen, bin ich es, die sich mit der Möglichkeit beschäftigt, sie herbeizuführen. Es gibt eine Möglichkeit und sie ist die einzige. Wollen Sie sie nicht erfüllen, so ist mir das, was Sie auch immer sagen werden, der klare Beweis dafür, wie wenig Wert Sie darauf legen.

Sie dürfen mir nicht so schreiben, wie ich es weder anhören darf noch will. Geben Sie ein Gefühl auf, das mich beleidigt und beunruhigt, und an dem Sie um so weniger hängen sollten, als es das Hindernis ist, das uns trennt. Lebt denn kein anderes Gefühl in Ihnen und hat denn die Liebe auch dieses Schlimme mehr noch in meinen Augen, daß sie die Freundschaft ausschließt? Und möchten Sie selbst nicht die zur Freundin haben, deren zärtliches Gefühl Sie wünschten? Ich will das nicht glauben; dieser Gedanke hat etwas so Niedriges, daß ich mich dagegen sträube, und er würde mich von Ihnen so entfernen, daß es kein Zurück mehr gäbe.

Wenn ich Ihnen so meine Freundschaft anbiete, gebe ich Ihnen alles, was in mir ist, alles, worüber ich verfügen kann. Was können Sie mehr wünschen? Nur ein Wort verlange ich von Ihnen. Um mich ganz diesem wunderbaren Gefühl der Freundschaft hinzugeben, für das mein Herz so geschaffen ist, – nur dieses Wort verlange ich von Ihnen, daß diese Freundschaft Ihrem Glück genüge. Ich werde alles vergessen, was man mir sagen konnte und zu Ihnen halten, um die Wahl dieses meines Freundes zu rechtfertigen.

Meine Aufrichtigkeit sollte Ihnen ein Beweis meines Vertrauens sein – es zu vermehren, das wird nur bei Ihnen liegen. Aber ich mache Sie auf eines aufmerksam: das erste Wort von Liebe wird mein Vertrauen für immer zerstören, und ich werde kein Wort mehr zu Ihnen sagen.

Wenn Sie, wie Sie schreiben, von Ihren Verirrungen zurückgekommen sind, würden Sie da nicht lieber der Gegenstand der Freundschaft einer ehrlichen Frau sein als der Reue einer schuldigen?

Leben Sie wohl. Nachdem ich so gesprochen habe, kann ich, das fühlen Sie wohl, nichts mehr sagen, bevor Sie mir nicht geantwortet haben.

Schloß ..., den 9. September 17.. von T.

69. Brief

Der Vicomte von Valmont an Frau von Tourvel.

Wie soll ich Ihnen auf Ihren letzten Brief antworten, gnädige Frau? Wie kann ich wahr sein, wenn meine Aufrichtigkeit mich Sie verlieren macht? Wenn auch: – es muß sein, und ich habe den Mut dazu. Ich sage mir, und ich wiederhole es mir: – besser ist es, Sie zu verdienen als Sie zu besitzen. Und wenn Sie mir auch immer das Glück versagen, nach dem ich ewig verlangen werde, so muß ich Ihnen wenigstens beweisen, daß mein Herz dieses Glückes mindest würdig ist.

Wie schade, daß ich, wie Sie sagen, »von meinen Verirrungen zurückgekommen bin«. Mit welch seliger Freude hätte ich sonst und nicht »zurückgekommen« diesen selben Brief gelesen, dessen Beantwortung mir heute so schwer wird! Sie sprechen mit »Aufrichtigkeit« darin, Sie schenken mir Ihr »Vertrauen«, Sie bieten mir Ihre Freundschaft an – was Gutes alles, gnädige Frau, und wie traurig, davon nicht profitieren zu können! Warum bin ich nicht mehr derselbe?

Ja, wenn ich der von früher noch wäre, wenn ich für Sie nur diese gewöhnliche Lust empfände, diese leichte Lust, das Kind der Verführung und des Vergnügens, das man heute überall Liebe nennt, ja, dann würde ich mich beeilen, aus all dem meinen Vorteil zu ziehen, zu gewinnen, was ich gewinnen kann. Wenig wählerisch in den Mitteln, wenn sie mir nur den Erfolg sichern, würde ich Ihre Aufrichtigkeit ermutigen, um Ihre Bedürfnisse zu erraten, würde ich Ihr Vertrauen suchen, um es zu verraten, würde ich Ihre Freundschaft annehmen mit der Absicht, sie zu meinem Zweck zu mißbrauchen … Dies Bild erschreckt Sie, gnädige Frau? Und es wäre doch getreu nach meiner Natur gezeichnet, wenn ich Ihnen sagte, daß ich darauf einginge, nur um nichts sonst als Ihr Freund zu sein.

Ich? Ich sollte darauf eingehen, mit irgendeinem ein Gefühl Ihrer Seele zu teilen? Wenn ich Ihnen das jemals sage, so glauben Sie es nicht; denn in dem Augenblick versuche ich Sie zu, täuschen – ich könnte Sie noch begehren, aber sicherlich würde ich Sie nicht mehr lieben.

Nicht daß herzliche Aufrichtigkeit, gütiges Vertrauen, empfindende Freundschaft für mich ohne Wert wären. Aber die Liebe! Die wirkliche Liebe, die Liebe, die Sie einflößen, vereinigt all diese Empfindungen, doch gibt sie ihnen die Lebendigkeit des Lebens und kann sie sich nicht wie die Freundschaft dieser Ruhe, dieser Kühle der Seele hingeben, die Vergleiche erlaubt und selbst Bevorzugungen duldet. Nein, gnädige Frau, ich werde nicht Ihr Freund sein, ich werde Sie mit der heftigsten Liebe lieben. Diese Liebe können Sie zur Verzweiflung treiben, aber nicht vernichten.

Mit welchem Recht beanspruchen Sie, über ein Herz zu verfügen, dessen Hingabe zu verschmähen? Mit welchem Raffinement der Grausamkeit mißwünschen Sie mir selbst das Glück, Sie zu lieben? Das gehört mir und geht Sie nichts an; ich werde es zu verteidigen wissen. Und ist es die Quelle meiner Leiden, so ist es auch deren Heilung.

Nein und wieder nein. Bleiben Sie in Ihrer Grausamkeit, aber lassen Sie mir meine Liebe. Es gefällt Ihnen, mich unglücklich zu machen – gut, es sei; versuchen Sie es, meinen Mut müde zu machen, ich werde Sie zu zwingen wissen, über mein Los zu entscheiden – vielleicht noch ein paar Tage und Sie werden gerecht gegen mich sein. Nicht daß ich hoffe, Sie je empfänglicher zu machen, aber ohne Überredung werden Sie überzeugt sein – Sie werden sich sagen: ich habe ihn falsch beurteilt.

Sagen wir es besser: Sie tun sich selbst Unrecht. Sie zu kennen, ohne Sie zu lieben, Sie zu lieben, ohne treu zu sein, das sind zwei gleich unmögliche Dinge; und trotz der Bescheidenheit, die Sie ziert, sollte es Ihnen leichter sein, sich über die Gefühle, die Sie einflößen, zu beklagen, als darüber zu erstaunen. Mein einziges Verdienst ist, Ihren Wert erkannt zu haben, und das will ich nicht verlieren. Weit davon was Sie mir anbieten anzunehmen, schwöre ich zu Ihren Füßen aufs neue, Sie ewig zu lieben. V.

Paris, den 10. September 17..

70. Brief

Cécile Volanges an den Chevalier Danceny.

(Mit Bleistift geschriebenes und von Danceny abgeschriebenes Billett.)

Sie fragen, was ich tue – ich liebe Sie und weine. Meine Mutter spricht nicht mehr mit mir; sie hat mir Papier, Feder und Tinte weggenommen; ich schreibe mit einem Bleistift, der mir zum Glück geblieben ist, und auf einem Stück Ihres Briefes. Ich muß wohl alles billigen, was Sie getan haben, ich liebe Sie zu sehr, um nicht alle Mittel zu ergreifen, von Ihnen zu hören und Ihnen von mir Nachricht zu geben. Ich mag Herrn von Valmont nicht und glaubte auch nicht, daß er so sehr Ihr Freund ist; aber ich will mich bemühen, mich an ihn zu gewöhnen, und werde ihn Ihretwegen gern mögen. Ich weiß noch immer nicht, wer uns verraten hat, es kann nur meine Kammerjungfer sein oder mein Beichtvater. Ich bin schrecklich unglücklich. Wir reisen morgen aufs Land, aber ich weiß nicht auf wie lange. Mein Gott, Sie nicht mehr sehen dürfen! Ich habe keinen Platz zum Schreiben mehr. Leben Sie wohl! Können Sie lesen, was ich geschrieben habe? Diese mit Bleistift geschriebenen Worte werden vielleicht vergehen, nie aber die Gefühle, die in meinem Herzen stehen.

Paris, den 10. September 17.. C.

71. Brief

Der Vicomte von Valmont an die Marquise von Merteuil.

Ich habe Ihnen etwas Wichtiges mitzuteilen, meine liebe Freundin. Ich soupierte gestern, wie Sie wissen, bei der Marschallin von B**. Man sprach da von Ihnen, ich sagte nicht alles Gute, das ich darüber denke, aber alles, was ich nicht darüber denke. Alle Welt schien meiner Meinung zu sein, und die Konversation zog sich so hin, wie immer, wenn man nur Gutes von jemandem spricht, – bis ein Gegner auftrat, nämlich Prévan.

Gott bewahre mich, fing er an, an der Klugheit der Frau von Merteuil etwa zu zweifeln! Aber ich möchte glauben, daß sie diese Klugheit mehr ihrem leichten Sinn verdankt als ihren Grundsätzen. Es ist vielleicht schwerer, ihr zu folgen, als ihr zu gefallen, und wenn man einer Frau nachfolgt, trifft man gewöhnlich auch andere auf diesem Wege, und da alles in allem diese andern ebenso viel wert sein können oder auch mehr als die Dame selbst, so bekommen die einen einen andern Geschmack, die andern bleiben stehen aus Müdigkeit: sie ist vielleicht die Pariserin, die sich am wenigsten zu verteidigen hat. Was mich betrifft (das Lächeln einiger Damen ermutigte den Redner), so glaube ich an die Tugend von Frau von Merteuil erst, wenn ich für sie sechs Pferde zuschanden geritten habe.

Dieser schlechte Scherz hatte Erfolg wie alle witzigen Verleumdungen. Man lachte und sprach von was anderem. Aber die beiden Komtessen von B**, bei denen der witzige Prévan saß, fingen mit ihm eine Privatunterhaltung über das Thema an, die ich glücklicherweise hörte.

Dieser Prévan, den Sie nicht kennen, ist sehr liebenswürdig und höchst chick. Wenn Sie mich manchmal das Gegenteil davon sagen hörten, so war das nur, weil ich ihn nicht leiden mag, weil ich gerne seinen Erfolgen entgegenarbeite, und weil ich ganz genau weiß, von welcher Bedeutung mein Urteil bei ungefähr dreißig Damen ist, die momentan in der Mode sind. Ich habe es ihm tatsächlich durch dieses Mittel lange unmöglich gemacht, in der Gesellschaft – was wir unsere Gesellschaft nennen – aufzukommen; er verrichtete einfach Wunderdinge, gewann aber nicht den geringsten Ruf davon. Nun zog er mit dem Eklat seines dreifachen Abenteuers die Augen auf sich, und das gab ihm erst das Selbstbewußtsein, das ihm bis jetzt fehlte, und das ihn nun gefährlich macht. Er ist heute vielleicht der einzige Mann, den ich auf meinem Weg zu begegnen fürchte. Abgesehen von dem Interesse, das Sie selbst dabei haben, würden Sie mir einen wirklichen Dienst erweisen, wenn Sie den Menschen so nebenbei etwas lächerlich machen könnten. Bei Ihnen lasse ich ihn in guten Händen – hoffentlich ist er, wenn ich wieder zurück bin, ein toter Mann.

Als Gegenleistung verspreche ich Ihnen, bei Ihrer Schülerin mein Bestes zu tun und mich um sie ebensosehr zu kümmern wie um meine schöne keusche Dame, die mir einen Vorschlag zur Kapitulation geschickt hat. In dem ganzen Briefe verlangt sie betrogen zu werden – kein bequemeres und verbrauchteres Mittel als das. Sie will, ich soll »ihr Freund sein!« Aber ich liebe die neuen und schwierigen Methoden und will die Gute nicht so billig haben. Ich habe mir doch wahrhaftig nicht so viel Mühe gemacht, um mit einer gewöhnlichen Verführung zu schließen.

Ich will vielmehr, daß sie den Wert und die Tragweite jedes Opfers, das sie mir bringt, fühlt und ordentlich fühlt. Ich will sie nicht so schnell mit mir nehmen, daß die Reue ihr nicht nachfolgen kann. Ich will ihre Tugend in einer langen Agonie sterben lassen, und ihren Blick immer auf dieses trostlose Schauspiel fixiert halten. Und will ihr das Glück, mich in ihren Armen zu halten, nur dann gewähren, wenn ich sie so weit habe, daß sie ihr Verlangen danach nicht mehr verbirgt. Da wäre ich bei Gott wenig wert, wenn ich nicht die Mühe wert bin, begehrt zu werden! Kann ich mich weniger an einer stolzen Frau rächen, die sicher rot wird, wenn sie ein Liebesgeständnis macht?

Ich habe also diese kostbare Freundschaft abgelehnt und hielt mich an Titel und Würde des Liebhabers. Da ich mir aber nicht verschweige, daß dieser Titel, der erst nichts mehr als ein Spiel mit Worten scheint, doch von sehr realer Wichtigkeit ist, so habe ich in meiner Antwort viel Sorgfalt darauf verwendet, so sinnlos und willkürlich als möglich zu reden, denn das allein macht den Eindruck des tief Gefühlten. Also: mein Brief ist voller Unsinn, Satz für Satz, – denn ohne Unsinn keine Zärtlichkeit. Ich glaube, das ist der Grund, weshalb die Frauen uns so überlegen sind in ihren Liebesbriefen.

Ich schloß meinen Liebesbrief mit einem Schmeichelwort. Auch das ist eine meiner tiefen Beobachtungen: Wenn man das Herz einer Frau einige Zeit hindurch aufgeregt hat, ist es ruhebedürftig; und ich habe beobachtet, daß eine Schmeichelei das weichste Ruhekissen ist, das man den erregten Frauenherzen bieten kann.

Adieu, meine schöne Freundin. Ich reise morgen ab. Wenn Sie an die Gräfin ** etwas auszurichten haben, so will ich mich wenigstens über Mittag bei ihr aufhalten. Es tut mir leid abzureisen, ohne Sie zu sehen. Lassen Sie mir Ihre Instruktionen zukommen, und helfen Sie mir im entscheidenden Augenblick mit Ihrem weisen Rat.

Und dies noch: hüten Sie sich vor Prévan. Adieu!
V.

den 11. September 17..

72. Brief

Der Vicomte von Valmont an die Marquise von Merteuil.

Mein Windbeutel von Jäger hat mein Portefeuille in Paris gelassen! Die Briefe der Tourvel, die von Danceny für die kleine Volanges, alles ist da geblieben, und ich brauche es hier. Er reist zurück, um seine Dummheit wieder gut zu machen, und während er sattelt, will ich Ihnen die Geschichte der vergangenen Nacht erzählen – Sie können mir glauben, daß ich meine Zeit nicht verliere.

Das Abenteuer an sich bedeutet ja nicht viel – es ist nur so was wieder Aufgewärmtes mit der Vicomtesse von M**. Aber es interessierte mich in den Details. Es freut mich übrigens, Ihnen zeigen zu können, daß, wenn ich auch das Talent habe, Frauen zu Fall zu bringen, ich nicht minder das andere besitze – wenn ich will –, nämlich: Frauen zu retten. Ich wähle immer den schwierigsten oder den amüsantesten Teil an einer Sache, und ich werfe mir durchaus keine gute Tat vor, vorausgesetzt, daß sie mich etwas gelehrt oder mich amüsiert hat.

Ich traf also die Vicomtesse, und da sie so schön bat und darauf bestand, daß ich die Nacht im Schlosse verbringe, willigte ich ein – »unter der Bedingung«, sagte ich, »daß ich die Nacht mit Ihnen verbringen darf.« »Das ist unmöglich – Vressac ist hier.« Bis da hatte ich nichts weiter als eine Liebenswürdigkeit sagen wollen, aber dieses Wort »unmöglich« brachte mich wie immer in Rage. Ich sah eine Erniedrigung darin, Vressac geopfert zu werden, und es war mir klar, daß ich das nicht dulden konnte. Also bestand ich darauf.

Die Umstände waren mir nicht günstig. Dieser Vressac beging die Unvorsichtigkeit, dem Vicomte Verdacht zu geben: die Vicomtesse konnte ihn nicht einmal mehr bei sich empfangen. Diese Reise zur Gräfin, die zwischen den beiden beschlossen wurde, hatte den Zweck, es vielleicht zu einigen gemeinsamen Nächten zu bringen. Der Vicomte machte anfangs kein angenehmes Gesicht, als er Vressac im Schloß sah und ging nicht auf die Jagd, trotzdem er darin leidenschaftlicher ist als in der Eifersucht. Sie kennen ja die Gräfin! Die logiert also die Vicomtesse in den großen Korridor, den Gemahl rechts neben ihr Schlafzimmer, den Liebhaber links davon und ließ die zwei sich arrangieren wie sie wollten. Das schlimme Geschick der beiden aber wollte, daß ich gerade gegenüber einquartiert wurde.

Denselben Tag, das heißt also gestern, ging Vressac, der, wie Sie sich denken können, so liebenswürdig als wie gegen den Vicomte war, mit ihm auf die Jagd – an der er gar keinen Geschmack findet – und dachte sich zur Nacht in den Armen seiner Frau für die Langeweile zu entschädigen, die ihm der Mann tagsüber bereitete. Ich aber dachte, der gute Vressac würde doch sicher der Ruhe bedürftig sein und sann darüber, womit ich seine Geliebte bestimmen könnte, ihn die verdiente Ruhe genießen zu lassen.

Es gelang: ich setzte durch, daß sie mit Vressac Streit über diese Jagdpartie anfangen würde, die er zweifellos nur ihretwegen mitgemacht hatte. Man konnte keinen schlechtern Vorwand finden als den; aber keine Frau übt dieses allen Frauen gemeinsame Talent besser als die Vicomtesse, die Laune an Stelle der Vernunft zu setzen und nie so schwierig zu beruhigen zu sein, als wenn sie im Unrecht sind. Der Moment war übrigens nicht bequem zu Erklärungen, und da ich nur eine Nacht wollte, ging ich darauf ein, daß sie sich den nächsten Tag wieder aussöhnten.

Vressac kriegt also bei seiner Heimkehr alles zu hören, nur nichts Gutes. Er will wissen weshalb, aber es wird nur gestritten. Er versucht sich zu rechtfertigen, und der Gatte, der hinzukommt, dient als Vorwand, die Konversation abzubrechen. Schließlich versucht er noch einen Moment zu erwischen, wo der Mann gerade abwesend ist, und fragt um seine Nacht – und da war die Vicomtesse wirklich sublim. Voller Entrüstung über die Kühnheit der Männer, die, weil sie die

Güte einer Frau genossen haben, das Recht zu haben glauben, sie auch noch zu mißbrauchen und selbst dann, wenn die Frau sich über sie zu beklagen hat. Und dann sprang sie höchst geschickt vom Thema ab, sprach wunderbar über Delikatesse und Gemüt, und Vressac machte ein dummes Gesicht, sprachlos. Ich war selber nahe daran zu glauben, daß sie Recht hatte – denn als Freund beider war ich der dritte in dieser hübschen Unterhaltung.

Zum Schluß erklärte sie auf das bestimmteste, daß sie zu der Müdigkeit von der Jagd nicht auch noch die von der Liebe fügen wollte und daß sie sich Vorwürfe darüber machen müßte, einen so wohlverdienten Schlaf zu stören. Der verzweifelte Vressac, der gar nicht zum Wort kam, wandte sich schließlich an mich, setzte mir des langen und breiten seine Gründe, warum er auf die Jagd gegangen war, auseinander, die ich so gut wußte wie er, und bat mich, ich sollte mit der Vicomtesse reden – was ich auch versprach. Ich redete auch wirklich mit ihr, aber von was anderem. Ich dankte ihr und wir besprachen unser Rendezvous.

Sie teilte mir mit, daß sie ihr Zimmer zwischen ihrem Mann und ihrem Geliebten und es klüger gefunden habe, zu Vressac zu gehen, als ihn in ihr Zimmer zu nehmen; und da ich vis-à-vis wohnte, hielte sie es auch für sicherer, zu mir zukommen; und daß sie käme, sobald ihre Kammerjungfer sie allein gelassen haben würde; und daß ich nur meine Türe angelehnt haben sollte und sie erwarten.

Alles ging wie es abgemacht war – sie kam gegen ein Uhr früh zu mir,

»... nur ganz so schlicht bedeckt, Wie eine Schöne, jäh dem Schlaf entweckt«,

wie es im »Britannicus« heißt. Da ich nicht eitel bin, halte ich mich nicht bei den Details der Nacht auf – Sie kennen mich und ich war zufrieden mit mir.

Gegen Morgen mußte man sich trennen. Und hier beginnt das Interessante. Die leichtsinnige Person glaubte ihre Türe offen gelassen zu haben, wir fanden sie verschlossen, und der Schlüssel stak inwendig: Sie können sich die Verzweiflung nicht vorstellen, mit der mir die Vicomtesse sagte: »Ich bin verloren.« Man muß zugeben, daß es scherzhaft gewesen wäre, sie in dieser Situation zu lassen; aber konnte ich dulden, daß eine Frau für mich verloren würde, ohne es durch mich zu sein? Und sollte ich mich wie die durchschnittlichen Männer von den Umständen beherrschen lassen? Ich mußte ein Mittel finden. Was hätten Sie getan, meine schöne Freundin? Ich tat dies, und es gelang.

Ich sah, daß die Türe sich eindrücken ließ und mit viel Spektakel. Ich brachte nicht ohne Mühe die Vicomtesse so weit, daß sie schrecklich viel und laut Dieb, Mörder usw. schreien sollte, und machten aus, daß ich beim ersten Schrei die Türe eindrückte, und sie in ihr Bett springt. Sie glauben nicht, wie viel Zeit es bedurfte, sie zum ersten »Mörder« zu bringen, nachdem sie schon in alles eingewilligt hatte. Endlich! Und beim ersten Schrei gab die Türe nach.

Die Vicomtesse hatte wahrhaftig keine Zeit zu verlieren; denn im Augenblick waren der Vicomte und Vressac im Korridor; und die Kammerjungfer kam auch noch ins Zimmer ihrer Herrin gelaufen.

Ich allein behielt kaltes Blut, blies rasch ein Nachtlicht aus, das noch brannte und warf es zu Boden; denn Sie können sich denken, wie lächerlich es ist, einen furchtbaren Schrecken zu markieren, wenn man Licht im Zimmer hat. Dann zankte ich mit dem Manne und dem Liebhaber über ihren lethargischen Schlaf, indem ich ihnen versicherte, daß das Geschrei, auf welches ich herbeigesprungen wäre, und meine Bemühungen, die Türe einzudrücken, mindestens fünf Minuten gedauert hätten.

Die Vicomtesse, die im Bett ihren Mut wiedergefunden hatte, sekundierte ganz gut und schwur einen Gott um den andern, daß ein Dieb in ihrem Zimmer gewesen wäre. Ehrlicher versicherte sie, daß sie in ihrem Leben noch keinen solchen Schrecken ausgestanden hätte. Wir suchten überall und fanden nichts, als ich auf das umgeworfene Nachtlicht zeigte und daraus schloß, daß vielleicht eine Maus den Schaden und die Angst angerichtet hätte, – auf welche Erklärung sich alle einigten. Man machte noch ein paar alte Witze über Mäuse und dann war der Vicomte der erste, der sein Zimmer und sein Bett wieder aufsuchte; seine Frau bat er noch, in Zukunft etwas ruhigere Mäuse zu haben.

Vressac war nun allein mit uns und ging zur Vicomtesse ans Bett, um ihr zärtlich zu versichern, daß es eine Rache der Liebe gewesen wäre, worauf sie erwiderte, – und mich dabei ansah: »Die Liebe war allerdings in großer Wut; denn sie hat sich mächtig gerächt; jetzt aber bin ich todmüde und möchte schlafen.«

Ich fühlte einen gütigen Moment: so sprach ich für Vressac, bevor wir uns trennten und machte Aussöhnung. Das Liebespaar umarmte einander und mich küßten sie. Aus den Küssen der Vicomtesse machte ich mir nichts mehr, aber ich muß gestehen, die Vressacs machten mir Spaß. Wir gingen zusammen hinaus und nachdem er mich noch seiner ewigen Dankbarkeit eine Weile versichert hatte, ging jeder wieder in sein Bett.

Wenn Sie diese Geschichte amüsant finden, verlange ich nicht, daß Sie sie geheimhalten. Jetzt, wo ich meinen Spaß daran gehabt habe, ist es nur gerecht, daß unser Publikum an die Reihe kommt – vorläufig für die Geschichte, vielleicht später auch für die Heldin.

Adieu! Seit einer Stunde wartet mein Jäger. Ich nehme mir noch den Augenblick, Sie zu umarmen und Ihnen nochmals zu empfehlen, sich vor Prévan zu hüten.

Schloß ..., den 13. September 17..

73. Brief

Der Chevalier Danceny an Cécile Volanges.

(Dem folgenden Brief beigelegt.)

Meine Cécile! Wie ich Valmont beneide! Morgen wird er Sie sehen. Er wird Ihnen diesen Brief geben, und ich werde mich nach Ihnen sehnen in Klage und Jammer. Meine Liebe, meine zärtliche Liebe, bedauern Sie mich in meinem Schmerz und besonders bedauern Sie mich des Ihren wegen, den zu ertragen mich der Mut verläßt.

Wie ist das schrecklich, schuld an Ihrem Unglück zu sein! Ohne mich wären Sie glücklich und zufrieden. Werden Sie mir verzeihen? Ach sagen Sie es mir, daß Sie mir verzeihen, und sagen Sie mir, daß Sie mich lieben, daß Sie mich immer lieben werden. Ich muß es immer wieder hören. Nicht, daß ich daran zweifle; aber es ist so schön, es immer wieder zu hören, je sicherer man es weiß und fühlt. Sie lieben mich, nicht wahr? Ja, ich weiß, Sie lieben mich! Ich vergesse nie, daß es das letzte Wort war, das Sie mir sagten – es ist in meinem Herzen aufgehoben und tief eingegraben!

In jenem Augenblick des Glückes, – wie weit war ich davon, das schreckliche Schicksal zu ahnen, das uns erwartete. Aber wir müssen die Mittel finden, es wieder gut gegen uns zu machen. Wenn ich meinem Freunde glaube, liegt dies in dem Vertrauen, das er verdient und das Sie ihm schenken müssen.

Es tut mir leid, daß Sie eine so schlechte Meinung von ihm haben – ich sehe darin den Einfluß Ihrer Mama, um derentwillen und ihr zu gefallen ich diesen wirklich liebenswürdigen Menschen einige Zeit vernachlässigte und der heute alles für mich tut, der daran arbeitet, uns zu vereinigen, wo Ihre Mama uns getrennt hat. Ich beschwöre Sie, meine liebe Cécile, seien Sie ihm ein bißchen gnädiger. Bedenken Sie, daß er mein Freund ist, und daß er der Ihre sein will, daß er mir das Glück verschaffen kann, Sie zu sehen! Wenn Sie diese Gründe nicht bestimmen können, Cécile, so lieben Sie mich nicht wie ich Sie liebe, so lieben Sie mich nicht mehr, wie Sie mich geliebt haben. Aber ich weiß, das Herz meiner Cécile gehört mir und mir fürs Leben, und wenn ich auch die Schmerzen einer unglücklichen Liebe befürchten muß, so weiß ich doch, daß es nie die Schmerzen einer verratenen Liebe sein werden.

Leben Sie wohl, meine Innigstgeliebte! Vergessen Sie nicht, daß ich leide und daß es nur an Ihnen liegt, mich glücklich zu machen. Erhören Sie den Wunsch meines Herzens und seien Sie geküßt von Ihrem treuen

D.

Paris, den 11. September 17..

74. Brief

Der Vicomte von Valmont an Cécile Volanges.

(Mit dem vorhergehenden Brief.)

Der Freund, der Ihnen dient, weiß, daß Sie nicht haben, was Sie zum Schreiben brauchen, und so hat er dafür gesorgt. Sie finden im Vorzimmer Ihres Appartements unter dem großen Schrank zur linken Hand Papier, Feder und Tinte. Sie können alles das an demselben Ort lassen, wenn Sie keinen sicherern wissen. Ihr Freund bittet Sie, nicht beleidigt zu sein, wenn er Ihnen in Gesellschaft wenig Aufmerksamkeit schenkt und Sie wie ein Kind behandelt. Dieses Benehmen scheint mir notwendig der Sicherheit wegen, die ich brauche, um ungenierter am Glücke meines Freundes und des Ihren arbeiten zu können. Ich will Gelegenheiten herbeiführen, Sie zu sprechen, sobald ich Ihnen etwas zu sagen oder zu übergeben habe; wenn Sie mir dabei helfen, wird es gelingen.

Ich rate Ihnen noch, mir die Briefe, die Sie bekommen, wieder zurückzugeben, um weniger zu riskieren. Wenn Sie mir vertrauen, werde ich alles tun, die Strenge zu mildern, mit der eine allzu grausame Mutter meinen besten Freund und eine Dame verfolgt, der zu dienen mir eine ebenso ernste wie liebe Pflicht ist.

V.

Auf Schloß …, am 24. September 17..

75. Brief

Die Marquise von Merteuil an den Vicomte von Valmont.

Seit wann sind Sie so ängstlich, mein Freund? Ist dieser Prévan wirklich so schrecklich? Aber da sehen Sie, wie einfach und bescheiden ich bin! Ich bin ihm oft genug begegnet, diesem wunderbaren Sieger und habe ihn kaum beachtet. Erst Ihr Brief machte mich auf ihn aufmerksam, und so machte ich es gestern wieder gut. Er war in der Oper, saß mir fast gegenüber und da konnte ich mich mit ihm beschäftigen. Hübsch ist er, sogar sehr hübsch. Ein sehr delikates Gesicht, das in der Nähe noch gewinnen muß. Und Sie sagen, daß er mich will? Sicher wird er mir die Ehre und das Vergnügen machen. Im Ernst – ich habe wirklich Lust auf ihn und ich habe, wie ich gestehe, den ersten Schritt dazu getan. Ob es gelingen wird, das weiß ich noch nicht. Es ging so: Beim Opernausgang war er zwei Schritte von mir, und ich machte ganz laut ein Rendezvous aus mit der Marquise ** für Freitag abend bei der Marschallin. Ich glaube, das ist das einzige Haus, wo ich ihn treffen kann. Ich zweifle nicht daran, daß er mich gehört hat. Wenn der unverschämte Mensch nicht hinkommt … Aber, was meinen Sie, glauben Sie, daß er kommt? Wenn er nicht kommt, bin ich den ganzen Abend hindurch schlecht aufgelegt. Sie sehen, er wird bei mir nicht viel Schwierigkeiten finden, in meiner Bahn zu wandeln, und wird noch weniger Schwierigkeit finden, mir zu gefallen. Er will, wie er sagte, sechs Pferde zugrunde richten, um mir den Hof zu machen – ich werde diesen Pferden das Leben retten. Ich hätte auch nicht die Geduld, so lange zu warten. Sie wissen, daß es nicht zu meinen Grundsätzen gehört, jemanden lange schmachten zu lassen, wenn ich einmal entschlossen bin, und ich bin es in diesem Falle.

Sie müssen zugeben, daß es ein Vergnügen ist, mir Vernunft zu predigen. Hat Ihre wichtige Warnung nicht einen großen Erfolg gehabt? Aber was wollen Sie? Ich vegetiere schon so lange! Seit mehr als sechs Wochen habe ich mir nichts mehr erlaubt. Und nun, wo sich etwas bietet, soll ich es mir versagen? Und ist der Gegenstand nicht die Mühe wert? Gibt es einen angenehmeren, wie Sie das Wort auch immer nehmen wollen? Sie selbst müssen ihm Gerechtigkeit widerfahren lassen, denn Sie tun noch mehr als seinen Ruhm singen, und das, weil Sie eifersüchtig darauf sind. Und so will ich mich als Richter zwischen Sie beide stellen. Aber vorher muß man sich doch informieren, nicht wahr, und das will ich tun. Ich werde ein höchst unparteiischer Richter sein, und werde Sie beide mit gleichem Maß messen. Was Sie betrifft, so habe ich Ihre Denkschrift schon und bin über Ihre Sachlage unterrichtet. Da ist es doch nur gerecht, wenn ich mich nun mit Ihrem Gegner beschäftige. Unterstellen Sie sich also meinem Richtspruch und sagen Sie mir bitte vor allem, was es mit diesem dreifachen Abenteuer, dessen Held er ist, für eine Bewandtnis hat. Sie sprechen in Ihrem Brief davon, als ob ich nichts anderes wüßte als das, und ich weiß kein Wort davon. Die Geschichte passierte wohl während meiner Genfer Reise und Ihre Eifersucht ließ Sie mir nichts darüber schreiben. Machen Sie das so schnell wie möglich wieder gut. Bedenken Sie, daß ich alles wissen muß, was ihn angeht. Ich erinnere mich dunkel, daß man noch von der Geschichte sprach, als ich zurückkam: aber ich war mit anderen Dingen beschäftigt und höre selten auf Dinge, die nicht von heute oder gestern sind.

Wenn Sie das, was ich von Ihnen verlange, auch etwas verdrießt, so ist das doch ein geringer Preis für all die Mühe, die ich mir Ihretwegen gemacht habe, nicht? Ich habe Sie doch wieder näher zu Ihrer Präsidentin gebracht, nachdem Ihre Dummheit Sie von ihr getrennt hatte. Und war nicht ich es, die in Ihre Hände die Möglichkeit legte, sich an Frau von Volanges zu rächen? Sie haben sich so oft beklagt, daß Sie so viel Zeit damit verlieren, sich Abenteuer aufzustöbern – nun haben Sie sie unter den Händen! Liebe, – Haß, –Sie brauchen nur zu wählen, beides schläft unter demselben Dach, und Sie können Ihr Wesen verdoppeln: mit einer Hand streicheln, mit der andern schlagen.

Mir verdanken Sie auch das Abenteuer mit der Vicomtesse, mit dem ich sehr zufrieden bin. Sie haben ganz recht, man muß es weiter erzählen: denn wenn die Gelegenheit Sie auch begreiflicherweise veranlaßte, diskret zu sein und den Skandal zu vermeiden, so muß man doch zugeben, daß diese Frau kaum Diskretion verdient.

Außerdem habe ich etwas gegen sie. Der Chevalier von Belleroche findet sie hübscher als mir lieb ist, und auch aus andern Gründen wäre es mir ganz angenehm, einen Grund zu haben, mit ihr zu brechen, und den hab ich jetzt – man kennt diese Dame nicht mehr.

Adieu, Vicomte. Bedenken Sie, daß Ihre Zeit kostbar ist; ich will die meine damit verbringen, mich mit dem Glück Prévans zu beschäftigen.

Paris, den 15. September 17..

76. Brief

Cécile Volanges an Sophie Carnay.

(N.B. In diesem Briefe gibt Cécile Volanges genaue Details von all dem, was aus dem 60. Brief und den darauf folgenden bereits bekannt ist – weshalb dieser Teil unterdrückt wurde. Zum Schlüsse spricht sie über den Vicomte von Valmont, was hier folgt.)

... Ich versichere Dir, er ist ein ganz außergewöhnlicher Mensch. Mama hat sehr viel Schlechtes von ihm gesagt, aber der Chevalier Danceny spricht sehr viel Gutes von ihm, und ich glaube, er hat recht. Ich habe nie einen gewandteren Mann gesehen. Als er mir Dancenys Brief gab, war es mitten in einer Gesellschaft und niemand hat etwas davon bemerkt; ich habe solche Angst gehabt, denn ich war auf nichts vorbereitet; aber jetzt werde ich immer aufpassen. Ich habe schon ganz gut begriffen, wie ich es machen muß, um ihm meine Antwort zu geben. Man kann sich sehr leicht mit ihm verständigen, denn er sagt mit den Augen alles, was er will. Ich weiß nicht, wie er das macht: er schreibt mir in dem Brief, von dem ich Dir erzählte, daß er vor Mama so tun wolle, als kümmere er sich gar nicht um mich, und man glaubt wirklich immer, daß er nicht daran denkt – und doch, so oft ich seinen Blick suche, bin ich sicher, daß er mich gleich sieht.

Es ist hier eine gute Freundin von Mama, die ich noch nicht kannte und die auch Herrn von Valmont nicht zu leiden scheint, obschon er sehr aufmerksam zu ihr ist. Ich fürchte, er wird sich bald bei dem Leben langweilen, das man hier führt, und daß er wieder nach Paris geht; und das wäre sehr unangenehm. Er muß doch ein gutes Herz haben, daß er hierher kam, um seinem Freunde und mir zu helfen. Ich möchte ihm so gern meine Dankbarkeit dafür beweisen, weiß aber nicht, wie es anfangen, um mit ihm zu sprechen; und wenn sich auch die Gelegenheit dazu finden möchte, würde ich mich so schämen, daß ich nicht wüßte was sagen.

Nur mit Frau von Merteuil kann ich offen von meiner Liebe reden. Vielleicht würde ich mich auch vor Dir, der ich alles sage, genieren, wenn ich mich mit Dir mündlich davon unterhielte. Selbst mit Danceny fühlte ich oft, wie mich ganz gegen meinen Willen eine unbestimmte Furcht zurückhielt, ihm alles zu sagen, was ich dachte. Ich werfe mir das jetzt vor, und ich würde alles in der Welt darum geben, wenn ich es ihm sagen, nur ein einziges Mal sagen könnte, wie sehr ich ihn liebe. Herr von Valmont hat mir versprochen, wenn ich mich nur von ihm leiten ließe, würde er uns sicher Gelegenheit verschaffen, uns wiederzusehen. Ich will alles tun was er verlangt, aber ich kann mir nicht denken, daß es möglich sein sollte.

Adieu, meine liebe Freundin, ich habe keinen Platz mehr zum Schreiben. Deine Cécile.

Auf Schloß …, den 14. September 17..

77. Brief

Der Vicomte von Valmont an die Marquise von Merteuil.

Entweder ist Ihr Brief eine Persiflage, die ich nicht verstehe, oder Sie hatten, während Sie schrieben, ein sehr gefährliches Fieber. Kennte ich Sie weniger gut, meine schöne Freundin, so wäre ich wirklich erschreckt, und was Sie auch sagen mögen, Sie wissen, daß ich nicht leicht erschrecke.

Ich mag Ihren Brief wieder und wieder lesen, ich versteh ihn nicht; denn ihn so zu nehmen, wie er da steht, ist unmöglich. Was wollten Sie denn sagen? Nur das, daß es nicht nötig sei, sich so sehr vor einem so wenig gefährlichen Feind zu hüten? In diesem Falle könnten Sie vielleicht doch Unrecht haben. Prévan ist ja wirklich sehr liebenswürdig, und er ist es mehr als Sie glauben. Er besitzt das Talent, viele mit seinen Liebesangelegenheiten zu beschäftigen, da er sehr geschickt in Gesellschaft darüber zu sprechen versteht, und das vor aller Welt – das erste beste Gespräch dient ihm dazu. Es gibt wenig Frauen, die sich vor der Falle hüten: sie gehen auf das Gespräch ein, weil alle an ihre große Schlauheit glauben und keine die Gelegenheit versäumen will, sie zu zeigen. Nun wissen Sie ganz gut, daß eine Frau, die darauf eingeht, von der Liebe zu reden, damit endet, zu lieben oder wenigstens so zu tun. Er gewinnt von der Methode, die er sehr ausgebildet hat, daß er oft die Frauen selbst als Zeugen ihrer Niederlagen anruft; und das sage ich, weil ich es selbst gesehen habe.

Ich weiß von all dem nur durch Hören aus zweiter Hand, denn ich war nie mit Prévan liiert. Einmal waren wir zu sechs: und die Komtesse P**, die sich für sehr schlau und raffiniert hält und auch ganz geschickt über Dinge, zu denen kein Wissen gehört, sprechen kann, erzählte uns mit allen Details, wie sie sich Prévan hingegeben habe und was alles zwischen ihnen passiert sei. Sie erzählte ihre Geschichte mit einer solchen Sicherheit, daß sie nicht einmal unser lautes Auflachen irritieren konnte. Ich werde nie vergessen, wie einer von uns, der, um das Lachen zu entschuldigen, so tat, als zweifelte er an der Wahrheit ihrer Geschichte oder wenigstens an der Art, wie sie sie erzählte, – wie sie dem ganz ernst erwiderte, daß sie es wohl besser wissen müsse als irgendeiner von uns und wandte sich sogar an Prévan, ob auch nur ein Wort ihrer Geschichte falsch sei.

So konnte ich diesen Mann wohl für gefährlich halten – genügte es bei Ihnen, Marquise, nicht, daß er hübsch, ja sehr hübsch ist, wie Sie selbst sagen? Oder daß er auf Sie eine seiner Attacken machte, die es Ihnen manchmal zu belohnen gefällt, aus keinem andern Grund als weil Sie den Angriff hübsch ausgeführt finden? Oder weil es Ihnen aus irgendeinem Grunde Spaß machte, sich ihm hinzugeben? Aber was weiß ich! Wer kann die tausend Launen erraten, die den Kopf einer Frau regieren und durch die allein Sie noch zu Ihrem Geschlechte gehören? Jetzt, wo Sie vor der Gefahr gewarnt sind, zweifle ich nicht daran, daß Sie sich ihr leicht entziehen werden; aber warnen mußte ich Sie doch. Ich frage also wieder: Was wollten Sie in Ihrem Brief sagen?

Wenn Sie sich nur über Prévan lustig machen wollten und mit so vielen Worten – was soll das für mich? Vor der Welt müssen Sie ihn lächerlich machen – worum ich Sie nochmals bitte.

Ach, nun glaube ich zu verstehen! Ihre Absicht ist, Prévan an Ihre Liebe glauben zu machen und ihn in dem Augenblick zu stürzen, da er meint, auf den Gipfel seines Glücks zu kommen – ja, der Plan ist gut. Aber er verlangt große Vorsicht. Sie wissen so gut wie ich, daß es für die öffentliche Meinung ganz dasselbe ist, ob man einen Mann wirklich hat oder nur sein Kurmachen hinnimmt, vorausgesetzt, dieser Mann ist kein Esel, und das ist Prévan nicht, aber schon gar nicht. Wenn er auch nur den Schein gewinnen kann, so ist das für ihn schon alles, für ihn und für die Welt, denn er versteht es, sehr geschickt zu sprechen. Die Dummen glauben daran, die Boshaften werden so tun, als ob sie's glaubten – was haben Sie dann dabei gewonnen? Sie sehen, ich habe Angst. Nicht, daß ich an Ihrer Geschicklichkeit zweifle, aber es sind gerade die guten Schwimmer, die ertrinken.

Ich halte mich nicht für dümmer als ein anderer. Mittel, eine Frau zu verführen, habe ich hundert, habe ich tausend gefunden; wenn ich aber darüber nachdachte, wie sich eine Frau vor der Verführung retten könnte, kam ich immer vor die Unmöglichkeit. Sie selbst arbeiten ganz meisterhaft, und doch habe ich fast immer mehr an Ihr Glück geglaubt als an Ihr gutes Spiel.

Aber vielleicht suche ich einen Grund für etwas, das keinen hat. Ich wundere mich selbst, wie ich seit einer Stunde ganz ernsthaft behandle, was sicher nichts weiter als ein Scherz von Ihnen ist. Und Sie werden mich auslachen. Lachen Sie schnell und sprechen wir von was anderem. Von was anderem! Als wäre es nicht immer dasselbe: von den Frauen, die man besitzen oder die man verderben will, und oft beides in einem.

Ich habe hier, wie Sie ganz richtig bemerkt haben, Gelegenheit, mich in beiden Arten zu üben, aber nicht ganz gleich leicht. Ich sehe schon jetzt, daß das Werk der Rache rascher gelingen wird als das der Liebe. Die kleine Volanges ist gemacht, dafür stehe ich. Zum letzten fehlt nur noch die Gelegenheit, aber für die will ich schon sorgen. So weit bin ich mit Frau von Tourvel noch lange nicht. Diese Frau bringt mich zum Verzweifeln, denn ich versteh sie nicht. Ich habe hundert Beweise ihrer Liebe, aber tausend von ihrem Widerstand, und ich fürchte fast, daß sie mir auskommt.

Der erste Eindruck, den meine Rückkunft machte, ließ mich mehr erwarten. Sie können sich denken, daß ich den Effekt unmittelbar erleben wollte und so ließ ich mich durch niemanden anmelden und hatte meine Reise so eingerichtet, daß ich gerade zur Tischzeit ankam. So fiel ich aus den Wolken wie ein Operngott, der den Konflikt löst. Um die Aufmerksamkeit auf mich zu lenken, war ich beim Eintreten etwas geräuschvoll und bemerkte gleichzeitig die Freude meiner alten Tante, den Ärger der Frau von Volanges und die freudige Überraschung der Tochter. Die Präsidentin saß mit dem Rücken gegen die Türe und war mit ihrem Teller beschäftigt. Sie wandte nicht einmal den Kopf herum. Als sie aber beim ersten Wort, das ich an meine Tante richtete, meine Stimme erkannte, entschlüpfte ihr ein Schrei, und in dem war mehr Liebe als Überraschung oder gar Schrecken. Ich trat etwas vor, um ihr Gesicht zu sehen, auf dem sich der tumultuöse Zustand ihrer Seele höchst mannigfach ausdrückte. Ich setzte mich an den Tisch neben sie, und sie wußte nicht was tun noch was sagen. Sie versuchte weiter zu essen, und es war ihr nicht möglich; nach nicht weniger als einer Viertelstunde wurden endlich ihre Verlegenheit und ihre Freude stärker als sie, und da erfand sie nichts Besseres als um die Erlaubnis zu bitten, die Tafel verlassen zu dürfen; sie ging in den Park: sie bedürfe frischer Luft. Frau von Volanges wollte sie begleiten, sie erlaubte es nicht, ohne Zweifel glücklich, einen Vorwand zu haben, allein zu sein und ungestört sich ihren angenehmen Emotionen hinzugeben.

Ich beeilte mich sehr mit dem Diner. Kaum war das Dessert erledigt, als die perfide Volanges, offenbar um mir einen Tort anzutun, aufstand, um der luftbedürftigen Kranken nachzugehen; aber ich hatte das vorausgesehen und kam zuvor. Ich tat so, als ob es das Zeichen zur Aufhebung der Tafel wäre und stand ebenfalls auf, welchem Beispiel auch die kleine Volanges und der Pfarrer des Ortes folgten, so daß Frau von Rosemonde mit dem alten Kommandanten von T** allein übrig blieb. So gingen wir also alle zusammen die Geliebte aufsuchen, die wir in einer Laube ganz nahe beim Schloß fanden; und da sie nach

Einsamkeit und nicht nach einem Spaziergang Lust hatte, zog sie es vor, lieber mit uns ins Schloß zu gehen, als uns bei sich zu behalten.

Sobald ich mich versichert hatte, daß Frau von Volanges keine Gelegenheit fände, mit der Tourvel allein zu sprechen, dachte ich an Ihre Befehle und beschäftigte mich mit Ihrer Schülerin. Gleich nach dem Kaffee ging ich auf mein Zimmer und sah mir auch die anderen Räume an, um das Terrain zu studieren. Ich traf meine Dispositionen, um die Korrespondenz mit der Kleinen zu sichern und schrieb ihr ein Billett, um sie davon zu benachrichtigen und sie um ihr Vertrauen zu bitten; den Brief Dancenys legte ich bei. Ich ging wieder in den Salon, und da fand ich meine Schöne auf einem Liegestuhl in einer entzückenden Verträumtheit.

Dieser Anblick weckte meine Begier und gab meinem Blick, was ich brauchte. Der erste Effekt war, daß sie die Augen niederschlug. Eine Zeit versenkte ich mich in dieses engelskeusche Gesicht, dann glitt mein Blick ihren Körper hinab und es amüsierte mich, sie mit meinen Augen zu entkleiden bis auf die Füße. Ich fühlte ihren Blick, sah auf und sofort neigten sich wieder ihre Augen. Ich sah weg, um es ihr leichter zu machen, mich anzusehen. So spann sich zwischen uns diese wortlose Unterhaltung, das erste Kapitel schüchterner Liebe: die Augen, die sich schauend vermeiden, in der Erwartung einander zu treffen.

Da ich überzeugt war, daß meine Geliebte ganz in dieser neuen Lust aufging, kümmerte ich mich um die Sicherheit dieses unseres Gespräches; die übrige Gesellschaft unterhielt sich lebhaft genug, um uns nicht sonderlich zu beachten; so wollte ich ihre Augen zwingen, die Wahrheit zu sagen. Ich überraschte einen Blick, aber mit so viel Reserve, daß nichts davon zu fürchten war, und um es der schüchternen Person leichter zu machen, stellte ich mich ebenso verlegen wie sie es tatsächlich war. Nach und nach gewöhnten sich unsere Augen daran, einander zu begegnen, verweilten länger und jetzt verließen sie sich nicht mehr – in ihrem Blick war dieses schmachtende Verlangen, dieses glückverheißende Zeichen der Liebe und der Sehnsucht, aber nur für einen Moment: kaum war sie wieder bei sich selbst, als sie nicht ohne etwas Scham Haltung und Blick änderte.

Es lag mir daran, sie nicht wissen zu lassen, daß ich, was in ihr vorgegangen war, bemerkt hatte; ich sprang deshalb schnell auf und fragte ganz erschrocken, ob sie sich nicht wohl fühlte. Natürlich liefen alle sofort herbei bis auf die kleine Volanges, die an einem Fenster über einer Stickerei saß und von ihrem Rahmen nicht gleich. loskommen konnte; ich benutzte den günstigen Moment, ihr den Brief von Danceny zu geben.

Ich war nicht nahe genug und mußte ihr die Epistel in den Schoß werfen. Und die Kleine wußte wirklich nicht, was damit anfangen. Zu komisch war dieses überraschte und verlegene Gesicht; aber ich blieb ernst, denn eine Ungeschicktheit konnte uns verraten. Ein Blick und eine sehr deutliche Bewegung machten ihr endlich klar, daß sie das Paket in die Tasche stecken solle.

Der Rest des Tages brachte nichts Besonderes. Was inzwischen vorging, wird vielleicht auswirken, womit Sie zufrieden sein werden, wenigstens in bezug auf Ihre Schülerin. Aber die Zeit ist besser damit verbracht, etwas zu tun, als Geschehenes zu erzählen – und ich schreibe schon an der achten Seite und bin müde, also adieu!

Ich brauche Ihnen wohl nicht zu sagen, daß die Kleine Danceny geantwortet hat. Auch ich bekam von meiner schwierigen Frau eine Antwort auf einen Brief, den ich ihr am nächsten Tag nach meiner Ankunft geschrieben hatte. Ich schicke Ihnen beide Briefe. Sie können sie lesen oder auch nicht, denn dieses ewige Gequatsch, das mich schon nicht amüsiert, muß erst recht öde für jemanden sein, den das Ganze nichts angeht.

Also adieu. Ich liebe Sie so sehr wie immer. Aber wenn Sie wieder von Prévan schreiben, muß ich Sie schon bitten so, daß ich Sie verstehe.

Schloß …, den 17. September 17..

78. Brief

Der Vicomte von Valmont an Frau von Tourvel.

Woher diese Angst, daß Sie mich meiden? Wie kommt das, daß Sie meinem zärtlichen Eifer mit einem Benehmen begegnen, das man sich kaum gegenüber einem Manne erlaubt, über den man sich schwer zu beklagen hat? Die Liebe zwingt mich vor Ihnen auf die Knie, und so oft ein glücklicher Zufall mich an Ihre Seite bringt, ziehen Sie vor, ein Unwohlsein vorzuschützen, Ihre Freunde zusammenzurufen, statt bei mir zu bleiben! Wie oft haben Sie nicht gestern weggesehen, um mir die Gunst eines Blickes zu rauben? Und wenn ich nur für einen Moment etwas weniger Abweisung darin erblickte, so war dieser Moment so kurz, daß es mir vorkommt, Sie wollten mich ihn weniger genießen als mich fühlen lassen, wie viel ich verliere, seiner beraubt zu sein.

Ich wage es zu sagen: das ist weder die Behandlung, die die Liebe verdient, noch die, die sich die Freundschaft erlauben darf – und Sie wissen, daß mir von beiden Gefühlen das eine das Leben gibt und von dem andern gaben Sie mir doch das Recht zu glauben, daß Sie sich ihm nicht entziehen würden. Diese kostbare Freundschaft, deren Sie mich würdig fanden, da Sie mir sie anboten, – was habe ich denn getan, um sie nun zu verlieren? Sollte ich mir durch mein Vertrauen geschadet haben, und bestrafen Sie mich für meine Aufrichtigkeit? Fürchten Sie denn zum mindesten nicht, das eine oder das andere zu mißbrauchen? Ist es denn nicht in die Brust meiner Freundin, wohin ich das Geheimnis meines Herzens gelegt habe? Der Freundin gegenüber glaubte ich mich verpflichtet, Bedingungen auszuschlagen, die anzunehmen mir genügt hätte, sie leichten Herzens nicht zu halten und für mich nützlich zu mißbrauchen. Möchten Sie mich denn durch eine so wenig verdiente Härte zu glauben zwingen, daß es nur eines Betruges bedurft hätte, um mehr Nachsicht und Duldung zu erlangen?

Ich bereue meine Handlungsweise nicht, die ich Ihnen schuldete, und die ich mir schuldete – aber durch welches Verhängnis wird jede gute Tat mir zu einem neuen Unglück? Ich habe mich völlig Ihrem Wunsche unterworfen, da ich mich des Glückes, Sie zu sehen, beraubte, und kaum daß Sie mich – zum ersten und einzigen Male! – ob dieser meiner Handlungsweise lobten, wollten Sie auch schon die Korrespondenz mit mir abbrechen, mir diesen schwachen Ersatz für das Opfer nehmen, das Sie von mir verlangt hatten, mir das letzte rauben – wozu Ihnen nur die Liebe ein Recht geben konnte. Und nun, da ich zu Ihnen mit einer Ehrlichkeit gesprochen habe, die selbst das Interesse der Liebe nicht mindern konnte, nun fliehen Sie mich wie einen gefährlichen Verführer, dessen Perfidie Sie durchschaut haben!

Werden Sie denn nie dessen müde, ungerecht gegen mich zu sein? Sagen Sie mir wenigstens, was es ist, das Sie aufs neue zu solcher grausamen Kälte veranlaßte, und verschmähen Sie es nicht, mir zu sagen, was ich tun soll. Wenn ich mich verpflichte, Ihren Wünschen wie Befehlen zu gehorchen, ist es dann zu viel verlangt, wenn ich Sie bitte, mir Ihre Befehle mitzuteilen?

am 15. September 17..

Valmont.

79. Brief

Frau von Tourvel an den Vicomte von Valmont.

Mein Herr! Sie scheinen über mein Benehmen erstaunt, und es fehlt nicht viel, daß Sie von mir Rechenschaft darüber verlangen, als ob Sie das Recht hätten, mir Vorschriften zu machen. Ich muß sagen, daß ich mich für berechtigter hielt als Sie, erstaunt zu sein und mich zu beklagen. Aber seit der Weigerung in Ihrem letzten Brief habe ich mich entschlossen, gleichgültig zu sein und so weder Bemerkungen noch Vorwürfen Raum zu geben. Da Sie mich aber um Aufklärungen bitten, und Gott sei Dank nichts in mir ist, was mich hinderte, sie Ihnen zu geben, so will ich mich also noch einmal in Erklärungen mit Ihnen einlassen.

Wer Ihre Briefe läse, würde meinen, ich sei ungerecht oder bizarr. Ich glaube es aber wohl zu verdienen, daß niemand eine solche Meinung von mir hat und Sie am allerwenigsten. Ohne Zweifel haben Sie, als Sie von mir meine Rechtfertigung verlangten, gedacht, Sie würden mich damit zwingen, auf alles das zurückzukommen, was zwischen uns vorgefallen ist, und Sie glaubten, bei dieser Nachprüfung sicher zu gewinnen. Wie ich nun meinerseits nicht glaube, dabei zu verlieren – wenigstens nicht in Ihren Augen – so fürchte ich mich auch nicht vor dieser Nachprüfung. Vielleicht ist es auch tatsächlich das einzige Mittel, herauszubekommen, wer von uns beiden Recht hat, sich über den andern zu beklagen.

Um mit dem Tag Ihrer Ankunft auf dem Schloß anzufangen: Sie werden wohl zugeben, daß mich Ihr Ruf zu einiger Reserviertheit gegen Sie berechtigte, und daß ich es, ohne für prüde gehalten zu werden, mit einer kühlen Höflichkeit hätte genug sein lassen können. Sie selbst würden mich mit Nachsicht behandelt und es ganz natürlich gefunden haben, daß eine so einfache und gar nicht raffinierte Frau nicht einmal diesen notwendigen Vorzug besitzt, Ihre Vorzüge anzuerkennen. Das war Vorsicht, der zu folgen mich um so weniger Mühe gekostet hat, als ich, wie ich Ihnen nicht verhehle, mich meiner Freundschaft für Frau von Rosemonde und der ihren für mich erinnern mußte, um ihr, als man Ihre Ankunft meldete, nicht zu zeigen, wie sehr peinlich mir diese Nachricht war.

Ich gebe gerne zu, daß Sie sich zuerst von einer besseren Seite zeigten, als ich mir ein Bild gemacht hatte. Aber Sie werden zugeben müssen, daß das bloß sehr kurz dauerte, und daß Sie des Zwanges sehr bald müde wurden, da Sie sich dafür offenbar nicht genügend entschädigt fühlten durch die gute Meinung, die ich über Sie bekommen hatte.

Da haben Sie dann meinen naiven Glauben, meine Sicherheit mißbraucht und haben sich nicht gescheut, mir von einem Gefühle zu sprechen, von dem Sie nicht im Zweifel waren, daß es mich beleidigen mußte. Und während Sie nur darauf aus waren, diese Beleidigung zu verstärken und zu erschweren, suchte ich nach einem Mittel, die Beleidigung zu vergessen, indem ich Ihnen Gelegenheit bot, es wieder gut zu machen oder wenigstens zum Teil. Mein Verlangen war so durchaus recht, daß Sie selber nicht glaubten, sich ihm widersetzen zu dürfen. Aber Sie machten sich aus meiner Nachsicht ein Recht, das Sie dazu benutzten, von mir eine Erlaubnis zu verlangen, die ich jedenfalls nicht hätte geben sollen und die Sie trotzdem erreichten. Von den Bedingungen, die daran geknüpft waren, haben Sie keine gehalten, und Ihre Briefe waren so, daß jeder von ihnen es mir zur Pflicht machte, nicht mehr darauf zu antworten. Als mich Ihre Hartnäckigkeit zwang, Sie aus meiner Umgebung zu entfernen, versuchte ich in beklagenswertem Nachgeben das einzige mir erlaubte Mittel, in Beziehung mit Ihnen zu bleiben – aber welchen Wert hat in Ihren Augen ein anständiges Gefühl? Sie verachten die Freundschaft, und in Ihrer sinnlosen Leidenschaft sind Ihnen Unglück und Schande nichts, und Sie suchen Vergnügen und Opfer.

Ebenso leichtsinnig in Ihrem Tun als inkonsequent in Ihren Vorwürfen vergessen Sie Ihre Versprechungen, oder Sie machen sich vielmehr einen Spaß daraus, sie nicht zu halten. Sie waren damit einverstanden, von hier fortzugehen, und nun kommen Sie zurück und ohne daß jemand Sie gerufen hätte, nachsichtslos gegen mein Bitten, gegen meine Gründe, ja selbst ohne mich davon zu benachrichtigen. Sie haben sich nicht gescheut, mich einer Überraschung auszusetzen, dessen Effekt, obschon er nicht besonders war, doch von meiner Umgebung ungünstig für mich hätte ausgelegt werden können. Sie sahen meine Verlegenheit und halfen mir nicht darüber hinweg, ja Sie schienen Ihre ganze Sorgfalt darauf zu wenden, sie noch zu vermehren. Bei Tisch setzten Sie sich gerade neben mich; ein leichtes Unwohlsein zwingt mich, vor den andern hinauszugehen; statt mein Alleinseinwollen zu respektieren, fordern Sie noch die andern auf, mich zu stören. Bei jedem Schritt, den ich tue, finde ich Sie an meiner Seite, frage ich etwas, sind immer Sie es, der mir antwortet. Das gewöhnlichste Wort dient Ihnen als Vorwand zu einem Gespräch, das ich nicht anhören will, das mich sogar kompromittieren kann, denn so geschickt Sie das auch immer machen – was ich verstehe, das, glaube ich, könnten die andern auch verstehen.

Sie zwingen mich, mich nicht zu rühren und zu schweigen, und trotzdem hören Sie nicht auf, mich zu verfolgen; ich kann die Augen nicht aufschlagen, ohne den Ihrigen zu begegnen. Ich bin immerfort gezwungen, wegzusehen, und durch eine unverständliche Inkonsequenz fixieren Sie die Blicke der Gesellschaft gerade immer dann auf mich, wo ich mich immer am liebsten vor meinen eigenen Blicken möchte verbergen können.

Und Sie beklagen sich über mich! Und Sie wundern sich über meine Eile, Sie zu fliehen! Werfen Sie mir lieber zu große Nachsicht vor und wundern Sie sich darüber, daß ich nicht im Moment, als Sie ankamen, abgereist bin. Das hätte ich vielleicht tun sollen, und Sie werden mich zu diesem auffallenden aber nötigen Schritt treiben, wenn Sie Ihre beleidigenden Nachstellungen nicht aufgeben. Nein, ich vergesse nicht und werde nie vergessen, was ich mir schuldig bin, was ich dem Bunde schuldig bin, den ich eingegangen und den ich hochhalte. Das können Sie mir glauben: wenn ich mich jemals vor diese traurige Wahl gestellt sähe, meine Ehre zu opfern oder mich selber, ich würde keinen Augenblick schwanken. Leben Sie wohl.

den 16. September 17..

80. Brief

Der Vicomte von Valmont an die Marquise von Merteuil.

Ich wollte heute morgen auf die Jagd gehen, aber das Wetter ist scheußlich und ich habe nichts zu lesen als einen neuen Roman, der selbst ein Pensionsmädchen langweilen würde. Zum Frühstück sind es noch zwei Stunden, also plaudern wir, trotz meines langen Briefes von gestern … Ich werde Sie schon nicht langweilen, denn ich will Ihnen vom schönen Prévan erzählen. Wie kommt es, daß Sie von seinem berühmten Abenteuer nicht gehört haben, die Geschichte von der Trennung der Unzertrennlichen? Sie haben sie nur vergessen; aber da Sie es wünschen, so ist hier die Geschichte.

Sie erinnern sich, wie ganz Paris sich mit den drei Frauen beschäftigte, die alle drei gleich hübsch, alle drei gleich talentiert, alle drei mit ihren Prätentionen auf derselben Linie von ihrem Eintritt in die Gesellschaft an so eng liiert blieben, daß man sie die Unzertrennlichen nannte. Erst glaubte man, der Grund davon sei unsichere Schüchternheit; aber bald machte man ihnen reichlich den Hof, was sie graziös hinnahmen; sie lernten ihren Wert kennen und sie blieben trotzdem unzertrennlich wie zuvor: man hätte sagen mögen, der Triumph der einen sei auch der der beiden andern. Man hoffte auf die Liebe, daß die doch einige Rivalität da hineinbringen würde, und ich hätte mich selbst wohl daran beteiligt, wäre mir nicht gerade in dieser Zeit die große Gunst der Gräfin von ** geworden, was mir keine Untreue erlaubte, bevor nicht das Ziel erreicht war.

Es kam der Karneval und unsere drei trafen ihre Wahl. Man hatte sich davon den großen Sturm erwartet, aber er kam nicht nur nicht, sondern die Freundschaft der Unzertrennlichen zeigte sich nur noch auffallender.

Die abgeschlagenen Liebhaber taten sich mit den eifersüchtigen Frauen zusammen, um diese skandalöse Beständigkeit gehörig unter die Leute zu bringen. Die einen wußten, daß das Fundamentalgesetz der Unzertrennlichen die Gütergemeinschaft sei, unter welchem Gesetz auch die Liebe stünde; andere versicherten, daß die drei Liebhaber unter Rivalen gewählt untereinander keine Rivalen wären, ja man sagte sogar, daß die drei Erwählten nur den Titel, aber nicht dessen Funktionen hätten.

Das Gerede hatte, ob wahr oder falsch, nicht den Effekt, den man sich davon versprochen hatte. Die drei Paare fühlten im Gegenteil, daß sie verloren wären, wenn sie sich in diesem Moment trennten, und sie hielten dem Sturme stand. Die Gesellschaft wird schließlich alles müde, so auch der ergebnislosen Scherze über die drei Paare: man beschäftigte sich mit was anderem, und als man wieder darauf zurückkam, geschah es mit dieser der Gesellschaft eigentümlichen Inkonsequenz: wo man früher boshafte Witze gemacht hatte, dort kannte man nun des Lobes kein Ende. Das wurde wie alles Mode und die Begeisterung für die drei wuchs ins Sinnlose. Da unternahm es Prévan, der Sache nachzugehen.

Er suchte also die drei Damen auf, die schon zu Mustern der Vollkommenheit avanciert waren. In ihre Gesellschaft zugelassen zu werden, war nicht schwer, woraus er sich schon manches versprach. Denn er wußte ganz gut, daß glückliche Menschen keine so offene Türe haben, und sah bald, daß dieses über alle Himmel gepriesene Glück der drei nur das Glück der Könige war, mehr beneidet als des Wunsches wert. Er bemerkte, daß diese angeblichen Unzertrennlichen anfingen, das Vergnügen etwas außerhalb ihres Kreises zu suchen, sich anderswo zu amüsieren, und er schloß daraus, daß die Bande der Freundschaft gelockert oder gar schon zerrissen sein müßten und nur Egoismus und Gewohnheit die Sache noch zusammenhielten.

Die Frauen behielten untereinander noch den Anschein der alten Intimität, aber die größere Freiheit der Männer fand wieder Pflichten, die zu erfüllen, oder Geschäfte, denen nachzugehen; sie taten wohl so, als ob sie darüber klagten, doch dispensierten sie sich weder von Geschäft noch Pflicht, und selten waren die Abende komplett. Dem sehr eifrigen Prévan, der immer Zeit hatte, war das sehr angenehm, denn ihm fiel es natürlicherweise zu, die jeweils Verlassene des Tages zu trösten. Das wußte er, daß er unter den Dreien nicht wählen dürfe, ohne alle drei zu verlieren, daß die falsche Scham, die erste Ungetreue zu sein, die Bevorzugte scheu machen würde, und daß die verletzte Eitelkeit der beiden andern sie zu Feindinnen des neuen Geliebten machen müßte, und er dann die ganze Strenge der großen Prinzipien zu spüren bekäme; und schließlich war es sicher, daß die Eifersucht den einen Rivalen warm machen und ihn zurückbringen würde. Mit einer anzufangen, da wäre alles Hindernis geworden – mit allen dreien war die Sache ein Kinderspiel. Denn dann ist jede der drei Frauen nachsichtig, weil sie selbst beteiligt ist, und jeder Mann, weil er glaubt, er sei es nicht. Prévan hatte damals nur eine Frau, der er opferte und war glücklich, etwas zu ihrem Ruhme zu tun, der schon nicht klein war; denn als Fremde und nach einem refüsierten Prinzen war sie bei Hof und in der Stadt in ziemlichem Ansehen. Prévan teilte die Ehre und profitierte davon bei seinen drei neuen Geliebten. Die einzige Schwierigkeit bestand darin, diese drei Intriguen gleichzeitig zu führen, wodurch das Tempo naturgemäß ein sehr langsames sein mußte. Ich habe es von einem seiner Intimen, daß das Allerschwerste darin bestand, die eine von den Dreien aufzuhalten, die aus dem Ei kriechen wollte vierzehn Tage vor den andern.

Endlich kam der große Tag. Prévan hatte die drei Zusagen erhalten und traf seine Bestimmungen. Von den drei Eheherren war der eine verreist, der andere wollte früh den nächsten Tag verreisen, und der dritte war in der Stadt. Die Unzertrennlichen sollten bei der zukünftigen Strohwitwe zu Abend essen, aber der neue Herr hatte es nicht erlaubt, daß die alten Diener dort zugezogen würden. Am selben Morgen machte er aus den Briefen seiner aufgegebenen Geliebten drei Pakete: in eines legte er das Miniaturporträt, das er von ihr bekommen hatte, in das zweite ein verliebtes Monogramm, das sie selbst gezeichnet hatte und in das dritte eine Locke von ihrem Haar. Jede der drei erhielt dieses Drittel des Opfers und willigte dafür ein, dem in Ungnade gefallenen Liebhaber einen deutlichen Absagebrief zu schreiben.

Das war viel, doch nicht genug. Die, deren Gatte in der Stadt war, konnte nur über den Tag verfügen; es wurde daher ausgemacht, daß sie, ein Unwohlsein vorschützend, sich vor dem Diner bei der Freundin dispensieren und diese Zeit Prévan gehören sollte –; die Nacht bewilligte die, deren Mann verreist war, und den Morgen, wo der dritte Gatte abreisen sollte, bestimmte die Dritte für ihre Schäferstunde.

Prévan, der an alles denkt, läuft zu seiner schönen Fremden und provoziert dort einen Streit, der ihm vierundzwanzig Stunden absolute Freiheit gibt. Nachdem er seine Dispositionen getroffen hat, geht er nach Hause und will ein paar Stunden schlafen, aber da erwarten ihn schon neue Geschäfte. Mit den Abschiedsbriefen war den verabschiedeten Liebhabern ein Licht aufgegangen: jedem war es klar, daß er Prévan geopfert wurde. Der Ärger, zum Narren gehalten zu sein und diese Demütigung, die in einer Verabschiedung liegt, ließen die drei in Gnaden Entlassenen gleichzeitig alle unabhängig voneinander zu dem Entschluß kommen, Prévan zur Rechenschaft zu ziehen.

Der fand also bei sich zu Hause die drei Schriftstücke und erledigte sie völlig korrekt. Aber da er das Vergnügen und den Eklat des Abenteuers nicht entbehren wollte, setzte er das Rendezvous auf den nächsten Vormittag an und bestellte alle drei an denselben Ort und zur selben Stunde an eines der Tore des Bois de Boulogne.

Der Abend kam und er lief seine dreifache Bahn mit gleichbleibendem Erfolg – jedenfalls hat er sich später gerühmt, daß jede seiner drei Damen dreimal Wort und Pfand der Liebe erhielt. Hier fehlen, wie Sie sehen, die Beweise für die Geschichte, und alles, was der unparteiische Historiograph tun kann, ist: dem ungläubigen Leser zu bedenken geben, daß Eitelkeit und exaltierte Phantasie Wunderdinge verrichten können, und dieses noch, daß der Morgen, der dieser außerordentlichen Nacht folgen sollte, in Zukunft von aller solcher Mühe dispensierte. Sei das wie immer – was folgt, ist historisch.

Prévan war pünktlich beim Rendezvous, und fand da seine drei Rivalen, die ein wenig überrascht über ihr Zusammentreffen waren und vielleicht jeder auch schon ein bißchen getröstet, da er Leidensgenossen fand.

Prévan begrüßte sie sehr höflich und ganz Kavalier und hielt ihnen folgende mir wörtlich hinterbrachte Rede:

»Meine Herren, da Sie sich alle drei hier versammelt finden, haben Sie wohl ohne Zweifel erraten, daß Sie alle drei denselben Grund haben, sich über mich zu beklagen. Ich bin bereit, Ihnen jede Genugtuung zu geben, und es soll das Los entscheiden, wer von Ihnen zuerst mich seine Rache fühlen läßt, zu der Sie alle ein gleiches Recht haben. Ich habe weder Sekundanten noch Zeugen mitgenommen – ich hatte keine für die Beleidigung, ich verlange keine für die Genugtuung. Ich weiß, man gewinnt selten siebenmal den Satz; aber welches Los mich auch erwartet, man hat immer genug gelebt, wenn man Zeit gehabt hat, die Liebe der Frauen und die Achtung der Männer zu erwerben.«

Während sich seine Gegner erstaunt und schweigend ansahen und sich ihr Zartgefühl vielleicht ausrechnete, daß dieser dreifache Kampf eine etwas ungleiche Sache sei, nahm Prévan wieder das Wort: »Ich verhehle Ihnen nicht, daß mich die letzte Nacht ziemlich müde gemacht hat. Es wäre liebenswürdig von Ihnen, wenn Sie mir gestatteten, meinen Kräften etwas aufzuhelfen. Ich habe ein Frühstück angeordnet – ich bitte Sie um die Ehre, meine Einladung dazu anzunehmen. Frühstücken wir gemeinsam und frühstücken wir insbesondere lustig. Man kann sich um solche Bagatellen wohl schlagen, aber um unsere gute Laune sollen sie uns, glaube ich, nicht bringen dürfen.«

Die Einladung wurde angenommen. Man sagt, Prévan sei nie liebenswürdiger gewesen. Er war so höflich, keinen seiner Gegner die etwas lächerliche Situation spüren zu lassen und überzeugte sie, daß alle drei mit derselben Leichtigkeit das Gleiche hätten tun können, und daß keiner von ihnen eine ähnliche Gelegenheit hätte vorübergehen lassen. Man gab das allseits zu, und nun ging das übrige ganz von selbst. Das Frühstück war noch nicht zu Ende und man hatte sich schon zehnmal die Versicherung gegeben, solche Frauen wären es nicht wert, daß man sich für sie schlage. Das gab eine angenehme Eintracht, wobei der Wein das seine tat, und es dauerte nicht lange, und man schwor sich ewige Freundschaft. Vom Duell war keine Rede mehr.

Prévan, dem diese Lösung ebenso angenehm war wie den andern, wollte jedoch nichts von seinem Ruhme verlieren, und so machte er einen geschickt auf die Umstände eingerichteten Vorschlag: »Tatsächlich haben Sie sich nicht an mir, sondern an Ihren untreuen Geliebten zu rächen, und ich will Ihnen Gelegenheit dazu geben. Ich weiß jetzt schon, daß ich mich selber bald mit Ihnen in die Beleidigung werde teilen können, die Ihnen widerfahren ist; denn da es keinem von Ihnen gelang, eine einzige festzuhalten, wie sollte es mir da mit dreien gelingen? Also Ihre Sache wird auch die meine. Kommen Sie heute abend auf ein kleines Souper zu mir in meine Petite Maison – ich hoffe, daß Sie da Ihre Rache haben werden.« Man wollte etwas Bestimmtes wissen, aber Prévan bemerkte mit dem überlegenen Ton, den ihm die Umstände erlaubten: »Ich glaube Ihnen, meine Herren, bewiesen zu haben, daß es mir an Geist, solche Dinge ganz gut einzurichten, nicht fehlt, also verlassen Sie sich auf mich.« Man war einverstanden, die neuen Freunde umarmten einander und man trennte sich bis zum Abend.

Prévan verliert keine Zeit, geht nach Paris zurück und lädt seine drei Damen für denselben Abend zu einem intimen Souper in seine Petite Maison. Zwei von ihnen machten wohl einige Schwierigkeiten – aber was läßt sich abschlagen »am Tag nachher?« Er bestimmte das Rendezvous in Abständen von je einer Stunde, wie er es für seinen

Plan brauchte. Er traf alle Vorbereitungen, benachrichtigte seine Mitverschworenen und zu viert zogen sie in bester Stimmung hinaus, die Opfer zu erwarten.

Es kommt die erste. Prévan zeigt sich allein, und voll Eifer führt er sie gleich ins Allerheiligste, als dessen Gottheit sie sich fühlt. Hierauf verschwindet er unter irgendeinem Vorwand und läßt sich durch den beleidigten Liebhaber ersetzen.

Sie begreifen, daß die Bestürzung einer Frau, die noch keine Übung in Abenteuern hat, den Triumph leicht und billig macht – jeder gar nicht geäußerte Vorwurf zählte als eine Gnade, und die entflohene Sklavin war ihrem alten Herrn wieder ausgeliefert, nur zu glücklich, Verzeihung zu erhoffen, indem sie ihre Kette wieder aufnahm. Der Friedensschluß wurde an einem etwas einsameren Ort unterzeichnet, und auf die leer gewordene Bühne traten jetzt der Reihe nach die übrigen Akteure – mit demselben Stück und der gleichen Lösung des Konflikts, ohne daß eine der Frauen darum wußte, denn jede glaubte sich allein im Spiel.

So war ihre Verblüffung und ihre Verlegenheit nicht gering, als sich die drei Paare zum Souper trafen. Aber die Überraschung erreichte ihre Höhe, als Prévan jetzt mitten unter den drei Paaren erschien und die Grausamkeit hatte, die drei ungetreuen Damen um Entschuldigung zu bitten, was ihr Geheimnis preisgab, und sie so wissen ließ, wie arg ihnen mitgespielt worden war.

Man setzte sich zu Tisch und bald kam wieder etwas Haltung in die Gesellschaft: die Herren wurden vertraulich, die Damen schwach. Alle hatten sie wohl den Haß im Herzen, aber was man sich sagte, war voll zärtlichster Gefühle. Ausgelassenheit weckte die Begierde, die wieder zu neuen Reizen half. Diese sonderbare Orgie dauerte bis in den Morgen, und als man sich trennte, konnten die Frauen glauben, es wäre ihnen verziehen – aber die Männer hatten ihr Ressentiment bewahrt und brachen schon am nächsten Tage das Verhältnis gründlich. Sie begnügten sich nicht einmal damit, ihre leichtsinnigen Geliebten bloß aufzugeben: sie erzählten ihr Abenteuer auch jedem, der es hören wollte. Da kam die eine der drei ins Kloster und die beiden andern langweilen sich in der Provinzverbannung auf ihren Gütern.

Das ist die Geschichte Prévans. Es ist Ihre Sache, ob Sie seiner Glorie noch etwas beifügen und sich vor seinen Triumphwagen spannen wollen. Ihr Brief hat mich wirklich unruhig gemacht, und ich warte mit Ungeduld auf eine etwas klügere und deutlichere Antwort als die letzte war.

Adieu, meine schöne Freundin. Hüten Sie sich vor den allzu lustigen oder bizarren Einfällen, denen Sie so leicht unterliegen. Bedenken Sie, daß in dem Leben, das Sie führen, der Geist nicht genügt, und daß eine einzige Unvorsichtigkeit ein Übel nicht mehr gut machen wird. Erlauben Sie es, daß Sie eine weise Freundschaft hie und da leitet. Leben Sie wohl. Ich liebe Sie trotzdem, als ob Sie vernünftig wären.

Schloß …, den 18. September 17...

81. Brief

Der Chevalier Danceny an Cécile Volanges.

Cécile, meine liebe Cécile, wann kommt die Zeit, wo wir uns wiedersehen? Wer bringt es mir bei, fern von Ihnen leben zu können? Wer gibt mir die Kraft und den Mut? Nie und nimmer kann ich diese unselige Trennung ertragen. Tag um Tag dieses Unglücklichsein und kein Ende sehen! Valmont, der mir Hilfe versprochen hat und Trost, Valmont vernachlässigt mich und vergißt mich vielleicht. Er ist mit dem, was er liebt, zusammen, und weiß nicht, was man leidet, wenn man davon getrennt ist. Er hat mir Ihren letzten Brief geschickt und keine Zeile dazu geschrieben. Und von ihm soll ich es doch erfahren, wann ich Sie sehen kann und wie. Hat er mir denn nichts zu sagen? Sie selbst sprechen auch nichts davon – haben Sie den Wunsch danach nicht mehr? Ah, Cécile, ich bin sehr unglücklich. Ich liebe Sie mehr denn je; aber die Liebe, die das Glück meines Lebens bedeutet, wird nun zur Qual.

Nein, so will ich nicht weiter leben, ich muß Sie sehen und wenn auch nur für einen Augenblick. Wenn ich aufstehe, sage ich mir: ich werde sie heute nicht sehen. Ich lege mich zu Bett und sage mir: ich habe sie nicht gesehen. Die langen Tage haben keine Sekunde Glück für mich. Alles ist Entbehrung, alles Klage, alles Verzweiflung. Und alle diese Leiden kommen von dort, woher ich alle meine Freuden erwartete! Zu all diesen meinen Schmerzen noch die Unruhe über die Ihren, und Sie werden eine Ahnung von meinem Zustand bekommen. Ich denke ohne Unterlaß an Sie und nie ohne innere Unruhe. Wenn ich Sie betrübt sehe, unglücklich sehe, erleide ich all Ihren Kummer; wenn ich Sie ruhig und getröstet sehe, sind es die meinen Schmerzen, die stärker kommen. Überall finde ich das Unglück.

Ach, wie war das anders, als Sie noch in Paris, an demselben Ort waren wie ich! Alles war da Freude. Die Gewißheit, Sie zu sehen, verschönte selbst die Zeit, die ich nicht bei Ihnen war, und die Zeit, die verging, brachte mich Ihnen nahe und näher. Was ich in der Zeit tat, war Ihnen immer bekannt – hatte ich Pflichten zu erfüllen, so machte mich dies Ihrer würdiger; übte ich ein Talent, so hoffte ich Ihnen damit besser zu gefallen. Selbst wenn mich die Zerstreuungen des Lebens fortrissen, von Ihnen konnten sie mich nicht trennen. Im Theater fragte ich mich, ob Ihnen das wohl gefiele, im Konzert dachte ich an Ihr Singen, in Gesellschaft wie auf Spaziergängen suchte ich nach den kleinsten Ähnlichkeiten, die jemand mit Ihnen haben könnte. Ich verglich Sie mit allen und vor allen hatten Sie den Vorzug. Jeder Moment des Tages hatte seine neue Huldigung und jeden Abend legte ich sie als Tribut vor Ihre Füße.

Was bleibt mir jetzt noch? Schmerzhaftes Klagen, ewige Entbehrungen und eine schwanke Hoffnung, daß Valmont endlich sein Stillschweigen breche und das Ihre sich unruhig rühre. Nur zehn Meilen trennen uns und diese so kleine Entfernung wird für mich eine Unendlichkeit von Hindernissen! Und wenn ich meinen Freund und meine Gebieterin bitte, daß sie mir sie zu überwinden helfen, bleiben beide kalt und ruhig? Nicht nur, daß sie mir nicht helfen – sie schweigen!

Was ist denn aus Valmonts tathelfender Freundschaft geworden? Und was besonders aus Ihren zärtlichen Gefühlen, die Sie doch einmal so erfinderisch machten, es einzurichten, daß ich Sie jeden Tag sehen konnte? Einigemal zwangen mich Pflichten oder Vorsicht, nicht zu kommen – erinnern Sie sich, was Sie da sagten, womit nicht alles Sie meine Gründe bekämpften? Und erinnern Sie sich auch daran, Cécile, wie meine Gründe immer Ihren Wünschen nachgaben? Ich mache mir kein Verdienst daraus, nicht einmal das des Opfers. Was Sie zu erlangen wünschten, das brannte ich zu erfüllen. Aber nun bitte ich und bitte, Sie für einen Augenblick nur sehen zu dürfen, Ihnen mein Versprechen ewiger Liebe erneuern, es von Ihnen wieder hören zu dürfen.

Ist dies denn nicht mehr Ihr Glück so wie das meine? Aber was frage ich – ich weiß, daß Sie mich lieben, mich immer lieben werden!

Ich glaube es, ich weiß es und will nie daran zweifeln – aber mein Zustand ist entsetzlich, ich kann es nicht länger ertragen, Cécile! D.

Paris, den 18. September 17..

82. Brief

Die Marquise von Merteuil an den Vicomte von Valmont.

Was mir Ihre Angst leid tut! Sie beweist mir meine Überlegenheit über Sie, – und Sie wollen mich lehren, wie ich mich betragen soll? Ach, mein armer Valmont, was für ein Abstand ist noch zwischen Ihnen und mir! Der ganze Stolz Ihres Geschlechtes genügte nicht, ihn auszufüllen. Weil Sie meine Absichten nicht ausführen konnten, denken Sie sie unausführbar! Wer so hochmütig und so schwach ist, dem steht es wohl an, meine Pläne berechnen, meine Ressourcen beurteilen zu wollen! Wirklich, Vicomte, Ihre guten Ratschläge haben mich sehr amüsiert, ich kann es nicht anders sagen.

Daß Sie, um Ihre unglaubliche Ungeschicklichkeit bei Ihrer Präsidentin zu maskieren, mir es als einen Triumph hinstellen, die schöne Frau, die Sie, wie Sie zugeben, liebt, einen Moment in Verlegenheit gesetzt, von ihr einen Blick erhalten zu haben, einen einzigen Blick, darüber lächle ich nur, und laß es Ihnen hingehen. Und da Sie heimlich doch den geringen Wert Ihres »Triumphes« fühlen, hofften Sie meine Aufmerksamkeit davon abzulenken, indem Sie mir wegen meiner sublimen Kunst schmeicheln, zwei Kinder zueinander zu bringen, die beide danach brennen; welches starke Verlangen sie, nebenbei gesagt, mir allein zu danken haben, und worin ich ihnen auch weiter gut will. Daß Sie sich nun gar dieser außerordentlichen Taten Urheber und Vollender halten, um mir im dozierenden Ton zu sagen, »daß es besser ist, seine Zeit mit der Ausübung seiner Absichten zu verbringen, als damit, sie zu erzählen« – diese Eitelkeit tut mir nicht weh und sei Ihnen verziehen. Aber daß Sie glauben, ich brauchte Ihre Klugheit, glauben, daß ich vom rechten Wege abkäme, befolgte ich nicht Ihre höchst weisen Ermahnungen, daß ich Ihrer Klugheit gar ein Vergnügen, eine Laune opfern sollte – das, Vicomte, das heißt doch gar zu eingebildet sein auf das Vertrauen, das ich ja sonst ganz gern zu Ihnen haben will!

Was haben Sie denn geleistet, was ich nicht tausendmal besser gemacht hätte? Sie haben viele Frauen verführt, meinetwegen sogar zugrunde gerichtet – aber, was für Schwierigkeiten gab es denn da zu überwinden? Welche Hindernisse zu nehmen? Wo ist Ihr wirkliches Verdienst dabei? Eine gute Figur – ein bloßer Zufall; Manieren – lernt man; Geist – ersetzt der geistreiche Jargon nach Bedarf; eine recht lobenswerte Kühnheit – verdanken Sie vielleicht nur der Leichtigkeit Ihrer ersten Erfolge: das sind, wenn ich nicht irre, alle Ihre Talente. Denn, was Ihre Zelebrität betrifft, werden Sie, wie ich glaube, nicht von mir verlangen, daß ich diese Kunst, die Gelegenheit zu einem Skandal zu geben oder eine solche Gelegenheit zu schaffen, nicht besonders hoch einschätze. Was nun Klugheit und Raffinement betrifft, will ich von mir gar nicht sprechen, aber welche Frau hätte nicht mehr davon als Sie? Ihre Präsidentin führt Sie ja wie ein Kind.

Glauben Sie mir, Vicomte, man erwirbt selten die Qualitäten, die man entbehren kann. Da Sie, ohne irgendwas zu riskieren, kämpfen, brauchen Sie auch keine besondere Vorsicht dabei. Für euch Männer ist eine Niederlage nur ein Erfolg weniger. In dieser höchst ungleichen Partie ist es unser Glück, nicht zu verlieren, euer Unglück, nicht zu gewinnen. Wenn ich Ihnen ebensoviel Talent zuerkannte wie uns Frauen, um wie viel würden wir Sie nicht doch noch übertreffen durch die Notwendigkeit, daß wir immer alle unsere Talente gebrauchen müssen!

Nehmen Sie an, Sie wendeten ebensoviel Geschicklichkeit darauf, uns zu besiegen, als wir, uns zu verteidigen oder besiegen zu lassen, so werden Sie doch zugeben, daß Ihnen diese Geschicklichkeit nach dem Erfolg unnütz wird. Ganz mit Ihrer neuen Eroberung beschäftigt, ergeben Sie sich ihr ohne Furcht, ohne Rückhalt: die Dauer kümmert Sie nicht.

Gewiß: diese Fesseln – um im gewöhnlichen Liebesjargon zu reden – diese Fesseln gegenseitig gegeben und genommen, Sie allein können sie nach Lust und Laune fester machen oder brechen –ein Glück, wenn Sie Ihrem Leichtsinn entsprechend das Schweigen dem Skandal vorziehen und Sie sich mit dem demütigenden Verlassen begnügen, und nicht das Idol des einen Tages am nächsten als Opfer schlachten!

Wenn aber eine Frau das Unglück hat, als erste das Gewicht ihrer Kette zu fühlen, was riskiert sie nicht alles, wenn sie es wagt, sie zu zerbrechen oder bloß sie ein bißchen zu lockern! Nur mit Zittern versucht sie den Mann von sich fern zu halten, den ihr Herz mit aller Kraft von sich stößt. Ist er hartnäckig und bleibt, so muß sie das, was sie früher der Liebe gewährte, nun der Furcht hingeben. Die Arme öffnen sich noch, wenn das Herz bereits geschlossen ist. Die weibliche Schlauheit muß nun dieselben Fesseln mit Geschicklichkeit lösen, die Sie brutal zerrissen hätten. Der Gnade ihres Feindes ausgeliefert, ist sie hilflos, wenn er Großmut nicht kennt. Wie soll man aber die von ihm erwarten, wenn man ihn wohl manchmal lobt, wenn er Großmut zeigt, niemals aber tadelt, wenn sie ihm fehlt?

Sie werden wohl diese Wahrheiten nicht leugnen, deren Evidenz sie schon trivial gemacht hat. Wenn Sie mich aber gesehen haben, wie ich über Ereignisse und Meinungen disponiere, diese so sehr gefürchteten Männer zum Spielzeug meiner Launen mache, dem einen den Willen, dem andern die Macht, mir zu schaden, nehme, wie ich sie mir einen nach dem andern und nach meinem wechselnden Geschmack erobere oder fernhalte, und doch inmitten dieser fortwährenden Revolutionen mein guter Ruf sich rein erhalten hat – haben Sie daraus nicht geschlossen, daß ich geboren bin, um mein Geschlecht zu rächen und das Eure zu beherrschen, und daß ich mir dazu Mittel schuf, unbekannt bis auf mich?

Heben Sie Ihre Ratschläge und Ihre Ängste für die bewußtlos wollüstigen Frauen auf und für die andern, die mit den »Gefühlen«, deren exaltierte Phantasie glauben macht, die Natur habe ihnen die Sinne im Kopfe angebracht, die niemals dachten und deshalb immer die Liebe mit dem Geliebten verwechseln, die in ihrer verrückten Illusion glauben, daß der allein, mit dem sie das Vergnügen suchten, der einzige Besitzer desselben wäre und abergläubig für den Priester Glauben und Respekt haben, die nur der Gottheit gebühren!

Fürchten Sie auch für die Frauen, die mehr stolz als klug nicht wissen, wann sie einwilligen sollen, daß man sie verläßt.

Und fürchten Sie ganz besonders für jene in Müßigkeit tätigen Frauen, die Sie die Sensiblen nennen, und über welche die Liebe so leicht und mit solcher Macht kommt; die das Bedürfnis haben, sich auch dann noch mit der Liebe zu beschäftigen, wenn sie sie nicht mehr unmittelbar genießen, die sich ganz den Erregtheiten ihrer Phantasie hingeben und damit zärtliche Briefe füllen, die zu schreiben so gefährlich ist, und die sich nicht davor fürchten, diese Zeichen ihrer Schwäche dem Geliebten zu zeigen, der davon Ursache ist. Das sind unkluge Frauen, die in ihrem gegenwärtigen Geliebten nicht den zukünftigen Feind erkennen.

Aber was habe ich mit solchen unüberlegten Frauen zu schaffen? Wann haben Sie gesehen, daß ich von den Regeln abweiche, die ich mir vorgeschrieben habe, und daß ich meine Prinzipien verleugne? Ich sage *meine* Prinzipien, und ich sage es so mit Absicht, – denn sie sind nicht wie jene anderer Frauen aus dem Zufall geworden, ohne Prüfung hingenommen und aus Gewohnheit befolgt; sie sind Ergebnisse meines letzten Denkens; ich habe sie geschaffen und kann sagen, daß ich mein eigenes Werk bin.

Als ich in die Welt trat, war ich noch ein Mädchen und dadurch zur Untätigkeit und zum Schweigen verurteilt, was ich dafür zu nutzen verstand, daß ich beobachtete und nachdachte. Man hielt mich für zerstreut und gedankenlos und wenig achtsam auf die schönen Reden und Lehren, die man mir gab, aber ich hörte aufmerksam auf die Reden und Lehren, die man mir zu verbergen suchte.

Diese nutzbringende Neugierde war mein Unterricht und lehrte mich auch rechten Ortes zu schweigen; oft war ich gezwungen, den Gegenstand meiner Aufmerksamkeit den Augen meiner Umgebung zu verbergen, und so versuchte ich, meine Augen nach meinem Gefallen zu leiten; da lernte ich diesen scheinbar zerstreuten wie abwesenden Blick, den Sie so oft an mir bewunderten. Der erste Erfolg gab mir Mut, und ich versuchte den Ausdruck meines Gesichts in meine Gewalt zu bekommen.

War es mir schlecht zumute, so bemühte ich mich um den Ausdruck der Zufriedenheit, ja selbst großer Freude – ich ging im Eifer so weit, mir absichtlich Schmerzen zu bereiten, um während dieser Zeit den Ausdruck der Freude zu studieren. Und mit derselben Sorgfalt habe ich an mir gearbeitet, den Ausdruck der Überraschung über eine unerwartete Freude zu bekämpfen. Ich war noch sehr jung und ziemlich uninteressiert – aber mein Denken hatte ich und ganz für mich, und alles sträubte sich in mir dagegen, daß man mir es nehmen könnte oder mich gegen meinen Willen dabei überraschen. Ich versuchte diese ersten Waffen zu gebrauchen: mich nicht durchschauen zu lassen, war mir zu wenig, und so belustigte ich mich damit, mich unter verschiedenen Masken zu zeigen. Meiner Bewegungen war ich sicher, so studierte ich meine Worte: ich änderte und veränderte das eine, das andere – je nach den Umständen, oder auch je nach meiner Laune:

meine Art zu denken gehörte mir allein und ließ nicht mehr davon sehen, als was mir gerade nützlich war.

Diese Arbeit an mir selber lenkte meine Aufmerksamkeit auf den Ausdruck und den Charakter der Physiognomie, und ich gewann dabei diesen Scharfblick, von dem mich die Erfahrung wohl lehrte, sich nicht ganz darauf zu verlassen, der mich aber doch selten täuschte.

Sie können sich denken, daß ich wie alle jungen Mädchen hinter die Geheimnisse der Liebe und ihrer Freuden zu kommen suchte. Aber da ich nie im Kloster war, auch keine gute Freundin hatte, und mich eine wohlaufmerkende Mutter überwachte, hatte ich nur ganz vage Vorstellungen von der Sache, und selbst die Natur, über die ich mich seitdem nur höchst lobend aussprechen kann, gab mir noch keinen Schlüssel zu der verschlossenen Tür. Man hätte sagen können, daß sie im stillen an der Vollendung ihres Werkes arbeitete. Nur mein Kopf war tätig: ich wollte nicht genießen, ich wollte wissen, und der Wunsch, mich zu unterrichten, gab mir auch die Mittel dazu.

Ich dachte, der einzige Mensch, mit dem ich über diese Sache sprechen konnte, ohne mich bloßzustellen, wäre mein Beichtvater. So faßte ich meinen Entschluß. Ich überwandt meine kleine Scheu und indem ich mich einer Sünde rühmte, die ich gar nicht begangen hatte, beichtete ich, das getan zu haben, was die Frauen machen! – Das waren meine Worte. Als ich sie sagte, wußte ich wirklich nicht, was ich gesagt hatte. Meine Hoffnung ward nicht ganz enttäuscht, und doch auch nicht ganz erfüllt; die Angst, mich zu verraten, hinderte mich, mich besser auszudrücken, aber der gute Priester machte aus dieser Sünde eine so große Sache, daß ich daraus schloß, das Vergnügen müsse ganz außerordentlich sein, – dem Wunsche, es kennen zu lernen, folgte die Begierde, davon zu kosten.

Ich weiß nicht, wohin mich diese Begierde geführt hätte, und ohne jede Erfahrung, wie ich war, wer weiß, ob ich nicht die erste beste Gelegenheit vielleicht töricht benutzt hätte. Glücklicherweise teilte mir meine Mutter wenige Tage nachher mit, daß ich mich verheiraten würde, und sofort wurde meine Neugier vor dieser Aussicht gestillt, und ich kam jungfräulich in die Arme des Herrn von Merteuil.

Ich erwartete ruhig den Moment, der mich instruieren sollte, und ich brauchte alle meine Kunst, um mich verwirrt und ängstlich zu zeigen. Die erste Nacht, von der man sich gewöhnlich eine so grausame oder so angenehme Vorstellung macht, gab mir nur die Gelegenheit einer Erfahrung: Schmerz und Lust, ich studierte beides, und sah in diesen verschiedenen Sensationen nur Tatsachen, mit denen zu rechnen ist.

Dieses Studium machte mir bald viel Vergnügen. Aber meinen Prinzipien treu und vielleicht aus Instinkt, daß keiner meinem Vertrauen ferner stehen sollte als mein Mann, beschloß ich, gerade weil ich wollüstig war, mich vor ihm unempfindlich und kalt zu zeigen. Und diese scheinbare Kälte hätte zur Folge, daß er mir blind vertraute. Dazu fügte ich noch so etwas wie kindliche Unbesonnenheit, die mir meine Jugend ganz gut erlaubte, und der gute Merteuil fand mich nie kindlicher, als gerade dann, wo ich mit der größten Frechheit Komödie spielte. Das war ja nicht gleich von Anfang an so, wie ich bekennen muß. In der ersten Zeit ließ ich mich von dem Trubel der Welt fortreißen und vergaß mich ganz darin. Aber als mich nach einigen Monaten Herr von Merteuil auf sein trauriges Landgut führte, da brachte mich die Langeweile wieder zu mir selbst zurück. Da ich mich hier nur von Leuten umgeben sah, deren Stellung so tief unter der meinen war, daß kein Verdacht an mich heran konnte, so profitierte ich davon, indem ich meinen Experimenten ein weiteres Feld gab. Es war gerade hier auf dem Lande, wo ich die Gewißheit bekam, daß die Liebe, die man uns als Quelle unserer Freuden preist, nichts weiter als ein Vorwand ist.

Die Krankheit Herrn von Merteuils unterbrach mich in meinen angenehmen Studien – er mußte wieder in die Stadt, zu den Ärzten. Er starb, wie Sie wissen, bald darauf, und obschon ich mich im großen ganzen über ihn nicht beklagen konnte, fühlte ich doch die Freiheit, die mir mein Witwentum gab, nicht unangenehm, und ich nahm mir vor, davon zu profitieren.

Meine Mutter meinte allerdings, ich würde nun ins Kloster gehen, oder wenigstens wieder bei ihr wohnen. Ich tat weder das eine noch das andere, und alles, was ich des Dekorum wegen tat, war, daß ich wieder aufs Land ging, wo ich noch einiges zu studieren hatte.

Ich half mir dabei mit Lektüre, – aber glauben Sie ja nicht, daß sie alle von der Art war, die Sie meinen. Ich studierte, was wir tun in den Romanen, was wir meinen bei den Philosophen, ich suchte sogar bei den ganz strengen Moralisten, was sie von uns verlangen, und so unterrichtete ich mich genau darüber, was man tun kann, was man denken soll, und was scheinen. Bloß machte das in der Praxis einige

Schwierigkeiten, die rustikalen Freuden begannen mich zu langweilen, – es war da zu wenig Abwechslung für meine lebhafte Aktivität. Ich empfand das Bedürfnis nach Koketterie, die mich zu der Liebe wieder in ein gutes Verhältnis bringen sollte – nicht um sie selber zu erleben, sondern um sie einzuflößen, um sie zu mimen. Was man mir da gesagt und was ich da gelesen hatte, daß man die Liebe nicht mimen könne, das glaubte ich nicht. Ich sah, daß es dazu nur nötig sei, den Esprit eines Autors mit dem Talent eines Schauspielers geschickt zu verbinden. Ich übte mich in beidem und vielleicht mit einigem Erfolg. Aber ich suchte nicht den Applaus des Theaters damit, es lag mir daran, das in den Dienst meines Glückes zu stellen, was andere dem Wahn opfern.

Damit verging ein Jahr. Die Trauerzeit war vorüber und ich ging nach Paris zurück, mit all meinen großen Plänen. Die erste Schwierigkeit, auf die ich stieß, erwartete ich allerdings nicht.

Die lange Einsamkeit und Zurückgezogenheit hatte mich mit einer Prüderie patiniert, die unsere nettesten jungen Leute so erschreckte, daß sie sich von mir fern hielten, und mich einer Gesellschaft höchst langweiliger Leute überließen, die mich alle heiraten wollten. Die Schwierigkeit war nicht, die angetragenen Hände zu refüsieren, aber einige dieser Körbe mißfielen meiner Familie, und ich verlor mit diesen Umständlichkeiten viel Zeit, von der ich mir einen angenehmern Gebrauch versprochen hatte. So war ich gezwungen, um die einen zu mir zu bringen, die andern von mir zu entfernen, einige Dummheiten zu machen und dafür zu sorgen, meinem Ruf etwas zu schaden, wo ich so viel Sorge darauf verwandt hatte, ihn mir gut zu erhalten. Aber, da keine Leidenschaft mit mir dabei durchging, tat ich nur, was ich für notwendig hielt, und dosierte meine kleinen Streiche sehr vorsichtig.

Nachdem ich meinen Zweck erreicht hatte, kam ich wieder auf meinen rechten Weg und gab einigen jener Frauen die Ehre meines Amendements, die sich auf Würde und Tugend werfen, – weil ihnen das andere versagt ist. Dieser Verkehr nützte mir mehr als ich dachte. Die dankbaren Duennas wurden zu Verkünderinnen meiner Tugend und ihr blinder Eifer für das, was sie ihr Werk nannten, ging so weit, daß sie beim geringsten Wort, das man gegen mich sagte, sofort über Infamie und Beleidigung schrien. Das gleiche Mittel nützte mir auch bei den andern Frauen, jenen mit dem nicht ganz guten Ruf. Die waren überzeugt, daß meine Karriere nicht die ihre sei, und so sangen sie mein Lob in allen Tonarten immer dann, wenn sie zeigen wollten, daß sie nicht bloß Médisancen zu sagen wüßten.

So brachte meine geschickte Lebensführung die Liebhaber wieder hübsch zu mir zurück, und um mich zwischen ihnen und meinen tugendsamen Beschützerinnen einzurichten, gab ich mich für eine zwar zugängliche, aber schwierige Frau, die in einer übertriebenen Delikatesse Waffen gegen die Liebe findet.

Nun zeigte ich meine mir erworbenen Talente auf der großen Bühne. Vor allem lag mir daran, in den Ruf der Unbesiegbarkeit zu kommen, und ich machte das so: Mit den Männern, die mir gar nicht gefielen, tat ich so, als ob sie etwas von mir erwarten könnten, was sie natürlich nie bekamen – so hatte ich in ihnen die lautesten Verkünder meiner Uneinnehmbarkeit, während ich mich sorglos meinem erwählten Geliebten hingab. Den aber hatte ich mit meiner vorgeblichen Ängstlichkeit so weit gebracht, daß er sich nie in der Gesellschaft, in der ich verkehrte, oder in meiner zeigen durfte, und so sahen und kannten alle nur den schmachtenden, unglücklichen Verehrer.

Sie wissen, daß ich mich immer rasch entscheide, und dies, weil ich beobachtet habe, daß die lang vorbereitenden Mühen fast immer die Frau verraten. Was man auch tun mag, der Ton vor und nach dem Erfolg ist nicht der gleiche. Und der Unterschied entgeht einem aufmerksamen Beobachter nie. Ich habe es weniger gefährlich gefunden, mich in der Wahl zu irren, als das irgendwie durchblicken zu lassen. Ich gewinne dabei auch noch, Ähnlichkeiten zu vermeiden, auf welche hin allein man uns beurteilen kann.

Diese und die andere Vorsicht, nie einen Brief zu schreiben, nie den kleinsten Beweis einer Niederlage zu geben, könnte man für übertrieben halten und doch schienen sie mir noch nie genügend. Ich studierte mich und damit die andern. Ich sah, daß es keinen Menschen gibt, der nicht ein Geheimnis hat, an dem ihm liegt, daß er es für sich bewahrt. Das wußte man in den alten Zeiten besser, wofür die Geschichte von Simson wohl ein geniales Symbol ist. Eine neue Dalila, habe ich, wie die der Bibel meine ganze Macht in diesen Dienst gestellt, auf dieses eine Geheimnis eines jeden zu kommen. Von wie vielen unserer Simsone halte ich nicht das Haar unter meiner Schere! Und die habe ich zu fürchten aufgehört und sie sind die einzigen, die ich mir manchmal zu demütigen erlaubte. Mit den andern war ich gütiger, übte die Kunst, sie mir untreu zu machen, wenn ich genug von ihnen hatte, und daß sie mich nicht unbeständig nennen, spielte die Freundin, affektierte tiefes Vertrauen, machte gnädige Zugeständnisse, gab jedem die schmeichelnde Meinung, er sei mein einziger Geliebter gewesen – mit all dem verpflichtete ich sie mir zur Diskretion. Und wenn diese Mittel versagten und ich den Bruch voraussah, so kam ich dem schlimmen Reden dieser gefährlichen Herren damit zuvor, daß ich sie lächerlich machte oder verleumdete.

Was ich Ihnen hier sage, praktiziere ich seit Jahren – und Sie zweifeln an meiner Weisheit? Erinnern Sie sich doch der Zeit, da Sie mir zuerst den Hof machten – es war sehr schmeichelhaft für mich, denn meine Lust stand nach Ihnen, schon bevor ich Sie sah. Ihr Ruf lockte mich, und es kam mir vor, als fehlten Sie meiner Glorie. Es verlangte mich, Brust an Brust mit Ihnen zu ringen, und dies war das einzige Mal, daß für einen Augenblick die Begierde Herrschaft über mich bekam. Aber, um mich zu bekommen, was hätten Sie getan? Sie hätten geredet, leere Worte ohne Spur und Folge, Worte, die Ihr Ruf schon verdächtig gemacht hätte, und hätten unwahrscheinliche Geschichten erzählt, deren aufrichtige Erzählung wie ein schlechter Roman geklungen hätte. Inzwischen habe ich Ihnen nun allerdings alle meine Geheimnisse verraten – aber Sie wissen, was uns verbindet, und ob von uns beiden ich es bin, der man Unvorsichtigkeit vorwerfen kann. Da ich dabei bin, Ihnen Rechenschaft abzulegen, will ich es genau nehmen. Ich höre Sie von hier aus sagen, daß ich der Gnade meines Kammermädchens ausgeliefert bin, und es ist wahr, wenn sie auch nicht das Geheimnis meiner Gedanken besitzt, so doch das meiner Handlungen. Als Sie mir seinerzeit davon sprachen, sagte ich Ihnen bloß, daß ich ihrer sicher sei; und die Probe dafür, daß diese Probe Ihrer Ruhe genügen könnte, war, daß Sie dem Mädchen inzwischen auf Ihre eigene Rechnung und Gefahr ziemlich gefährliche Geheimnisse anvertraut haben. Aber, da nun Prévan seinen Schatten auf Sie wirft, und Ihnen davon der Kopf nicht ganz klar ist, bin ich gar nicht im Zweifel, daß Sie mir auf mein bloßes Wort nicht mehr glauben. Also ausführlicher.

Einmal ist dieses Mädchen meine Milchschwester, das bedeutet uns natürlich nichts, aber noch viel Leuten ihres Standes. Ich weiß das Geheimnis des Mädchens und habe noch besseres: sie ist das Opfer einer Liebestorheit und wäre ohne meine Hilfe verloren gewesen. Ihre Familie, totanständige Leute, mit Ehrgefühlen nur so gespickt, wollte nichts Geringeres als sie einsperren lassen. Sie wandten sich an mich, und mir war sofort klar, daß mir hier etwas sehr gut zustatten kommen konnte. Ich half den Eltern, rief die Behörden an, und der Befehl erging, das Mädchen festzusetzen. Da schlug ich mich auf die Seite der milden Güte, wozu ich auch die Eltern bewog. Ich profitierte von meinen Beziehungen zum alten Minister, und ließ mir den Haftbefehl geben und mit Zustimmung aller Beteiligten das Recht, ihn vollstrecken oder aufhalten zu lassen, je nach dem Betragen des Mädchens, das ich so völlig in der Hand habe, was sie weiß. Und hilft auch das nicht, – was mir kaum möglich scheint – so nimmt doch die authentische Bestrafung und deren Ursache ihrem Worte jede Glaubwürdigkeit. Zu all diesen Vorsichtsmaßregeln, die ich fundamentale nennen möchte, kommen noch tausend andere, örtliche oder gelegentliche, die Überlegung und Gewohnheit finden, wenn es nötig ist, die vielleicht an sich kleinlich, in der Praxis aber oft sehr wichtig sind. Die aber zu suchen, müssen Sie sich schon die Mühe nehmen – das Ganze meines Lebens zu studieren, wenn Sie auf diese Kenntnis Wert legen.

Aber, daß ich mir alle die Mühe gemacht haben soll, um keine Früchte davon zu genießen, daß ich nun, nachdem ich mich so über die andern Frauen hinausgearbeitet habe, einwilligen sollte, so wie sie auf meinem Wege zwischen Unvorsichtigkeit und Schüchternheit hin und her zu stolpern, daß ich mich endlich vor einem Manne so fürchten sollte, daß ich nur mehr in der Flucht mein Heil finden könnte, nein, Vicomte, das niemals, das können Sie nicht von mir verlangen. Für mich heißt es: Siegen oder untergehen. Was Prévan betrifft, so will ich ihn eben haben, und ich werde ihn haben; er will es sagen, und er wird es nicht sagen – das ist in zwei Worten unser Roman. Adieu!

Paris, den 20. September 17...

83. Brief

Cécile Volanges an den Chevalier Danceny.

Mein Gott, welchen Schmerz hat mir Ihr Brief bereitet! Ich hatte die große Ungeduld wirklich nicht nötig, mit der ich ihn erwartete! Ich hoffte Trost darin zu finden, und jetzt bin ich betrübter, als ich es vorher war. Ich habe sehr geweint, als ich ihn las; aber das ist es nicht, was ich Ihnen vorwerfe: ich habe schon oft Ihretwegen geweint, ohne daß mir das leid tut. Aber dieses Mal ist es nicht dasselbe.

Was wollen Sie denn damit sagen, daß Ihre Liebe Ihnen zur Qual wird, daß Sie nicht mehr so leben können, noch Ihre Situation länger ertragen? Wollen Sie aufhören, mich zu lieben, weil es jetzt nicht mehr so angenehm ist wie vorher? Es scheint mir, daß ich nicht glücklicher bin als Sie, ganz im Gegenteil, und trotzdem liebe ich Sie darum nur noch mehr. Wenn Herr von Valmont Ihnen nicht geschrieben hat, so ist das nicht meine Schuld; ich konnte ihn nicht darum bitten, weil ich nicht allein mit ihm war, und weil wir übereingekommen sind, daß wir uns nie vor Leuten sprechen, und das wieder nur Ihretwegen, damit er besser das tun kann, was Sie wünschen. Ich sage nicht, daß ich es nicht auch wünsche, und Sie sollen davon überzeugt sein – aber, was wollen Sie denn, daß ich tue? Wenn Sie glauben, daß das so leicht ist, erfinden Sie doch das Mittel, ich verlange ja nicht mehr.

Glauben Sie denn, daß es mir angenehm ist, von Mama jeden Tag gezankt zu werden, die mir vorher nie ein böses Wort sagte, ganz im Gegenteil? Jetzt ist es schlimmer, als wenn ich im Kloster wäre. Ich tröstete mich aber in dem Gedanken, daß es für Sie ist; es gab sogar Augenblicke, wo ich fand, daß ich ganz zufrieden wäre. Aber wenn ich sehe, daß Sie auch böse sind, und das ganz ohne meine Schuld, so macht mich das noch trauriger, als ich über all das bin, was mir bis jetzt passiert ist.

Nur um Ihre Briefe immer zu bekommen – welche Verlegenheit, wenn Herr von Valmont nicht so gefällig wie wirklich geschickt wäre – ich wüßte nicht, wie es anfangen. Und um Ihnen zu schreiben, das ist noch schwieriger. Den ganzen Vormittag wage ich es nicht, weil Mama ganz in meiner Nähe ist, und weil sie jeden Moment zu mir hereinkommen kann. Wenn ich es am Nachmittag versuche, unter dem Vorwand, daß ich singen oder Harfe spielen will, dann muß ich mich bei jeder Zeile unterbrechen, damit man hört, daß ich singe. Glücklicherweise schläft meine Kammerjungfer abends manchmal ein, und ich sage ihr, daß ich allein zu Bett gehen werde, damit sie mich allein lasse mit dem Licht. Dann muß ich mich hinter den Bettvorhang setzen, damit man das Licht nicht sieht, und muß auf jedes Geräusch acht geben, damit ich alles schnell in meinem Bett verstecke, wenn wer kommt. Ich wollte, Sie wären hier, um das zu sehen! Sie würden sich sagen, daß man sehr lieben muß, um das alles zu tun. Ja, es ist wahr, daß ich alles tue, was ich kann, aber ich möchte noch mehr tun.

Ja, ich zögere nicht, Ihnen zu sagen, daß ich Sie liebe, und daß ich Sie immer lieben werde. Nie habe ich das aus vollerem Herzen gesagt, – und Sie sind beleidigt! Sie hatten mir wohl versichert, ehe ich es Ihnen sagte, daß das genügte, um Sie glücklich zu machen. Sie können das nicht leugnen, denn es steht in Ihren Briefen; obwohl ich sie nicht mehr habe, so erinnere ich mich an sie genau, als ob ich sie täglich lesen würde. Und jetzt fern von mir denken Sie nicht mehr so! Aber diese Entfernung wird doch nicht ewig dauern, nicht? Mein Gott, wie bin ich unglücklich, und Sie sind Schuld daran …

Betreff Ihrer Briefe hoffe ich, Sie haben die behalten, die mir Mama weggenommen und die sie Ihnen zurückgeschickt hat. Es wird wohl wieder eine Zeit kommen, wo ich nicht mehr so überwacht sein werde wie jetzt, und dann werden Sie mir alle wiedergeben, ja? Wie werde ich glücklich sein, wenn ich alle behalten kann und für immer, ohne daß jemand etwas darein zu reden hat! Jetzt gebe ich alle an Herrn von Valmont, weil anders viel zu viel riskiert ist, und trotzdem übergebe ich sie ihm nie, ohne daß es mir Schmerzen macht.

Adieu, mein lieber Freund. Ich liebe Sie von ganzem Herzen! Ich werde Sie mein ganzes Leben lang lieben! Ich hoffe, daß Sie jetzt nicht mehr böse sein werden. Schreiben Sie mir, sobald Sie können, denn ich fühle, daß ich bis dahin immer traurig sein werde.

Schloß …, den 21. September 17..

84. Brief

Der Vicomte von Valmont an die Frau von Tourvel.

Gnade, gnädige Frau und verzichten wir doch auf die so unglücklich abgebrochene Unterhaltung! Könnte ich Ihnen doch beweisen, wie sehr ich anders bin als das abscheuliche Porträt, das man von mir gemacht hat, und mehr noch von dem liebenswürdigen Vertrauen Gebrauch machen könnte, das Sie mir zu zeigen anfingen! Wie viel Scham haben Sie der Tugend geliehen! Wie Sie alle einfachen Gefühle verschönern und lieb machen! Ach, darin besteht das stärkste Mittel

Ihrer Verführung; und das einzige, das gleichzeitig stark und ehrenhaft ist.

Ohne Zweifel genügt es, Sie zu sehen, um den Wunsch zu haben, Ihnen zu gefallen. Sie zu hören, um daß dieser Wunsch sich noch vermehrt.

Aber der, der das Vergnügen hat, Sie zu kennen, der in Ihrer Seele lesen kann, gibt bald einer edleren Begeisterung nach, und von Anbetung und Liebe durchdrungen, betet er in Ihnen das Bild aller Tugenden an. Mehr dazu geschaffen als ein anderer vielleicht, Sie zu lieben und Ihnen zu folgen, abgezogen von Irrungen, die mich davon fern hielten, sind Sie es, die mich der Tugend wieder nahgebracht, die mir von neuem allen ihren Reiz hat empfinden lassen: werden Sie mir ein Verbrechen aus dieser neuen Liebe machen? Werden Sie, was Sie taten, verwerfen? Werden Sie mir selbst das Interesse, das Sie daran nehmen, vorwerfen? Welches Unrecht kann man von einem Gefühl befürchten, das so rein ist, und welche Süßigkeit wäre es nicht, es zu versuchen?

Meine Liebe erschreckt Sie. Sie finden sie heftig, verwegen. Beschwichtigen Sie sie durch eine zartere Liebe; verweigern Sie sich nicht der Herrschaft, die ich Ihnen biete, der ich, ich schwöre es, mich nie entziehen will, und die, ich darf es wohl glauben, nie ganz verloren für die Tugend wäre. Welches Opfer könnte mir zu schwer erscheinen, so sicher wie ich mich fühle, daß Ihr Herz mir den Preis gibt? Wo ist der Mann, der unglücklich genug ist, das Köstliche der Entbehrungen nicht zu kennen, die er sich auflegt? der kein Wort vorzieht, keinen gewährten Blick, allen Vergnügungen, die er sich erschleichen könnte! Und Sie glaubten, ich wäre ein solcher Mann! Und Sie haben mich gefürchtet! Ah! warum hängt Ihr Glück nicht von mir ab! Wie wollte ich mich an Ihnen rächen, indem ich Sie glücklich machte! Aber diese süße Herrschaft: die unfruchtbare Freundschaft verschafft sie nicht; es gehört nur der Liebe.

Dieses Wort ängstigt Sie! Und warum? Eine zärtlichere Anhänglichkeit, eine stärkere Verbindung, ein einziger Gedanke, dasselbe Glück wie dieselben Schmerzen, was ist da Fremdes Ihrer Seele dabei! So ist doch die Liebe! So wenigstens diejenige, die Sie einflößen und die ich empfinde! Sie ist es, die ohne Interesse wägt, und die die Taten auf ihren Wert schätzt: ein unerschöpflicher Schatz der sensiblen Seelen, und alles wird kostbar durch sie oder für sie.

Diese Wahrheiten, so leicht zu verstehen, so sanft zu üben, was haben sie denn Erschreckendes? Welche Furcht kann Ihnen ein Mann bereiten, dem die Liebe kein anderes Glück mehr erlaubt als das Ihrige? Ihr Glück ist heute der einzige Wunsch, den ich habe; ich würde alles opfern, um ihn zu erfüllen, nur nicht das Gefühl, das er mir einflößt; und selbst dieses Gefühl, geben Sie doch zu, es zu teilen, und Sie werden es nach Wunsch regeln. Leiden wir aber nicht länger, daß es uns trennt, wenn es uns vereinen sollte. Wenn die Freundschaft, die Sie mir angeboten haben, nicht ein leeres Wort ist, wenn sie, wie Sie mir gestern sagten, das zarteste Gefühl ist, das Ihre Seele kennt, dann soll sie zwischen uns entscheiden. Aber als Richter der Liebe soll sie sie hören; die Weigerung, sie anzuhören, wäre eine Ungerechtigkeit, und die Freundschaft ist nicht ungerecht.

Eine zweite Unterredung würde kein Hindernis mehr finden wie die erste. Der Zufall kann die Gelegenheit herbeiführen, und Sie könnten selbst den Moment bestimmen. Ich will glauben, daß ich Unrecht habe; würden Sie es dann nicht vorziehen, mich vernünftig zu machen, als mich bekämpfen, und zweifeln Sie an meiner Folgsamkeit? Wenn der ungelegene Dritte uns nicht unterbrochen hätte, wäre ich vielleicht schon ganz zu Ihrer Meinung bekehrt. Wer weiß, wie weit Ihre Macht gehen kann?

Soll ich es Ihnen sagen? Diese unbesiegliche Macht, der ich mich ergebe ohne zu wagen, sie zu berechnen, dieser unerklärliche Reiz, der Sie über meine Gedanken herrschen läßt wie über meine Taten, – ich fange an, sie zu fürchten. Ah! Diese Unterredung, die ich von Ihnen erbitte, vielleicht sollte ich sie fürchten! Vielleicht werde ich nachher, durch meine Versprechungen gefesselt, zu einer brennenden Liebe verurteilt sein, von der ich fühle, daß sie nicht ausgelöscht werden kann, –und ich darf nicht einmal wagen, Sie um Hilfe anzuflehen! Ah! gnädige Frau, aus Barmherzigkeit, mißbrauchen Sie Ihre Herrschaft nicht! Aber, wenn Sie dadurch glücklicher werden, wenn ich dadurch Ihrer würdiger erscheinen sollte, – welche Qualen werden durch diese tröstenden Gedanken nicht versüßt! Ja, ich fühle es: noch einmal mit Ihnen sprechen, heißt Ihnen noch stärkere Waffen geben und mich noch mehr Ihrem Willen unterwerfen. Es ist leichter, sich gegen Ihre Briefe zu verteidigen; es sind wohl Ihre Worte, aber Sie sind nicht da, um ihnen Kraft zu verleihen. Das Vergnügen jedoch, Sie zu sehen, läßt mich der Gefahr trotzen. Wenigstens hätte ich das Vergnügen, alles für Sie getan zu haben, selbst gegen mich; und mein Opfer wäre eine Huldigung. Zu glücklich, Ihnen auf tausend Arten zu beweisen, wie ich auf tausend Arten fühle, sind Sie meinem Herzen näher als ich selbst, werden Sie immer der teuerste Gegenstand meines Herzens sein.

Schloß ..., den 23. September 17...

85. Brief

Der Vicomte von Valmont an Cécile Volanges.

Sie haben gesehen, wie wir gestern gestört wurden. Den ganzen Tag hindurch konnte ich Ihnen den Brief nicht zustecken, den ich für Sie hatte, und ich weiß nicht, ob ich heute besser Gelegenheit dazu haben werde. Ich fürchte Sie bloßzustellen, wenn ich mehr Eifer als Geschicklichkeit anwende; und ich würde mir eine Unvorsichtigkeit nicht verzeihen, die Ihnen fatal werden könnte und Sie zur Verzweiflung meines Freundes auf ewig unglücklich machte. Ich kenne aber die Ungeduld der Liebe und fühle wohl, wie schmerzlich es sein muß in Ihrer Lage, auch nur eine geringe Verzögerung zu erleiden in dem einzigen Trost, den Sie in diesem Moment genießen können. Bei dem Suchen nach Mitteln, alle Hindernisse aus dem Wege zu räumen, fand ich eines, dessen Ausführung leicht ist, wenn Sie sich etwas Mühe geben.

Ich glaube bemerkt zu haben, daß der Schlüssel Ihrer Türe, welche auf den Korridor geht, immer bei Ihrer Mama auf dem Kamin liegt. Alles würde mit diesem Schlüssel leicht werden, das sehen Sie doch ein; ich würde Ihnen für den fehlenden einen ähnlichen besorgen, der ihn ersetzen würde. Es würde mir genügen, ihn eine bis zwei Stunden zu meiner Verfügung zu haben. Sie müssen die Gelegenheit, ihn zu nehmen, ja leicht finden; und damit man nicht merke, daß er fehlt, füge ich hier einen mir gehörigen Schlüssel bei, der so ähnlich ist, daß man den Unterschied nicht merkt, wenn man ihn nicht probiert, was man nicht tun wird. Sie müßten nur dafür sorgen, ein abgeschossenes blaues Band daran zu machen, so wie an dem Ihrigen eines ist.

Sie müßten trachten, diesen Schlüssel bis morgen oder übermorgen zu haben, zur Zeit des Frühstückes, weil es Ihnen da leichter sein wird, ihn mir zu geben, und er bis abend wieder an seinem Platze liegen könnte, zur Zeit, wo Ihre Mama ehestens darauf aufmerksam würde. Ich könnte Ihnen den Schlüssel zur Mittagszeit wiedergeben, wenn wir uns verständigen.

Sie wissen, wenn vom Salon zum Speisezimmer gegangen wird, geht immer Frau von Rosemonde als letzte. Ich werde ihr die Hand geben. Sie brauchen nur Ihre Stickerei langsamer zu verlassen, oder etwas fallen zu lassen, so daß Sie zurückbleiben: Sie werden dann den Schlüssel schon nehmen können, den ich hinter mich halten werde. Sie werden nicht versäumen, sofort, nachdem Sie ihn genommen haben, meine alte Tante einzuholen und sie ein bißchen zu streicheln. Wenn Sie durch Zufall diesen Schlüssel fallen lassen sollten, so verlieren Sie nicht die Fassung; ich werde tun, als sei ich es gewesen und stehe für alles.

Das geringe Vertrauen, das Ihnen Ihre Mama beweist, und ihre Strenge Ihnen gegenüber berechtigt diese kleine List. Es ist außerdem das einzige Mittel, in Zukunft Dancenys Briefe zu erhalten und ihm die Ihrigen zukommen zu lassen; jedes andere ist wirklich zu gefährlich, und könnte Sie alle beide rettungslos verderben. Deshalb verbietet mir meine vorsichtige Freundschaft, sie noch länger anzuwenden.

Einmal im Besitz des Schlüssels, wird uns nur noch einige Vorsicht nötig sein gegen das Geräusch der Tür und des Schlosses; das ist aber leicht. Sie werden unter demselben Schrank, wo das Papier ist, Öl und eine Feder finden. Sie gehen manchesmal auf Ihr Zimmer, wo Sie allein sind; Sie werden diese Zeit benützen, Schloß und Angeln zu ölen. Die einzige Vorsicht, die Sie dabei üben müssen, sind die Flecken, die Sie dabei kriegen können. Sie müßten auch warten, bis es Nacht ist, denn wenn Sie es verständig machen, ist des Morgens nichts mehr zu sehen.

Wenn man es doch bemerken sollte, so sagen Sie, daß es der Putzer des Schlosses war. In diesem Falle müßten Sie genau die Zeit nennen und sogar das Gespräch, das er mit Ihnen geführt hat, wiedergeben: wie zum Beispiel, daß er es gegen den Rost tut bei allen Schlössern, die nicht in Gebrauch sind; denn Sie begreifen, daß es unwahrscheinlich wäre, daß Sie Zeuge dieser lärmenden Arbeit gewesen wären, ohne nach der Ursache zu fragen. Solche kleine Details geben Wahrscheinlichkeit, und die Wahrscheinlichkeit macht die Lügen folgenlos, indem sie die Lust zur Nachprüfung nimmt.

Wenn Sie diesen Brief gelesen haben, bitte ich Sie, ihn nochmals zu lesen und sich damit zu beschäftigen; denn man muß das gut kennen, was man tun soll; dann auch, um sich zu vergewissern, ob ich nichts vergessen habe. Sehr wenig daran gewöhnt, solche Schlauheiten für mich anzuwenden, habe ich wenig Übung darin; es brauchte sogar nichts weniger, als meine lebhafte Freundschaft für Danceny, und das Interesse, das Sie einflößen, um mich zu bestimmen, derartige Mittel zu gebrauchen, so unschuldig sie auch sind. Ich hasse alles, was nach Betrug aussieht; das ist mein Charakter. Aber Ihr Unglück hat mich in einem Maße gerührt, daß ich alles versuchen werde, es zu lindern.

Sie können sich denken, daß, einmal diese Verbindung zwischen uns hergestellt, es mir sehr viel leichter sein wird, Ihnen die Unterredung mit Danceny zu ermöglichen. Indessen sprechen Sie noch nicht von all dem; Sie würden nur seine Ungeduld steigern, und der Moment, sie zu befriedigen, ist noch nicht ganz da. Sie schulden es ihm, sie eher zu dämpfen als sie zu steigern. Ich überlasse das Ihrer Delikatesse. Adieu, mein schönes Mündel: denn Sie sind mein Mündel. Lieben Sie Ihren Vormund ein wenig, und folgen Sie ihm; Sie werden sich dabei gut befinden. Ich beschäftige mich mit Ihrem Glück, und seien Sie versichert, daß ich das meine darin finden werde.

..., den 24. September 17..

86. Brief

Die Marquise von Merteuil an den Vicomte von Valmont.

Endlich sollen Sie beruhigt sein und mir Gerechtigkeit widerfahren lassen. Hören Sie zu und verwechseln Sie mich nicht mehr mit den andern Frauen. Ich habe mein Abenteuer mit Prévan zu Ende gebracht! Zu Ende! Verstehen Sie, was das heißen will? Jetzt werden Sie entscheiden können, wer von uns beiden, Sie oder ich, sich rühmen kann. Der Bericht wird nicht so amüsant sein wie das Erlebnis; es wäre auch gar nicht gerecht, denn während Sie nichts taten als mehr oder weniger gut hin und her geschwätzt geredet zu haben in dieser Sache, käme Ihnen ebensoviel Vergnügen zu wie mir, die Zeit und Mühe darauf verwendet hat.

Wenn Sie jedoch einen großen Schlag tun wollen, wenn Sie ein Unternehmen versuchen wollten, wobei Sie diesen gefährlichen Rivalen fürchten, dann kommen Sie nur. Er läßt Ihnen das Feld frei, wenigstens für einige Zeit; vielleicht steht er überhaupt nicht mehr auf von dem Schlage, den ich ihm gegeben habe.

Wie sind Sie glücklich, daß Sie mich zur Freundin haben! Ich bin für Sie eine wohltätige Fee. Sie schmachten fern von der Schönheit, die Sie lockt; ich sage ein Wort, und Sie sind wieder bei ihr. Sie wollen sich an einer Frau rächen, die Ihnen schadet; ich zeige Ihnen den Platz, wo Sie sie treffen müssen, und liefere sie Ihnen aus. Um endlich einen gefährlichen Konkurrenten von der Bildfläche verschwinden zu lassen, bin ich es wieder, die Sie anrufen, und ich erhöre Sie. Wahrhaftig, wenn Sie Ihr Leben nicht damit verbringen, mir zu danken, so kennen Sie Dank nicht. Ich komme auf mein Abenteuer zurück und fange wieder von vorne an.

Das Rendezvous, das ich so laut beim Verlassen der Oper gab, wie Sie sich erinnern werden, wurde verstanden, wie ich es hoffte. Prévan kam, und als die Marschallin ihm verbindlich sagte, daß sie sich schmeichle, ihn zweimal hintereinander bei ihren Jours zu sehen, hat er die Vorsicht, zu antworten, daß er seit Dienstag tausend Verabredungen gelöst habe, um über diesen Abend verfügen zu können. Das genügte dem Wissenden. Als ich dann noch besser wissen wollte, ob ich der Gegenstand seines schmeichelhaften Entgegenkommens wäre, beschloß ich, den Anbeter zu zwingen, zwischen mir und seiner vorwiegenden Neigung zu wählen. Ich erklärte, daß ich nicht spielen wollte: in Wirklichkeit fand er nun seinerseits tausend Vorwände, um nicht zu spielen; und das war mein erster Triumph: über die Roulette.

Ich nahm mir den Bischof von … zu meiner Unterhaltung; ich wählte ihn wegen seiner Verbindungen mit dem Tageshelden, dem ich alle Leichtigkeit geben wollte, mit mir zu sprechen. Es war mir auch angenehm, einen respektablen Zeugen zu haben, der im Notfall über mein Betragen und Gespräch zeugen wird. Diese Einrichtung gelang.

Nach den üblichen Wendungen machte sich Prévan zum Herrn der Unterhaltung und schlug nach und nach verschiedene Töne an, um denjenigen aufzuspüren, der mir gefallen konnte. Ich lehnte den gefühlvollen ab, als wenn ich nicht daran glaubte; ich hielt durch meinen Ernst seine Ausgelassenheit in Schach, die mir zu leicht schien für den Beginn; er warf sich endlich auf die zärtliche Freundschaft, und unter dieser banalen Fahne fingen wir unsern gegenseitigen Angriff an.

Zum Souper ging der Bischof nicht mit hinunter; Prévan gab mir die Hand und fand sich natürlich bei Tisch an meiner Seite. Man muß gerecht sein: er führte mit sehr viel Geschick unsere spezielle und schien sich doch nur der allgemeinen Unterhaltung hinzugeben, deren Kosten er allein zu tragen schien. Beim Dessert sprach man von einem neuen Stück, das am Montag im Français gegeben werden sollte. Ich bedauerte, meine Loge nicht zu haben; er bot mir die seine an, die ich erst refüsierte, wie man das so tut; worauf er witzig antwortete, daß ich ihn nicht verstände; daß er sicherlich niemandem seine Loge anbieten würde, den er nicht kennte, daß er mir nur sagen wolle, daß die Frau Marschallin darüber verfüge. Sie gab sich zu diesem Scherz her, und ich nahm an.

Oben im Salon bat er um einen Platz in der Loge; und als die Marschallin ihm einen Platz versprach, wenn er »brav wäre«, nahm er das als Gelegenheit zu einer seiner doppelsinnigen Unterhaltungen, die Sie mir an ihm so lobten. Als er wie ein kleines Kind zu ihren Füßen ihre Meinungen über sein Bravsein anhörte, sagte er viel schmeichelhafte Dinge, die ich leicht auf mich beziehen konnte. Da mehrere sich nach Tisch nicht wieder ans Spiel setzten, wurde die Unterhaltung allgemeiner und weniger interessant: aber unsere Augen sprachen viel. Ich sage unsere Augen und sollte sagen, die seinen; denn die meinen sprachen nur eine Sprache, die der Überraschung. Er sollte denken, daß ich erstaunt sei und mich mit dem Effekt beschäftige, den er auf mich machte. Ich glaube auch, daß ich das sehr zu seiner Zufriedenheit tat; und ich war nicht weniger damit zufrieden.

Montag darauf war ich im Français, wie verabredet. Trotz Ihrer literarischen Neugier kann ich Ihnen über die Vorstellung nichts sagen, außer daß Prévan ein wunderbares Talent zur Schmeichelei hat, und daß das Stück durchgefallen ist; das ist alles, was ich dort erfahren habe. Ich sah mit Bedauern diesen Abend zu Ende gehen, denn ich hatte sehr viel Vergnügen daran; und um ihn zu verlängern, bot ich der Marschallin an, bei mir zu Abend zu essen, – was mir zum Vorwand diente, dies auch meinem liebenswürdigen Schmeichler anzubieten, der nur um so viel Zeit bat, sich von einer Einladung bei den Komtessen von P** freizumachen. Dieser Name gab mir meinen ganzen Zorn zurück; ich sah voraus, daß er nun mit Vertraulichkeiten beginnen würde; ich erinnerte mich Ihrer klugen Ratschläge und versprach mir, – das Abenteuer weiter zu verfolgen, sicher, ihn von dieser seiner gefährlichen Indiskretion zu kurieren.

Fremd in meiner Gesellschaft, die diesen Abend nicht sehr zahlreich war, schuldete er mir die gesellschaftlichen Aufmerksamkeiten; als man zum Souper ging, bot er mir also die Hand. Ich hatte die Bosheit, als ich sie annahm, in die meine ein leises Schauern zu legen und die Augen gesenkt zu halten während wir gingen und hörbar zu atmen. Ich tat, als wenn ich meine Niederlage vorausfühlte und meinen Besieger fürchtete. Er bemerkte das sehr gut; und sofort änderte der Verwegene Ton und Haltung. Er war galant gewesen, er wurde zärtlich. Nicht, daß die Worte nicht dieselben geblieben wären; denn die Umstände zwangen dazu, aber sein Blick wurde weniger lebhaft, wurde zärtlicher, die Biegung seiner Stimme weicher; sein Lächeln war nicht mehr fein, sondern zufrieden. Endlich verlöschte in seinen Gesprächen das Feuer des Witzes, der Geist machte der Delikatesse Platz. Ich frage Sie, wie hätten Sie es besser gemacht?

Ich meinerseits wurde verträumt, und dermaßen, daß man es merken mußte; und als man mir deswegen Vorwürfe machte, hatte ich die Geschicklichkeit, mich ungeschickt zu verteidigen und auf Prévan einen raschen Blick zu werfen, gleichzeitig schüchtern und fassungslos, so daß er glauben mußte, ich fürchtete nichts weiter, als er möge die Ursache meiner Verwirrung merken.

Nach Tisch benutzte ich die Zeit, wo die gute Marschallin eine ihrer Geschichten erzählte, die sie immer erzählt, um mich auf die Ottomane zu legen, in diesem Hingeben, das die Träumerei einem verleiht. Ich war nicht betrübt darüber, daß Prévan mich so sähe; er beehrte mich tatsächlich mit einer ganz besonderen Aufmerksamkeit. Sie werden sich denken können, daß meine schüchternen Blicke es nicht wagten, die meines Besiegers zu suchen: aber doch demütig auf ihn gerichtet, merkte ich bald, daß ich die Wirkung erreichte, die ich erzielen wollte. Ich mußte ihn noch überzeugen, daß ich diese Regung teilte, und als die Marschallin erklärte, daß sie sich zurückziehen wolle, rief ich mit zärtlicher und weicher Stimme: Ach Gott! ich war so wohl so! Ich stand trotzdem auf. Aber bevor ich mich von ihr trennte, fragte ich nach ihrem Vorhaben, um einen Vorwand zu haben, das meine mitzuteilen und ihn wissen zu lassen, daß ich den übernächsten Tag zu Hause bleiben würde. Daraufhin trennte man sich.

Dann begann ich zu überlegen. Ich zweifelte nicht daran, daß Prévan von dem Rendezvous Gebrauch machen würde, das ich ihm soeben gegeben hatte; daß er früh da sein würde, um mich allein zu finden, und daß der Ansturm heftig sein würde; aber ich war auch sicher, daß er mich nach meinem Ruf nicht mit jenem Leichtsinn behandeln werde, wie es Brauch ist bei abenteuerlichen Frauen oder solchen, die gar keine Erfahrung haben; und ich war meines Erfolges sicher, wenn er das Wort Liebe aussprechen würde, oder wenn er sich einbildete, es auch von mir zu hören.

Wie leicht ist es, mit euch Prinzipienmenschen zu tun zu haben! Ein grüner Liebhaber bringt uns durch seine Schüchternheit auseinander oder in Verlegenheit durch seine wilde Leidenschaft; es ist ein Fieber, das wie das andere seine Frissons hat und sein Feuer, variierend in seinen Symptomen. Aber euer geregelter Gang errät sich immer! Ankunft, Haltung, Ton, Rede, – ich wußte alles schon am Vorabend. Somit werde ich Ihnen denn nicht die Unterhaltung wiedergeben, die Sie sich leicht ergänzen können. Bemerken Sie nur, daß ich ihm in meiner gemachten Verteidigung aus ganzem Vermögen half; Verwirrung, um ihm Zeit zur Aussprache zu geben; schlechte Gründe, damit er sie bekämpfe; Furcht vor Verrat, um wieder Protestationen hervorzurufen; und dieser ewige Refrain seinerseits, »ich verlange nur ein Wort von Ihnen«; und dieses Stillschweigen meinerseits, das den Anschein hat, als ließe man ihn warten, nur um ihn um so begehrlicher zu machen; inzwischen alles dieses die Hand, die tausendmal genommen wird, die sich immer zurückzieht und sich niemals versagt. So könnte man einen ganzen Tag hinbringen; wir brachten eine tödlich langweilige Stunde auf diese Art zu und wären vielleicht noch dabei, wenn wir nicht einen Wagen in den Hof einfahren gehört hätten. Dieser glückliche Zwischenfall machte wie schicklich seine Bitten nur um so lebhafter; und ich, ich sah den Moment gekommen, wo ich vor aller Überraschung sicher war: nachdem ich mich mit einem langen Seufzer vorbereitet hatte, gewährte ich das kostbare Wort. Man meldete, und bald darauf hatte ich einen zahlreichen Circle.

Prévan bat, ob er den nächsten Morgen kommen dürfe, und ich sagte zu; aber auf meine Verteidigung bedacht, befahl ich meiner Kammerjungfer, während der ganzen Zeit dieses Besuches im Schlafzimmer zu bleiben, von wo aus man alles sieht, was im Toilettenzimmer vorgeht, wo ich ihn empfing. Unbehindert in unserer Unterhaltung, und beide von demselben Wunsch beseelt, waren wir bald einig; aber man mußte diesen Zuschauer loswerden; dahin wollte ich ihn bringen.

Ich schilderte ihm also das Bild meines häuslichen Lebens und überzeugte ihn leicht, daß wir niemals einen Augenblick der Freiheit haben würden; und daß wir es wie ein Wunder betrachten müßten, daß wir gestern so lange allein waren, was doch noch genügend große Gefahr ließe, da man zu jeder Zeit in meinen Salon eintreten könne. Ich verfehlte nicht beizufügen, daß bisher diese Einrichtung mich niemals verdrossen hätte, da ich keine derartige Gelegenheit wahrgenommen hätte; und betonte noch, daß ich das jetzt nicht ändern könne, ohne mich in den Augen meiner Leute sehr zu kompromittieren. Er versuchte sich darüber zu betrüben, schlechter Laune zu werden, mir zu sagen, daß ich wenig Liebe für ihn hätte; und Sie erraten, wie sehr mich das alles rührte! Aber um nun den entscheidenden Schlag zu führen, rief ich die Tränen zu Hilfe. Es war gerade das »Zaire, Sie weinen!« Diese Herrschaft, die er über mich zu haben glaubte, und die Hoffnung, mich nach seinem Gutdünken zu nehmen, ersetzten ihm alle Liebe Orosmans.

Als dieser Theatercoup vorüber war, kamen wir auf unsere Verabredungen zurück. Wegen Mangel am Tage bestimmten wir die Nacht: aber mein Schweizer wurde ein unüberwindliches Hindernis, und ich erlaubte nicht, ihn zu bestechen. Er schlägt mir die kleine Türe meines Gartens vor; aber das hatte ich vorausgesehen und ich schuf mir einen Hund, der, am Tage ruhig und nett, ein wahrer Unhold des Nachts wäre. Die Leichtigkeit, mit der ich alle diese Details besprach, machte ihn kühner; auch gab er mir endlich den lächerlichsten Rat, den ich dann annahm.

Erstens wäre sein Diener so sicher wie er selbst und darin log er nicht: einer war wie der andere. Ich sollte ein großes Souper geben; er würde dabei sein und die Gelegenheit wahrnehmen, allein fortzugehen. Der geschickte Vertraute sollte den Wagen rufen, den Schlag öffnen, und Prévan würde, statt einzusteigen, sich geschickt drücken und davon machen. Sein Kutscher konnte das nicht merken: so war er für jedermann fort und trotzdem bei mir, und es handelte sich nun darum, ob er in mein Zimmer gelangen kann. Ich war zuerst verlegen, gegen diesen Plan hinreichend schlechte Einwendungen zu finden, damit er sie zerstören könnte. Er antwortete mit Beispielen. Nach ihm war nichts leichter als dies Mittel; er selbst hat sich dessen so oft bedient; er machte hiervon sogar den häufigsten Gebrauch, weil es am wenigsten gefährlich war.

Von diesen Einwendungen bezwungen, gab ich mit viel Unschuld zu, daß ich eine versteckte Treppe nach meinem Boudoir hätte; daß ich den Schlüssel daran stecken lassen könnte; und daß es ihm möglich wäre, sich da einzuschließen und zu warten, ohne etwas zu riskieren, bis meine Dienstleute schlafen gegangen wären. Und um meiner Einwilligung noch mehr Wahrscheinlichkeit zu geben, wollte ich den Augenblick darauf wieder nicht mehr, und willigte ein nur unter der Bedingung, daß er ganz artig und brav wäre .... Ach! welche Bravheit! Ich wollte ihm meine Liebe beweisen, aber die seine nicht befriedigen.

Der Abzug, ich vergaß es Ihnen zu sagen, sollte durch die kleine Gartentür stattfinden. Es handelte sich nur darum, den Tagesanbruch abzuwarten. Keine Seele geht zu dieser Stunde da vorüber, und die Menschen sind im besten Schlaf. Wenn Sie sich über diese Menge von ungereimten Überlegungen wundern, so vergessen Sie unsere beiderseitige Situation. Was konnten wir denn besseres tun? Er verlangte nichts mehr, als daß dies alles herauskam, und ich, ich war ganz sicher, daß man nichts davon erfahren würde. Der übernächste Tag wurde festgesetzt.

Bedenken Sie, daß das uns eine abgemachte Sache war, und daß noch niemand Prévan in meiner Gesellschaft gesehen hatte. Ich treffe ihn bei einem Abendessen bei einer meiner Freundinnen; er bietet ihr eine Loge für ein neues Stück an und ich nehme einen Platz darin an. Ich lade diese Frau während der Vorstellung zu einem Souper ein, und das vor Prévan; ich kann es fast nicht umgehen, ihn zu bitten, er möge dabei sein. Er nimmt an und macht zwei Tage später die Visite, die der Anstand verlangt. Er kommt mich zwar am andern Morgen besuchen; aber da die Morgenvisiten kein Aufsehen mehr machen, steht es nur bei mir, diese Visite zu früh zu finden; ich verweise ihn in Wirklichkeit in die Klasse der entfernten Bekannten durch eine schriftliche Einladung zu einem zeremoniellen Souper. Ich kann wie Annette ruhig sagen: »Aber das ist doch alles!«

Der fatale Tag war gekommen, an dem ich Tugend und Ruf einbüßen sollte, und gab ich meiner treuen Victoire meine Anweisungen.

Der Abend kam. Es waren schon sehr viel Leute da, als man Prévan meldete. Ich empfing ihn mit ausnehmender Höflichkeit, welche die geringe Beziehung zu ihm deutlich machte und setzte ihn zur Partie der Marschallin, durch die ich seine Bekanntschaft gemacht hatte. Der Abend brachte nichts Neues als ein kleines Billett, das mir der diskrete Verliebte zustecken konnte und das ich meiner Gewohnheit gemäß verbrannte. Er sagte mir darin, daß ich auf ihn rechnen könnte; und dieses Wort war von allen übrigen Parasitworten der Liebe, des Glückes usw. umgeben, die niemals bei solchen Festen fehlen dürfen.

Um Mitternacht waren die Spielpartien beendigt. Ich schlug eine kurze Macédoine vor. Ich hatte den zweifachen Plan, Prévans Verschwinden zu verdecken und es gleichzeitig bemerklich machen, was auch, da er einen Ruf als Spieler hatte, nicht ausbleiben konnte. Ich war auch sehr zufrieden damit, daß man bemerkte, daß ich es nicht eilig hatte, allein zu sein.

Das Spiel dauerte länger, als ich dachte. Der Teufel ritt mich, und ich unterlag der Begierde, den ungeduldigen Gefangenen zu trösten. So ging ich meinem Verderben entgegen, als ich überlegte, daß, wenn ich mich einmal ganz ergeben habe, ich nicht mehr die Gewalt über ihn haben würde, ihn in dem für meinen Plan nötigen anständigen Kostüm zu erhalten. Ich fand die Kraft zu widerstehen. Ich kehrte um und nahm nicht ohne schlechte Laune meinen Platz wieder bei diesem ewig dauernden Spiel. Es ging endlich zu Ende und jeder seiner Wege. Ich läutete nach meinen Frauen, zog mich rasch aus und schickte sie fort.

Können Sie sich mich vorstellen, Vicomte, in meiner leichten Toilette, schüchternen und behutsamen Schrittes gehen und mit unsicherer Hand meinem Besieger die Tür öffnen? Er sieht mich, – kein Blitz ist schneller. Was soll ich Ihnen sagen? Ich war besiegt, ganz und völlig besiegt ehe ich ein Wort der Verteidigung oder des Aufhaltens vorbringen konnte. Er wollte es sich nachher bequemer für die Situation machen. Er verfluchte seinen Putz, von dem er behauptete, daß er ihn zu weit von mir fernhielte; er wollte mich mit gleichen Waffen besiegen; aber meine außerordentliche Schüchternheit widersetzte sich diesem Vorhaben, und meine zärtlichen Liebkosungen ließen ihm keine Zeit. Er beschäftigte sich mit was anderm.

Seine Rechte hatten sich verdoppelt und seine Forderungen kamen wieder. Da aber ich: »Hören Sie mich an. Sie haben bis hierher den beiden Komtessen von P** und für tausend andere etwas ganz Angenehmes zu erzählen, aber ich bin neugierig zu wissen, wie Sie das

Ende des Abenteuers erzählen werden.« Und dabei läutete ich mit aller Kraft. Jetzt hatte ich mein Spiel gewonnen, und meine Tat war rascher als sein Wort. Er hatte nur erst gestammelt, als ich Victoire herbeilaufen und die Leute rufen hörte, die sie wie anbefohlen, bei sich behalten hatte. Nun nahm ich meinen Ton der Königin an und sagte mit erhobener Stimme: »Gehen Sie, mein Herr, und kommen Sie mir nie mehr unter die Augen.« Darüber kam die Menge meiner Leute herein.

Der arme Prévan verlor den Kopf, und indem er an einen Hinterhalt glaubte, was im Grunde nur ein Scherz war, stürzte er nach seinem Degen. Das bekam ihm schlecht; denn mein Kammerdiener, ein tapferer und kräftiger Kerl, nahm ihn um die Taille und warf ihn zu Boden. Ich bekam, ich gestehe es, einen tödlichen Schrecken. Ich schrie, man solle aufhören und befahl, ihm freien Rückzug zu lassen, und sich nur zu vergewissern, daß er wegging. Meine Leute gehorchten: aber die Aufregung war groß unter ihnen; sie entrüsteten sich, daß man sich an ihrer »tugendhaften Herrin« vergriffen hatte. Alle begleiteten den schlecht behandelten Kavalier mit Lärm und Tumult, genau wie ich es wünschte. Die einzige Victoire blieb bei mir, und wir beschäftigten uns damit, mein zerwühltes Bett wieder in Ordnung zu bringen.

Meine Leute kamen noch immer mit Tumult zurück; ich, noch ganz bewegt, fragte sie, durch welchen Zufall sie noch alle auf gewesen wären; und Victoire erzählte, daß sie zwei ihrer Freundinnen zum Abendessen gehabt und man bei ihr wach gesessen hätte – kurz alles das, was wir unter uns ausgemacht hatten. Ich dankte ihnen, hieß sie sich zurückzuziehen und befahl einem, sofort meinen Arzt zu rufen. Mir schien, ich sei berechtigt, den Effekt meines tödlichen Schreckens zu befürchten; und es war ein sicheres Mittel, diese Neuigkeit in Umlauf zu bringen.

Der Arzt kam wirklich, bedauerte mich sehr, verordnete mir nur Ruhe. Ich empfahl ferner Victoire, am nächsten Morgen in der Nachbarschaft zu klatschen.

Alles gelang so gut, daß vor Mittag und sobald es bei mir Tag war, meine fromme Nachbarin schon an meinem Bett saß, um die Wahrheit und die Details dieses entsetzlichen Abenteuers zu erfahren. Ich war verpflichtet, mich mit ihr eine ganze Stunde lang zu entrüsten über die Verderbtheit des Jahrhunderts. Einen Augenblick später erhielt ich das Billett der Marschallin, das ich beilege. Endlich, vor fünf Uhr, sah ich zu meinem großen Erstaunen Herrn M** ankommen. Er komme, sagte er, mir seine Entschuldigung darzubringen, daß ein Offizier seines Korps bis zu diesem Punkte sich mir gegenüber verfehlen konnte. Er hatte es erst beim Diner bei der Marschallin erfahren und hat sofort an Prévan die Ordre ergehen lassen, sich ins Gefängnis zu begeben. Ich bat um Gnade für ihn, er schlug es mir ab. Dann dachte ich, als Mitschuldige müsse ich mich meinerseits bestrafen und wenigstens strengstens zurückgezogen bleiben. Ich ließ meine Tür schließen und sagen, ich sei nicht wohl.

Meiner Einsamkeit verdanken Sie diesen langen Brief. Ich werde auch einen an Frau von Volanges schreiben, den sie sicher öffentlich vorlesen wird, und Sie werden die Geschichte so hören, wie man sie erzählen muß.

Ich vergaß Ihnen zu sagen, daß Belleroche ganz außer sich ist und sich mit Prévan schlagen will. Der arme Junge! Glücklicherweise werde ich Zeit haben, ihm den Kopf abzukühlen. Inzwischen will ich den meinen ausruhen, der vom Schreiben müde ist. Adieu, Vicomte.

den 25. September 17.. abends.

87. Brief

*Die Marschallin von ** an die Marquise von Merteuil.*

(Mit dem Vorhergehenden.)

Mein Gott, was höre ich doch, meine liebe gnädige Frau? Ist es möglich, daß dieser kleine Prévan solche Abscheulichkeiten begeht? Und noch dazu Ihnen gegenüber! Was man nicht allem ausgesetzt ist! Wäre man denn bei sich selbst nicht mehr in Sicherheit? In Wahrheit, solche Vorkommnisse trösten einen über das Alter. Worüber ich mich aber nie trösten werde, ist, daß ich zum Teil mit schuld bin, daß Sie ein solches Scheusal bei sich empfangen haben. Ich verspreche Ihnen, daß, wenn das, was man mir davon erzählt, wahr ist, er keinen Fuß mehr in mein Haus setzen wird; und so werden es alle anständigen Leute mit ihm machen, wenn sie tun, was sie tun sollen.

Man hat mir gesagt, daß Sie sich unwohl befinden, und ich bin ängstlich wegen Ihrer Gesundheit. Geben Sie mir bitte von sich Be-

scheid, oder lassen Sie mir durch eine Ihrer Frauen schreiben, wenn
Sie es selbst nicht können. Ich verlange nur ein Wort zu meiner Beru-
higung. Ich wäre diesen Morgen noch zu Ihnen geeilt, wenn nicht die
Bäder gewesen wären, die zu unterbrechen mir der Arzt verboten hat;
und ich muß diesen Nachmittag nach Versailles, immer noch in der
Angelegenheit meines Neffen.

Adieu, meine liebe gnädige Frau, zählen Sie für das Leben auf
meine aufrichtige Freundschaft.

Paris, den 25. September 17...

88. Brief

Die Marquise von Merteuil an Frau von Volanges.

Ich schreibe Ihnen vom Bett aus, gute liebe Freundin. Ein unangenehm-
stes Ereignis, das am wenigsten vorauszusehen, hat mich vor Schreck
und Ärger krank gemacht. Gewiß habe ich mir nichts vorzuwerfen,
aber es ist für eine anständige Frau immer sehr peinlich, die öffentliche
Aufmerksamkeit auf sich zu ziehen, daß ich alles auf der Welt darum
geben möchte, hätte ich dieses unglückliche Abenteuer verhindern
können; und daß ich noch nicht weiß, ob ich mich nicht auf das Land
zurückziehen soll, bis alles wieder vergessen ist. Es handelt sich um
Folgendes.

Ich bin bei der Marschallin von ** einem Herrn Prévan begegnet,
den Sie sicher dem Namen nach kennen, und den ich auch nicht anderweitig kannte. Aber da ich ihn in diesem Hause traf, glaubte ich
zur Annahme mich berechtigt, ihn zur guten Gesellschaft zu zählen.
Er sieht gut aus und schien mir nicht ohne Geist zu sein. Der Zufall
und die Langweile am Spiel ließen mich als einzige Frau zwischen
ihm und dem Bischof von **, während sich die andern am Spiel beteiligten. Wir plauderten alle drei bis zum Souper. Bei Tisch gab ihm
ein neues Stück, von dem man sprach, Veranlassung, seine Loge der
Marschallin anzubieten, die sie auch annahm; und es wurde abgemacht,
daß ich einen Platz darin haben sollte. Das war am letzten Montag
im Français. Als die Marschallin nach der Vorstellung zu mir zum
Souper kam, schlug ich diesem Herrn vor, sie zu begleiten, und er
kam mit. Den nächsten Tag machte er mir die übliche Visite, bei der

er sich auch ganz artig benahm. Den übernächsten Tag kam er des Vormittags, was mir ein wenig übereilt vorkam; aber ich glaubte, anstatt ihn durch die Art und Weise, wie ich ihn empfing, fühlen zu lassen, daß wir noch nicht so eng befreundet wären, als er zu glauben schiene, es wäre besser, ihn durch eine Höflichkeit daran zu erinnern: ich schickte ihm noch am selben Tag eine ganz formelle Einladung zu einem Souper, das ich vorgestern gab. Ich sprach keine viermal mit ihm während des ganzen Abends, und er zog sich sofort zurück, als das Spiel zu Ende war. Sie werden zugeben, daß bis hierher nichts zu glauben berechtigte, daß es zu einem Abenteuer führte. Man machte noch eine Macédonie, die fast bis zwei Uhr dauerte; endlich ging ich zu Bett.

Es war wohl eine halbe Stunde vergangen, daß sich meine Kammerfrau entfernt hatte, als ich in meinem Zimmer ein Geräusch hörte. Ich schlug meinen Vorhang auf und sah mit Entsetzen einen Mann durch die Türe zu meinem Boudoir eintreten. Ich stieß einen Schrei aus und erkannte beim Scheine meiner Nachtlampe Herrn von Prévan, der mir mit einer unbegreiflichen Unverschämtheit sagte, ich solle nicht erschrecken, er wolle mir das Geheimnis seines Verhaltens erklären, und er flehe mich an, keinen Lärm zu machen. Währenddem zündete er einen Leuchter an; ich war so erschrocken, daß ich nicht sprechen konnte. Seine selbstverständliche Art erschreckte mich, glaube ich, noch mehr als alles andere. Aber er hatte noch keine zwei Worte gesagt, als ich sah, was das für ein Geheimnis sei; meine einzige Antwort war, wie Sie sich denken können, daß ich mich an die Klingel hängte.

Durch einen unglaublichen glücklichen Zufall waren alle meine Leute bei einer meiner Frauen wach geblieben und noch nicht zu Bett gegangen. Als meine Kammerjungfer mich laut reden hörte, als sie herbeisprang, erschrak sie und rief die übrigen Leute herbei. Stellen Sie sich diesen Skandal vor! Meine Bedienung war wütend; ich sah es kommen, daß mein Kammerdiener Prévan umbrachte. Ich gestehe, im Moment war ich sehr froh über die große Zahl meiner Retter. Wenn ich aber heute darüber nachdenke, so wäre es mir lieber gewesen, meine Kammerzofe wäre allein gekommen; sie hätte genügt, und ich hätte vielleicht diesen Skandal vermieden, der mich jetzt betrübt. So sind durch den Lärm die Nachbarn aufgeweckt worden, meine Leute haben alles weiter erzählt, und heute spricht ganz Paris davon.

Herr von Prévan sitzt im Gefängnis auf Befehl seines Korpskommandanten, der bei mir war, um sich zu entschuldigen. Diese Gefängnishaft wird den Lärm nur noch vergrößern: aber ich konnte es nicht ändern. Die Stadt und der Hof haben sich an meiner Türe einschreiben lassen, die ich für jedermann verschloß. Die wenigen Personen, die ich gesehen habe, sagten mir, daß man mir Gerechtigkeit widerfahren lasse, und daß die öffentliche Entrüstung über Herrn von Prévan den Höhepunkt erreicht habe: Ganz gewiß verdient er es, aber das beseitigt doch nicht die Unannehmlichkeit dieses Abenteuers.

Überdies hat dieser Mann doch sicher Freunde, und diese dürften schlimm sein: wer weiß, was sie erfinden werden, um mir zu schaden! Mein Gott, wie ist eine junge Frau doch unglücklich! Sie hat noch nichts getan, wenn sie sich gegen Verleumdung schützt; sie muß sich auch noch vor Verleumdern wehren.

Sagen Sie mir, ich bitte Sie, was Sie getan hätten, was Sie an meiner Stelle tun würden, kurz, alles was Sie denken. Immer habe ich von Ihnen die zärtlichsten Tröstungen gehabt und die weisesten Ratschläge; auch höre ich sie von Ihnen am liebsten an.

Adieu, meine liebe gute Freundin. Sie kennen die Gefühle, die mich Ihnen für ewig verbinden. Ich küsse Ihre liebenswürdige Tochter.

Paris, den 26. September 17...

89. Brief

Cécile Volanges an den Vicomte von Valmont.

Trotz allem Vergnügen, mein Herr, die Briefe von Chevalier Danceny zu erhalten, und obschon ich nicht weniger wie er wünsche, daß wir uns wiedersehen könnten, ohne daß man uns hindert, habe ich es doch nicht gewagt, das zu tun, was Sie mir vorschlagen. Erstens ist das zu gefährlich. Dieser Schlüssel, von dem Sie wünschen, ich solle ihn an die Stelle des andern legen, sieht ihm ja wirklich sehr ähnlich, aber doch sieht man ihm einen Unterschied an, und Mama paßt auf alles und merkt auch alles. Wenn man sich auch dessen noch nie bedient hat, solange wir hier sind, so bedarf es nur eines Zufalls, und wenn man es bemerkte, wäre ich für immer verloren. Dann auch, scheint mir, daß es sehr schlecht wäre, einen Doppelschlüssel zu ma-

191

chen, das ist doch stark! Es ist wahr, Sie wären es ja, der die Güte hätte, es zu übernehmen, aber trotz allem, wenn man es erführe, so müßte ich doch die Vorwürfe und die Schuld tragen, weil Sie es für mich getan haben würden. Ich habe es aber doch zweimal versucht, ihn zu nehmen, das wäre ja sehr leicht, wenn er was anderes wäre; aber ich weiß nicht, warum ich jedesmal zitterte, und nicht das Herz dazu habe. Ich glaube also, es wird am besten sein, wir lassen alles beim alten.

Wenn Sie immer noch die Güte haben, gleich gefällig zu sein wie bisher, so werden Sie schon immer ein Mittel finden, mir die Briefe zuzustecken. Selbst bei dem letzten, – ohne daß das Unglück es wollte, daß Sie sich in demselben Augenblick umdrehten, war es ganz leicht gewesen. Ich fühle wohl, daß Sie nicht, so wie ich, nur an das denken können; aber ich will lieber mehr Geduld haben als so viel riskieren. Ich bin sicher, daß Herr Danceny gerade so denkt wie ich; denn jedesmal, wenn er etwas wollte, was mir zu schwer war, willigte er immer ein, daß es nicht sein solle.

Ich werde Ihnen gleichzeitig mit diesem Briefe den Ihrigen geben, den von Herrn Danceny und den Schlüssel. Ich bin nicht weniger dankbar für all Ihre Güte, und ich bitte Sie, sie mir ferner zu erhalten. Es ist wahr, daß ich sehr unglücklich bin, und daß ohne Sie ich es noch mehr wäre; aber schließlich ist es doch meine Mutter; man muß Geduld haben. Und wenn nur Herr Danceny mich immer liebt und Sie mich nicht verlassen, dann kommt vielleicht eine glücklichere Zeit.

Ich habe die Ehre, mein Herr, zu sein mit sehr viel Dankbarkeit Ihre gehorsame und ergebene Dienerin.

..., den 26. September 17..

90. Brief

Der Vicomte von Valmont an den Chevalier Danceny.

Wenn Ihre Angelegenheit nicht so rasch vorwärts geht wie Sie es wünschen, mein Freund, so müssen Sie sich nicht nur an mich halten. Ich habe hier mehr als ein Hindernis zu übersteigen. Die einzigen sind nicht die Wachsamkeit und Strenge Madame von Volanges; auch Ihre junge Freundin macht mir welche. Sei es nun Schüchternheit oder Kälte, sie macht nicht immer das, was ich ihr zu tun rate; und ich glaube doch besser als sie zu wissen, was tun.

Ich hatte ein bequemes und sicheres Mittel gefunden, ihr Ihre Briefe zuzustellen, und auf diese Art sogar das Wiedersehen zu ermöglichen, das Sie wünschen: ich konnte sie aber nicht dazu bestimmen, sich dessen zu bedienen. Ich bin um so betrübter darüber, als ich keine andern Mittel sehe, Sie ihr zu nähern; und selbst für Ihre Korrespondenz fürchte ich immer, daß wir alle drei uns einmal kompromittieren werden. Sie können sich denken, daß ich nicht so weit gehen möchte.

Es täte mir jedoch sehr leid, wenn das geringe Vertrauen Ihrer kleinen Freundin daran Schuld trüge, Ihnen nicht nützlich sein zu können; vielleicht wäre es gut, wenn Sie ihr darüber schrieben. Sehen Sie zu, was Sie tun wollen, es liegt bei Ihnen allein zu entscheiden; denn es genügt nicht, seinen Freunden zu dienen, man muß es auch auf ihre Art sein. Das könnte Ihnen übrigens noch einen Beweis mehr verschaffen, Sie ihrer Gefühle für Sie zu überzeugen; denn die Frau, die noch einen eigenen Willen hat, liebt nicht so sehr wie sie sagt.

Nicht daß ich glaube, daß Ihre Geliebte unbeständig ist; aber sie ist noch sehr jung; sie fürchtet sich noch sehr vor ihrer Mama, die, wie Sie wissen, Ihnen nur schaden will; und vielleicht wäre es gefährlich, zu lange zu warten. Beunruhigen Sie sich jedoch nicht über ein gewisses Maß deswegen, was ich Ihnen da sage. Ich habe keinen Grund zum Mißtrauen; es ist nur freundschaftliche Sorge.

Ich schreibe Ihnen nicht länger, weil ich für mich einiges zu tun habe. Ich bin noch nicht so weit wie Sie, aber ich liebe gerade so, und das tröstet; und sollte ich auch für mich nichts erreichen, wenn es mir nur gelingt, Ihnen nützlich zu sein, so werde ich meine Zeit wohl angewendet finden.

Adieu, mein Freund.

Schloß …, den 26. September 17...

Ende des ersten Bandes

Zweiter Teil

91. Brief

Frau von Tourvel an den Vicomte von Valmont.

Ich wünsche, mein Herr, dieser Brief möge Ihnen keinen Schmerz bereiten, oder, wenn er es doch tun sollte, dieser Schmerz dann wenigstens gelindert werde durch den, den ich empfinde, während ich Ihnen schreibe. Sie werden mich jetzt zur Genüge kennen, um zu wissen, daß es nicht in meiner Absicht liegt, Sie zu kränken. Aber auch Sie möchten mich doch auch nicht in ewige Verzweiflung stürzen. Ich beschwöre Sie also, im Namen der zärtlichen Freundschaft, die ich Ihnen versprochen habe, im Namen der vielleicht stärkeren, aber sicher nicht aufrichtigeren Gefühle, die Sie für mich haben – vermeiden wir es, uns zu sehen; reisen Sie ab; und bis dahin lassen Sie uns alle diese gefährlichen Unterhaltungen unter vier Augen meiden, bei denen ich durch eine mir unbegreifliche Macht Ihnen nie sagen kann, was ich will, sondern nur die ganze Zeit darauf höre, was ich nicht hören sollte.

Gestern noch, als Sie mich im Parke einholten, hatte ich wirklich keinen anderen Zweck, als Ihnen zu sagen, was ich jetzt – schreibe, und was habe ich getan? Mich mit Ihrer Liebe beschäftigt – mit Ihrer Liebe, die ich nie erwidern darf! Barmherzigkeit! Meiden Sie mich. Glauben Sie ja nicht, daß meine Abwesenheit meine Gefühle für Sie schwächen könnte; wie sollte ich sie besiegen, wenn ich den Mut nicht mehr habe, gegen sie zu kämpfen? Sie sehen, ich sage Ihnen alles, denn ich fürchte mich weniger davor, meine Schwäche zu bekennen, als ihr zu unterliegen. Aber wenn ich auch die Herrschaft über meine Gefühle verloren habe, so werde ich sie doch über meine Handlungen behalten, ja, ich werde sie behalten und bin dazu entschlossen, und wenn es mich mein Leben kostete!

Mein Gott, die Zeit ist nicht ferne, da ich ganz fest glaubte, daß ich nie solche Kämpfe zu bestehen haben würde. Ich beglückwünschte mich dazu und war vielleicht zu stolz darauf. Der Himmel hat diesen Stolz grausam bestraft; aber voller Barmherzigkeit noch im Augenblick, da er uns züchtigt, warnt er mich noch vor dem Fall; und ich wäre doppelt schuldig, wenn ich es weiter an Vorsicht fehlen ließe, jetzt, da ich gewarnt bin, daß mir die Kraft ausgeht.

Sie haben mir hundertmal gesagt, daß Sie kein Glück möchten, das mit meinen Tränen erkauft ist. Ach, sprechen wir nicht mehr von Glück, aber lassen Sie mich meine Ruhe wiederfinden.

Wenn Sie meiner Bitte nachgeben, was für neue Rechte erwerben Sie sich dann nicht über mein Herz! Und die wären auf die Tugend gegründet, und ich brauchte mich nicht dagegen zu wehren. Wie würde ich mir in der Dankbarkeit nicht genug tun! Ich würde es Ihnen dann verdanken, ohne Reue ein köstliches Gefühl zu genießen. Jetzt bin ich erschrocken über meine Gefühle und Gedanken und fürchte, mich mit Ihnen wie mit mir zu beschäftigen. Schon der Gedanke an Sie entsetzt mich; wenn ich ihn nicht fliehen kann, bekämpfe ich ihn; ich kann ihn nicht bannen, aber ich stoße ihn von mir.

Wäre es nicht für uns beide besser, diesem Zustand der Angst und Verwirrung ein Ende zu machen? O Sie, dessen gefühlvolle Seele auch inmitten der Irrungen für die Tugend schlägt, Sie werden Achtung vor meinem Schmerz haben und werden meine Bitte nicht abschlagen. Ein ruhigeres, aber nicht weniger zärtliches Interesse wird diesen stürmischen Erregungen folgen; dann werde ich dank Ihrer Güte aufatmen, dann werde ich mein Dasein wieder lieben, und in meiner; Herzensfreude sagen: Die Ruhe, die ich empfinde, verdanke ich meinem Freunde.

Wenn Sie sich einigen leichten Entbehrungen unterwerfen, die ich Ihnen nicht aufdringe, aber um die ich Sie bitte – glauben Sie denn damit das Ende meiner Qual zu teuer zu erkaufen? Ach, wenn, um Sie glücklich zu machen, es nur nötig wäre, in mein eigenes Unglück zu willigen, dann, Sie können mir's glauben, würde ich keinen Augenblick zögern ... Aber schuldig werden! ... Nein, mein Freund, nein, lieber tausendmal sterben.

Schon niedergedrückt durch die Scham, am Vorabend meiner Reue, fürchte ich die andern und mich selbst. Ich erröte in Gesellschaft und zittere in der Einsamkeit. Ich habe nur noch ein Leben, das des Schmerzes. Ruhe kann ich nur durch Sie erlangen. Meine besten Entschlüsse genügen nicht, um mich zu beruhigen; ich habe diesen schon gestern gefaßt und habe doch diese Nacht in Tränen verbracht. Sehen Sie Ihre Freundin, die, die Sie lieben, verwirrt und bittend, von Ihnen

Ruhe und Unschuld bittend. Ach Gott, ohne Sie, wäre sie jemals zu dieser demütigenden Bitte verurteilt worden? Aber ich werfe Ihnen nichts vor. Ich fühle zu gut an mir selbst, wie schwer es ist, einem herrischen Gefühl zu widerstehen. Eine Klage ist kein Murren. Tun Sie aus Edelsinn, was ich aus Pflichtgefühl tue, und zu allen Gefühlen, die Sie mir eingeflößt haben, werde ich das einer ewigen Dankbarkeit fügen.

Adieu. Adieu.

den 27. September 17..

92. Brief

Der Vicomte von Valmont an die Frau von Tourvel.

Noch ganz bestürzt durch Ihren Brief, gnädige Frau, weiß ich wirklich nicht, wie ihn beantworten. Ohne Zweifel, wenn zwischen Ihrem Unglück und dem meinen gewählt werden muß, so ist es an mir, mich zu opfern, und ich zaudere nicht. Aber so wichtige Dinge verdienen, scheint mir, vor allem besprochen und aufgeklärt zu werden, aber wie das erreichen, wenn wir uns weder sehen noch sprechen sollen?

Wie? Während uns die zärtlichsten Gefühle vereinen, soll eine eingebildete Furcht uns vielleicht für immer voneinander trennen? Vergebens sollen die zärtliche Freundschaft, die glühendste Liebe ihre Rechte verlangen und ihre Stimmen sollen nicht gehört werden? Und warum? Was ist denn das für eine Gefahr, die Sie bedroht? Ach, glauben Sie mir, solche Furchtanfälle, die so leicht kommen, sind, scheint mir, nur ein hinreichender Grund, sich sicher zu fühlen.

Erlauben Sie mir, daß ich Ihnen sage: ich finde hier wieder die Spur der ungünstigen Meinungen, die man Ihnen über mich gegeben hat. Man zittert nicht in der Nähe des Mannes, den man schätzt; man vertreibt besonders nicht den, den man einiger Freundschaft würdig hielt; einen gefährlichen Menschen, den fürchtet und flieht man.

Wer aber war je respektvoller und ergebener als ich? Schon, Sie sehen es, beherrsche ich mich in meiner Sprache; ich erlaube mir nicht mehr jene süßen Worte, die meinem Herzen so lieb sind, und die es Ihnen im Geheimen immer weiter gibt. Es ist nicht mehr der treue und unglückliche Geliebte, der von der zärtlichen und gütigen

Freundin Ratschläge und Tröstungen erhält, es ist der Angeklagte vor dem Richter, der Sklave vor dem Herrn! Diese neuen Titel erfordern ohne Zweifel neue Pflichten. Ich verpflichte mich, sie alle zu erfüllen. Hören Sie mich an, und wenn Sie mich verurteilen, werde ich zu Boden blicken und abreisen. Ich verspreche noch mehr: ziehen Sie den Despotismus vor, der verurteilt, ohne zu hören! Haben Sie den Mut zur Ungerechtigkeit! Befehlen Sie und ich gehorche auch dann noch.

Aber dieses Urteil oder diesen Befehl, ich will ihn aus Ihrem Munde hören. Warum? werden Sie fragen. Ach! wenn Sie so fragen, wie kennen Sie die Liebe und mein Herz wenig! Ist es denn nicht, Sie noch einmal zu sehen? Und wenn Sie die Verzweiflung in meine Seele bringen, wird vielleicht ein tröstender Blick sie davor bewahren, zu brechen. Wenn ich schon auf Liebe verzichten muß und auf Freundschaft, für die allein ich lebe, so werden Sie wenigstens Ihr Werk sehen, und Ihr Mitleid wird mir bleiben. Diese geringe Gunst, wenn ich sie selbst nicht verdiente, bezahle ich wohl und bereitwillig teuer genug, um zu hoffen, sie zu erlangen.

Wie! Sie wollen mich aus Ihrer Nähe entfernen! Sie lassen es zu, daß wir einer dem andern fremd werden! Was sage ich? Sie wünschen es! Und während Sie mir versichern, daß meine Abwesenheit Ihre Gefühle nicht verändern wird, beschleunigen Sie meine Abreise nur, um leichter an die Zerstörung dieser Gefühle gehen zu können.

Schon sprechen Sie mir davon, daß Sie diese Gefühle durch Dankbarkeit ersetzen wollen. Also ein Gefühl, das ein Fremder von Ihnen für eine kleinste Gefälligkeit bekäme, ja selbst Ihr Feind, wenn er aufhörte, Ihnen zu schaden, das ist es, was Sie mir bieten! Und Sie wollen, daß mein Herz sich damit begnügt! Befragen Sie das Ihrige. Wenn Ihr Geliebter, Ihr Freund, eines Tages zu Ihnen käme, Ihnen von Dankbarkeit reden wollte, würden Sie dem nicht entrüstet sagen: »Gehen Sie, Sie sind undankbar« –?

Ich schließe und rufe Ihre Nachsicht an. Verzeihen Sie den Ausdruck des Schmerzes, den Sie hervorrufen. Er wird meine treue Unterwerfung nicht hindern. Aber ich beschwöre Sie meinerseits, im Namen dieser süßen Gefühle, auf die Sie selbst sich berufen, weigern Sie sich nicht, mich anzuhören! Und aus Barmherzigkeit wenigstens für den tödlichen Zustand, in den Sie mich gestürzt haben, schieben Sie den Augenblick nicht auf. Adieu, gnädige Frau.

den 27. September 17.. Abend.

93. Brief

Der Chevalier Danceny an den Vicomte von Valmont.

O Freund! Ihr Brief hat mich erstarren machen. Cécile – Gott, ist es möglich? Cécile liebt mich nicht mehr. Ja, ich sehe diese entsetzliche Wahrheit durch den Schleier hindurch, mit dem Ihre Freundschaft sie verhüllt. Sie wollten mich auf den tödlichen Schlag vorbereiten – ich danke Ihnen für Ihre Bemühung; aber läßt sich die Liebe täuschen? Sie läuft allem entgegen, was sie beschäftigt; sie erfährt ihr Geschick nicht, sie errät es. Ich zweifle nicht mehr an dem meinen; sprechen Sie ohne Umschweife, Sie können es, und ich bitte Sie darum. Sagen Sie mir alles: was hat die Zweifel in Ihnen erregt, was sie bestätigt. Die kleinsten Einzelheiten sind wichtig. Trachten Sie vor allem, sich ihrer Worte zu entsinnen. Ein Wort statt eines andern kann einen ganzen Satz verändern; ein Wort ist oft doppelsinnig … Können Sie sich nicht getäuscht haben? Ach, ich versuche mir es noch auszureden! Was hat sie Ihnen gesagt? Wirft sie mir etwas vor? Verteidigt sie sich nicht wenigstens wegen ihres Unrechtes? Ich hätte die Änderung voraussehen müssen, aus den Schwierigkeiten, die sie seit einiger Zeit in allem findet. Die Liebe kennt nicht so viel Hindernisse.

Was soll ich tun? Was raten Sie mir? Wenn ich versuchte, sie zu sehen! Ist dies denn unmöglich? Das Fernsein ist so grausam, so unheilvoll … Und sie hat ein Mittel ausgeschlagen, mich zu sehen. Sie sagen mir nicht, was es für eins war; wenn wirklich zuviel Gefahr dabei war, so weiß sie sehr wohl, daß ich nicht wünsche, daß sie zuviel wagt. Aber ich kenne auch Ihre Vorsicht, und kann, zu meinem Unglück, nicht an ihr zweifeln.

Was soll ich jetzt tun? Wie ihr schreiben? Wenn ich sie meinen Argwohn sehen lasse, betrübt sie das vielleicht; und wenn er ungerecht ist, würde ich mir je verzeihen, sie betrübt zu haben? Wenn ich ihn ihr verberge, dann betrüge ich sie, und ich kann mich bei ihr nicht verstellen.

O! wüßte sie, was ich leide, meine Pein würde sie rühren. Ich weiß, sie hat ein Herz, und ich habe tausend Beweise ihrer Liebe. Zu schüchtern ist sie, zu umständlich und verlegen – aber sie ist noch so jung! Und ihre Mutter behandelt sie so streng! Ich will ihr schreiben;

ich will an mich halten; ich werde sie nur bitten, ganz auf Sie zu vertrauen. Wenn sie selbst dann noch sich weigert, so kann sie mir doch meine Bitte nicht übelnehmen; und vielleicht wird sie einwilligen.

Sie, mein Freund, bitte ich tausendmal um Verzeihung, für sie und für mich. Ich versichere Ihnen, sie fühlt den Wert Ihrer Sorge und ist dankbar dafür. Es ist nicht Mißtrauen, es ist Schüchternheit. Haben Sie Nachsicht mit ihr, das Schönste an der Freundschaft. Die Ihrige ist mir sehr wertvoll, und ich weiß nicht, wie ich mich für alles dankbar zeigen soll, was Sie für mich tun. Adieu, ich will sofort schreiben.

Ich fühle alle meine Befürchtungen wiederkommen; wer mir gesagt hätte, daß es mir je Mühe kosten würde, ihr zu schreiben! Ach, gestern noch war es meine süßeste Freude.

Adieu, lieber Freund; fahren Sie in Ihrer Mühe um mich fort und beklagen Sie mich.

Paris, den 27. September 17..

94. Brief

Der Chevalier Danceny an Cécile Volanges.

(Dem vorhergehenden Briefe beigelegt.)

Ich kann Ihnen nicht verbergen, wie sehr ich betrübt war, als ich von Valmont hörte, wie wenig Vertrauen Sie immer noch zu ihm haben. Wo Sie doch wissen, daß er mein Freund ist, daß er der einzige Mensch ist, der uns beide zusammenbringen kann, – ich glaubte, dies würde Ihnen genügen; nun sehe ich schmerzlich, daß ich mich getäuscht habe. Kann ich hoffen, daß Sie mich wenigstens über Ihre Gründe aufklären werden? Werden Sie nicht auch hier Schwierigkeiten finden, die Sie daran hindern? Denn ich kann ohne sie den Grund dieses Ihres Verhaltens nicht erraten. Ich wage es nicht, Ihre Liebe zu bezweifeln, und auch Sie dürften doch von der meinen überzeugt sein. Ach! Cecile …

Es ist also wahr, daß Sie ein Mittel, mich zu sehen, zurückwiesen, ein einfaches, bequemes und sicheres Mittel? So lieben Sie mich? Eine so kurze Trennung hat Ihre Gefühle sehr verändert.

Aber warum mich täuschen? Warum mir sagen, daß Sie mich immer noch lieben, und mehr als je? Hat Ihre Mama, als sie Ihre Liebe zerstörte, auch Ihre Aufrichtigkeit zerstört? Wenn sie Ihnen wenigstens einiges Mitleid gelassen hat, so werden Sie nicht ganz ohne Kummer von den entsetzlichen Qualen hören, die Sie mir verursachen. Ach! Sterben ist weniger schmerzhaft.

Sagen Sie doch, ist Ihr Herz mir unwiderruflich verschlossen? Haben Sie mich ganz vergessen? Dank Ihrer Weigerung weiß ich nicht einmal, ob Sie meine Klagen hören werden oder darauf erwidern. Die Freundschaft Valmonts hatte unsere Korrespondenz gesichert, aber Sie, Sie wollten nicht; Sie fanden es peinlich und mühsam und haben dieses unser einziges Verkehrsmittel selten gebraucht. Nein, ich kann nicht mehr an die Liebe glauben, an den guten Willen. Ach! an was kann man noch glauben, wenn Cecile mich betrog?

Antworten Sie mir doch! Ist es wahr, daß Sie mich nicht mehr lieben? Das ist doch nicht möglich, das meinen Sie nur und betrügen Ihr Herz. Eine vorübergehende Furcht, ein Augenblick der Mutlosigkeit, den die Liebe bald wieder verscheucht; nicht wahr, meine Cécile? Ja, ja, so ist es und ich habe unrecht, Sie anzuklagen. Wie froh werde ich sein, unrecht zu haben! Und wie will ich Sie zärtlich um Verzeihung bitten und diesen Augenblick der Ungerechtigkeit wieder gut machen durch eine ewige Liebe!

Cécile, Cécile, erbarmen Sie sich! Willigen Sie ein, mich zu sehen, und in alle Mittel, die es möglich machen! Sie sehen, was die Trennung aus mir macht: Angst, Zweifel, Verdacht, vielleicht sogar Kälte! Ein einziger Blick, ein Wort, und wir werden glücklich sein. Aber kann ich noch von Glück sprechen? Vielleicht ist es für mich verloren, auf immer verloren. Von Angst geplagt, zwischen ungerechte Zweifel und noch grausamere Wahrheit gedrängt, kann ich nicht denken; ich bewahre nur deshalb mein Leben, um zu leiden und Sie zu lieben. Ach, Cécile! Sie allein haben das Mittel, mir dieses Leben lieb zu machen, und ich erwarte vom ersten Wort, das Sie aussprechen, die Rückkehr des Glücks, oder die Gewißheit ewiger Verzweiflung.

Paris, den 27. September 17..

95. Brief

Cécile Volanges an den Chevalier Danceny.

Ich begreife nichts in Ihrem Briefe als den Schmerz, den er mir bereitet. Was hat Ihnen denn Herr von Valmont geschrieben, und was konnte Sie denn auf den Glauben bringen, daß ich Sie nicht mehr liebte? Das wäre vielleicht ein Glück für mich, denn ich hätte sicher weniger Kummer; und es ist, wo ich Sie so liebe, sehr hart, zu sehen, daß Sie immer glauben, ich sei im Unrecht und wo, statt mich zu trösten, mir gerade von Ihnen die Schmerzen kommen, die mir am meisten Kummer bereiten. Sie glauben, daß ich Sie täusche und daß ich Ihnen sage, was nicht so ist! Sie haben da eine schöne Meinung von mir! Aber wenn ich eine Lügnerin wäre, wie Sie mir vorwerfen, welches Interesse hätte ich denn daran? Wenn ich Sie nicht mehr liebte, brauchte ich es doch nur sagen, und alle Welt würde sich darüber freuen; aber zu meinem Unglück ist das stärker als ich; und noch dazu für einen, der mir gar keinen Dank dafür weiß!

Was habe ich denn getan, um Sie so zu ärgern? Ich habe mich nicht getraut, einen Schlüssel anzunehmen, weil ich fürchtete, daß Mama es bemerken würde, und weil dies wieder Ihnen und mir neuen Kummer bereiten würde; und dann noch, weil mir scheint, daß es ein Unrecht ist. Herr von Valmont allein war es auch, der mir davon sprach, und ich konnte nicht wissen, ob Sie es wollten oder nicht, weil Sie nicht davon wußten. Jetzt, da ich weiß, daß Sie es wünschen, widersetze ich mich denn, den Schlüssel zu nehmen? Ich werde ihn morgen nehmen; und dann werden wir sehen, was Sie noch zu sagen haben.

Herr von Valmont hat leicht Ihr Freund sein; ich glaube, daß ich Sie mindestens ebenso liebe, wie er Sie lieben kann; und trotzdem ist immer er es, der Recht hat, und ich habe immer unrecht.

Ich muß Ihnen sagen, daß ich sehr böse bin. Das ist Ihnen natürlich gleichgültig, weil Sie wissen, daß ich immer wieder bald gut bin, aber jetzt, wo ich den Schlüssel bekomme, werde ich Sie sehen können, wenn ich will; und ich versichere Ihnen, daß ich nicht wollen werde, wenn Sie so sind. Ich will lieber Kummer haben, der von mir kommt, als von Ihnen: richten Sie sich danach.

Wenn Sie wollten, würden wir uns so lieben und hätten nur den Kummer, den man uns antut! Glauben Sie mir, wäre ich meine eigene Herrin, Sie würden sich nie zu beklagen haben. Aber wenn Sie mir nicht glauben, werden wir immer sehr unglücklich sein, und es wird meine Schuld nicht sein. Ich hoffe, daß wir uns bald sehen, und daß wir keine Gelegenheit mehr haben werden, uns so zu kränken wie jetzt.

Wenn ich das hätte vorhersehen können, hätte ich diesen Schlüssel sofort genommen, aber ich glaubte wirklich, ganz richtig zu handeln. Nehmen Sie es mir also nicht übel, ich bitte Sie, und seien Sie nicht mehr traurig, und lieben Sie mich immer so, wie ich Sie liebe – dann werde ich zufrieden sein. Adieu, mein Lieber.

Schloß …, den 28. September 17..

96. Brief

Cécile Volanges an den Vicomte von Valmont.

Ich bitte Sie, mir gütigst den Schlüssel zuzustellen, den Sie mir gaben, um ihn an Stelle des andern zu legen; weil man es will, muß ich wohl auch.

Ich weiß nicht, warum Sie Herrn Danceny schrieben, daß ich ihn nicht mehr liebe – ich glaube nicht, Ihnen je Ursache gegeben zu haben, dies zu denken; das hat ihm viel Kummer bereitet und mir auch. Ich weiß wohl, daß Sie sein Freund sind, aber das ist doch kein Grund, ihm Kummer zu bereiten, und mir auch nicht. Sie würden mir Freude machen, wenn Sie ihm das Gegenteil sagten, das nächste Mal, wenn Sie ihm schreiben, und daß Sie davon überzeugt seien; denn zu Ihnen hat er das größte Vertrauen; ich, wenn ich etwas gesagt habe und man glaubt mir nicht, so weiß ich nicht mehr was tun.

Was den Schlüssel betrifft, so können Sie ganz ruhig sein; ich habe alles behalten, was Sie mir in Ihrem Briefe anempfohlen haben. Wenn Sie ihn noch haben und ihn mir gleichzeitig geben wollten, verspreche ich Ihnen, daß ich sehr acht darauf geben werde. Wenn es morgen sein kann, wenn wir zum Diner gehen, würde ich Ihnen den andern Schlüssel übermorgen nach dem Frühstück geben; und Sie würden ihn mir auf dieselbe Art wie das erstemal wiedergeben. Ich möchte wohl, daß es nicht länger wäre, denn es wäre weniger Zeit riskiert, in der Mama darauf kommen könnte.

Und dann, wenn Sie schon diesen Schlüssel haben, würden Sie wohl so gut sein, sich seiner zu bedienen, um meine Briefe zu holen? Auf diese Art würde Herr Danceny öfters Nachrichten von mir erhalten. Es ist wahr, es wird das so viel bequemer sein als bisher; anfangs hat es mir nur so viel Angst gemacht – ich bitte Sie, mich zu entschuldigen, ich hoffe, daß Sie deshalb nicht weniger nett gegen mich sein werden als wie bisher. Ich werde Ihnen immer dankbar dafür sein. Ich bin Ihre sehr ergebene Dienerin.

Schloß …, den 28. September 17..

97. Brief

Der Vicomte von Valmont an die Marquise von Merteuil.

Ich wette, seit Ihrem Abenteuer erwarteten Sie täglich meine Komplimente und Glückwünsche, ja ich zweifle nicht einmal, daß mein langes Schweigen Sie in schlechte Laune gebracht hat. Aber was wollen Sie, ich war immer der Meinung, wenn man eine Frau nur noch zu loben braucht, kann man es ihr allein überlassen und zu was andern gehen. Indes danke ich Ihnen, was mich, und gratuliere Ihnen zu dem, was Sie betrifft. Ich will selbst, um Sie ganz glücklich zu machen, zugeben, daß Sie dieses Mal meine Erwartungen übertroffen haben – nun wollen wir sehen, ob ich meinerseits die Ihrigen wenigstens zum Teil erfüllt habe.

Nicht von Frau von Tourvel will ich Ihnen erzählen; ihr zu langsamer Gang mißfällt Ihnen; Sie lieben nur fertige Tatsachen. Das langsam sich Abspinnende langweilt Sie; und ich habe noch niemals so viel Vergnügen erlebt, als bei diesem vermeintlich langsamen Vorrücken.

Ja, ich liebe es, diese vorsichtige Frau zu studieren, wie sie, ohne es zu merken, in einen Pfad einlenkt, auf dem es kein Zurück gibt, und dessen gefährliche schiefe Neigung sie fortreißt und zwingt, mir gegen ihren Willen zu folgen. Da möchte sie, erschreckt über die Gefahr, den Schritt aufhalten und kann nicht. Ihre Mühe und ihre Geschicklichkeit können ihre Schritte wohl etwas verlangsamen, aber es muß doch einer auf den andern folgen. Zuweilen wagt sie nicht, der Gefahr ins Gesicht zu sehen, schließt die Augen, läßt sich gleiten, ergibt sich dem, was ich mit ihr tun will. Öfter aber belebt frische Furcht ihre Kraft, und in tödlicher Angst versucht sie es nochmals, umzukehren. Erschöpft ihre Kräfte, um ein kleines Stück Weg mühsam zu ersteigen – und gleich bringt sie wieder eine magische Kraft der gefährlichen Stelle näher, die sie eigentlich fliehen wollte. Da hat sie dann niemanden andern mehr als mich zu Führer und Stütze, denkt nicht mehr daran, mir den unvermeidlichen Sturz länger vorzuwerfen, fleht mich an, ihn aufzuhalten. Heißes Bitten, demütiges Flehen, alles was die Sterblichen in ihrer Angst der Gottheit darbringen, das empfange ich von ihr. Und Sie wollen, daß ich, taub ihren Bitten, selber diesen Kultus zerstöre, den sie mir weiht, und daß ich sie zu stürzen die Macht anwende, die sie zu ihrer Stütze anruft! Ach! Lassen Sie mir wenigstens Zeit, diesen Kampf zwischen Liebe und Tugend zu beobachten.

Was denn! Dasselbe Schauspiel, deswegen Sie ins Theater laufen, dem Sie wütend Beifall klatschen – halten Sie das für weniger anziehend im wirklichen Leben? Diese Gefühle einer reinen und zärtlichen Seele, die das Vergnügen nicht kennt, das sie begehrt und nicht aufhört, sich zu verteidigen, selbst wenn sie schon nicht mehr widersteht, Sie hören sie begeistert an; sollten sie wertlos sein für den, der sie verursacht? Das aber sind die köstlichen Genüsse, die diese himmlische Frau mir täglich bietet, und Sie werfen mir vor, daß ich ihre Süßigkeit auskoste! Ach! die Zeit wird nur zu schnell kommen, wo sie im Rang durch ihren Fall erniedrigt für mich nur mehr eine gewöhnliche Frau sein wird – wie alle andern.

Aber ich vergesse, während ich von ihr spreche, daß ich nicht von ihr sprechen wollte. Ich weiß nicht, welche Macht mich immer wieder zu ihr zurück führt, selbst wenn ich sie beschimpfe. Setzen wir die gefährlichen Gedanken an sie beiseite und kommen wir, ich will wieder ich sein, auf was Heiteres. Es handelt sich um Ihre Schülerin, die jetzt die meine geworden ist, und ich hoffe, hier werden Sie mich wiederkennen.

Da ich seit einigen Tagen von meiner zärtlichen frommen Frau etwas besser behandelt und deshalb etwas weniger mit ihr beschäftigt war, hatte ich bemerkt, daß die kleine Volanges wirklich sehr hübsch ist; und wenn es auch eine Dummheit ist, in sie verliebt zu sein wie Danceny, so wäre es vielleicht nicht weniger dumm von mir, bei ihr nicht jene Zerstreuung zu suchen, die ich in meiner Einsamkeit so nötig hätte. Es schien mir auch nur billig, mich für die viele Mühe zu entschädigen, die ich mir ihretwegen gab. Ich erinnerte mich zudem, daß Sie sie mir angeboten hatten, bevor Danceny etwas darein zu sagen hatte, und ich betrachtete mich für berechtigt, einige Abgaben zu verlangen von einer Ware, die er nur dank meiner Abweisung und Preisgabe besaß. Das hübsche Gesicht der kleinen Person, ihr frischer Mund, ihre kindliche Art, selbst ihre Ungeschicklichkeit bestärkten diese meine weisen Überlegungen, und ich beschloß, danach zu handeln: der Erfolg hat das Unternehmen gekrönt.

Schon suchen Sie zu erraten, durch welche Mittel ich den geliebten Liebhaber ausgestochen habe, welche Verführung diesem Alter, dieser Unerfahrenheit angemessen ist? Sparen Sie sich alle Mühe, ich habe gar keine Mittel angewandt. Während Sie mit Geschicklichkeit die Waffen Ihres Geschlechtes gebrauchten und triumphierten durch die Schlauheit, ließ ich dem Manne seine unverjährten Rechte und siegte durch die ihm zustehende Gewalt. Sicher, meine Beute zu fassen, wenn ich nur an sie heran konnte, brauchte ich List nur, um mich nähern zu können, und die List, deren ich mich bediente, verdient fast nicht diesen Namen.

Ich profitierte vom ersten Brief, den ich von Danceny für seine Schöne bekam, und nachdem ich sie durch das zwischen uns verabredete Zeichen aufmerksam gemacht hatte, verwandte ich meine Geschicklichkeit statt auf die Abgabe des Briefes darauf, die Gelegenheit dazu zu verpassen. Die Ungeduld, die ich dadurch erreichte, teilte ich scheinbar, und nachdem ich das Übel gestiftet hatte, verschrieb ich das Gegenmittel.

Das junge Fräulein bewohnt ein Zimmer, dessen eine Tür auf den Gang führt; aber, wie es sich schickt, hatte die Mutter den Schlüssel dazu bei sich. Es handelte sich nun darum, diesen Schlüssel zu kriegen. Nichts leichter als das; ich verlangte nur, ihn für zwei Stunden zu haben, und verbürgte mich, einen ähnlichen zu beschaffen. Dann würden Korrespondenz, nächtliche Zusammenkünfte und alles das leicht und bequem. Aber würden Sie es glauben, das schüchterne Kind hatte Angst und weigerte sich. Ein anderer wäre darüber verzweifelt gewesen; ich sah darin nur die Gelegenheit zu einem reizvolleren Vergnügen. Ich schrieb an Danceny und beklagte mich über sie, und machte das so gut, daß unser leichtsinniger Herr nicht nachgab, bis er selbst von seiner furchtsamen Geliebten erreicht hatte, daß sie meiner Bitte nachgab und sich ganz meinem Belieben anvertraute.

Ich war recht froh, ich gestehe es, auf diese Weise die Rolle gewechselt zu haben, und daß nun der junge Mann für mich tat, was ich nach seiner Rechnung für ihn tun sollte. Dieser Gedanke verdoppelte in meinen Augen den Wert des Abenteuers; ich beeilte mich darum auch, sobald ich den kostbaren Schlüssel hatte, davon Gebrauch zu machen. Das war die vorige Nacht.

Nachdem ich mich vergewissert hatte, daß alles ruhig war im Schloß, habe ich, bewaffnet mit meiner Blendlaterne und in einer Toilette, die der Stunde und den Umständen angemessen war, Ihrem Mündel meine erste Visite gemacht. Ich hatte alles vorbereiten lassen (und das durch sie selbst), um ohne Geräusch eintreten zu können. Sie war im ersten Schlaf und in dem ihrer Jahre, so daß ich bis an ihr Bett kam, ohne daß sie erwachte. Erst versuchte ich noch weiter zu gehen und als Traum zu gelten. Aber ich fürchtete die Überraschung und das Geräusch, das diese mit sich bringt, und so zog ich es vor, die schöne Schläferin vorsichtig zu wecken, und es gelang mir wirklich, den gefürchteten Schrei zu verhindern.

Nachdem ich ihre erste Furcht beruhigt hatte, erlaubte ich mir – ich war ja nicht zum Plaudern gekommen – einige Freiheiten. Zweifellos hat man ihr im Kloster nicht beigebracht, wie vielen Gefahren die schüchterne Unschuld ausgesetzt ist und was alles sie zu schützen hat, um nicht überrumpelt zu werden: denn während sie alle Aufmerksamkeit und alle Kräfte darauf verwandte, einen Kuß abzuwehren, der nur ein Scheinangriff war, blieb alles übrige ohne Verteidigung. Wie hätte ich davon nicht profitieren sollen! Ich änderte also meine Route und faßte Posto. Da glaubten wir uns beide verloren. Denn das kleine Mädchen wollte, ganz erschreckt, allen Ernstes schreien. Glücklicherweise erstickte ihre Stimme in Tränen. Sie war auch schon zur Klingel gesprungen, aber meine Geschicklichkeit hielt ihren Arm noch beizeiten auf.

»Was wollen Sie tun?« sagte ich. »Sich auf immer ins Verderben stürzen? Wenn jemand käme, was läge mir daran? Wen könnten Sie überzeugen, daß ich nicht mit Ihrem Willen hier bin? Wer anderer als Sie selbst könnte mir die Mittel geschaffen haben, hier herein zu kommen? Und dieser Schlüssel, den ich von Ihnen habe, nur durch Sie haben konnte, werden Sie sagen wollen, zu welchem Zweck Sie ihn mir gaben?« Diese kurze Rede hatte weder beruhigend auf ihren Zorn noch auf ihren Schmerz gewirkt, aber sie führte zur Unterwerfung. Ich weiß nicht, ob mein Ton so beredt war, – meine Gebärden waren es sicher nicht. Eine Hand war mit dem Zorn beschäftigt, die andere mit der Liebe, – welcher Redner könnte in einer solchen Lage Anspruch auf Anmut machen? Wenn Sie sich die Situation vorstellen, werden Sie zugeben, daß sie für einen Angriff günstig war; aber ich, ich verstehe von dem allen nichts, und, wie Sie sagen, führt die einfachste Frau, ein Schulmädel, mich wie ein Kind am Bande.

Dieses Schulmädchen fühlte inmitten ihrer Trostlosigkeit, daß irgend etwas geschehen und daß sie in Unterhandlung treten müsse. Da ihr Bitten nicht erhört wurde, mußte sie sich auf Anerbietungen einlassen. Sie glauben, daß ich den wichtigen Posten recht teuer verkauft habe, aber nein: ich habe alles für – einen Kuß versprochen. Zwar habe ich, als ich den Kuß hatte, mein Versprechen nicht gehalten, aber ich hatte gute Gründe. Hatten wir ausgemacht, daß er gegeben oder genommen werden sollte? Wir einigten uns auf einen zweiten, den ich bekommen sollte. Ihre Arme legten sich um meinen Leib, und ich drückte sie mit den meinen, und ich bekam den süßesten Kuß, richtig und tadellos: die Liebe hätte es nicht besser machen können.

So viel Ehrlichkeit verdiente eine Belohnung, und ich gewährte alsbald die Bitte. Die Hand zog sich zurück, aber ich weiß nicht durch welchen Zufall befand ich mich selber an ihrer Stelle. Sie vermuten mich da nun sehr eifrig und tätig, nicht wahr? Aber ich war's durchaus nicht. Ich habe einmal Geschmack an der Langsamkeit gewonnen, sage ich Ihnen. Einmal sicher hin zu kommen, warum dann die Reise beschleunigen?

In allem Ernst – ich war sehr froh, einmal die Macht der Gelegenheit zu beobachten, und hier fand ich sie, bar von jeder fremden Hilfe. Sie hatte nun doch gegen die Liebe zu kämpfen, gegen die Liebe, die von Scham und Angst vor der Schande gehalten, aber gestärkt ward durch die schlechte Laune, die ich erregt hatte und von der genug da war. Die Gelegenheit war allein da, aber da war sie, immer geboten, immer gegenwärtig, und die Liebe war abwesend.

Um meine Beobachtungen zu sichern, hatte ich die Bosheit, nur so viel Gewalt anzuwenden, daß man sich dagegen wehren konnte. Nur wenn meine schöne Gegnerin, meine Güte mißbrauchend, mir entschlüpfen wollte, hielt ich sie durch dieselbe Furcht, deren glückliche

Wirkung ich schon erprobt hatte, fest. Nun: Die zärtliche Verliebte hat ohne Sorgen um ihre Eide zuerst nachgegeben und schließlich … Nicht etwa, daß nach dieser ersten Niederlage Vorwürfe und Tränen nicht wieder kamen. Ich weiß nicht, ob sie echt oder gemacht waren, aber, wie es immer geht: sie hörten auf, sobald ich wieder anfing, Grund zu neuen Tränen zu geben. Kurz, von Schwäche zu Vorwürfen, und von Vorwürfen zu Schwäche haben wir uns erst getrennt, als wir sehr zufrieden miteinander waren und beide im Reinen über das Rendezvous von heute abend.

Erst bei Tagesgrauen kam ich wieder in mein Zimmer und war ganz kaputt von Ermattung und Schlaf. Und doch habe ich beides der Begier geopfert, heute morgen beim Frühstück zu erscheinen. Ich liebe bis zur Leidenschaft die Mienen des nächsten Tages. Sie können sich von diesen keine Vorstellung machen. War das eine Verlegenheit in der Haltung! Und ein behinderter Schritt! Und die Augen immer niedergeschlagen und so umrändert! Das sonst so runde Gesicht war ganz lang geworden! Es war sehr spaßhaft. Und zum erstenmal bezeugte ihr ihre Mutter eine wirklich zärtliche Teilnahme, erschreckt durch diese außerordentliche Veränderung. Auch die Präsidentin war mit viel Eifer um sie her. Oh! Was diese Sorgfalt betrifft, so war sie nur geliehen. Es wird ein Tag kommen, wo man sie ihr wird zurückerstatten können, und dieser Tag ist nicht fern. Adieu, meine schöne Freundin.

Schloß …, den 1. Oktober 17..

98. Brief

Cécile Volanges an die Marquise von Merteuil.

Ach, mein Gott, liebe gnädige Frau, wie bin ich betrübt! Wie bin ich unglücklich! Wer wird mich in meinem Schmerz trösten? Wer wird mir in meiner Verwirrung raten? Dieser Herr von Valmont … und Danceny! Nein, der Gedanke an Danceny bringt mich zur Verzweiflung … Wie soll ich es Ihnen nur erzählen? Wie es sagen? … Ich weiß nicht, wie es tun. Und mein Herz ist so voll … Ich muß mit jemandem sprechen, und Sie sind die einzige, zu der ich es kann, der ich mich anzuvertrauen wage. Sie sind so gut gegen mich! Aber seien Sie es jetzt nicht, denn ich bin es nicht wert: – was sage ich, ich wünsche es gar nicht. Alle waren heute gut zu mir – und alle haben meinen Schmerz noch vermehrt. Ich fühlte zu sehr, daß ich es nicht verdiente. Zanken Sie mich aus, zanken Sie mich ordentlich aus, denn ich bin sehr schuldig; nachher aber retten Sie mich. Wenn Sie nicht die Güte haben mir zu raten, so sterbe ich vor Kummer.

Erfahren Sie also … meine Hand zittert, wie Sie sehen, ich kann fast nicht schreiben, ich fühle mein Gesicht ganz in Feuer … Ach! es ist Schamröte. Ja, ich will sie leiden, das ist die erste Strafe für meinen Fehltritt. Ich will Ihnen alles sagen.

Sie sollen also wissen, daß Herr von Valmont, der mir bisher die Briefe Herrn von Dancenys zustellte, plötzlich fand, es sei dies zu schwierig. Er wollte einen Schlüssel zu meinem Zimmer haben. Ich kann Ihnen versichern, daß ich nicht wollte; aber er schrieb es Danceny, und Danceny wollte es auch; und mir macht es so viel Kummer, wenn ich ihm etwas abschlage, besonders seit meiner Abreise, die ihn so unglücklich macht, so daß ich endlich nachgab. Ich sah das Unglück nicht voraus, das daraus entstehen sollte.

Gestern benutzte Herr von Valmont diesen Schlüssel, um in mein Zimmer zu kommen, als ich schlief. Ich erwartete das so wenig, daß ich sehr erschrak, als er mich weckte. Da er aber gleich mit mir sprach, habe ich ihn erkannt und nicht geschrien. Und dann kam mir der Gedanke, daß er mir vielleicht Briefe von Danceny bringt. Aber es war was ganz anderes. Etwas später wollte er mich küssen; und während ich mich wehrte, wie es ganz natürlich ist, hat er es so gut angestellt, – ich wollte nicht um alles in der Welt … aber er wollte zuvor einen Kuß. Ich mußte wohl, was sollte ich tun? Um so mehr, als ich schon versucht hatte zu rufen. Aber abgesehen davon, daß ich nicht konnte, wußte er mir auch klarzumachen, daß, wenn jemand käme, er die ganze Schuld leicht auf mich schieben könne, und das war auch wirklich sehr leicht, wegen dieses Schlüssels. Dann ist er aber noch immer nicht gegangen. Er wollte einen zweiten Kuß, und ich weiß nicht, wie es mit dem war, aber er hat mich ganz verwirrt gemacht, und dann kam es noch schlimmer als zuvor. Oh! Nein, nein, es ist ganz schlimm. Kurz, nachher … Sie ersparen mir's wohl, das übrige zu sagen, aber ich bin so unglücklich, wie man nur sein kann. Was ich mir am meisten vorwerfe, was ich Ihnen noch sagen muß, daß ich fürchte, ich habe mich doch nicht genug verteidigt, so wie ich es hätte tun können. Ich weiß nicht, wie es geschah. Sicher liebe ich Herrn von Valmont nicht, ganz im Gegenteil; nur es gab Momente, wo mir war, als liebte ich ihn … Sie können sich denken, daß mich das nicht abhielt, ihm immer noch nein zu sagen, aber ich fühlte wohl, daß ich nicht tat, was ich sagte; nur das war wie gegen meinen Willen; dann war ich auch so schrecklich verwirrt! Wenn es immer so schwer ist, sich zu wehren, muß man sehr daran gewöhnt sein. Es ist ja wahr, Herr von Valmont hat eine Art, die Dinge zu sagen, daß man nicht weiß, wie man ihm antworten soll. Und wieder würden Sie glauben, als er endlich gegangen war, tat es mir förmlich leid, und ich hatte die Schwäche gehabt, einzuwilligen, daß er heute abend wiederkomme. Das macht mich noch verzweifelter als alles andere.

Aber trotzdem verspreche ich Ihnen, daß er nicht kommen soll. Er war noch nicht draußen, als ich schon fühlte, daß ich unrecht getan hatte, es ihm zu versprechen. Drum habe ich auch die ganze übrige Zeit durch geweint. Es war besonders Danceny, der mir leid tat; jedesmal, wenn ich an ihn dachte, flössen meine Tränen stärker, so daß es mich fast erstickte … und ich dachte immer an ihn … Jetzt noch, sehen Sie es – das ganze Papier ist naß. Nein, ich werde mich nie trösten, und wäre es auch nur seinetwegen … Endlich konnte ich nicht mehr, und ich habe doch keinen Augenblick schlafen können. Und diesen Morgen, wie ich aufstand und in den Spiegel sah, konnte ich einem Angst machen, so verändert sah ich aus.

Mama hat es gleich gemerkt, wie sie mich sah, und mich gefragt, was ich hätte. Ich fing gleich an zu weinen. Ich glaubte, sie würde mich schelten, und das hätte mir vielleicht weniger Schmerz gemacht; aber im Gegenteil, sie sprach so sanft zu mir! Und ich verdiene es doch nicht! Sie sagte, ich solle mich nicht so betrüben, und sie wußte gar nicht, warum ich's war, und daß ich mich krank machen würde! Es gibt Augenblicke, wo ich tot sein möchte. Ich hab' nicht mehr an mich halten können. Ich warf mich schluchzend in die Arme und sagte: »Ach, Mama, Ihre Tochter ist sehr unglücklich« Mama konnte sich nicht enthalten, auch ein wenig zu weinen; und alles das vermehrte noch meinen Schmerz. Glücklicherweise fragte sie mich nicht, warum ich so unglücklich sei, denn ich hätte nicht gewußt, was ihr antworten.

Ich bitte Sie, gnädige Frau, schreiben Sie mir sobald als möglich, und sagen Sie mir, was ich tun soll. Denn ich habe nicht den Mut, an irgend etwas zu denken, und tue nichts, als mich immer grämen.

Wollen Sie mir bitte Ihren Brief durch Herrn von Valmont zukommen lassen; aber ich bitte Sie, wenn Sie ihm gleichzeitig schreiben, sagen Sie ihm nichts davon, daß ich Ihnen etwas gesagt habe.

Ich habe die Ehre, gnädige Frau, mit stets großer Freundschaft zu sein Ihre ganz untertänige und gehorsame Dienerin. Ich trau mich nicht, den Brief zu unterzeichnen.

Schloß …, den 1. Oktober 17..

99. Brief

Frau von Volanges an die Marquise von Merteuil.

Es sind wenige Tage her, meine liebe Freundin, daß Sie es waren, die mich um Rat und Trost bat. Heute ist es an meiner Reihe, und ich richte dieselbe Bitte an Sie, die Sie für sich taten. Ich bin wirklich recht betrübt und fürchte, nicht die rechten Maßnahmen getroffen zu haben, um den Kummer zu vermeiden, den ich empfinde.

Meine Tochter bereitet mir diese Sorge. Seit unserer Abreise war sie wohl immer traurig und bekümmert; aber das hatte ich erwartet und hatte mein Herz mit einer Strenge gewappnet, die ich für nötig hielt. Ich hoffte, die Trennung und die Zerstreuung würden eine Liebe bald zerstören, die mir eher wie eine kindliche Verirrung erschien, denn als eine wirkliche Leidenschaft. Indes ist es seit unserem Hiersein durchaus nicht besser geworden, im Gegenteil bemerke ich vielmehr, daß das Kind sich mehr und mehr einer gefährlichen Melancholie hingibt, und ich fürchte allen Ernstes für ihre Gesundheit. Insbesondere seit einigen Tagen verändert sie sich sichtlich. Gestern besonders fiel mir das auf, und alle hier waren darüber ganz erschrocken.

Ein weiterer Beweis dafür, wie sehr sie noch darunter leidet, ist, daß ich sie bereit sehe, die Schüchternheit zu überwinden, die sie immer mir gegenüber hat. Gestern morgen warf sie sich auf die einfache Frage hin, ob sie krank wäre, in meine Arme und sagte dabei, daß sie sehr unglücklich wäre; und weinte dabei schrecklich. Ich kann Ihnen den Schmerz nicht schildern, den ich empfand; mir kamen gleich die Tränen in die Augen, und ich hatte nur noch Zeit, mich abzuwenden, daß sie es nicht sähe. Zum Glück war ich vorsichtig genug, sie nichts zu fragen, und sie wagte auch nicht, mir weiter was zu sagen. Aber es ist mir nun um so klarer, daß es diese unglückliche Leidenschaft ist, die sie quält.

Was soll ich nun tun, wenn das so fort geht? Soll ich meine Tochter unglücklich machen? Soll ich die kostbarsten Eigenschaften der Seele, die Empfindung und die Beständigkeit, zu ihrem Schaden wenden? Bin ich deshalb ihre Mutter? Und wenn ich dieses so natürliche Gefühl erstickte, das uns das Glück der Kinder so wünschenswert macht; wenn ich als eine Schwäche betrachtete, was, glaube ich, das Gegenteil ist, nämlich die erste und geheiligtste unserer Pflichten; wenn ich ihre Wahl zwinge, bin ich dann nicht für die etwaigen verhängnisvollen Folgen verantwortlich? Welchen Gebrauch hieße es von der mütterlichen Autorität machen, wenn man seine Tochter zwischen Sünde und Unglück stellte!

Liebe Freundin, ich will nicht selber machen, was ich so oft getadelt habe. Ich konnte es gewiß versuchen, für meine Tochter eine Wahl zu treffen; ich half ihr darin nur mit meiner Erfahrung; das war kein Recht, das ich ausübte, sondern meine Pflicht, die ich erfüllte. Ich würde mich im Gegenteil gegen eine Pflicht vergehen, wenn ich über sie verfügte – ohne Berücksichtigung einer Neigung, die ich nicht beim Entstehen verhindern konnte und deren Tragweite oder Dauer weder sie noch ich kennen konnte. Nein, ich werde nicht dulden, daß sie den einen heiratet und den andern liebt, und lieber will ich meine Autorität als ihre Tugend bezweifeln lassen.

Ich werde also, wie ich glaube, die klügste Entscheidung treffen und von Herrn von Gercourt das Wort zurückverlangen, das ich ihm gab. Sie sahen soeben die Gründe; sie scheinen mir schwerer zu wiegen als meine Versprechungen. Ich sage noch mehr: wie die Dinge liegen, hieße meine Verpflichtung erfüllen, sie in der Tat verletzen. Denn wenn ich es schließlich meiner Tochter schulde, ihr Geheimnis nicht Herrn von Gercourt preiszugeben, so schulde ich diesem wenigstens, die Unkenntnis, in der ich ihn lasse, nicht zu mißbrauchen, und alles für ihn zu tun, wovon ich glaube, daß er es selbst tun würde, wenn er unterrichtet wäre. Soll ich ihn unwürdig verraten, wenn er sich auf mich verläßt, und ihn zum Dank dafür, daß er mich zu seiner zweiten Mutter wählt, in der Wahl der Mutter seiner Kinder hintergehen? Diese Überlegungen, denen ich mich nicht entziehen kann, regen mich mehr auf, als ich Ihnen sagen kann.

Diesem voraussichtlichen Unglück vergleiche ich das Glück meiner Tochter mit dem Gatten ihrer Herzenswahl, – wenn sie ihre Pflichten nur aus dem zärtlichen Behagen kennt, das sie in ihrer Erfüllung findet. Mein Schwiegersohn ist ebenso zufrieden und wünscht jeden Tag sich Glück zu seiner Wahl; jedes von ihnen findet sein Glück nur im Glück des andern, und beider Glück vermehrt vereint das meine. Soll diese schöne Hoffnung auf eine frohe Zukunft eitlen Erwägungen geopfert werden? Und welche halten uns dann ab? Nur das Geldinteresse. Was für ein Vorteil ist es für meine Tochter, reich geboren zu sein, wenn sie deshalb doch Sklavin des Geldes sein soll.

Ich gebe zu, daß Herr von Gercourt vielleicht eine bessere Partie ist, als ich für meine Tochter erhoffen durfte; ich bekenne sogar, daß ich mich von seiner Wahl geschmeichelt fühlte. Aber schließlich ist Danceny aus einem ebenso gutem Hause wie er; er steht ihm in persönlichen Eigenschaften um nichts nach; er hat vor Herrn von Gercourt voraus, daß er liebt und wiedergeliebt wird. Er ist ja nicht reich; aber ist es meine Tochter nicht für zwei? Ach, warum ihr diese zarte Genugtuung rauben, den reich zu machen, den sie liebt!

Diese Ehen, die man ausrechnet statt sie passend auszusuchen, diese Konvenienzehen, bei denen alles sich konveniert, nur nicht die Neigungen und der Charakter, – sind sie nicht die ausgiebigste Quelle dieser Skandale, die jeden Tag häufiger werden? Ich will es lieber noch aufschieben; wenigstens werde ich Zeit haben, meine Tochter, die ich nicht kenne, zu studieren. Ich fühle den Mut, ihr einen vorübergehenden Kummer zu bereiten, wenn sie ein fester begründetes Glück damit erwerben will; aber Gefahr laufen, sie ewiger Verzweiflung auszusetzen, das liegt nicht in meinem Herzen.

Dies sind, liebe Freundin, die Gedanken, die mich quälen, und um derentwillen ich Ihren Rat bitte. Diese ernsten Dinge kontrastieren sehr mit Ihrer liebenswürdigen Heiterkeit und passen wohl nicht zu Ihrem Alter; aber Ihre Vernunft ist Ihren Jahren so sehr voraus! Ihre Freundschaft wird übrigens Ihrer Klugheit helfen, und ich zweifle nicht, daß die eine oder die andere sich der mütterlichen Sorge, die sie anfleht, entziehen könnte. Adieu, meine liebe Freundin; zweifeln Sie nie an der Aufrichtigkeit meiner Gefühle für Sie.

Schloß …, den 2. Oktober 17..

100. Brief

Der Vicomte von Valmont an die Marquise von Merteuil.

Wiederum kleine Sachen, meine schöne Freundin, aber nur Szenen, keine Taten. Also wappnen Sie sich mit Geduld; selbst mit viel Geduld. Denn während meine Präsidentin nur mit ganz kleinen Schritten vorwärtskommt, geht Ihr Mündel zurück, was noch viel schlimmer ist. Nun, ich bin gescheut genug, mich über solche Misère zu amüsieren. Wirklich, ich gewöhne mich sehr gut an mein Leben hier, und kann sagen, daß ich mich im traurigen Schlosse meiner Tante keinen Augenblick langweile. Habe ich hier nicht wirklich Genüsse, Entbehrungen, Hoffnung, Ungewißheit? Was hat man auf einem großen Schauplatz mehr? Zuschauer? Oh, warten Sie nur ab, auch an Zuschauern soll es nicht fehlen. Und wenn sie mich auch nicht an der Arbeit sehen, so zeige ich ihnen doch das fertige Werk; sie brauchen dann nur noch zu bewundern und zu klatschen. Und sie werden klatschen, denn ich kann endlich mit Gewißheit den Moment der Niederlage meiner frommen Dame voraussagen. Ich habe heute abend der Agonie der Tugend beigewohnt. Die zarte Schwäche wird ihre Stelle einnehmen. Ich will den Zeitpunkt spätestens auf unsere nächste Zusammenkunft festsetzen; aber schon höre ich Sie mir Einbildung zurufen. Seinen Sieg voraussagen, im voraus damit prahlen! Aber beruhigen Sie sich. Um Ihnen meine Bescheidenheit zu beweisen, will ich Ihnen die Geschichte meiner Niederlage erzählen.

Ihr kleines Mündel ist wirklich eine alberne Person! Ein rechtes Kind, das man entsprechend behandeln müßte und gegen das man sicher gnädiger wäre, wenn man es bestrafte! Würden Sie es glauben? Nach dem, was vorgestern zwischen uns geschehen ist, nach der freundschaftlich netten Art, in der wir uns gestern früh getrennt haben, – wie ich also am Abend wiederkomme, wie wir verabredet hatten, fand ich die Türe von innen verriegelt. Was sagen Sie dazu? Man erlebt solche Kindereien manchmal *vorher*, aber *nachher* doch nicht! Ist das nicht zu drollig?

Erst habe ich noch nicht darüber gelacht; noch niemals empfand ich so sehr die Herrschaft meiner Natur. Gewiß ging ich ja zu diesem Stelldichein ohne sondere Lust, und nur des Anstandes wegen. Mein

Bett, dessen ich sehr bedurfte, schien mir jedem andern Bett vorzuziehen, und ich hatte mich nur mit Bedauern aus ihm gehoben. Kaum war ich aber auf das Hindernis gestoßen, da brannte ich auch schon darauf, es zu nehmen. Ich war gedemütigt, besonders, daß dies einem Kind mit mir gelungen sein soll. Ich kehrte also in sehr schlechter Laune um, und mit der Absicht, mich weder mehr um das blöde Mädchen noch um seine Angelegenheiten zu kümmern, schrieb ich sofort ein kurzes Billett, das ich ihr heute morgen zustecken wollte, und in dem ich sie nach dem wahren Preis bewertete. Doch guter Rat kommt über Nacht, wie man sagt. Ich fand heute morgen, daß ich, da ich hier keine Auswahl in Zerstreuungen hätte, diese behalten müsse. Und ich zerriß das strenge Billett. Seitdem begreife ich nicht mehr, daß mir der Gedanke kommen konnte, dieses Abenteuer aufzugeben, bevor ich was in Händen hatte, seine Heldin zu verderben. Wohin uns doch diese ersten Regungen führen! Glücklich, meine schöne Freundin, wer wie Sie daran gewöhnt ist, niemals der ersten Regung nachzugeben! Ich habe also meine Rache verschoben. Ich brachte dieses Opfer Ihren Absichten mit Gercourt.

Jetzt, da ich nicht mehr wütend bin, sehe ich in dem Betragen Ihrer Kleinen nur noch das Lächerliche. Ich möchte wohl wissen, was sie damit zu gewinnen glaubt! Ich für meinen Teil verstehe es nicht. Wenn es sich nur darum handelt, daß sie sich verteidigen will, so muß man doch zugeben, daß sie etwas sehr spät damit anfängt. Sie muß mir eines Tages dieses Rätsel erklären. Ich bin wirklich neugierig darauf. Aber vielleicht war sie bloß müde? Das konnte es auch wirklich sein; denn offenbar weiß sie noch nicht, daß die Liebespfeile, wie die Lanze des Achill, die Mittel gegen die Wunden, die sie machen, gleich in sich führen. Aber nein, nach der kleinen Grimasse, die sie tagsüber schnitt, möchte ich wetten, daß Reue dazu kam, meinetwegen etwas wie – Tugend ... Tugend! Hat sie die? Ach, sie soll sie doch der Frau lassen, die wirklich für sie geboren ist, der einzigen, die durch sie schön wird und um derentwillen man sie liebt! ... Verzeihung, meine schöne Freundin, aber gerade heute abend hat sich zwischen Frau von Tourvel und mir die Szene begeben, von der ich Ihnen jetzt erzählen will, und ich fühle noch die Erregung davon. Ich brauche Gewalt, um den Eindruck loszuwerden, den sie mir gemacht hat; und um mir darin zu helfen, setzte ich mich auch hin, Ihnen zu schreiben. Sie müssen diesem ersten Augenblick etwas nachsehen.

Schon seit einigen Tagen sind wir uns über unsere Gefühle klar. Frau von Tourvel und ich, wir streiten uns nur noch um Worte. Zwar antwortet sie hoch immer mit ihrer »Freundschaft« auf meine »Liebe«, aber diese Vokabel der Konvention änderte an der Sache selbst nichts; – und wenn wir dabei geblieben wären, wäre ich vielleicht weniger schnell, aber nicht weniger sicher gegangen. Schon war sogar nicht mehr die Rede davon, daß ich fortreisen solle, wie sie anfangs immer wollte. Und was die täglichen Unterhaltungen betrifft: wenn ich dafür sorge, ihr Gelegenheit dazu zu geben, so sorgt sie dafür, diese Gelegenheit zu ergreifen.

Da unsere täglichen Rendezvous gewöhnlich auf dem Spaziergang stattfinden, ließ mich das abscheuliche Wetter, das heute war, nichts dergleichen hoffen. Es kam mir höchst ungelegen. Aber ich sah nicht voraus, wie sehr mir dieses Wetters Hindernis nutzen sollte.

Weil man also nicht spazieren konnte, setzte man sich nach Tisch ans Spiel; und da ich selten spiele und dabei nicht erforderlich bin, benutzte ich die Zeit, auf mein Zimmer zu gehen, ohne weitere Absicht, als dort zu warten, bis das Spiel ungefähr zu Ende sein könnte.

Ich wollte gerade zur Gesellschaft zurück, als ich der reizenden Frau begegnete, die in ihr Zimmer wollte, und sei es aus Unvorsichtigkeit oder aus Schwäche, mit ihrer sanften Stimme zu mir sagte: »Wo gehen Sie denn hin? Es ist niemand im Salon.« Es bedurfte nicht mehr für mich, wie Sie sich denken können, daß ich versuchte, bei ihr einzutreten. Ich stieß dabei auf weniger Widerstand, als ich erwartete. Ich hatte ja allerdings die Vorsicht gebraucht, die Unterhaltung an ihrer Türe anzufangen, und zwar eine ganz gleichgültige Unterhaltung. Aber kaum hatten wir uns niedergelassen, so kam ich mit der wahren Unterhaltung und sprach von meiner »Liebe« zu meiner »Freundin«. Ihre erste Antwort, obschon ganz einfach, schien mir doch voll Ausdruck: »Oh, hören Sie davon auf – sprechen wir hier von etwas anderem.« Und sie zitterte, die arme Frau! Weil sie sich sterben sieht.

Aber sie fürchtete sich noch mit Unrecht. Da ich seit einiger Zeit des Erfolges für einen oder den andern Tag sicher bin, und sie so viel Kraft aufwenden sehe in nutzlosem Kampf, hatte ich meine Kraft zu schonen und ohne Anstrengung mich entschlossen, bis sie sich aus Erschöpfung ergäbe. Sie fühlen wohl, daß es sich hier um einen vollkommenen Sieg handelt und daß ich nichts dem Zufall verdanken will. Aus eben dieser Absicht und um eindringlicher werden zu können, ohne mich zu weit vorzuwagen, kam ich auf dieses Wort Liebe zurück, das sie so hartnäckig verweigerte. Sicher darüber, daß sie mir genug Feuer zutraute, hatte ich einen zärtlichen Ton angeschlagen: ihre Hartnäckigkeit ärgere mich nicht mehr, sie betrübe mich ... schuldete mir meine empfindliche Freundin nicht einigen Trost? ...

Beim Trösten war eine ihrer Hände in meiner geblieben; der schöne Körper lehnte sich gegen meinen Arm, und wir waren einander ganz nahe. Sie haben wohl schon oft bemerkt, wie sehr in dieser Lage bei abnehmender Wehr Bitten und Weigerungen schneller aufeinanderfolgen; wie der Kopf sich wegwendet und die Blicke sich senken, während die Worte immer leiser, immer seltener kommen und stocken. Diese kostbaren Zeichen kündigen auf nicht mißzuverstehende Art die Einwilligung der Seele an, aber selten ist das schon eine Einwilligung der Sinne; ich glaube sogar, daß es in diesem Momente immer gefährlich ist, etwas zu Deutliches zu unternehmen. Da dieses Sichgehenlassen immer mit einer ganz zarten Wollust verbunden ist, kann man zu einem und dem Ende niemanden zwingen, ohne eine Verstimmung zu verursachen, und von ihr profitiert unfehlbar die Verteidigung.

In diesem Falle war mir die Vorsicht noch um so nötiger, weil ich das Entsetzen ganz besonders fürchten mußte, das dieses Selbstvergessen sicher meiner zärtlichen Träumerin verursachen würde. Deshalb verlangte ich nicht einmal das erbetene Geständnis in- Worten. Ein Blick konnte genügen, ein einziger Blick, Und ich war glücklich.

Nun, meine schöne Freundin, die schönen Augen haben sich wirklich auf mich gerichtet, der himmlische Mund hat sogar gesprochen: »Also ja, ich »- ... Aber plötzlich erlosch dieser Blick, die Stimme versagte, und diese anbetungswürdige Frau sank mir in die Arme ... Kaum hatte ich sie darin aufzunehmen Zeit gehabt, als sie sich mit übermenschlicher Kraft daraus loslöste, mit irrem Blick die Hände zum Himmel erhob und rief: »Gott - oh, mein Gott, rette mich« Und gleich darauf lag sie schneller als der Blitz zehn Schritte von mir auf den Knien. Ich hörte sie erstickt schluchzen. Ich trat hinzu, um ihr zu helfen, sie aber nahm meine Hände und badete sie in Tränen, und umarmte meine Knie und sagte: »Ja, Sie, Sie werden es sein, Sie werden mich retten! Sie wollen doch nicht meinen Tod, lassen Sie mich! Retten Sie mich! Verlassen Sie mich um Gottes Willen, verlassen Sie mich!« Und diese Worte fanden kaum einen Weg durch Schluchzen und Tränen. Aber sie hielt mich mit solcher Kraft fest, daß ich gar nicht hätte fortgehen können. Da nahm ich denn alle meine Kraft und hob sie in meinen Armen empor. Da hörten die Tränen auf. Kein Wort sprach sie mehr; ihre Glieder wurden starr, und heftige Zuckungen folgten dem Gewitterregen.

Ich war wirklich sehr ergriffen, und ich hätte, glaube ich, ihrer Bitte nachgegeben, wenn die Umstände mich auch nicht dazu gezwungen hätten. Wahr ist, daß ich ihr noch einige Hilfe leistete und sie allein ließ, wie sie mich gebeten hatte, und daß ich mir dazu gratuliere. Schon habe ich beinahe meine Belohnung dafür bekommen.

Ich erwartete, daß sie sich wie am Abend meiner ersten Erklärung am Abend nicht zeigen würde. Aber gegen acht Uhr kam sie in den Salon herunter und teilte der Gesellschaft nur mit, daß sie sich sehr unwohl gefühlt hätte. Ihr Gesicht war so müde, die Stimme so schwach, und ihre Haltung so zögernd; aber ihr Blick war sanft, und ich bekam ihn oft. Als sie zu spielen sich weigerte, mußte ich ihren Platz einnehmen, und sie setzte sich sogar neben mich. Während des Soupers blieb sie allein im Salon. Als man wieder zurückkam, glaubte ich zu bemerken, daß sie geweint hatte. Um mir darüber Gewißheit zu verschaffen, sagte »ich, es scheine mir, als ob sie sich wieder unwohl gefühlt hätte, – worauf sie mir so hübsch antwortete: »*Dieses* Übel vergeht nicht so schnell, wie es gekommen ist.« Als man aufbrach, gab ich ihr die Hand; an der Türe ihres Zimmers drückte sie kräftig die meine. Es schien mir zwar das etwas unwillkürlich und nicht Absicht zu sein, aber um so besser: es ist ein Beweis mehr für meine Herrschaft.

Ich möchte wetten, sie ist froh, daß es so weit ist. Alle Kosten sind bezahlt, es bleibt nur noch der Genuß. Vielleicht beschäftigt sie, während ich Ihnen schreibe, schon dieser liebliche Gedanke! Und wenn sie sich auch im Gegenteil mit einem neuen Plan der Verteidigung trüge, wissen wir nicht ganz genau, was aus allen diesen Plänen wird? Ich frage Sie, kann das länger dauern, als bis zu unserer nächsten Zusammenkunft? Ich erwarte gewiß noch einiges Umständemachen, und sei es schon so! Nachdem der erste Schritt getan ist, können diese Spröden nicht mehr stehenbleiben. Ihre Liebe ist eine richtige Explosion, und der Widerstand erhöht ihre Gewalt. Meine so scheue, fromme Frau würde mir nachlaufen, hörte ich auf, ihr nachzulaufen.

Gewiß, schöne Freundin, unverweilt werde ich zu Ihnen kommen, um Sie beim Worte zu nehmen. Sie haben doch nicht vergessen, was Sie mir nach dem Erfolg versprachen, – die Untreue gegen Ihren

Chevalier! Sind Sie bereit? Ich wünschte für mich, wir hätten uns nie gekannt! Im übrigen ist Sie zu kennen vielleicht ein Grund, Sie immer mehr zu begehren:

»Ich bin gerecht und nicht galant«, wie es in Voltaires »Nanine« heißt. Darum soll das auch die erste Untreue nach einem harten Kampfe sein, und ich verspreche Ihnen, den ersten Vorwand zu benutzen, mich auf vierundzwanzig Stunden von ihr zu entfernen. Das soll dann ihre Strafe dafür sein, daß sie mich so lange von Ihnen fern gehalten hat. Wissen Sie, daß es jetzt mehr als zwei Monate sind, seit mich dieses Abenteuer beschäftigt? Jawohl, zwei Monate und drei Tage. Ich rechne da noch morgen mit, weil es erst dann perfekt sein wird. Was mich daran erinnert, daß Fräulein von B*** drei Monate widerstanden hat. Ich konstatiere mit Vergnügen, daß die pure Koketterie sich länger verteidigt, als die strenge Tugend.

Adieu, schöne Freundin, ich muß Sie verlassen, weil es schon sehr spät ist. Dieser Brief hielt mich länger auf, als ich dachte, aber da ich morgen früh nach Paris schicke, wollte ich es benutzen, damit Sie einen Tag früher die Freude Ihres Freundes teilen können.

Schloß …, den 2. Oktober 17.. abends.

101. Brief

Der Vicomte von Valmont an die Marquise von Merteuil.

Ich bin betrogen, verraten, verloren und verzweifelt – Frau von Tourvel ist abgereist! Sie ist abgereist, und ich wußte es nicht! Und ich war nicht da, konnte mich ihrer Abreise nicht widersetzen, ihr diesen gemeinen Verrat nicht vorwerfen! Ah! Glauben Sie ja nicht, ich hätte sie reisen lassen. Sie wäre geblieben! Ja, ja, sie wäre geblieben, und wenn ich hätte Gewalt brauchen müssen. Und was war? In meiner leichtgläubigen Sicherheit schlief, schlief ich ruhig. Ich schlief, und der Blitz schlug in mich ein. Nein, ich fasse es nicht. Ich muß es aufgeben, die Frauen kennen zu Wollen.

Wenn ich an den gestrigen Tag denke! Was Tag, noch den Abend! Dieser Blick! Und diese Stimme! Und der Händedruck! Und während dieser ganzen Zeit dachte sie nichts als Flucht! O, Frauen, Frauen!

Beklagt euch noch, wenn man euch betrügt! Ja, ja, jede Treulosigkeit, die man euch antut, ist ein Raub an euch.

Welche Wonne wird mir die Rache sein! Ich werde sie wiederfinden, diese Treulose. Ich werde sie wieder in meine Macht bekommen. Wenn schon die Liebe allein mir solche Mittel gab, was wird sie erst mit Hilfe der Rache fertig bringen! Ich sehe sie auf den Knien, zitternd und in Tränen, um Gnade flehend mit ihrer trügerischen Stimme, und ich werde ohne Mitleid sein, ich werde ohne Mitleid sein.

Was tut sie jetzt? Was denkt sie? Vielleicht bildet sie sich was ein, mich betrogen zu haben« und findet getreu dem Geschmacke ihres Geschlechtes dieses Vergnügen am herrlichsten. Was die so viel gerühmte Tugend nicht fertig brachte, das hat der Geist der List ohne Mühe zustande gebracht. Ich Tor fürchtete ihre Keuschheit, und ihre Unehrlichkeit hätte ich fürchten müssen.

Und muß meine Rachsucht hinunterschlucken! Muß gefühlvollen Schmerz zeigen, wenn mir das Herz voll Wut ist! Muß darauf angewiesen sein, eine widerspenstige Frau zu bitten, die sich meiner Macht entzogen hat! Mußte ich denn so weit gedemütigt werden? Und durch wen? Durch eine schüchterne, ängstliche Frau, die sich nie in Kämpfen geübt hat. Was nützt es mir, daß ich mich in ihrem Herzen festgesetzt, es in Brand gesetzt, die Erregung ihrer Sinne bis zum Wahnsinn getrieben habe, wenn sie in ihrem friedlichen Versteck sich heute stolzer über ihre Flucht vorkommt, als ich über meine Siege? Und ich soll das dulden? Liebe Freundin, Sie glauben das doch nicht, eine solche demütigende Meinung haben Sie nicht von mir.

Aber was für eine Macht kettet mich so an diese Frau? Wünschen sich denn nicht hundert andere meine Liebe? Würden die sich nicht beeilen, sie zu erwidern? Und wenn selbst keine dieser Frau gleichkäme, würde nicht der Reiz der Abwechslung, der neuen Eroberungen, der Glanz ihrer Zahl genug köstliche Freuden bieten? Warum hinter einer herlaufen, die flieht, und die vernachlässigen, die sich bieten? Ah! Warum? Warum? … Ich weiß es nicht, aber ich empfinde es stark.

Für mich gibt es keine Ruhe und kein Glück mehr anders, als im Besitz dieser Frau, die ich hasse und liebe mit der gleichen Wut. Ich kann mein Los erst dann wieder ertragen, wenn ich das ihre in Händen halte. Dann will ich sie, ruhig und gnädigst meinerseits, den Stürmen preisgegeben sehen, die ich jetzt bestehe. Ich will noch tausend andere aufwecken. Hoffnung und Furcht, Mißtrauen und Sicherheit, alle Übel, die vom Haß erfunden, alle Gnaden, welche die Liebe gewährt – ich will, daß sie ihr Herz erfüllen, und daß sie sich nach meinem Willen darin ablösen. Die Zeit wird kommen .... Aber es wird noch viel Arbeit kosten. Und wie nahe ich gestern daran war! Und wie weit entfernt ich heute davon bin! Wie soll ich wieder näher kommen? Ich trau mich keinen Schritt; ich fühle, um zu einem Entschluß zu kommen, müßte ich ruhiger sein, ganz ruhig, und mir kocht das Blut in den Adern.

Was meine Qual verdoppelt, ist die Kaltblütigkeit, mit der man mir hier auf alle meine Fragen über das Ereignis antwortet, um dessen Ursache, um alles Ungewöhnlichen, das es hat .... Niemand weiß etwas, niemand wünscht etwas wissen zu wollen. Kaum daß man davon gesprochen hätte, hätte ich von was anderem zu reden erlaubt. Frau von Rosemonde, zu der ich lief, als ich heute früh die Nachricht erhielt, antwortete mir mit der ganzen Kälte ihres Alters, daß es die selbstverständliche Folge der gestrigen Unpäßlichkeit der Frau von Tourvel wäre, daß sie eine Krankheit befürchtete und lieber hätte bei sich zu Hause sein wollen. Sie fände das ganz einfach und hätte es ebenso gemacht – als ob sie und die Tourvel was gemeinsam haben könnten! Zwischen ihr, die nur noch zu sterben hat, und der andern, die der Reiz und die Qual meines Lebens ist!

Frau von Volanges, die ich zuerst im Verdacht der Mitschuld hatte, scheint über nichts als darüber gekränkt zu sein, daß sie wegen dieses Schrittes nicht um Rat gefragt worden ist. Ich bin froh, muß ich gestehen, daß sie das Vergnügen nicht hatte, mir zu schaden. Das beweist mir auch, daß sie nicht das Vertrauen der Frau in dem Maß genießt, wie ich fürchtete; immerhin eine Feindin weniger. Wie sie zufrieden mit sich wäre, wüßte sie, daß ich es bin, vor dem sie geflohen ist! Wie wäre sie vor Stolz geschwollen, wenn die Abreise auf ihren Rat geschehen wäre! Verzehnfacht wäre ihre Wichtigkeit. Mein Gott, wie ich diese Person hasse! Ich will wieder mit ihrer Tochter anknüpfen. Ich will sie nach meiner Laune in Arbeit nehmen; darum, glaube ich, bleibe ich noch einige Zeit hier. Wenigstens kam ich durch das bißchen mögliche Nachdenken zu dem Entschluß.

Glauben Sie nicht, daß nach einem so entschiedenen Schritt meine undankbare Frau meine Gegenwart scheuen muß? Wenn ihr also die Idee kam, daß ich ihr nachreisen könnte, so wird sie nicht versäumen, vor mir die Türe zu schließen; Und ich will sie an dieses Mittel ebensowenig gewöhnen, wie ich solche Erniedrigungen dulden will. Ich ziehe es lieber vor, ihr mitzuteilen, daß ich hier bleibe; ich will sogar in sie dringen, daß sie zurückkommen soll. Nur erst wenn sie von meinem Fernbleiben überzeugt ist, dann erscheine ich bei ihr. Wir werden sehen, wie sie dieses Wiedersehen verträgt. Aber man muß es aufschieben, um seine Wirkung zu steigern, nur weiß ich noch nicht, ob ich die nötige Geduld dazu haben werde. Zwanzigmal machte ich heute den Mund auf, um meine Pferde zu verlangen. Aber ich nehme mich zusammen. Ich will Ihre Antwort hier abwarten, und ich bitte Sie nur, meine schöne Freundin, daß Sie mich nicht darauf warten lassen.

Was mich am meisten verdrießen würde, wäre, wenn ich nicht wüßte, was vorgeht. Aber mein Jäger, der in Paris ist, hat Rechte auf Einlaß bei der Kammerjungfer, er kann mir dienen. Ich schicke ihm Weisungen und Geld. Gestatten Sie, daß ich das eine und das andere diesem Briefe beifüge, und Sie bitte, daß einer Ihrer Leute zu ihm geht, mit dem Befehl, es ihm persönlich zu übergeben. Ich treffe diese Vorsicht, weil der Bursche die Gewohnheit hat, jene meiner Briefe niemals empfangen zu haben, die ihm etwas auftragen, was ihm nicht paßt, und weil er mir gerade jetzt von seinem Kammermädel nicht so eingenommen scheint, wie ich möchte, daß er es wäre. Adieu, schöne Freundin, und wenn Ihnen ein glücklicher Gedanke einfällt, irgendein Mittel, wie ich schneller vorwärts komme, lassen Sie mich's wissen. Ich habe mehr als einmal erfahren, wie sehr von Nutzen Ihre Freundschaft mir sein kann; ich erprobe es auch in diesem Augenblick, denn ich fühle mich ruhiger werden, seit ich Ihnen schreibe. Wenigstens spreche ich zu jemandem, der mich versteht, und nicht zu den Automaten, unter denen ich seit heute morgen herumgehe. Es ist wirklich wahr: je länger, desto mehr bin ich zu glauben versucht, daß nur Sie und ich auf diese Welt was wert sind.

Schloß …, den 3. Oktober 17..

102. Brief

Der Vicomte von Valmont an Azolan, seinen Jäger.

(Dem vorhergehenden Briefe beigelegt.)

Da Sie heute früh von hier abreisten, müssen Sie schon sehr dumm sein, daß Sie nicht erfahren haben, Frau von Tourvel reise ebenfalls ab; oder, wenn Sie es gewußt haben, daß Sie mir es nicht meldeten. Was habe ich davon, daß Sie sich für mein Geld mit den Bedienten betrinken, daß Sie die Zeit, die Sie auf meinen Dienst benutzen müßten, damit verbringen, den Angenehmen bei den Kammermädchen zu spielen, wenn ich dann doch nicht besser von dem unterrichtet bin, was vorgeht? Solche Nachlässigkeiten begehen Sie. Aber ich warne Sie. Passiert Ihnen eine einzige solche Nachlässigkeit in dieser Sache, so wird das Ihre letzte in meinem Dienst gewesen sein. Also: Sie müssen mich von allem in Kenntnis setzen, was bei Frau von Tourvel vorgeht; über ihre Gesundheit; ob sie schläft; ob sie heiter oder traurig ist; ob sie oft ausgeht und wohin sie geht; ob sie Leute empfängt, und wer kommt; womit sie ihre Zeit verbringt; ob sie gegen ihre Dienerschaft schlechter Laune ist, besonders gegen jene, die sie mit hierher gebracht hatte; was sie tut, wenn sie allein ist; ob sie, wenn sie liest, in einem fort liest, oder ob sie die Lektüre oft unterbricht, um zu träumen; ebenso wenn sie schreibt. Suchen Sie auch mit dem gut Freund zu werden, der ihre Briefe auf die Post bringt; Bieten Sie sich an, diese Besorgung statt seiner zu machen; und wenn er es annimmt, so lassen Sie nur die Briefe abgehen, die Ihnen belanglos scheinen, und schicken die andern mir, Besonders die an Frau von Volanges, wenn solche darunter sind.

Richten Sie es so ein, daß Sie noch eine Zeitlang der glückliche Liebhaber Ihrer Julie bleiben. Wenn sie einen andern hat, so wie Sie glauben, so bereden Sie sie, daß sie sich unter euch beide teilt und protzen Sie nicht mit einem lächerlichen Zartgefühl; Sie werden sich nur im Falle vieler anderer befinden, die mehr wert sind als Sie. Wenn aber Ihr Teilhaber sich zu dick machen sollte, wenn Sie zum Beispiel bemerkten, daß er Julie tagsüber zu sehr beschäftigt und sie dadurch etwas weniger um ihre Herrin ist, so schaffen Sie ihn auf irgendeine

Weise beiseite. Oder fangen Sie Streit mit ihm an. Die Folgen brauchen Sie nicht zu fürchten, ich werde Sie halten. Besonders verlassen Sie das Haus nicht. Mit der Seßhaftigkeit bemerkt man alles und sieht man gut. Wenn der Zufall wollte, daß einer der Leute weggeschickt würde, melden Sie sich, um ihn zu ersetzen, so als ob Sie nicht mehr bei mir im Dienst wären. Sagen Sie in diesem Falle, daß Sie ein ruhigeres, besser geregeltes Haus als das meine suchten. Kurz, trachten Sie, daß man Sie nimmt. Ich behalte Sie nichtsdestoweniger in meinem Dienst während dieser Zeit; es wird so sein wie bei der Herzogin von ***; und später belohnt Sie Frau von Tourvel ebenfalls.

Wenn Sie hinreichend Geschick und Eifer hätten, würden diese Weisungen genügen. Um aber dem einen und dem andern nachzuhelfen, schicke ich Ihnen Geld. Das beiliegende Billett berechtigt Sie, wie Sie sehen, fünfundzwanzig Louisdor bei meinem Bankier zu erheben; denn wahrscheinlich haben Sie nicht einen Heller. Von dieser Summe verwenden Sie was nötig, um Julie zu bestimmen, mit mir einen Briefwechsel anzufangen. Für den Rest lassen Sie die Leute trinken. Richten Sie das so oft wie möglich ein, daß das bei dem Schweizer des Hauses geschieht, damit er Sie gerne kommen sieht. Aber vergessen Sie nicht, daß ich nicht Ihre Trinkgelage und Liebesaffären bezahlen will, sondern Ihre Dienste.

Gewöhnen Sie Julie daran, alles genau zu beobachten und alles zu berichten, auch was ihr unwichtig vorkommt. Besser, daß sie zehn unnötige Seiten schreibt, als eine einzige wichtige vergißt; was uninteressant aussieht, ist es oft nicht. Da ich aber auf der Stelle unterrichtet sein muß, wenn etwas vorkäme, das Ihrer Aufmerksamkeit wert scheint, so schicken Sie, gleich nach Empfang dieses Briefes, Philipp auf den Kommissionsweg per Pferd, damit er in …, halben Wegs zwischen hier und Paris, Quartier nimmt. Bis auf weiteres soll er dort bleiben. Das ist im Notfall eine Station für den Pferdewechsel. Für die laufende Korrespondenz genügt die Post.

Geben Sie acht, daß Sie diesen Brief nicht verlieren. Lesen Sie ihn täglich durch, einmal, um sich zu vergewissern, daß Sie nichts vergessen haben, dann auch, um sicher zu sein, daß Sie ihn noch haben. Tun Sie überhaupt alles, was man tun muß, wenn man mit meinem Vertrauen geehrt ist. Sie wissen, wenn ich mit Ihnen zufrieden bin, werden Sie es auch mit mir sein.

Schloß …, den 3. Oktober 17..

103. Brief

Frau von Tourvel an Frau von Rosemonde.

Sie werden sehr erstaunt sein, gnädige Frau, wenn Sie hören, daß ich so eilig Ihr Haus verließ. Dieser Schritt wird Ihnen sehr sonderbar vorkommen. Aber wie wird Ihr Erstaunen erst wachsen, wenn Sie die Gründe davon erfahren! Vielleicht werden Sie finden, indem ich sie Ihnen anvertraue, daß ich die Ihrem Alter gebotene Ruhe nicht genügend respektiere, ja, daß ich sogar von den Gefühlen der Verehrung mich entferne, die Ihnen mit so viel Recht zukommen. Ach, gnädige Frau, verzeihen Sie mir! Aber mein Herz ist beschwert, es hat das Bedürfnis, seinen Schmerz in den Busen einer so sanften wie klugen Freundin auszuschütten – welche andere als Sie könnte ich wählen? Betrachten Sie mich als Ihr Kind. Lassen Sie mir Ihre mütterliche Güte zuteil werden, ich bitte Sie darum. Ich habe vielleicht durch die Gefühle, die ich für Sie empfinde, einiges Anrecht darauf.

Wo ist die Zeit, da ich, ganz diesem schönen Gefühle hingegeben, *die* nicht kannte, die diese meine tödliche Verwirrung mir in die Seele tragen, und einem Kraft, sie zu bekämpfen, nehmen, was einem die Pflicht doch auferlegt? Ach! diese verhängnisvolle Reise war mein Verderben! ...

Was soll ich Ihnen sagen? Ich liebe, ja, ich liebe zum Verzweifeln. Ach! dieses Wort, das ich zum erstenmal schreibe, dies so oft erbetene und nicht gewährte Wort, ich möchte mein Leben dafür geben, es nur einmal den hören zu lassen, der es mir einflößt – und doch muß ich es immerfort verweigern! Er wird nun wieder an meinen Gefühlen zweifeln, wird glauben, daß er sich zu beklagen habe. Ach, bin ich unglücklich! Warum ist es ihm nicht ein ebenso Leichtes, in meinem Herzen zu lesen wie darin zu herrschen? Ja, ich würde weniger leiden, wüßte er, was ich leide. Ach selbst Sie, der ich es sage, werden nur eine schwache Vorstellung davon haben.

In wenigen Augenblicken werde ich ihn fliehen und betrüben. Während er sich noch in meiner Nähe glaubt, werde ich schon weit weg von ihm sein. Zur Stunde, da ich ihn täglich zu sehen gewohnt war, werde ich wo sein, wohin er nie kam und wohin zu kommen ich ihm nicht erlauben darf. Schon sind alle meine Vorkehrungen getroffen; alles liegt bereit vor meinen Augen; ich kann sie nirgends hinwenden, wo es mich nicht an diesen traurigen Abschied erinnert. Alles ist bereit, nur ich nicht! Und je mehr mein Herz sich sträubt, desto mehr beweist es mir die Notwendigkeit, mich zu fügen.

Ich werde mich fügen: es ist besser zu sterben als schuldig zu leben. Schon, ich fühle es, bin ich es nur zu sehr. Ich habe nur meine Ehre gerettet, die Tugend ist dahin. Muß ich Ihnen gestehen, was mir wohl bleibt? Ich verdanke es seiner Großmut. Versucht von der Freude, ihn zu sehen, ihn zu hören, von dem süßen Gefühl seiner Nähe, von dem größeren Glück bewegt als das seine: ihm das Glück zu sein, – so war ich ohne Macht, ohne Kraft. Kaum blieb mir welche, um zu kämpfen, – zu widerstehen hatte ich keine mehr. Ich zitterte vor der Gefahr, ohne ihr entfliehen zu können. Ja, da sah er meine Pein und hat Mitleid mit mir gehabt. Wie sollte ich ihn nicht lieben? Ich verdanke ihm viel mehr als mein Leben.

Ach, hätte ich bei ihm nur für mein Leben zu zittern, glauben Sie nicht, daß ich je einwilligen würde, fortzugehen … Was ist mein Leben ohne ihn – wäre ich da nicht glücklich, es zu verlieren? Verdammt zu sein, ewig ihn und mich unglücklich zu machen, mich weder beklagen noch ihn trösten zu dürfen, mich jeden Tag gegen ihn, gegen mich zu verteidigen, ihm mit Vorbedacht Schmerzen zu bereiten, wo ich doch alle meine Sorge seinem Glück weihen möchte – heißt so leben nicht tausendmal sterben? Und doch wird es mein Los sein. Ich werde es aber tragen, ich werde den Mut dazu haben. Sie, die ich zu meiner Mutter erwähle, nehmen Sie diesen Schwur.

Nehmen Sie auch den, daß ich Ihnen nichts, was ich tue, verhehlen will. Nehmen Sie den Schwur, ich bitte Sie darum, wie um eine Unterstützung, deren ich bedarf. So verpflichtet, Ihnen alles zu sagen, werde ich das Gefühl haben, immer in Ihrer Nähe mich zu wähnen. Ihre Tugend wird die meine ersetzen. Ich werde niemals vor Ihnen erröten müssen; und durch diese Macht zurückgehalten, werde ich in Ihnen nicht nur die nachsichtige Freundin und Vertraute meiner Schwäche lieben, nein, ich werde in Ihnen auch den Schutzengel ehren, der mich vor der Schande bewahrt.

Es ist schon genug Schande, daß ich eine solche Bitte tun muß. Verhängnisvolle Wirkung verworrenen Selbstvertrauens! Warum habe ich nicht eher dieser Neigung entgegen gearbeitet, die ich wachsen fühlte? Warum schmeichelte ich mir, ich könnte sie nach meinem

Belieben meistern und besiegen? Unsinnig war ich! Ich kannte die Liebe so wenig! Ach, hätte ich sie bedachtsamer bekämpft, vielleicht hätte sie weniger Macht über mich bekommen! Vielleicht wäre dann diese Abreise nicht nötig gewesen, oder ich hätte wenigstens, wäre sie trotzdem nötig geworden, Beziehungen nicht zu zerreißen brauchen, die etwas zu lockern vielleicht genügt hätte! Aber alles so auf einmal verlieren! Und für immer! O meine Freundin! … Aber was denn! … Sogar beim Schreiben an Sie verliere ich mich noch zu bösen Wünschen? Fort, fort, daß wenigstens diese unwillkührliche Torheit durch alles, was ich opfere, gebüßt wird.

Leben Sie wohl, meine verehrte Freundin. Lieben Sie mich wie Ihre Tochter, nehmen Sie mich an als eine Tochter, und seien Sie versichert, daß ich trotz meiner Schwäche lieber sterben, als mich Ihrer Wahl unwürdig zeigen will.

Schloß …, den 3. Oktober 17.. 1 Uhr nachts.

104. Brief

Frau von Rosemonde an Frau von Tourvel.

Ich war über Ihre Abreise mehr betrübt, meine liebe, schöne Frau, als überrascht von Ihrer Ursache. Eine lange Erfahrung und das Interesse, das Sie einflößen, hatten genügt, mich über den Zustand Ihres Herzens aufzuklären; und wenn ich alles sagen soll, so haben Sie mir in Ihrem Brief nichts, oder fast nichts Neues mitgeteilt. Wenn ich erst durch diesen Ihren Brief hätte aufgeklärt werden müssen, so wüßte ich noch nicht, wer der ist, den Sie lieben; denn während Sie mir die ganze Zeit hindurch von »ihm« reden, haben Sie nicht ein einziges Mal seinen Namen geschrieben. Ich hatte es aber nicht nötig; denn ich weiß wohl, wer es ist. Aber ich bemerke es nur, weil ich mich erinnerte, daß das immer der Stil der Liebe ist. Ich sehe, es ist damit immer noch wie in der vergangenen Zeit.

Ich glaubte nicht, daß ich jemals auf Erinnerungen zurückkommen sollte, die so fern von mir liegen und zu meinem Alter gar nicht mehr passen. Seit gestern habe ich mich aber sehr viel damit beschäftigt, in dem Wunsche, etwas zu finden, was Ihnen nützlich sein könnte. Aber was kann ich machen, als Sie bewundern und bedauern? Ich lobe den klugen Entschluß, den Sie gefaßt haben, und doch erschreckt er mich, weil ich daraus schließe, daß Sie ihn für nötig gehalten haben; und wenn man einmal so weit ist, dann ist es sehr schwer, sich dauernd von dem fern zu halten, dem uns unser Herz immer nahebringt.

Doch verlieren Sie den Mut nicht. Nichts kann Ihrer reinen Seele unmöglich sein; und sollten Sie eines Tages das Unglück haben zu unterliegen – was Gott verhüte! – glauben Sie mir, liebe, schöne Frau, bewahren Sie sich für den Fall wenigstens den Trost, mit aller Macht gekämpft zu haben. Und dann, was die menschliche Vernunft nicht vermag, vollführt die göttliche Gnade, wenn es ihr gefällt. Vielleicht sind Sie am Vorabend dieses ihres Beistandes, und Ihre Tugend, die in diesem harten Kampf erprobt wurde, wird daraus reiner und leuchtender hervorgehen. Die Kraft, die Sie heute nicht haben, hoffen Sie immer, sie morgen zu empfangen. Rechnen Sie nicht damit, sich ganz auf sie zu verlassen, aber fassen Sie neuen Mut daraus, um alle Ihre Kräfte zu brauchen.

Wenn ich auch der Vorsehung die Sorge überlasse, Ihnen in einer Gefahr beizustehen, gegen die ich nichts vermag, so behalte ich mir doch vor, Sie zu unterstützen und zu trösten, soviel es in meiner Kraft steht. Ich werde Ihre Schmerzen nicht lindern, aber ich werde sie teilen. So will ich gerne übernehmen, was Sie mir vertrauen. Ich fühle, Ihr Herz hat Aussprache nötig; ich öffne Ihnen das meine; das Alter hat es noch nicht so weit abgekühlt, daß es für die Freundschaft unempfindlich wäre. Sie werden es immer bereit finden, Sie aufzunehmen. Es wird nur eine schwache Erleichterung für Ihre Schmerzen sein, aber Sie werden wenigstens nicht allein weinen. Und wenn diese unglückliche Liebe zu viel Gewalt über Sie bekommt und Sie zwingt, von ihr zu sprechen, so wird es besser mit mir als mit »ihm« sein. Sehen Sie, jetzt spreche ich wie Sie, und ich glaube, wir bringen es beide nicht fertig, seinen Namen zu nennen. Aber wir verstehen uns, nicht wahr?

Ich weiß nicht, ob ich wohl daran tue, Ihnen zu sagen, daß er mir durch Ihre Abreise sehr betroffen schien; es wäre vielleicht vernünftiger, Ihnen nicht davon zu sprechen. Aber ich mag diese Vernünftigkeit gar nicht, mit der man seine Freunde betrübt. Aber doch bin ich gezwungen, nicht länger davon zu sprechen. Meine schwachen Augen und meine zitternde Hand erlauben mir keine langen Briefe, wenn ich sie selbst schreiben muß.

Adieu also, meine schöne Liebe, adieu, mein liebes Kind. Ja, ich nehme Sie gerne als meine Tochter an, Sie haben ja alles, was den Stolz und die Freude einer Mutter ausmachen kann.

Schloß ..., den 3. Oktober 17..

105. Brief

Die Marquise von Merteuil an Frau von Volanges.

Wirklich, meine liebe, gute Freundin, ich habe nur mit Mühe eine Regung des Stolzes unterdrückt, als ich Ihren Brief las. Wie! Sie beehren mich mit Ihrem vollen Vertrauen? Sie gehen sogar so weit, mich um Rat zu bitten! Ach, ich bin wirklich glücklich, wenn ich diese günstige Meinung Ihrerseits verdiene, wenn ich sie nicht nur der Voreingenommenheit der Freundschaft verdanke. Im übrigen, welchen Beweggrund sie auch immer haben mag, sie ist sicher meinem Herzen wertvoll; und sie erlangt zu haben ist in meinen Augen ein Grund mehr, mich noch mehr zu bemühen, sie zu verdienen. So will ich also – ohne Ihnen einen Rat erteilen zu wollen – Ihnen aufrichtig meine Art zu denken sagen. Ich mißtraue ihr, weil sie von der Ihrigen abweicht; aber wenn ich Ihnen meine Gründe gegeben habe, mögen Sie urteilen, und wenn Sie sie verwerfen, so unterschreibe ich im voraus Ihr Urteil. So verständig bin ich, mich nicht für verständiger zu halten, als Sie sind.

Sollte sich jedoch dieses einzige Mal meine Meinung als die bessere erweisen, so wäre davon die Ursache in den Selbsttäuschungen der mütterlichen Liebe zu suchen. Da dieses Gefühl edel ist, *muß* es in Ihnen liegen. Und wie deutlich wird es in dem Entschluß, den zu treffen Sie versucht sind! Wenn Sie einmal irren, so immer nur bei der Wahl unter Tugenden.

Die Vorsicht ist, wie mir scheint, die Tugend, der man den Vorzug geben muß, wenn man über die Geschicke anderer verfügt, besonders wenn es sich darum handelt, sie mit einem heiligen und unlösbaren Bande zu binden, wie der Ehe. Da muß eine kluge und liebende Mutter, wie Sie so gut sagen, ihrer Tochter »mit ihrer Erfahrung beistehen«. Jetzt frage ich Sie, was hat sie da anderes zu tun, als für die

Tochter zu unterscheiden, zwischen dem, was gefällt und dem, was sich gehört?

Hieße es nicht die mütterliche Autorität herabsetzen, ja zunichte machen, wenn man sie einer frivolen Neigung unterordnete, deren trügerische Macht nur denen fühlbar wird, die sie fürchten, und die sofort verschwindet, sobald man sie verachtet? Ich gestehe für meinen Teil, ich habe nie an diese hinreißenden und unwiderstehlichen Leidenschaften geglaubt, aus denen man, wie mir scheint, nach öffentlicher Übereinkunft unsere regellosen Sitten entschuldigt. Ich begreife nicht, wie eine Neigung, die ein Augenblick entstehen, ein anderer vergehen sieht, mehr Kraft haben soll als die unveränderlichen Grundsätze der Scham, der Ehrbarkeit und der Bescheidenheit, und ich verstehe es auch nicht, wie eine Frau, die gegen diese sich vergeht, sollte gerechtfertigt werden können durch ihre angebliche Leidenschaft, etwa wie ein Dieb durch die Leidenschaft für das Geld oder ein Mörder durch die Leidenschaft seiner Rachgier.

Gewiß! Wer kann sagen, daß er niemals zu kämpfen hatte? Aber ich habe mich immer zu überzeugen versucht, daß zum Widerstand es genügt, wenn man ihn will; und bisher wenigstens hat meine Erfahrung meine Meinung bestätigt. Was wäre die Tugend ohne die Pflichten, die sie uns auferlegt? Ihren Kult enthalten unsere Opfer, ihre Belohnung unsere Herzen. Diese Wahrheiten können nur von denen geleugnet werden, die ein Interesse daran haben, die Tugend zu verkennen, und die bereits verdorben einen Moment darüber weg zu täuschen hoffen durch den Versuch, ihre schlechte Aufführung durch schlechte Gründe zu rechtfertigen.

Aber ist das von einem schüchternen, einfachen Kinde zu befürchten? Von einem Kinde, das das Ihrige ist, und dessen glückliches Naturell eine ehrbare und reine Erziehung nur bestärken konnte? Und doch wollten Sie dieser Furcht, ich darf wohl sagen demütigenden Furcht für Ihre Tochter, diese vorteilhafte Heirat opfern, welche Ihre Klugheit ihr verschafft hat? Ich habe Danceny sehr gern, und seit langen sah ich Herrn von Gercourt nicht mehr, wie Sie wissen; aber meine Freundschaft für den einen, meine Gleichgültigkeit gegen den andern verhindern mich nicht, den großen Unterschied zwischen den beiden Partien zu merken.

Ihre Geburt ist gleichwertig, das gebe ich zu; aber der eine ist ohne Vermögen, und das des andern ist so groß, daß es selbst ohne seinen

Adel genügt hätte, ihn alles erreichen zu lassen. Ich gebe gern zu, daß das Geld nicht das Glück ausmacht, aber daß es das Glück erleichtert, muß man wohl auch zugeben.

Fräulein von Volanges ist, wie Sie sagen, reich genug für zwei; indes sind sechzigtausend Francs Rente, die sie zu verzehren haben wird, noch nicht so gar viel, wenn man den Namen Danceny trägt, wenn man ein dem Namen würdiges Haus einrichten und unterhalten muß. Wir haben nicht mehr die Zeiten der Frau von Sévigné. Der Luxus verschlingt alles; man tadelt ihn, muß ihn aber mitmachen; und schließlich entzieht einem das Überflüssige das Notwendige.

Was die persönlichen Eigenschaften betrifft, die Sie, und mit Recht, so hoch schätzen, so ist Herr von Gercourt gewiß von der Seite einwandfrei; er hat seine Proben bestanden. Ich will glauben und glaube auch wirklich, daß Danceny ihm da in nichts nachsteht; aber sind wir dessen auch ganz sicher? Es ist wahr, er hat sich bis jetzt von den Fehlern seines Alters frei gehalten und ganz gegen den Tageston so viel Neigung zu der anständigen Gesellschaft gezeigt, daß man günstig über ihn urteilen muß. Aber weiß man denn, ob er diese scheinbare Anständigkeit nicht seinem geringen Vermögen verdankt? Wenn man auch nicht ein Spitzbub sein will, so muß man doch Geld haben, um Spieler oder Wüstling zu sein, und man kann die Fehler noch lieben, deren Übermaß man meidet. Kurz und gut, er wäre nicht der erste, der in der guten Gesellschaft verkehrt, bloß aus Mangel an Besserem.

Ich sage nicht – Gott behüte! – daß ich das alles von ihm glaube; aber daß es so ist, diese Gefahr läuft man doch; und was für Vorwürfe hätten Sie sich nicht zu machen, wenn die Sache nicht glücklich ausginge! Was würden Sie Ihrer Tochter antworten, wenn sie zu Ihnen sagte: »Mutter, ich war jung und ohne Erfahrung; ich ward sogar durch einen in meinem Alter verzeihlichen Irrtum verführt; aber der Himmel hatte meine Schwäche vorausgesehen und mir eine verständige Mutter gegeben, um dem abzuhelfen und mich zu schützen. Warum haben Sie Ihre Vorsicht versäumt und in mein Unglück eingewilligt? War es meine Sache, mir einen Gemahl zu wählen, wo ich nichts von der Ehe verstand? Hätte ich es auch gewollt, war es da nicht an Ihnen, sich dem zu widersetzen? Aber ich habe niemals diese sinnlose Absicht gehabt. Entschlossen, Ihnen zu gehorchen, habe ich Ihre Wahl in ehrfurchtsvoller Ergebenheit abgewartet. Niemals bin ich von dem Gehorsam abgewichen, den ich Ihnen schuldete, und trotzdem erleide ich heute die Strafe, die nur widerspenstige Kinder verdienen. Ihre Schwäche hat mich ins Verderben gestürzt …« Vielleicht würde sie aus Respekt vor Ihnen diese Klagen unterdrücken, aber die mütterliche Liebe würde sie erraten; auch wenn die Tränen Ihrer Tochter verstohlen flössen, fielen sie doch auf Ihr Herz. Wo würden Sie dann Trost suchen? Vielleicht in dieser tollen Liebe, gegen die Sie sie hätten wappnen sollen, und von der Sie sich im Gegenteil haben verführen lassen.

Ich weiß nicht, meine liebe Freundin, ob ich gegen diese Leidenschaft zu voreingenommen bin; aber ich glaube, die Leidenschaft ist selbst in der Ehe zu fürchten. Nicht daß ich es mißbillige, daß ein ehrbares, zärtliches Gefühl das eheliche Band verschöne und in gewisser Beziehung die Pflichten, die es auferlegt, versüße; aber es kommt nicht jenem Gefühle zu, dieses Band zu bilden, nicht der Illusion eines Augenblicks, die Wahl unseres Lebens zu bestimmen. Tatsächlich muß man, um zu wählen, vergleichen können; und wie kann man das, wenn uns ein einziger Gegenstand beschäftigt und man selbst den einen nicht einmal kennen kann, so in Rausch und Blindheit befangen wie man ist?

Ich bin, wie Sie sich denken können, mehr Frauen begegnet, die von diesem Übel befallen waren; einige haben Vertrauen zu mir gehabt. Wenn man sie hört, so gibt es keine, deren Geliebter nicht ein vollkommenes Wesen wäre; aber diese schimäre Vollkommenheit besteht nur in ihrer Einbildung. Ihr exaltierter Kopf träumt nur Tugend und Annehmlichkeit, und damit schmücken sie mit Herzensfreude den, den sie vorziehen. Es ist die Draperie eines Gottes, von einem unwürdigen Modell getragen, aber was es auch für eines sei, kaum daß sie es damit bekleidet, so sind sie verliebt in ihr eigenes Werk, sinken davor nieder und beten es an.

Entweder liebt Ihre Tochter Danceny nicht oder sie erlebt eben diese Selbsttäuschung, die beiden gemein ist, wenn ihre Liebe gegenseitig ist. So kommt Ihr Grund, sie auf ewig zu vereinigen, auf die Gewißheit hinaus, daß sie sich nicht kennen, daß sie sich nicht kennen können. Aber, werden Sie mir sagen, kennen Herr von Gercourt und meine Tochter sich denn besser? Gewiß nicht; aber wenigstens täuschen sie sich nicht, sie wissen eben nichts voneinander. Was geschieht zwischen Ehegatten in einem solchen Fall, beide, wie ich annehme, anständige Menschen? Daß jeder den andern studiert, sich ihm gegenüber beobachtet, sucht und bald auch findet, was er von seinem Geschmack und Willen, des gemeinsamen Friedens wegen, aufgeben muß. Diese leichten Opfer bringt man ohne Mühe, weil sie gegenseitig sind und man sie voraussah. Bald werden sie zu Wohltaten bei beiden; und die Gewohnheit, die alle Neigungen stärkt, die sie nicht zerstört, führt nach und nach diese zärtliche Freundschaft herbei, dieses gütige Vertrauen, die gemeinsam mit der Achtung, wie mir scheint, das wahre, solide Glück der Ehe bilden.

Diese Selbsttäuschungen der Liebe mögen köstlicher sein, wer aber weiß nicht, daß sie auch weniger dauerhaft sind? Und welche Gefahr bringt nicht der Moment mit sich, der sie zerstört? Dann erscheinen die kleinsten Fehler unerträglich durch den Gegensatz zu jener Vollkommenheitstäuschung, die uns verführte. Jeder der beiden Gatten glaubt doch, der andere habe sich geändert, er sei immer der gleiche geblieben, sei noch immer gleich viel wert, wie er in einem Augenblick des Irrtums geschätzt wurde. Den Reiz, den er nicht mehr empfindet, wundert er sich, daß er ihn im andern nicht mehr hervorruft. Er fühlt sich davon bedrückt. Die verwundete Eitelkeit verbittert die beiden, vermehrt ihr Unrecht noch schlimmer, erzeugt schlechte Laune, gebiert den Haß; und ein frivoles Vergnügen wird schließlich mit langwährendem Unglück bezahlt.

So denke ich, meine liebe Freundin, über die Sache, die uns beschäftigt. Ich verteidige sie nicht, ich setze sie nur auseinander: die Entscheidung steht bei Ihnen. Wenn Sie aber auf Ihrer Meinung bestehen bleiben, so möchte ich um die Gründe bitten, die gegen die meinen gesprochen haben. Ich wäre glücklich, wenn ich von Ihnen lernte, und besonders, wenn ich über das Los Ihres lieben Kindes beruhigt würde, dessen Glück ich aufs herzlichste wünsche, da ich ja nicht nur die Freundin Ihrer Tochter bin, sondern die Ihre fürs Leben.

Paris, den 4. Oktober 17..

106. Brief

Die Marquise von Merteuil an Cécile Volanges.

Nun also, liebe Kleine, sind Sie wohl arg böse und recht beschämt! Und dieser Herr von Valmont ist ein schlimmer Mann, nicht wahr?

Er wagt es, Sie zu behandeln wie die Frau, die er am meisten liebte! Er lehrt Sie, was Sie fürs Leben gern lernen wollten! Ein solches Vorgehen ist wirklich unverzeihlich. Und Sie Ihrerseits wollen Ihre Keuschheit für Ihren Geliebten – der sie nicht mißbrauchte – aufheben; Sie lieben nur die Leiden der Liebe und nicht ihre Freuden. Sehr schön, und Sie gäben eine prachtvolle Romanfigur ab. Leidenschaft, Mißgeschick und Tugend überdies – was für schöne Dinge! Inmitten all dieses Glanzes langweilt man sich zwar oft, aber man gibt es den andern schon wieder zurück.

Das arme Kind, wie ist es doch zu beklagen! Hatte am nächsten Tag umränderte Augen! Und was werden Sie erst sagen, wenn die Ihres Geliebten so sind? Geben Sie acht, mein schöner Engel, das wird Ihnen nicht immer passieren, nicht jeder Mann ist ein Valmont. Und dann, daß Sie diese Augen nicht mehr aufzuschlagen wagen! Aber da haben Sie recht getan, denn jeder Mensch hätte Ihr Abenteuer darin gelesen. Doch glauben Sie mir: wenn dem so wäre, hätten unsere Frauen und selbst unsere Fräuleins bescheidenere Augen.

Trotz dem Lob, das ich Ihnen, wie Sie sehen, schenken muß, bin ich aber doch genötigt, zuzugeben, daß Sie Ihren Meisterstreich versäumt haben, und der war, alles Ihrer Mama zu gestehen. Sie hatten schon so gut angefangen! Schon hatten Sie sich in ihre Arme geworfen, schluchzten, und Mama weinte auch: welch rührende Szene! Und wie schade, daß Sie sie nicht zu Ende spielten! Ihre zärtliche Mama, ganz entzückt, hätte, um Ihrer Tugend zu helfen, Sie Ihr Leben lang ins Kloster gesperrt; und da hätten Sie Danceny geliebt, soviel Sie gewollt hätten, ohne Rivalen und ohne Sünde. Sie hätten sich ganz nach Herzenslust ausweinen können, und Valmont hätte Sie in Ihrem Schmerz sicher nicht gestört durch abscheuliche Vergnügungen.

Aber im Ernst: kann man mit mehr als fünfzehn Jahren noch so ein Kind sein? Sie sagen sehr mit Recht, daß Sie meine Güte nicht verdienen. Ich wollte doch Ihre Freundin sein, und Sie bedürfen es einigermaßen mit *der* Mutter und dem Gatten, den sie Ihnen geben will! Wenn Sie aber nicht bildungsfähiger sind, was soll man dann mit Ihnen anfangen? Was kann man hoffen, wenn das, was den Mädchen den Verstand gibt, Ihnen den Ihrigen zu rauben scheint?

Vermöchten Sie es doch, einen Augenblick vernünftig zu überlegen, so würden Sie bald finden, daß Sie sich Glück wünschen sollten, anstatt sich zu beklagen. Aber Sie schämen sich, und das ist Ihnen lästig! Ach was! Beruhigen Sie sich; die Scham, die einem die Liebe macht, ist wie der Schmerz, den sie verursacht: man spürt ihn nur einmal. Nachher kann man sie wohl noch heucheln, aber man fühlt sie nicht mehr. Aber das Vergnügen bleibt, und das ist auch was. Ich glaube, aus Ihrem Geschwätz sogar herauszuhören, daß Sie dieses Vergnügen sehr hoch schätzen dürfen. Seien Sie doch ein bißchen ehrlich. Die Verwirrung, die Sie hinderte, »so zu handeln wie Sie redeten«, und die es »Ihnen so schwer machte, sich zu verteidigen«, die war Ursache, daß es Ihnen »gewissermaßen leid« tat, als Valmont sich entfernte. Kam das von der Scham oder vom Vergnügen? Und »die Art, wie er spricht, worauf man nicht zu antworten weiß«, sollte das nicht von »der Art, wie er es macht«, kommen? Oh, Sie kleines Mädchen, Sie lügen, und Sie lügen Ihre beste Freundin an! Das ist nicht recht. Aber hören wir davon auf.

Was für alle Welt ein Vergnügen wäre und nichts sonst sein könnte, das wird in Ihrer Situation zu einem wirklichen Glück. Denn in Ihrer Lage, zwischen einer Mutter, an deren Liebe Ihnen gelegen ist, und einem Liebhaber, dem Sie immer angehören möchten, wie können Sie denn da nicht sehen, daß das einzige Mittel, diese entgegengesetzten Erfolge zu erreichen, ist: sich mit einem Dritten zu beschäftigen? Zerstreut durch dieses neue Abenteuer, wird es Ihrer Mama so vorkommen, als opferten Sie, um ihr zu gehorchen, eine Neigung, die ihr mißfällt, und verschaffen sich gleichzeitig Ihrem Geliebten gegenüber die Ehre einer machtvollen Verteidigung. Sie werden ihn immerfort Ihrer Liebe versichern und ihm nie die letzten Beweise dafür gewähren. Diese Verweigerung, so sehr wenig schwierig in Ihrem Fall, wird er nicht verfehlen, auf Rechnung Ihrer Tugend zu setzen, wird sich vielleicht darüber beklagen, Sie aber darum nur noch mehr lieben; und dieses doppelte Verdienst in den Augen der einen, Ihre Liebe zu opfern, in denen des andern, ihrem letzten zu widerstehen, es wird Sie nicht mehr kosten, als daß Sie Ihr Vergnügen genießen. Ach, wie viele Frauen haben ihren Ruf verloren, die ihn sorgsam gehütet hätten, wenn sie ihn mit so einfachen Mitteln hätten aufrechterhalten können! Scheint Ihnen dieser mein Vorschlag nicht der vernünftigste, wie auch der angenehmste zu sein? Wissen Sie, was Sie bei dem gewannen, den Sie befolgten? Ihre Mama hat Ihre erneute Traurigkeit einer erneuten Erwachung Ihrer Liebe zugeschrieben und ist darüber außer sich und wartet, um Sie zu bestrafen, nur noch darauf, bis sie ihrer Sache ganz sicher ist. Sie schrieb mir darüber; sie wird alles versuchen, diese Gewißheit von Ihnen selber zu erlangen. Sie wird vielleicht, sagt sie mir, so weit gehen, Ihnen Danceny als Gatten vorzuschlagen, und das nur, um Sie zum Sprechen zu bringen. Und wenn Sie, durch diese falsche Zärtlichkeit verleitet, nach Ihrem Herzen antworten, dann würden Sie bald, für lange eingesperrt, vielleicht für immer, nach Herzenslust Ihre blinde Leichtgläubigkeit beweinen können.

Dieser List, die sie gegen Sie anwenden will, müssen Sie mit einer andern begegnen. Fangen Sie doch damit an, ihr weniger Traurigkeit zu zeigen und sie so glauben zu machen, Sie dächten weniger mehr an Danceny. Sie wird um so leichter daran glauben, als das der gewöhnliche Erfolg der Abwesenheit ist; und sie wird Ihnen dafür desto mehr Dank wissen, als sie daraus Anlaß nehmen wird, sich auf ihre Klugheit, die ihr dieses Mittel eingab, was einzubilden. Sollte sie aber noch einige Zweifel bewahren, etwa dabei beharren, Sie auf die Probe zu stellen und Ihnen von der Heirat sprechen, so seien Sie nichts als wohlerzogenes Mädchen, das heißt vollkommen gehorsam. Was riskieren Sie dabei? Was man schließlich von einem Gatten hat – es ist einer so viel wert wie der andere, und der unbequemste ist immer noch weniger störend als eine Mutter.

Wenn Ihre Mama erst einmal zufriedener mit Ihnen ist, wird sie Sie verheiraten; und dann haben Sie größere Freiheit in Ihrem Tun und können nach Belieben Valmont verlassen, um Danceny zu nehmen, oder sogar beide behalten. Denn, hören Sie zu: Ihr Danceny ist ja ganz nett, aber er ist einer von den Männern, die man hat wann man und wie lange man sie will; man kann sich's also mit ihnen bequem machen. So steht es aber nicht mit Valmont; ihn behält man schwer, es ist gefährlich, ihn zu verlassen. Bei ihm braucht man sehr große Geschicklichkeit oder, wenn man die nicht hat, sehr viel geduldigen Gehorsam. Andrerseits, wenn es Ihnen gelänge, ihn sich zum Freund zu machen, so wäre das ein Glück; er brächte Sie sofort in den vordersten Rang unserer Modedamen. Auf solche Weise erlangt man eine feste Position in der Gesellschaft, und nicht mit Erröten und Weinen, wie damals, als Ihre Klosterfrauen Sie auf den Knien zu Mittag essen ließen.

Wenn Sie also gescheut sind, werden Sie sich mit Valmont wieder vertragen, der sehr auf Sie böse sein muß; und da man wissen muß, wie seine Dummheiten wieder gut zu machen, so schrecken Sie davor nicht zurück, ihm ein bißchen entgegen zu kommen. Bald werden Sie ja lernen, daß, wenn die Männer uns zum ersten Schritt zwangen, wir beinahe immer genötigt sind, den zweiten zu tun. Sie haben für den hier in Frage kommenden sogar einen Vorwand; denn Sie dürfen diesen Brief nicht behalten; ich verlange von Ihnen, daß Sie ihn, sobald Sie ihn gelesen haben, Valmont übergeben. Vergessen Sie aber nicht, ihn vorher wieder zu siegeln. Erstens müssen Sie das Verdienst des Entgegenkommens haben, das Sie ihm zeigen werden – und daß es nicht aussieht, als ob man Ihnen dazu geraten hätte –, und dann bin ich nur mit Ihnen so befreundet, um so mit Ihnen zu sprechen.

Adieu, schöner Engel, befolgen Sie meine Ratschläge, und dann werden Sie mir sagen, ob Sie sich dabei wohl befinden.

Nachschrift: Mir fällt ein, ich vergaß etwas … noch ein Wort. Verwenden Sie doch auf Ihren Stil etwas mehr Sorgfalt. Sie schreiben immer noch wie ein Kind. Ich sehe wohl, woher das kommt. Sie sagen noch immer alles was Sie denken, und nichts, was Sie nicht denken. Das kann ja zwischen uns beiden so sein, die wir beide nichts voreinander zu verbergen haben, – aber gegen jedermann! Besonders Ihrem Geliebten gegenüber würden Sie immer wie ein kleines dummes Mädel aussehen. Sie müssen einsehen: wenn Sie einem schreiben, so ist es für den und nicht für Sie. Also müssen Sie weniger das zu sagen suchen, was Sie denken, und mehr das, was ihm besser gefällt.

Adieu, mein Herz, ich küsse Sie statt Sie auszuzanken, in der Hoffnung, daß Sie vernünftiger werden.

Paris, den 4. September 17..

107. Brief

Die Marquise von Merteuil an den Vicomte von Valmont.

Ausgezeichnet, Vicomte, und dieses Mal liebe ich Sie sehr! Übrigens konnte man sich, nach dem ersten Ihrer beiden Briefe, den zweiten so erwarten. Darum hat er mich nicht überrascht. Und während Sie schon ganz stolz auf Ihre künftigen Erfolge von mir die Belohnung verlangten und mich fragten, ob ich bereit sei, sah ich wohl, daß ich nicht nötig hätte, mich so sehr zu beeilen. Auf Ehre, mein lieber Valmont, bei der Lektüre Ihres schönen Berichtes von der zärtlichen

Szene, die Sie so »lebhaft bewegte«, – beim Anblick Ihrer Zurückhaltung, würdig der schönsten Zeit unseres Rittertums, da sagte ich mir zwanzigmal: Das ist eine verpaßte Sache.

Es konnte doch auch gar nicht anders sein. Was soll denn eine arme Frau tun, die sich ergibt, – und die man nicht nimmt? Mein Gott, in einem solchen Fall muß man wenigstens die Ehre retten, und das hat Ihre Präsidentin getan. Ich weiß nur so viel, daß ich herausfühle, daß der Weg, den sie nahm, wirklich nicht ohne einige Wirkung ist; ich nehme mir vor, ihn selber zu benutzen bei der ersten einigermaßen ernsthaften Gelegenheit, die sich mir bietet. Aber das verspreche ich, wenn der, für den ich mich in diese Auslagen stürze, nicht besser davon profitiert als Sie, so kann er auf mich sicher für immer verzichten.

Jetzt sind Sie also schlechterdings auf nichts reduziert. Und das zwischen zwei Frauen, von denen die eine schon beim andern Tag angelangt war, und die andere nichts sehnlicher verlangte, als auch schon so weit zu sein! Ich bitte! Sie werden sagen, ich prahle, und werden sagen, es sei leicht hinterher zu prophezeien, – aber ich kann Ihnen schwören, daß ich das erwartete. In Wahrheit haben Sie nämlich nicht die geringsten Anlagen für Ihren Beruf; Sie wissen davon nur so viel, wie Sie gelernt haben, und erfinden nichts. Sobald daher die Umstände zu Ihren gelernten Formeln nicht mehr passen und Sie von der gewohnten Straße abweichen müssen, bleiben Sie stehen wie ein Schüler. Eine Kinderei von der einen Seite, ein Rückfall in die Prüderie auf der andern sind, weil man das nicht alle Tage erlebt, genug, Sie aus der Fassung zu bringen, und Sie können dem weder vorbeugen, noch sich helfen. Vicomte, Vicomte! Sie lehren mich, die Männer nicht nach Ihren Erfolgen zu beurteilen, und bald wird man von Ihnen sagen müssen: »Er war an einem gewissen Tage tapfer.« Und wenn Sie dann Dummheit auf Dummheit gemacht haben, kommen Sie zu mir! Es sieht fast so aus, als habe ich nichts anderes zu tun, als diese wieder herzurichten. Das wäre allerdings Arbeit genug.

Davon abgesehen, ist von diesen beiden Abenteuern das eine gegen meinen Willen unternommen, und ich mische mich daher nicht hinein. Beim andern hat einige Gefälligkeit für mich hineingespielt, und ich mache darum die Sache zu der meinen. Der Brief, den ich hier beilege, und den Sie erst lesen und dann der kleinen Volanges übergeben mögen, wird mehr als genügen, sie Ihnen wieder zuzuführen. Aber, ich bitte Sie, verwenden Sie etwas Sorgfalt auf dieses Kind, und machen wir gemeinsam daraus die Verzweiflung ihrer Mutter und Gercourts. Man braucht sich nicht zu fürchten vor starken Dosen. Ich sehe klar voraus, daß die Kleine davon nicht in Schrecken geraten wird. Und haben wir unsere Absichten mit ihr erst einmal erreicht, so mag aus ihr werden, was immer kann.

Mich interessiert sie schon nicht mehr. Ich hatte erst Lust, wenigstens eine untergeordnete Intrigantin aus ihr zu machen und sie unter meiner Leitung die zweiten Rollen spielen zu lassen. Aber ich sehe, daß sie nicht das Zeug dazu hat. Eine einfältige Naive ist sie, die nicht einmal dem von Ihnen angewandten Spezifikum nachgab, das doch sonst nicht leicht versagt; und das ist meiner Meinung nach die gefährlichste Krankheit, die eine Frau haben kann. Sie zeigt vor allem eine Charakterschwäche, die fast immer unheilbar und immer im Wege ist, so daß wir, während wir uns bemühen, die dumme kleine Person zur Intrigue auszubilden, aus ihr nur eine leichtsinnige Frau machen würden. Ich kenne nun nichts Platteres, als einen solchen auf Dummheit beruhenden Leichtsinn, der sich ergibt, ohne zu wissen wie und warum, bloß weil jemand angreift, und wo die Frau nicht versteht, sich zu wehren. Solche Frauen sind schlechterdings nichts als Vergnügungsmaschinen.

Sie werden sagen, man brauche weiter nichts aus ihr zu machen, und es sei das für unsere Pläne genug. Ganz richtig! Nur dürfen wir nicht vergessen, daß an solchen Maschinen bald alle Welt die Schwung- und Triebkraft kennt; so daß man, sich dieser ohne Gefahr bedienen zu können, sich beeilen, zur richtigen Stunde aufhören und sie alsdann zerstören muß. An den Mitteln, uns ihrer zu entledigen, wird es uns schon nicht fehlen, und Gercourt wird sie allemal einsperren lassen, sobald wir wollen. Wenn er erst nicht mehr an seinem Unfall zweifeln kann, wenn er erst völlig öffentlich und notorisch ist, was kümmert es dann uns, ob er sich rächt, vorausgesetzt, daß er sich damit abfindet? Was ich von dem Gemahl sage, das denken Sie wohl auch so von der Mutter; also ist die Sache erledigt.

Dieser Weg, den ich für den besten halte, und den zu gehen ich mich entschlossen habe, hat mich bestimmt, die Kleine ein bißchen flinker zu machen, wie Sie aus meinem Briefe sehen werden. Weshalb es auch sehr wichtig ist, daß man ihr nichts Wichtiges in Händen läßt, was uns bloßstellen könnte; ich bitte Sie, darauf zu achten. Diese Vorsicht einmal getroffen, übernehme ich das Moralische, das übrige geht Sie an. Sollten wir aber in der Folge bemerken, daß das naive Fräulein sich bessert, so ist es immer noch Zeit, unsere Pläne zu ändern. Wir hätten uns ja doch den einen oder den andern Tag um das bekümmern müssen; in keinem Falle sind unsere Bemühungen verloren.

Wissen Sie, daß die meine in Gefahr war, verloren zu sein und daß Gercourts Stern fast über meine Klugheit gesiegt hätte? Hat nicht Frau von Volanges einen Moment mütterlicher Schwäche gehabt? Wollte sie nicht ihre Tochter Danceny geben? Eben das bedeutete das zärtlichere Interesse, das Sie »am Tage darauf« bemerkten. Sie wären auch wieder die Ursache dieses schönen Meisterwerkes gewesen! Glücklicherweise hat die zärtliche Mutter mir darüber geschrieben und ich hoffe, meine Antwort bringt sie davon ab. Ich spreche darin so viel Tugend und schmeichle ihr so sehr, daß sie finden muß, ich habe Recht.

Es tut mir leid, daß ich nicht die Zeit hatte, den Brief abzuschreiben, um Sie mit meiner sittlichen Strenge in Entzücken zu versetzen. Sie würden sehen, wie sehr ich die Frauen verachte, die verworfen genug sind, einen Liebhaber zu haben! Es ist so bequem, in Reden streng moralisch zu sein! Das schadet immer nur den andern und geniert uns gar nicht … Und dann weiß ich ganz genau, daß die gute Dame in ihren jungen Jahren ihre kleinen Schwächen gehabt hat, wie jede andere, und es tat mir nicht leid, sie wenigstens vor ihrem Gewissen zu demütigen; das tröstete mich ein wenig über die Lobsprüche, die ich ihr gegen mein Empfinden erteilte. So gab mir auch in demselben Briefe der Gedanke, Gercourt schaden zu können, den Mut, Gutes von ihm zu reden.

Adieu, Vicomte, ich billige Ihren Entschluß, noch einige Zeit zu bleiben wo Sie sind. Ich habe kein Mittel, Ihnen rascher vorwärts zu helfen, aber ich lade Sie ein, sich mit unserem gemeinsamen Mündel nicht zu langweilen. Was mich betrifft, so sehen Sie wohl ein, daß Sie trotz Ihrer höflichen Vorladung noch warten müssen, und Sie werden zweifellos zugeben, daß die Schuld nicht bei mir liegt.

Paris, den 4. Oktober 17..

108. Brief

Azolan an den Vicomte von Valmont.

Herr Vicomte! Nach Erhalt Ihres Briefes ging ich sofort zu Herrn Bertrand, der mir die fünfundzwanzig Louis auszahlte, wie Sie ihm befohlen haben. Ich habe zwei Louis mehr verlangt für Philipp, dem ich gesagt hatte, er soll auf der Stelle aufbrechen, wie es mir der gnädige Herr Vicomte befohlen haben, und der kein Geld nicht hatte. Ihr Herr Geschäftsführer wollte aber nicht, indem er sagte, er hätte keinen Auftrag von Ihnen dafür. Also war ich genötigt, sie von mir aus zu geben, und der gnädige Herr rechnet mir sie an, wenn er die Güte haben will.

Philipp ist gestern abend fort. Ich habe ihm dringend empfohlen, das Wirtshaus nicht zu verlassen, damit man ihn sicher findet, wenn man ihn braucht.

Gleich darauf bin ich zu der Frau Präsidentin, um Fräulein Julie zu besuchen; sie war aber aus, und ich sprach nur mit La Fleur, von dem ich nichts erfahren konnte, weil er seit seiner Ankunft nur zur Essenszeit im Hause gewesen. Es war der Zweite, der den Dienst getan hat, und der gnädige Herr wissen, daß ich den nicht kenne. Aber heute habe ich angefangen damit.

Ich ging heute früh wieder zu Fräulein Julie, und sie schien sehr erfreut, mich zu sehen. Ich fragte sie aus, warum ihre Herrin fortgereist ist, aber sie sagte, sie wüßte darüber nichts, und ich glaube, daß sie die Wahrheit gesagt hat. Ich warf ihr vor, daß sie mir von ihrem Abschied nichts gesagt habe, und sie versicherte mir, sie habe es selbst erst erfahren, als sie die gnädige Frau abends zu Bett brachte; so daß sie die ganze Nacht hindurch packen mußte, und das arme Mädchen keine zwei Stunden geschlafen hat. Sie ist an dem Abend erst nach ein Uhr aus dem Zimmer der gnädigen Frau gegangen und hat sie verlassen, wie diese sich zum Schreiben hinsetzte.

Am Morgen bei der Abfahrt hat Frau von Tourvel dem Hausmeister des Schlosses einen Brief übergeben. Fräulein Julie weiß nicht für wen; sie sagt, vielleicht für den Herrn Vicomte; aber der Herr Vicomte sagen mir davon nichts.

Während der ganzen Reise hat die Gnädige eine große Kapuze überm Gesicht gehabt, so daß man sie nicht sehen konnte; aber Fräulein Julie glaubt bestimmt, daß sie oft geweint hat. Sie sprach auf dem ganzen Wege kein Wort und wollte in *** nicht halten, wie sie auf der Hinfahrt getan hat; was Fräulein Julie nicht sehr angenehm war, die ja nicht gefrühstückt hatte. Aber, wie ich ihr sagte, die Herren sind die Herren. Bei der Ankunft hat sich die gnädige Frau ins Bett gelegt, blieb aber nur zwei Stunden liegen. Wie sie aufgestanden ist, hat sie den Schweizer rufen lassen und ihm Befehl gegeben, niemanden einzulassen. Sie hat überhaupt gar keine Toilette nicht gemacht. Sie hat sich zu Tisch gesetzt, aber nur ein wenig Suppe gegessen und ist gleich wieder hinein. Man hat ihr den Kaffee aufs Zimmer gebracht, und Fräulein Julie ist gleichzeitig hinaus. Sie hat ihre Herrin beim Ordnen von Papieren in ihrem Sekretär getroffen, und hat gesehen, daß es Briefe waren. Ich möchte wetten, es waren die vom Herrn Vicomte, und von den drei, die am Nachmittag bei ihr ankamen, hat sie den einen am ganzen Abend noch vor sich liegen gehabt! Ich bin ganz sicher, daß der auch vom Herrn Vicomte war. Aber warum ist sie denn so weggelaufen? Das wundert mich! Übrigens werden es der Herr Vicomte ja wissen. Und es geht mich auch nichts an.

Die Frau Präsidentin ist am Nachmittag in die Bibliothek und hat zwei Bücher herausgenommen, die sie mit in ihr Boudoir genommen hat; aber Fräulein Julie versichert, sie hätte den ganzen Tag keine Viertelstunde darin gelesen, und daß sie immer nur den gewissen Brief gelesen und geträumt und den Kopf in die Hand gestützt gesessen hat. Da ich mir dachte, der gnädige Herr würden sich freuen, wenn gnädiger Herr wüßten, was das für Bücher sind, und da Fräulein Julie es nicht wußte, so habe ich mich heute in die Bibliothek führen lassen, unter dem Vorwand, ich wollte sie ansehen. Es fehlten in der Reihe nur zwei Bücher: das eine ist der zweite Band der »Christlichen Gedanken«, und das andere der erste von einem Buch, das »Clarissa« heißt. Ich schreibe genau wie es dasteht; der gnädige Herr werden schon wissen, was es ist.

Am Abend haben die gnädige Frau nicht zu Abend gegessen, außer nur Tee.

Heute hat sie in aller Früh geklingelt und für gleich ihre Pferde verlangt und ist vor 9 Uhr in die Feuillantiner Kirche gefahren, wo sie die Messe gehört hat. Sie hat beichten wollen, aber ihr Beichtvater war nicht da und kommt erst in acht bis zehn Tagen zurück. Ich dachte mir, es sei gut, wenn ich das dem Herrn Vicomte melde.

Darauf ist sie nach Haus, hat gefrühstückt, und sich dann an den Schreibtisch gesetzt, wo sie über eine Stunde sitzen geblieben ist. Ich habe bald Gelegenheit gefunden zu dem, was der Herr Vicomte am meisten wünschen; denn ich war's, der die Briefe zur Post getragen hat. Für Frau von Volanges war keiner dabei; aber einen schicke ich dem gnädigen Herrn, der war für den Herrn Präsidenten. Mir kam vor, das müsse der interessanteste sein. Es war auch einer für Frau von Rosemonde dabei, aber ich habe mir gedacht, der gnädige Herr würden den auch so zu sehen bekommen, wenn er wollte, und so hab' ich ihn abgehen lassen. Im übrigen werden der Herr Vicomte wohl alles erfahren, denn die Frau Präsidentin schreibt ja auch an ihn. Ich kann für die Folge alle kriegen, die der gnädige Herr wünschen; denn es ist fast immer Fräulein Julie, die sie den Leuten gibt, und sie hat mir bestimmt versichert, aus Freundschaft für mich und auch zum gnädigen Herrn würde sie gerne tun, was ich will.

Sie hat nicht einmal Geld annehmen wollen, das ich ihr anbot; aber ich denke wohl, der gnädige Herr werden ihr ein kleines Geschenk machen wollen; und wenn das der Wille vom gnädigen Herrn ist und er mich damit betrauen will, so kann ich leicht erfahren was ihr Spaß macht.

Ich hoffe, der gnädige Herr werden nicht finden, daß ich nachlässig in seinem Dienst war, und es liegt mir sehr am. Herzen, mich von den Vorwürfen, die er mir macht, zu reinigen. Wenn ich von der Abreise der Frau Präsidentin nichts wußte, so ist daran im Gegenteil mein Eifer im Dienst des Herrn Vicomte schuld, denn aus Eifer bin ich um 3 Uhr früh aufgebrochen, so daß ich Fräulein Julie am Abend vorher nicht zu sehen bekommen habe, weil ich wie gewöhnlich in die Dienerherberge schlafen gegangen bin, um niemand im Schloß aufzuwecken.

Was den Vorwurf von Herrn Vicomte anbetrifft, ich sei oft ohne Geld, so kommt das erstens daher, weil ich mich gerne sauber halte, wie der gnädige Herr sehen können; und dann muß man ja doch auch die Ehre des Rockes bewahren, den man trägt. Ich weiß wohl, ich sollte vielleicht für die Zukunft etwas sparen, aber ich vertraue gänzlich der Großmut von Herrn Vicomte, der ein so guter Herr ist.

Was den Dienst bei Frau von Tourvel betrifft, indem ich in den Diensten des Herrn Vicomte bleibe, so hoffe ich, der gnädige Herr werden das nicht von mir verlangen. Bei der Frau Herzogin war es ganz was anderes; aber eine Livree werde ich bestimmt nicht tragen, und noch dazu eine Vom Beamtenadel, wo ich die Ehre gehabt habe, Jäger beim Herrn Vicomte zu sein. In allem andern können der gnädige Herr verfügen über den, der die Ehre hat zu sein, mit ebensoviel Respekt wie Anhänglichkeit, sein ganz gehorsamer Diener *Roux Azolan*, Jäger.

Paris, den 5. Oktober 17.., um 11 Uhr abends.

109. Brief

Frau von Tourvel an Frau von Rosemonde.

O meine nachsichtige Freundin, wie bin ich Ihnen Dank schuldig, und wie sehr bedurfte ich Ihres Briefes! Ich las ihn und las ihn immer wieder; ich konnte mich nicht davon trennen. Ich verdanke ihm die einzigen wenigen schmerzlichen Momente, die ich seit meiner Abreise zubrachte. Wie sind Sie gütig! Ehrbarkeit und Tugend können also doch mit der Schwäche Mitleid fühlen! Sie haben Mitleid mit meinen Schmerzen! Ach! Wenn Sie sie kennten …! Sie sind schrecklich. Ich glaubte, die Schmerzen der Liebe überwunden zu haben; aber die unaussprechliche Qual, die man gefühlt haben muß, um sie zu kennen, ist die, sich von dem trennen zu müssen, was man liebt, – sich auf ewig von ihm trennen zu müssen! … Ja, der Schmerz, der mich heute niederdrückt, wird morgen wiederkommen, und übermorgen, all mein Leben lang! Mein Gott, wie ich noch jung bin, und wie viel Zeit mir noch zum Leiden bleibt!

Selbst der Urheber seines Unglückes sein zu müssen, mit den eigenen Händen das Herz zu zerreißen; und während man diese unerträglichen Schmerzen leidet, zu fühlen, daß man sie mit einem einzigen Wort beenden kann, und daß dieses Wort ein Verbrechen ist! – Ach Freundin! …

Als ich diesen so schmerzlichen Entschluß faßte, um seiner Nähe zu entfliehen, da hoffte ich, die Abwesenheit würde meinen Mut und meine Kraft vermehren. Aber wie sehr habe ich mich getäuscht! Sie scheinen im Gegenteil vollends vernichtet und gebrochen. Ich hatte vorher gegen mehr zu kämpfen, es ist wahr, aber selbst während ich widerstand, war doch nicht alles Entbehrung. Wenigstens sah ich ihn doch manchmal. Oft fühlte ich sogar, wenn ich es wagte, die Augen nach ihm zu wenden, seinen Blick auf mich gerichtet. Ja, meine Freundin, ich fühlte seinen Blick, und mir schien es, als wärmte er mir wieder die Seele; und ohne den Weg durch meine Augen trafen seine Blicke doch in mein Herz. Jetzt, in meiner schmerzvollen Einsamkeit, getrennt von allem was mir teuer ist, allein mit meinem Unglück, wird jeder Augenblick meines traurigen Daseins durch meine Tränen bezeichnet, und nichts mildert ihre Bitterkeit, kein Trost kommt zu meinen Opfern, und die bisher gebrachten haben nur dazu gedient, die mir noch fühlbarer zu machen, die mir zu bringen übrigbleiben. Gestern noch habe ich das aufs schmerzlichste empfunden. Unter den Briefen, die man mir brachte, war einer von ihm. Der Überbringer war noch zwei Schritte von mir entfernt, da hatte ich ihn schon unter den andern erkannt. Unwillkürlich stand ich auf; ich zitterte und hatte Mühe, meine Erregung zu verbergen; und dieser Zustand – war nicht ohne Lust. Allein im nächsten Augenblick ist diese trügerische Lust bald geschwunden, und nichts blieb mir, als noch ein Opfer zu bringen. Durfte ich denn diesen Brief öffnen, den ich doch zu lesen brannte? Kraft des Schicksales, das mich verfolgt, verursachen mir die Tröstungen, die sich mir scheinbar bieten, nur im Gegenteil neue Entbehrungen; und diese hier wurden um so grausamer durch den Gedanken, daß sie Herr von Valmont teilt.

Da steht er, dieser Name, der mich immer beschäftigt, und den hin zu schreiben mir so schwer wurde. Die Art Vorwurf, die Sie mir daraus machen, hat mich ganz erschreckt. Glauben Sie, ich bitte Sie, daß keine falsche Scham mein Vertrauen zu Ihnen beeinträchtigt hat; warum sollte ich mich scheuen, ihn bei Namen zu nennen? Ach! Ich erröte über meine Gefühle, aber nicht über den, der sie verursacht. Welcher andere wäre würdiger, sie einzuflößen! Indes, ich weiß nicht, warum dieser Name mir nicht ganz natürlich sich in meine Feder drängt; auch diesmal wieder brauchte es Überlegung, bis ich ihn hinschrieb. Ich komme wieder auf ihn.

Sie schreiben mir, er sei Ihnen »schmerzlich betroffen« über meine Abreise erschienen. Was hat er denn getan? Was hat er gesagt? Hat er davon gesprochen, nach Paris zurückzukommen? Ich bitte Sie, bringen Sie ihn so viel sie können davon ab. Wenn er mich richtig beurteilt hat, kann er mir wegen dieses Schrittes nicht zürnen, muß aber auch fühlen, daß es unwiderruflich so bleiben muß. Eine meiner größten Qualen ist, daß ich nicht weiß, was er denkt. Ich habe da zwar noch seinen Brief liegen … aber Sie sind sicher meiner Meinung, daß ich ihn nicht öffnen darf.

Nur Sie, meine nachsichtige Freundin, können es machen, daß ich nicht ganz von ihm getrennt werde. Ich will Ihre Güte nicht mißbrauchen; ich fühle sehr wohl, daß Ihre Briefe nicht lang sein können; aber Sie werden Ihrem Kinde nicht zwei Worte verweigern: eins, um seinen Mut aufrechtzuerhalten, und das andere, um es über diesen traurigen Mut zu trösten. Leben Sie wohl, meine ehrwürdige Freundin.

Paris, den 5. Oktober 17..

110. Brief

Cecile Volanges an die Marquise von Merteuil.

Ich habe erst heute, gnädige Frau, den Brief, den Sie zu schreiben mir die Ehre machten, Herrn von Valmont übergeben. Ich habe ihn vier Tage lang behalten, trotz der Angst, die ich oft hatte, daß man ihn bei mir finden könne. Aber ich versteckte ihn sehr sorgfältig, und wenn der Kummer mich wieder packte, schloß ich mich ein und las ihn. Ich sehe wohl, daß das, was mir als ein so großes Unglück vorkam, fast gar keins ist; und ich muß gestehen, daß es auch viel Vergnügen macht, so daß ich fast nicht mehr betrübt darüber bin. Nur der Gedanke an Danceny quält mich noch manchmal. Aber es kommt schon vor, daß ich eine ganze Zeit überhaupt nicht mehr an ihn denke. Herr von Valmont ist aber auch sehr liebenswürdig.

Ich habe mich seit zwei Tagen mit ihm wieder versöhnt, und das ging ganz leicht; denn ich hatte ihm erst zwei Worte gesagt, da sagte er mir, wenn ich ihm etwas zu sagen habe, werde er abends in mein Zimmer kommen, und ich habe nur zu antworten gebraucht, daß es mir recht sei. Und wie er dann da war, schien er so wenig böse, als wenn ich ihm niemals was getan hätte. Erst später hat er mich und auch nur ganz sanft ausgezankt – und so auf eine Art … ganz wie Sie; was mir beweist, daß er auch Freundschaft für mich hat.

Ich kann Ihnen gar nicht sagen, was alles für komische Sachen er mir erzählt hat, und die ich nie geglaubt hätte – besonders über Mama. Sie würden mir einen großen Spaß machen, wenn Sie mich wissen ließen, ob das alles wahr ist. So viel ist sicher, daß ich mit Lachen nicht an mich halten konnte, und einmal laut hinauslachte, was uns viel Angst bereitet hat; denn Mama hätte das hören können; und wenn sie gekommen wäre nachsehen, was wäre dann aus mir geworden? Sicher wäre ich diesmal sofort ins Kloster gesteckt worden.

Da man vorsichtig sein muß, und Herr von Valmont mir selbst sagte, daß er um nichts in der Welt Gefahr laufen möchte, mich zu kompromittieren, so haben wir abgemacht, daß er in Zukunft mir nur die Türe aufmachen will, und wir dann in sein Zimmer gehen. Da ist dann nichts zu befürchten. Ich war gestern schon dort, und jetzt, da ich Ihnen schreibe, warte ich wieder auf ihn, daß er kommt. Nun werden Sie mich, liebe gnädige Frau, wohl nicht mehr auszanken.

Eines aber hat mich in Ihrem Briefe doch sehr in Erstaunen gesetzt, nämlich was Sie mir für die Zeit, wo ich verheiratet bin, in bezug auf Danceny und Herrn von Valmont sagen. Mir scheint, Sie sagten mir eines Tages in der Oper im Gegenteil, daß wenn ich erst einmal verheiratet wäre, ich nur noch meinen Mann lieben dürfte und sogar Danceny vergessen müßte. Vielleicht habe ich aber falsch verstanden, und es ist mir auch lieber, wenn es anders ist, weil ich jetzt vor der Heirat nicht mehr so große Angst habe. Ich wünsche den Augenblick sogar, da ich dann ja freier sein werde, und hoffe, daß ich es dann so einrichten kann, nur mehr an Danceny zu denken. Ich fühle wohl, wirklich glücklich werde ich nur mit ihm sein; denn jetzt quält mich der Gedanke an ihn immer, und ich bin nur wirklich glücklich, wenn ich es fertig bringe, nicht an ihn zu denken, was sehr schwer ist; und sobald ich an ihn denke, werde ich sofort wieder bekümmert.

Was mich ein wenig tröstet, ist, daß Sie mir versichern, Danceny werde mich deshalb nur um so mehr liebhaben – aber sind Sie auch dessen ganz sicher? … O ja, Sie werden mich nicht täuschen wollen! Es ist aber doch komisch, daß ich Danceny liebe und daß Herr von Valmont … Aber vielleicht ist es, wie Sie sagen, ein Glück! Nun, wir werden ja sehen.

Ich habe das nicht recht verstanden, was Sie mir über meine Art zu schreiben sagen. Mir scheint, daß Danceny meine Briefe gut findet, so wie sie sind. Ich fühle aber wohl, daß ich nichts zu ihm von dem sagen darf, was mir mit Herrn von Valmont passiert ist, und so brauchen Sie keine Angst zu haben.

Mama hat noch nicht von meiner Heirat mit mir gesprochen; aber lassen Sie mich nur machen; wenn sie mit mir davon spricht, und nur um mich zu fangen, so verspreche ich Ihnen, daß ich dann ganz gut lügen kann.

Adieu, gute Freundin; ich danke Ihnen vielmals und verspreche Ihnen, daß ich niemals all Ihre Güte für mich vergessen werde. Ich muß schließen, denn es ist fast ein Uhr, und da muß Herr von Valmont gleich kommen.

Schloß ..., den 10. Oktober 17..

111. Brief

Der Vicomte von Valmont an die Marquise von Merteuil.

»Mächte des Himmels, ich hatte eine Seele für den Schmerz, gebt mir eine für das Glück!« Ich glaube, so drückt sich der zärtliche Saint-Preux in der neuen Heloise aus. Besser beteilt als er, besitze ich gleichzeitig beide Daseinsformen. Ja, meine Freundin, ich bin zu gleicher Zeit sehr glücklich und sehr unglücklich; und da Sie mein volles Vertrauen haben, schulde ich Ihnen den Doppelbericht meiner Leiden und meiner Freuden.

Erfahren Sie also, daß meine undankbare Nonne mich noch immer sehr streng hält. Ich habe schon den vierten zurückgekommenen Brief. Vielleicht ist's falsch, den vierten zu sagen; denn da ich schon bei der ersten Rücksendung richtig erriet, daß ihr noch viele andere folgen würden, und meine Zeit damit nicht verlieren wollte, wählte ich den Ausweg, meine Epistel in Gemeinplätzen abzufassen, und nicht zu datieren; und seit der zweiten Post geht immer derselbe Brief hin und her; ich wechsle nur jedesmal den Umschlag. Wenn meine Schöne schließlich, wie endlich alle Schönen, eines Tages wenigstens aus Ermüdung weich wird, dann behält sie das Schreiben, und dann ist immer noch Zeit genug, das Versäumte nachzuholen. Sie begreifen, daß ich bei dieser neuen Art von Korrespondenz nicht vollkommen unterrichtet sein kann.

Ich habe aber doch herausbekommen, daß die leichtsinnige Person ihre Vertraute gewechselt hat; wenigstens habe ich mich vergewissert, daß, seit sie vom Schloß weg ist, kein einziger Brief an Frau von Volanges kam, dagegen zwei für die alte Rosemonde; und da diese uns nichts darüber gesagt hat, und den Mund von »ihrer lieben Schönen« nicht mehr öffnet, von der sie vorher in einem fort redete, so schloß ich daraus, daß nun sie das Vertrauen besitzt. Ich vermute, daß einerseits das Bedürfnis von mir zu sprechen, auf der andern die kleine Scham vor Frau von Volanges, auf ein Gefühl zurückzukommen, das sie so lange leugnete, diese große Umwälzung hervorgerufen haben. Ich fürchte bei diesem Wechsel aber doch noch zu verlieren, denn je älter die Frauen werden, desto griesgrämiger und strenger werden sie. Die erste hätte ihr wohl mehr Schlechtes über mich gesagt, – aber die jetzige wird ihr mehr Schlimmes von der Liebe sagen; und die empfindsame Spröde hat mehr Angst vor dem Gefühl als vor der Person.

Das einzige Mittel, wieder ins Bild zu kommen, ist, wie Sie sehen, den heimlichen Briefwechsel abzufangen. Ich habe meinem Jäger schon Befehle geschickt und erwarte tagtäglich die Ausführung. Bis dahin kann ich alles nur dem Zufall überlassen; deshalb gehe ich auch seit acht Tagen vergebens alle bekannten Mittel durch, alle die aus den Romanen und die aus meinen geheimen Memoiren. Ich finde keines, das passen würde, weder auf die Umstände dieses Abenteuers, noch auf den Charakter der Heldin. Schwierigkeit bestände keine, mich, sogar nachts, bei ihr einzuschleichen, sie sogar einzuschläfern und eine neue Clarisse aus ihr zu machen; aber nach mehr als zwei Monaten der Sorgen und Mühen zu Mitteln zu greifen, die nicht von mir sind! ... Auf den Spuren anderer zu gehen, und ruhmlos siegen ... nein! Sie soll nicht »die Freuden des Lasters und die Ehren der Tugend« haben, wie es in der gleichen Neuen Heloise heißt. Es genügt mir nicht, sie zu besitzen, ich will, daß sie sich mir ausliefert. Dazu muß ich aber nicht nur bis zu ihr dringen, sondern auf ihren Wunsch hingelangen; sie allein finden und geneigt mich anzuhören; sie insbesondere über die Gefahr hinwegtäuschen, denn wenn sie sie sieht, wird sie es verstehen, darüber wegzukommen oder zu sterben. Aber je besser ich weiß, was tun, desto schwerer finde ich die Ausführung; und sollten Sie sich auch wieder über mich lustig machen, so muß ich Ihnen doch gestehen, daß meine Verlegenheit in demselben Maße wächst wie mein Eifer.

Der Kopf würde, glaube ich, mit mir durchgehen, ohne die sehr erwünschten Zerstreuungen, die ich bei unserem gemeinsamen Mündel finde. Ihr verdanke ich, daß ich noch etwas anderes machen kann als Elegien.

Würden Sie es glauben, daß dieses kleine Mädchen dermaßen scheu gemacht war, daß es ganze drei Tage dauerte, bis Ihr Brief den gewünschten Effekt hervorgebracht hatte? So kann ein einziger falscher Begriff das glücklichste Naturell verderben.

Erst am Samstag begann man wieder, um mich herum zu kreisen und hat mir ein paar Worte zugeflüstert, noch dazu so leise und so von Scham erstickt, daß ich sie unmöglich verstehen konnte. Aber die Röte, die sie hervorbrachten, ließ mich den Sinn erraten. Bis dahin war ich stolz geblieben; aber erweicht durch eine so drollige Reue, versprach ich gütig, die hübsche Büßerin am selben Abend noch aufzusuchen; und diese Gnade meinerseits wurde mit all der Dankbarkeit entgegengenommen, die man einer solchen Wohltat schuldet.

Da ich niemals weder Ihre Pläne noch die meinen außer Auge lasse, habe ich beschlossen, bei dieser Gelegenheit den absoluten Wert dieses Kindes herauszubekommen und auch ihre Erziehung etwas zu beschleunigen. Um aber diese Arbeit ungestörter verrichten zu können, mußte ich unsere Zusammenkunft an einen andern Ort verlegen; denn das Kabinett, das allein das Zimmer Ihres Mündels von dem ihrer Mutter trennt, konnte ihr nicht genug Sicherheitsgefühl einflößen, um sich nach aller Herzenslust zu entfalten. Ich hatte mir also vorgenommen, »aus Versehen« etwas Geräusch zu machen und ihr dadurch hinlänglich Furcht, daß sie sich bestimmen ließ, künftig ein sichereres Asyl zu suchen – welche Mühe sie mir sogar ersparte.

Die kleine Person lacht gern, und um ihre Lustigkeit in Gang zu bringen, kam mir die Idee, ihr in den Zwischenakten alle Skandalgeschichten zu erzählen, die mir einfielen; und um die Histörchen pikanter zu machen, und die Aufmerksamkeit der Kleinen besser zu fixieren, setzte ich sie alle auf Rechnung ihrer Mama und verzierte die höchst vergnügt mit allen Lächerlichkeiten und Lastern.

Ich hatte nicht ohne Grund diesen Modus gefunden; er ermutigte meine schüchterne Schülerin besser als irgend anderes, und flößte ihr zugleich die tiefste Verachtung für ihre Mutter ein. Ich habe schon lange die Bemerkung gemacht, daß wenn auch dieses Mittel nicht immer nötig ist, um ein junges Mädchen zu verführen, es doch unumgänglich und oft geradezu das wirksamste ist, wenn man sie verderben will. Denn eine, die ihre Mutter nicht achtet, wird sich selbst auch nicht achten, und diese moralische Tatsache halte ich für so nützlich, daß ich froh war, ein Beispiel zur Stütze der Regel zu liefern.

Ihr Mündel jedoch dachte nicht an die Moral, und erstickte vor Lachen jeden Augenblick. Und schließlich wäre sie einmal fast laut hinausgeplatzt. Es war mir nicht schwer, ihr weiß zu machen, sie habe einen großen Lärm gemacht. Ich heuchelte einen großen Schrecken, den sie ohne weiteres teilte. Damit sie ihn besser im Gedächtnis behielte, brach ich das Vergnügen ab, und verließ sie drei Stunden früher als gewöhnlich. Deshalb beschlossen wir auch beim Abschied, uns schon vom nächsten Tage ab in meinem Zimmer zu treffen.

Da habe ich sie nun schon zweimal empfangen, und in der kurzen Zeit ist die Schülerin fast so gescheut geworden wie ihr Lehrer. Ja wirklich, ich habe ihr alles beigebracht, sogar die kleinen Gefälligkeiten! Ich habe nur die Vorsichtsmaßregeln ausgenommen.

So des Nachts beschäftigt, gewinne ich vorteilhafterweise für den Tag Zeit zum schlafen; denn die gegenwärtige Schloßgesellschaft hat nichts was mich anzieht, und ich erscheine kaum für eine Stunde im Tag im Salon. Ich habe sogar von heute ab die Einrichtung getroffen, auf meinem Zimmer zu essen, und denke es nur noch für kurze Spaziergänge zu verlassen. Diese Wunderlichkeiten gehen auf Rechnung meiner Gesundheit. Ich habe erklärt, ich wisse nicht mehr aus vor Nervenzufällen, und habe auch etwas von Fieber gesagt. Es kostet mir nur so viel, als daß ich mit etwas langsamer und schwacher Stimme spreche. Was mein etwas verändertes Aussehen betrifft, so verlassen Sie sich ganz auf Ihr Mündel: »Die Liebe wird dafür sorgen«, heißt's in der Komödie.

Meine müßigen Stunden beschäftige ich mich über Wege und Mittel zu sinnen, bei meiner Undankbaren das verlorene Terrain wiederzugewinnen, und auch mit der Abfassung einer Art von Katechismus der Ausschweifung zum Gebrauch meiner Schülerin. Ich amüsiere mich damit, alles darin nur beim technischen Ausdruck zu nennen, und ich lache jetzt schon über das interessante Gespräch zwischen ihr und Gercourt, zu dem der Katechismus den Stoff liefern muß, in der ersten Nacht, der Hochzeitsnacht. Nichts ist komischer als die Naivität, mit der sie jetzt schon das Wenige anwendet, das ihr von dieser Sprache bekannt ist! Sie ahnt nicht, daß man sich auch anders ausdrücken kann. Das Kind ist wirklich verführerisch. Dieser Kontrast der naiven Unschuld und der Ausdrucksweise schamlosester Verworfenheit ist nicht ohne Wirkung; und ich weiß nicht warum, aber es gefällt mir nur noch das Bizarre.

Vielleicht gebe ich mich der Kleinen zu sehr hin, da ich Zeit und Gesundheit daransetze, aber ich hoffe, daß meine fingierte Krankheit, außer daß sie mich vor der Langeweile des Salon rettet, mir auch noch bei meiner Nonne von einigem Nutzen sein wird, deren tigerhafte Tugend sich doch mit so zarter Empfindsamkeit paart! Ich zweifle nicht daran, daß sie von dem großen Ereignis schon unterrichtet ist, und möchte sehr gern wissen, was sie darüber denkt, um so mehr, weil sie, ich wette darauf, sich sicher selbst die Ehre zuschreiben wird. Ich werde mein Befinden nach dem Eindruck regeln, den es auf sie macht.

Nun sind Sie, meine schöne Freundin, in meinen Geschäften auf dem Laufenden, so gut wie ich selber. Ich wollte, ich könnte Ihnen bald Interessanteres melden, und bitte Sie, zu glauben, daß ich bei dem Vergnügen, das ich mir davon verspreche, die Belohnung, die ich von Ihnen erwarte, sehr hoch anschlage.

Schloß …, den 11. Oktober 17..

112. Brief

Der Graf Gercourt an Frau von Volanges.

Es scheint, gnädige Frau, daß hier alles ruhig bleiben wird, und wir erwarten täglich die Erlaubnis, nach Frankreich zurück zu dürfen. Ich hoffe, Sie zweifeln nicht daran, daß ich noch immer genau den gleichen Eifer habe, mich dahin zu begeben, um dort die Bande zu knüpfen, die mich an Sie und an Fräulein von Volanges binden sollen. Indes setzt mich der Herzog von ***, mein Vetter, dem gegenüber ich, wie Sie wissen, viele Verbindlichkeiten habe, soeben in Kenntnis von seiner Abberufung aus Neapel, und teilt mir mit, daß er über Rom zu reisen und auf dieser Tour den Teil Italiens kennen zu lernen beabsichtigt, den kennen zu lernen ihm noch erübrigt. Er fordert mich auf, ihn auf dieser Reise zu begleiten, die etwa sechs Wochen bis zwei Monate dauern wird. Ich verhehle Ihnen nicht, daß es mir ganz angenehm wäre, diese Gelegenheit wahrzunehmen, in der Voraussicht, daß ich nach meiner Verheiratung mir schwerlich andern Urlaub nehmen werde, als solchen, den mein Dienst erfordert. Vielleicht wäre es auch besser, den Zeitpunkt der Hochzeit auf den Winter zu verlegen, weil erst dann alle meine Verwandten in Paris versammelt sein können, und namentlich der Marquis von ***, dem ich die Hoffnung verdanke, mit Ihnen in verwandtschaftliche Beziehungen zu treten. Trotz alledem werde ich aber meine Pläne in dieser Hinsicht ganz den Ihrigen unterordnen; und wenn Sie aus irgendwelchen Gründen Ihre ersten Bestimmungen vorziehen, bin ich sofort bereit, auf die meinen zu verzichten. Ich bitte Sie nur, mich sobald als möglich Ihre Absichten diesbezüglich wissen zu lassen. Ich werde hier Ihre Antwort erwarten, die allein mein Verhalten bestimmen wird.

Ich bin, gnädige Frau, mit der Achtung und all den Gefühlen, die einem Sohne zukommen, Ihr sehr ergebener *Graf von Gercourt.*

Bastia, den 10. Oktober 17..

113. Brief

Frau von Rosemonde an Frau von Tourvel.

(Diktiert.)

Ich erhalte erst jetzt, meine liebe schöne Frau, Ihren Brief vom 11. und die sanften Vorwürfe, die er enthält. Geben Sie nur zu, daß Sie mir recht gern viel härtere gemacht und mich, wenn Sie sich nicht daran erinnert hätten, daß Sie »meine Tochter« sind, gern ausgezankt haben würden. Sie wären da aber sehr ungerecht gewesen! Nichts als in dem Wunsch und in der Hoffnung, Ihnen selbst antworten zu können, schob ich es von Tag zu Tag auf, und Sie sehen, auch heute noch muß ich mich der Hand meiner Kammerjungfer bedienen. Mein unglücklicher Rheumatismus hat mich wieder; diesmal hat er sich im rechten Arm eingenistet, so daß ich schlechterdings schreibunfähig bin. Das kommt dabei heraus, wenn man, jung und frisch wie Sie, eine alte Freundin hat! Man leidet unter ihren Unpäßlichkeiten.

Sowie meine Schmerzen etwas nachlassen, verspreche ich Ihnen, ausführlich mit Ihnen zu plaudern. Inzwischen sollen Sie nur erfahren, daß ich Ihre zwei Briefe erhielt, daß sie, wenn das möglich wäre, meine Freundschaft für Sie verdoppelt hätten, und daß ich nie aufhören werde, an allem, was Sie angeht, lebhaftesten Anteil zu nehmen.

Mein Neffe ist auch etwas unpäßlich, aber ohne Gefahr und ohne daß man sich darüber ängstigen müßte. Ein leichtes Unwohlsein, das, wie ich glaube, mehr seine Stimmung angreift als seine Gesundheit. Wir sehen ihn fast gar nicht mehr.

Seine Zurückgezogenheit und Ihre Abreise machen unsern kleinen Kreis nicht vergnügter. Besonders die kleine Volanges hat furchtbar viel zu sagen: sie gähnt den ganzen Tag lang, daß sie ihre Fäuste verschlucken könnte. Insbesondere seit ein paar Tagen erweist sie uns die Ehre, jeden Nachmittag nach Tisch fest einzuschlafen.

Adieu, meine liebe schöne Frau, ich bin für immer Ihre gute Freundin, Ihre gute Mama, ja Ihre Schwester, wenn mein hohes Alter diesen Titel erlaubte. Genug, ich bin Ihnen allzeit durch die zärtlichsten Gefühle verbunden.

Gezeichnet: *Adélaïde, für Frau von Rosemonde.*

Schloß …, den 14. Oktober 17..

114. Brief

Die Marquise von Merteuil an den Vicomte von Valmont.

Ich glaube Sie davon benachrichtigen zu müssen, Vicomte, daß man in Paris anfängt, sich mit Ihnen zu beschäftigen; daß man Ihre Abwesenheit bemerkt und auch schon deren Ursache errät. Gestern war ich bei einem zahlreichen Souper, und da wurde auf das Bestimmteste erklärt, Sie würden von einer romantischen, unglücklichen Liebe in einem Dorfe festgehalten. Sofort leuchtete auf den Gesichtern aller Ihrer Neider die Freude, und auf dem aller Frauen, die Sie vernachlässigt haben. Wenn Sie auf mich hören wollen, so lassen Sie diese gefährlichen Gerüchte nicht fest werden, sondern zerstören sie durch Ihr Erscheinen auf der Stelle.

Bedenken Sie doch: wenn Sie einmal die Meinung von Ihrer Unwiderstehlichkeit in Zweifel geraten lassen, so werden Sie sehr bald erfahren, daß man Ihnen tatsächlich leichter widersteht; daß auch Ihre Rivalen den Respekt vor Ihnen verlieren und es wagen werden, den

Kampf mit Ihnen aufzunehmen – denn wer von ihnen hält sich nicht für stärker als die Tugend? Bedenken Sie vor allem auch dies, daß unter der Menge von Frauen, die Sie ins Gerede brachten, alle die, die Sie nicht gehabt haben, es nun versuchen werden, dem Publikum einen Irrtum zu nehmen, während die andern sich bemühen werden, es zu täuschen. Kurz und gut, Sie müssen darauf gefaßt sein, ebensosehr unter Ihren Wert geschätzt zu werden, wie Sie bis jetzt überschätzt wurden.

Kehren Sie also zurück, Vicomte, und opfern Sie Ihren Ruf nicht einer knabenhaften Laune. Sie haben aus der kleinen Volanges alles gemacht, was wir wollten; und was Ihre Präsidentin anbetrifft, so werden Sie sich die doch nicht aus einer Entfernung von zehn Meilen gönnen können. Oder glauben Sie, sie wird Sie holen? Vielleicht denkt sie schon nicht mehr an Sie, oder nur noch, um sich zu gratulieren, daß sie Sie gedemütigt hat. Hier können Sie wenigstens Gelegenheit finden, mit Eklat wieder aufzutauchen, und Sie haben's nötig. Und sollten Sie auf Ihrem lächerlichen Abenteuer bestehen, so sehe ich nicht ein, was Ihre Rückkunft dabei schaden könnte – im Gegenteil!

Nämlich: Wenn Ihre Präsidentin Sie »anbetet«, wie Sie mir so oft versichert und so wenig bewiesen haben, so muß ihr einziger Trost, wie ihr einziges Vergnügen jetzt doch darin bestehen, von Ihnen zu sprechen, zu erfahren, was Sie tun, was Sie sagen und denken, bis auf das Geringste, das Sie angeht. Diese Kleinigkeiten bekommen Wert nach dem Maße der Entbehrungen, die man erleidet, es sind die Brosamen, die vom Tisch des Reichen fallen; der verschmäht sie, aber der Arme hebt sie gierig auf und lebt davon. So bekommt die Präsidentin jetzt diese Brosamen; und je mehr sie davon hat, desto weniger eilig wird sie es haben mit dem Appetit auf das übrige.

Zudem zweifeln Sie, seit Sie Ihre Vertraute kennen, doch nicht daran, daß jeder ihrer Briefe wenigstens eine kleine Predigt enthält und alles sonst, was sie für geeignet hält zur »Stärkung ihrer Ehrbarkeit und Tugend«. Warum also der einen Mittel zur Verteidigung lassen und der andern welche, Ihnen zu schaden?

Ich bin aber durchaus nicht Ihrer Meinung über den Verlust, den Sie beim Wechsel ihrer Vertrauten erlitten zu haben glauben. Erstens haßt Sie Frau von Volanges, und der Haß ist immer scharfsichtiger und ingeniöser als die Freundschaft. Die sämtliche Tugend Ihrer alten Tante wird die nicht dazu bringen, von ihrem geliebten Neffen schlecht zu sprechen; denn auch die Tugend hat ihre Schwächen. Dann sind Ihre Befürchtungen auch auf durchaus falscher Fährte.

Es ist nicht wahr, daß die Frauen »je älter desto griesgrämiger und strenger werden«. In den Jahren zwischen vierzig und fünfzig macht die Verzweiflung, ihr Gesicht verwelken zu sehen, die Wut, sich verpflichtet zu sehen, Ansprüche und Freuden aufgeben zu müssen, an denen sie noch hängen, fast alle Frauen säuerlich und mißlaunig. Diesen langen Zeitraum brauchen sie, um dieses große Opfer zu bringen. Aber sobald es vollbracht ist, teilen sich die alten Frauen in zwei Klassen.

Die zahlreichere, die der Frauen, die nur ihr Gesicht und ihre Jugend für sich hatten, verfällt in eine stumpfe Apathie, aus der sie sich nur zum Spiel und zur Kirche aufraffen; diese Weiber sind immer langweilig und brummig, oft schwer zu behandeln, aber sehr selten boshaft. Man kann auch nicht sagen, daß diese Frauen streng oder nicht streng sind. Ohne Gedanken und ohne eigene Existenz wiederholen sie wahl- und verständnislos, was sie sagen hören und sind für sich selber so gut wie nichts.

Die andere, die viel seltenere, aber wirklich wertvollere Klasse ist die jener alten Frauen, die einen Charakter gehabt und nicht versäumt haben, ihrem Hirn was zu tun zu geben, sich so ein Lebensinteresse zu schaffen wissen, wenn das natürliche Leben hinfällt, und die ihren Schmuck nun auf den Geist verwenden müssen, wie vorher auf ihre Gestalt. Solche Frauen haben gewöhnlich ein sehr gesundes Urteil, einen gediegenen und dabei heiteren und graziösen Geist. Sie ersetzen die verführerischen Reize durch anziehende Güte und durch eine Munterkeit, deren Zauber mit dem Alter zunimmt. Auf diese Weise gelingt ihnen eine gewisse Annäherung an die Jugend dadurch, daß sie sich bei ihr beliebt machen. Dann aber sind sie weit entfernt davon »griesgrämig und streng« zu sein, wie Sie sagen. Die gewohnte Nachsicht, ihr langes Nachdenken über die menschliche Schwäche, und besonders die Erinnerungen an ihre Jugend, durch die allein sie noch mit dem Leben zusammenhängen, stimmen sie eher zu einer leichten, ja beinah leichtsinnigen Auffassung des Lebens.

Ich kann Ihnen endlich noch sagen, daß ich immer die alten Frauen aufgesucht habe, deren Nützlichkeit ich beizeiten erkannte, und mehrere unter ihnen fand, zu denen mich ebenso Neigung führte wie mein Vorteil. Genug; denn da Sie jetzt so schnell und so moralisch entbrennen, hätte ich Angst, Sie könnten sich plötzlich in Ihre alte Tante verlieben, und sich mit ihr in die Gruft vergraben, in der Sie ohnedies schon so lange leben. Also kehren Sie zurück.

Trotz all Ihrem Entzücken über Ihre kleine Schülerin glaube ich doch nicht, daß sie irgendeine Rolle in Ihren Plänen spielen kann. Sie fanden sie unter der Hand und haben sie genommen: sehr schön! Aber das kann doch nicht etwas sein. Es ist doch nicht einmal, um die Wahrheit zu sagen, ein wirklicher Genuß: Sie besitzen doch nichts weiter als ihren Körper! Ich spreche nicht von ihrem Herzen, an dem Ihnen, wie ich annehme, kaum was liegt; aber Sie beschäftigen nicht einmal ihren kleinen Kopf. Ich weiß nicht, ob Sie das bemerkt haben, aber ich habe den Beweis dafür in ihrem letzten Briefe an mich, und den ich Ihnen schicke, damit Sie selbst urteilen. Sehen Sie nur, wenn sie von Ihnen spricht, heißt es immer »Herr von Valmont«; all ihre Gedanken, selbst die, die Sie ihr geben, gehen immer nur auf Danceny. Und den nennt sie nicht Herr, da sagt sie stets nur »Danceny«. Dadurch unterscheidet sie ihn von allen andern; und selbst wenn sie sich Ihnen hingibt, – vertraulich ist sie nur mit ihm. Wenn ein solcher Sieg Ihnen »verführerisch« vorkommt, wenn die Freuden, die sie Ihnen gewährt Sie fesseln, dann sind Sie sicher recht bescheiden und wenig schwer zufrieden zu stellen! Daß Sie sie behalten, dagegen habe ich ja nichts: das trifft sogar mit unsern Absichten zusammen. Aber mir scheint, das ist nicht wert, daß man sich auch nur eine Viertelstunde lang derangiert; man muß auch einige Gewalt über sie haben, und ihr zum Beispiel erst dann den Danceny erlauben, wenn man ihn bei ihr etwas mehr in Vergessenheit gebracht hat.

Bevor ich Schluß mache, mich mit Ihnen zu beschäftigen, um von mir zu erzählen, will ich Ihnen nur noch sagen, daß das Mittel des Krankseins, das Sie da anwenden, ein recht bekanntes und recht verbrauchtes Mittel ist. Wirklich, Vicomte, Sie sind nicht sehr erfinderisch! Ich wiederhole mich ja auch manchmal, wie Sie sehen werden, aber ich suche mich an den Details schadlos zu halten, und dann rechtfertigt mich immer der Erfolg. Ich will wieder nach einem Erfolg langen und ein neues Abenteuer bestehen. Ich gebe gern zu, daß es nicht das Verdienst der Schwierigkeit haben wird, aber es wird wenigstens eine Zerstreuung sein, und ich langweile mich zum Sterben.

Ich weiß nicht, warum mir seit dem Abenteuer mit Prévan dieser Belleroche so unausstehlich geworden ist. Er hat derart zugenommen an Aufmerksamkeit und Zärtlichkeit und »Verehrung«, daß ich es schon nicht mehr aushalte. Seine Rage hatte mir im ersten Moment Spaß gemacht; aber ich mußte ihn doch wohl besänftigen, denn es hätte mich bloßgestellt, wenn ich ihn hätte machen lassen; und es wollte und wollte nicht gelingen, ihn zur Vernunft zu bringen. Ich versuchte es also mit noch mehr Liebe, um auf diese Weise leichter mit ihm fertig zu werden. Er aber nahm das ernst, und seit der Zeit treibt er es zu arg mit seiner ewigen Verzückung. Besonders ärgert mich das beleidigende Vertrauen, das er mir schenkt, und die Sicherheit, mit der er mich als ihm fürs Leben gehörend betrachtet. Ich fühle mich davon ganz gedemütigt. Er schätzt sich wirklich sehr gering ein, da er sich für wertvoll genug hält, mich zu fesseln! Sagt er mir nicht unlängst, ich würde nie einen andern lieben als ihn! Ich hatte in dem Augenblick wirklich alle meine Vorsicht nötig, um ihn nicht auf der Stelle aus seinem Wahn zu reißen, und ihm zu sagen, wie es damit steht. Wirklich ein amüsanter Herr, dafür, daß er ein ausschließliches Recht beansprucht! Ich gebe zu, daß er gut gewachsen ist und ein ganz hübsches Gesicht hat; aber alles in allem ist er doch nur ein Handwerker in der Liebe. Kurz und gut, der Moment ist da, wo wir uns trennen müssen.

Ich versuche es schon seit vierzehn Tagen, und habe abwechselnd Kälte, Launen, Gereiztheit und Streit angewandt; aber dieser zähe Mensch ist nicht los zu bekommen; man muß also ein gewaltsames Mittel anwenden; dazu nehme ich ihn mit auf mein Landgut. Wir reisen übermorgen. Mit uns werden nur noch ein paar unbeteiligte, wenig scharfsichtige Leute sein, und wir werden dort ebensoviel Freiheit haben, als wären wir allein. Und da will ich ihn dermaßen mit Zärtlichkeiten und Liebe überhäufen, wir werden dort so sehr und nichts als füreinander leben, daß ich jede Wette halte: er wird mehr als ich das Ende dieser Reise herbeisehnen, von der er sich so viel Vergnügen verspricht; und wenn ich bei der Rückkehr ihn nicht mehr langweile als er mich, dann dürfen Sie sagen, ich verstehe nicht mehr als Sie. Der Vorwand für diese Art Weltflucht ist, daß ich mich ernstlich mit meinem großen Prozesse beschäftigen will, der wirklich Ende des Winters seinen Abschluß in einem Urteil finden soll. Ich bin sehr froh darüber, denn es ist wirklich recht unangenehm, sein ganzes Vermögen so in der Luft zu haben. Nicht daß ich mir über den Ausgang Sorgen mache; erstens bin ich im Recht, was mir auch alle meine Advokaten versichern; und wäre ich's auch nicht, so müßte ich schon recht ungeschickt sein, wenn ich es nicht verstände, einen Prozeß zu gewinnen, wo ich zu Gegnern nur Minderjährige und deren alten Vormund habe! Da man aber in einer so wichtigen Angelegenheit nichts versäumen soll, werde ich zwei Advokaten haben. Scheint Ihnen diese Reise nicht lustig? Wenn sie mich meinen Prozeß gewinnen und Belleroche verlieren läßt, will ich meine Zeit nicht bereuen.

Und jetzt, Vicomte, erraten Sie den Nachfolger. Also schön, ich weiß ja doch, daß Sie nie was erraten. Also es ist Danceny. Sie sind erstaunt, nicht wahr? Denn schließlich bin ich noch nicht auf Kindererziehung angewiesen. Aber dieses Kind verdient, daß man eine Ausnahme mit ihm macht; es hat nur die Anmut von der Jugend und nicht ihren Leichtsinn. Seine große Zurückhaltung in der Gesellschaft ist sehr geeignet, alle Verdachtsgründe auszuschließen, und man findet ihn im vertraulichen Zusammensein mit ihm unter vier Augen nur noch liebenswürdiger. Ich habe ja zwar noch keine solche Unterhaltungen mit ihm gehabt, ich bin vorläufig nur erst seine Vertraute; aber unter diesem Schleier der Freundschaft sehe ich ihm ein sehr lebhaftes Gefallen an mir an und fühle, daß auch ich etwas an ihm zu finden anfange. Es wäre wirklich schade, wenn so viel Geist und Delikatesse geopfert würden und in Dummheit bei dieser kleinen albernen Volanges untergingen! Ich glaube, er täuscht sich selber, wenn er sie zu lieben meint. Sie ist ihn doch auch wirklich nicht wert! Ich bin ja nicht eifersüchtig auf sie, aber es wäre der reine Mord, und davon will ich Danceny retten. Ich bitte Sie also, mein lieber Vicomte, Sorge zu tragen, daß er »seiner Cécile« – wie er sie in übler Gewohnheit noch nennt – nicht näher kommt. Eine erste Liebe hat immer mehr Macht als man glaubt, und ich wäre nicht ruhig, wenn er sie jetzt wiedersähe, besonders während meiner Abwesenheit. Bei meiner Rückkunft nehme ich alles auf mich und stehe dafür.

Ich habe ja auch daran gedacht, den jungen Mann mitzunehmen, aber ich brachte meiner gewohnten Vorsicht diese Lust zum Opfer; und dann wäre ich in Sorge gewesen, daß er doch etwas zwischen Belleroche und mir bemerkt hätte, und ich wäre in Verzweiflung, wenn er die geringste Ahnung davon hätte. Ich will mich wenigstens seiner Phantasie rein und ohne Makel bieten, so wie ich sein müßte, um seiner wirklich würdig zu sein.

Paris, den 15. Oktober 17..

115. Brief

Frau von Tourvel an Frau von Rosemonde.

Meine liebe Freundin! Ich gebe meiner lebhaften Unruhe nach, und ohne zu wissen, ob Sie imstande sein werden, mir zu antworten, kann ich mich nicht enthalten, mich nach dem Zustande des Herrn von Valmont zu erkundigen, den Sie als gefahrlos bezeichnen, was mir aber doch keine solche Sicherheit gibt, wie, scheint es, Ihnen. Es ist nicht selten, daß Schwermut und Weltschmerz die Vorboten einer schweren Krankheit sind. Die Schmerzen des Körpers wie die des Geistes erregen das Bedürfnis nach Einsamkeit; und oft wirft man schlechte Laune dem vor, den man wegen seiner Leiden eigentlich bedauern sollte.

Mir scheint, daß er wenigstens jemanden um Rat fragen sollte. Wie kommt es, daß Sie, die Sie selbst krank sind, keinen Arzt bei sich haben? Der meine, den ich heute, wie ich Ihnen nicht verhehle, indirekt konsultiert habe, ist der Meinung, daß bei Menschen, die von Natur aus tätig sind, diese plötzliche Apathie niemals unbeachtet bleiben darf; und wie er mir gleichfalls sagte, weichen die Krankheiten der Behandlung nicht mehr, wenn diese nicht zur rechten Zeit in Angriff genommen wurden. Warum wollen Sie jemanden, der Ihnen so teuer ist, dieser Gefahr aussetzen! Was meine Unruhe verdoppelt, ist, daß ich seit vier Tagen keine Nachrichten mehr von ihm erhalte. Mein Gott! Täuschen Sie mich nicht über seinen Zustand? Warum sollte er auf einmal aufgehört haben mir zu schreiben? Wenn es nur darum wäre, weil ich ihm eigensinnig jeden Brief zurückschickte, so würde er, glaube ich, den Entschluß, nicht zu schreiben, schon früher gefaßt haben. Ohne an Vorgefühle zu glauben, bin ich seit einigen Tagen von einer Traurigkeit erfüllt, die mich erschreckt. Ach, vielleicht stehe ich am Vorabend des größten Unglückes!

Sie würden es nicht glauben, und ich schäme mich, es Ihnen zu gestehen, wie es mich schmerzt, diese selben Briefe nicht mehr zu erhalten, die zu lesen ich mich jedoch jetzt noch weigern würde. Ich war wenigstens sicher, daß er an mich denkt! Und ich sah etwas, was von ihm kam. Ich öffnete sie nicht, diese Briefe, aber ich sah sie an und weinte. Meine Tränen waren sanfter und leichter, und nur sie verscheuchten zum Teil diese gewöhnliche Beklemmung, die ich seit meiner Rückkunft empfinde. Ich beschwöre Sie, meine nachsichtige Freundin, schreiben Sie mir selbst, sobald Sie können; und inzwischen lassen Sie mich täglich wissen, wie es Ihnen und ihm geht.

Ich bemerke gerade, daß ich kaum ein Wort für Sie sagte, aber Sie kennen meine Gefühle, meine rückhaltlose Anhänglichkeit, meine zärtliche Dankbarkeit für Ihre gefühlvolle Freundschaft; Sie werden die Erregung verzeihen, in der ich mich befinde, der Angst vor dem Schlimmsten, dessen Ursache vielleicht ich bin. Großer Gott! dieser zur Verzweiflung treibende Gedanke verfolgt mich und zerreißt mir das Herz. Dieses Unglück fehlte mir noch, und ich fühle, ich bin geboren, es durchzumachen.

Leben Sie wohl, meine liebe Freundin; haben Sie mich lieb, und bedauern Sie mich. Werde ich heute einen Brief von Ihnen bekommen?

Paris, den 16. Oktober 17...

116. Brief

Der Vicomte von Valmont an die Marquise von Merteuil.

Schöne Freundin! Es ist eine unbegreifliche Tatsache, wie eine Trennung es mühlos zustande bringt, daß man sich nicht mehr versteht. So lange ich bei Ihnen war, hatten wir immer ein und dasselbe Gefühl, dieselbe Art, die Dinge zu sehen; und jetzt, seit ich Sie fast Monate nicht mehr sehe, sind wir über nichts mehr derselben Meinung. Wer von uns beiden hat unrecht? Gewiß werden Sie nicht mit der Antwort zögern; ich aber will, klüger oder höflicher, nicht entscheiden. Ich will nur auf Ihren Brief antworten und darin fortfahren, Ihnen mein Verhalten auseinanderzusetzen.

Erst aber danke ich Ihnen für die Nachricht über die mit mir beschäftigten Gerüchte; aber sie beunruhigen mich noch nicht. Ich glaube sicher zu sein, daß ich es ganz in der Hand habe, sie, sobald ich will, zum Schweigen zu bringen. Seien Sie unbesorgt: ich werde berühmter als je in die Welt zurückkehren und Ihrer nur noch würdiger.

Ich hoffe, man wird mir sogar das Abenteuer mit der kleinen Volanges für etwas anrechnen, wenn Sie es auch für unbedeutend halten

–: als ob das gar nichts wäre, in einer Nacht ein junges Mädchen seinem geliebten Liebhaber zu nehmen, sie dann so viel man will zu gebrauchen, wie sein Eigentum, und ohne das geringste Hindernis; von ihr zu erhalten, was man nicht einmal von allen den Mädchen zu verlangen sich traut, deren Handwerk es schließlich ist; und das, ohne sie im geringsten von ihrer zärtlichen Liebe abspenstig zu machen; ohne sie unbeständig zu machen oder treulos –: denn Sie haben ganz recht, ich beschäftige tatsächlich nicht einmal ihren Kopf, so daß, wenn meine Laune vorüber ist, ich sie wieder in die Arme ihres Geliebten legen werde, so zu sagen ohne daß sie etwas gemerkt hat. Ist denn das so was Gewöhnliches? Und dann, glauben Sie mir, einmal aus meinen Händen, werden die Anfangsgründe, die ich ihr beibrachte, sich darum nicht weniger entwickeln; und ich sage es vorher: meine schüchterne Schülerin wird bald einen Aufschwung nehmen, der ihrem Lehrmeister Ehre machen soll.

Hat man aber das heroische Genre lieber, so werde ich die Präsidentin vorzeigen, dieses oft zitierte Muster aller Tugenden, geachtet selbst von unseren größten Wüstlingen! Eine Frau, bei der man nicht einmal mehr auf den Gedanken kam, sie anzugreifen! Ich werde sie vorführen, sage ich, wie sie ihre Pflichten und ihre Tugend vergißt, ihren Ruf und zwei Jahre Ehrbarkeit opfert, um hinter dem Glücke nachzulaufen, mir zu gefallen, sich an dem Glück, mich zu lieben, zu berauschen; und wie sie sich für so viele Opfer genügend entschädigt erachtet, durch ein Wort, durch einen Blick, die sie zudem nicht einmal immer erhält. Mehr noch werde ich tun: ich werde sie verlassen – und ich kenne entweder diese Frau nicht, oder: ich habe keinen Nachfolger. Sie wird dem Bedürfnis nach Trost widerstehen, der Gewohnheit des Vergnügens, ja selbst dem Wunsche nach Rache. Mit einem Wort, sie wird nur für mich gelebt haben. Und sei ihre Laufbahn kurz oder lang, ich allein werde ihre Schranken geöffnet oder geschlossen haben. Bin ich erst bei diesem Triumph, dann werde ich zu meinen Rivalen sagen: »Sehet hier mein Werk und suchet im Jahrhundert eines, das ihm nachkommt!«

Sie werden mich fragen, woher mir heute dieses Übermaß von Selbstvertrauen kommt? Seit acht Tagen bin ich der Vertraute meiner Schönen; sie sagt mir zwar ihre Geheimnisse nicht, aber ich fange sie ab. Zwei Briefe von ihr an Frau von Rosemonde haben mich zur Genüge unterrichtet, und ich werde die weiteren nur noch aus Neugier lesen. Um ans Ziel zu kommen, brauche ich mich ihr nur zu nähern, und dafür sind meine Mittel gefunden. Ich will sie unverzüglich anwenden.

Sie sind neugierig, nicht wahr? ... Doch nein, zur Strafe für Ihren Unglauben an meine Erfindungen sollen Sie sie nicht erfahren. Sie würden es wirklich verdienen, daß ich Ihnen wenigstens für dieses Abenteuer mein Vertrauen entzöge. Ohne den süßen Lohn, den Sie diesem Erfolg versprechen, würde ich Ihnen wirklich nichts mehr darüber erzählen. Sie sehen, ich bin etwas gekränkt. Aber in der Hoffnung, daß Sie sich bessern, will ich es bei dieser leichten Strafe bewenden lassen, und kehre zur Güte zurück und vergesse auf eine Weile meine großen Pläne, um über die Ihrigen vernünftig zu reden.

Also Sie sind auf dem Land, das langweilig ist wie das Gefühl und traurig wie die Treue! Und dieser arme Belleroche! Sie begnügen sich nicht damit, ihm Wasser des Vergessens zu geben, Sie foltern ihn damit! Wie bekommt ihm das? Erträgt er das Erbrechen gut in der Liebe? Ich gäbe was dafür, wenn er sich deswegen nur um so fester an Sie schlösse. Ich bin sehr neugierig zu erfahren, welches wirksamere Mittel Sie hernach anwenden werden. Sie tun mir wirklich leid, daß Sie zu diesem haben greifen müssen. Ich habe nur einmal in meinem Leben aus solchen praktischen Gründen, aus einem Zweck heraus geliebt. Ich hatte damals ja gewiß einen guten Grund; denn es war die Gräfin von ...; und zwanzigmal war ich in ihren Armen versucht gewesen, zu sagen: »Meine Gnädige, ich verzichte auf den Platz, um den ich mich bewerbe, und erlauben Sie mir nur, daß ich den Platz, den ich einnehme, verlasse.« Das ist auch die einzige Frau von allen, die ich gehabt habe, der ich wirklich mit Vergnügen Schlechtes nachsage. Was *Ihren* Grund anbetrifft, so finde ich ihn, ehrlich gesagt, einfach lächerlich; und Sie hatten recht anzunehmen, daß ich den Nachfolger nicht erraten würde. Wie! Für Danceny alle diese Mühe? Ach, meine liebe Freundin, lassen Sie ihn doch »seine tugendhafte Cécile« anbeten, geben Sie sich keine Blöße mit solchen Kinderspielen. Lassen Sie doch die Schuljungen sich bei Bonnen bilden oder mit Pensionsmädchen die kleinen unschuldigen Spiele spielen. Was sollen denn Sie mit einem Neuling, der Sie weder zu nehmen noch zu verlassen verstehen wird und bei dem alles Sie tun müssen? Im Ernst: Ich mißbillige diese Wahl. Und wie geheim sie auch bleiben mag, in meinen Augen und in meinem Bewußtsein werden Sie minder.

Sie sagen, Sie fänden nach und nach Geschmack an ihm, aber was denn, Sie irren sich, und ich glaube sogar, die Ursache dieses Irrtums gefunden zu haben. Dieser schöne Überdruß an Belleroche ist Ihnen in einer Zeit der Hungersnot gekommen, und da Ihnen Paris keine Auswahl bot, haben sich Ihre Gedanken, die immer viel zu lebhaften, auf den ersten besten geworfen, der Ihnen begegnet ist. Aber bedenken Sie doch, daß Sie bei Ihrer Rückkunft unter Tausenden werden wählen können! Und wenn Sie schließlich die Untätigkeit scheuen, in die Sie verfallen könnten, wenn Sie es aufschieben, so biete ich mich an, um Ihre müßigen Stunden zu unterhalten.

Von jetzt bis zu Ihrer Rückkunft werden meine Sachen auf die eine oder andere Art erledigt sein; und sicher werden weder sie noch die Präsidentin mich dann so sehr beschäftigen, daß ich mich Ihnen nicht so viel Sie nur wünschen widmen könnte. Vielleicht habe ich bis dahin das kleine Mädchen schon in die Arme ihres schüchternen Liebhabers gelegt. Ohne zuzugeben, daß die Kleine, wie Sie sagen, kein »fesselnder« Genuß ist, habe ich mich meinem Willen zuliebe, daß sie für ihr Leben eine höhere Idee von mir behalten soll als von allen andern Männern, mit ihr auf einen Ton gestimmt, den ich nicht länger ohne ernsthaften Schaden an meiner Gesundheit durchhalten könnte. Schon in diesem Augenblick hänge ich an ihr nur mehr mit dem Interesse, das man seinen Familienangelegenheiten schuldig ist ....

Sie verstehen mich nicht? ... Ich erwarte einfach einen zweiten Zeitabschnitt, der meine Hoffnung bestätigt und mir die Gewißheit gibt, daß meine Pläne alle Erfolg hatten. Ja, meine schöne Freundin, ich habe schon das erste Anzeichen, daß der Gatte meiner Schülerin nicht Gefahr laufen wird, ohne Nachkommenschaft zu sterben, bloß daß der Chef des Hauses Gercourt in Zukunft nur ein jüngerer Sohn des Hauses Valmont sein wird. Aber lassen Sie mich auf meine Art dieses Abenteuer beenden, das ich schließlich nur auf Ihre Bitte hin unternommen habe. Bedenken Sie, wenn Sie Danceny abtrünnig machen, nehmen Sie der ganzen Geschichte ja die Pikanterie! Und bedenken Sie nicht zuletzt, daß ich mit meinem Angebot, ihn bei Ihnen zu vertreten, scheint mir, einiges Recht auf Bevorzugung habe.

Ich zähle so sehr darauf, daß ich mich nicht gescheut habe, gegen Ihre Ansichten selbst dazu beizutragen, daß die schüchterne Leidenschaft des scheuen Liebhabers für den ersten und würdigen Gegenstand seiner Wahl noch wächst. Als ich gestern unser Mündel damit beschäftigt traf, ihm zu schreiben, habe ich sie zuerst in dieser zärtlichen Beschäftigung gestört, um eine andere, noch zärtlichere mit ihr vorzunehmen, und dann bat ich sie, mir den Brief zu zeigen; und da ich ihn kalt und gezwungen fand, gab ich ihr zu fühlen, daß sie so ihren Geliebten nicht trösten würde, und habe sie bestimmt, einen andern Brief nach meinem Diktat zu schreiben, worin ich nach Kräften ihr kleines Geschwätz nachahmte und möglichst versuchte, die Liebe des jungen Mannes mit einer gewissen Hoffnung zu nähren. Die kleine Person war ganz entzückt, sagte sie, daß sie auf einmal so gut schreibe; und in Zukunft bin ich also ihr Liebesbriefsteller. Was habe ich nicht alles für diesen Danceny getan! Ich war sein Freund, sein Vertrauter, sein Rival und seine Geliebte gewesen! Und leiste ihm in diesem Moment noch den Dienst, ihn vor Ihren gefährlichen Banden zu erretten. Ja, gewiß gefährlich! denn Sie besitzen und Sie verlieren, das heißt, einen Augenblick Glück mit einer Ewigkeit Sehnsucht erkaufen.

Adieu, meine schöne Freundin, seien Sie tapfer und tun Sie Belleroche so rasch ab, wie Sie können. Lassen Sie Danceny und bereiten Sie sich vor, die Köstlichkeiten unseres Verhältnisses wiederzuerleben und mir wiederzugeben.

P. S. Ich mache Ihnen mein Kompliment über das bevorstehende Urteil in Ihrem großen Prozeß. Ich wäre sehr erfreut, wenn dieses glückliche Ereignis unter meiner Regierung einträfe.

Schloß ..., den 17. Oktober 17...

117. Brief

Der Chevalier Danceny an Cécile Volanges.

Frau von Merteuil ist heute morgen aufs Land, und so bin ich, meine reizende Cécile, des einzigen Vergnügens beraubt, das mir in Ihrer Abwesenheit blieb, dem nämlich, mit Ihrer und meiner Freundin von Ihnen zu sprechen.

Seit einiger Zeit hat sie mir gestattet, sie so zu nennen; und ich nützte das um so eifriger, als mir schien, ich käme dadurch Ihnen noch näher. Gott, wie ist diese Frau liebenswürdig! Und welchen schmeichlerischen Reiz sie der Freundschaft zu geben versteht! Es ist, als ob sich dieses liebe Gefühl bei ihr verschöne und kräftige um alles das, was sie der Liebe verweigert. Wenn Sie wüßten, wie sie Sie liebt, wie sie es gern hat, wenn sie mich von Ihnen sprechen hört … Das ist auch jedenfalls, was mich so sehr an sie fesselt. Welches Glück wäre es, für Sie beide leben zu können, und immerwährend zwischen den Reizen der Liebe und denen der Freundschaft hin und her zu gehen, mein ganzes Dasein ihr zu weihen, gewissermaßen der Verbindungspunkt Ihrer gegenseitigen Zuneigung zu sein und immer zu fühlen, daß ich, mit dem Glück der einen beschäftigt, auch an dem der andern tätig bin! Lieben Sie sie, lieben Sie sie sehr, meine reizende Freundin, diese anbetungswürdige Frau! Erhöhen Sie noch die Zuneigung, die ich für sie empfinde dadurch, daß Sie sie teilen. Seit ich den Reiz der Freundschaft empfunden habe, wünsche ich, daß auch Sie ihn fühlen. Die Freuden, die ich nicht mit Ihnen teile, scheinen nur zur Hälfte mir zu gehören. Ja, meine Cécile, ich möchte Ihr Herz mit allen süßesten Gefühlen umgeben, jede seiner Regungen sollte Ihnen eine Empfindung des Glückes hervorrufen; und ich würde doch glauben, daß ich Ihnen immer nur einen Teil des Glückes wiedergeben könnte, das ich von Ihnen empfangen habe.

Warum müssen diese herrlichen Pläne nur eine Schimäre meiner Phantasie sein, und muß mir im Gegenteil die Wirklichkeit nur schmerzliche und endlose Entbehrungen bringen? Die Hoffnung, die Sie mir gaben, Sie dort auf dem Lande sehen zu dürfen, ach, ich sehe es wohl, ich muß darauf verzichten. Ich habe keinen andern Trost mehr als die Überzeugung, daß es Ihnen wirklich nicht möglich ist. Und Sie unterlassen es, mir es zu sagen, mit mir darüber traurig zu sein! Schon zweimal sind meine Klagen darüber unbeantwortet geblieben. Ach Cécile! Cécile! Ich glaube ja, daß Sie mich mit dem ganzen Feuer Ihres Herzens lieben, aber Ihr Herz brennt nicht wie das meine! Warum kann ich die Hindernisse nicht hinwegräumen? Warum sind es nicht meine Interessen, die zu schonen sind, sondern Ihre? Ich würde Ihnen bald zu beweisen wissen, daß der Liebe nichts unmöglich ist.

Sie schreiben mir auch nicht, was diese grausame Trennung endigen soll. Hier in Paris konnte ich Sie doch wenigstens sehen. Ihre bezaubernden Blicke würden meine niedergeschlagene Seele wieder aufrichten; Ihr rührender Ausdruck würde mein Herz wieder stärken, das dessen oft so notwendig bedarf. Ach! ich wäre zu unglücklich, wenn ich daran zweifelte. Aber so viele Hindernisse! Und immer wieder neue! Geliebte, ich bin traurig, sehr traurig. Es scheint, die Abreise der Frau von Merteuil hat die Empfindung all meines ganzen Unglücks wieder in mir wachgerufen.

Adieu, meine Cécile, adieu, Vielgeliebte. Denken Sie daran, daß Ihr Geliebter sich betrübt, und daß Sie allein ihm das Glück wiedergeben können.

Paris, den 17. Oktober 17...

118. Brief

Cécile Volanges an den Chevalier Danceny.

(Von Valmont diktiert.)

Glauben Sie denn, guter Freund, daß ich das Auszanken nötig habe, um traurig zu sein, während ich weiß, daß Sie sich betrüben? Und zweifeln Sie denn daran, daß ich so wie Sie unter allen Ihren Schmerzen leide? Ich teile sogar die, die ich Ihnen willentlich verursache; und ich muß noch obendrein leiden, weil ich sehe, daß Sie mir keine Gerechtigkeit widerfahren lassen. O, das ist nicht recht! Ich sehe wohl, was Sie erzürnt; daß ich nämlich die beiden letzten Male, wo Sie mich fragten, ob Sie hierher kommen können, darauf nicht geantwortet habe; aber, ist denn darauf eine Antwort so leicht? Glauben Sie denn, ich weiß nicht, daß das, was Sie wollen, recht schlecht ist? Und ich habe schon so viele Mühe, es Ihnen aus der Ferne abzuschlagen, wie wäre es erst, wenn Sie da wären? Und dafür, daß ich Sie für einen Moment habe trösten wollen, müßte ich dann zeitlebens betrübt bleiben.

Da sehen Sie es, ich habe vor Ihnen nichts zu verbergen; das sind meine Gründe, urteilen Sie selbst. Ich hätte vielleicht getan was Sie wollen, ohne das Dazwischenkommen, wovon ich Ihnen berichtet habe, daß dieser Herr von Gercourt, der die Ursache all unseres Kummers ist, noch nicht so bald eintreffen wird; und da mir Mama seit einiger Zeit viel freundlicher begegnet, und ich zu ihr so lieb bin wie ich kann, – wer weiß, was ich von ihr werde erreichen können? Und wenn wir glücklich sein könnten, ohne daß ich mir etwas vorzuwerfen hätte, wäre das nicht viel mehr wert? Wenn ich glauben darf, was man mir so oft gesagt hat, dann lieben die Männer ihre Frauen nicht mehr so sehr, wenn sie sie, bevor sie es waren, zu sehr geliebt haben. Die Furcht davor hält mich noch mehr zurück als alles andere. Sind Sie denn nicht meines Herzens sicher? und wird es nicht immer noch Zeit sein?

Hören Sie mir zu, ich verspreche Ihnen, wenn ich das Unglück, Herrn von Gercourt zu heiraten, nicht vermeiden kann, den ich heute schon, ohne ihn zu kennen, hasse, so soll mich nichts mehr abhalten, Ihnen so sehr wie ich nur kann zu gehören, und sogar vorher schon. Weil mir nur an Ihrer Liebe etwas liegt, und Sie genau sehen werden, daß wenn ich Unrecht tue, es nicht durch meine Schuld ist, so ist das übrige mir ganz gleich – wenn nur Sie mir versprechen, daß Sie mich immer so lieben wollen wie jetzt. Bis dahin aber, mein Freund, lassen Sie mich sein wie ich bin, und verlangen Sie von mir nicht etwas, das nicht zu tun ich gute Gründe habe, und das Ihnen abschlagen zu müssen mir trotzdem leid tut.

Ich möchte wohl auch, daß Herr von Valmont mich nicht Ihretwegen so drängte; das ist zu gar nichts, als mich nur bekümmerter zu machen. O, Sie haben da einen sehr guten Freund, kann ich Ihnen versichern! Er macht alles, wie Sie es selbst machen würden. Aber adieu, lieber Freund, ich fing sehr spät an Ihnen zu schreiben, und habe einen Teil der Nacht damit zugebracht. Ich will zu Bett und die verlorene Zeit wieder einbringen. Ich küsse Sie, aber Sie dürfen mich nicht mehr zanken.

Schloß …, den 18. Oktober 17…

119. Brief

Der Chevalier Danceny an die Marquise von Merteuil.

Wenn ich meinem Kalender glauben soll, so sind es, angebetete Freundin, erst zwei Tage, daß Sie fort sind; wenn ich aber meinem Herzen glaube, sind es zwei Jahrhunderte. Nun habe ich es von Ihnen selbst, daß es das Herz ist, dem man glauben muß; es ist danach hohe Zeit, daß Sie zurückkehren, und alle Ihre Geschäfte dürften jetzt mehr als beendet sein. Wie wollen Sie denn, daß ich mich für Ihren Prozeß interessiere, wenn ich, ob Sie ihn gewinnen oder verlieren, jedenfalls die Kosten tragen muß mit dem Kummer, den mir Ihre Abwesenheit bereitet? O, wie habe ich Lust Streit anzufangen! Und wie ist es traurig, mit einem so schönen Anlaß zu schlechter Laune kein Recht zu haben, sie zu zeigen!

Ist es aber nicht eine wirkliche Untreue, ein notorischer Verrat, Ihren Freund allein zu lassen, nachdem Sie ihn so gewöhnt haben, daß er ohne Ihre Gegenwart nicht mehr sein kann? Sie können immer Ihre Advokaten befragen, sie werden Ihnen keine Rechtfertigung für dieses schlechte Vorgehen ausfindig machen; und dann haben diese Leute nur Gründe, und Gründe genügen nicht als Antwort auf Gefühle.

Mir haben Sie so oft gesagt, daß Vernunftgründe diese Reise notwendig machen, daß Sie mich ganz mit dieser Vernunft verfeindet haben. Ich will sie schon überhaupt nicht mehr anhören, nicht einmal, wenn sie mir sagt, daß ich Sie vergessen soll. Und doch wäre das sehr vernünftig, und im Grunde nicht so schwer, als Sie glauben könnten. Es genügt schon, die Gewohnheit zu verlieren, immer an Sie zu denken, und nichts würde mir Sie hier, ich versichere Sie, ins Gedächtnis zurückrufen.

Unsere schönsten Frauen, die man die liebenswürdigsten nennt, sind noch so weit fern von Ihnen, daß sie nur eine ganz schwache Vorstellung von Ihnen geben können. Ich glaube sogar, daß, wer mit geübteren Augen anfangs glaubte, daß sie Ihnen glichen, desto größer nachher den Unterschied findet: sie mögen tun was sie wollen, alles zeigen was sie können, es fehlt ihnen immer noch, daß sie Sie sind, und gerade darin liegt der Reiz. Unglücklicherweise baut man, wenn die Tage so lang sind und man nichts zu tun hat, träumerisch Luftschlösser, erschafft sich eine Schimäre; nach und nach versteigt sich die Phantasie; man will sein Werk verschönern, sammelt alles was gefallen kann und bringt es endlich zur Vollendung; und wie das erreicht ist, ruft einem das Porträt wieder das Modell ins Gedächtnis, und man sieht ganz erstaunt, daß man nur immer an Sie gedacht hat.

Selbst in diesem Augenblick düpiert mich wieder ein ähnlicher Irrtum. Sie glauben vielleicht, um mich mit Ihnen zu beschäftigen, habe ich mich hingesetzt, um Ihnen zu schreiben, aber das ist's gar nicht; es ist vielmehr, um mich von Ihnen abzulenken. Ich hatte Ihnen tausend Dinge zu sagen, deren Gegenstand nicht Sie sind, und die, wie Sie wissen, mich sehr lebhaft beschäftigen; und doch bin ich von diesen abgelenkt. Seit wann aber lenkt denn der Zauber der Freundschaft von dem der Liebe ab? Ach, wenn ich das ganz genau bedenke, hätte ich mir vielleicht sogar einen leisen Vorwurf zu machen! Aber kein Wort! Vergessen wir diesen leichten Fehler, sonst könnten wir ihn wieder begehen; und nicht einmal meine Freundin soll davon wissen.

Aber warum sind Sie auch nicht da, um mir zu antworten, um mich zurückzuführen, wenn ich mich verirre, um mir von meiner Cécile zu sprechen, um womöglich das Glück noch zu erhöhen, das ich empfinde, sie zu lieben, durch den so süßen Gedanken, daß die, die ich liebe, Ihre Freundin ist? Ja, ich bekenne es, die Liebe, die sie mir einflößt, ist mir noch kostbarer geworden, seitdem Sie das Geständnis davon entgegennahmen. Ich öffne Ihnen mein Herz so gern, beschäftige das Ihrige so gern mit meinen Gefühlen, lege sie ohne Rückhalt darin nieder! Mir scheint, daß Sie mir um so lieber werden in dem Maße, als Sie sie bei sich aufzunehmen würdigen; und dann sehe ich Sie an und sage mir: »In ihr liegt mein Glück beschlossen.«

Über meine Lage habe ich Ihnen nichts Neues zu melden. Der letzte Brief, den ich von ihr erhalten habe, vermehrt und sichert meine Hoffnung, schiebt sie aber hinaus. Doch sind ihre Motive so zärtlich und ehrbar, daß ich ihr weder Vorwürfe machen noch mich beklagen kann. Vielleicht verstehen Sie nicht ganz, was ich Ihnen da sagen will; aber warum sind Sie nicht hier? Wenn man auch seiner Freundin alles sagt, schreiben kann man ihr nicht alles. Zumal die Geheimnisse der Liebe sind von so zarter Natur, daß man sie nicht so auf gut Glauben hinausgeben kann. Wenn man es schon einmal tut, so darf man sie wenigstens nicht aus dem Gesicht verlieren; man muß sie ihr neues Asyl gewissermaßen betreten sehen. Ach! kommen Sie doch zurück, anbetungswürdige Freundin, Sie sehen doch, wie nötig Ihre Rückkunft ist. Vergessen Sie endlich die »tausend Gründe«, die Sie zurückhalten wo Sie sind, oder lehren Sie mich da zu leben, wo Sie nicht sind.

Ich habe die Ehre zu sein usw.

Paris, den 19. Oktober 17...

120. Brief

Frau von Rosemonde an Frau von Tourvel.

Obschon ich, meine liebe schöne Frau, noch sehr leide, versuche ich doch, Ihnen selbst zu schreiben, damit ich mit Ihnen von dem sprechen kann, was Sie interessiert. Mein Neffe verharrt noch immer in seiner Menschenscheu. Er läßt sich ganz regelmäßig jeden Tag nach meinem Befinden erkundigen, aber er kam kein einziges Mal persönlich nachfragen, obwohl ich ihn habe darum bitten lassen; so sehe ich ihn so wenig, als wenn er in Paris wäre. Ich bin ihm jedoch heute morgen dort begegnet, wo ich ihn bestimmt nicht erwartete, nämlich in meiner Kapelle, in die ich zum ersten Male seit meinem schmerzlichen Unfall wieder kam. Heute hörte ich, daß er seit vier Tagen täglich da ist und die Messe hört. Wollte Gott, es hält vor.

Als ich eintrat, kam er auf mich zu und hat mich zu meinem besseren Befinden lieb beglückwünscht. Da die Messe gerade anfing, kürzte ich die Unterhaltung ab, die ich nachher wieder aufnehmen wollte; aber er war verschwunden, bevor ich ihn einholen konnte. Ich kann Ihnen nicht verhehlen, daß ich ihn einigermaßen verändert fand. Aber, meine liebe Schöne, lassen Sie mich nicht durch allzu große Beunruhigung dieses Vertrauen bereuen, das ich in Ihre Vernünftigkeit setze, und seien Sie insbesondere gewiß, daß ich Sie immer noch lieber betrüben als betrügen würde.

Wenn mein Neffe mich noch lange so behandelt, so bin ich entschlossen, sobald ich mich wieder besser fühle, ihn in seinem Zimmer aufzusuchen, und will dann versuchen, hinter die Ursachen dieser sonderbaren Manie zu kommen, in der Sie, wie ich ganz gewiß glaube, eine Rolle spielen. Ich werde Ihnen schreiben, was ich erfahren habe. Jetzt verlasse ich Sie, denn ich kann die Finger nicht mehr bewegen; und dann, wenn Adélaïde wüßte, daß ich selber geschrieben habe, würde sie mich den ganzen Abend über ausschelten. Adieu, meine liebe Schöne.

Schloß …, den 20. Oktober 17…

121. Brief

Der Vicomte von Valmont an den Pater Anselm.

(Feuillantiner im Kloster der rue Saint-Honoré.)

Ich habe nicht die Ehre, Ihnen bekannt zu sein, Ehrwürden: aber ich
weiß von dem vollen Vertrauen, das Frau Präsidentin von Tourvel in
Sie setzt, und ich weiß auch, wie würdig Sie dieses Vertrauens sind.
Ich glaube also, ich darf mich ohne allzu große Zudringlichkeit an Sie
wenden, um von Ihnen einen sehr wichtigen Dienst zu erlangen, eines
Ihres heiligen Amtes wahrhaft würdigen, wobei sich das Interesse der
Frau von Tourvel mit dem meinigen vereint.

Ich habe wichtige Papiere in Händen, die sie betreffen, die niemandem anvertraut werden können, und die ich nur in ihre Hände legen
will und darf. Ich habe keinen Weg, sie davon in Kenntnis zu setzen,
weil Gründe, die Sie vielleicht von ihr wissen, die Ihnen mitzuteilen
mir aber, glaube ich, nicht erlaubt sind, sie zu dem Entschluß bewogen
haben, alle Korrespondenz mit mir abzubrechen: ein Entschluß, den
ich, ich gestehe heute gerne, nicht tadeln kann, da sie Ereignisse nicht
voraussehen konnte, die ich selbst nicht im entferntesten erwartete
und die nur übermenschlicher Kraft zuzuschreiben sind, die man
notwendigerweise darin erkennen muß.

Ich bitte Sie also, mein Herr, ihr meine neuen Entschlüsse bekannt-
zugeben und sie für mich um eine Privatunterredung zu bitten; wenigstens zum Teil möchte ich meine Verfehlung gut machen durch meine
Entschuldigungen; und als letztes Opfer vor Ihren Augen die einzigen
vorhandenen Zeichen eines Irrtums oder eines Fehlers vernichten,
dessen ich mich ihr gegenüber schuldig gemacht habe.

Nur nach dieser vorläufigen Sühne wage ich es, das erniedrigende
Geständnis meiner langen Verirrungen zu Ihren Füßen niederzulegen;
und Ihre Fürsprache für eine noch wichtigere Aussöhnung zu erbitten,
die unglücklicherweise noch schwieriger ist. Darf ich hoffen, mein
Herr, daß Sie mir diese so nötige und kostbare Sorge angedeihen lassen? und daß Sie meine Schwäche zu unterstützen geruhen und meine
Schritte auf einen neuen Pfad führen werden, dem zu folgen ich ersehn-
ne, den ich aber, errötend gestehe ich es, noch nicht kenne.

Ich erwarte Ihre Antwort mit der Ungeduld der Reue, die wieder gut machen will, und bin, glauben Sie mir bitte, mit ebensoviel Dankbarkeit als Furcht

Ihr unterwürfiger usw.

P. S. Ich ermächtige Sie, für den Fall, daß Sie es für passend finden, diesen Brief Frau von Tourvel mitzuteilen, die ich mein ganzes Leben lang pflichtschuldigst achten werde, und in der ich nie aufhören werde die zu ehren, deren sich der Himmel bedient hat, um durch den rührenden Anblick ihres Beispiels auch meine Seele zur Tugend zu führen.

Schloß ..., den 22. Oktober 17...

122. Brief

Die Marquise von Merteuil an den Chevalier Danceny.

Ich habe Ihren Brief erhalten, mein allzu junger Freund, aber ehe ich Ihnen danke, muß ich Sie zanken, und mache Sie darauf aufmerksam: wenn Sie sich nicht bessern, so bekommen Sie von mir keine Antwort mehr. Geben Sie doch, wenn Sie mir folgen wollen, diesen Schmeichelton auf, der doch nur mehr so Jargon ist, wenn es sich nicht um Liebe handelt. Ist denn das der Stil der Freundschaft? Nein, mein Freund, jedes Gefühl hat die Sprache, die ihm zukommt, und sich einer andern bedienen, heißt den Gedanken, den man äußert, maskieren. Ich weiß wohl, daß unsere kleinen Frauen nichts davon verstehen, was man ihnen sagen will, wenn es nicht in dieses gebräuchliche Rotwelsch übersetzt ist; aber, ich gestehe es, ich glaube zu verdienen, daß Sie mich von denen ausnehmen. Es tut mir wirklich leid, mehr als ich sollte, daß Sie mich so schlecht beurteilten.

Sie werden also in meinem Briefe nur das finden, was dem Ihrigen fehlt: Aufrichtigkeit und Einfachheit. Ich werde Ihnen zum Beispiel sagen, es würde mich sehr freuen, Sie zu sehen, und daß ich verstimmt bin, um mich herum nur langweilige Leute zu haben, statt Leute, die mir gefallen. Sie aber übersetzen denselben Satz so: »Lehren Sie mich da zu leben, wo Sie nicht sind« – so daß, wenn Sie, wie ich vermute, bei Ihrer Geliebten sind, Sie nicht bei ihr leben könnten, ohne daß ich nicht die Dritte dabei wäre. Wie jämmerlich! Und die Frauen, »denen doch immer fehlt so zu sein wie ich«, finden Sie vielleicht auch, daß Ihrer Cécile das fehlt? Sehen Sie, dahin führt eine Sprache, die man heute so mißbraucht, und die deshalb noch unter den Komplimenten steht, und nichts ist als Formel, an die man nicht mehr glaubt als an den »sehr untertänigen Diener«.

Mein lieber Freund, wenn Sie mir schreiben, tun Sie's doch, um mir wie Sie denken und fühlen mitzuteilen, und nicht, um mir solche Phrasen zu machen, die ich, ohne Sie, mehr oder weniger gut in jedem Moderoman finden kann. Ich hoffe, Sie nehmen nicht übel, was ich Ihnen da sage, selbst dann nicht, wenn Sie etwas schlechte Laune darin finden sollten; denn ich bin wirklich etwas verstimmt. Um aber auch nur den Schein des Fehlers zu vermeiden, den ich Ihnen vorwerfe, werde ich Ihnen nicht sagen, daß diese Verstimmung vielleicht etwas vermehrt wird durch die Trennung von Ihnen. Alles in allem genommen sind Sie, scheint mir, mehr wert, als ein Prozeß und zwei Advokaten, vielleicht sogar auch mehr als mein »Anbeter« Belleroche.

Sie sehen, statt sich über meine Abwesenheit zu bekümmern, sollten Sie sich dazu gratulieren, denn ich habe Ihnen noch nie ein so schönes Kompliment gemacht. Ich glaube, das Beispiel steckt mich an, und ich sage Ihnen auch Schmeicheleien. Aber nein, ich will lieber aufrichtig bleiben: meine offene Aufrichtigkeit allein versichert Sie meiner zärtlichen Freundschaft, und des Interesses, das sie mir einflößt. Es ist sehr angenehm, einen jungen Freund zu haben, dessen Herz anderweitig beschäftigt ist. Das ist nicht das System aller Frauen, aber das meinige. Es scheint mir, man gibt sich mit mehr Vergnügen einem Gefühl hin, von dem man nichts zu befürchten hat. Auch habe ich, zu Ihrem Glücke vielleicht, früh genug die Rolle einer Vertrauten übernommen. Aber Sie suchen sich Ihre Geliebte so jung aus, daß Sie mich zum ersten Male daran erinnert haben, daß ich alt zu werden anfange! Das ist wohlgetan von Ihnen, daß Sie sich auf diese Weise auf eine lange Karriere der Beständigkeit vorbereiten, und ich wünsche Ihnen von ganzem Herzen, daß sie gegenseitig sein möge.

Sie haben recht, den zärtlichen und ehrbaren Motiven nachzugeben, die, wie Sie mir sagen, »Ihr Glück verzögern«. Die lange Verteidigung ist das einzige Verdienst derer, die nicht immer widerstehen, und was ich bei jeder andern als bei einem Kinde wie die kleine Volanges unverzeihlich fände, wäre, wenn sie eine Gefahr nicht zu fliehen verstünde, vor der sie zur Genüge gewarnt war durch das eigene Geständnis ihrer Liebe. Ihr Männer wißt nicht, was Tugend ist und was es kostet, sie zu opfern! Aber wenn eine Frau nur wenig nachdenkt, muß sie wissen, daß, unabhängig von dem Fehltritt, den sie begeht, eine Schwäche für sie das größte Unglück bedeutet; und ich begreife nicht, daß irgend eine unterliegt, wenn sie nur einen Augenblick zum Überlegen hat.

Bestreiten Sie das nur nicht, denn das ist es hauptsächlich, was mich an Sie fesselt. Sie werden mich von den Gefahren der Liebe retten; und obschon ich mich auch ohne Sie gut zu verteidigen wußte, danke ich Ihnen doch etwas dafür, und werde Sie darum nur besser und mehr liebhaben.

Daraufhin, mein lieber Chevalier, bitte ich Gott, daß er Sie in seiner heiligen Gnade erhalte.

Schloß ..., den 22. Oktober 17..

123. Brief

Madame von Rosemonde an Frau von Tourvel.

Ich hoffe, meine liebenswürdige Tochter, endlich Ihre Besorgnisse beruhigen zu können, und ich sehe nun im Gegenteil zu meinem Kummer, daß ich sie noch vermehren werde. Beruhigen Sie sich indes: Mein Neffe ist nicht in Gefahr, man kann nicht einmal sagen, daß er wirklich krank ist.

Aber es geht bestimmt etwas Außerordentliches mit ihm vor. Ich verstehe es nicht; aber ich ging aus seinem Zimmer mit einem Gefühle der Traurigkeit, ja vielleicht des Entsetzens, ich werfe mir vor, daß ich Ihnen das sage, aber ich kann mich doch nicht ganz enthalten, mit Ihnen davon zu sprechen. Hier der Bericht, was sich zutrug: Sie können sicher sein, daß der Bericht treu ist, denn wenn ich auch noch mal achtzig Jahre lang leben sollte, so würde ich den Eindruck dieser traurigen Szene doch nicht vergessen.

Ich war also heute morgen bei meinem Neffen; ich fand ihn beim Schreiben, und umgeben von verschiedenen Papieren, die aussahen, als wäre er damit beschäftigt. Er war so darin vertieft, daß ich schon mitten im Zimmer stand, als er noch nicht den Kopf gedreht hatte, um nachzusehen, wer eingetreten war. Sobald er mich sah, bemerkte ich sehr wohl, daß er, als er aufstand, sich anstrengte, seinen Gesichtsausdruck zu beherrschen, und vielleicht war es das, was gerade die meiste Aufmerksamkeit auf sich zog. Er war allerdings nicht in Toilette und ungepudert, aber ich fand ihn blaß und mager, und sein Gesicht besonders war verändert. Sein Blick, den wir so lebhaft und vergnügt gesehen haben, war traurig und niedergeschlagen; kurz, unter uns gesagt, ich hätte nicht gewollt, daß Sie ihn so gesehen hätten; denn sein Aussehen war sehr ergreifend und sehr geeignet, glaub ich, dieses zärtliche Mitleid einzuflößen, das eine der gefährlichsten Fallen der Liebe ist.

Obwohl betroffen von meinem Eindruck, fing ich doch ein Gespräch so an, als hätte ich nichts bemerkt. Ich sprach zuerst von seiner Gesundheit, und ohne mir zu sagen, daß sie gut wäre, erklärte er sie doch auch mit keinem Worte für schlecht. Dann habe ich mich über seine Zurückgezogenheit beklagt, die ein wenig nach Manie aussehe, und ich versuchte etwas Scherzhaftigkeit in meinen kleinen Vorwurf zu legen; er aber antwortete mir nur und mit durchdringendem Ton: »Das ist ein Unrecht mehr, ich bekenne es, aber es soll mit den andern wieder gut gemacht werden. »Sein Aussehen mehr noch als sein Gespräch brachten meine Munterkeit etwas aus der Fassung, und ich beeilte mich ihm zu sagen, daß er zu viel Gewicht auf einen ja bloß freundlichen Vorwurf lege.

Wir haben dann ruhig miteinander gesprochen. So sagte er mir kurz darauf, daß ihn eine Angelegenheit, die wichtigste Seines Lebens, vielleicht bald nach Paris zurückrufen würde. Da ich sie aber zu erraten Angst hatte, meine liebe Schöne, und auch fürchtete, dieser Anfang könnte zu einer vertraulichen Aussprache führen, die ich nicht wollte, so machte ich keine Gegenfrage, sondern begnügte mich damit, ihm zu sagen, daß etwas mehr Zerstreuung seiner Gesundheit sehr zuträglich sein würde. Und fügte hinzu, daß ich ihn diesmal nicht zum Bleiben drängen würde, indem ich meine Freunde um ihrer selbst willen liebe. Bei diesen so einfachen Worten drückte er mir die Hände, und sagte mit einer Aufregung, die ich nicht wiedergeben kann: »Ja, Tante, lieben Sie, lieben Sie Ihren Neffen sehr, der Sie liebt und verehrt; und wie Sie sagen, lieben Sie Ihn um seinetwillen. Machen Sie sich um sein Glück keine Sorge, und stören Sie mit keinem Bedauern die ewige Ruhe, die er bald genießen wird. Wiederholen Sie es mir, daß Sie mich noch lieb haben, daß Sie mir verzeihen wollen; ja, Sie werden mir verzeihen, ich kenne Ihre Güte: aber wie kann ich dieselbe

Nachsicht von der erhoffen, die ich so sehr beleidigt habe?« Darauf beugte er sich über mich, um mir, wie mir schien, die Zeichen des Schmerzes zu verbergen, die mir der Ton seiner Stimme nur zu sehr verriet.

Bewegter als ich es Ihnen nur sagen kann, stand ich rasch auf; zweifellos bemerkte er mein Entsetzen, denn er sagte beherrscht sofort: »Verzeihen Sie, verzeihen Sie, Tante; ich fühle, daß ich mich gegen meinen Willen verwirre. Vergessen Sie, bitte, was ich gesagt habe, und erinnern Sie sich nur meiner tiefsten Achtung. Ich werde nicht versäumen«, setzte er noch hinzu, »Sie von meiner Ehrerbietung vor meiner Abreise nochmals zu versichern.« Es schien mir, daß diese letzten Worte mich verpflichteten, meinen Besuch zu beenden, und ich ging.

Aber je mehr ich darüber nachdenke, desto weniger komme ich darauf, was er hat sagen wollen. Was ist das für eine wichtigste Angelegenheit seines Lebens? Und wegen was bittet er mich um Verzeihung? Woher kam ihm diese unwillkürliche Rührung, während er zu mir spricht? Ich habe mir diese Fragen schon tausendmal gestellt, ohne darauf eine Antwort zu finden. Ich sehe darin sogar nicht einmal etwas, was auf Sie Bezug hätte; da aber die Augen der Liebe hellsichtiger sind als die der Freundschaft, wollte ich Sie alles wissen lassen, was sich zwischen meinem Neffen und mir zugetragen hat.

Ich habe viermal an diesem langen Briefe aufhören müssen, den ich noch viel länger schreiben würde, ohne die Müdigkeit, die ich verspüre. Adieu, meine liebe Schöne.

Schloß …, den 25. Oktober 17..

124. Brief

Der Pater Anselm an den Vicomte von Valmont.

Ich habe, Herr Vicomte, den Brief erhalten, mit dem Sie mich beehrten, und gleich gestern begab ich mich, Ihrem Wunsche gemäß, zu der fraglichen Persönlichkeit. Ich habe ihr den Gegenstand und die Motive der Schritte, die Sie bei ihr unternehmen zu dürfen baten, auseinandergesetzt. So fest ich sie auch in dem früher gefaßten guten Entschlüsse fand, habe ich ihr doch vorgestellt, daß sie vielleicht durch eine Weigerung Ihrer glücklichen Umkehr hinderlich sei und sich sozusagen der göttlichen Vorsehung widersetze, worauf sie sich entschloß, Ihren Besuch zu empfangen, unter der Bedingung jedoch, daß er der letzte ist, und hat mich beauftragt Ihnen zu sagen, daß sie kommenden Donnerstag, den 28., zu Hause sein wird. Sollte Ihnen dieser Tag nicht passen, so möchten Sie sie davon benachrichtigen und einen andern bestimmen. Ihr Brief wird angenommen werden.

Indessen, Herr Vicomte, erlauben Sie mir, Sie zu erinnern: schieben Sie es nicht ohne gute Gründe hinaus, damit Sie sich rascher und vollständiger dem lobenswerten Vorhaben widmen können, das Sie bekundeten. Bedenken Sie, daß der, der den Augenblick der Gnade zu benutzen zögert, sich der Gefahr aussetzt, daß ihm die Gnade wieder entzogen wird; und wenn auch die göttliche Güte unendlich ist, so ist ihre Spendung doch durch die Gerechtigkeit geregelt; und daß der Augenblick kommen kann, wo sich der Gott der Barmherzigkeit in einen Gott der Rache verwandelt.

Wenn Sie mich auch weiter mit Ihrem Vertrauen beehren, bitte ich Sie zu glauben, daß alle meine Sorge Ihnen gehören wird, so wie Sie es von mir wünschen; wie sehr ich auch beschäftigt sein mag, so wird meine wichtigste Angelegenheit stets die Pflicht des heiligen Dienstes sein, dem ich mich ganz besonders geweiht habe; und der schönste Augenblick meines Lebens ist der, wo ich meine Bemühungen durch den Segen des Allmächtigen von Erfolg gekrönt sehen werde. Schwache Sünder, die wir sind, wir können nichts aus uns selbst. Gott aber, der Sie zu sich zurückruft, kann alles, und Sie verdanken seiner Güte den ständigen Wunsch sich mit ihm zu verbinden, und ich schulde ihr das Mittel, Sie ihm zuzuführen. Mit seiner Hilfe hoffe ich Sie bald zu überzeugen, daß allein die heilige Kirche in dieser Welt das echte und dauerhafte Glück geben kann, das man vergeblich in der Verblendung der menschlichen Leidenschaften sucht.

Ich habe, mit höchster Achtung, die Ehre zu sein.

Paris, den 25. Oktober 17..

125. Brief

Frau von Tourvel an Frau von Rosemonde.

Inmitten des Erstaunens, in das mich das gestern Erfahrene versetzt hat, vergesse ich die Genugtuung nicht, die es Ihnen bereiten muß, und beeile ich mich, es Ihnen mitzuteilen. Herr von Valmont beschäftigt sich nicht mehr mit mir und mit seiner Liebe, und will nur noch durch ein beschauliches Leben die Fehler und Verirrungen seiner Jugend wieder gut machen. Ich bin von diesem großen Ereignis durch den Pater Anselm in Kenntnis gesetzt worden, an den er sich wandte, damit er ihn in Zukunft lenke und ihm auch ein Zusammentreffen mit mir verschaffe, dessen Hauptzweck wohl ist, mir meine Briefe zurückzugeben, die er bisher trotz meiner Bitten noch immer behalten hat.

Ich kann ihm zu dieser zweifellos glücklichen Änderung nur gratulieren und auch mir Glück wünschen, wenn ich, wie er sagt, dazu etwas beigetragen habe. Aber warum mußte ich das Werkzeug dazu sein, und mußte es mich die Ruhe meines Lebens kosten?! Konnte das Glück Herrn von Valmonts nur durch mein Unglück zustande kommen? Ach, meine nachsichtige Freundin, verzeihen Sie mir diese Klage. Ich weiß, es steht mir nicht zu, Gottes Ratschlüsse zu erforschen: aber während ich ihn immerfort und stets vergebens um die Kraft bitte, diese meine unglückliche Liebe zu besiegen, gibt er diese Kraft in reichlichem Maße dem, der ihn nicht darum bat, und läßt mich ohne Hilfe ganz meiner Schwäche anheimgegeben.

Aber ich will dieses sündhafte Murren ersticken. Weiß ich denn nicht, daß der verlorene Sohn nach seiner Heimkehr mehr Gnade von seinem Vater empfing als der Sohn, der nie weggegangen war? Welches Recht haben wir, von dem Rechenschaft zu verlangen, der uns nichts schuldet? Und hätten wir auch einige Rechte bei ihm, welche könnten wohl die meinigen sein? Soll ich mich einer Ehrbarkeit rühmen, die ich nur noch Valmont verdanke? Er hat mich gerettet, und ich soll mich beklagen dürfen, daß ich für ihn leide? Nein, meine Leiden werden mir teuer sein, wenn sein Glück ihr Lohn dafür ist. Sicher mußte er zum gemeinsamen Vater zurückkehren. Der Gott, der ihn erschaffen hat, mußte sein Werk lieben. Er hatte diesen bezaubernden

Menschen nicht dazu geschaffen, um nur einen Verworfenen daraus werden zu lassen. An mir ist es, die Strafe für Unvorsichtigkeit und Kühnheit zu tragen. Mußte ich nicht fühlen, da es mir verboten war ihn zu lieben, daß ich mir auch seinen Anblick nicht erlauben durfte?

Mein Fehler oder mein Unglück ist, daß ich mich zu lange dieser Wahrheit verschloß. Sie sind Zeugin, meine liebe, würdige Freundin, daß ich mich diesem Opfer unterzogen habe, sobald ich seine Notwendigkeit erkannte. Aber damit es auch vollständig sei, fehlte noch, daß Herr von Valmont es nicht teilte. Soll ich Ihnen gestehen, daß dieser Gedanke es ist, der mich jetzt am meisten quält? Was ein erträglicher Stolz, der uns unsere Leiden mildert durch die, die wir zufügen! Aber ich werde dieses rebellische Herz besiegen und es an Demütigungen gewöhnen!

Um dies zu erreichen, habe ich eingewilligt, am nächsten Donnerstag den peinlichen Besuch des Herrn von Valmont zu empfangen. Da werde ich ihn dann selber sagen hören, daß ich ihm nichts mehr bin, daß der schwache vorübergehende Eindruck, den ich auf ihn gemacht hatte, völlig ausgelöscht ist. Ich werde seinen Blick auf mir fühlen ohne jede Erregung, während ich aus Furcht, meine Erregung zu verraten, meinen Blick niederschlagen werde. Diese selben Briefe, die er so lange meinen inständigen Bitten verweigerte, werde ich nun von einem Gleichgültigen empfangen! Er wird sie mir übergeben wie unnötige Dinge, die ihn nichts mehr angehen; und meine zitternden Hände werden beim Empfang dieses schambringenden Gutes fühlen, daß es ihnen von einer ruhigen und starken Hand übergeben wird! Dann werde ich ihn weggehen sehen …, fortgehen auf immer, und meine Blicke, die ihm folgen werden, werden die seinigen sich nicht nach mir umwenden sehen!

So vieler Demütigung war ich aufgehoben! Ach, wäre es mir wenigstens zunutz, indem es mich mit dem Gefühl meiner Schwäche durchdringe …! Ja, diese Briefe, die ihm nun gleichgültig sind, ich werde sie heilig aufbewahren. Ich werde mir die Beschämung auferlegen, sie jeden Tag wieder zu lesen, bis meine Tränen die letzten Spuren verwischt haben; und die seinigen, die werde ich verbrennen, als von dem gefährlichen Gift infiziert, das meine Seele verdorben hat. O, was ist denn Liebe, wenn sie uns noch nach den Gefahren, in die sie uns stürzt, mit Sehnsucht erfüllt! Und besonders, wenn man sie selber zu empfinden dann noch zu fürchten hat, wenn man sie nicht mehr einflößt! Ich will sie fliehen, diese unheilvolle Leidenschaft, die nur die Wahl zwischen Schande und Unglück läßt, und sie oft genug alle beide vereint; wenigstens soll die Klugheit die Tugend ersetzen.

Wie ist es noch lang bis zu diesem Donnerstag! Warum kann ich nicht im Augenblick dieses schmerzliche Opfer vollenden und auf einmal seine Ursache und seinen Gegenstand vergessen! Dieser Besuch ängstigt mich; warum habe ich meine Einwilligung dazu gegeben? Wozu braucht er mich noch einmal zu sehen? Was sind wir jetzt eines dem andern? Wenn er mich beleidigt hat – ich verzeihe ihm. Ich beglückwünsche ihn sogar dazu, daß er seine Fehler wieder gut machen will, ich lobe ihn dafür. Ich will noch mehr: ich will es ihm nachtun; und wie dieselben Irrtümer mich verführten, so soll mich auch sein Beispiel des rechten Weg führen. Aber wenn es in seiner Absicht liegt, mich zu fliehen, warum fängt er damit an, mich aufzusuchen? Das Nötigste für uns beide ist, eins den andern zu vergessen! Ja, ja, das wird von nun ab meine ganze Sorge sein.

Wenn Sie es erlauben, liebenswürdige Freundin, so soll es bei Ihnen sein, wo ich mich dieser schweren Aufgabe hingeben will. Wenn ich Hilfe benötige, Trost vielleicht gar, so will ich ihn nur von Ihnen empfangen. Sie allein verstehen mich und können zu meinem Herzen sprechen. Ihre kostbare Freundschaft soll mein ganzes Leben ausfüllen. Nichts soll mir zu schwer erscheinen, um die Mühe zu unterstützen, die Sie sich mit mir geben werden. Ich werde Ihnen meine Ruhe verdanken und mein Glück und meine Tugend; und die Frucht Ihrer Güte gegen mich wird sein, mich ihrer würdig gezeigt zu haben.

Ich glaube, ich bin in diesem Briefe wenig bei der Sache geblieben; ich entnehme das wenigstens der Verwirrung, in der ich mich während des ganzen Schreibens befunden habe. Wenn sich darin Gefühle fänden, über die ich erröten müßte, so bedecken Sie sie mit Ihrer nachsichtigen Freundschaft, ich verlasse mich ganz auf sie. Ihnen will ich keine Regung meines Herzens verbergen.

Gott mit Ihnen, meine verehrungswürdige Freundin. Ich hoffe, ich kann Ihnen in ein paar Tagen meine Ankunft melden.

Paris, den 25. Oktober 17..

126. Brief

Der Vicomte von Valmont an die Marquise von Merteuil.

Sie ist denn endlich besiegt, diese stolze Frau, die zu glauben gewagt hat, daß sie mir widerstehen könnte! Ja, meine Freundin, sie gehört mir, ganz und gar mir – seit gestern hat sie mir nichts mehr zu gewähren.

Ich bin noch zu voll von meinem Glück, um es bewerten zu können, aber ich bin erstaunt über den unbekannten Reiz, den ich dabei empfunden habe. Sollte es wirklich wahr sein, daß die Tugend den Wert einer Frau sogar noch im Augenblick der Schwäche vermehrt? Aber entlassen wir diese kindlichen Gedanken zu den Ammenmärchen. Begegnet man nicht überall beim ersten Siege einem mehr oder weniger gut gespielten Widerstand? Habe ich nirgendwo den Reiz gefunden, von dem ich spreche? Aber der der Liebe ist es doch auch wieder nicht; denn wenn ich auch bei dieser erstaunlichen Frau manchmal Momente der Schwäche gehabt habe, die dieser »großen Leidenschaft der Liebe« ähnlich sahen, so wußte ich sie immer zu unterdrücken und zu meinen Grundsätzen zurückzukehren. Wenn mich auch, wie ich glaube, die Szene von gestern etwas weiter fortgerissen haben sollte, als ich wünschte, wenn ich auch für einen Moment die Verwirrung und den Rausch, den ich hervorrief, geteilt haben sollte, so wäre dieser flüchtige Selbstbetrug jetzt doch vorbei; und trotzdem besteht dieser Reiz noch. Ich hätte sogar, bekenne ich, ein ziemliches Vergnügen daran, mich ihm hinzugeben, wenn es mir nicht einige Unruhe verursachte. Soll ich mich denn in meinem Alter wie ein Schuljunge meistern lassen von einem unbekannten und unwillkürlichen Gefühl? Nein. Ich muß es vor allem bekämpfen und ihm auf den Grund kommen.

Den Grund habe ich vielleicht schon durchleuchten sehen – wenigstens gefalle ich mir in diesem Gedanken, und ich möchte, er wäre nahe.

In der Menge von Frauen, bei denen ich bis zum heutigen Tage Rolle und Funktion eines Liebhabers ausgeübt habe, bin ich noch keiner begegnet, die nicht mindestens ebenso große Lust gehabt hätte sich zu ergeben, als ich, sie dazu zu bestimmen; ich pflegte sogar die spröde zu nennen, die nur den halben Weg machten, im Gegensatz zu soundso vielen andern, deren herausfordernde Verteidigung immer nur unvollkommen die ersten Avancen verdeckt, die von ihnen ausgegangen sind.

Hier aber fand ich im Gegenteil eine ungünstige Meinung von vornherein, die sich auf Ratschläge und Zuträgereien einer gehässigen aber scharfsichtigen Frau gründete; dann eine natürliche und höchst entwickelte Schüchternheit, durch eine bedeutende Schamhaftigkeit gestärkt; ferner einen Tugendeifer, den die Religion leitete, und der bereits zwei Jahre des Sieges hinter sich hatte; und endlich höchst bestimmte Gegenbewegungen, von diesen verschiedenen Motiven eingegeben und alle nur mit dem Ziel, sich meinen Verfolgungen zu entziehen.

Es ist also nicht, wie in allen meinen andern Abenteuern, bloß eine einfache mehr oder weniger günstige Kapitulation, die man wohl benutzt, aber auf die man nicht gerade stolz ist; es ist vielmehr ein vollständiger, richtiger Sieg, durch einen mühevollen Feldzug erkauft und durch überlegte Manöver entschieden. Es ist also nicht überraschend, daß dieser Erfolg, den ich mir allein zu verdanken habe, mir dadurch um so kostbarer wird; und das Übermaß an Lust, das ich in meinem Triumph empfand, und das ich noch verspüre, ist nur die Süßigkeit bewußten Ruhmes. Ich liebe diesen Gesichtspunkt. Er bewahrt mich vor der Demütigung denken zu müssen, daß ich irgendwie von der Sklavin abhänge, die ich mir unterworfen habe, und daß ich nicht die ganze Fülle meines Glückes in mir selber finde; und daß die Fähigkeit, es mich ganz genießen zu lassen, dieser oder jener Frau unter Ausschluß jeder andern vorbehalten wäre.

Diese vernünftigen Überlegungen werden mein Verhalten in dieser wichtigen Angelegenheit regeln; und Sie können fest davon überzeugt sein, daß ich mich nicht so sehr fesseln lassen werde, als daß ich nicht zu jeder Zeit diese neuen Bande zerbrechen könnte, spielend und ganz nach meinem Gutdünken. Aber schon spreche ich Ihnen vom Bruch der Beziehungen, wo Sie noch gar nicht wissen, durch welche Mittel ich das Recht dazu erworben habe; lesen Sie also, und sehen Sie, was die Sittsamkeit riskiert, wenn sie versucht, der Liebestollheit helfend beizustehen. Ich studierte meine Reden und die Antworten, die ich erhielt, so aufmerksam, daß ich Ihnen die einen wie die andern mit einer Genauigkeit wiedergeben zu können hoffe, mit der Sie zufrieden sein werden.

Sie werden aus den beiden beiliegenden Briefkopien ersehen, welchen Vermittler ich gewählt hatte, um mich meiner Schönen zu nähern, und welchen Eifer der heilige Mann darauf verwandte, um uns zusammenzubringen. Was ich Ihnen noch sagen muß, und was ich aus einem natürlich aufgefangenen Brief erfahren hatte, ist, daß die Angst, verlassen zu werden, und die damit verbundene kleine Demütigung, die vorsichtige und strenge Nonne etwas auseinander gebracht und ihr Herz und ihren Kopf mit Gefühlen und Gedanken angefüllt hatte, die, wenn auch ohne vernünftigen Sinn, doch nicht weniger interessant waren. Nach diesen nötig zu wissenden Präliminarien war ich also gestern, Donnerstag, den 28ten, dem festgesetzten Tag, bei ihr als schüchterner und reuevoller Sklave erschienen, um als gekrönter Sieger wieder wegzugehen.

Es war sechs Uhr abends, als ich bei der schönen Eremitin ankam, denn seit ihrer Rückkehr war ihre Türe aller Welt verschlossen geblieben. Sie versuchte aufzustehen, als man mich meldete, aber ihre zitternden Knie erlaubten ihr nicht, auf den Füßen zu bleiben; also setzte sie sich gleich wieder. Wie der Diener, der mich eingelassen hatte, sich einiges im Zimmer zu schaffen machte, schien sie ungeduldig zu werden. Wir sagten uns währenddem die gebräuchlichen Komplimente. Aber um nicht einen Augenblick einer kostbaren Zeit zu verlieren, untersuchte ich sorgfältig die Umgebung, und schon jetzt bezeichnete ich mit dem Auge den Schauplatz meines Sieges, und hätte keinen bequemeren wählen können, denn in demselben Zimmer befand sich eine Ottomane. Aber ich bemerkte, daß ihr gegenüber ein Porträt ihres Mannes hing, und ich besorgte, ich gestehe es, daß bei einer so sonderbaren Frau ein einziger Blick, den der Zufall nach dieser Seite hin lenkte, in einem Augenblick das Werk so vieler Mühe zerstören könnte. Endlich waren wir allein, und ich kam auf den eigentlichen Gegenstand.

Nach einigen Worten darüber, daß der Pater Anselm ihr wohl die Gründe meines Besuches auseinandergesetzt haben müsse, beklagte ich mich über die strenge Behandlung, die ich erduldet hätte; und betonte mit Nachdruck die »Geringschätzung«, die man mir bezeigt habe. Wogegen man sich, wie ich es erwartet hatte, verteidigte. Und so wie Sie wohl ebenfalls erwarteten, stützte ich den Beweis auf das

Mißtrauen und das Entsetzen, das ich eingeflößt hätte, auf die höchst auffällige Flucht, die daraus gefolgt sei, auf das Zurückweisen meiner Briefe, und so weiter. Da man mit einer Rechtfertigung begann, die sehr leicht gewesen wäre, glaubte ich sie unterbrechen zu müssen; und um für diese brüske Art und Weise Verzeihung zu bekommen, deckte ich sie sofort mit einer Schmeichelei zu. »Wenn so viel Reize«, hub ich an, »auf mein Herz einen so tiefen Eindruck machten, so haben so viele Tugenden nicht weniger Eindruck auf meine Seele gemacht. Der Wunsch, diesen Tugenden nahe zu kommen, hat mich wahrscheinlich verführt, so daß ich es wagte, mich dessen für würdig zu achten. Ich mache Ihnen keinen Vorwurf damit, es anders aufgefaßt zu haben, sondern ich strafe mich für meinen Irrtum.« Als man das verlegene Schweigen bewahrte, redete ich weiter: »– Ich hatte den Wunsch, gnädige Frau, mich entweder in Ihren Augen zu rechtfertigen, oder von Ihnen die Verzeihung für das Unrecht zu erlangen, das Sie bei mir vermuten; damit ich wenigstens mit einiger Ruhe die Tage beenden kann, die auch keinen Wert mehr für mich haben, seit Sie es ablehnten, sie zu verschönen.« –

Hier hat man doch versucht zu antworten. »Meine Pflicht erlaubte mir nicht« – aber die Schwierigkeit, die von der Pflicht verlangte Lüge zu vollenden, war zu groß: der Satz blieb unvollendet. Ich begann also wieder im zärtlichsten Ton: »Also es ist wahr, daß Sie mich geflohen haben?« – »Diese Abreise war notwendig« – »Und mußten mich aus Ihrer Nähe verbannen?« – »Es muß sein.« – »Und auf immer?« – »Es ist meine Pflicht.« – Ich brauche Ihnen nicht zu sagen, daß während dieses kurzen Zwiegespräches die Stimme der zärtlichen Spröden beklommen war, und ihre Augen sich nicht zu mir erhoben.

Ich dachte, diese allzureichlich mit Pausen versehene Szene müsse etwas belebter werden. Ich erhob mich wie in Ärger. »Ihre Festigkeit«, sagte ich, »gibt mir die meine wieder. Gut. Gut, gnädige Frau, wir wollen uns trennen, mehr sogar als Sie denken; und Sie können sich dann in Muße zu Ihrem Werk gratulieren.« Ein wenig überrascht von diesem vorwurfsvollen Ton, wollte sie antworten. »– Der Entschluß, den Sie gefaßt haben …« »ist nur eine Wirkung meiner Verzweiflung«, brach ich leidenschaftlich aus. »Sie wollten, ich sollte unglücklich sein, – ich will Ihnen beweisen, daß Ihnen das noch weit über Ihre Wünsche hinaus gelungen ist.« – »Ich wünsche Ihr Glück«, antwortete sie. Und der Klang der Stimme begann Erregung anzuzeigen. Sofort stürzte ich mich ihr zu Füßen und rief ganz dramatisch – Sie kennen den Ton an mir –: »Ach! Sie Grausame! kann es für mich ein Glück geben, das Sie nicht teilen? Wo soll ich es denn fern von Ihnen finden? Ach nie, niemals!« – Ich gestehe, als ich mich so weit gehen ließ, rechnete ich sehr auf die Mithilfe der Tränen. Sei es aber, daß ich dafür nicht disponiert gewesen bin, oder daß es vielleicht auch nur die Wirkung der fortgesetzten Aufmerksamkeit war, die ich allem geben mußte – es war mir nicht möglich zu weinen.

Zum Glück erinnerte ich mich, daß zur Unterwerfung einer Frau jedes Mittel gut ist; und daß es genügt, sie durch eine starke Gemütsbewegung zu erschüttern, damit ein günstiger und tiefer Eindruck bleibt. Ich versuchte es also mit Schrecken, da es an Tränen gerade mangelte, und dazu änderte ich nur den Tonfall meiner Stimme, behielt aber dieselbe Stellung. »Ja«, fuhr ich fort, »ich schwöre es zu Ihren Füßen, Sie besitzen oder sterben –.« Bei diesen letzten Worten trafen sich unsere Blicke. Ich weiß nicht, was die schüchterne Person in den meinem sah oder zu sehen glaubte; aber sie sprang entsetzt auf und entriß sich meinen Armen, die ich um sie geschlungen hatte. Ich tat allerdings auch nichts, um sie festzuhalten; denn ich habe schon öfter bemerkt, daß zu rasch herbeigeführte Verzweiflungsszenen sofort ins Lächerliche fielen, sobald sie sich in die Länge zogen, oder nur einen wirklich tragischen Ausweg zulassen, den zu nehmen ich weit entfernt war. Aber während sie sich mir entzog, sagte ich drohend und leiser, aber doch so, daß sie es hören konnte: »also den Tod …«

Darauf stand ich auf; und in einem kurzen Schweigen warf ich auf sie wie zufällig einen Blick, der, wenn er auch verstört aussah, doch sehr beobachtend und klarsichtig war. Die unsichere Haltung, ihr hörbarer Atem, das Zucken, die zitternden, halberhobenen Arme, alles bewies mir genug, daß die Wirkung war, wie ich sie hatte hervorrufen wollen. Da nun aber in der Liebe ein Schluß nur in größter Nähe möglich ist, und wir voneinander ziemlich weit entfernt waren, mußte ich vor allem ihr wieder näher kommen. Dies zu erreichen, erlangte ich sobald als möglich eine scheinbare Ruhe, geeignet, die Wirkung dieses heftig erregten Gemütszustandes zu beruhigen, ohne ihn selbst abzuschwächen.

Mein Übergang war: »Ich bin sehr unglücklich. Ich wollte für Ihr Glück leben, und habe es gestört. Ich weihe mich ganz Ihrer Ruhe, und störe auch sie.« Und dann, ruhig, aber wie mit Zwang dazu:

»Verzeihen Sie, gnädige Frau, ich bin wenig an die Stimme der Leidenschaft gewöhnt. Ich verstehe schlecht, ihr Wüten zu unterdrücken. Habe ich Unrecht getan, daß ich mich ihm überließ, so bedenken Sie, daß es das letztemal ist. Ach, beruhigen Sie sich, beruhigen Sie sich, ich beschwöre Sie!« Und während dieser langen Rede näherte ich mich ihr unmerklich. »Wenn Sie wollen, daß ich mich beruhige, so seien Sie doch selbst ruhiger«, sagte die scheue Schöne. – »Gut. Ich verspreche es«, sagte ich, und leiser: »Wenn auch die Anstrengung groß ist, wenigstens wird sie kurz sein. Aber«, fuhr ich wieder ganz wirr fort, »ich bin gekommen, um Ihnen Ihre Briefe zurückzugeben, nicht wahr? Haben Sie die Gnade, sie wieder an sich zu nehmen, ich bitte Sie darum. Dieses schmerzliche Opfer bleibt mir noch zu bringen. Lassen Sie mir nichts, was meinen Mut schwächen könnte.« Und während ich das kostbare Paket aus der Tasche zog: »Hier ist das trügerische Behältnis Ihrer Freundschaftsversicherungen! Es knüpfte mich an das Leben, nehmen Sie es zurück. Geben Sie damit selbst das Zeichen, das mich auf immer von Ihnen trennt.«

Hier gab die furchtsame Verliebte ganz ihrer zärtlichen Bewegnis nach. »Aber, Herr von Valmont, was haben Sie, und was wollen Sie sagen? Ist denn der Schritt, den Sie heute tun, nicht freiwillig? Ist er nicht die Frucht Ihrer eigenen Überlegungen? Und haben Sie nicht aus diesen Überlegungen heraus selbst mein Verhalten gebilligt, das die Pflicht von mir verlangt?« – »Ja«, sagte ich, »dieses Ihr Verhalten hat das meine entschieden.« – »Welches denn?« »Das einzige, das, wenn ich mich von Ihnen trennte, meinen Leiden ein Ende macht.« – »Aber welches denn, sagen Sie mir doch, welches denn?« Da aber war es, wo ich sie heftig in meine Arme nahm, ohne daß sie sich irgendwie wehrte. Und da ich aus diesem Vergessen der Wohlanständigkeit schloß, wie groß und mächtig ihre Erregung sein müsse, wagte ich Begeisterung: »Angebetete Frau, Sie haben keine Ahnung, was Sie für eine Liebe einflößen. Sie werden nie wissen, bis zu welchem Grade Sie angebetet wurden, und um wie viel wertvoller mir dieses Gefühl war, als mein ganzes Dasein! Möchten alle Ihre Tage glücklich und zufrieden sein; möchte sie all das Glück verschönen, das Sie mir geraubt haben! Belohnen Sie wenigstens diesen aufrichtigen Wunsch mit einem Bedauern, mit einer Träne; und glauben Sie mir, das letzte meiner Opfer wird meinem Herzen nicht das schmerzvollste sein. Leben Sie wohl.«

Während ich so sprach, fühlte ich ihr Herz heftig schlagen; ich beobachtete ihre erregte Miene und sah besonders, daß die Tränen sie erstickten und doch nur selten und spärlich flossen. Da erst stellte ich mich, als wollte ich gehen; sie hielt mich natürlich mit aller Kraft. »Nein, hören Sie mich an«, sagte sie lebhaft. – »Lassen Sie mich«, antwortete ich. – »Sie sollen mich hören, ich will es.« – »Ich muß Sie fliehen, ich muß es!« – »Nein!« rief sie noch und stützte sich, oder vielmehr sank ohnmächtig in meine Arme. Da ich noch an einem so glücklichen Erfolg zweifelte, heuchelte ich einen großen Schrecken, aber in dem Schrecken führte oder trug ich sie vielmehr zu dem schon vorher bestimmten Ort, zum Feld meines Sieges: und sie kam tatsächlich erst wieder zu sich, als sie bereits unterworfen und ihrem glücklichen Sieger verfallen war.

Bis hierher, meine schöne Freundin, werden Sie mir eine Sauberkeit der Methode zugeben, die Ihren Beifall finden wird; und Sie werden weiter sehen, daß ich in nichts von den wahren Grundsätzen dieses Krieges abgewichen bin, von dem wir so oft bemerkten, daß er dem andern so ähnlich ist. Beurteilen Sie mich also wie Turenne oder Friedrich II. Ich habe den Feind zum Kampf gezwungen, ihn gestellt, wo er nur Zeit gewinnen wollte; ich habe mich durch kluge Manöver, die Wahl des Terrains, die der Aufstellung gesichert; ich wußte den Feind in Sicherheit zu wiegen, um ihn in seinem Zufluchtsort leichter zu treffen; ich wußte ihn zu erschrecken, bevor es zum Kampfe kam. Ich habe nichts dem Zufall überlassen, sondern alles in Hinsicht auf einen großen Vorteil im Falle des Erfolges und der Gewißheit von Auswegen im Falle einer Niederlage geordnet; und ich habe es schließlich erst zum Vorstoß kommen lassen, als mir ein Rückzug gesichert war, durch den ich alles decken und halten konnte, was ich vorher erobert hatte. Das ist, wie ich glaube, alles, was man tun kann; aber jetzt fürchte ich, erschlafft zu sein wie Hannibal in den Wonnen Capuas. Folgendes nämlich hat sich seither zugetragen.

Ich war ja darauf gefaßt, daß ein solches Ereignis nicht ohne die üblichen Tränen und die gewisse Verzweiflung vorübergehen werde; und wenn ich zuerst nur etwas Bestürzung und eine Art Verhaltenheit bemerkte, schrieb ich das eine wie das andere dem Zustand der spröden Frau zu. Also kümmerte ich mich nicht um diese kleinen Abweichungen, die ich für bloß lokale hielt, und ging einfach den breiten Weg der Tröstungen, ganz davon überzeugt, daß, wie gewöhnlich, die

Lust dem Gefühl zu Hilfe kommen und daß eine einzige Tat mehr nützen werde als alle Worte, die ich aber doch nicht unterließ. Indes fand ich einen wirklich erschreckenden Widerstand, erschreckend weniger durch seine Übertriebenheit als durch die Form, in der er sich zeigte.

Stellen Sie sich eine Frau vor, die starr und steif dasitzt mit einer unveränderlichen Miene; die aussieht, als wenn sie weder dächte noch zuhörte, noch verstände, was man sagt; deren starren Augen wirklich Tränen entströmen, die aber ohne Anstrengung fließen. Das war Frau von Tourvel während meiner Reden. Aber sowie ich durch eine Liebkosung oder das unschuldigste Streicheln ihre Aufmerksamkeit auf mich zurücklenken wollte, dann wurden aus dieser scheinbaren Apathie sofort Schrecken, Ersticken, Zuckungen, Schluchzen und in Zwischenräumen Ausrufe ohne ein deutliches Wort.

Diese Krisen kamen öfters wieder und jedesmal stärker; die letzte war so heftig, daß sie mich ganz entmutigte und ich einen Moment fürchtete, ich hätte einen vergeblichen Sieg davon getragen. Ich stürzte mich auf die üblichen Redensarten; worunter sich diese befand: »Sind Sie in Verzweiflung, weil Sie mich glücklich gemacht haben?« Bei diesem Wort wandte sich die anbetungswürdige Frau mir zu, und ihr Gesicht hatte, obschon noch etwas verwirrt, schon wieder seinen himmlischen Ausdruck wiederbekommen. »Ihr Glück«, sagte sie. Meine Antwort erraten Sie. »Sind Sie denn glücklich?« Ich verdoppelte meine Beteuerungen. »Und glücklich durch mich!« – Ich lobte in zärtlichsten Wendungen und während ich sprach, wurden ihre Glieder wieder biegsam; sie sank weich zurück, und ließ mir die Hand, die ich zu nehmen gewagt hatte, und sagte: »Ich fühle, daß dieser Gedanke mich tröstet und erleichtert.«

Sie können sich denken, daß, als ich so wieder auf den rechten Weg gebracht war, ich ihn nicht wieder verließ. Und er war wirklich der rechte, und wahrscheinlich der einzige. Als ich nämlich den zweiten Versuch wagte, fand ich erst einigen Widerstand, und was vorher geschehen war, machte mich umsichtig; nachdem ich aber dieselbe Geschichte von meinem Glück wieder vorbrachte, spürte ich bald, die günstigen Wirkungen. »Sie haben Recht«, sagte das zärtliche Geschöpf, »ich kann mein Leben nicht anders mehr ertragen, als wenn es Ihrem Glück dient. Dem weihe ich mich ganz und gar; von diesem Augenblicke an gebe ich mich Ihnen hin, und Sie sollen weder Reue noch

Weigerung von mir erfahren.« Mit dieser naiven oder überirdischen Unschuld lieferte sie mir ihre Person und ihre Reize aus und vermehrte sie mein Glück, indem sie es teilte. Der Rausch war auf beiden Seiten und vollständig; und zum erstenmal überlebte der meine das Vergnügen. Ich glitt aus ihrer Umarmung nur, um ihr zu Füßen zu sinken, um ihr ewige Liebe zu schwören; und ich muß alles gestehen: Ich dachte was ich sagte. Ja, selbst nachdem wir uns getrennt hatten, verließ mich der Gedanke an sie nicht, und es kostete mich einige Mühe, mich davon loszubringen.

Ach, warum sind Sie nicht hier, um den Reiz der Tat mit dem der Belohnung auszugleichen! Aber ich werde doch durch Warten nichts verlieren, nicht wahr? Und hoffentlich kann ich das glückliche Arrangement, das ich in meinem andern Brief Ihnen vorschlug, als abgemacht betrachten. Sie sehen, daß ich Wort halte; und meine Angelegenheiten werden, wie ich Ihnen verspreche, genügend fortgeschritten sein, so daß ich Ihnen einen Teil meiner Zeit schenken kann. Beeilen Sie sich also, Ihren öden Belleroche zu verabschieden, Ihren zuckersüßen Danceny zu entlassen, und beschäftigen Sie sich nur mit mir. Was treiben Sie denn überhaupt auf dem Lande, daß Sie mir nicht einmal antworten? Wissen Sie, daß ich Sie gern auszanken möchte? Aber das Glück macht nachsichtig. Und dann vergesse ich nicht, daß ich mich jetzt, wo ich mich wieder in die Zahl Ihrer Bewerber einreihe, von neuem Ihren kleinen Launen unterwerfen muß. Erinnern Sie sich aber daran, daß der neue Liebhaber nichts von den alten Rechten des Freundes verlieren will.

Adieu wie ehemals … Ja, adieu, mein Engel! Ich schicke Dir alle Küsse der Liebe.

P.S. Wissen Sie, daß Prévan nach Ablauf seines Monates Gefängnis sein Korps hat quittieren müssen? Ganz Paris spricht heute von der Neuigkeit. Der ist wirklich grausam für ein Unrecht bestraft, das er nicht begangen hat, und Ihr Erfolg ist vollständig.

Paris, den 29. Oktober 17..

127. Brief

Frau von Rosemonde an Frau von Tourvel.

Ich hätte Ihnen schon eher erwidert, mein liebenswürdiges Kind, wenn die Ermüdung durch meinen letzten Brief mir nicht wieder meine Schmerzen gebracht hätte, was mich all diese Tage hindurch von neuem am Gebrauch meines Armes hinderte. Ich hätte mich gern recht beeilt, Ihnen für die guten Nachrichten über meinen Neffen zu danken, und auch Ihnen aufrichtig Glück zu wünschen. Man ist da wirklich gezwungen, ein Eingreifen der Vorsehung zu erkennen, die dadurch, daß sie den einen berührte, den andern gerettet hat. Ja, meine liebe Schöne, Gott, der Sie nur prüfen wollte, ist Ihnen beigestanden im Augenblick, wo Ihre Kräfte erschöpft waren; und trotz Ihres leisen Murrens schulden Sie ihm, glaube ich, einigen Dank. Nicht als ob ich nicht fühlte, daß es Ihnen nicht angenehmer gewesen wäre, dieser Entschluß wäre Ihnen zuerst gekommen, und der Valmonts wäre nur davon die Folge gewesen; es scheint mir sogar selbst, daß, menschlich gesprochen, so die Rechte unseres Geschlechtes besser gewahrt worden wären, und wir wollen doch keins davon verlieren, nicht wahr? Aber was bedeuten diese kleinlichen Erwägungen gegenüber den wichtigen Dingen, die sich hier erfüllten? Klagt denn einer über die Mittel seiner Rettung, der sich aus einem Schiffbruch gerettet hat?

Sie werden sehr bald merken, meine liebe Tochter, daß die Schmerzen, die Sie befürchten, von selbst nachlassen werden; und wenn sie auch fortbestehen sollten, so würden Sie trotzdem fühlen, daß sie immer noch leichter zu ertragen sind, als die Gewissensbisse nach dem Verbrechen und die Selbstverachtung. Vergeblich hätte ich früher zu Ihnen mit dieser scheinbaren Strenge gesprochen. Die Liebe ist ein von nichts abhängiges Gefühl, das die Vorsicht zwar vermeiden, aber nicht besiegen kann, und das, einmal geboren, nur eines natürlichen Todes oder an Hoffnungslosigkeit stirbt. Sie befinden sich im letzten Fall, und das gibt mir den Mut und das Recht, Ihnen offen meine Meinung zu sagen. Es ist grausam, einen aufgegebenen Kranken zu erschrecken, der nur noch empfänglich ist für Tröstungen und Linderungsmittel; aber weise ist es, einen Genesenden über die Gefah-

ren aufzuklären, denen er entgangen ist, um ihm so die Vorsicht ein-
zuschärfen, deren er bedarf, Und den Gehorsam gegen die Ratschläge,
die er etwa noch nötig haben könnte. Da Sie mich zu Ihrer Ärztin
wählen, so spreche ich als Ärztin zu Ihnen und sage, daß die kleinen
Unpäßlichkeiten, an denen Sie gegenwärtig leiden und die vielleicht
ein paar Mittel verlangen, nicht sind im Vergleich mit der schrecklichen Krankheit, deren Heilung nun gesichert ist. Als Ihre Freundin,
als Freundin einer vernünftigen und tugendhaften Frau, möchte ich
dann noch hinzufügen, daß diese Leidenschaft, die Sie unterjocht hat,
und die schon an sich so unheilvoll war, es noch mehr wurde durch
ihren Gegenstand. Wenn ich glaube, was man mir sagt, so ist mein
Neffe, den ich, ich gestehe es, vielleicht mit einer Schwäche liebe, und
der wirklich viele lobenswerte und angenehme Eigenschaften besitzt,
weder ungefährlich für die Frauen, noch schuldlos ihnen gegenüber;
er legt fast ebensoviel Wert darauf, sie ins Unglück zu bringen, als sie
zu verführen. Ich glaube wohl, daß Sie ihn bekehrt hätten. Niemals
war eine Frau dessen würdiger; aber so viele andere haben sich
gleichfalls dessen geschmeichelt, und sich in der Hoffnung getäuscht,
daß es mir lieber ist, wenn Sie nicht darauf gewiesen sind.

Erwägen Sie jetzt, meine liebe Schöne, daß, anstatt so vielen Gefahren ausgesetzt zu sein, Sie nun außer Ihrer eigenen Ruhe und einem
guten Gewissen die Genugtuung haben werden, daß Sie die Hauptur-
sache der glücklichen Umkehr Valmonts gewesen sind. Für mich
zweifle ich nicht daran, daß dies zum großen Teil das Werk Ihres
tapferen Widerstandes ist, und daß ein Augenblick der Schwäche Ihrerseits meinen Neffen vielleicht in ewiger Wirrnis gelassen hätte. So
fasse ich es gern auf, und wünschte, auch Sie möchten es so auffassen;
Sie würden darin Ihren ersten Trost finden, und ich neue Gründe, Sie
noch mehr lieb zu haben.

Ich erwarte Sie in wenigen Tagen hier, meine liebe Tochter, wie Sie
es mir ankündigen. Kommen Sie, und finden Sie Ruhe und Glück an
demselben Orte wieder, wo Sie beides verloren haben; insbesondere
aber freuen Sie sich mit Ihrer zärtlichen Mutter darüber, daß Sie so
glücklich das Wort hielten, das Sie ihr gaben: nichts zu tun, was nicht
ihrer und Ihrer selbst würdig wäre!

Schloß …, den 30. Oktober 17..

128. Brief

Die Marquise von Merteuil an den Vicomte von Valmont.

Wenn ich, Vicomte, Ihren Brief vom 19. nicht beantwortet habe, so geschah das nicht deshalb, weil ich keine Zeit dazu hatte, sondern einfach nur deshalb, weil er mich in schlechte Laune versetzt hat und ich keinen Sinn in dem Brief fand. Ich glaube also, das beste sei, zu tun als wäre er nicht geschrieben. Da Sie aber darauf zurückkommen, Ihnen an den Gedanken, die er vorträgt, etwas zu liegen scheint, und Sie mein Stillschweigen als eine Zustimmung aufzufassen scheinen, muß ich Ihnen klar und deutlich meine Meinung sagen.

Ich habe vielleicht öfters den Anspruch erhoben, für mich allein einen ganzen Serail zu ersetzen, nie aber hat es mir behagt, zu einem zu gehören. Ich glaube, Sie wüßten das. Jetzt wenigstens, wo ich es Ihnen ausdrücklich sage, werden Sie sich leicht denken können, wie sehr lächerlich mir Ihr Vorschlag erscheinen muß. Was denn? Ich, ich sollte eine Neigung, und dazu noch eine neue opfern, um mich mit Ihnen zu beschäftigen? Und wie nur? Indem ich als unterwürfige Sklavin die erhabene Gunst Eurer Hoheit abwarte. Wenn Sie zum Beispiel für einen Augenblick eine Ablenkung von dem »unbekannten Zauber« brauchen, den »diese anbetungswürdige, diese himmlische« Frau von Tourvel allein Sie hat empfangen lassen, oder wenn Sie befürchten, bei der »anziehenden Cécile« die höhere Meinung zu gefährden, die Sie möchten, daß sie sie von Ihnen behält, – dann würden sie bis zu mir heruntersteigen und sich zwar weniger lebhafte, aber auch folgenlosere Freuden suchen; und Ihre kostbare Güte sollte, obschon etwas selten, zu meinem Glücke genügen. So haben Sie gedacht.

Gewiß, Sie haben eine reichlich hohe Meinung von sich selber: aber sicher ist meine Bescheidenheit nicht so reichlich, denn ich mag mich prüfen wie ich will, so tief finde ich mich noch nicht gesunken. Das ist vielleicht ein Fehler von mir; aber ich mache Sie darauf aufmerksam, ich habe noch andere.

Ich habe vor allen den Fehler zu glauben, daß der »Schuljunge«, der »zuckersüße« Danceny, der sich nur mit mir beschäftigt, und mir, ohne sich daraus ein Verdienst zu machen, eine erste Leidenschaft opfert, noch bevor sie befriedigt ist, und mich überhaupt liebt, wie man nur in seinem Alter liebt – ich glaube, dieser Danceny könne trotz seinen zwanzig Jahren mehr für mein Glück sein und tätiger für mein Vergnügen als Sie. Ich möchte mir sogar noch beizufügen erlauben, daß, sollte mir der Gedanke kommen, ihm einen Gehilfen zu geben, es Sie nicht wären, wenigstens nicht im Augenblick.

Sie fragen mich nach den Gründen? Erstens könnten überhaupt keine da sein: denn dieselbe Laune, die Sie bevorzugte, kann Sie doch auch wieder ausschließen, nicht wahr? Ich will Ihnen aber doch, aus Höflichkeit, meine Wünsche begründen. Mir scheint, Sie hätten mir zu viel zu opfern; und statt Ihnen dafür so dankbar zu sein, wie Sie unfehlbar erwarten würden, wäre ich imstande zu glauben, daß Sie mir noch Erkenntlichkeit schulden! Sie sehen, wir sind in unserer Denkungsart so weit voneinander entfernt, daß wir uns auf keine Weise nahe kommen können; und ich fürchte, ich werde sehr viel Zeit brauchen, aber schon sehr viel, um anderer Meinung zu werden. Wenn ich mich gebessert habe, verspreche ich Ihnen, es zu melden. Bis dahin, glauben Sie mir, treffen Sie andere Arrangements und behalten Ihre Küsse, die Sie anderswo viel besser anbringen können.

»Adieu, wie ehemals«, sagen Sie? Aber ehemals schienen Sie sich etwas mehr aus mir zu machen. Sie gaben mir nicht nur die dritten Rollen. Und besonders hatten Sie, bevor Sie meiner Zustimmung sicher waren, die Güte, zu warten, bis ich ja gesagt hatte. Finden Sie es als ganz in der Ordnung, daß ich, statt Ihnen adieu wie ehemals zu sagen, Ihnen adieu wie jetzt sage. Ihre Dienerin, Herr Vicomte.

Schloß …, den 31. Oktober 17..

129. Brief

Frau von Tourvel an Frau von Rosemonde.

Ich habe erst spät gestern Ihre Antwort erhalten, gnädige Frau, und hätte mir auf der Stelle das Leben genommen, wenn es noch mir gehörte. Aber ein anderer besitzt es; und dieser andere ist Herr von Valmont. Sie sehen, daß ich Ihnen nichts verhehle. Soll es sein, daß Sie mich Ihrer Freundschaft nicht mehr für würdig halten, so fürchte ich immer noch weniger sie zu verlieren, als sie zu erschleichen. Alles was ich Ihnen sagen kann, ist, daß ich, von Valmont vor die Wahl zwischen seinem Tode oder seinem Glück gestellt, ich mich für das letzte entschieden habe. Ich rühme mich dessen nicht, noch klage ich mich an: ich sage nur was ist.

Sie werden leicht nachfühlen, was nach all dem Ihr Brief für einen Eindruck auf mich gemacht haben muß, und alle die strengen Wahrheiten, die er enthält. Glauben Sie aber nicht, daß er Reue in mir wach werden ließ, noch daß er je in meinen Gefühlen und meinem Benehmen eine Änderung herbeiführen kann. Nicht, daß ich nicht grausame Momente hätte; aber wenn mein Herz ganz zerrissen ist, und wenn ich fürchte, meine Qual nicht länger ertragen zu können, da sage ich mir: Valmont ist glücklich, und alles verschwindet vor diesem Gedanken, oder vielmehr, er verwandelt alles in Freude.

Ich habe mich also Ihrem Neffen geweiht; für ihn bin ich ins Verderben gegangen. Um ihn gehen meine Gedanken, meine Gefühle, meine Handlungen. Solange mein Leben zu seinem Glück notwendig ist, wird es mir kostbar sein, und werde ich es für beglückt finden. Wenn er eines Tages anders darüber urteilt, wird er weder Klage noch Vorwürfe von mir hören. Ich habe meinen Blick schon auf diesen verhängnisvollen Augenblick zu richten gewagt, und mein Entschluß steht fest.

Sie sehen also, wie wenig mir die Furcht, die Sie zu haben scheinen, anhaben kann, nämlich, daß Herr von Valmont mich zugrunde richtet. Denn, bevor er dies wollte, wird er ja aufgehört haben, mich zu lieben, und was sind mir dann leere Vorwürfe, die ich nicht vernehmen werde? Er allein wird mein Richter sein. Da ich nur für ihn gelebt habe, so wird in ihm mein Gedächtnis ruhen; und ist er zu der Anerkennung gezwungen, daß ich ihn liebte, so werde ich genügend gerechtfertigt sein.

Nun haben Sie in meinem Herzen gelesen, gnädige Frau. Ich habe es vorgezogen, durch meine Offenheit Ihre Achtung zu verlieren, als durch die Lüge dieser Achtung unwürdig zu werden. Ich glaubte, Ihnen diese volle Offenheit für Ihre ehemalige Güte zu schulden. Jedes Wort mehr könnte Sie auf den Gedanken bringen, als sei ich stolz genug, noch auf Ihre Freundschaft zu rechnen, während ich mir im Gegenteil Gerechtigkeit widerfahren lasse, indem ich aufhöre, darauf Anspruch zu machen.

Ich bin achtungsvoll Ihre ganz ergebene und gehorsame Dienerin.

Paris, den 1. November 17..

130. Brief

Der Vicomte von Valmont an die Marquise von Merteuil.

Sagen Sie mir doch, meine schöne Freundin, woher kommt dieser höhnische bittere Ton in Ihrem letzten Brief? Was ist denn das für ein Verbrechen, das ich da ahnungslos begangen habe, und das Sie in solche schlechte Laune versetzt? Er sah aus, werfen Sie mir vor, als rechnete ich auf Ihre Einwilligung, bevor ich sie erhalten habe. Aber ich glaubte, daß das, was aller Welt als Dünkel erscheinen könnte, zwischen uns immer nur als Vertrauen aufgefaßt werden könne; und seit wann schadet denn dieses Gefühl der Freundschaft oder der Liebe? Wenn ich der Begierde die Hoffnung gesellte, so habe ich doch nur dem natürlichen Gefühle nachgegeben, das dieses ist, daß wir uns immer so nahe als möglich dem gesuchten Glück bringen; und Sie nahmen für einen Ausdruck des Stolzes, was nur Eifer war. Ich weiß sehr wohl, daß der allgemeine Brauch in einem solchen Fall einen respektvollen Zweifel eingeführt hat, aber Sie wissen wie ich, daß das nur eine bloße Form ist, etwas ganz Äußerliches, eine Konvention; und ich war, scheint mir, zu glauben berechtigt, daß solche kleinliche Vorsichtsmaßregeln unter uns nicht mehr nötig seien.

Es scheint mir sogar, daß dieses offene und aufrichtige Vorgehen, wenn es sich auf ein altes Verhältnis gründet, jener blöden Schmeichelei bei weitem vorzuziehen ist, die der Liebe doch so oft jeden Geschmack nimmt. Im übrigen kommt der Wert, den ich auf diese Art lege, vielleicht nur von dem Glücke her, an das sie mich erinnert; und aus eben dem Grunde wäre es mir noch peinlicher, wenn Sie es anders auffaßten.

Das ist aber auch das einzige Unrecht, dessen ich mir bewußt bin. Denn ich kann mir nicht denken, daß Sie ernstlich geglaubt haben sollten, es gäbe auf der Welt eine Frau, die mir begehrenswerter erscheint als Sie, und erst recht nicht, daß ich Ihren Wert so gering veranschlagen könnte, wie Sie zu glauben scheinen. Sie haben sich, schreiben Sie, daraufhin angesehen, und sich nicht so weit gesunken gefunden. Das glaube ich gern, und das beweist nur, daß Ihr Spiegel ehrlich ist. Aber hätten Sie nicht näherliegend und gerechter daraus schließen können, daß ich Sie sicher nicht so beurteilt habe?

Ich suche vergebens eine Ursache für diesen sonderbaren Einfall. Doch scheint mir, daß er mehr oder weniger mit dem Lobe zusammenhängt, das ich mir andern Frauen zu schenken erlaubt habe. So schließe ich wenigstens aus dem auffallenden Hervorheben der Wörter »anbetungswürdig«, »himmlisch«, »anziehend«, deren ich mich bediente, als ich Ihnen von Frau von Tourvel oder der kleinen Volanges sprach. Aber wissen Sie denn nicht, daß man diese Worte öfter zufällig als mit Überlegung wählt, und daß sie weniger das ausdrücken, was einem wirklich an einer Person liegt, als die Situation, in der der Sprechende sich befindet? Und wenn ich im selben Augenblicke, wo ich so lebhaft erregt war, von der einen oder der andern, Sie deshalb doch nicht weniger begehrte; wenn ich Ihnen deutlich den Vorzug vor den beiden gab, wo ich doch unsere früheren Beziehungen nur zum Schaden der beiden andern erneuern konnte, so verstehe ich nicht, daß das Anlaß zu so schweren Vorwürfen sein soll.

Es ist mir nicht weniger schwer, mich wegen des »unbekannten Zaubers« zu rechtfertigen, über den Sie ebenfalls etwas gereizt scheinen. Denn daraus, daß er unbekannt ist, folgt erstens nicht, daß er stärker ist. Was denn! Wer könnte die köstlichen Genüsse überbieten, die Sie allein und immer wieder neu und jedesmal stärker zu geben wissen! Ich wollte also nur sagen, daß jenes andere Vergnügen mir unbekannt und neu sei; ohne ihm damit einen Rang anzuweisen; und fügte hinzu, was ich heute wiederhole, daß, wie es auch immer sei, ich dagegen anzukämpfen wissen werde. Und ich werde das mit mehr Eifer betreiben, wenn ich diese leichte Mühe als eine Ihnen dargebrachte Huldigung ansehen darf.

Was die kleine Cécile betrifft, so halte ich es für recht unnütz, von ihr zu reden. Sie haben wohl nicht vergessen, daß ich auf Ihre Bitte hin das Kind übernommen habe, und ich warte nur, daß Sie mir Urlaub geben, und ich entledige mich der Kleinen. Es konnte mir vielleicht ihre Naivität und Frische aufgefallen sein, vielleicht habe ich sie sogar einen Augenblick lang für »anziehend« gehalten, weil man sich doch mehr oder weniger immer etwas in seinem Werke gefällt; aber das ist sicher, sie hat in keiner Weise genügend handfeste Haltbarkeit, daß sie irgendwie fesseln könnte.

Und nun, meine schöne Freundin, rufe ich Ihre Gerechtigkeit an, Ihre frühere Güte gegen mich, die lange und vollkommene Freundschaft, das volle Vertrauen, das seither unsere Beziehungen immer enger geknüpft hat – habe ich, diesen strengen Ton verdient, den Sie gegen mich anschlagen? Wie leicht Sie mich aber dafür entschädigen können, wenn Sie nur wollen! Sagen Sie nur ein Wort und Sie werden sehen, ob mich alle Reize und Fesseln hier zurückhalten werden, für einen Tag, nein, für eine Minute! Ich werde in Ihre Arme und vor Ihre Füße fliegen und es Ihnen tausendmal und auf tausend Arten beweisen, daß Sie es sind und immer sein werden, die wahrhaft die Herrin über mein Herz ist.

Adieu, meine schöne Freundin; ich erwarte mit Ungeduld Ihre Antwort.

Paris, den 3. November 17..

131. Brief

Frau von Rosemonde an Frau von Tourvel.

Und warum, meine liebe Schöne, wollen Sie nicht mehr meine Tochter sein? Warum künden Sie mir an, daß unser Briefwechsel abgebrochen werden soll? Ist es etwas, um mich dafür zu strafen, daß ich nicht erraten habe, was gegen jede Wahrscheinlichkeit war? Oder haben Sie mich im Verdacht, ich hätte Sie absichtlich gekränkt? Nein, ich kenne Ihr Herz zu gut, um zu glauben, es dächte so von dem meinigen. So geht denn auch der Schmerz, den mir Ihr Brief bereitet hat, mehr Sie als mich selbst an.

O, meine junge Freundin! Ich sage es Ihnen mit Schmerz, aber Sie sind viel zu wertvoll, als daß die Liebe Sie je glücklich machen könnte. Denn, welche wirklich fein empfindende Frau hat nicht Mißgeschick in eben dem Gefühl gefunden, das ihr so viel Glück versprach! Wissen denn die Männer die Frau, die sie besitzen, zu schätzen? Nicht, daß nicht viele ehrbar wären und beständig in ihren Neigungen: aber selbst unter denen, wie wenige verstehen es, sich mit unserem Herzen in Einklang zu setzen! Glauben Sie nicht, mein liebes Kind, daß ihre Liebe der unseren gleicht. Sie empfinden wohl denselben Rausch, oft sogar mit noch größerer Heftigkeit, aber sie kennen diese Unruhe nicht, nicht diese bekümmerte Sorge, die in uns diese zärtlichen und fortgesetzten Aufmerksamkeiten hervorruft, und deren einziges Ziel immer der geliebte Mann ist. Der Mann genießt das Glück, das er empfindet, und die Frau das, das sie verschafft. Dieser so wesentliche und so wenig bemerkte Unterschied beeinflußt auf deutlich empfindbare Art das ganze Verhalten der beiden zueinander. Das Vergnügen des einen ist, seine Begierden zu befriedigen, das der andern ist vor allem, sie hervorzurufen. Zu gefallen ist für ihn nur ein Mittel zum Erfolg; während es für die Frau der Erfolg selber ist. Und die Koketterie, die man den Frauen so oft vorwirft, ist nichts anderes als der Mißbrauch dieser Empfindungsweise und beweist gerade deren Vorhandensein. Und schließlich ist dieser ausschließliche Geschmack an einem Wesen, der besonders die Liebe charakterisiert, beim Manne nur eine Vorliebe, dazu meistens nur geeignet, sein Vergnügen zu vergrößern, das ein anderer Gegenstand vielleicht schwächen, aber nicht zerstören würde. Bei den Frauen aber ist dieser Geschmack ein tiefes Gefühl, das nicht nur alle fremde Begierde vernichtet, sondern das, stärker als die Natur und ganz ihrer Herrschaft entzogen, sie nur Widerwillen und Abscheu sogar dort empfinden läßt, wo scheinbar Wollust vorhanden sein müßte.

Glauben Sie nicht, daß mehr oder weniger Ausnahmen, die man anführen kann, diesen allgemeinen Wahrheiten entgegengehalten werden können! Diese Wahrheiten haben als Bürge die öffentliche Meinung, die nur für die Männer Untreue von Unbeständigkeit unterscheidet: eine Unterscheidung, aus der sie Vorteil ziehen, statt daß sie sich davon gedemütigt fühlen. Bei unserem Geschlecht ist sie nur bei den verderbten Frauen in Aufnahme gekommen, die auch die Schande des Geschlechts und denen alle Mittel gleich gut sind, wenn sie ihnen nur die Hoffnung geben, sie könnten dem peinlichen Gefühl ihrer Niedrigkeit dadurch entgehen.

Ich dachte, meine liebe Schöne, es könnte Ihnen vielleicht nützlich sein, wenn Sie diese Betrachtungen der Chimäre vom vollkommenen Glück entgegenzuhalten hätten, womit die Liebe immer unsere Phantasie betrügt. Trügerische Hoffnung, an die man sich selbst dann noch hängt, wenn man sich gezwungen sieht sie aufzugeben, und deren Verlust den von einer echten Leidenschaft untrennbaren Schmerz noch reizt und vermehrt. Diese Aufgabe, Ihre Leiden zu lindern, oder einige zu verhüten, ist die einzige, die ich jetzt haben will und kann. Bei Krankheiten, die nicht zu heilen sind, können Ratschläge nur noch auf die Lebensweise sich beziehen. Was ich nur von Ihnen verlange ist, Sie möchten bedenken, daß einen Kranken bedauern, nicht ihm

Vorwürfe machen heißt. Wer sind wir denn, daß wir einander Vorwürfe machen dürften! Überlassen wir das Recht zu richten dem, der in unserem Herzen liest; und ich wage selbst zu glauben, daß in seinen väterlichen Augen eine Menge Tugenden eine Schwäche gut machen können.

Aber ich flehe Sie an, meine liebe Freundin, wehren Sie sich vor allem gegen gewaltsame Entschließungen, die weniger Kraft als gänzliche Entmutigung verraten. Vergessen Sie nicht, daß Sie, als Sie einen andern zum Eigentümer Ihres Daseins machten, – um mich Ihres Ausdruckes zu bedienen, – doch Ihre Freunde nicht um das bringen können, was sie schon vorher besessen, und das sie unaufhörlich zurückfordern werden.

Gott mit Ihnen, meine liebe Tochter; gedenken Sie zuweilen Ihrer zärtlichen Mutter und glauben Sie mir, daß Sie immer und über alles der Gegenstand ihrer liebsten Gedanken sein werden.

Schloß …, den 4. November 17..

132. Brief

Die Marquise von Merteuil an den Vicomte von Valmont.

Gott sei Dank, Vicomte, dieses Mal bin ich zufriedener mit Ihnen als das letztemal; jetzt aber plaudern wir auch wie zwei gute Freunde miteinander, und ich hoffe Sie zu überzeugen, daß für Sie wie für mich das Abkommen, das Sie zu wünschen scheinen, eine ausgemachte Dummheit wäre.

Haben Sie noch nicht bemerkt, daß das Vergnügen, das zwar in Wirklichkeit die einzige bewegende Kraft zwei Leute verschiedenen Geschlechtes zusammenzubringen ist, doch nicht genügt, um eine Verbindung zwischen ihnen herzustellen? Und daß ihm die zusammentreibende Begierde vorausgeht, ihm aber auch ebenso der voneinander stoßende Ekel folgt? Das ist ein Naturgesetz, das allein die Liebe abändern kann; und hat man denn Liebe, wenn man möchte? Man braucht aber doch immer welche; und da wäre man wirklich arg genarrt, hätte man nicht bemerkt, daß es glücklicherweise genügt, wenn sie auf einer Seite da ist. Die Schwierigkeit ist dadurch zur Hälfte geringer geworden, und selbst ohne daß dadurch viel verloren worden wäre. Denn der eine genießt das Glück zu lieben, der andere das zu gefallen, das ja allerdings etwas weniger lebhaft ist, dem sich aber das Vergnügen, jemanden zu täuschen, beigesellt, was wieder das Gleichgewicht herstellt; und so kommt alles in Ordnung.

Nun sagen Sie mir, Vicomte, wer von uns beiden wird es übernehmen, den andern zu täuschen? Sie kennen doch die Geschichte von den beiden Spitzbuben, die sich beim Spiele erkannten: »Wir können uns nichts tun«, sagten sie zueinander, »zahlen wir jeder das halbe Kartengeld«, und sie gaben die Partie auf. Folgen wir diesem Beispiel der Vorsicht, lieber Vicomte, und verlieren wir zusammen nicht die Zeit, die wir so gut anderswo verwenden können, nicht wahr?

Um Ihnen zu beweisen, daß mich hierin Ihr Interesse ebenso sehr bestimmt wie das meine, und daß ich weder aus Verstimmung noch aus Kaprize handele, verweigere ich Ihnen den zwischen uns vereinbarten Lohn nicht. Ich bin mir äußerst klar darüber, daß wir uns für eine einzige Nacht reichlich genügen werden, und ich zweifle sogar nicht einmal daran, daß wir sie genügend schön verleben werden, um sie nur mit Bedauern enden zu sehen. Wir dürfen nur nicht vergessen, daß dieses Bedauern für das Glück nötig ist; wie dann auch unsere Selbsttäuschung sein wird, wir wollen von ihr doch nicht glauben, daß sie von Dauer sein könnte.

Ich halte was ich versprach, und das, bevor Sie noch Ihren Verpflichtungen mir gegenüber nachgekommen wären. Denn ich sollte ja den ersten Brief der himmlischen Spröden erhalten; aber ob Sie nun noch an ihr hängen, oder ob Sie die Bedingungen eines Paktes vergessen haben, der Sie vielleicht weniger interessiert, als Sie mich glauben machen wollen, – ich habe nichts erhalten, absolut nichts. Ich täusche mich nicht, wenn ich annehme, daß die zärtliche Betschwester viel schreibt; was sonst sollte sie denn tun, wenn sie allein ist? Sie hat doch sicher nicht den guten Einfall, sich zu zerstreuen. Ich hätte demnach, wenn ich wollte, Ihnen ein paar kleine Vorwürfe zu machen, aber ich schweige, als Entschädigung für das bißchen schlechte Laune, das ich vielleicht im letzten Briefe gezeigt habe.

Jetzt, Vicomte, bleibt mir nur noch eine kleine Bitte, die ich ebenso für Sie wie für mich stelle: daß Sie nämlich den Augenblick noch etwas hinausschieben, den ich vielleicht ebenso sehr ersehne wie Sie, aber für den mir der Zeitpunkt bis zu meiner Rückkehr in die Stadt zu verschieben gut scheint. Einerseits hätten wir hier die nötige Freiheit nicht; und andererseits wäre es für mich etwas riskant; denn es bedürfte nur eines bißchen Eifersucht, um mir diesen traurigen Belleroche wieder fester zu attachieren, und er hängt doch nur noch an einem Faden. Er steht schon Kopf, um mich noch lieben zu können; dermaßen, daß ich jetzt ebensoviel Vorsicht wie Bosheit in die Liebkosungen lege, mit denen ich ihn überhäufe. Aber gleichzeitig sehen Sie, daß ich Ihnen da kein Opfer zu bringen hätte! Eine gegenseitige Untreue wird einen viel mächtigeren Reiz verschaffen.

Wissen Sie, manchmal bedaure ich, daß wir jetzt zu solchen Auskunftsmitteln greifen müssen! In der Zeit, da wir uns noch liebten, denn ich glaube, Liebe war es, da war ich glücklich; und Sie, Vicomte? … Aber warum sich noch mit einem Glück beschäftigen, das nicht wiederkommen kann? Nein, was Sie auch sagen mögen, eine Wiederkehr ist unmöglich. Erstens würde ich Opfer verlangen, die Sie sicher weder bringen könnten noch wollten, und die ich vielleicht auch nicht verdiene; und dann, wie soll ich Sie festhalten? O nein, lieber nicht daran denken! und trotz dem Vergnügen, das mir im Augenblick der Brief an Sie macht, will ich Sie doch lieber schnell verlassen. Adieu!

Schloß …, den 6. November 17..

133. Brief

Frau von Tourvel an Frau von Rosemonde.

Durchdrungen, gnädige Frau, von Ihrer Güte für mich, würde ich mich ihr ganz hingeben, wäre ich nicht durch eine Art Furcht zurückgehalten, sie zu entweihen, wenn ich sie annähme. Warum muß ich, wo ich doch den Wert Ihrer Güte ganz erkenne, doch gleichzeitig fühlen, daß ich ihrer nicht mehr würdig bin? Ach! Ich darf Ihnen wenigstens meine Dankbarkeit dafür bezeugen, und will ganz besonders diese Nachsicht der Tugend bewundern, die von unseren Schwächen nur weiß, um sie zu bemitleiden, und dessen mächtiger Zauber eine so sanfte und starke Macht über die Herzen bewahrt, selbst neben dem Zauber der Liebe.

Aber kann ich denn eine Freundschaft noch verdienen, die mir zu meinem Glück nicht mehr genug ist? Ich sage dasselbe von Ihren Ratschlägen; ich fühle ihren Wert und kann sie nicht befolgen. Und wie sollte ich nicht an ein vollkommenes Glück glauben, da ich es in diesem Augenblick erlebe? Ja, wenn die Männer so sind, wie Sie sie schildern, muß man sie fliehen, denn dann sind sie hassenswert; aber wie weit entfernt ist dann Valmont, ihnen zu gleichen! Wenn er wie sie diese Heftigkeit der Leidenschaft hat, was Sie Ungestüm nennen, um wie vieles ist sie bei ihm nicht durch ein Übermaß von Zartheit übertroffen! O meine Freundin, Sie sprechen davon, daß Sie die Schmerzen mit mir teilen wollen; freuen Sie sich doch über mein Glück! Ich schulde es der Liebe, und um wie viel mehr wert wird es noch durch den Gegenstand dieser Liebe! Sie lieben, sagen Sie, Ihren Neffen, vielleicht mit Schwäche. Ach, wenn Sie ihn kennten wie ich!

Ich liebe ihn abgöttisch, und immer noch weniger als er es verdient. Er mag sich zweifellos zu einigen Irrtümern haben hinreißen lassen, er gibt es selbst zu; wer aber hat je die wahre Liebe so gekannt wie er? Was kann ich Ihnen denn noch mehr sagen? Er empfindet sie so wie er sie eingibt.

Sie werden sagen, das sei »eine dieser Chimären, womit die Liebe nie verfehlt, unsere Phantasie zu täuschen«. Aber wenn es so der Fall wäre, warum wäre er dann zärtlicher und aufmerksamer geworden, seitdem er nichts mehr zu erreichen hat? Ich will bekennen, früher fand ich manchmal Überlegtes an ihm, eine gewisse Zurückhaltung, die ihn selten verließ, und die mich oft gegen meinen Willen wieder auf die falschen Vorstellungen brachte, die man mir von ihm beigebracht hatte. Seit er sich aber ohne Zwang dem Zuge seines Herzens überlassen kann, scheint er alle meine Wünsche zu erraten. Wer weiß, ob wir nicht füreinander geboren sind! Ob dieses Glück nicht mir vorbehalten war, für das seine nötig zu sein! Ach! Und wenn es eine Täuschung ist, dann möchte ich sterben, bevor sie aufhört. Doch nein, ich will leben, um ihn zu lieben, um ihn anzubeten. Warum sollte er aufhören, mich zu lieben? Welch andere Frau würde er glücklicher machen als mich? Und, ich fühle das an mir selbst, dieses Glück, das man hervorruft, ist das stärkste Band, das einzige, wirklich haltbare. Ja, dieses köstliche Gefühl veredelt die Liebe, reinigt sie gewissermaßen und macht sie einer zärtlichen und großmütigen Seele wahrhaft würdig, wie der Valmonts.

Adieu, meine liebe, meine verehrungswürdige, meine nachsichtige Freundin. Ich würde vergeblich versuchen, Ihnen noch mehr zu schreiben; die Stunde ist da, wo er zu kommen versprochen hat, und

jeder andere Gedanke verläßt mich. Verzeihen Sie! Aber Sie wollen
mein Glück, und dies ist in diesem Augenblick so groß, daß ich ihm
kaum genüge.

Paris, den 7. November 17..

134. Brief

Der Vicomte von Valmont an die Marquise von Merteuil.

Was sind denn das für Opfer, meine schöne Freundin, von denen Sie
glauben, ich würde sie nicht bringen und deren Lohn doch wäre, Ihnen
zu gefallen? Lassen Sie mich sie wenigstens wissen, und wenn ich sie
Ihnen zu bringen zögere, will ich's erlauben, daß Sie sie zurückweisen.
Und was für eine Meinung haben Sie denn seit einiger Zeit von mir,
wenn Sie selbst in nachsichtiger Stimmung an meinen Gefühlen oder
meiner Energie zweifeln? Opfer, die ich nicht bringen möchte oder
könnte! So halten Sie mich also für verliebt, für unterworfen? Auf den
Erfolg habe ich doch nur Wert gelegt, und Sie verdächtigen mich, ich
legte ihn auf die Person! Dank dem Himmel bin ich noch nicht so
heruntergekommen, und ich erbiete mich, es Ihnen zu beweisen. Und
ich werde es Ihnen beweisen, und sollte es selbst gegen Frau von
Tourvel sein. Danach kann Ihnen sicher kein Zweifel mehr bleiben.

Ich durfte, glaube ich, ohne mir eine Blöße zu geben, einige Zeit
einer Frau widmen, die wenigstens das Verdienst hat, von einer Art
zu sein, die man selten trifft. Vielleicht ist auch die tote Saison daran
schuld, in die dieses Abenteuer fällt, und hat sie mich zu mehr Hingabe
veranlaßt; und auch jetzt noch, wo kaum der große Strom rückfließt,
ist es nicht verwunderlich, daß es mich noch ganz beschäftigt. Aber
bedenken Sie doch, daß ich erst seit acht Tagen die Frucht meiner
dreimonatlichen Mühe genieße. Ich habe mich so oft länger bei
Abenteuern aufgehalten, die weniger wert waren und mich nicht so
viel gekostet hatten, … und nie haben Sie daraus etwas gegen mich
geschlossen.

Und dann, wollen Sie den wahren Grund meines Eifers wissen?
Nämlich: Diese Frau ist von Natur schüchtern; in der ersten Zeit
zweifelte sie fortwährend an ihrem Glück, und dieser Zweifel genügte,
sie zu verwirren: so daß ich kaum erst anfange, mich zu vergewissern,

wie weit in der Hinsicht meine Macht geht. Das war aber doch was, worauf ich sehr neugierig war; und die Gelegenheit, es herauszukriegen, findet sich nicht so oft wie man glaubt.

Erstens besteht für viele Frauen das Vergnügen immer im Vergnügen und nur darin; und bei denen sind wir, mit was für Titel man immer auch uns aufputzt, doch nur so Geschäftsbesorger, einfache Dienstmänner, deren ganzes Verdienst ihre Tätigkeit ist, und unter denen der, welcher am meisten leistet, immer auch der ist, der es am besten leistet.

In einer andern Klasse, heute vielleicht der zahlreichsten, beschäftigt die Frauen fast ganz die Berühmtheit des Geliebten, das Vergnügen, ihn einer Rivalin weggenommen zu haben, die Furcht, daß er ihr wieder ihrerseits weggenommen wird. Wir sind ja eben noch, mehr oder weniger, beteiligt bei der Art von Glück, das sie genießen, aber es kommt mehr von den Umständen als von der Person. Das Glück kommt ihnen durch uns und nicht von uns.

Ich mußte demnach für meine Beobachtung eine zartfühlende, feinempfindende Frau finden, die aus der Liebe ihr alles macht und in der Liebe wieder nur den Geliebten sah; deren Empfindungen fern von dem gewöhnlichen Weg gingen, sondern immer vom Herzen aus zu den Sinnen gelangten; die ich zum Beispiel – und ich spreche nicht vom ersten Tage – aus der Lust ganz in entsetzten Tränen auftauchen sah, und die im nächsten Augenblick darauf ganz wieder ihre Sinnlichkeit wiederfand in einem Wort, das zu ihrer Seele sprach. Dann mußte sie auch noch die volle natürliche Keuschheit in sich tragen, die unübersteiglich durch die Gewohnheit, sich ihr hinzugeben, geworden, ihr nicht erlaubte, auch nur ein Gefühl ihres Herzens zu verhehlen. So werden Sie zugeben, daß solche Frauen eine Seltenheit sind; und ich glaube, daß ich außer dieser nie eine andere getroffen hätte. Es wäre also nicht erstaunlich, wenn sie mich etwas länger festhielte als eine andere. Und wenn ich, was ich mit ihr vorhabe, erlangt habe, daß ich sie glücklich, ganz glücklich mache, warum sollte ich mich dem entziehen, zumal wenn das mir erwünscht kommt, statt unerwünscht? Aber daraus, daß der Geist beschäftigt ist, folgt doch nicht, daß das Herz Sklave ist? Doch sicher nicht. Deshalb wird der Wert, den ich zugegebenermaßen auf dieses Abenteuer lege, mich nicht hindern, auf andere auszugehen oder es angenehmeren zu opfern.

Ich bin so frei, daß ich nicht einmal die kleine Volanges vernachlässigte, an der mir doch so wenig liegt. Ihre Mutter bringt sie in drei

Tagen wieder in die Stadt; und ich habe seit gestern meine Verbindungen mit ihr gesichert. Etwas Geld für den Türhüter, und ein paar Blumen für dessen Frau erledigten die Sache. Begreifen Sie es, daß Danceny dieses so einfache Mittel nicht gefunden hat? Und da sagt man, daß die Liebe erfinderisch macht! Blöd und dumm macht sie vielmehr, wen sie beherrscht. Und ich sollte mich ihrer nicht zu erwehren wissen! O, beruhigen Sie sich. Schon in einigen Tagen werde ich den vielleicht zu starken Eindruck, den ich erlitten habe, dadurch schwächen, daß ich ihn teile; und wenn eine einfache Teilung nicht genügt, so vervielfältige ich sie.

Ich werde nichtsdestoweniger bereit sein, die junge Pensionärin ihrem so heimlichen Geliebten zuzuführen, sobald Sie es für geeignet erachten. Es scheint mir, daß Sie keinen Grund mehr haben, ihn länger daran zu hindern; und ich will gerne dem armen Danceny diesen großen Dienst erweisen. Es ist wirklich das geringste, das ich ihm für alle die schulde, die er mir erwiesen hat. Er befindet sich gegenwärtig in großer Unruhe darüber, ob er von Frau von Volanges empfangen werden wird oder nicht. Ich beruhige ihn so gut ich kann mit der Versicherung, ich würde auf diese oder jene Art am ersten geeigneten Tag sein Glück machen, und fahre inzwischen fort, mich des Briefwechsels anzunehmen, den er bei Ankunft »seiner Cécile« wieder anfangen will. Ich besitze schon sechs Briefe von ihm, und werde sicher noch einen oder zwei vor diesem frohen Tag bekommen. Der Junge muß sehr wenig zu tun haben.

Aber lassen wir dieses kindliche Paar und kommen wir auf uns zurück. Ich möchte mich einzig mit der süßen Hoffnung beschäftigen, die mir Ihr Brief gegeben hat. Ja, zweifellos werden Sie mich festhalten, und ich würde Ihnen nicht verzeihen, wenn Sie daran zweifelten. Habe ich denn je in der Beständigkeit gegen Sie nachgelassen? Die Bande zwischen uns sind gelockert, aber nicht zerrissen. Unser vorgeblicher Bruch war nur ein Irrtum unserer Einbildung; unsere Gefühle, unsere Interessen sind deshalb nicht weniger eins geblieben. Gleich dem Reisenden, der enttäuscht heimkommt, sehe ich, daß ich das Glück verlassen habe, um nach der Hoffnung zu jagen. Bekämpfen Sie jetzt nicht mehr den Einfall oder vielmehr das Gefühl, das Sie zu mir zurückbringt; und nachdem wir alle Freuden auf unseren verschiedenen Fahrten genossen haben, wollen wir das Glück genießen, zu fühlen, daß keine unter ihnen mit der zu vergleichen ist, die wir um so köstlicher wiederfinden werden!

Adieu, meine bezaubernde Freundin. Ich willige ein, Ihre Rückkunft abzuwarten, aber beschleunigen Sie sie doch und vergessen Sie nicht, wie sehr ich sie ersehne.

Paris, den 8. November 17..

135. Brief

Die Marquise von Merteuil an den Vicomte von Valmont.

Wirklich, Vicomte, Sie sind wie die Kinder, vor denen man nichts sagen darf und denen man nichts zeigen kann, ohne daß sie es gleich haben wollen! Ein einfacher Gedanke, der mir kommt, und bei dem ich mich, ich sagte es Ihnen auch noch, nicht aufhalten will, wenn ich auch mit Ihnen davon spreche, – den mißbrauchen Sie, um darauf meinen Willen hinzulenken, mich darauf festzulegen, während ich davon loszukommen suche; und machen, daß ich gewissermaßen gegen meinen Willen Ihre törichten Wünsche teile! Ist es denn vornehm von Ihnen, mich allein die ganze Last der Vorsicht tragen zu lassen? Ich sage es Ihnen nochmals, und wiederhole es mir noch öfter, die Einrichtung, die Sie mir vorschlagen, ist ganz unmöglich. Wenn Sie auch den ganzen Edelmut dabei betätigten, den Sie mir in diesem Moment zu erkennen geben, glauben Sie denn, daß ich nicht auch mein Zartgefühl habe, und daß ich Opfer annehmen wollte, die Ihrem Glücke schaden?

Ist es denn wahr, Vicomte, daß Sie sich über das Gefühl, das Sie an Frau von Tourvel knüpft, Täuschungen machen? Das ist Liebe, oder es hat nie welche gegeben! Sie leugnen sie zwar auf hundert Arten, beweisen sie aber auf tausend. Was sind denn zum Beispiel das für Ausflüchte, die Sie sich selbst gegenüber gebrauchen (denn Sie sind, glaube ich, mir gegenüber aufrichtig), Sie schreiben der Lust an der Beobachtung den Wunsch zu, den Sie weder verbergen noch unterdrücken können: diese Frau zu behalten. Sollte man nicht glauben, daß Sie nie eine andere Frau glücklich gemacht haben, vollkommen glücklich? Ach, wenn Sie daran zweifeln, dann haben Sie sehr wenig Gedächtnis! Aber nein, das ist es nicht. Ihr Herz hintergeht ganz einfach Ihren Geist, und läßt ihn mit faulen Gründen sich zufrieden geben. Ich aber, die ich ein großes Interesse daran habe, mich hier nicht zu irren, bin nicht so leicht zu befriedigen.

So habe ich ja wohl Ihre bedachte Höflichkeit bemerkt, und daß Sie alle Worte sorgsam unterdrückten, von denen Sie gedacht haben, sie hätten mir mißfallen. Ich habe aber doch gesehen, daß Sie, ohne daß Sie es selbst bemerkten, darum doch noch dieselben Gedanken darüber hegten. Gewiß: es ist nicht mehr die anbetungswürdige, die himmlische Frau von Tourvel, aber es ist eine »erstaunliche« Frau, eine »zartfühlende und feinempfindende Frau«, eine Frau, daß man »von ihrer Art keine zweite trifft«. Und ebenso ist es mit dem unbekannten Reiz, der nicht der »stärkste« ist. Gut, mag sein; da Sie ihn aber bis jetzt noch nie gefunden hatten, ist es wohl sehr glaubhaft, daß Sie ihn in Zukunft ebensowenig finden würden, und der Verlust, der Ihnen dadurch entstände, wäre darum nicht weniger unersetzlich. Das sind, Vicomte, entweder sichere Symptome von Liebe, oder man muß darauf verzichten, je eines finden zu wollen.

Seien Sie versichert, daß ich dieses Mal ohne Verstimmung zu Ihnen spreche. Ich habe mir geschworen, mich keiner mehr hinzugeben; ich habe nur zu gut eingesehen, daß Verstimmungen zu gefährlichen Fallen werden können. Glauben Sie mir, seien wir nichts als gute Freunde, und lassen wir's dabei. Sie sollten mir Dank für den Mut wissen, womit ich mich verteidige. Ja, Mut; denn man braucht ihn manchmal, sei es auch nur, um nicht einen Entschluß zu treffen, von dem man fühlt, daß er schlecht ist.

Es ist also nur noch, um Sie durch Überredung zu meiner Ansicht zu bekehren, daß ich auf Ihre Frage betreffs der Opfer antworte, aber die ich beanspruchen würde und die Sie mir nicht würden bringen können. Ich gebrauche absichtlich das Wort »beanspruchen«, weil ich weiß, daß Sie mich sofort anspruchsvoll finden werden. Aber um so besser! Weit entfernt, mich über Ihre Weigerung zu ärgern, werde ich Ihnen, sogar dafür danken. Schauen Sie, Ihnen gegenüber will ich doch nicht heucheln – das hab' ich wirklich nicht nötig.

Ich würde also beanspruchen – sehen Sie die Grausamkeit! – daß diese seltene, diese erstaunliche Frau von Tourvel nichts anderes als eine gewöhnliche Frau sein sollte, eine Frau, wie sie eben eine ist; denn darüber darf man sich nicht täuschen: dieser Zauber, den man in den andern zu finden glaubt, liegt nur in uns selbst, und es ist nur die Liebe, die den geliebten Gegenstand so sehr verschönt. So unmöglich auch ist, was ich da von Ihnen verlange, würden Sie vielleicht doch einen Versuch machen, es mir versprechen, ja selbst schwören; aber ich gestehe: leeren Reden würde ich nicht glauben. Es könnte mich nur Ihr ganzes Verhalten überzeugen.

Das ist aber noch nicht alles; ich wäre launenhaft. An dem Opfer der kleinen Cécile, das Sie mir so freundlich anbieten, wäre mir doch gar nichts gelegen. Ich würde im Gegenteil sogar verlangen, diesen mühevollen Dienst weiter zu besorgen bis auf weitere Befehle von mir, sei es, daß mir auf diese Weise meine Macht zu mißbrauchen gefiele; sei es, daß ich nachgiebiger oder gerechter mich damit begnügte, über Ihre Gefühle zu verfügen, ohne Ihr Vergnügen stören zu wollen. Wie auch immer, ich würde Gehorsam verlangen, und meine Befehle würden streng sein.

Es ist ja wahr, daß ich mich dann verpflichtet fühlen würde, Ihnen zu danken, vielleicht sogar, kann man's wissen? Sie zu belohnen. Sicher würde ich diese Abwesenheit abkürzen, die mir unausstehlich werden würde. Ich würde Sie endlich wiedersehen, Vicomte, ich würde – Sie wiedersehen … wie? … Aber Sie vergessen doch nicht, daß das nur ein Gespräch ist, die bloße Erzählung eines unausführbaren Planes, und ich will nicht die einzige sein, die es vergißt …

Wissen Sie, daß mein Prozeß mich ein wenig beunruhigt? Ich wollte endlich aufs genaueste wissen, welches Mittel ich in der Hand habe; meine Advokaten kommen mir wohl mit ein paar Gesetzen und besonders mit vielen »Autoritäten«, wie sie sie nennen, aber ich kann weder viel Vernunft noch viel Gerechtigkeit darin erkennen. Ich bin fast so weit, es zu bereuen, den Ausgleich abgelehnt zu haben. Indes beruhige ich mich mit dem Gedanken, daß der Prokurator geschickt, der Advokat beredt und die Prozeßführerin hübsch ist. Wenn diese drei Mittel nichts mehr gelten sollten, müßte man den ganzen Prozeßgang ändern, und was würde dann aus dem Respekt vor den alten Gebräuchen!

Dieser Prozeß ist das einzige, was mich hier zurückhält. Der des Belleroche ist beendet: vom Gericht erledigt, Unkosten vergütet … Der Herr ist schon so weit, sich nach dem Ball heute abend zu sehnen – die richtige Sehnsucht eines Unbeschäftigten! Er hat seine ganze Freiheit – wieder nach meiner Rückkehr in die Stadt. Ich bringe ihm dieses schmerzhafte Opfer und tröste mich mit der Hochherzigkeit, die er darin findet. Adieu, Vicomte, schreiben Sie mir oft; das Detail Ihrer Freuden wird mich einigermaßen entschädigen für die Langeweile und den Ärger, den ich hier habe.

Schloß …, den 11. November 17..

136. Brief

Frau von Tourvel an Frau von Rosemonde.

Ich versuche Ihnen zu schreiben, ohne zu wissen, ob ich es können werde. Ach Gott, wenn ich bedenke, daß es bei meinem letzten Brief das Übermaß von Glück war, das mich am Weiterschreiben hinderte! Jetzt drückt mich ein Übermaß von Verzweiflung nieder, das mir nur noch Kraft läßt, um meine Schmerzen zu fühlen, und mir die, sie auszudrücken, nimmt.

Valmont – Valmont liebt mich nicht mehr, hat mich nie geliebt. So schwindet die Liebe nicht. Er betrügt mich, verrät und beschimpft mich. Alles, was man erleben kann an Unglück und Erniedrigungen, die erlebe ich jetzt und sie kommen von ihm, von ihm!

Glauben Sie nicht, daß sei bloß ein Verdacht – ich war so weit von Verdacht! Ich habe das Glück nicht, zweifeln zu dürfen. Ich habe es gesehen; was kann er mir zu seiner Rechtfertigung sagen? … Aber was liegt ihm daran! Er wird es ja nicht einmal versuchen … Unglückliche! was werden deine Vorwürfe und Tränen ihm sein? Er kümmert sich gerade um dich! …

Es ist also wahr, er hat mich geopfert, ausgeliefert sogar … und wem? … Einem gemeinen Geschöpf … Aber was sage ich? Ach, ich habe sogar das Recht, sie zu verachten, verloren. Sie hat weniger Pflichten verraten als ich, sie ist weniger schuldig als ich. O! Wie der Schmerz weh tut, wenn er auf Reue beruht! Ich fühle meine Qualen sich verdoppeln. Adieu, meine liebe Freundin; so unwürdig ich mich auch Ihres Mitleids gemacht habe, Sie werden doch welches mit mir haben, wenn Sie sich einen Begriff von dem machen können, was ich leide.

… Ich lese meinen Brief wieder durch und bemerke, daß er Sie über nichts aufklärt. Ich will versuchen, ob ich den Mut habe, Ihnen diesen grausamen Vorfall zu erzählen. Es war gestern; ich sollte, zum ersten

Male seit meiner Rückkunft, bei Bekannten soupieren. Valmont besuchte mich um fünf Uhr; nie früher kam er mir so zärtlich vor. Er ließ mich merken, daß ihm meine Absicht auszugehen unangenehm sei, und Sie können sich denken, daß ich mich schnell entschloß, zu Hause zu bleiben. Indes zwei Stunden später veränderte er plötzlich Ton und Miene. Ich weiß nicht, ob mir etwas entschlüpft ist, was ihm vielleicht mißfallen hat? Wie dem auch sei, bald darauf fand er einen Vorwand, behauptete, ein Geschäft zu haben, das ihn nötige, mich zu verlassen, und ging fort – nicht jedoch, ohne mir das lebhafteste Bedauern bezeigt zu haben, das mir voll Zärtlichkeit vorkam und das ich für aufrichtig hielt.

Als ich dann allein war, hielt ich es doch für schicklicher, meine erste Verabredung einzuhalten, da ich nun doch frei war und ihr nachkommen konnte. Ich beendete meine Toilette und stieg in den Wagen. Unglücklicherweise fuhr mein Kutscher an der Oper vorbei und ich kam in das Gedränge der Abfahrenden. Vier Schritte vor mir, in der Reihe neben der meinen, bemerkte ich Valmonts Wager. Das Herz schlug mir gleich, aber nicht aus Furcht; mein einziger Gedanke war, daß mein Wagen vorrücken möchte. Statt dessen wurde seiner zurückgedrängt und kam so neben den meinen. Ich beugte mich vor; aber wie erstaunte ich, als ich an seiner Seite eine Kokotte sah, eine als solche wohlbekannte! Ich zog mich zurück, wie Sie sich denken können, denn es war das schon genug, mir das Herz zu zerreißen. Aber, was Sie kaum glauben werden, diese selbe Person, offenbar durch eine gemeine Vertraulichkeit eingeweiht, wich nicht vom Wagenfenster, hörte nicht auf mich anzustarren und lachte, … lachte mich aus. So vernichtet wie ich war, ließ ich mich doch in das Haus fahren, wo ich soupieren sollte. Aber es war mir unmöglich, dazubleiben. Ich fühlte mich jeden Augenblick einer Ohnmacht nahe, und ich konnte vor allem die Tränen nicht zurückhalten.

Gleich nach der Heimkehr schrieb ich an Herrn von Valmont und schickte ihm den Brief sofort. Er war nicht zu Hause. Da ich um jeden Preis aus diesem Zustande des Todes herauswollte oder den Tod ganz haben, schickte ich nochmals mit dem Befehl, auf ihn zu warten. Aber vor Mitternacht kam mein Diener wieder und sagte, der Kutscher, der zurückgekommen sei, habe ihm gesagt, daß sein Herr die Nacht über nicht nach Hause kommen werde. Ich glaubte, diesen Morgen nichts anderes mehr zu tun zu haben, als meine Briefe von ihm zurück zu verlangen und ihn zu bitten – er möge nicht mehr zu mir kommen. Ich habe auch diesbezügliche Befehle gegeben; aber gewiß waren sie unnötig. Es ist fast Mittag, und er hat sich noch nicht gezeigt; und ich erhielt nicht einmal ein Wort von ihm.

Jetzt, meine liebe Freundin, habe ich nichts mehr hinzuzufügen. Nun wissen Sie alles, und Sie kennen mein Herz. Meine einzige Hoffnung ist, daß ich Ihre gütige Freundschaft nicht mehr sehr lange betrüben muß.

Paris, den 15. November 17..

137. Brief

Frau von Tourvel an den Vicomte von Valmont.

Mein Herr! Nach dem, was sich gestern zugetragen hat, erwarten Sie gewiß nicht mehr, bei mir empfangen zu werden, und ebenso gewiß werden Sie auch nicht viel Verlangen danach haben. Dieses Billett hat also weniger den Zweck, Sie zu bitten, nicht mehr zu kommen, als nur meine Briefe wieder zu verlangen, die niemals hätten existieren sollen, und die, wenn sie Sie einen Moment lang interessiert haben, als Beweis für die Verblendung, die Sie hervorriefen, Ihnen jetzt, da sie beseitigt ist, und die Briefe selbst nur noch ein von Ihnen zerstörtes Gefühl ausdrücken, ganz notwendig gleichgültig sein müssen.

Ich erkenne an und gestehe, daß es ein Irrtum von mir war, in Sie dasselbe Vertrauen zu setzen, dessen Opfer so viele vor mir gewesen waren. In dieser Hinsicht klage ich nur mich und mich allein an; aber ich glaubte, wenigstens nicht verdient zu haben, daß Sie mich der Verachtung und Beschimpfung ausliefern. Ich glaubte, indem ich Ihnen alles opferte und nur für Sie meine Rechte auf die Achtung der andern und meine eigene verlor, könne ich erwarten, nicht strenger von Ihnen beurteilt zu werden als von der öffentlichen Meinung, die doch immer noch durch einen weiten Abstand die schwache Frau von der verderbten Frau des Auswurfs trennt. Dieses Unrecht, das für alle Welt eines wäre, ist das einzige, wovon ich zu Ihnen spreche. Ich schweige von dem, was für die Liebe Unrecht ist; Ihr Herz würde meines nicht verstehen. Leben Sie wohl.

Paris, den 15. November 17..

138. Brief

Der Vicomte von Valmont an Frau von Tourvel.

Soeben erst, gnädige Frau, wurde mir Ihr Brief gebracht. Ich zitterte, als ich ihn las, und kaum läßt er mir die Kraft, darauf zu antworten. Welch entsetzliche Meinung haben Sie denn von mir! Ach, sicher habe ich unrecht, und zwar solches, daß ich es mir im Leben nicht verzeihen werde, selbst wenn Sie es mit Ihrer Nachsicht verdecken sollten. Aber wie fern ist immer, was Sie mir vorwerfen, meinem Herzen gewesen! Wie denn? Ich? Ich Sie demütigen? Sie erniedrigen? Wo ich Sie doch ebenso achte wie liebe; wo ich doch den Stolz erst kenne, seit Sie mich Ihrer würdig gefunden haben. Der Schein hat Sie betrogen; ich gebe zu, daß er gegen mich war; aber hatten Sie denn nicht in Ihrem Herzen das, was nötig war, dagegen anzukämpfen? Hat es sich nicht empört bei dem bloßen Gedanken, es könne sich über das meine zu beklagen haben? Sie aber glaubten ihm? Somit haben Sie mich nicht nur dieses abenteuerlichen Wahnsinns für fähig gehalten, sondern sogar gefürchtet, daß Sie sich ihm durch Ihre Güte gegen mich ausgesetzt haben. Ach, wenn Sie sich derart durch Ihre Liebe erniedrigt vorkommen, so bin ich also auch in Ihren Augen ganz schlecht?

Niedergedrückt von diesem schmerzlichen Gedanken, verliere ich die Zeit damit, ihn abzuwehren, anstatt ihn zu vernichten. Ich will alles gestehen; eine andere Erwägung noch hält mich zurück. Muß ich die Tatsachen nochmals wiedergeben, die ich so gerne ungeschehen machte, und Ihre und meine Aufmerksamkeit auf einen Augenblick der Verirrung lenken, den ich mit meinem Leben zurückkaufen möchte, dessen Ursache ich immer noch nicht begreife, und dessen Erinnerung auf ewig meine Demütigung und meine Verzweiflung sein wird? Ach! wenn meine Selbstanklage Ihren Zorn reizt, so haben Sie Ihre Rache wenigstens nicht weit zu suchen; es wird genügen, wenn Sie mich meinen Gewissensqualen überlassen.

Jedoch – wer wird es glauben? – dieser Vorfall hat zur ersten Ursache den mächtigen Zauber, dem ich bei Ihnen erliege. Er war es, der mich schon allzulange eine wichtige Angelegenheit vergessen ließ, und die nicht mehr länger hinausgeschoben werden konnte. Ich verließ

Sie zu spät und fand die Person nicht mehr, die ich abholen wollte. Ich hoffte, sie in der Oper zu treffen, und mein Weg dahin war ebenfalls umsonst. Emilie, die ich da traf und die ich zu einer Zeit kannte, als ich Sie und die Liebe noch lange nicht kannte, Emilie hatte ihren Wagen nicht da und bat mich, sie in meinem Wagen nach Hause zu bringen, nur ein paar Schritte weit. Ich sah darin nichts weiter und willigte ein. Aber da traf ich Sie und ich fühlte sofort, daß Sie mich für schuldig halten würden.

Die Furcht, Ihnen zu mißfallen oder Sie zu betrüben, ist so mächtig in mir, daß sie bald bemerkt werden mußte und auch bemerkt wurde. Ich gestehe, ich ging sogar aus dieser Furcht so weit, das Mädchen zu veranlassen, sich nicht zu zeigen. Diese vom Zartgefühl eingegebene Vorsicht hat sich zum Schaden der Liebe gewendet. Wie alle ihres Standes fühlt sie sich einer angemaßten Macht gewohnheitsmäßig erst dann sicher, wenn sie sie mißbrauchen kann, und deshalb hütete sich Emilie wohl, eine so gute Gelegenheit dazu sich entgehen zu lassen. Je mehr sie meine Verlegenheit zunehmen sah, desto auffälliger zeigte sie sich; und ihre verrückte Heiterkeit, für deren Gegenstand – es macht mich erröten – Sie sich einen Augenblick haben halten können, hatte zur Ursache nichts anderes als meinen grausamen Schmerz. Und der kam wieder aus meiner Achtung und meiner Liebe.

Bis hierher bin ich wohl eher unglücklicher als schuldig; und da dieses Unrecht, »das für alle Welt eines wäre« und von dem allein Sie zu mir sprechen, nicht existiert, kann es mir vorgeworfen werden. Aber Sie schweigen umsonst über das Unrecht der Liebe. Ich aber werde darüber nicht das gleiche Stillschweigen bewahren; ein zu großes Interesse verpflichtet mich, es zu brechen.

Es ist nur mit Schmerz, daß ich in der Beschämung über diese unbegreifliche Verwirrung es über mich gewinne, die Erinnerung daran heraufzubeschwören. Durchdrungen von meinem Unrechte, würde ich mich darein finden, die Strafe dafür zu tragen; oder ich würde Verzeihung von der Zeit erwarten, von meiner ewig währenden Zärtlichkeit und von meiner Reue. Aber wie soll ich schweigen, wenn das, was mir zu sagen übrig bleibt, für Ihr Zartgefühl wichtig ist?

Glauben Sie nicht, daß ich nach einer List suche, um meinen Fehler zu entschuldigen oder zu mildern. Ich bekenne mich für schuldig. Aber nicht bekenne ich, und nie werde ich gestehen, daß diese demütigende Verirrung als ein an der Liebe begangenes Unrecht anzusehen sei. Eine Überrumpelung durch die Sinne, ein Moment des Selbstvergessens, dem bald Scham und Reue folgen – was hat das gemein mit einem reinen Gefühl, das nur in einer zartfühlenden Seele wohnen kann, sich nur durch Achtung in ihr erhalten kann und dessen Frucht das Glück ist! O, entweihen Sie nicht so die Liebe! Nehmen Sie sich besonders davor in acht, sich nicht selbst zu entweihen, indem Sie unter ein und demselben Gesichtspunkt vereinen, was niemals verwechselt werden darf. Lassen Sie diese entwürdigten Frauen sich vor einer Rivalität fürchten, deren Möglichkeit sie unwillkürlich fühlen, und die die Qualen einer gleich demütigenden wie grausamen Eifersucht durchmachen. Aber Sie! Wenden Sie Ihre Augen von diesen Dingen, die Ihre Blicke beschmutzen würden. Und rein wie die Gottheit, und wie diese sollen Sie die Beleidigung bestrafen, ohne sie zu empfinden.

Aber welche Strafe wollen Sie mir auferlegen, schmerzlicher als die, die ich bereits erdulde? Eine Strafe, die der Reue, Ihnen mißfallen zu haben, verglichen werden könnte, mit der Verzweiflung, Sie so gekränkt zu haben, mit dem niederdrückenden Gedanken, Ihrer nun weniger würdig zu sein? Sie denken ans Strafen! Und ich erbitte Trost von Ihnen; nicht, daß ich ihn verdiente, aber ich brauche ihn, und er kann mir nur von Ihnen kommen.

Wenn Sie plötzlich meine und Ihre Liebe vergessen, keinen Wert mehr auf mein Glück legen, und mich im Gegenteil ewigem Schmerz überlassen wollen, haben Sie das Recht dazu. Schlagen Sie zu! Sind Sie aber nachsichtiger oder zartfühlender, und erinnern Sie sich noch an das so zärtliche Gefühl, das unsere Herzen verband, an diese Wollust der Seele, immer neugeboren und immer lebhafter an diese so süßen, so beglückten Tage, die jeder von uns dem andern verdankte, an all diese Güter der Liebe, die sie allein uns verschafft, – vielleicht werden Sie dann die Macht, sie wieder auferstehen zu lassen, lieber üben als die, sie zu zerstören. Was sage ich Ihnen mehr? Ich habe alles verloren und alles durch meine Schuld; aber ich kann durch Ihre Gnade alles wieder erlangen. Die Entscheidung liegt jetzt bei Ihnen. Ich füge nur noch ein Wort hinzu: Gestern noch schwuren Sie mir, mein Glück sei sicher, so lange es von Ihnen abhinge! Ach, gnädige Frau, wollen Sie mich heute ewiger Verzweiflung ausliefern?

Paris, den 16. November 17..

139. Brief

Der Vicomte von Valmont an die Marquise von Merteuil.

Ich bleibe durchaus dabei, meine schöne Freundin, nein, ich bin nicht verliebt; und es ist nicht meine Schuld, wenn die Umstände mich zwingen, diese Rolle des Verliebten zu spielen. Lassen Sie's nur gelten, und kommen Sie zurück; Sie werden dann bald selbst sehen, wie aufrichtig ich bin. Gestern habe ich den Beweis erbracht, und durch das, was heute geschieht, kann er nicht mehr ungültig gemacht werden.

Ich war also bei meiner zärtlichen spröden Dame und dies ohne jedes sonstige Geschäft; denn die kleine Volanges sollte, trotz ihres verhängnisvollen Zustandes, die ganze Nacht auf dem verfrühten Ball der Frau von V... verbringen. Die Langweile ließ mich zuerst wünschen, den ganzen Abend da zuzubringen, und ich hatte sogar zu diesem Zweck ein kleines Opfer verlangt. Aber kaum war es gewährt, ward das Vergnügen, das ich mir davon versprochen hatte, durch den Gedanken an diese Liebe gestört, die Sie so hartnäckig an mir annehmen oder mir wenigstens vorwerfen – so daß ich keinen andern Wunsch mehr hatte als den, gleichzeitig mich selbst und Sie davon zu überzeugen, daß es bloße Verleumdung von Ihnen ist.

Ich griff also zu einem etwas gewaltsamen Mittel, und unter einem nichtigen Vorwand verließ ich meine Schöne, die ganz überrascht und sicher noch mehr betrübt war. Ich aber suchte ganz ruhig Emilie in der Oper auf, und sie könnte Ihnen sagen, daß bis heute morgen, als wir uns trennten, keine Reue unsere Freuden gestört hat.

Dabei hatte ich einen ganz hübschen Grund zur Unruhe, wenn mich meine völlige Gleichgültigkeit nicht davor bewahrt hätte. Denn Sie müssen wissen, ich war kaum vier Häuser von der Oper entfernt, und hatte Emilie in meinem Wagen, als der meiner Nonne genau neben meinem fuhr, und eine Verkehrsstockung ließ uns nahezu eine Viertelstunde lang so nebeneinander halten. Man sah sich wie am Mittag, und es gab kein Mittel, zu entkommen.

Aber nicht genug an dem. Mir kam die Idee, es Emilie zu sagen, daß das die Frau mit dem Briefe sei. (Sie erinnern sich dieses Streiches vielleicht noch, wo Emilie das Schreibpult war.) Sie hatte es nicht vergessen; und da sie gerne lacht, gab sie keine Ruhe, bis sie sich diese

»Tugend«, wie sie sagte, nach Herzenslust angesehen hatte, und sie tat das mit einem so skandalösen Gelächter, daß es einem schon die Laune verderben konnte.

Das ist immer noch nicht alles. Schickte die eifersüchtige Frau nicht an demselben Abend noch zu mir? Ich war nicht da; aber hartnäckig schickte sie noch ein zweites Mal, mit dem Befehl, mich zu erwarten. Ich hatte, sobald ich entschlossen war, bei Emilie zu bleiben, meinen Wagen nach Haus geschickt, ohne anderen Befehl für den Kutscher, als mich heute morgen wieder abzuholen; und als er zu Hause den Liebesboten vorfand, sagte er ihm, ohne sich was zu denken, daß ich die Nacht über nicht heim käme. Sie können den Effekt dieser Nachricht erraten, und daß ich bei meiner Heimkunft meinen Abschied vorgefunden habe, kundgegeben mit der ganzen Würde, die die Umstände zuließen!

So hätte dieses nach Ihnen »endlose Abenteuer«, wie Sie sehen, heute morgen schon zu Ende sein können. Und wenn es noch nicht aus ist, so liegt das nicht, wie Sie glauben werden, an dem Wert, den ich auf seine Fortsetzung lege, sondern weil ich einerseits es nicht für passend hielt zuzugeben, daß man mich verabschiede, und weil ich anderseits Ihnen die Ehre dieses Opfers habe vorbehalten wollen.

Ich habe also auf dieses strenge Billett mit einer langen Gefühlsepistel geantwortet. Habe des Langen und Breiten viele Gründe dargelegt, und es der Liebe überlassen, sie für gut zu finden. Und schon ist es gelungen. Ich erhalte soeben ein zweites Billett, immer noch sehr streng, das auch den Bruch für immer bestätigt, so wie es sich gehört, dessen Ton aber doch schon nicht mehr derselbe ist. Vor allem will man mich nicht mehr sehen; dieser Entschluß ist viermal auf das Unabwendbarste verkündet. Ich habe daraus geschlossen, daß ich keine Minute verlieren darf, mich bei ihr einzufinden. Ich habe bereits meinen Jäger hingeschickt, um sich des Schweizers zu bemächtigen; und in einem Augenblick gehe ich selbst, um meine Verzeihung in aller Form zu erwirken; denn für ein Unrecht dieser Sorte gibt es nur eine Formel, die allgemeine Absolution mit sich bringt, und läßt sich nur persönlich mitteilen und erhalten.

Adieu, meine bezaubernde Freundin, ich eile, dieses große Ereignis zu erleben.

Paris, den 16. November 17..

140. Brief

Frau von Tourvel an Frau von Rosemonde.

Was für Vorwürfe ich mir doch mache, meine mitempfindende Freundin, daß ich Ihnen zu früh und zu viel von meinen vorübergehenden Schmerzen gesprochen habe! Ich bin schuld, daß Sie sich jetzt betrüben; dieser Kummer, der Ihnen von mir kommt, hält noch an, und ich selbst bin glücklich. Ja, alles ist vergessen und vergeben; sagen wir besser, alles ist wieder gut gemacht. Auf diesen Zustand von Schmerz und Angst ist Friede gefolgt und Wonne. O Freude meines Herzens, wie soll ich sie ausdrücken! Valmont ist unschuldig. Man ist bei so viel Liebe nicht schuldig. Dieses große und beleidigende Unrecht, das ich ihm so bitter vorwarf, er hatte es nicht begangen; und wenn ich in einem einzigen Punkt Nachsicht üben muß – hatte ich nicht auch meine Ungerechtigkeiten wieder gutzumachen?

Ich werde Ihnen keine Einzelheiten über die Tatsachen oder die Gründe wiedergeben, die ihn rechtfertigen; vielleicht würde sie der Verstand nicht einmal würdigen; das Herz allein kann sie fühlen. Sollten Sie mich aber im Verdacht der Schwäche haben, so würde ich Ihr Urteil zur Unterstützung des meinen anrufen. Für die Männer, sagen Sie selbst, ist Untreue nicht Unbeständigkeit.

Ich fühle wohl, daß diese Unterscheidung, die die öffentliche Meinung umsonst billigt, nichtsdestoweniger das Zartgefühl verletzt. Worüber aber dürfte sich das meinige beklagen, wenn das Valmonts noch leidet? Dieses selbe Unrecht, das ich vergesse, glauben Sie nicht, daß er es sich verzeiht oder sich darüber tröstet. Und doch, wie hat er diesen geringen Fehler wieder gut gemacht durch das Übermaß seiner Liebe und meines Glückes!

Entweder ist meine Seligkeit größer, oder ich fühle ihren Wert stärker, seitdem ich fürchtete, ich hätte sie verloren: aber das kann ich Ihnen sagen, sollte ich noch einmal Kraft genug haben, diesen grausamen Kummer, den ich soeben durchmachte, zu ertragen, so würde ich, glaube ich, das Mehr an Glück, das ich seitdem empfunden habe, nicht zu teuer erkauft haben! O meine zärtliche Mutter, schelten Sie Ihre unbedachte Tochter, weil sie Sie durch zu große Voreiligkeit betrübt hat; schelten Sie sie, weil sie den vermessen beurteilt und verleumdet hat, den sie anzubeten nicht aufhören durfte. Halten Sie sie für töricht, sehen Sie sie aber zugleich glücklich und vermehren Sie ihre Freude dadurch, daß Sie sie teilen.

Paris, den 16. November 17.., abends.

141. Brief

Der Vicomte von Valmont an die Marquise von Merteuil.

Was ist denn los, meine schöne Freundin, daß ich gar keine Antwort von Ihnen bekomme? Mein letzter Brief schien mir doch eine zu verdienen; und seit drei Tagen, die ich sie schon haben müßte, warte ich noch darauf! Ich bin etwas ärgerlich darüber, und werde Ihnen darum auch gar nichts von meinen großen Angelegenheiten erzählen.

Daß unsere Versöhnung ein voller Erfolg war; daß sie statt Mißtrauen und Vorwürfe nur neue Zärtlichkeiten hervorrief; daß jetzt ich es bin, der die Entschuldigungen und das Wiedergutmachen entgegennimmt, die meiner bezweifelten Unschuld gebühren – davon erfahren Sie mehr kein Wort, und wäre nicht das unvorhergesehene Ereignis der letzten Nacht, würde ich Ihnen überhaupt nicht schreiben. Aber da das Ihr Mündel angeht, und sie wahrscheinlich nicht in der Lage sein wird, selber zu schreiben, wenigstens nicht auf einige Zeit hinaus, so übernehme ich es.

Aus Gründen, die Sie erraten oder die Sie nicht erraten, beschäftigte mich Frau von Tourvel seit einigen Tagen nicht mehr; und da diese Gründe bei der kleinen Volanges nicht in Betracht kamen, war ich bei ihr um so eifriger. Dank dem gefälligen Türhüter hatte ich keine Hindernisse mehr zu überwinden, und Ihr Mündel und ich wir führten ein bequemes, geregeltes Leben. Aber die Gewohnheit macht nachlässig. Die ersten Tage konnten wir nie genug für unsere Sicherheit tun; wir zitterten noch hinter Riegeln. Gestern nun hat eine unglaubliche Zerstreutheit das Unglück verursacht, von dem ich Ihnen zu berichten habe; und wenn ich für meinen Teil mit dem Schrecken davongekommen bin, kostet er dem kleinen Mädchen um so mehr.

Wir schliefen nicht, lagen aber in schöner Ruhe und Ermüdung, die auf die Lust folgen, als wir auf einmal die Tür aufgehen hörten. Sogleich springe ich zu meinem Degen, ebensowohl zu meiner Verteidigung als zu der unseres Mündels. Ich trete vor und sehe niemand; aber die Tür stand offen. Da wir Licht hatten, ging ich auf die Suche, fand aber keine lebendige Seele. Dann erinnerte ich mich, daß wir unsere gewöhnlichen Verhaltungsmaßregeln vergessen hatten. Zweifellos war die nur angelehnte oder schlecht geschlossene Tür von selbst wieder aufgegangen.

Wie ich nun meine furchtsame Gefährtin wieder aufsuchte, um sie zu beruhigen, fand ich sie nicht mehr im Bett. Sie war zwischen Bett und Wand gefallen oder hatte sich dahin geflüchtet, kurz, sie lag da ohne Bewußtsein und mit heftigen Zuckungen. Stellen Sie sich meine Verlegenheit vor! Es gelang mir aber, sie wieder ins Bett und sogar wieder zu sich zu bringen. Aber sie hatte sich beim Sturz verletzt, und es dauerte nicht lange, als auch die Folgen davon eintraten.

Unterleibschmerzen, heftige Koliken und andere noch deutlichere Symptome klärten mich bald über ihren Zustand auf. Um ihr aber das auseinanderzusetzen, mußte ich ihr erst den Zustand erklären, in dem sie sich vorher befand; denn sie ahnte ihn nicht. Vielleicht hat niemals eine sich so viel Unschuld bewahrt – und daher so gut alles gemacht, was nötig ist, um sie loszuwerden! O, die Kleine verliert keine Zeit mit Nachdenken!

Aber viel Zeit verlor sie mit Jammern, und ich mußte zu einem Entschluß kommen. Ich stellte ihr also vor, ich wollte sofort zu dem Hausarzt und zum Chirurgen gehen, sie darauf vorbereiten, daß man sie holen würde, um ihnen dabei unter dem Siegel der Verschwiegenheit alles anvertrauen. Sie solle ihrerseits ihrer Kammerfrau läuten, ihr alles sagen oder auch nicht, ganz wie sie wollte, aber nach Hilfe schicken und vor allem verbieten, daß man Frau von Volanges wecke; zarte und natürliche Aufmerksamkeit einer Tochter, die befürchtet, ihre Mutter zu beunruhigen.

Ich machte meine zwei Gänge und meine zwei Berichte so rasch ich nur konnte, und ging von da nach Hause, und bin seither nicht wieder ausgegangen. Der Chirurg, den ich schon früher anderweitig kannte, ist mittags gekommen, und hat mir Bericht über den Zustand der Kranken gebracht. Ich hatte mich nicht geirrt; aber er hofft, wenn kein Zufall dazu kommt, wird man im Hause nichts merken. Die Kammerfrau ist mit im Geheimnis; der Arzt hat der Krankheit einen Namen gegeben, und die Geschichte wird arrangiert werden wie tausend andere, falls es uns nicht einmal nützen kann, daß davon gesprochen wird.

Gibt es aber denn noch so etwas wie ein gemeinsames Interesse zwischen Ihnen und mir? Ihr Schweigen läßt es mich bezweifeln; ich würde es überhaupt nicht mehr glauben, wenn der Wunsch nicht da wäre und ich mir darum nicht mit allen Mitteln die Hoffnung erhalten möchte.

Adieu, meine schöne Freundin, ich umarme Sie unter Vorbehalt meines Ärgers.

Paris, den 21, November 17..

142. Brief

Die Marquise von Merteuil an den Vicomte von Valmont.

Mein Gott, Vicomte, wie Sie mit Ihrer Hartnäckigkeit lästig sind! Was geht Sie mein Schweigen an? Glauben Sie, ich schweige, weil mir Gründe zu meiner Verteidigung fehlen? Wollte Gott, es wäre so! Aber es ist nur, weil es mich Überwindung kostet, sie Ihnen zu sagen.

Sagen Sie die Wahrheit: machen Sie sich selbst etwas vor oder suchen Sie mich zu hintergehen? Der Unterschied zwischen Ihren Reden und Ihren Taten läßt mir keine andere Wahl. Was ist es nun in Wahrheit? Was wollen Sie, daß ich Ihnen sage, wo ich selbst nicht weiß, was darüber denken.

Sie scheinen sich Ihre letzte Sache mit der Präsidentin als ein großes Verdienst anzurechnen; aber was beweist sie denn gegen Ihr System oder das meine? Ganz sicher habe ich Ihnen nie gesagt, Sie liebten diese Frau so sehr, daß Sie sie nie betrügen, nicht jede Gelegenheit dazu ergreifen würden, die Ihnen leicht oder angenehm vorkäme. Ich zweifelte nicht einmal daran, es würde Ihnen gleich sein, bei einer andern, sogar bei der ersten besten, die Gelüste zu befriedigen, die diese allein geweckt hätte; und ich bin gar nicht überrascht, daß Sie in einer Ausschweifung des Geistes, die man Ihnen mit Unrecht abstritte, einmal aus Absicht das getan haben, was Sie tausendmal aus einer Gelegenheit taten. Wer wüßte nicht, daß das der gewöhnliche Lauf der Welt ist und Gewohnheit bei euch allen, wieviel eurer auch sind, vom Verbrecher bis zum unbedeutendsten Affen? Wer sich heut so etwas versagt, gilt für romantisch, und das ist, glaube ich, nicht der Fehler, den ich Ihnen vorwerfe.

Was ich aber sagte, dachte und noch denke, ist, daß Sie darum nicht weniger Ihre Präsidentin lieben; gewiß ja nicht mit einer sehr zärtlichen und reinen Liebe, aber so, wie Sie eben lieben können; mit einer Liebe, die Sie zum Beispiel bei einer Frau Reize oder Qualitäten finden läßt, die sie gar nicht hat; daß Sie ihr einen eigenen Rang geben und alle andern Frauen zweiten Ranges sein lassen; daß Sie sogar dann noch an ihr festhalten, wenn Sie sie beschimpfen – mit einem Wort, mit einer Art Liebe, wie ich mir denke, daß ein Sultan sie für seine Favoritsultanin empfindet, welche Liebe ihn nicht hindert, ihr oft eine ganz simple Odaliske vorzuziehen. Dieser Vergleich scheint mir um so zutreffender, als Sie genau wie der Sultan niemals weder der Geliebte noch der Freund einer Frau sind, sondern immer ihr Tyrann oder ihr Sklave. Darum bin ich auch ganz überzeugt, daß Sie sich recht klein, recht niedrig gemacht haben, um in Gnade wieder bei dem schönen Wesen aufgenommen zu werden! Völlig glücklich, das erreicht zu haben, verlassen Sie mich wegen dieses »großen Ereignisses«, sobald Sie den Zeitpunkt für gekommen halten, ihre Verzeihung zu erlangen.

Noch in Ihrem letzten Briefe sprechen Sie nur darum nicht und nichts sonst als von dieser einzigen Frau, weil Sie mir darin nichts von ihren »großen Angelegenheiten« sagen wollen. Die kommen Ihnen so wichtig vor, daß das Schweigen, das Sie darüber bewahren, Ihnen als große Strafe für mich erscheint. Und nach diesen tausend Beweisen Ihrer entschiedenen Vorliebe für eine andere fragen Sie mich ganz ruhig, ob noch »ein gemeinsames Interesse zwischen uns« besteht! Hüten Sie sich, Vicomte! Wenn ich einmal antworte, wird meine Antwort endgültig sein. Und wenn ich mich für heute vor einer Antwort fürchte, hätte ich vielleicht schon zu viel gesagt. Darum will ich auch absolut nicht mehr davon reden.

Alles, was ich tun kann, ist: Ihnen eine Geschichte erzählen. Vielleicht werden Sie keine Zeit haben, sie zu lesen oder ihr so viel Aufmerksamkeit zu schenken, daß Sie sie richtig verstehen, aber das steht bei Ihnen. Es ist dann schlimmstenfalls nur eine Geschichte verloren gegangen.

Ein Herr meiner Bekanntschaft hatte sich genau wie Sie in eine Frau verhaspelt, die ihm wenig Ehre machte. Zwischendurch hatte er wohl soviel Verstand, zu ahnen, daß früher oder später ihm dieses

Abenteuer schaden würde. Aber so sehr er sich auch der Sache schämte, er hatte nicht den Mut zu brechen. Seine Verlegenheit war um so größer, als er seinen Freunden gegenüber sich gerühmt hatte, er sei gänzlich frei; und als er wohl wußte, daß man immer lächerlicher wird, je mehr man sich verteidigt. So lebte er, machte eine Dummheit nach der andern und sagte hernach immer: »Es ist nicht meine Schuld.« Dieser Herr hatte eine Freundin, die einen Augenblick Lust hatte, ihn in diesem Rauschzustand der Öffentlichkeit auszuliefern und seine Lächerlichkeit unauslöschlich zu machen. Da sie aber doch generöser war als boshaft, oder vielleicht auch aus einem andern Grunde, wollte sie ein letztes Mittel versuchen, um auf alle Fälle sagen zu können, wie ihr Freund: »Es ist nicht meine Schuld.« So schickte sie ihm also ohne jeden andern Kommentar den folgenden Brief, als ein Mittel, dessen Gebrauch ihn von seinem Übel heilen könne. Der Brief lautete:

»Alles wird schließlich langweilig, mein Engel, das ist ein Naturgesetz; es ist nicht meine Schuld.

Wenn mich also heute ein Abenteuer langweilt, das mich vier ganze tödliche Monate lang allein beschäftigt hat, ist es nicht meine Schuld.

Wenn ich zum Beispiel genau ebensoviel Liebe wie Du Tugend gehabt habe, und das will viel sagen, so ist es nicht erstaunlich, daß eins zur gleichen Zeit fertig ist wie das andere. Es ist nicht meine Schuld.

Daraus folgt, daß ich Dich seit einiger Zeit betrogen habe; aber Deine unerbittliche Zärtlichkeit zwang mich gewissermaßen dazu. Es ist nicht meine Schuld.

Heute verlangt eine Frau, die ich bis zum Wahnsinn liebe, daß ich Dich opfere. Es ist nicht meine Schuld.

Ich verstehe, daß das eine gute Gelegenheit ist, über Ehebruch zu schreien; aber wenn die Natur den Männern nur Beständigkeit verliehen hat, während sie den Frauen Hartnäckigkeit gab, ist es nicht meine Schuld.

Glaub mir, suche Dir einen andern Liebhaber, so wie ich mir eine andere Geliebte gesucht habe. Der Rat ist gut, er ist sehr gut; wenn Du ihn schlecht findest, ist es nicht meine Schuld.

Adieu, mein Engel, ich nahm Dich mit Vergnügen, ich verlasse Dich ohne Bedauern; ich komme vielleicht wieder zu Dir zurück. Das ist der Lauf der Welt. Es ist nicht meine Schuld.«

Ihnen zu sagen, Vicomte, was für einen Effekt dieser letzte Versuch gehabt hat, und was daraus gefolgt ist, dafür ist jetzt nicht der rechte Augenblick: aber ich verspreche, es Ihnen in meinem nächsten Brief zu sagen. Sie werden darin auch mein Ultimatum finden in betreff der Erneuerung unseres Vertrages, die Sie mir vorschlagen. Bis dahin nur Adieu.

Noch etwas. Ich danke Ihnen für die Details über die kleine Volanges; es ist ein Artikel für die Skandalzeitung, aufzuheben bis auf den Morgen nach der Hochzeit. Inzwischen kondoliere ich Ihnen zum Verlust Ihrer Nachkommenschaft. Guten Abend, Vicomte.

Schloß …, den 24. November 17...

143. Brief

Der Vicomte von Valmont an die Marquise von Merteuil.

Ich weiß wirklich nicht, meine schöne Freundin, habe ich Ihres Brief und das kleine Briefmuster darin falsch gelesen oder schlecht verstanden. Das aber kann ich Ihnen sagen, daß ich das Briefmuster sehr originell und sehr geeignet gefunden habe, Effekt zu machen: Deshalb habe ich es einfach abgeschrieben und es, wiederum ganz einfach, an die himmlische Präsidentin geschickt. Ich habe keine Sekunde verloren, denn das zärtliche Briefchen ist gleich gestern abend abgeschickt worden. Ich habe das vorgezogen, weil ich erstens ihr sowieso versprochen, ihr gestern noch zu schreiben, und dann dachte ich auch, sie würde an der ganzen Nacht nicht zuviel haben, um sich zu sammeln und über dieses »große Ereignis« nachzudenken – sollten Sie mir auch ein zweites Mal diesen Ausdruck vorwerfen.

Ich hoffte, Ihnen heute morgen die Antwort meiner Vielgeliebten schicken zu können, aber es ist fast Mittag, und ich habe noch nichts bekommen. Ich werde noch bis fünf Uhr warten, und wenn ich dann noch keine Nachricht habe, gehe ich mir sie selbst holen; denn nur der erste Schritt ist schwer, besonders wenn es sich um eine Sache der Lebensart handelt.

Jetzt möchte ich, wie Sie sich denken können, sehr gern das Ende der Geschichte von dem Herrn Ihrer Bekanntschaft hören, der unter so starkem Verdacht stand, er könne, wenn's nötig, eine Frau nicht opfern. Ist er jetzt nicht gebessert? Und hat ihn seine großmütige Freundin nicht in Gnaden aufgenommen?

Nicht weniger verlangt mich nach Ihrem Ultimatum, wie Sie so politisch sagen! Es drängt mich ganz besonders zu wissen, ob Sie auch in diesem letzten Schritt noch Liebe finden. Ach ja, es ist welche darin, und viel sogar! Aber zu wem? Ich will mich aber auf nichts berufen, und erwarte alles von Ihrer Güte.

Adieu, meine reizende Freundin; ich werde diesen Brief erst um zwei Uhr schließen, in der Hoffnung, darin die ersehnte Antwort beifügen zu können.

Zwei Uhr nachmittags. Immer noch nichts; die Zeit eilt; ich habe kein Wort mehr hinzuzufügen. Aber werden Sie auch dieses Mal die zärtlichsten Küsse der Liebe zurückweisen?

Paris, den 27. November 17..

144. Brief

Frau von Tourvel an Frau von Rosemonde.

Der Schleier ist gerissen, gnädige Frau, auf den das Trugbild meines Glückes gemalt war. Unheilvolle Wahrheit leuchtet mir und läßt mich einen sicheren und nahen Tod sehen, zu dem der Weg mir zwischen Scham und Reue vorgezeichnet ist. Ich werde ihn gehen ... Ich werde meine Qualen lieben, wenn sie mein Dasein abkürzen. Ich schicke Ihnen den Brief, den ich gestern erhalten habe, und füge nichts hinzu, er sagt alles selbst. Es ist jetzt keine Zeit mehr zum Klagen, es heißt nur noch leiden. Ich brauche kein Mitleid, nur Kraft.

Empfangen Sie, teure Frau, das einzige Adieu, das ich sagen werde, und erfüllen Sie meine letzte Bitte: mich meinem Schicksal zu überlassen, mich ganz zu vergessen, mich nicht mehr zu den Lebenden zu zählen. Es gibt im Unglück eine Grenze, hinter der selbst die Freundschaft unsere Leiden vermehrt und sie nicht heilen kann. Wenn Wunden tödlich sind, wird jede Hilfe unmenschlich. Jedes andere Gefühl ist mir fremd, außer dem der Verzweiflung. Nichts kann mir mehr nützen als die tiefe Nacht, in der ich meine Schande begraben will. Dort werde ich mein Vergehen beweinen, wenn ich noch weinen kann. Denn seit gestern habe ich keine Träne vergossen. Mein totes Herz gibt keine mehr.

Leben Sie wohl, gnädige Frau. Antworten Sie mir nicht. Ich habe bei diesem grausamen Brief den Schwur getan, keinen mehr anzunehmen.

Paris, den 27. November 17..

145. Brief

Der Vicomte von Valmont an die Marquise von Merteuil.

Gestern, meine schöne Freundin, um drei Uhr nachmittags, packte mich die Ungeduld über das Ausbleiben einer Nachricht, und ich begab mich zu der schönen Verlassenen. Man sagte mir, sie sei ausgegangen. Ich sah in dieser Phrase nichts weiteres, als daß man mich nicht empfangen wolle, was mich weder ärgerte noch sonderlich überraschte. Ich ging in der Hoffnung weg, dieser Ausweg würde eine so höfliche Frau doch wenigstens veranlassen, mich einer kurzen Antwort zu würdigen. Nur die Lust nach dieser Antwort ließ mich gegen neun Uhr wieder nach Hause gehen, aber ich fand nichts. Erstaunt über dieses unerwartete Schweigen, gab ich meinem Jäger den Auftrag, auf Erkundigungen auszugehen und in Erfahrung zu bringen, ob die Dame tot sei oder im Sterben läge. Als ich heimkam, teilte er mir mit, daß Frau von Tourvel wirklich mit ihrer Kammerfrau um elf Uhr morgens ausgegangen sei, sich habe zum Kloster der Karmelitinnen fahren lassen, und daß sie um sieben Uhr abends Wagen und Leute zurückgeschickt habe und sagen ließ, man möge sie nicht zu Hause erwarten. Sie macht es ganz der Ordnung gemäß. Das Kloster ist der richtige Aufenthaltsort für eine Witwe; und wenn sie bei dieser löblichen Entschließung bleibt, werde ich zu allen Verbindlichkeiten, die ich ihr schon schulde, bald auch diese Berühmtheit zu danken haben, die dieses Abenteuer bekommen wird. Ich sagte Ihnen schon vor einiger Zeit, daß ich trotz Ihrer Besorgnisse bald wieder auf der Bühne dieser Welt von neuem Glanze strahlend erscheinen würde. Sie mögen sich doch jetzt zeigen, die strengen Kritiker, die mich einer romantischen und unglücklichen Liebe beschuldigen! Mögen sie doch schneller und glänzender ein Verhältnis brechen. Aber nein, sie sollen Besseres tun, sollen sich lieber als Tröster melden, der Weg ist ihnen ja vorgezeichnet. Bitte! Wenn sie es nun nur wagen, diese Laufbahn anzutreten, die ich von Anfang bis zu Ende gegangen bin; und wenn einer von ihnen auch nur den geringsten Erfolg davon trägt, so überlasse ich ihm den ersten Platz. Aber sie werden alle dies erfahren: wenn ich mir Mühe gebe, ist der Eindruck, den ich hinterlasse, unauslöschlich. O zweifellos, dieser hier wird es sein; und ich würde alle meine Triumphe für nichts achten, wenn mir diese Frau je einen Rivalen geben sollte.

Der Entschluß der Dame schmeichelt meiner Eigenliebe, ich gebe das zu; aber es tut mir leid, daß sie so viel Kraft in sich gefunden hat, sich so sehr von mir loszumachen. Es würde demnach zwischen uns beiden noch andere Hindernisse geben als die, die ich selbst errichtet habe! Wie! Wenn ich mich ihr wieder nähern wollte, könnte sie es nicht mehr wollen, was sage ich, es nicht mehr ersehnen, nicht mehr ihr höchstes Glück daraus machen? Liebt man denn so? Und glauben Sie, meine schöne Freundin, daß ich das dulden darf? Könnte ich zum Beispiel nicht, und wäre das nicht auch besser, versuchen, diese Frau wieder dahin zu bringen, daß sie die Möglichkeit einer Aussöhnung durchschimmern sieht, die man doch immer wünscht, so lange man hofft? Ich könnte diesen Schritt versuchen, ohne ihm besondere Wichtigkeit zu geben, und folglich ohne daß er Ihr Mißtrauen zu erregen braucht. Im Gegenteil, es wäre ein einfacher Versuch, den wir im Einverständnis machten; und sollte er mir gelingen, so wäre das nur wieder ein Mittel mehr, nach Ihrem Belieben ein Ihnen angenehmes Opfer noch einmal zu bringen. Jetzt, meine schöne Freundin, bleibt nur noch übrig, daß ich den Lohn dafür bekomme, und alle meine Wünsche gelten Ihrer Rückkehr. Kommen Sie doch schnell, Ihren Geliebten wiederfinden, Ihre Vergnügungen, Ihre Freundinnen, und den Strom der Abenteuer.

Das der kleinen Volanges ist sehr gut ausgegangen. Gestern, da mich die Unruhe schon nirgends mehr verließ, gelangte ich auf meinen verschiedenen Gängen bis zu Frau von Volanges. Ich fand Ihr Mündel bereits im Salon, noch im Krankenkostüm, aber in voller Besserung und von nur um so frischerem und interessanterem Aussehen. Ihr andern Frauen wäret in einem solchen Fall noch einen Monat lang auf einer Couchette liegen geblieben; alle Achtung, es leben die jungen

Fräulein! Diese da hat mir wahrhaftig Lust gemacht, zu erfahren, ob die Heilung vollständig ist!

Ich vergaß Ihnen zu sagen, daß dieser Unfall des kleinen Mädchens Ihren sentimentalen Danceny beinahe verrückt gemacht hat. Erst aus Kummer, heute aus Freude. »Seine Cécile« war krank! Sie können sich denken, daß der Kopf sich einem verdreht bei einem solchen Unglück. Dreimal im Tage ließ er sich erkundigen, und keinen ließ er vergehen, ohne selbst nachzufragen. Schließlich hat er sich mit einem schönsten Briefe bei der Mama die Erlaubnis erbeten, ihr gratulieren zu dürfen zur Genesung eines so teuern Wesens, und Frau von Volanges hat eingewilligt, so daß ich den jungen Mann ganz behaglich dort sitzen fand wie ehedem, abgesehen von der Familiarität, die er sich nicht zu erlauben wagt. Diese Details habe ich von ihm selbst; denn wir gingen zusammen weg und ich brachte ihn zum Reden. Sie machen sich keinen Begriff von der Wirkung, die dieser Besuch auf ihn gemacht hat. Das ist eine Freude, das sind Begierden, das ist eine Aufregung, es läßt sich nicht wiedergeben. Ich mit meiner Vorliebe für den großen Schwung ließ ihn vollends den Kopf verlieren, als ich ihm versicherte, ich würde es ihm in wenig Tagen möglich machen, seine Schöne aus noch größerer Nähe zu betrachten.

Ich bin nämlich wirklich entschlossen, sie ihm wieder zuzustellen, gleich nach Beendigung meines Experimentes. Ich will mich ganz Ihnen widmen; und dann, wäre es denn der Mühe wert, daß Ihr Mündel meine Schülerin ist, wenn sie nur ihren Gemahl betrügen sollte? Die Hauptkunst ist, den Liebhaber zu betrügen! Und besonders den ersten Liebhaber! Denn ich habe mir meinerseits nicht vorzuwerfen, das Wort Liebe ausgesprochen zu haben.

Adieu, meine schöne Freundin; treten Sie doch so schnell wie möglich Ihre Herrschaft über mich an, empfangen Sie meine Unterwerfung und bezahlen Sie mir den Lohn.

Paris, den 28. November 17..

146. Brief

Die Marquise von Merteuil an den Vicomte von Valmont.

Ganz im Ernst, Vicomte, Sie haben die Präsidentin verlassen? Sie haben ihr den Brief geschickt, den ich Ihnen für sie aufgesetzt hatte? Sie sind wirklich reizend und haben meine Erwartungen übertroffen! Ich gestehe gern, daß dieser Triumph mir mehr schmeichelt als alle, die ich bis jetzt etwa erlangt habe. Sie werden vielleicht finden, daß ich diese Frau jetzt sehr hoch einschätze, die ich noch vor kurzem so gering anschlug. Aber keineswegs. Es ist nur dies, daß ich nicht über Frau von Tourvel einen Sieg davon getragen habe, sondern über Sie. Das ist das Komische und wirklich Köstliche dabei.

Ja, Vicomte, Sie liebten Frau von Tourvel sehr, ja Sie lieben sie noch. Sie lieben sie wahnsinnig; aber weil ich mich amüsierte, Sie damit zu beschämen, haben Sie sie tapfer aufgeopfert. Sie hätten eher tausend geopfert, als einen Spott ertragen. Wohin bringt uns nicht die Eitelkeit! Der Weise hat recht, wenn er sagt, daß sie die Feindin des Glückes ist.

Wo wären Sie jetzt, wenn ich Ihnen nur einen Streich hätte spielen wollen? Aber ich kann nicht betrügen, Sie wissen das wohl; und sollten Sie mich auch meinerseits in die Verzweiflung und ins Kloster treiben, so riskiere ich es und ergebe mich meinem Sieger.

Indes: wenn ich kapituliere, so ist es nichts als Schwäche. Denn wenn ich wollte, wie viele Kniffe hätte ich nicht noch gegen Sie! Und vielleicht würden Sie es verdienen? So bewundere ich zum Beispiel, mit welcher Schlauheit oder Ungeschicktheit Sie mir in aller Ruhe vorschlagen, ich solle Sie wieder mit der Präsidentin anknüpfen lassen. Das würde Ihnen sehr zusagen, nicht wahr, daß Sie sich das Verdienst des Bruches der Beziehungen zuschreiben dürften, und doch noch die Freuden des Genusses nicht verlieren. Und da alsdann dieses scheinbare Opfer für Sie keines mehr wäre, so bieten Sie mir an, es nach meinem Belieben nochmals zu bringen! Durch dieses Arrangement hielte sich die himmlische Betschwester noch immer für die einzig Erwählte Ihres Herzens, während ich stolz darauf wäre, die bevorzugte Rivalin zu sein. Wir wären beide betrogen, Sie aber wären zufrieden, – und was geht Sie das übrige an?

Schade, daß Sie mit so viel Talent zum Plänemachen so wenig zur Ausführung haben, und daß Sie durch einen einzigen unbedachten Schritt sich selbst ein unüberwindliches Hindernis errichtet haben vor das, was Sie am meisten wünschen.

Wie! Sie hatten die Absicht wieder anzuknüpfen und konnten meinen Brief schreiben? Sie haben mich danach wohl für sehr ungeschickt gehalten. Glauben Sie mir, Vicomte, wenn eine Frau nach dem Herzen einer andern stößt, verfehlt sie selten den rechten Punkt, und die Wunde ist unheilbar. Während ich nach dieser stieß, oder vielmehr Ihren Stoß lenkte, vergaß ich nie, daß diese Frau meine Rivalin war, daß Sie sie einen Augenblick lang mir vorgezogen hatten, und daß Sie mich schließlich doch unter sie gestellt haben! Wenn ich mich in meiner Rache geirrt habe, so willige ich ein, den Fehler zu tragen. Somit heiße ich es gut, daß Sie alle Mittel versuchen; ich fordere Sie sogar dazu auf und verspreche Ihnen, über Ihren Erfolg nicht bös zu sein, wenn Sie welchen haben. Ich bin darüber so ruhig, daß ich mich damit nicht mehr abgeben will. Sprechen wir von etwas anderem.

Zum Beispiel von dem Befinden der kleinen Volanges. Sie werden mir bestimmte Nachrichten über sie nach meiner Rückkunft geben, nicht wahr? Ich werde mich freuen, sie zu hören. Danach steht es bei Ihnen und Ihrem Urteil, ob Sie das kleine Mädchen ihrem Liebhaber wieder zustellen oder es ein zweites Mal versuchen wollen, der Gründer einer neuen Linie der Valmont unter dem Namen Gercourt zu werden. Diese Idee schien mir sehr spaßig, und wenn ich Ihnen die Wahl lasse, erwarte ich doch, daß Sie sich noch nicht endgültig entscheiden, bevor wir darüber gesprochen haben. Nicht daß ich Sie so auf lange vertrösten will, denn ich werde sehr bald in Paris sein. Ich kann Ihnen den genauen Tag noch nicht sagen, aber Sie zweifeln hoffentlich nicht daran, daß Sie der Erste sind, den ich davon benachrichtige, sobald ich angekommen bin.

Adieu, Vicomte! Trotz allen Streitigkeiten, Bosheiten und Vorwürfen hab' ich Sie immer noch sehr lieb und bereite mich vor, es Ihnen zu beweisen. Auf Wiedersehen, Freund!

Schloß …, den 29. November 17..

147. Brief

Die Marquise von Merteuil an den Chevalier Danceny.

Endlich reise ich, mein jünger Freund, und morgen abend bin ich in Paris. Inmitten all des Durcheinanders, den ein Ortswechsel mit sich bringt, werde ich niemand empfangen. Aber wenn Sie mir etwas Wichtiges anzuvertrauen haben, so will ich mit Ihnen eine Ausnahme von der allgemeinen Regel machen. Aber ich nehme nur Sie aus, und erbitte mir Stillschweigen über meine Ankunft. Selbst Valmont erfährt sie nicht.

Wer mir vor einiger Zeit gesagt hätte, daß Sie bald mein ausschließliches Vertrauen besitzen würden, dem hätte ich nicht geglaubt. Aber das Ihre hat das meine nach sich gezogen. Ich möchte fast glauben, daß Sie Geschicklichkeit darauf verwendet haben, vielleicht sogar etwas Verführung. Das wäre aber recht schlecht von Ihnen! Im übrigen wäre Ihre Verführung jetzt nicht gefährlich, denn Sie haben wirklich ganz anderes zu tun. Wenn die Heroine auf der Szene erscheint, so kümmert man sich wenig um die Vertraute.

Sie haben ja nicht einmal Zeit gefunden, mich von Ihren neuen Erfolgen zu unterrichten. Als Ihre Cécile abwesend war, da waren die Tage nicht lang genug, Ihre zärtlichen Klagen anzuhören. Sie hätten dem Echo vorgeklagt, wäre ich nicht dagewesen und hätte Ihnen zugehört. Als sie noch krank war, erwiesen Sie mir auch wieder die Ehre der Erzählung Ihrer Besorgnisse; Sie benötigten jemand, dem Sie sie sagen konnten. Jetzt aber, da die, die Sie lieben, in Paris ist, da es ihr gut geht, und besonders, da Sie sie öfters sehen, so genügt sie für alles, und Ihre Freunde sind Ihnen nichts mehr.

Ich mache Ihnen daraus keinen Vorwurf; es kommt von Ihren zwanzig Jahren. Von Alcibiades bis auf Sie weiß man, daß junge Leute die Freundschaft nur kannten, wenn sie einen Kummer hatten. Das Glück macht sie manchmal mitteilsam, aber nie vertraulich. Ich kann wohl wie Sokrates sagen: »Ich liebe es, daß meine Freunde zu mir kommen, wenn sie unglücklich sind.« Aber als Philosoph konnte er sie leicht entbehren, wenn sie nicht kamen. Darin bin ich nicht ganz so Philosoph wie er, und ich habe Ihr Schweigen mit der ganzen Schwäche der Frau empfunden.

Halten Sie mich deshalb nicht für anspruchsvoll, – dazu fehlt viel! Dasselbe Gefühl, mit dem ich diese Entbehrungen erkenne, läßt sie mich auch tapfer ertragen, wenn sie der Beweis oder die Ursache des Glückes meiner Freunde sind. Ich rechne deshalb auf Sie für morgen abend, nur insofern Sie die Liebe frei und unbeschäftigt läßt, und verbiete Ihnen, das geringste Opfer zu bringen.

Adieu, Chevalier; ich freue mich auf unser Wiedersehen wie auf ein Fest. Werden Sie kommen?

Schloß …, den 29. November 17..

148. Brief

Frau von Volanges an Frau von Rosemonde.

Sie werden gewiß so betrübt sein wie ich, meine würdige Freundin, wenn Sie von dem Zustand hören, in dem sich Frau von Tourvel befindet. Sie ist seit gestern krank. – Ihre Krankheit setzte so heftig ein und zeigt so erregte Symptome, daß ich wirklich ganz erschrocken darüber bin.

Ein hitziges Fieber, heftige und andauernde Delirien, ein unstillbarer Durst, das ist alles, was man wahrnimmt. Die Ärzte sagen, daß man noch nichts sagen kann; und die Behandlung wird um so schwieriger, als die Kranke alle Mittel von sich weist; das geht so weit, daß man sie mit Gewalt hat halten müssen, um sie zur Ader zu lassen. Und die Anwendung von Gewalt war noch zweimal nötig, um ihr die Binde wieder anzulegen, die sie in der Aufregung immer wieder abreißen will.

Sie, die sie wie ich so schwach, so schüchtern und sanft gekannt haben, begreifen Sie es, daß sie vier Personen kaum halten können, und daß sie, wenn man ihr die geringste Vorstellung macht, in unaussagbare Wut gerät? Ich fürchte, daß dies mehr als Delirien sind und daß sie wirklich geisteskrank ist.

Meine Furcht in dieser Hinsicht wird vermehrt durch das, was sich vorgestern zugetragen hat. An dem Tag erschien sie um elf Uhr morgens mit ihrer Kammerfrau im Kloster der Karmeliterinnen. Da sie in diesem Hause erzogen worden ist, und die Gewohnheit hatte, manchmal dorthin zu kommen, wurde sie wie gewöhnlich empfangen, und schien allen ruhig und munter zu sein. Etwa zwei Stunden später erkundigte sie sich, ob das Zimmer, das sie als Pensionärin bewohnt hatte, frei sei, und auf die bejahende Antwort verlangte sie, es wiederzusehen. Die Priorin begleitete sie mit einigen andern Nonnen hin. Da erklärte sie nun, sie wolle wieder das Zimmer bewohnen, das sie, wie sie sagte, nie hätte verlassen sollen; und sie setzte hinzu, sie würde erst wieder, »wenn sie tot sei« ausziehen. So waren ihre Worte.

Erst wußte man nicht, was sagen; als aber das erste Erstaunen vorüber war, stellte man ihr vor, daß man sie als verheiratete Frau nicht ohne bestimmte Erlaubnis aufnehmen könne. Aber weder dieser Grund, noch tausend andere taten eine Wirkung; und von dem Augenblick an blieb sie dabei, nicht nur das Kloster, sondern sogar ihr Zimmer nicht mehr zu verlassen. Des Redens müde, ließ man es um sieben Uhr abends zu, daß sie die Nacht über da verbringe. Man schickte den Wagen und ihre Leute heim und verschob es bis zum nächsten Tag, eine Entschließung zu treffen.

Man versichert, daß den ganzen Abend hindurch weder ihr Gesicht noch ihre Haltung irgend etwas Irres gehabt hätten, das eine wie das andere seien ruhig und besonnen gewesen. Nur vier- oder fünfmal sei sie in so tiefes Sinnen versunken, daß man sie durch nichts daraus wecken konnte; und jedesmal, wenn sie daraus erwachte, habe sie ihre Hände an die Stirne geführt und diese scheinbar mit Gewalt gepreßt; als daraufhin sie eine der Nonnen fragte, ob sie Kopfschmerzen habe, starrte sie sie erst lange an und sagte schließlich: »Nicht da sitzt das Übel.« Einen Augenblick später bat sie, man möge sie allein lassen und in Zukunft keine Fragen mehr an sie richten.

Alle zogen sich zurück bis auf ihre Kammerfrau, die, weil sonst kein Platz war, glücklicherweise in demselben Zimmer schlafen sollte.

Nach den Aussagen dieses Mädchens ist ihre Herrin bis elf Uhr abends ziemlich ruhig gewesen. Um die Zeit hat sie verlangt, zu Bett gebracht zu werden. Aber ehe sie ganz entkleidet war, begann sie lebhaft und mit heftigen Gesten im Zimmer auf und ab zu gehen. Julie, die tagsüber Zeuge gewesen war von dem, was sich zugetragen hatte, wagte nichts zu sagen und wartete schweigend etwa eine Stunde lang. Endlich rief Frau von Tourvel sie plötzlich zweimal an; sie hatte kaum Zeit herbeizuspringen, als ihre Herrin ihr in die Arme sank und stöhnte: »Ich kann nicht mehr.« Sie ließ sich auf das Bett legen und wollte nichts einnehmen, wollte auch nicht, daß Hilfe gerufen werde.

Nur Wasser ließ sie neben sich hinstellen und befahl Julie, sich schlafen zu legen.

Diese versichert, sie habe bis zwei Uhr früh wach gelegen und während dieser Zeit ihre Herrin weder sich bewegen noch klagen gehört. Aber um fünf Uhr, sagt sie, sei sie vom Reden ihrer Herrin geweckt worden, die mit lauter und fester Stimme sprach. Als sie sie fragte, ob sie etwas nötig hätte und keine Antwort darauf bekam, sei sie mit ihrem Licht an das Bett der Frau von Tourvel getreten, die sie nicht erkannte, die aber ihr unzusammenhängendes Reden plötzlich abbrach und laut rief: »Man soll mich allein lassen, ich will im Finstern bleiben, in die Finsternis gehöre ich.« Ich bemerkte selbst gestern, daß diese Wendung immer bei ihr wiederkehrt.

Schließlich benutzte Julie den ihr gewissermaßen erteilten Befehl und ging hinaus, um Leute und Hilfe zu holen. Aber Frau von Tourvel hat eines wie das andere zurückgewiesen mit denselben Wutausbrüchen und Delirien, die sich seitdem so oft wiederholen.

Die Verlegenheit, in die dadurch das ganze Kloster kam, veranlaßte die Oberin, mich gestern um sieben Uhr morgens holen zu lassen. Es war noch nicht Tag. Ich ging sofort. Als man mich Frau von Tourvel meldete, schien sie wieder zum Bewußtsein zu kommen und sagte: »Ach ja, sie soll eintreten.« Als ich aber an ihrem Bett stand, schaute sie mich starr an, nahm lebhaft meine Hand, die sie drückte, und sagte mit starker, trauriger Stimme: »Ich sterbe, weil ich Ihnen nicht geglaubt habe.« Gleich darauf bedeckte sie ihre Augen und wiederholte ihre Worte: »Man soll mich allein lassen usw.«, und verlor völlig die Besinnung.

Diese an mich gerichteten Worte und andere, die ihr im Delirium entschlüpften, lassen mich fürchten, daß diese grausame Krankheit eine noch grausamere Ursache hat. Aber wir wollen die Geheimnisse unserer Freundin achten und uns damit begnügen, ihr Unglück zu beklagen.

Der ganze gestrige Tag war gleich stürmisch; es wechselte schreckliches Phantasieren mit Augenblicken lethargischer Niedergeschlagenheit, die einzigen, in denen sie sich und den andern etwas Ruhe gönnt. Ich verließ erst um neun Uhr abends meinen Platz an ihrem Bett, und will heute morgen wieder für den ganzen Tag hin. Gewiß werde ich meine unglückliche Freundin nicht im Stich lassen, aber zum verzweifeln ist die Hartnäckigkeit, mit der sie jede Aufmerksamkeit und alle Hilfe ablehnt.

Ich schicke Ihnen das Bulletin von heute nacht, das ich soeben erhalte und das, wie Sie sehen, nichts weniger als tröstlich ist. Ich werde dafür sorgen, Sie Ihnen alle pünktlich zukommen zu lassen.

Gott befohlen, meine würdige Freundin, ich gehe jetzt wieder zu meiner Kranken. Meine Tochter, die zum Glück fast ganz wieder hergestellt ist, grüßt Sie achtungsvoll.

Paris, den 29. November 17..

149. Brief

Der Chevalier Danceny an Frau von Merteuil.

O! Sie die ich liebe! O Du, die ich Dich anbete! O Sie, die mein Glück beginnt! O Du, die es vollendet! Mitfühlende Freundin, zärtliche Geliebte, warum kommt die Erinnerung an Deinen Schmerz den Zauber stören, unter dem ich lebe? Ach, gnädige Frau, beruhigen Sie sich, es ist die Freundschaft, die dies von Ihnen fordert. O, meine Freundin, sei glücklich – das bittet die Liebe.

Aber, welche Vorwürfe haben Sie sich denn zu machen? Glauben Sie mir, Ihr Zartgefühl trügt Sie. Die Reue, die es Ihnen verursacht, und das Unrecht, dessen es mich anklagt, sind gleich illusorisch. Ich fühle in meinem Herzen, daß zwischen uns beiden kein anderer Verführer war als die Liebe. Scheue Dich also nicht mehr, Dich den Gefühlen hinzugeben, die Du einflößest, Dich von allen Gluten durchdringen zu lassen, die Du entfachst. Wie denn! Weil sie erst später erleuchtet wurden, sollten unsere Herzen nicht mehr so rein sein? Nein, doch sicher nicht. Im Gegenteil, gerade die Verführung, die niemals ohne Plan handelt, kann ihren Gang und ihre Mittel zueinanderpassen, und von weitem die Ereignisse voraussehen. Aber die wahre Liebe erlaubt kein solches Nachdenken und Überlegen. Sie lenkt uns von unseren Gedanken ab durch unsere Gefühle; ihre Macht ist nie größer, als wenn sie unbekannt ist; und in Schatten und Schweigen umgibt sie uns mit Banden, die man ebensowenig bemerken als zerreißen kann.

So war es gestern, als ich trotz der lebhaften Erregung, die mir der Gedanke an Ihre Rückkunft verursacht, trotz des lebhaften Vergnügens, das ich bei Ihrem Anblick empfand, immer noch glaubte, daß mich nur friedliche Freundschaft rufe und leite. Oder dachte vielmehr, ganz den süßen Gefühlen meines Herzens hingegeben, wenig daran, mich um ihren Ursprung oder Ursache zu kümmern. So empfandest auch Du, meine zärtliche Freundin, ohne es zu wissen, diesen hohen Zauber, der unsere Seelen dem sanften Wirken der Zärtlichkeit übergab; und alle beide haben wir die Liebe erst erkannt, als wir aus der Trunkenheit kamen, in die uns dieser Gott getaucht hatte.

Aber eben dies rechtfertigt uns, statt daß er uns verurteile. Nein, Du hast die Freundschaft nicht verraten, und ich habe ebensowenig Dein Vertrauen mißbraucht. Alle beide haben wir zwar unsere Gefühle verkannt, doch diese Selbsttäuschung hielt uns befangen, ohne daß wir sie künstlich erzeugt hätten. Ach! wir wollen uns doch nicht über sie beklagen, sondern nur an das Glück denken, das sie uns bereitet hat. Und ohne es durch ungerechte Vorwürfe zu trüben, wollen wir nur darauf bedacht sein, es zu vermehren durch den Zauber des Vertrauens und der Sicherheit. O meine Freundin! Wie ist diese Hoffnung meinem Herzen teuer! Ja, in Zukunft sollst Du furchtlos ganz der Liebe gehören, meine Leidenschaft teilen, meinen Sinnenrausch und die Trunkenheit meiner Seele; und jeder Augenblick unserer beglückten Tage soll durch eine neue Wonne bezeichnet sein.

Lebe wohl, Du, die ich anbete! Ich soll Dich heute abend sehen, aber werde ich Dich allein finden? Ich wage es nicht zu hoffen. Ach, Du sehnst Dich nicht so sehr danach wie ich!

Paris, den 1. Dezember 17..

150. Brief

Frau von Volanges an Frau von Rosemonde.

Ich hoffte gestern den ganzen Tag, meine würdige Freundin, ich würde Ihnen heute bessere Nachrichten über das Befinden unserer teuren Kranken geben können: aber seit gestern abend ist diese Hoffnung vernichtet, und es bleibt mir nur das Bedauern, daß ich sie verlor. Ein Vorfall, scheinbar ganz gleichgültig, aber sehr schlimm in seinen

Folgen, hat den Zustand der Kranken so beeinflußt, daß er ebenso ist wie vorher, wenn nicht gar ärger.

Ich hätte nichts von dieser plötzlichen Wendung verstanden, wenn nicht gestern unsere unglückliche Kranke sich mir ganz anvertraut hätte. Da sie mir sagte, daß auch Sie von all ihrem Unglück unterrichtet sind, kann ich zu Ihnen ohne Rückhalt über ihre traurige Lage sprechen.

Gestern morgen, als ich ins Kloster kam, sagte man mir, daß die Kranke schon seit mehr als drei Stunden schlafe; und ihr Schlaf war so tief und ruhig, daß ich einen Augenblick bange war, er möchte lethargisch sein. Einige Zeit darauf wachte sie auf und öffnete selbst die Bettvorhänge. Sie sah uns alle überrascht an; und wie ich aufstand, um zu ihr zu gehen, erkannte sie mich, nannte mich beim Namen und bat mich, näherzutreten. Sie ließ mir keine Zeit, irgendwelche Fragen zu tun, sondern erkundigte sich, wo sie wäre, was wir da täten, ob sie krank sei und warum sie nicht zu Hause sei. Ich glaubte erst, es wäre ein neuer Fieberanfall, nur etwas ruhiger als der vorhergehende; ich bemerkte aber, daß sie ganz richtig verstand, was ich antwortete. Sie hatte wirklich ihren Kopf wieder, nicht aber ihr Gedächtnis.

Sie fragte mich in allen Einzelheiten aus, über alles, was sich zugetragen hat, Seitdem sie im Kloster ist. Sie konnte sich nicht erinnern, wie sie hergekommen war. Ich gab genaue Antwort auf alles und ließ nur das weg, was sie hätte zu sehr aufregen können. Als ich sie dann meinerseits fragte, wie sie sich befände, antwortete sie, daß sie augenblicklich nicht leide, aber im Schlaf sehr gequält gewesen sei und sich müde fühle. Ich sagte ihr, sie möge sich beruhigen und wenig sprechen. Hierauf schloß ich den Vorhang, ließ ihn aber etwas auf und setzte mich zu ihr ans Bett. Man brachte ihr eine Tasse Fleischbrühe, die sie trank und gut fand.

So blieb sie ungefähr eine halbe Stunde, während welcher sie nur sprach, um mir für die Pflege zu danken, die ich ihr erwiesen hätte, und sie legte in diesen Dank alle die Anmut, die Sie an ihr kennen. Nachher blieb sie eine ganze Weile lang völlig still und brach das Schweigen nur, um zu sagen: »Ach ja, ich erinnere mich wieder, wie ich hierhergekommen bin.« Einen Augenblick später rief sie schmerzlich: »Liebe Freundin, o meine liebe Freundin, bedauern Sie mich, mein ganzes Unglück fällt mir wieder ein.« Als ich mich zu ihr beugte, nahm sie meine Hand und stützte ihren Kopf darauf. »Großer

Gott«, klagte sie, »kann ich denn nicht sterben?« Wie sie das sagte, wirkte noch stärker auf mich als das, was sie sagte, und rührte mich zu Tränen. Sie merkte es an meiner Stimme und sagte: »Sie bedauern mich? Ach, wenn Sie wüßten – –.« Dann nach einer Weile: »Sorgen Sie dafür, daß man uns allein läßt, ich will Ihnen alles sagen.«

Wie ich Ihnen bereits gesagt zu haben glaube, argwöhnte ich schon was von dem, was diese vertrauliche Aussprache bringen werde; und da ich befürchtete, das Gespräch würde lang und traurig werden, und dem Zustande unserer unglücklichen Kranken vielleicht schaden, entzog ich mich ihm zuerst, unter dem Vorwand, sie bedürfe der Ruhe. Aber sie bestand darauf, und ich fügte mich ihren Bitten. Sobald wir allein waren, sagte sie mir alles, was Sie bereits von ihr wissen und was ich deshalb nicht wiederhole.

Wie, sie mir zum Schluß erzählte, auf welch grausame Art sie geopfert worden war, fügte sie hinzu: »Ich glaubte, sicher daran zu sterben, und glaubte, auch den Mut dazu zu haben; aber mein Unglück und meine Schande zu überleben, das ist mir unmöglich.« Ich versuchte, diese Mutlosigkeit oder vielmehr diese Verzweiflung mit den Waffen der Religion zu bekämpfen, die bis dahin so viel Macht über sie hatten; aber ich fühlte bald, daß ich nicht genug Kraft zu diesem Amt besitze und beschränkte mich auf den Vorschlag, den Pater Anselm rufen zu lassen, der, wie ich weiß, ihr ganzes Vertrauen hat. Sie willigte ein und schien es sogar sehr zu wünschen. Man schickte also nach ihm, und er kam sofort. Er blieb sehr lange bei der Kranken; als er fortging, sagte er, daß wenn die Ärzte derselben Meinung wären, so könnte man die Zeremonie der letzten Ölung noch aufschieben; er werde andern Tags wiederkommen. Es war ungefähr drei Uhr nachmittags und bis fünf Uhr war unsere Freundin ziemlich ruhig, so daß wir alle wieder Hoffnung schöpften. Zum Unglück brachte man da einen Brief für sie. Wie man ihn ihr geben wollte, sagte sie, daß sie überhaupt keinen annehmen wolle, und niemand bestand weiter darauf. Aber von diesem Augenblick an schien sie aufgeregter. Bald nachher fragte sie, woher der Brief käme. Er war nicht abgestempelt. Wer ihn gebracht habe? Man wußte es nicht. In wessen Auftrag er abgegeben sei? Es war der Pförtnerin nicht gesagt worden. Dann bewahrte sie einige Zeit Schweigen. Darauf fing sie wieder an zu sprechen; aber wie sie sprach, daran merkten wir bald, daß das Delirium wieder da war.

Jedoch kam wieder ein ruhiger Augenblick, bis sie endlich bat, man möge ihr den Brief geben, der für sie gekommen sei. Kaum hatte sie einen Blick darauf geworfen, rief sie: »Von ihm! Großer Gott!« Und dann mit lauter aber ganz benommener Stimme: »Nehmt ihn weg, nehmt ihn weg!« Sie ließ sofort die Vorhänge schließen und verbot, daß jemand ihr nahe komme. Aber bald nachher waren wir genötigt, wieder zu ihr zurückzukehren. Ihre Aufregung hatte wieder heftiger als je eingesetzt, und die Zuckungen waren entsetzlich. Dies hörte den ganzen Abend nicht mehr auf; und das Bulletin von heute früh meldete mir, daß die Nacht nicht weniger heftig gewesen ist. Kurz, ihr Zustand ist derartig, daß ich staune, wie sie ihm noch nicht erlegen ist; und ich verhehle Ihnen nicht, daß mir nur wenig Hoffnung bleibt.

Ich vermute, dieser unglückliche Brief ist von Herrn von Valmont; aber was kann er ihr noch zu sagen wagen? Verzeihung, meine liebe Freundin, ich entschlage mich jeder Bemerkung, aber es ist sehr traurig, eine Frau so elend umkommen zu sehen, die bis dahin so glücklich war und so wert es zu sein.

Paris, den 2. Dezember 17..

151. Brief

Der Chevalier Danceny an die Marquise von Merteuil.

In Erwartung des Glückes, Dich zu sehen, überlasse ich mich, meine zärtliche Freundin, ganz dem Vergnügen, Dir zu schreiben; und indem ich mich mit Dir beschäftige, lindere ich den Schmerz, von Dir fern zu sein. Dir meine Gefühle wiedergeben, mich der Deinen zu erinnern, ist für mein Herz ein wahrer Genuß; und dank diesem Genuß bietet mir sogar die Zeit der Entbehrungen noch tausend meiner Liebe kostbare Schätze. Jedoch, wenn ich Dir glauben muß, werde ich keine Antwort von Dir erhalten; auch dieser Brief von mir soll der letzte sein; und wir werden uns eines Verkehrs enthalten, der nach Deiner Meinung gefährlich ist, und den wir »nicht nötig haben«. Sicher glaube ich Dir das, wenn Du darauf bestehst: denn was könntest Du wollen, was ich nicht auch will? Aber willst Du nicht, bevor Du Dich ganz entscheidest, erlauben, daß wir darüber reden?

Was die Gefahren betrifft, so urteilst Du am besten allein darüber. Ich kann nichts berechnen, und beschränke mich darauf, Dich zu bitten: sei auf Deine Sicherheit bedacht, denn ich kann nicht ruhig sein, wenn ich Dich in Sorgen weiß. Was das anbelangt, so bilden wir nicht beide eines, sondern Du bist so gut wie wir beide.

Nicht ganz so liegt es mit dem »Bedürfnis«: darüber können wir nur einen und denselben Gedanken haben; und wenn wir in unseren Meinungen auseinandergehen, so kann es nur von Mangel an Aussprache kommen, oder weil wir uns nicht verstehen. Folgendes glaube ich zu fühlen.

Gewiß wird ein Brief überflüssig, wenn man sich ungehindert sehen kann. Was könnte er sagen, was ein Wort, ein Blick oder selbst Stillschweigen nicht viel besser ausdrückte? Das scheint mir so wahr, daß in dem Augenblick, wo Du mir sagtest, wir wollten uns nicht mehr schreiben, dieser Gedanke leicht über meine Seele glitt. Er belästigte sie vielleicht etwas, aber er berührte sie nicht. So ungefähr, wie wenn ich Dich auf Dein Herz küssen will und ein Band oder ein Stück Gaze treffe; ich schiebe es nur beiseite, habe aber nicht das Gefühl, als hindere mich was.

Seitdem aber sind wir getrennt; und sobald Du nicht mehr da warst, kam dieser Gedanke ans Schreiben wieder und quälte mich. Wozu, sagte ich mir, auch noch diese Entbehrung? Weil man getrennt ist, hat man sich deswegen nichts mehr zu sagen? Ich nehme an, man ist von den Umständen begünstigt und verbringt einen ganzen Tag miteinander – soll man denn da die Zeit zum Plaudern von der des Genusses abziehen? Ja, des Genusses, meine zärtliche Freundin! Denn bei Dir geben auch die Augenblicke der Ruhe noch köstlichen Genuß. Aber schließlich, ob gute oder schlimme Zeit, muß man sich trennen. Und dann ist man so allein! Da ist dann ein Brief kostbar! Wenn man ihn schon nicht liest, so schaut man ihn an ... Ach, sicher kann man einen Brief ansehen, ohne ihn zu lesen, wie ich zur Nacht noch Lust daran hätte, Dein Bildnis zu berühren ...

Dein Bildnis, sagte ich? Aber ein Brief ist doch das Bildnis der Seele. Die Seele hat nicht, wie ein kaltes Bild, diese der Liebe so ferne Starrheit. Abwechselnd belebt es sich, es genießt, es ruht ... Deine Gefühle sind mir so kostbar! Willst Du mich ein Mittel entbehren lassen, durch das ich sie sammeln könnte?

Bist Du denn so sicher, daß Dich das Bedürfnis, mir zu schreiben, nie quälen wird? Wenn in der Einsamkeit sich Dein Herz weitet oder beklommen wird, wenn eine freudige Bewegung Dir bis in die Seele dringt, wenn eine unwillkürliche Traurigkeit Dich einen Augenblick betrübt, willst Du denn nicht in das Herz Deines Freundes Dein Glück oder Dein Leid ausschütten? Willst Du denn ein Gefühl haben, das er nicht teilen soll? Du willst ihn fern von Dir sich in einsame Träumereien verlieren lassen? Meine Freundin, meine zärtliche Freundin! Aber Dir steht es zu, zu entscheiden. Ich wollte nur besprechen, nicht Dich verleiten. Ich sagte nur Gründe, ich wage zu glauben, daß ich durch Bitten stärker gewesen wäre. Ich werde also, wenn Du dabei bleibst, versuchen, mich nicht zu betrüben, ich werde mich anstrengen, mir selbst zu sagen, was Du mir geschrieben hättest. Aber sieh, Du würdest es besser sagen als ich; und vor allem würde ich es mit mehr Vergnügen hören.

Adieu, reizende Freundin; endlich naht die Stunde, wo ich Dich sehen kann. Ich verlasse Dich rasch, um Dich um so eher wiederzufinden.

Paris, den 3. Dezember 17..

152. Brief

Der Vicomte von Valmont an die Marquise von Merteuil.

Gewiß, Marquise, halten Sie mich nicht für so ungeübt, daß Sie dächten, ich hätte mich in bezug auf das Tête-à-tête, in dem ich Sie heute abend gefunden habe und des »erstaunlichen Zufalles«, der Danceny zu Ihnen führte, irreleiten lassen! Ihre geübte Physiognomie hat es ja wunderbar verstanden, den Ausdruck der Ruhe und Ehrlichkeit anzunehmen, und Sie haben sie auch durch keinen Satz verraten, der einer Frau manchmal in der Verwirrung oder in der Reue entschlüpfen kann. Ich gebe sogar zu, daß Ihre geschulten Blicke Ihnen vorzüglich gedient haben, und hätten sie nur ebensoviel Glauben wie Verständnis bei mir finden können, dann wäre ich allerdings weit von jedem Argwohn und hätte keinen Moment lang an dem großen Ärger gezweifelt, den Ihnen dieser »lästige Dritte« bereitete. Um nun aber nicht umsonst so große Talente zu entfalten, um den Erfolg, den Sie davon erwarteten, zu haben, kurz um die Täuschung, die Sie sich versprachen, wirklich hervorzubringen, hätten Sie doch zuvor Ihren Neuling von Liebhaber sorgfältiger ausbilden müssen.

Da Sie einmal damit beginnen, junge Leute zu erziehen, lehren Sie Ihre Zöglinge, nicht zu erröten und nicht beim geringsten Scherz die Fassung zu verlieren; nicht einer einzigen Frau wegen dieselben Dinge lebhaft zu leugnen, die er in Hinsicht auf alle andern Frauen nur gerade so so von sich weist. Lehren Sie die jungen Leute ferner, das Lob ihrer Geliebten anzuhören, ohne daß sie sich verpflichtet glauben, dafür zu danken. Und wenn Sie ihnen erlauben, Sie in Gesellschaft anzusehen, dann mögen sie wenigstens lernen, diesen leicht erkennbaren Blick des Eigentümers zu maskieren, den sie so ungeschickt mit dem Blick der Liebe verwechseln. Dann, aber erst dann können Sie sie öffentlich auftreten lassen, ohne daß ihre Leistungen der klugen Lehrerin Schande machen; und ich selbst werde glücklich sein, an Ihrem Ruhm mitwirken zu können und verspreche Ihnen, die Programme dieser neuen Schule auszuarbeiten und zu veröffentlichen.

Bis dahin muß ich bekennen, wie ich mich wundere, daß gerade ich es bin, den Sie wie einen Schüler zu behandeln sich vornehmen.

O, wie hätte ich mich bei jeder andern Frau gerächt! Was für ein Vergnügen ich mir daraus machen wollte! Und wie würde es leicht jedes übertreffen, was sie mir zu entziehen glaubte! Ja, es ist wirklich nur bei Ihnen so, daß ich lieber eine Genugtuung als Rache nehme. Und glauben Sie ja nicht, daß ich durch den mindesten Zweifel, die geringste Ungewißheit zurückgehalten werde! Denn ich weiß alles.

Sie sind seit vier Tagen in Paris. Und haben Danceny täglich gesehen und nur ihn allein gesehen. Sogar heute noch war Ihre Türe geschlossen, und es fehlte Ihrem Schweizer nur Ihre Dreistigkeit, daß er mich hinderte, bis zu Ihnen zu dringen. Ich sollte indes nicht zweifeln, schrieben Sie mir, daß ich als erster Ihre Ankunft erfahren würde, diese Ankunft, deren Tag Sie mir noch nicht bestimmen konnten, während Sie mir am Vorabend Ihrer Abreise schrieben. Wollen Sie diese Tatsachen leugnen, oder versuchen sich zu entschuldigen? Das eine ist so unmöglich wie das andere; und doch halte ich noch an mich! Bemessen Sie danach Ihre Macht. Aber glauben Sie mir, seien Sie dabei begnügt, sie erprobt zu haben und mißbrauchen Sie sie nicht länger. Wir kennen uns beide zu gut, Marquise, – das sollte Ihnen genügen.

Sie sind morgen für den ganzen Tag aus, sagten Sie mir. Sehr schön, wenn Sie wirklich aus sind; und Sie werden sich denken können, daß ich es erfahren werde. Aber schließlich kommen Sie am Abend doch wieder heim; und für unsere schwierige Aussöhnung werden wir bis zum nächsten Morgen nicht zu viel Zeit haben. Lassen Sie mich doch wissen, ob es bei Ihnen oder in Ihrem »andern Haus«, – Sie wissen schon – sein wird, wo wir unsere zahlreichen beiderseitigen Sühnopfer bringen werden. Und vor allem: Nichts mehr von Danceny. Ihr eigensinniger Kopf hat sich mit dem Gedanken an ihm vollgepfropft, und ich kann bei diesem Delirium Ihrer Phantasie nicht eifersüchtig sein. Aber bedenken Sie, daß von diesem Augenblick ab das, was nur eine Laune war, zur ausgesprochenen Bevorzugung werden würde. Ich glaube mich nicht für diese Demütigung geschaffen, und erwarte sie nicht von Ihnen zu erfahren.

Ich hoffe, daß Ihnen das gar nicht wie ein Opfer vorkommen wird. Aber wenn es Sie selbst etwas kostet, so meine ich, habe ich Ihnen ein schönes Beispiel dafür gegeben. Eine gefühlvolle schöne Frau, die nur für mich lebte, und die in diesem Augenblick vielleicht vor Liebe und Gram stirbt, ist wohl einen jungen Schüler wert, dem, wenn Sie wollen, weder Geist noch hübsches Gesicht fehlt, der aber weder von der Welt was weiß noch irgend Erfahrung hat.

Adieu, Marquise! Ich sage Ihnen nichts von meinen Empfindungen, die ich für Sie habe. Alles, was ich in diesem Augenblick tun kann, ist, mein Herz nicht auszuforschen. Ich erwarte Ihre Antwort. Bedenken Sie dabei, daß, je leichter Sie es haben, mich die mir zugefügte Beleidigung vergessen zu lassen, mit desto unverwischlicheren Zügen würde eine Weigerung Ihrerseits, ein einfacher bloßer Aufschub sie in mein Herz graben.

Paris, den 3. Dezember 17.. abends.

153. Brief

Die Marquise von Merteuil an den Vicomte von Valmont.

Nehmen Sie sich in acht, Vicomte! Und berücksichtigen Sie etwas mehr meine große Schüchternheit! Wie soll ich denn den niederdrückenden Gedanken ertragen, mir Ihre Mißbilligung zuzuziehen, und wie soll ich vor allem nicht der Angst vor Ihrer Rache erliegen? Um so mehr da, wie Sie wissen, wenn Sie mir einen Streich spielen, es mir nicht möglich wäre, ihn Ihnen nicht wieder zurückzuzahlen. Ich könnte machen was ich wollte. Ihr Leben wäre darum nicht weniger glänzend und friedlich. Was hätten Sie denn zu befürchten? Daß Sie abreisen müßten, wenn man Ihnen Zeit dazu ließe. Aber lebt es sich denn im Ausland nicht gerade so wie hier? Und angenommen, daß Sie der französische Hof, an dem Ort, wo Sie sich niederlassen wollen, ruhig ließe, wäre das für Sie nur ein Ortswechsel Ihrer Triumphe. Nachdem ich so versucht habe, Ihnen mit diesen moralischen Betrachtungen Ihr kaltes Blut wiederzugeben, wenden wir uns zu unseren Geschäften.

Wissen Sie, Vicomte, warum ich mich nicht wieder verheiratet habe? Gewiß nicht aus Mangel an guten Partien, sondern nur, damit niemand das Recht hat, mir etwas über mein Tun und Lassen zu sagen. Nicht daß ich befürchtete, nicht mehr nach meinem Willen zu leben, denn ich hätte doch immer getan, wozu mir die Lust gekommen wäre; aber es hätte mich geniert, daß jemand auch nur das Recht gehabt hätte, sich darüber zu beschweren. Schließlich auch darum nicht, weil ich nur zu meinem Vergnügen betrügen wollte und nicht aus Not. Und da schreiben Sie mir den eheherrlichsten Brief, den je eine Gattin bekommen hat! Sie sprechen darin nur von Unrecht meinerseits und von Gnade Ihrerseits! Aber wie kann man dem was schuldig bleiben, dem man nichts schuldet? Ich kann das nicht verstehen.

Worum handelt es sich eigentlich so dringend? Sie haben Danceny bei mir gefunden, und das hat Ihnen mißfallen, gut. Aber was konnten Sie daraus schließen? Entweder daß es ein Zufall war, wie ich Ihnen sagte, oder mein Wille, wie ich Ihnen nicht sagte. Im ersten Falle ist Ihr Brief ungerecht, im zweiten ist er lächerlich –, das hat sich gelohnt, zu schreiben! Aber Sie sind eifersüchtig, und die Eifersucht ist unvernünftig. Also will ich für Sie Vernunft haben.

Entweder haben Sie einen Rivalen oder Sie haben keinen. Wenn Sie einen haben, müssen Sie gefallen, damit Sie ihm vorgezogen werden; wenn Sie keinen haben, müssen Sie auch wieder gefallen, damit Sie keinen Rivalen bekommen. In jedem Fall haben Sie sich ganz gleich zu verhalten, – warum quälen Sie sich also? Warum vor allem quälen Sie mich? Können Sie denn nicht mehr der Liebenswürdigste sein? Und sind Sie Ihrer Erfolge nicht mehr sicher? Gehen Sie doch, Vicomte, Sie tun sich Unrecht! Aber das ist es auch nicht, was ich meine; es ist das, daß Sie sich nicht einbilden sollen, es läge Ihnen so viel daran. Es liegt Ihnen nicht an meinen Liebenswürdigkeiten. Sie wollen nur Ihre Macht mißbrauchen. Schämen Sie sich, Sie sind undankbar. Das nennt man wohl gar Gefühl? Und wenn ich so weiterschriebe, könnte dieser Brief noch sehr zärtlich werden, aber Sie verdienen es nicht.

Sie verdienen auch nicht, daß ich mich rechtfertige. Zur Strafe für Ihr Mißtrauen sollen Sie es behalten: ich sage Ihnen nichts über den Zeitpunkt meiner Rückkehr, nichts über Dancenys Besuche. Sie haben sich sehr viel Mühe gemacht, es herauszubringen, nicht wahr? Nun, sind Sie damit etwas weiter gekommen? Ich wünsche Ihnen, daß Sie viel Vergnügen davon gehabt haben, – dem meinen hat es nicht geschadet.

Alles, was ich also auf Ihren Drohbrief antworten kann, ist, daß er weder die Eigenschaft gehabt hat mir zu gefallen, noch die Macht, mich einzuschüchtern; und daß ich für den Augenblick so wenig als nur irgend denkbar geneigt bin, Ihnen Ihr Verlangen zu erfüllen.

In Wahrheit: Sie anzunehmen wie Sie sich heute zeigen, das wäre eine offenkundige Untreue gegen Sie. Denn das hieße nicht, mit meinem früheren Geliebten anknüpfen, das hieße einen neuen nehmen, und zwar einen, der lange nicht so viel wert ist wie der frühere. Ich habe den ersten noch nicht genug vergessen, als daß ich mich so irren könnte. Der Valmont, den ich liebte, der war bezaubernd. Ich will sogar zugeben, daß ich nie einem liebenswürdigeren Mann begegnet bin. Ach bitte, Vicomte, wenn Sie ihn wiederfinden, bringen Sie ihn mir, – der wird immer gut bei mir empfangen werden.

Sagen Sie ihm aber, daß es auf keinen Fall für heute oder morgen wäre. Sein Doppelgänger hat ihm etwas Unrecht getan; und wenn ich mich zu sehr beeilte, würde ich fürchten, mich zu täuschen. Oder habe ich vielleicht für diese beiden Tage Danceny mein Wort gegeben? ... Und Ihr Brief hat mich belehrt, daß Sie keinen Spaß verstehen, wenn man sein Wort nicht hält. Sie sehen also, daß Sie warten müssen.

Aber was liegt Ihnen denn daran? Sie werden sich an Ihrem Rivalen immer noch ausgiebig rächen. Er wird mit Ihrer Geliebten nicht ärger verfahren als Sie mit der seinen. Und ist schließlich eine Frau nicht so viel wert wie die andere? Das ist doch Ihr Grundsatz! Die sogar, die »zärtlich und gefühlvoll wäre, die nur für Sie lebte, die endlich aus

Liebe und Gram stürbe«, würde nichts destoweniger der ersten Laune geopfert werden, der Furcht, einen Augenblick darüber geneckt werden zu können, – und Sie wollen, daß andere sich Zwang antun! Das ist doch nicht gerecht.

Adieu, Vicomte! Und kommen Sie doch liebenswürdig zurück. Sehen Sie, mir wäre nichts lieber, als wenn ich Sie reizend finden könnte, und sowie ich dessen sicher bin, verpflichte ich mich, es Ihnen zu beweisen. Ich bin wirklich viel zu gut, nicht?

Paris, den 4. Dezember 17..

154. Brief

Der Vicomte von Valmont an die Marquise von Merteuil.

Ich antworte sofort auf Ihren Brief, und will versuchen, mich klar auszudrücken, was bei Ihnen nicht ganz leicht ist, wenn Sie sich einmal vorgenommen haben, nicht zu verstehen.

Lange Reden wären nicht nötig gewesen, um festzustellen, daß, da jeder von uns genug in Händen hat, um den andern zu verderben, wir beide das gleiche Interesse haben, uns gegenseitig zu schonen. Darum handelt es sich also nicht. Aber zwischen dem groben Entschluß, sich zugrunde zu richten, und dem zweifellos besseren, vereint zu bleiben, wie wir es waren, und noch einiger dadurch zu werden, daß wir unser früheres Verhältnis wieder aufnehmen, – zwischen diesen beiden Entschlüssen, sage ich, gibt es noch tausend andere, die man treffen kann. Es war demnach nicht lächerlich, Ihnen zu sagen, und es ist nicht lächerlich, Ihnen zu wiederholen, daß ich von diesem Tage an entweder Ihr Geliebter bin oder Ihr Feind.

Ich weiß sehr wohl, daß Ihnen diese Wahl lästig ist, daß Ihnen Ausflüchte besser passen würden; und ich weiß auch sehr wohl, daß es Ihnen niemals angenehm war, so zwischen Ja und Nein gestellt zu sein. Aber Sie müssen auch fühlen, daß ich Sie aus diesem engen Kreis nicht herauslassen kann, ohne zu riskieren, daß Sie mich beschwindeln, und Sie mußten es sich vorhersagen, daß ich das nicht dulden würde. Es ist jetzt an Ihnen zu entscheiden. Ich kann Ihnen die Wahl lassen, aber ich kann nicht im Ungewissen bleiben.

Ich sage Ihnen im voraus, daß Sie mich mit Ihren guten oder schlechten vernünftigen Gründen nicht irremachen werden; daß Sie mich mit ein paar Schmeicheleien ebensowenig mehr verführen werden, mit denen Sie Ihre Weigerung aufzuputzen gesucht haben. Ich sage Ihnen nur, daß nun endlich der Moment da ist, wo es offen sein heißt. Nichts tue ich lieber, als Ihnen mit gutem Beispiel vorangehen, und ich erkläre mit Vergnügen, daß ich Frieden und Eintracht vorziehe. Aber wenn das eine wie das andere gebrochen sein muß, dann glaube ich dazu das Recht und die Mittel zu haben.

Ich füge nur hinzu, daß das mindeste Hindernis Ihrerseits von meiner Seite als regelrechte Kriegserklärung angenommen werden wird. Sie sehen, die Antwort, die ich verlange, hat keine langen noch schönen Sätze nötig. Zwei Worte genügen.

Paris, den 4. Dezember 17..

Antwort der Marquise von Merteuil am unteren Rand des obigen Briefes:

Also gut: den Krieg!

155. Brief

Frau von Volanges an Frau von Rosemonde.

Die Bulletins unterrichten Sie besser als ich es tun könnte, meine liebe Freundin, von dem betrüblichen Zustande unserer Kranken. Ganz ihrer Pflege gewidmet, nehme ich mir die Zeit, Ihnen zu schreiben, nur insofern es noch andere Vorgänge gibt, als die Krankheit. Hier eines, auf das ich nicht gefaßt war. Ich erhielt einen Brief von Herrn von Valmont, in dem es ihm beliebt hat, mich zu seiner Vertrauten zu machen, ja sogar zu seiner Vermittlerin bei Frau von Tourvel zu wählen, für die er einen Brief an mich beigefügt hat. Ich habe den einen zurückgeschickt zugleich mit der Antwort auf den andern. Ich schicke Ihnen den letzteren und glaube, Sie werden wie ich der Meinung sein, daß ich nicht tun konnte noch durfte, was er verlangt. Selbst wenn ich es gewollt hätte, wäre unsere unglückliche Freundin doch nicht imstande gewesen mich zu verstehen. Ihr Delirium dauert fort. Aber was sagen Sie zu der Verzweiflung des Herrn von Valmont? Darf man daran glauben oder will er nur alle betrügen und bis ans Ende? Wenn er dieses Mal aufrichtig ist, so muß er sich selbst die Schuld an seinem Unglück beimessen. Er wird mit meiner Antwort, glaube ich, wenig zufrieden sein, aber ich gestehe, daß alles, was mich mehr von dieser unglücklichen Geschichte unterrichtet, mich mehr und mehr gegen ihren Urheber empört. Gott mit Ihnen, meine liebe Freundin; ich kehre zu meiner traurigen Krankenpflege zurück, die noch trauriger wird durch die geringe Hoffnung auf Erfolg. Sie kennen meine Gefühle für Sie.

Paris, den 5. Dezember 17..

156. Brief

Der Vicomte von Valmont an den Chevalier Danceny.

Schon zweimal war ich bei Ihnen, lieber Chevalier, aber seitdem Sie die Rolle des Liebenden mit der des Weiberhelden vertauscht haben, sind Sie, wie begreiflich, unauffindbar geworden. Ihr Kammerdiener hat mir jedoch versichert, daß Sie diesen Abend nach Hause kommen würden und daß er Befehl habe, auf Sie zu warten. Ich aber, der ich von Ihren Plänen unterrichtet bin, habe sehr wohl verstanden, daß Sie nur auf einen Augenblick nach Hause kommen würden, um sich für die bewußte Gelegenheit umzuziehen und alsbald wieder Ihren Siegeslauf aufzunehmen. Sie haben meinen Beifall. Aber vielleicht werden Sie für heute abend versucht sein, die Richtung besagten Laufes zu ändern. Sie kennen erst die Hälfte Ihrer Geschäfte, – ich muß Sie über die andere Hälfte aufklären, dann können Sie entscheiden. Nehmen Sie sich deshalb die Zeit, meinen Brief zu lesen. Womit Sie von Ihren Vergnügungen nicht abgezogen werden sollen, da dieser Brief im Gegenteil ja keinen andern Zweck hat, als Ihnen zwischen mehreren Vergnügungen die Wahl zu lassen.

Wenn ich Ihr volles Vertrauen besessen und von Ihnen den Teil Ihrer Geheimnisse erfahren hätte, den Sie mir zu erraten überlassen haben, wäre ich zur rechten Zeit unterrichtet worden, und mein Eifer würde nicht so ungeschickt wie heute Sie nicht in Ihrem Vorgehen hindern. Aber gehen wir von da aus, wo wir stehen. Wofür, immer

Sie sich auch entscheiden, Ihr schlimmster Entscheid würde für andere noch immer das Glück sein.

Sie haben für diese Nacht ein Stelldichein, nicht wahr? Mit einer charmanten Frau, die Sie anbeten? Denn wo ist in Ihrem Alter die Frau, die man nicht anbetet, wenigstens die ersten acht Tage! Der Ort der Handlung soll Ihre Vergnügen noch erhöhen. Ein entzückendes kleines Haus, das man »nur für Sie angeschafft hat«, soll die Lust verschönen mit dem Reize der Freiheit und dem des Geheimnisses. Alles ist abgemacht, man erwartet Sie, und Sie brennen darauf, hinzugehen. Das ist es, was wir alle beide wissen, obschon Sie mir nichts davon gesagt haben. Jetzt kommt das, was Sie nicht wissen, und was ich Ihnen sagen muß.

Seitdem ich wieder in Paris bin, sann ich auf Mittel, Sie Fräulein von Volanges näher zu bringen: ich hatte es Ihnen versprochen; und noch das letztemal, als ich Ihnen davon sprach, konnte ich aus Ihren Antworten, ich möchte sagen aus Ihrer Leidenschaft schließen, daß ich mich mit Ihrem Glücke beschäftigte. Ich konnte dieses schwierige Unternehmen nicht allein zu gutem Ende bringen; ich überließ, nachdem ich die Wege gebahnt hatte, das übrige dem Eifer Ihrer jungen Geliebten. Sie hat in ihrer Liebe Hilfe gefunden, die meiner Erfahrung fehlten; und ihr Unglück will, daß es ihr gelang. Seit zwei Tagen, hat sie mir heute abend gesagt, sind alle Hindernisse überwunden, und Ihr Glück hängt nur noch von Ihnen ab.

Seit zwei Tagen schmeichelte sie sich, Ihnen diese Neuigkeit selbst mitzuteilen, und trotz der Abwesenheit der Mama wären Sie empfangen worden. Aber Sie haben sich überhaupt nicht gezeigt! Und, um Ihnen alles zu sagen, sei es nun Laune oder Vernunft, das kleine Fräulein schien mir etwas geärgert über diesen Mangel an Eifer Ihrerseits. Endlich hat sie es dann möglich gemacht, daß auch ich zu ihr kommen konnte, und hat mir das Versprechen abgenommen, Ihnen sobald wie möglich beiliegenden Brief zu übergeben. Aus ihrer Dringlichkeit dabei ist anzunehmen, und möchte ich wetten, daß es sich um ein Stelldichein für heute abend handelt. Wie dem auch sei, ich habe auf Ehre und Freundschaft versprochen, daß Sie das zärtliche Schreiben noch im Laufe des Tages haben sollten, und ich kann und will mein Wort nicht brechen.

Was, junger Mann, wollen Sie nun tun? Sie sind zwischen Eitelkeit und Liebe gestellt, zwischen Vergnügen und Glück – wo wird Ihre

Wahl liegen? Spräche ich zu dem Danceny von vor drei Monaten, oder auch nur zu dem von vor acht Tagen, dann wäre ich seines Herzens und so auch seines Entschlusses sicher. Wird aber der Danceny von heute, um den die Frauen sich reißen, der auf Abenteuer geht und wie es der Brauch ist, etwas ruchlos geworden ist, – wird dieser Danceny ein junges, schüchternes Mädchen, das nur seine Schönheit, seine Unschuld und seine Liebe für sich hat, den Annehmlichkeiten einer vollkommen »erfahrenen« Frau vorziehen?

Lieber Freund, mir scheint es, daß selbst bei Ihren neuen Grundsätzen, zu denen ich mich ja immerhin auch ein wenig bekenne, die Umstände mich die junge Geliebte wählen ließen. Einmal ist es eine mehr, und dann das Neue und auch die Angst, die Sie haben müssen, die Frucht Ihrer Mühen zu verlieren, wenn Sie versäumen, sie zu pflücken. Denn schließlich hätten Sie, von dieser Seite gewonnen, wirklich eine Gelegenheit versäumt, und die kehrt nicht immer wieder, besonders wenn es wie hier eine erste Schwäche ist. Oft braucht es in einem solchen Falle nur einen Augenblick Verstimmung, einen eifersüchtigen Verdacht, ja weniger noch, um den schönsten Sieg zu verhindern. Die ertrinkende Tugend klammert sich manchmal an einen Strohhalm; einmal aber erst so davongekommen, sieht sie sich vor und läßt sich nicht leicht wieder beikommen.

Und was riskieren Sie drüben? Nicht einmal den Bruch; einen kleinen Zank höchstens, wobei man mit einigen Nettigkeiten das Vergnügen einer Aussöhnung sich erkauft. Was bleibt denn einer Frau, die sich schon ergeben hat, anderes übrig als die Nachsicht? Was gewänne sie mit der Strenge? Den Verlust ihres Vergnügens, ohne Gewinn für ihren Ruhm.

Wenn Sie, wie ich vermute, sich für die Liebe entscheiden, die mir auch die Vernunft für sich zu haben scheint, so gebietet, glaube ich, die Klugheit, daß Sie sich bei dem versäumten Stelldichein nicht entschuldigen. Lassen Sie ganz einfach auf sich warten; wenn Sie mit einem Grund daher kommen, wird man vielleicht versucht sein, ihn zu prüfen. Die Frauen sind neugierig und hartnäckig; alles kann herauskommen. Ich bin, wie Sie sehen, ein Beispiel dafür, eben jetzt. Aber wenn Sie die Hoffnung bestehen lassen, die ja von der Eitelkeit unterstützt wird, so wird man sie erst lange nach der zu Erkundigungen geeigneten Stunde aufgeben; dann können Sie morgen das unüberwindliche Hindernis suchen, das Sie abgehalten hat. Sie sind krank gewesen, tot, wenn es sein muß, oder irgend sonst was, worüber Sie verzweifelt sind, und alles kommt wieder in Ordnung.

Wozu Sie sich übrigens entscheiden, ich bitte Sie nur, mich davon zu unterrichten; und da ich nicht dabei interessiert bin, werde ich alles recht finden, was Sie tun. Adieu, lieber Freund.

Was ich noch beifügen wollte ist, daß ich Frau von Tourvel sehr bedauere. Die Trennung von ihr bringt mich in Verzweiflung. Ich möchte die Hälfte meines Lebens für das Glück hergeben, ihr die andere weihen zu dürfen. Ach, glauben Sie mir, glücklich ist man nur in der Liebe.

Paris, den 5. Dezember 17..

157. Brief

Cécile Volanges an den Chevalier Danceny.

(Dem vorhergehenden Brief beigelegt.)

Wie kommt es, mein lieber Freund, daß ich Sie nicht mehr zu sehen bekomme, wo ich doch nicht aufhöre, Sie herbeizuwünschen? Möchten Sie nicht mehr so gerne wie früher? Ach! jetzt bin ich wirklich traurig! Trauriger als damals, wo wir ganz getrennt waren. Der Kummer, den ich sonst von andern erlitt, kommt jetzt von Ihnen, und das tut mir viel mehr weh.

Seit ein paar Tagen ist Mama nie zu Hause, wie Sie wohl wissen, und ich hoffte immer, Sie würden versuchen, diese freie Zeit auszunützen; aber Sie denken überhaupt nicht an mich; ich bin recht unglücklich! Sie haben mir so oft gesagt, daß ich es wäre, die weniger liebte! Ich wußte wohl, es war umgekehrt, und jetzt ist hier der Beweis. Hätten Sie mich besuchen wollen, dann hätten Sie es auch gekonnt; denn ich bin nicht wie Sie, ich denke nur daran, wie wir zusammenkommen können. Sie verdienten wohl, daß ich Ihnen gar nichts von all dem sage, was ich für Sie getan habe, und mit wieviel Mühe. Aber ich liebe Sie zu sehr, und ich habe eine solche Lust, daß Sie mich besuchen, daß ich mich nicht enthalten kann, es Ihnen zu sagen. Und dann werde ich nun wohl sehen, ob Sie mich wirklich lieben.

Ich habe es so gut angestellt, daß der Türhüter für uns ist, und daß er mir versprochen hat, jedesmal wenn Sie kämen, will er Sie immer herein lassen, als wenn er Sie nicht sähe. Und wir können uns ganz auf ihn verlassen, er ist ein sehr anständiger Mensch. Es handelt sich also bloß noch darum, daß Sie im Hause niemand sieht, und das ist ganz leicht, wenn Sie erst abends kommen, wo überhaupt nichts mehr zu fürchten ist. Seitdem Mama täglich ausgeht, legt sie sich schon alle Tage um elf Uhr schlafen. Somit hätten wir viel Zeit.

Der Türhüter hat mir gesagt, wenn Sie so kommen möchten, sollten Sie statt an der Tür an sein Fenster klopfen, und er würde gleich öffnen. Und dann werden Sie die kleine Nebentreppe schon finden; und da Sie kein Licht haben können, werde ich meine Zimmertür offen lassen, was Ihnen immer etwas Licht geben wird. Sie müssen acht geben, daß Sie kein Geräusch machen, besonders wenn Sie an Mamas Türe vorbeikommen. Bei der Tür meiner Kammerfrau hat es nichts zu sagen, weil sie mir versprochen hat, daß sie nicht aufwachen will. Sie ist auch ein gutes Mädchen! Und wenn Sie wieder fortgehen, machen Sie es gerade so. Jetzt wollen wir sehen, ob Sie kommen.

Mein Gott, warum klopft mir doch das Herz so, während ich Ihnen schreibe? Soll mir denn ein Unglück passieren, oder ist es die Hoffnung, Sie wiederzusehen, die mich so aufregt? Was ich sicher fühle ist, daß ich Sie nie so stark geliebt habe, und mir nie so stark gewünscht habe, es Ihnen zu sagen. Kommen Sie doch, mein Freund, mein Lieber, daß ich Ihnen hundertmal sagen kann, daß ich Sie liebe, daß ich Sie anbete, daß ich niemals einen andern als Sie lieben werde.

Ich fand Mittel, Herrn von Valmont wissen zu lassen, daß ich ihm etwas zu sagen hätte; und da er Ihr guter Freund ist, wird er sicher morgen kommen, ich werde ihn bitten, Ihnen diesen Brief gleich zu geben. Somit erwarte ich Sie morgen abend, und Sie müssen bestimmt kommen, wenn Sie Ihre Cécile nicht unglücklich machen wollen.

Adieu, mein lieber Freund, ich küsse Sie von ganzem Herzen.

Paris, den 4. Dezember 17.., abends.

158. Brief

Der Chevalier Danceny an den Vicomte von Valmont.

Zweifeln Sie, mein lieber Vicomte, weder an meinem Herzen, noch an meinem Entschlusse. Wie könnte ich einem Wunsche meiner Cécile widerstehen? Ach, nur sie, nur sie allein liebe ich, und werde ich immer lieben! Ihre Hingabe, ihre Zärtlichkeit haben einen Zauber für mich, von dem mich für einen Augenblick ablenken zu lassen ich die Schwäche haben konnte, den aber nichts jemals auslöschen wird. Seit ich sozusagen, ohne es zu merken, in ein anderes Abenteuer verstrickt bin, hat die Erinnerung an Cécile mich bis in die zärtlichsten Freuden hinein verfolgt. Und vielleicht hat ihr mein Herz niemals so viel Huldigung dargebracht, als in eben dem Augenblick, in dem ich ihr untreu war. Indes, mein Freund, schonen wir ihr Zartgefühl, und verbergen wir ihr mein Unrecht – nicht um sie zu hintergehen, sondern um sie nicht zu betrüben. Céciles Glück ist mein höchster Wunsch; niemals würde ich mir ein Vergehen verzeihen, das sie auch nur eine Träne gekostet hätte.

Ich habe, ich weiß es, den Spott verdient, den Sie mit dem treiben, was Sie meine neuen Grundsätze nennen. Aber Sie können es mir glauben, nicht nach ihnen richtet sich im Augenblick mein Verhalten; und ich werde es Ihnen gleich morgen beweisen. Ich werde gehen und mich bei jener anklagen, die meine Verirrung verursacht und sie geteilt hat. Ich werde ihr sagen: »Lesen Sie in meinem Herzen; es hegt für Sie die zärtlichste Freundschaft; und die Freundschaft, die sich mit der Begierde verbindet, sieht der Liebe so ähnlich … Beide haben wir uns geirrt; bin ich aber auch dem Irrtum unterlegen, so bin ich doch einer schlechten Handlung nicht fähig.« Ich kenne meine Freundin; sie ist ebenso ehrlich wie nachsichtig; sie wird mehr tun als mir nur verzeihen, sie wird mir beipflichten. Sie selbst warf sich oft vor, daß sie die Freundschaft verraten habe; oft erschreckte ihr Zartgefühl ihre Liebe. Verständiger als ich wird sie in meiner Seele diese nötigen Besorgnisse bestärken, die ich in ihr verwegen zu ersticken suchte. Ich werde es ihr schulden, wenn ich besser, wenn ich glücklicher werde. O, meine Freunde, teilen Sie sich in meinen Dank. Der Gedanke, daß ich euch mein Glück schulde, vermehrt seinen Wert.

Adieu, mein lieber Vicomte. Das Übermaß meiner Freude hindert mich nicht, Ihres Schmerzes zu gedenken und daran teilzunehmen. Warum kann ich Ihnen auch nicht helfen! So bleibt also Frau von Tourvel unerbittlich? Man sagt auch, daß sie sehr schwer krank ist. Mein Gott, wie bedaure ich sie! Möchte sie doch Gesundheit und zugleich Nachsicht wiedererlangen, und Sie für ewig glücklich machen! Das sind die Wünsche der Freundschaft, und ich wage zu hoffen, daß sie die Liebe erhört.

Ich möchte noch länger mit Ihnen plaudern, aber die Stunde drängt, und Cécile erwartet mich vielleicht schon.

Paris, den 5. Dezember 17..

159. Brief

Der Vicomte von Valmont an die Marquise von Merteuil.

(Bei ihrem Erwachen.)

Nun, Marquise, wie sind Ihnen die Freuden der letzten Nacht bekommen? Sind Sie nicht ein wenig müde davon? Geben Sie nur zu, daß Danceny entzückend ist! Er verrichtet Wunder, der Junge! Das haben Sie nicht von ihm erwartet, nicht wahr? Alles was Recht ist, ein solcher Rival verdient wohl, daß Sie mich ihm opferten. Im Ernst, er ist wirklich voll guter Eigenschaften! Und vor allem: wie viel Liebe, Beständigkeit und Zartgefühl! Ach, wenn Sie je von ihm so geliebt werden wir seine Cécile, darin brauchen Sie keine Rivalinnen mehr zu fürchten: er hat es Ihnen diese Nacht bewiesen. Vielleicht könnte mit sehr viel Koketterie eine andere Frau ihn Ihnen für einen Augenblick wegnehmen: ein junger Mensch versteht es nicht recht, sich solchen provokanten Lockungen zu entziehen. Aber ein einziges Wort der Geliebten genügt, wie Sie sehen, diese Täuschung zu verscheuchen. Sonach fehlt Ihnen nichts weiter, als daß Sie diese Geliebte sind, um vollkommen glücklich zu sein.

Sicher werden Sie sich darin nicht täuschen, denn Sie haben ein zu sicheres Gefühl, als daß dies zu fürchten wäre. Indes aber hat meine von Ihnen anerkannte aufrichtige Freundschaft in mir den Wunsch für Sie reifen lassen, einmal die Probe von heute nacht zu machen.

Sie ist das Werk meines Eifers und hatte Erfolg. Aber bitte keinen Dank; ist nicht der Rede wert; nichts war leichter als das.

Was hat es mich denn gekostet? Ein leichtes Opfer und etwas Geschicklichkeit. Ich habe eingewilligt, mit dem jungen Mann die Gunst seiner Geliebten zu teilen; schließlich hatte er aber doch genau so viel Recht auf sie wie ich, und es lag mir so wenig an ihr! Der Brief, den die junge Person ihm geschrieben hat – den habe ich ihr diktiert; aber nur, um Zeit bei ihr zu gewinnen, die wir besser zusammen anwenden konnten. Der Brief, den ich beigelegt habe, o, das war nichts, beinahe nichts: ein paar Bemerkungen, freundschaftliche, um die Wahl des neuen Liebhabers zu lenken. Aber zur Ehre der Wahrheit: sie waren unnötig – der junge Mann schwankte keinen Augenblick.

Und dann will er auch in seiner Unschuld heute zu Ihnen kommen und Ihnen alles beichten; und sicher wird Ihnen dieser Bericht viel Vergnügen machen! Er wird zu Ihnen sagen: »Lesen Sie in meinem Herzen« – er schreibt es mir nämlich; und Sie sehen wohl, das macht alles wieder gut. Ich hoffe, wenn Sie dann darin lesen, was er will, lesen Sie wohl auch, daß so junge Liebhaber ihre Gefahren haben; und außerdem, daß es besser ist, mich zum Freund als zum Feind zu haben.

Adieu, Marquise, bis zum nächsten Mal.

Paris, den 6. Dezember 17..

160. Brief

Die Marquise von Merteuil an den Vicomte von Valmont.

Ich liebe es nicht, wenn man sich erst schlecht benimmt und dann noch schlechte Witze macht; es ist das weder meine Art, noch mein Geschmack. Wenn ich mich über einen zu beschweren habe, mache ich mich nicht über ihn lustig; ich tue was besseres, ich räche mich. So sehr Sie auch in diesem Augenblick mit sich zufrieden sein mögen, vergessen Sie nicht, es wäre nicht das erstemal, daß Sie sich zu früh und ganz allein Beifall klatschten, in der Hoffnung auf einen Triumph, der Ihnen gerade in dem Augenblick entschlüpft wäre, wo Sie sich dazu gratulierten. Adieu.

Paris, den 6. Dezember 17..

161. Brief

Frau von Volanges an Frau von Rosemonde.

Ich schreibe Ihnen vom Zimmer unserer Unglücklichen Freundin aus; deren Zustand fast immer gleich ist. Heute nachmittag soll eine Konsultation von vier Ärzten stattfinden. Leider ist das, wie Sie wissen, immer ein Zeichen von großer Gefahr eher als ein Mittel zur Rettung.

Es scheint jedoch, daß die Besinnung letzte Nacht etwas zurückgekommen ist. Die Kammerfrau sagte mir heute morgen, daß etwa um Mitternacht ihre Herrin sie hat rufen lassen; daß sie mit ihr allein hat sein wollen, und ihr einen langen Brief diktiert hat. Julie fügte hinzu: während sie damit beschäftigt war, die Adresse zu schreiben, hätten die Delirien wieder begonnen, so daß das Mädchen nicht wußte, an wen sie den Brief adressieren sollte. Ich wunderte mich zuerst, daß der Brief selbst sie darüber nicht aufklärte; aber auf ihre Antwort, daß sie befürchtete sich zu irren, und ihre Herrin habe ihr dennoch dringend empfohlen, den Brief sofort abzuschicken, habe ich das Paket an mich genommen und geöffnet.

Ich fand darin das Schriftstück, das ich Ihnen übersende, das tatsächlich an niemand adressiert ist, dafür aber an alle Welt sich richten könnte. Ich glaube indes, daß es Herr von Valmont ist, an den unsere unglückliche Freundin zuerst hat schreiben wollen, daß sie aber unmerklich ihren wirren Gedanken nachgegeben hat. Wie dem auch sei, ich war der Ansicht, daß man diesen Brief niemandem zustellen sollte. Ich schicke ihn Ihnen, weil Sie aus ihm besser als ich erraten können, welche Gedanken den Kopf unserer Kranken beschäftigen. So lange sie dies so aufregt, habe ich wenig Hoffnung. Der Leib wird nur schwer wieder gesund, wenn der Geist so wenig ruhig ist.

Gott befohlen, meine liebe, würdige Freundin. Ich bin froh, daß Sie so weit von dem traurigen Schauspiel entfernt sind, das ich immerwährend vor Augen habe.

Paris, den 6. Dezember 17..

162. Brief

Frau von Tourvel an ...

(Von ihr dem Kammermädchen diktiert.)

Grausames und böses Wesen, wirst Du nicht müde werden, mich zu verfolgen? Genügt es Dir nicht, daß Du mich gemartert, herabgewürdigt und erniedrigt hast? Willst Du mich bis ins Grab hinein verfolgen? Wie! Sind in diesem Ort der Finsternis, wo mich zu vergraben die Schande zwang, sind hier die Schmerzen ohne Aufhören, und ist die Hoffnung hier unbekannt? Ich erflehe keine Gnade, die ich nicht verdiene, damit ich ohne Klage leide, es ist genug, wenn meine Leiden meine Kraft nicht übersteigen. Aber mach meine Qualen nicht unerträglich. Laß mir meine Schmerzen, aber nimm mir die grausame Erinnerung an das Gute, das ich verloren habe. Wenn Du es mir schon entrissen hast, spiegle nicht meinen Augen das in Trostlosigkeit stürzende Bild vor. Ich war unschuldig und lebte in Frieden; als ich Dich sah, verlor ich die Ruhe; weil ich auf Dich hörte, wurde ich zur Verbrecherin. Der Du meine Fehler veranlaßt hast, mit welchem Recht bestrafst Du sie nun?

Wo sind die Freunde, die mich lieb hatten, wo sind sie? Mein Unglück entsetzt sie. Keiner wagt es, sich mir zu nähern. Ich bin in Drang und Not, und sie lassen mich ohne Hilfe! Ich sterbe, und niemand weint um mich. Aller Trost ist mir versagt. Das Mitleid hält am Rande des Abgrundes inne, in den der Verbrecher sich stürzt. Gewissensbisse zerreißen ihn, und sein Schreien hört niemand.

Und Du, den ich beleidigte, Du, dessen Achtung meine Verzweiflung noch vermehrt; Du, der Du doch allein das Recht hättest, Dich zu rächen, was tust Du fern von mir? Komm und strafe eine ungetreue Frau! Laß mich die verdienten Schmerzen erleiden. Ich hätte mich Deiner Rache schon unterworfen, aber der Mut gebrach mir, Dir meine Schande zu gestehen. Es war nicht Verstellung, es war, weil ich Dich achtete. Möge wenigstens dieser Brief dir meine Reue zeigen. Der Himmel hat für Dich Partei ergriffen; er rächt Dich für eine Beleidigung, von der Du nichts wußtest. Er selbst hat meine Zunge gebunden und meine Worte zurückgehalten; er fürchtete, Du möchtest mir den Fehler verzeihen, den er bestrafen wollte. Er hat mich Deiner Nachsicht entzogen, die seine Gerechtigkeit verletzt haben würde.

Unbarmherzig in seiner Rache, hat mich der Himmel dem ausgeliefert, der mich ins Verderben gestürzt hat. Es ist um ihn und durch ihn, daß ich leide. Umsonst will ich ihn fliehen, er verfolgt mich; er folgt mir; da ist er; er bestürmt mich ohne Unterlaß. Aber wie ist er nun anders als früher! Seine Augen drücken nur noch Haß und Verachtung aus. Seine Arme umschlingen mich nur, um mich zu zerreißen. Wer rettet mich aus seiner barbarischen Wut!

Aber wie! er ist es …! Ich irre mich nicht; ihn sehe ich wieder, er ist es! O mein liebenswürdiger Freund, nimm mich in Deine Arme; verbirg mich an Deiner Brust; ja, Du bis es, Du bist es wirklich! Welche Täuschung voll Unheil konnte mir Dich unkenntlich machen? Wie habe ich, da Du fern warst, gelitten! Wir wollen uns nicht mehr trennen, wir trennen uns nie mehr! Laß mich Atem schöpfen. Fühle mein Herz, wie es schlägt! Ach, nicht mehr aus Furcht klopft es, es ist die süße, herzbewegende Liebe! Warum entziehst Du Dich meiner Zärtlichkeit? Gib mir Deine sanften Blicke! Was sind das für Ketten, die Du zu zerreißen suchst? Warum bereitest Du diesen Totenpomp? Was verändert denn Deine Zunge so schrecklich? Was tust Du? Laß mich, mir schaudert vor Dir! Gott! es ist wieder das Ungeheuer!

Freundinnen, verlaßt mich nicht! Du hast mir gesagt, ich soll ihn fliehen, – hilf mir, mit ihm zu kämpfen! Und Du, die Du nachsichtiger warst und mir verspracht, meine Leiden zu lindern, komm doch her zu mir. Wo seid Ihr beide? Wenn ich Euch schon nicht sehen darf, antwortet mir wenigstens auf diesen Brief, damit ich weiß, daß Ihr mich noch lieb habt.

Laß mich doch, Grausamer! Was für eine neue Wut packt Dich wieder? Fürchtest Du, ein sanftes Gefühl dringe nicht bis zu meiner Seele? Du verdoppelst meine Qualen, Du zwingst mich, Dich zu hassen. O, wie der Haß weh tut! wie er das Herz zerfrißt, das ihn hegt! Warum verfolgen Sie mich? Was können Sie mir noch zu sagen haben? Haben Sie mich denn nicht in die Unmöglichkeit versetzt, Sie anzuhören, wie auch zu antworten? Erwarten Sie nichts mehr von mir. Adieu.

Paris, den 5. Dezember 17..

163. Brief

Der Chevalier Danceny an den Vicomte von Valmont.

Mein Herr! Ich bin von Ihrer Handlungsweise gegen mich unterrichtet. Ich weiß auch, daß Sie noch nicht zufrieden damit sind, mir so mitgespielt zu haben, und sich nicht scheuen, damit groß zu tun, sich etwas darauf einzubilden. Ich habe den Beweis Ihres Verrates von Ihrer eigenen Hand niedergeschrieben gesehen. Ich gestehe, daß mir das Herz darüber geblutet hat, und daß ich Scham darüber empfinde, weil ich selber so sehr mithalf bei dem niederträchtigen Mißbrauch, den Sie mit meinem blinden Vertrauen getrieben haben. Aber ich beneide Sie nicht um diesen schändlichen Vorteil; ich bin nur neugierig, ob Sie diesen Vorteil immer über mich haben werden. Ich werde dies wissen, wenn Sie, wie ich hoffe, morgen früh zwischen acht und neun Uhr am Tor des Gehölzes von Vincennes im Dorf Saint-Mandé sich gefälligst einfinden. Ich werde dafür sorgen, daß alles für die Aufklärungen Nötige da ist, die ich von Ihnen noch erhalten muß.
Chevalier Danceny.

Paris, den 6. Dezember 17.. abends.

164. Brief

Herr Bertrand an Frau von Rosemonde.

Gnädige Frau, mit großem Leidwesen erfülle ich die traurige Pflicht, Ihnen die Neuigkeit anzuzeigen, die Ihnen großen Kummer bereiten wird. Erlauben Sie mir, Sie zuvor zu der frommen Ergebung aufzufordern, die jeder schon so oft an Ihnen bewundert hat, und die allein uns die Übel ertragen läßt, deren unser elendes Leben so voll ist.

Ihr Herr Neffe – mein Gott, muß ich denn eine so ehrwürdige Dame betrüben! Ihr Herr Neffe hat das Unglück gehabt, in einem Zweikampf zu fallen, den er heute morgen mit dem Chevalier Danceny gehabt hat. Ich kenne die Ursache des Streites nicht; aber es scheint, nach dem Billett, das ich beim Herrn Vicomte in der Tasche fand und das ich die Ehre habe, Ihnen zu übersenden, es scheint mir, wie ich sage, daß nicht er der Angreifer war. Es mußte der Himmel erlauben, daß der gnädige Herr unterlag!

Ich war beim Herrn Vicomte, um ihn zu erwarten, gerade zu der Stunde, als man ihn nach Hause brachte. Stellen Sie sich mein Entsetzen vor, als ich Ihren Herrn Neffen von zwei seiner Leute getragen und ganz in seinem Blut gebadet sah. Er hatte zwei Degenstiche im Leibe und war schon sehr schwach. Herr Danceny war auch da und weinte. Ach, jawohl, der darf weinen; aber es ist gerade an der Zeit, Tränen zu vergießen, wenn man ein solches Unglück angerichtet hat!

Ich hatte mich nicht mehr in der Gewalt; und so gering ich auch bin, sagte ich ihm doch meine Meinung. Aber da hat sich der Herr Vicomte wahrhaft groß gezeigt. Er hat mir befohlen zu schweigen; und den Menschen, der sein Mörder ist, hat er bei der Hand genommen, seinen Freund genannt, ihn vor uns allen geküßt und zu uns gesagt: »Ich befehle Euch, daß Ihr dem Herrn allen Respekt erweist, den man einem tapfern und ehrenwerten Manne schuldet.« Dann hat er ihm sehr umfangreiche Papiere aushändigen lassen, die ich nicht kenne, aber auf die er, wie ich weiß, sehr viel Wert immer legte. Dann hat er gewollt, daß wir sie einen Augenblick allein lassen. Ich hatte indes um alle Hilfe geschickt, geistliche wie leibliche; aber ach! für das Übel gab es kein Mittel mehr! Nicht ganz eine halbe Stunde später war der Herr Vicomte bewußtlos. Er konnte nur noch die letzte Ölung empfangen; und die heilige Handlung war kaum beendet, da tat er seinen letzten Seufzer.

Großer Gott! Als ich diese kostbare Stütze eines berühmten Hauses bei seiner Geburt auf meine Arme genommen habe, hätte ich da voraussehen können, daß er einmal in meinen Armen sterben, und daß ich seinen Tod zu beweinen haben würde? Ein so früher und so unglücklicher Tod! Meine Tränen fließen mir gegen Willen. Ich bitte Sie um Verzeihung, gnädige Frau, daß ich es wage, in dieser Weise meine Schmerzen mit den Ihrigen zu mischen; aber in allen Ständen hat man ein Herz, das fühlt; und ich wäre sehr undankbar, beweinte ich nicht mein ganzes Leben lang einen Herrn, der mir so viel Güte erwies, und mich mit so vielem Vertrauen beehrte.

Morgen, nach Beisetzung der Leiche, werde ich überall die Siegel anlegen lassen, und Sie können sich darüber ganz auf mich verlassen. Sie werden wohl wissen, gnädige Frau, daß mit diesem traurigen Ereignis die Substitution aufhört, und Sie wieder volle freie Verfügung haben. Wenn ich Ihnen dabei von einiger Nützlichkeit sein kann, so bitte ich Sie um Ihre diesbezüglichen gütigsten Befehle. Ich werde meinen ganzen Eifer daransetzen, sie gewissenhaft auszuführen.

Ich bin in tiefster Ehrfurcht, gnädige Frau, Ihr sehr ergebener Diener Bertrand.

Paris, den 7. Dezember 17..

165. Brief

Frau von Rosemonde an Herrn Bertrand.

Soeben erhalte ich Ihren Brief, mein lieber Bertrand, und erfahre aus ihm dieses grauenvolle Ereignis, dessen unglückliches Opfer mein Neffe wurde. Ja, gewiß werde ich Ihnen Befehle zu geben haben, und nur ihretwegen kann ich an anderes denken, als an meine tödliche Betrübnis.

Das Billett von Herrn Danceny, das Sie mir geschickt haben, ist ein völlig überzeugender Beweis dafür, daß er der Herausforderer zu dem Zweikampf war; und mein Wille ist, daß Sie in meinem Namen und sofort Klage erheben. Wenn mein Neffe seinem Feinde und Mörder verzieh, so hat er seiner natürlichen Großmut nachgegeben; ich aber muß seinen Tod und gleichzeitig die Menschlichkeit und die Religion retten. Man kann die Strenge des Gesetzes nicht scharf genug machen gegen diesen Rest von Barbarei, der unsere Sitten noch verpestet; Und ich glaube nicht, daß in dem Falle Verzeihen von Beleidigungen vorgeschrieben sein kann. Ich erwarte demnach, daß Sie diese Sache mit all dem Eifer und all der Rührigkeit betreiben, dessen ich Sie fähig weiß und die Sie dem Andenken meines Neffen schulden.

Sie werden sich vor allem in meinem Auftrag zum Herrn Präsidenten von *** begeben und mit ihm die Sache besprechen. Ich schreibe ihm nicht, da es mich drängt, mich ganz meinem Schmerz hinzugeben. Sie werden mich beim Präsidenten entschuldigen und ihm diesen Brief mitteilen.

Adieu, mein lieber Bertrand, ich belobe Sie und danke Ihnen für Ihre gute Gesinnung, und bin fürs Leben ganz Ihre – –.

Schloß ..., den 8. Dezember 17..

166. Brief

Frau von Volanges an Frau von Rosemonde.

Ich weiß, Sie sind schon unterrichtet, meine liebe und würdige Freundin, von dem Verluste, den Sie erlitten haben. Ich kannte Ihre zärtliche Liebe zu Herrn von Valmont, und nehme aufrichtigen Anteil an der Betrübnis, die Sie empfinden müssen. Es tut mir wirklich leid, daß ich dem Leidwesen, das Sie schon haben, noch neues hinzufügen muß –: Wir haben für unsere unglückliche Freundin nur noch Tränen übrig. Gestern abend um 11 Uhr haben wir sie für immer verloren. Durch ein ihrem Schicksal verknüpftes Verhängnis hat die kurze Weile, um die sie Herrn von Valmont überlebt hat, ihr genügt, um seinen Tod zu erfahren, und um, wie sie selbst sagte, dem Gewichte ihres Unglückes erst zu unterliegen, nachdem sein Maß voll war.

Sie wußten ja, daß sie schon seit zwei Tagen ganz ohne Bewußtsein war; und noch gestern früh, als ihr Arzt kam und wir an ihr Bett traten, erkannte sie weder ihn noch mich, und wir konnten kein Wort, noch das mindeste Zeichen von ihr erlangen. Kaum waren wir wieder zum Kamin gegangen, und während der Arzt mir das traurige Ereignis von Herrn von Valmonts Tod mitteilte, da fand diese unglückliche Frau ihr ganzes Gedächtnis wieder, sei es, daß die Natur allein diese Umwälzung bewirkt hat, sei es, daß sie durch die öfter wiederholten Worte »Tod« und »Herr von Valmont« verursacht ward, die in der Kranken vielleicht die einzigen Gedanken wiedererweckt haben, mit denen sie sich seit langem beschäftigte.

Wie dem auch sei, sie riß plötzlich heftig den Bettvorhang auf und rief: »Wie! Was sagen Sie? Herr von Valmont ist tot!« Ich versuchte sie glauben zu machen, daß sie sich täusche und versicherte ihr, daß sie falsch verstanden hätte. Sie aber ließ sich nicht im entferntesten überreden, sondern verlangte vom Arzt, daß er den traurigen Bericht nochmals wiederhole; und wie ich immer noch versuchte, sie davon abzubringen, rief sie mich und sagte leise: »Warum wollen Sie mich täuschen? War er denn nicht schon tot für mich?« Man mußte nachgeben.

Unsere unglückliche Freundin hörte zuerst ziemlich ruhig zu. Bald aber unterbrach sie den Bericht und sagte: »Genug, ich habe genug.«

Und verlangte zugleich, daß man den Vorhang zuziehe; und als der Arzt sich nachher um ihren Zustand erkundigen wollte, litt sie nicht, daß er ihr nah komme.

Kaum war er hinaus, so schickte sie auch die Wärterin und die Kammerfrau weg; und wie wir allein waren, bat sie mich, ihr zu helfen, im Bett sich hinzuknien und sie zu stützen. So blieb sie schweigend einige Zeit und ohne anders sich zu äußern, als durch reichliche Tränen. Endlich hob sie die Hände gegen Himmel und sagte mit schwacher aber inbrünstiger Stimme: »Allmächtiger Gott, ich unterwerfe mich deinem Ratschluß, aber verzeihe Valmont. Laß mein Unglück, das ich verdient habe, nicht gegen ihn zur Anklage werden, und ich will deine Barmherzigkeit segnen!« Ich habe mir erlaubt, meine liebe und würdige Freundin, diese Einzelheiten eines Gegenstandes zu erzählen, der Ihren Kummer erneuern und Ihre Schmerzen verschärfen muß; ich habe es getan, weil ich nicht zweifle, daß Frau von Tourvels Gebet doch ein großer Trost für Ihre Seele sein wird.

Nachdem unsere Freundin diese Worte gesprochen hatte, fiel sie zurück in meine Arme; und kaum hatte ich sie wieder ins Bett gelegt, überkam sie eine Schwäche, die lange anhielt, aber doch den gewöhnlichen Hilfsmitteln wich. Sobald sie das Bewußtsein wieder erlangt hatte, bat sie mich, den Pater Anselm rufen zu lassen und fügte hinzu: »Er ist jetzt der einzige Arzt, den ich brauche; ich fühle, mein Leiden wird bald zu Ende sein.« Sie klagte über Atembeklemmung und sprach nur mehr schwer.

Bald danach ließ sie mir durch ihre Kammerfrau ein Kästchen geben, das ich Ihnen schicke. Sie sagte, es enthalte ihr gehörige Papiere, die ich Ihnen sofort nach ihrem Tode zustellen sollte. Dann sprach sie von Ihnen und Ihrer Freundschaft für sie, so gut ihr Zustand es erlaubte, und mit großer Zärtlichkeit.

Pater Anselm kam gegen vier Uhr und blieb fast eine Stunde mit ihr allein. Als wir wieder hineingingen, war ihr Gesicht ruhig und heiter; aber es war leicht zu sehen, daß Pater Anselm viel geweint hatte. Er blieb zu den letzten kirchlichen Zeremonien da. Dieses stets so Ehrfurcht gebietende, schmerzliche Schauspiel ward es durch den Gegensatz der ruhig gefaßten Kranken zu dem tiefen Schmerz ihres ehrwürdigen Beichtvaters noch mehr, der neben ihr in Tränen ausbrach. Die Rührung war allgemein, und die, alle beweinten, war die einzige, die nicht weinte.

Der Rest des Tages verstrich mit den üblichen Gebeten, die nur durch die häufigen Ohnmachtsanfälle der Kranken unterbrochen wurden. Um elf Uhr nachts schien sie mir beklommener und leidender. Ich streckte meine Hand nach ihrem Arm aus; sie hatte noch die Kraft, sie zu nehmen, und legte sie sich aufs Herz. Ich fühlte seinen Schlag nicht mehr; und wirklich atmete im selben Augenblick unsere unglückliche Freundin aus.

Erinnern Sie sich, meine liebe Freundin, daß bei Ihrer letzten Reise hierher, vor etwas weniger als einem Jahre, wir zusammen von einigen Personen sprachen, deren Glück uns mehr oder weniger gesichert schien, und daß wir mit Wohlgefallen bei dem Geschick dieser Frau verweilten, deren Unglück wir heute zugleich mit ihrem Tode beweinen! So viel Tugend, so viel rühmliche Eigenschaften und Anmut; ein so sanfter und liebenswürdiger Charakter; ein Gatte, den sie liebte, und von dem sie angebetet wurde; ein Gesellschaftskreis, in dem sie sich gefiel, und dessen Entzücken sie war; ein hübsches Gesicht, Jugend, Vermögen, so viel vereinte Vorzüge, sind jetzt – durch eine einzige Unvorsichtigkeit – verloren gegangen! O Vorsehung, wohl müssen wir deine Beschlüsse ehren, aber wie unverständlich sind sie! Ich halte inne; ich fürchte, Ihre Traurigkeit zu vermehren, wenn ich mich der meinen hingebe.

Ich scheide von Ihnen, um zu meiner Tochter hinüberzugehen, die ein wenig unwohl ist. Als sie heute morgen von mir den Tod zweier Bekannten erfuhr, ward ihr schlecht, und ich ließ sie zu Bett bringen. Ich hoffe indes, dieses leichte Unwohlsein wird keine ernsteren Folgen haben. In ihrem Alter ist man den Kummer noch nicht gewohnt, und darum macht er einen lebhafteren und stärkeren Eindruck. Diese rege Empfindlichkeit ist ja gewiß eine löbliche Eigenschaft, aber wie sehr ist sie, man sieht es täglich, zu fürchten! Gott befohlen, meine liebe und würdige Freundin!

Paris, den 9. Dezember 17..

167. Brief

Herr Bertrand an Frau von Rosemonde.

Gnädige Frau!

Infolge der Befehle, die Sie mir die Ehre erwiesen haben, mir zu
erteilen, habe ich die Ehre gehabt, den Herrn Präsidenten von ** aufzusuchen, und indem ich ihm Ihren Brief mitteilte, bemerkte ich zu
ihm, daß ich, nach Ihrem Wunsche, nichts gegen seinen Rat tun
würde. Diese würdevolle Gerichtsperson hat mich beauftragt, Ihnen
zu bemerken, daß die Klage, die Sie gegen den Herrn Chevalier Danceny einzugeben beabsichtigten, gleichsehr dem Andenken Ihres Herrn
Neffen schaden würde, und daß seine Ehre notwendigerweise durch
einen Gerichtsspruch befleckt werden würde, was ein großes Unglück
wäre. Seine Meinung ist also, daß man sich hüten muß, irgendwelche
Schritt zu unternehmen, und wenn einer zu tun sei, so wäre es im
Gegenteil nämlich zu verhindern, daß der Staatsanwalt von dieser
unglücklichen Sache etwas erfährt, die ohnedies schon zu viel von sich
reden gemacht hat.

Seine Bemerkungen sind mir sehr klug erschienen, und will nun
neue Befehle von Ihnen erwarten.

Erlauben Sie mir die Bitte, gnädige Frau, daß Sie, wenn Sie mir
schreiben, ein Wort über Ihre Gesundheit beifügen möchten, für die
ich bei alle dem vielen Kummer außerordentlich besorgt bin. Ich
hoffe, Sie verzeihen diese Freiheit meiner Anhänglichkeit und meinem
Eifer.

Ich bin mit Ehrerbietung, gnädige Frau, Ihr Diener Bertrand.

Paris, den 10. Dezember 17..

168. Brief

Anonym an den Chevalier Danceny.

Mein Herr!

Ich habe die Ehre, Ihnen mitzuteilen, daß heute morgen im Parkett des Gerichtshofes unter dem Herren Leuten des Königs von der Affäre gesprochen wurde, die Sie letzter Tage mit dem Vicomte von Valmont gehabt haben, und daß zu befürchten ist, daß der Staatsanwalt deswegen Klage erhebt. Ich glaubte, diese Warnung könne Ihnen vielleicht dienlich sein, sei es, damit Sie Ihre Protektion bemühen, um diese ärgerlichen Folgen aufzuhalten, sei es, damit, wenn das Ihnen nicht gelingen sollte, Sie dann Maßregeln zu Ihrer persönlichen Sicherheit ergreifen können.

Wenn Sie mir einen Rat erlauben, so glaube ich, täten Sie gut daran, sich etwas weniger zu zeigen, als in letzter Zeit. Obschon für gewöhnlich Nachsicht in solcher Art Affären geübt wird, so schuldet man immerhin dem Gesetze die Achtung.

Diese Vorsicht wird um so nötiger, weil mir gesagt wurde, daß eine Frau von Rosemonde, wie ich höre eine Tante von Herrn von Valmont, gegen Sie eine Klage einbringen will, und dann könnte die Anklagebehörde die verlangte Untersuchung nicht unterdrücken. Vielleicht wäre es gut, wenn Sie mit dieser Dame sprechen ließen.

Besondere Gründe halten mich ab, diesen Brief zu unterzeichnen. Aber ich rechne darauf, daß, wenn Sie auch nicht wissen, von wem er kommt, Sie doch dem Gefühle, das ihn diktiert hat, Gerechtigkeit widerfahren lassen.

Ich habe die Ehre usw.

169. Brief

Frau von Volanges an Frau von Rosemonde.

Es gehen hier, meine liebe Freundin, über Frau von Merteuil recht seltsame und ärgerliche Gerüchte um. Sicherlich bin ich weit entfernt davon, daran zu glauben, und ich wollte wetten, daß es nur eine häßliche Verleumdung ist, aber ich weiß zu gut, wie leicht Boshaftigkeiten, selbst die unwahrscheinlichsten Festigkeit bekommen, und wie schwer der Eindruck, den sie zurücklassen, sich wieder verwischt; und darum bin ich über diese hier doch sehr beunruhigt, so leicht sie auch, wie ich glaube, zu zerstören sind. Ich wünschte vor allem, daß man ihnen rechtzeitig Einhalt täte, ehe sie zu weit verbreitet sind. Aber ich habe erst gestern, und sehr spät, all diese Abscheulichkeiten erfahren, die man zu verbreiten erst anfängt; und als ich heute morgen zu Frau von Merteuil schickte, war sie gerade aufs Land gereist, wo sie zwei Tage bleiben soll. Man konnte mir bei ihr nicht sagen, zu wem sie gegangen ist. Ihre zweite Kammerfrau, die ich mir kommen ließ, hat mir gesagt, ihre Herrin habe nur den Auftrag gegeben, sie kommenden Donnerstag zu erwarten; und von ihren Leuten, die sie hier gelassen hat, weiß keiner mehr. Ich selbst kann mir nicht denken, wo sie sein kann. Ich weiß niemanden aus ihrer Bekanntschaft, der so spät noch auf dem Lande wäre.

Wie dem auch sei, Sie werden mir vielleicht bis zu ihrer Rückkunft einige Aufklärungen geben können, die ihr nützlich sein können. Denn man gründet diese häßlichen Geschichten auf die Umstände, die mit dem Tode des Herrn von Valmont zusammenhängen sollen, von denen Sie vielleicht unterrichtet sind, wenn sie wirklich wahr sind, oder über die Sie sich leicht erkundigen können, um welche Gefälligkeit ich Sie sehr bitte. Ich will Ihnen sagen, was man hier herumspricht, oder richtiger, was man hier herumflüstert, was aber sicher bald geräuschvoller gesagt werden wird.

Man sagt also, daß der Streit zwischen Herrn von Valmont und dem Chevalier Danceny das Werk der Frau von Merteuil ist, die alle beide betrog; daß, wie es ja fast immer geht, die beiden Rivalen sich zuerst geschlagen haben, und sich erst nachher Aufklärungen gaben; daß diese eine vollkommene Versöhnung herbeiführten; und um den

Chevalier Danceny Frau von Merteuil vollauf erkennen zu lehren und um sich ganz und gar zu rechtfertigen, hat Herr von Valmont seinen Worten eine Menge Briefe beigefügt, einen regelrechten Briefwechsel, den er mit ihr unterhalten habe, und worin sie über sich selbst in freiester Sprache die skandalösesten Anekdoten erzähle.

Es wird noch weiter erzählt, daß Danceny in seiner ersten Empörung diese Briefe jedem zeigte, der sie sehen wollte, und daß sie jetzt in Paris umlaufen. Man führt besonders zwei Briefe an: einer, worin sie die ganze Geschichte ihres Lebens und ihrer Grundsätze erzählt, und der das Höchste an gemeiner Niedertracht sein soll, und ein anderer, der Herrn von Prévan – an dessen Geschichte Sie sich wohl erinnern – vollständig rechtfertigt durch den darin enthaltenen Beweis, daß er im Gegenteil nur dem Entgegenkommen der Frau von Merteuil nachgegeben hat, und daß jenes Stelldichein mit ihr eine abgemachte Sache war.

Ich habe nun zum Glück die stärksten Gründe zu der Annahme, daß diese Bezichtigungen ebenso falsch wie gehässig sind. Erstens wissen wir beide doch nur zu gut, daß Herr von Valmont sich sicher nicht mit Frau von Merteuil abgab, und ich habe auch allen Grund anzunehmen, daß Danceny sich ebensowenig mit ihr einließ; somit scheint es mir erwiesen, daß sie weder Ursache noch Anstifterin des Streites hat sein können. Ich verstehe auch nicht, welches Interesse Frau von Merteuil, die man im Einverständnis mit Herrn von Prévan vermutete, daran gehabt haben soll, eine solche Szene herbeizuführen, die doch für sie nur Unangenehmes haben und sehr gefährlich für sie werden konnte, weil sie sich dadurch einen unversöhnlichen Feind in einem Manne schuf, der nun einmal Mitwisser ihres Geheimnisses war und der sehr viele Anhänger hatte. Es ist außerdem zu bemerken, daß sich seit diesem Abenteuer keine Stimme zugunsten Prévans erhoben hat, und daß selbst von seiner Seite kein einziger Einspruch stattgefunden hat.

Diese Erwägungen könnten mich auf den Verdacht bringen, daß er der Urheber dieser Gerüchte ist, und daß diese Verdächtigung das Werk der Rache und des Hasses eines Mannes ist, der sich verloren sieht und auf diese Weise wenigstens Zweifel zu verbreiten und eine ihm vielleicht nützliche Ablenkung zu bewirken hofft. Von welcher Seite aber auch diese Böswilligkeiten kommen, das Nächste und Dringendste ist, sie zu zerstören. Sie würden von selbst hinfällig werden, wenn es sich, wie es wahrscheinlich ist, herausstellte, daß Herr von Valmont und Herr von Danceny sich nach der unglücklichen Affäre nicht mehr gesprochen haben, und daß gar keine Papiere ausgefolgt worden sind.

In meiner Ungeduld, diese Tatsache auf ihren Inhalt zu prüfen, habe ich heute morgen zu Herrn von Danceny geschickt; er ist aber auch nicht in Paris. Seine Leute sagten meinem Kammerdiener, er sei diese Nacht abgereist auf eine Mitteilung hin, die er gestern empfing, und sein Aufenthalt sei ein Geheimnis. Offenbar fürchtet er die Folgen des Duells. So kann ich nur von Ihnen, meine liebe und würdige Freundin, die Einzelheiten erfahren, die mich interessieren, und die Frau von Merteuil so nötig haben kann. Ich wiederhole meine Bitte, sie mir so schnell als möglich zukommen zu lassen.

P. S. Das Unwohlsein meiner Tochter hatte keine weiteren Folgen; sie entbietet Ihnen ihre Ehrerbietung.

Paris, den 11. Dezember 17..

170. Brief

Der Chevalier Danceny an Frau von Rosemonde.

Gnädige Frau!

Vielleicht finden Sie meinen heutigen Schritt sehr sonderbar; aber ich bitte Sie dringend, hören Sie mich an, ehe Sie mich verurteilen, und sehen Sie weder Kühnheit noch Vermessenheit dort, wo nur Ehrfurcht und Vertrauen herrschen. Ich verhehle mir das Unrecht nicht, in dem ich mich Ihnen gegenüber befinde, und ich würde es mir zeitlebens nicht verzeihen, könnte ich einen Moment lang glauben, es wäre mir möglich gewesen, es zu vermeiden. Seien Sie sogar überzeugt, gnädige Frau, wenn ich auch frei von Vorwurf bin, so bin ich es doch nicht von Schmerz; und auch das sage ich Ihnen mit Aufrichtigkeit, daß das Leid das ich Ihnen verursache, viel von dem ausmacht, das ich selber empfinde. Damit Sie diesen Gefühlen glauben, deren ich Sie zu versichern wage, brauchen Sie sich nur selbst gerecht zu werden und zu wissen, daß ich, ohne die Ehre zu haben von Ihnen gekannt zu sein, doch die habe, Sie zu kennen.

Doch während ich über dies Verhängnis klage, das gleichzeitig Ihren Kummer und mein Unglück bewirkt hat, will man mich befürchten machen, daß Sie, ganz Ihrer Rache ergeben, alle Mittel ihr zu genügen suchen, ja sogar auch in der Strenge des Gesetzes.

Erlauben Sie mir, Ihnen zu bemerken, daß hier Ihr Schmerz Sie irreführt, da mein Interesse in diesem Punkte wesentlich mit dem des Herrn von Valmont verknüpft ist, und daß von der Verurteilung, die Sie gegen mich veranlaßt hätten, auch er betroffen sein würde. Ich würde demnach glauben, gnädige Frau, eher auf Ihren Beistand rechnen zu dürfen als auf Hindernisse, bei den Bemühungen, die ich vielleicht nötig haben werde, damit dieses unglückselige Ereignis in Schweigen begraben bleibt.

Aber diese Hilfe der Mitschuld, das gleichzeitig dem Schuldigen wie dem Unschuldigen zustatten kommt, kann meinem Empfinden nicht genügen; indem ich Sie als Gegenpartei zu beseitigen wünsche, rufe ich Sie als meinen Richter an. Die Achtung derjenigen, die man selber achtet, ist zu kostbar, als daß ich mir die Ihrige entreißen ließe, ohne sie zu verteidigen, und ich glaube, die Mittel dafür zu haben.

Wenn Sie zugeben, daß die Rache erlaubt ist, besser gesagt, daß man sie sich schuldet, wenn man in seiner Liebe verraten wurde, in seiner Freundschaft und ganz besonders in seinem Vertrauen, – wenn Sie das zugeben, wird mein Unrecht vor Ihren Augen verschwinden. Glauben Sie meinen Reden nicht; aber lesen Sie, wenn Sie den Mut dazu haben, den Briefwechsel, den ich in Ihre Hände lege. Die Menge der Briefe, die im Original sich darunter befinden, bestätigen wohl die Echtheit derer, von denen nur die Kopien dabei sind. Im übrigen habe ich diese Papiere, so wie ich die Ehre habe Sie Ihnen zu unterbreiten von Herrn von Valmont selbst empfangen. Ich habe nichts hinzugefügt und nur zwei Briefe davon behalten, die zu veröffentlichen ich mir erlaubte.

Der eine war notwendig für meine und Herrn von Valmonts Rache, auf die wir beide ein Recht hatten, und mit der er mich ausdrücklich betraut hat. Ich glaubte überdies, daß damit der Gesellschaft ein Dienst geleistet wäre, wenn man eine so in Wahrheit gefährliche Frau, wie Frau von Merteuil war, entlarvte, denn sie ist, wie Sie sehen können, die einzige und wahre Ursache von all dem, was zwischen Herrn von Valmont und mir geschehen ist.

Ein Gefühl der Gerechtigkeit hat mich auch veranlaßt, den zweiten Brief zu veröffentlichen, zur Genugtuung für Herrn von Prévan, den ich kaum kenne, der aber in keiner Weise die strenge Behandlung verdient hatte, die er erleiden mußte, noch das strenge Urteil der öffentlichen Meinung, das noch furchtbarer ist, und unter dem er seit der Zeit leidet, ohne irgendein Mittel zu seiner Verteidigung in der Hand zu haben.

Sie werden also nur die Abschriften dieser beiden Briefe finden, deren Originale ich für mich behalten muß. In keine sichereren Hände glaube ich die übrigen Papiere legen zu können, an deren Erhaltung mir wohl gelegen ist, aber mit denen Mißbrauch zu treiben ich erröten müßte. Ich glaube, gnädige Frau, indem ich Ihnen diese Papiere anvertraue, auch denjenigen dabei beteiligten Personen ebensogut zu dienen, als wenn ich sie ihnen selbst übergäbe; und ich erspare ihnen die Peinlichkeit, sie aus meinen Händen zu nehmen, und sie so wissen zu lassen, daß ich über Dinge unterrichtet bin, von denen sie zweifellos wünschen, daß niemand darum weiß.

Ich muß Sie, glaube ich, noch darauf aufmerksam machen, daß der beiliegende Briefwechsel nur ein Teil eines viel umfangreicheren ist, dem Herr von Valmont ihn in meiner Gegenwart entnommen hat, und die Sie bei Abnahme der Siegel finden werden, unter dem Titel, den ich gelesen habe: »Konto der Marquise von Merteuil bei Vicomte von Valmont.« Sie werden darüber ganz nach Ihrer Einsicht verfügen.

Ich bin mit Hochachtung, gnädige Frau, Ihr ergebener

von Danceny.

P.S. Einige Warnungen, die ich bekommen habe, und der Rat meiner Freunde haben mich bestimmt, für einige Zeit Paris zu verlassen. Aber der Ort meines Aufenthaltes, der allen geheim ist, soll es für Sie nicht sein. Wenn Sie mich mit einer Antwort beehren wollen, so bitte ich Sie, an die Komturei von ** bei P* zu adressieren, an den Herrn Komtur von **. Von seinem Hause aus habe ich die Ehre Ihnen zu schreiben.

..., den 12. Dezember 17..

171. Brief

Frau von Volanges an Frau von Rosemonde.

Meine liebe Freundin, ich komme von einer Überraschung in die andere, von einem Kummer in den andern. Man muß Mutter sein, um zu verstehen, was ich gestern den ganzen Vormittag gelitten habe; und wenn ich inzwischen über meine schlimmsten Befürchtungen beruhigt bin, so bin ich doch immer noch in lebhafter Betrübnis, deren Ende ich nicht absehe.

Gestern, gegen zehn Uhr morgens, schickte ich, ich war erstaunt, meine Tochter noch nicht zu sehen, meine Kammerfrau zu ihr, was diese Verspätung bedeute. Sie kam im Augenblick darauf ganz entsetzt zurück, und erschreckte mich selbst noch viel mehr durch die Meldung, daß meine Tochter nicht in ihren Zimmern sei, und daß sie ihr Kammermädchen schon des Morgens nicht darin gefunden habe. Denken Sie sich meine Lage! Ich ließ alle meine Leute kommen und vor allem den Türhüter; alle schwuren mir, von nichts zu wissen und konnten mir keine Auskunft über den Vorfall geben. Ich ging sofort ins Zimmer meiner Tochter. Die darin herrschende Unordnung sagte mir, daß sie es augenscheinlich erst am selben Morgen verlassen haben konnte; sonst aber fand ich nichts zu meiner Aufklärung. Ich durchsuchte ihre Schränke, ihren Sekretär; ich fand alles an seinem Platz, alle ihre Kleider, bis auf das, in dem sie ausgegangen war. Sie hatte nicht einmal das wenige Geld mitgenommen, das sie in ihrem Zimmer hatte.

Da sie erst gestern erfahren hatte, was man alles über Frau von Merteuil erzählt, an der sie sehr hing, so sehr sogar, daß sie den ganzen Abend über geweint hat; und da ich mich erinnerte, daß sie nicht wisse, Frau von Merteuil sei auf dem Lande, so war mein erster Gedanke, sie habe ihre Freundin aufsuchen wollen, und sei so leichtsinnig gewesen, allein zu gehen. Wie aber die Zeit verstrich, ohne daß sie zurückkam, kehrte alle meine Unruhe wieder. Jeder Augenblick vermehrte meine Sorge, und so sehr ich auch darauf brannte, etwas zu erfahren, traute ich mich doch nicht, irgendwelche Erkundigungen einzuziehen, in der Befürchtung, Aufsehen zu erregen, indem ich diesem Schritte Bedeutung gebe, den ich später vielleicht vor jedermann hätte geheimhalten wollen. Nein, in meinem ganzen Leben habe ich nicht so gelitten.

Endlich, erst nach zehn Uhr, erhielt ich einen Brief von meiner Tochter und zugleich einen von der Oberin des Klosters der ***. Im Brief meiner Tochter stand nur, sie hätte befürchtet, ich würde mich ihrer Neigung, Nonne zu werden, widersetzen, und daß sie es deshalb nicht gewagt habe, mir davon etwas zu sagen. Das übrige waren nur Entschuldigungen, daß sie ohne meine Erlaubnis diesen Entschluß gefaßt habe, den ich, fügte sie hinzu, sicher nicht mißbilligen würde, wenn ich ihre Gründe kennte, nach denen sie mich jedoch nicht zu fragen bitte.

Die Oberin schrieb mir, daß sie, wie sie ein junges Mädchen habe allein kommen sehen, es erst nicht habe annehmen wollen, nachdem sie sie aber ausgefragt und von ihr gehört habe, wer sie sei, habe sie mir einen Dienst zu erweisen geglaubt, wenn sie meiner Tochter zunächst einmal Zuflucht gewähre, um sie nicht neuem Umherlaufen auszusetzen, wozu sie entschlossen schien. Die Oberin bot mir, wie nur recht und billig, an, mir meine Tochter wieder zurückzugeben, wenn ich sie verlange, lädt mich aber natürlich nach ihrem Stande ein, mich einer Neigung nicht zu widersetzen, die sie als »sehr entschieden« schildert. Sie sagte mir noch, sie habe mich von dem Ereignis nicht früher unterrichten können, weil es ihr viel Mühe gemacht habe, meine Tochter zu bestimmen, daß sie mir schriebe; denn meine Tochter hatte gewollt, daß niemand davon erführe, wohin sie sich zurückgezogen habe. Der Unverstand der Kinder ist doch wirklich grausam.

Ich fuhr sofort nach dem Kloster; und nachdem ich die Oberin gesprochen hatte, bat ich, ich möchte meine Tochter sehen. Die kam nur mit Mühe und unter Zittern. Ich habe in Gegenwart der Klosterfrauen und auch allein mit ihr gesprochen; aber alles, was ich unter Tränen aus ihr habe herausbekommen können, ist, daß sie nur im Kloster glücklich sein könne. Ich erlaubte ihr schließlich, dazubleiben, aber ohne daß sie schon, wie sie wollte, in den Reihen der Postulantinnen stehen sollte. Ich fürchte, daß der Tod der Frau von Tourvel und Herrn von Valmonts dieses junge Ding so angegriffen haben. So groß auch meine Achtung vor dem klösterlichen Leben ist, würde ich doch nicht ohne Schmerz, ja nicht ohne Furcht meine Tochter diesen Beruf erwählen sehen. Mir scheint, wir haben schon so genug Pflichten zu erfüllen, auch ohne daß wir uns noch neue zuschaffen; und dann: in diesem Alter wissen wir doch kaum, was für uns taugt.

Was die Schwierigkeit meiner Lage verdoppelt, ist die nah bevorstehende Rückkunft Herrn von Gercourts. Wird nun diese vorteilhafte Heirat nicht zustande kommen? Wie soll man denn seine Kinder glücklich machen, wenn es nicht genügt, daß man es wünscht und alle Mühe darauf verwendet? Sie würden mich sehr zu Dank verpflichten, wenn Sie mir sagten, was Sie an meiner Stelle tun würden. Ich kann keinen Entschluß fassen. Ich finde nichts so schrecklich, als wenn man über das Schicksal anderer entscheiden soll, und ich fürchte mich gleich sehr davor, in dieser Angelegenheit streng wie ein Richter oder schwach wie eine Mutter zu sein.

Ich werfe mir immerfort vor, Ihren Kummer noch zu vermehren, wenn ich Ihnen von dem meinen spreche. Aber ich kenne Ihr Herz: der Trost, den Sie andern geben können, würde Sie Ihrerseits so sehr trösten, als Sie irgend getröstet werden können. Gott befohlen, meine liebe und würdige Freundin; ich erwarte Ihre beiden Antworten mit größter Ungeduld.

Paris, den 13. Dezember 17..

172. Brief

Frau von Rosemonde an den Chevalier Danceny.

Nach dem, was Sie mir mitgeteilt haben, mein Herr, bleibt mir nichts anderes übrig als zu weinen und zu schweigen. Man bedauert es noch zu leben, wenn man solche Greuel erfährt; man errötet über sein Geschlecht, wenn man eine Frau sieht, die solcher Ausschreitungen fähig ist.

Ich will gern das Meine dazu tun, mein Herr, daß alles, was irgendwie zu diesen traurigen Ereignissen in Beziehung steht, in Schweigen und Vergessen sinkt. Ich wünsche sogar, daß sie uns nie andern Kummer bereiten mögen, als diesen von dem unglücklichen Sieg nicht zu trennenden, den Sie über meinen Neffen davongetragen haben. Trotz seiner Vergehen, die ich zu erkennen gezwungen bin, fühle ich, daß ich mich niemals über seinen Verlust trösten werde; aber meine ewige Trauer wird die einzige Rache an Ihnen sein, die ich mir erlaube. Es steht bei Ihnen, ihre Größe zu würdigen.

Wenn Sie meinem Alter eine Bemerkung erlauben, die man dem Ihren sonst kaum macht: wenn man über sein wirkliches Glück im klaren wäre, würde man es nie außerhalb der Grenzen suchen, die die Gesetze und die Religion uns setzen.

Sie können versichert sein, daß ich treu und gern das mir anvertraute Gut bewahren werde; aber ich verlange von Ihnen die Ermächtigung, es niemandem zurückzuerstatten, auch Ihnen nicht, mein Herr Chevalier, es wäre denn, Sie brauchten es zu Ihrer Rechtfertigung.

Ich darf wohl hoffen, daß Sie mir diese Bitte nicht abschlagen werden, und daß Sie nicht mehr zu lernen brauchen, wie man es oft beklagt, wenn man sich selbst der gerechtesten Rache hingegeben hat.

Es ist nicht meine einzige Bitte, überzeugt von Ihrer Großmut und Ihrem Zartgefühl. Beider Tugenden wäre es würdig, mir auch die Briefe des Fräulein von Volanges zu geben, die Sie offenbar behalten haben, und die Sie ja wohl nicht mehr interessieren. Ich weiß, daß das junge Mädchen großes Unrecht an Ihnen begangen hat; doch meine ich, daß Sie nicht daran denken, sie deshalb zu strafen. Und wäre es nur aus Selbstachtung, würden Sie die doch nicht preisgeben, die Sie so sehr geliebt hat. Ich brauche also nicht beizufügen, daß Sie die Rücksicht, die vielleicht die Tochter nicht verdient, wenigstens der Mutter schulden, dieser sehr achtbaren Frau, der gegenüber Sie doch vieles wieder gut zu machen haben; denn was man sich auch mit vorgeblichen Zartgefühlen vortäuscht, der als Erster ein noch einfaches und ehrliches Herz zu verführen sucht, macht sich eben dadurch zum ersten Begünstiger seiner Verderbnis und muß für immer verantwortlich gemacht werden für die Ausschreitungen und Verirrungen, die folgen.

Wundern Sie sich nicht, mein Herr Chevalier, über so viel Strenge meinerseits; sie ist der größte Beweis, den ich Ihnen von meiner Achtung geben kann. Und Sie werden sich noch weitere Rechte darauf erwerben, wenn Sie, wie ich es wünsche, zur Sicherung eines Geheimnisses beitragen, dessen Veröffentlichung Ihnen selbst schaden und einem Mutterherzen, das Sie schon verwundet haben, den Tod bereiten würde. Kurz, mein Herr, ich wünsche meiner Freundin zu dienen; und wenn ich fürchten müßte, daß Sie mir diesen Trost versagten, würde ich Ihnen vorher zu bedenken geben, daß es der einzige ist, den Sie mir gelassen haben.

Ich habe die Ehre usw.

Schloß ..., den 15. Dezember 17..

173. Brief

Frau von Rosemonde an Frau von Volanges.

Wenn ich genötigt gewesen wäre, meine liebe Freundin, mir von Paris aus die Aufklärungen, die Sie von mir über Frau von Merteuil verlangen, zukommen zu lassen und zu erwarten, wäre es mir noch nicht möglich, sie Ihnen zu geben. Und zweifellos hätte ich da nur recht unsichere Auskünfte erhalten. Aber es sind mir welche zugegangen, die ich nicht erwartete, und die zu erwarten ich keinen Anlaß hatte; und die haben nur zu viel Bestimmtheit! O, meine Freundin, wie hat diese Frau Sie getäuscht!

Es widerstrebt mir, auf diese schrecklichen Einzelheiten einzugehen. Was man aber auch immer darüber herumreden mag, seien Sie versichert, daß es immer noch nicht an die Wahrheit herankommt. Ich hoffe, meine liebe Freundin, Sie kennen mich gut genug, daß Sie mir aufs Wort glauben, und daß Sie von mir keinerlei Beweise verlangen. Es mag Ihnen genügen, zu erfahren, daß ich eine Menge Beweise habe, und daß ich sie in diesem Augenblicke in meinen Händen halte.

Nur mit großem Widerstreben bitte ich Sie auch, nicht von mir zu verlangen, daß ich meinen Rat in bezug auf Fräulein von Volanges begründe. Ich fordere Sie auf, sich dem Entschlusse, den sie gefaßt hat, nicht zu widersetzen. Sicher gibt es nichts, was einen berechtigen könnte, jemanden zum Eintritt in diesen Stand zu zwingen, wenn die betreffende Person nicht dazu berufen ist; manchmal ist es ein großes Glück, wenn es so ist; und Sie sehen, Ihre Tochter selbst sagt, Sie würden Ihre Gründe nicht mißbilligen, wenn Sie sie kennten. Der, der uns unsere Gefühle eingibt, weiß besser als unsere eitle Klugheit, was jedem frommt, und oft ist, was wie ein Akt der Strenge aussieht, im Gegenteil ein Akt seiner Milde.

Kurz, mein Rat, der, ich fühle es, Sie sehr betrüben wird und den ich, wie Sie mir glauben müssen, nicht ohne langes Besinnen gebe, geht dahin, daß Sie Fräulein von Volanges im Kloster lassen, weil sie das selbst gewählt hat; daß Sie sie in ihrem Entschluß eher ermutigen als ihr darin hinderlich sein mögen; und daß Sie, bis er zur Ausführung gelangt, nicht zögern sollen, die Verheiratung rückgängig machen.

Nachdem ich diese schweren Pflichten der Freundschaft erfüllt habe, und in meiner Ohnmacht irgendwelchen Trost beizufügen, bleibt mir nur noch, Sie um die Gunst zu bitten, mich über nichts, was diese traurigen Ereignisse angeht, mehr zu fragen. Lassen wir sie in der Vergessenheit sein, die ihnen gebührt, und ohne betrübendes und unnützes Wissen zu suchen, unterwerfen wir uns der Vorsehung und glauben wir an die Weisheit seiner Absichten mit uns, selbst dann, wenn wir sie nicht verstehen. Gott mit Ihnen, meine liebe Freundin.

Schloß ..., den 15. Dezember 17..

174. Brief

Frau von Volanges an Frau von Rosemonde.

Ach, meine Freundin! Mit welch entsetzlichem Schleier umhüllen Sie das Geschick meiner Tochter! Und Sie scheinen zu befürchten, daß ich ihn aufzuheben versucht sein könnte! Was verbirgt er mir denn, was das Herz einer Mutter noch mehr betrüben könnte, als der schreckliche Verdacht, dem Sie mich preisgeben? Je mehr ich Ihre Nachsicht, Ihre Freundschaft kenne, desto stärker werden meine Qualen. Zwanzigmal habe ich seit gestern aus dieser grausamen Ungewißheit heraus Sie bitten wollen, mich ohne Schonung und Umschweife zu unterrichten, und jedesmal zitterte ich bei dem Gedanken an die Bitte, die Sie an mich stellten, keine Frage an Sie zu tun. Schließlich stehe ich bei einem Auskunftsmittel, das mir noch einige Hoffnung läßt, und ich erwarte von Ihrer Freundschaft, daß Sie mir diesen Wunsch nicht abschlagen: nämlich, daß Sie mir sagen, ob ich ungefähr verstanden habe, was Sie mir etwa zu sagen haben, daß Sie sich nicht scheuen mögen, mich alles wissen zu lassen, was mütterliche Nachsicht zudecken kann, und was wieder gutzumachen unmöglich ist. Wenn mein Unglück über dieses Maß hinausgeht, dann willige ich ein, daß Sie sich nur durch Schweigen erklären. Hören Sie also, was ich schon wußte, und wie weit meine Befürchtungen gehen können.

Meine Tochter zeigte Neigung zu Chevalier Danceny, und ich bin unterrichtet worden, daß sie Briefe von ihm bekam und sogar beantwortete; aber ich glaubte, es wäre mir zu verhindern gelungen, daß diese kindlichen Verfehlungen gefährlichere Folgen haben. Heute, da ich alles fürchte, kann ich es wohl möglich denken, daß meine Wachsamkeit getäuscht wurde, und ich fürchte, daß meine Tochter sich hat verführen lassen und dadurch ihre Verirrungen vollständig gemacht hat.

Ich erinnere mich noch verschiedener Umstände, die diese Befürchtung vielleicht rechtfertigen. Ich schrieb Ihnen, daß meine Tochter bei der Nachricht vom Unglück des Herrn von Valmont unwohl geworden ist. Vielleicht bezog sich diese Empfindlichkeit nur auf den Gedanken an die Gefahren, die Herr von Danceny in diesem Kampfe eingegangen war. Als sie dann nachher so viel weinte, als sie erfuhr, was man alles über Frau von Merteuil sagte, war das, was ich für freundschaftlichen Schmerz hielt, vielleicht nur die Wirkung der Eifersucht oder des Ärgers darüber, ihren Geliebten treulos zu finden. Ihr letzter Schritt läßt sich, scheint mir, auch daraus erklären. Oft glaubt man sich von Gott berufen, nur darum, weil man die Menschen haßt. Endlich: angenommen, diese Tatsachen stimmen, und daß Sie darum wissen, dann haben Sie sie ohne Zweifel genügend gefunden zur Rechtfertigung des strengen Rates, den Sie mir gaben.

Wenn es aber so wäre, würde ich meine Tochter zwar tadeln, aber doch glauben, daß ich es ihr schuldig bin, alles zu versuchen, ihr die Qualen und Gefahren eines vorübergehenden und trügerischen Berufes zu ersparen. Wenn Herr von Danceny nicht alles Ehrgefühl verloren hat, so wird er sich nicht weigern, das Unrecht wieder gut zu machen, das er allein verschuldet hat, und ich darf wohl noch glauben, daß die Verbindung mit meiner Tochter vorteilhaft genug ist, daß er sowohl wie auch seine Familie sich geschmeichelt fühlen können.

Dies ist, meine liebe und würdige Freundin, die einzige Hoffnung, die mir bleibt. Bestätigen Sie mir sie rasch, wenn es Ihnen möglich ist. Sie können sich denken, wie sehr ich mich sehne, daß Sie mir Antwort geben, und welch schwerer Schlag Ihr Schweigen für mich wäre.

Ich war im Begriffe, meinen Brief zuzuschließen, als ein Bekannter zu Besuch kam und mir den traurigen Auftritt erzählte, dem Frau von Merteuil vorgestern ausgesetzt gewesen ist. Da ich niemanden all diese letzten Tage gesehen habe, wußte ich nichts von dieser Geschichte. Hier der Bericht, wie ich ihn von einem Augenzeugen habe.

Als Frau von Merteuil vorgestern, Donnerstag, vom Lande zurückkam, fuhr sie bei der Comédie Italienne vor, wo sie eine Loge hat. Sie war allein darin, was ihr schon ungewöhnlich vorkommen mußte, kein Herr kam sie während der ganzen Vorstellung besuchen. Vor dem Weggehen trat sie, wie es Brauch ist, in den kleinen Salon, der schon voller Leute war. Sofort erhob sich eine Unruhe, für deren Gegenstand sie sich aber sichtlich nicht hielt. Sie bemerkte einen leeren Platz auf einer der Polsterbänke, ging hin und setzte sich. Aber sofort standen alle Frauen wie auf Verabredung auf und ließen sie ganz allein. Diese deutliche Kundgebung der Entrüstung wurde von allen Männern gebilligt und ließ das Murmeln sich verdoppeln, das bis zur Katzenmusik sich steigerte.

Damit ihrer Demütigung nichts erspart bleibe, wollte es ihr Unglück, daß Herr von Prévan, der sich seit jenem Abenteuer nirgends mehr gezeigt hatte, im selben Augenblick den kleinen Salon betrat. Sobald man ihn bemerkte, bildeten alle Herren und Damen einen Kreis um ihn, begrüßten ihn mit Beifall, und das alles vor den Augen der Frau von Merteuil. Man versichert, daß diese immer noch ausgesehen hat, als höre und sehe sie nichts, und daß ihre Miene sich nicht das geringste änderte! Das halte ich nun für etwas übertrieben. Wie dem aber auch sei, diese für sie so schimpfliche Situation währte bis zu dem Moment, wo man ihren Wagen meldete; Und bei ihrem Weggang verdoppelte sich das skandalöse Geschrei. Es ist schrecklich, mit dieser Frau verwandt zu sein. Herr von Prévan wurde an demselben Abend sehr lebhaft von allen anwesenden Offizieren seines Korps begrüßt, und man bezweifelt nicht, daß er bald wieder Rang und Stellung zurückbekommt.

Derselbe, der mir diese Details gebracht hat, sagte mir noch, daß Frau von Merteuil die Nacht darauf ein lebhaftes Fieber bekam, das man zuerst für eine Folge der Szene in der Comédie gehalten hat; seit gestern abend wisse man aber, daß die schwarzen Blattern bei ihr sehr bösartig ausgebrochen sind. Es wäre wirklich ein Glück für sie, wenn sie daran stürbe. Man sagt auch noch, dieses Abenteuer würde ihr bei ihrem Prozeß, der dicht vor dem Urteil steht, sehr schaden, und sie hat dazu, wie man behauptet, sehr viel Gunst nötig, wenn sie ihn gewinnen will.

Gott befohlen, meine gute und würdige Freundin. Ich sehe in alledem wohl die Bösen bestraft, aber ich sehe keinen Trost darin für ihre unglücklichen Opfer.

Paris, den 18. Dezember 17..

(Dieser Brief blieb unbeantwortet.)

175. Brief

Der Chevalier Danceny an Frau von Rosemonde.

Sie haben Recht, gnädige Frau, und gewiß werde ich Ihnen, soweit es von mir abhängt, nichts abschlagen, worauf Sie nur einigen Wert legen. Das Paket, das ich Ihnen zuzustellen die Ehre habe, enthält alle Briefe von Fräulein von Volanges. Wenn Sie sie lesen, werden Sie vielleicht nicht ohne Erstaunen sehen, welche Naivität sich mit so viel Perfidie vereinigen konnte. Das hat mich wenigstens am seltsamsten berührt, als ich sie eben wieder und zum letztenmal las.

Kann man sich aber der lebhaftesten Empörung über Frau von Merteuil erwehren, wenn man sieht, mit welchem niederträchtigen Vergnügen sie alle Mühe darauf verwandt hat, so viel reine Unschuld zugrunde zu richten?

Nein, ich empfinde keine Liebe mehr. Ich bewahre nichts mehr von einem Gefühl, das so unschuldig verraten wurde, und nicht aus diesem Gefühl heraus suche ich Fräulein von Volanges zu rechtfertigen. Und doch hätte dieses einfache Herz, diese sanfte und so leicht zu lenkende Natur sich nicht leichter noch zum Guten führen lassen als wie jetzt zum Bösen? Welches junge Mädchen, das aus dem Kloster kommt, ohne Erfahrung, ohne Gedanken, das nichts in die Welt mitbringt als eine gleich große Unkenntnis von Gut und Böse, – welches junge Mädchen hätte so niederträchtigen Künsten besser widerstehen können? Ach, um nachsichtig zu werden, genügt es, darüber nachzudenken, an wie vielen von uns unabhängigen Umständen dieses schreckliche Entweder-Oder hängt: Empfindung – Verdorbenheit. Sie haben mir also Gerechtigkeit widerfahren lassen, gnädige Frau, wenn Sie meinten, daß mir das lebhaft empfundene Unrecht, das Fräulein von Volanges mir antat, keine Gedanken an Rache eingeben werde. Es ist genug, daß ich sie nicht mehr lieben kann! Es fiele mir zu schwer, sie zu hassen.

Es bedurfte keiner Überlegung, um zu wünschen, daß alles, was sie betrifft und was ihr schaden könnte, für immer der Welt verborgen bleibe. Wenn es so aussah, als ob ich einige Zeit zögerte, Ihren Wunsch in dieser Beziehung zu erfüllen, so brauche ich Ihnen, glaube ich, meine Gründe dafür nicht zu verhehlen: ich wollte vorher sicher sein, daß man mich infolge dieser unglücklichen Sache nicht beunruhigen würde. Während ich um Ihre Nachsicht bat, während ich sogar einiges Recht darauf zu haben glaubte, fürchtete ich, Sie könnten glauben, ich wollte diese Nachsicht durch diese Nachgiebigkeit meinerseits erkaufen; und der Reinheit meiner Motive sicher, war es, wie ich gestehe, mein Stolz, daß Sie nicht daran sollten zweifeln können. Ich hoffe, Sie werden diese vielleicht zu große Empfindlichkeit der Hochschätzung verzeihen, die Sie mir einflößen, und dem Wert, den ich auf Ihre Achtung lege.

Dasselbe Gefühl läßt mich Sie als letzte Gunst bitten, mir gütigst sagen zu wollen, ob ich Ihrer Meinung nach alle meine Pflichten erfüllt habe, die mir die unglücklichen Umstände, in denen ich mich befand, auferlegt haben. Bin ich darüber erst beruhigt, so ist mein Entschluß fest: Ich reise nach Malta. Ich will dort das Gelübde ablegen und halten, das mich von einer Welt trennen wird, über die ich, so jung ich bin, schon so sehr zu klagen gehabt habe. Ich werde unter fremdem Himmel den Gedanken an alle die Greuel zu vergessen suchen, deren Erinnerung meine Seele nur betrüben und schänden würde.

Ich bin in Ehrfurcht, gnädige Frau, Ihr sehr ergebener
Danceny.

Paris, den 26. Dezember 17..

176. Brief

Frau von Volanges an Frau von Rosemonde.

Das Schicksal der Frau von Merteuil scheint nun erfüllt zu sein, meine liebe und würdige Freundin, und es ist so, daß ihre größten Feinde sich teilen zwischen der Entrüstung, die sie verdient, und dem Mitleid, das sie einflößt. Ich hatte wohl recht, als ich sagte, es wäre vielleicht ein Glück für sie, wenn sie an den Blattern stürbe. Sie ist zwar davongekommen, aber entsetzlich entstellt; und ein Auge hat sie dabei verloren. Sie können sich wohl denken, daß ich sie nicht mehr gesehen habe, aber man sagte mir, daß sie wirklich scheußlich aussehe.

Der Marquis von **, der keine Gelegenheit vorübergehen läßt, eine Bosheit zu sagen, meinte gestern, als man von ihr sprach, die Krankheit habe sie gewendet, und jetzt wäre ihre Seele auf dem Gesicht. Und es stimmte unglücklicherweise nach aller Meinung.

Ein anderes Ereignis hatte noch ihre Schuld und ihr Unglück vermehrt. In ihrem Prozeß wurde vorgestern das Urteil gefällt, und einstimmig zu ihren Ungunsten. Auslagen, Entschädigungen, Rückerstattung der Zinsen, alles ist den Minderjährigen zugesprochen worden, so daß das wenige von ihrem Vermögen, das in dem Prozesse nicht riskiert war und noch mehr als das, weit mehr als die Kosten beträgt.

Gleich nach Erhalt dieser Nachricht hat sie, obschon sie noch krank war, ihre Vorkehrungen getroffen und ist des Nachts und allein mit der Post abgereist. Ihre Leute sagen heute, daß keiner von ihnen habe mit ihr gehen wollen. Man nimmt an, daß sie nach Holland ist.

Diese Abreise erregt noch mehr Lärm als alles übrige; sie hat nämlich ihre Diamanten mitgenommen, einen sehr beträchtlichen Gegenstand, der in den Nachlaß des Mannes einbezogen werden sollte; ferner ihr Silberzeug, ihren Schmuck, kurz alles, was sie konnte. Und hat 50000 Francs Schulden hinterlassen. Ein völliger Bankerott.

Die Familie soll sich morgen versammeln, um sich mit den Gläubigern abzufinden. Obschon ich nur sehr entfernt verwandt bin, habe ich mich erboten, beizutragen. Aber ich werde nicht persönlich bei der Versammlung sein, da ich einer viel traurigeren Zeremonie beiwohnen muß. Meine Tochter legt morgen das Kleid der Postulantin an. Ich hoffe, meine liebe Freundin, Sie vergessen nicht, daß ich dieses große Opfer zu bringen keinen andern Grund habe als das Schweigen, das Sie mir gegenüber bewahrt haben.

Herr von Danceny hat Paris verlassen, es werden ungefähr vierzehn Tage her sein. Man sagt, er gehe nach Malta, und hat die Absicht sich dort niederzulassen. Wäre es vielleicht noch Zeit, ihn zurückzuhalten? …

Meine liebe Freundin! … Meine Tochter, ist sie also so sehr schuldig? … Sie werden einer Mutter wohl verzeihen, daß sie nur so schwer sich in diese schreckliche Gewißheit fügt.

Was für ein Verhängnis hat sich denn um mich her verbreitet, und mich in meinen Liebsten getroffen! Meine Tochter und meine Freundin!

Wer zittert nicht bei dem Gedanken an all das Unglück, das ein einziges gefährliches Verhältnis hervorbringen kann! Und wie viele Leiden würde man sich ersparen, wenn man dies mehr bedächte. Welche Frau ergriffe nicht beim ersten Wort des Verführers die Flucht! Welche Mutter könnte ohne zu zittern ihre Tochter mit jemandem andern sprechen sehen, außer ihr selbst? Aber diese Nachbedenken kommen immer erst, wenn alles vorbei ist; und eine der wichtigsten und wohl auch anerkanntesten Wahrheiten wird erstickt und ist ohne Anwendung im Taumel unserer widersinnigen Sitten.

Gott mit Ihnen, meine liebe und würdige Freundin; ich empfinde es diesen Augenblick, daß unsere Vernunft, die schon zur Vermeidung von Unglück kaum hinreicht, noch weniger fähig ist, uns darüber zu trösten.

Paris, den 14. Januar 17..

Nachwort des Herausgebers

Gründe und Erwägungen, die zu respektieren wir uns stets zur Pflicht machen werden, zwingen uns, hier innezuhalten.

Wir können in diesem Augenblick dem Leser weder die Fortsetzung von Fräulein von Volanges Erlebnissen geben, noch ihn mit den Ereignissen bekannt machen, die Frau von Merteuils Bestrafung vollendet haben.

Vielleicht können wir dies später einmal; doch wollen wir in dieser Beziehung keine Verpflichtung auf uns nehmen. Und könnten wir es auch, so würden wir doch glauben, daß wir zuvor den Geschmack des Publikums befragen müssen, das andere Gründe hat als wir, sich für diese Lektüre zu interessieren.